Menschland

• Menschstadt

• Jeschua Rex Text
• Menschdorf

erster Band: das Ende des ersten Jahres vor Jeschua Rex Text

zweiter Band: das erste Jahr in Jeschua Rex Text

Die Angabe 1/413/1.1.2 über dem ersten Abschnitt besagt:

Es ist der erste Tag des Jahres, es ist der vierhundertzehndritte Tag im Gesamtwerk, und es ist der erste Januar des zweiten Jahres in Jeschua Rex Text.

Die Umschlagzeichnung stellte Markus her.

Jeschua Rex Text

das zweite Jahr
in Jeschua Rex Text

Dieses Buch wurde verfaßt im zweiten Jahr in Jeschua Rex Text, das Vorwort und die Erklärungen wurden im dritten Jahr in Jeschua Rex Text beigesteuert.

Als das erste Jahr in Jeschua Rex Text gilt dasjenige Jahr, in dem der Dichter zum ersten Mal vom ersten Januar bis zum dreißigersten Dezember einen amtlichen Ausweis auf den Namen "Jeschua Rex Text" besitzt. Es ist ein Jahr nach der vierten gewonnenen Fußballweltmeisterschaft.

Als behördlich bestätigter Jeschua Rex Text ist der Urheber verkehrsfähig, und seine Werke stimmen die Leser froh und heiter. Was vor dem ersten Jahr in Jeschua Rex Text geschrieben worden ist, ist zwar in vielen Fällen lustig und lehrreich, aber es kann das Lebensgefühl des Jeschua Rex Textes noch nicht angemessen vermitteln.

Wer allerdings alles Wissenswerte über die menschen Jeschua Rex Texte in JEUNEX erfahren will, dem sei geraten, auch sämtliche Werke des Verfassers hinzuzuziehen, denn aus vielen verstreuten Bemerkungen ergibt sich auf diese Weise wie bei einem Mosaik ein ganzes und abgerundetes Bild seiner Weltanschauung.

Das Bild auf der vorstehenden Seite zeigt Jeschua Rex Text am Ex, den Stehmann, gezeichnet von Markus. Es ist schwer zu erkennen, aber er soll lächeln.

Wer danzt, der liest laut aus einem Buch vor, und zwar ebenso kunstvoll wie der Menschdorfer Kulturwirt Walter Danz.

Wer banzt, der überlegt selbstquälerisch, ob er eine junge Frau nicht doch hätte ansprechen sollen.

Da ich von der Hexe von Sankt Jöris Alpträume bekommen habe, konnte es nicht ausbleiben, daß diesen Aufzeichnungen ein Schuß Wahnsinn beigemischt wurde. Lesen auf eigene Gefahr!

Andererseits schreibe ich grundsätzlich, während ich meine Bücher urhebe, viele positive Besinnungen, ihre Kraft kann mensch also in meinen Ausführungen spüren.

Aufgrund schwieriger Umstände ist das reine Lebensgefühl eines Jeschua Rex Textes erst ab dem November und Dezember des zweiten Jahres in Jeschua Rex Text darstellbar geworden. Alles, was mensch unter einem früheren Datum zur Kenntnis nimmt, ist noch nicht völlig ausgereift und kann zu Mißstimmungen führen, es ist aber als gelebtes Leben dennoch betrachtenswert!

Herstellung und Verlag

BoD - Books on Demand, Norderstedt

ISBN 9 783743 187443

Setzungen im Reich des Jeschua Rex Textes

Währung für alle:	die menschen Jeschuas und die menschen Rex Texte
Verständigungsmittel für alle:	die mensche Sprache
Religion für alle:	der Glaube an Jeschua Rex Text
Heiliger für alle:	Jeschua Rex Text
Zeichen für alle:	Jeschua Rex Text am Ex, der Stehmann
heilige Gebäude für alle:	die Tempel des Jeschua Rex Textes
Gott für alle:	JEUNEX
Zeitrechnung für alle:	Jahre vor und in Jeschua Rex Text
heilige Farbe für alle:	sonnengelb

Das ergibt Frieden und Gesundheit für alle

durch

die menschen Jeschua Rex Texte in JEUNEX

Menscher: An diesem Neujahrstag weilt unser Verfasser allein, keine atemberaubende Sexbombe will bei ihm sein, er muß das erste Jahr in Jeschua Rex Text nun berichtigen, deshalb muß er seine Aufzeichnungen darüber besichtigen, damals war er sich über den JEUNEX noch sicher, aber vielleicht erregt er vor allem deshalb Gekicher, weil der JEUNEX ihn leiden läßt, was sich durch eine andere Schreibweise vermeiden läßt?!

Mensche: Der Jeunex würde ihm eine Maulsperre begründen, deshalb will er sich mit dieser Form nicht verbünden, er kann der Welt nichts Besseres als den JEUNEX geben, er will deshalb auch selbst getreulich in JEUNEX leben, einen anderen Gott wird er in diesem Dasein nicht mehr kennen, er wird den JEUNEX stets seinen Allmächtigen nennen, davon beißt die Maus keinen Faden, eilen auch zu ihm keine Najaden!

Menscher: In seinen freien Tagen muß er an die schöne Büglerin denken, diese gute Fee tat ihn über-reich beschenken, mit ihren betörenden Reizen tat sie niemals geizen, ihre einmalige Weiblichkeit hat ihn gebannt, leider hat sie sich niemals mit ihm bemannt, was wird die Zukunft bringen, er tut um ihre Zuneigung ringen, doch hat das überhaupt einen Sinn, brächte es ihr denn einen Gewinn, würde sie seine Anwesenheit in ihrer Nähe genießen, oder würde seine Gegenwart an ihrer Seite sie verdrießen?!

Mensche: Noch zwei freie Tage darf unser Ersinner verleben, dann muß er sich wieder zur Werkhalle begeben, dort geht dieser Krampf dann weiter, sieht mensch die hübsche Plätterin einmal heiter, wird sie zu ihm kommen, wird sie ihm nutzen und frommen, wird ihre einmalige Weiblichkeit ihn entzücken, wird ihr wie erdichtetes Gesicht ihn beglücken, wird sie ihn verhöhnen, oder wird sie ihn verwöhnen?!

Menscher: Das kann er in seiner engen Stube nicht wissen, seine Nerven sind arg zerschlissen, dieses unwürdige Hin und Her hat seinen Schädel zermalmt, sein Kopf hat zu heftig geraucht, gedampft und gequalmt, doch nichts und niemensch kann ihn befreien, er tut sich dem Hohen und Erhabenen weihen, doch das Einfache kann er nicht meistern, er sehnt sich nach günstigen Geistern, doch er wird umzingelt von argen Dämonen, die ihn mit ihrer Heimtücke niemals verschonen!

Mensche: JEUNEX möge ihn beschützen, JEUNEX möge ihm gar vielfältig nützen, er ist nicht in der Lage, diese Schwierigkeit zu überwinden, das ist nicht gut für sein Befinden, doch irgendwann wird sich diese Klemme schon lösen, unser geistiger Vater gehört ja nicht zu den Bösen, er ist edelmütig bis auf die Knochen, und er hat schon manches klärende Wort gesprochen, so möge er denn auf die Zähne beißen, er wird das Schwarze bestimmt bald weißen!

Menscher: Die schöne Büglerin unterhält sich mit unserem Helden sogar im Schlummer, auf diese Weise überwindet die hübsche Plätterin so manchen Kummer, aber er ringt mit seinen Geistern, wird er diese Lage jemals meistern, sie ist so jung, sie hat noch Schwung, er dagegen ist alt und eine traurige Gestalt, er kann ihr doch keinerlei Freude bereiten, warum sollte sie ihn durch das Leben begleiten, er hat sein Pulver doch schon verschossen, er hat seine Wonnen doch schon genossen?!

Mensche: Er könnte ihre vier as auf zwei verringern, doch sein Schiff tut trotzdem schlingern, er weiß nicht, ob er sie nehmen soll und ob er sich zu einer Verbindung mit ihr bequemen soll, monatelang tat er diese Schwierigkeit studieren, vielleicht sollte er es einmal mit dieser Nixe probieren, ihre vielfältigen Reize haben ihn gefesselt, ihre beeindruckende Weiblichkeit hat ihn eingekesselt, ihr Gesicht überzeugt ihn immer wieder, in ihrer Gegenwart pfeift er viele Lieder!

Menscher: Er sieht sie an ihrem Brette stehen und sich selbst an ihr vorüber gehen, ihre frische Er-scheinung muß ihn blenden, er würde ihr gern liebevolle Zeichen senden, doch er tut sich nicht trauen, ihr Anblick kann sein Dasein entrauhen, ihre Fraulichkeit kann ihn erquicken, doch er wagt es nicht, sie zu ficken, doch er wagt es nicht, mit ihr zu sprechen, vielleicht würde sie ihn entglücken und bepe-chen, vielleicht würde sie ihn aber auch entpechen und beglücken, auf alle Fälle tut sie ihn immer wie-der entzücken!

Mensche: An ihre langen roten Haare muß er sich noch gewöhnen, aber ihrem einmaligen Gesicht muß er immer wieder frönen, welch eine Nase, welch ein Mund, da wird der siecheste Kerl gesund, da verspürt mensch vom Paradies einen Hauch, ja, es stimmt, er hat einen dicken Buach, ja, es trifft zu, er steht auf dem Schlauch, aber das haben andere Burschen auch, sie läßt ihn all seine Sorgen vergessen, deshalb ist er immer wieder auf diese gute Fee versessen!

Menscher: O JEUNEX, wie wird diese Geschichte enden, wird er sich für immer von ihr wenden, oder wird sie ihn zu sich zerren, oder wird sie sich gegen ihn sperren, was wird ge-schehen, was wird mensch sehen, die Spannung zerreißt die Nerven, wird die Lage sich ver-schärfen, wird die Lage sich entspannen, es gibt keine anderen Annen, Hannen und Susannen, es gibt nur die eine Nixe, es gibt nur die eine Schickse?!

Mensche: Das zweite Jahr in Jeschua Rex Text hat begonnen, noch ist der erste Mensche ihrem Einfluß nicht entronnen, noch muß er sich unter ihrem Zugriff winden, wird er einen Weg zu dieser Lilofee finden, oder wird sie sich verachtungsvoll von ihm trennen, will sie diesen Don Kischott gar nicht kennen, ist sie sich zu schade, seine Dulzinea zu spielen, wird er bei ihr niemals einen Erfolg erzielen, sie begeistert ihn ungemein, doch kann er wirklich ihr Buhle sein?!

Menscher: An diesem Sonntag hat unser Verfasser kaum an die schöne Büglerin gedacht, seine Seele hat einmal eine kleine Pause gemacht, sie muß von diesem Wahnsinn geheilt werden, das Bett kann mit dieser Elfriede nicht geteilt werden, es sei denn, sie würde sich Frau Rex Text einmal nennen, doch tut sie denn wirklich für ihn entbrennen, wahrscheinlich nicht, er ist ein schlichter Wicht, er kann gut schreiben und lesen, aber die Evas sind diesem Adam immer ein Rätsel gewesen?!

Mensche: Voltähr ist in seiner Zeit sehr mutig gewesen, und der Widerstand gegen ihn ist manchmal blutig gewesen, aber heute sind seine Meinungen in ihren Einzelheiten veraltet, dieser Denker hätte gern einen vernünftigen Glauben gestaltet, aber er hat nur festgestellt, daß die Heiden Mißbrauch treiben, doch wie sie richtig sollten leben und leiben, das hat er ihnen nicht gesagt, er hat nur das überlieferte Übel beklagt!

Menscher: Morgen wird der erste Mensche wieder zur Werkhalle wandeln, wird er dann mit der hübschen Büglerin bandeln, oder wird er sich innerlich von ihr trennen, darf er diesen verführerischen Vämp überhaupt kennen, würde sie ihn nicht verderben, kann er sich bei ihr etwas Gutes erwerben, diese Zweifel quälen ihn über die Maßen, manchmal tat er angenehm mit ihr scherzen und spaßen, aber manchmal schreckt er vor dieser guten Fee zurück, bringt sie ihm oder beschert sie ihm nicht ein großes Glück?!

Mensche: Manchmal bildet er sich ein, die Liebe könnte alle Hindernisse überwinden, doch in ihrer Nähe muß er sich zu arg quälen und schinden, wie manche Farben scheinen sich die beiden zu beißen, mit ihr im Bunde kann er das Schwarze nicht weißen, an ihrer Seite kann er nicht nach Menschland spazieren, sondern er würde immer nur über ihr heißes Höschen sinnieren, das sie im Sommer trug zu seiner Wonne, und gar heiß brannte da die Sonne!

Menscher: O ja, sie weiß sich gar wirkungsvoll zu kleiden, sie tat zwar nicht versamten und verseiden, aber sie kann ihre Mittel geschickt gebrauchen, soll er diese einmalige Weiblichkeit in der Pfeife rauchen, oder soll er diese unvergleichliche Edeltraut an sich binden, wird er überhaupt einen Weg zu ihrem Herzen finden, kann sein Gott JEUNEX nicht einmal ein Machtwort sprechen, vor dieser Ungewißheit wird er noch in die Knie brechen?!

Mensche: Im zweiten Jahr in Jeschua Rex Text wird es sich entscheiden, bald enden diese ungewöhnlichen und doch verständlichen Leiden, im Herbst wird die anmutige Manglerin den Betrieb verlassen, dann wird er sich nicht mehr mit dieser erregenden Maid befassen, dann wird sein Verstand von ihr nicht mehr zerrüttet, dann werden seine schöpferischen Quellen nicht mehr von ihr verschüttet, irgendetwas wird geschehen, irgendetwas wird mensch sehen!

Menscher: Unser Verfasser ist an diesem Montag zur Werkhalle gegangen, es tat ihn nach der schönen Büglerin verlangen, sie hat sich ihm am Tor gezeigt in all ihrer Pracht, doch er hat einen weiten Bogen um diese gute Fee gemacht, er hielt es sich verbittert vor Augen, daß sie ihm niemals könne zur Ehefrau taugen, er kann sich aus dieser Mildred keinen Honig saugen, sie ist für ihn schädlich wie Säuren und Laugen, und da hat er denn eine ernste Gleichgültigkeit gespielt, er hat tief nach ihrem Herzen gezielt!

Mensche: Er tat gerade auf dem Lastwagen Schweinenasenbeutel packen, der Schelm saß ihm nicht wie sonst im Nacken, seine ganze Verzweiflung brach in ihm empor, daß er sich diese Nixe zur Buhlin erkor, sie wird auch in hundert Jahren nicht mit ihm ficken, da kann er sie gleich von hinnen schicken, ihre vier as müssen ihm das Bewußtsein verderben, er kann sich bei dieser Eurüante keine Lust erwerben!

Menscher: Ausgerechnet er als Verkünder der Menschlichkeit mußte sie unmenschlich behandeln, er tat sich ihr gegenüber in einen Felsblock verwandeln, aber diese junge Hexe würde ihn auf die Dauer töten, es hat keinen Zweck, ihr gegenüber zu schillern und zu göten, sie würde ihn vernichten, er darf sie nicht mehr sichten, er darf sie nicht mehr begehren, denn sie würde ihn versehren, ihr Lächeln darf ihn nicht mehr betören, sie wird diesem Burschen niemals gehören!

Mensche: Dabei hat er am verwichenen Silvester so gefühlvoll über sie geschrieben, daß er sie wirklich und wahrhaftig täte lieben, und jetzt will er sich ihrer entledigen, denn sie würde ihn nur heftig schädigen, er weiß nicht, was er will, sein Geist steht niemals still, er braucht Abstand von dieser Melusine, sie ist eine ausgezeichnete Sexmaschine, sie ist eine gütige Weiblichkeit, doch ihre Süßlichkeit entzieht sich jeglicher Beschreiblichkeit, nach Feierabend taten ihren Verschmäher dann Selbstmordgedanken peinigen, denn er würde sich wenigstens im Gespräch gern mit ihr vereinigen, doch er bringt keine Unterredung mit ihr zustande, das ist wirklich eine riesige Schande!

Menscher: Am Abend hat ein ehemaliger Arbeitsgefährte ihn besucht, dieser junge Kerl hat sein Ge-schick verflucht, denn er hat ein wichtiges Werkzeug vergessen, zuerst haben die beiden ratlos gesessen, schließlich sind sie in ein Internetkaffee gegangen, dort konnte der Verlag die zweite Auflage der kessen Simone empfangen, zwei Stunden hat dieses Werken gedauert, der jugendliche Fant hat geduldig gepauert!

Mensche: Schließlich hat der erste Mensche das erste Jahr in Jeschua Rex Text besichtigt und die immer wieder festgestellten Fehler berichtigt, er war begeistert von seinem eigenen Schreiben, niemensch sonst als er tut es so treiben, trotz seiner vielen Wiederholungen fesselt er das Herz, es empfindet wie er den schlimmen Schmerz, daß die Menschdorfer ein Schenie bepeinen, mensch will sich gern mit diesen Ausführungen vereinen, das ist eine Darlegung, die berührt und von der mensch den Anhauch des Lebens verspürt!

Menscher: An diesem Nachmittag sind die Werker nach Alsdorf gefahren, dort konnte mensch Betten und Tische gewahren, sie wurden für eine Flüchtlingsunterkunft gespendet, deshalb haben sie sich mit dem Möbelwagen nach Würselen gewendet, dort wurde in einer Halle alles gesammelt, die Arbeiter haben nicht gegammelt, doch dabei ist etwas Schlimmes geschehen, mensch tat unseren Ersinner verletzt und verwundet sehen!

Mensche: Die Tür einer Schrankwand wurde einem Schreinermeister gegeben, der tat sie ruckartig nach seinen Vorstellungen heben, eine Seite knallte dem ersten Menschen auf den Schädel mit voller Wucht, da ergriff unser Urheber schmerzerfüllt die Flucht, er ist eine Runde um den Möbelwagen gelaufen, dabei tat er sich sinnbildlich die Haare raufen, diese Marter war kaum zu ertragen, mensch hatte ihm auf das Gehirn geschlagen!

Menscher: Der Schreinermeister entschuldigte sich, und es war gut, es floß dabei ja auch kein Blut, am langen Tisch bei den Schweinenasen hatte unser Held der schönen Büglerin Glück gewünscht für das neue Jahr, sie erwiderte seinen Gruß, das war wunderbar, aber zugleich wurde seine Seele wieder mit Haß erfüllt, sein Gemüt hat gegen seine Gefährten gebrüllt, die hübsche Plätterin ist für ihn gefährlich, das wird aus ihrem Nachnamen erklärlich!

Mensche: Ihm kommt es vor, als würde sie immer kleiner, er wird wohl niemals ihr sinnlicher Bepeiner, er wird es ihr wohl niemals nach Kräften besorgen, weder heute noch morgen noch übermorgen, er kann ihre Ausstrahlung gar nicht ertragen, sie würde ihn immer mit ihrer süßlichen Gefühligkeit plagen, sie würde ihn niemals er selbst sein lassen, deshalb darf er sich nicht mehr mit dieser Zirze befassen!

Menscher: Von diesem Hin und Her kann er nicht genesen, einerseits fesselt ihn ihr jugendliches Wesen, diese gute Fee weiß sich schick zu kleiden, auch deshalb kann er sie gut leiden, aber sie würde seinen Geist versehren, sie würde sein klares Denken verheeren, deshalb muß er auf diese Genoveva verzichten, er muß seine Aufmerksamkeit auf andere Nixen richten, dabei liegt sie ihm am Herzen, er tat schon männlichweiblich mit ihr scherzen!

Mensche: Diese junge Maid will von ihm nichts wissen, niemals sinkt er mit ihr auf das Kissen, niemals liegt er mit ihr auf dem Laken, die Sache mit ihr hat einen gewaltigen Haken, sie ist nur ein Traum, sie ist nur ein Schaum, sie tut nur in seiner Einbildung geschehen, der Wind wird sich niemals zu seinen Gunsten drehen, es ist eine Sehnsucht, deren Erfüllung er niemals genießen wird, weil ihn das Schicksal mit den Loreleis immer wieder verdrießen wird!

Menscher: Unser Ersinner muß die schöne Büglerin vergessen, er ist zwar noch immer auf sie versessen, aber er darf sie nicht mehr begehren, denn sie würde ihn den Wahnsinn lehren, er dachte nämlich oft an sie und schlief dann ein, dann wurde er von Alpträumen gequält, nein, nein, darauf hat er keine Lust mehr, denn es plagt ihn der Frust sehr, ihr reizvolles Gesicht ist über jeden Zweifel erhaben, doch ihre geistigen Schwingungen können ihn nicht mehr erlaben!

Mensche: Dies ist die letzte Seite, die er ihr weiht, er hatte mit ihr eine abwechslungsreiche Zeit, aber er kann nichts mit dieser Zirze beginnen, er muß eine andere Elisabet beminnen, der Altersunterschied war gar nicht so schlimm, aber ihre Aura erregte seinen Grimm, er muß sich von ihr trennen, er darf sie nicht mehr kennen, ihr heißes Höschen im Sommer in allen Ehren, aber ihr Gehirn muß sein Denken auf die Dauer versehren!

Menscher: Auch ihre vier as kann er nicht ertragen, das tat er ja schon öfter sagen, auch als Frau Rex Text würde sie ihn schinden, deshalb kann er sich nun einmal nicht mit ihr verbinden, sie ist eine gute Fee, und der Abschied von ihr tut ihm weh, aber er darf sich nicht mit dieser Lorelei vereinigen, denn sie würden einander nur heftig bepeinigen, sie soll das Glück bei ihrem Jüngelchen suchen, hoffent-lich braucht sie dieses Bürschlein nicht zu verfluchen!

Mensche: An diesem Nachmittag hat unser Verfasser in der Werkhalle Bücher auf Paletten gelegt, bei dieser Betätigung hat er sich emsig geregt, mehr brauchte er nicht zu verrichten, sonst tat mensch auf seine Mitwirkung verzichten, die hübsche Plätterin war nicht da, gottseidank war sie ihm nicht nah, sie übt einen schlimmen Einfluß auf ihn aus, sie erfüllt ihn mit einem absonderlichen Graus, er darf sie nicht mehr ergieren, er darf sie nicht mehr bestieren!

Menscher: Erst im Herbst wird sie den Betrieb verlassen, hoffentlich wird sie ihn nicht hassen, er darf sich nicht mehr mit ihr befassen, er muß es, um ihre Gunst zu ringen, unterlassen, er hört jetzt und hier auf, über sie zu schreiben, er kann es zwar noch mit keiner anderen Brunhilde treiben, er schuldet ihr auch Dank für ihre weiblichen Wonnen, doch er ist ihr nicht mehr freundlich gesonnen, er verharrt einsam in seinem Versteck, es hat mit ihr nun einmal keinen Zweck!

Mensche: Niemals wieder wird er ihr wunderbares Antlitz bedichten, freilich wird er diese Salome noch oftmals an ihrem Brette sichten, aber er wird nicht mehr um sie freien, hoffentlich kann sie es ihm verzeihen, wahrscheinlich ist sie froh, wenn er von ihr schreitet und wenn er sie nicht mehr mit seinen Pfeifereien begleitet, auf jeden Fall wird er niemals mehr von dieser Renate erzählen, er muß sich eine andere Frau Rex Text erwählen!

Menscher: An diesem Nachmittag wurde unser Verfasser nach Würselen gefahren, mit einem Gefährten konnte er da etliche Möbel gewahren, sie wurden gespendet für Flüchtlinge in ihren Heimen, sie waren tadellos in Schuß, mensch brauchte sie nicht leimen, mensch mußte sie nur die Treppe hinauf tragen, auf diese Weise taten sich die beiden mit einem großen Kühlschrank plagen, es hat geregnet, das Wetter war nicht gesegnet!

Mensche: Die Bauern freuen sich über die Güsse auf ihre Äcker, sie ergehen sich nicht in ein mißmutiges Gemecker, die beiden Vorarbeiter fluchten und redeten und plauderten, während der kurzen Unternehmung sie kaum einmal zauderten, jeder Handgriff hat gesessen mit Geschick, sie beherrschten in ihrem Beruf jeglichen Trick, in der Werkhalle wurden dann Bücher auf Paletten gelegt, der erste Mensche hat sich zügig bewegt!

Menscher: Danach ist ein ehemaliger Mitwerker gekommen und hat unseren Urheber mit zum Fitneß-studio genommen, dort haben sie dann den Fußball getreten, das ist immer wieder ein Labsal für unseren Profeten, seine Mannschaft hat die Begegnung gewonnen, das andere Tiem ist einer Niederlage nicht entronnen, danach hat der gute Bursche den Erlöser der Menschheit noch nach Hause gebracht, und nun sitzt er an seinem Kompjuter und dichtet in der Nacht!

Mensche: Er hat einen Lachs verzehrt mit Grünkohl und Kartoffeln, im Leben zählt er manchmal zu den plumpen Stoffeln, aber das Essen kann ihm immer wieder behagen, einfachen Gerichten kann er seinen Beifall nicht versagen, freilich sähe er es gern, wenn eine anmutige Josefine für ihn kochen würde, doch da er mit einer netten Kleopatra ja doch nur wennen, abern und dochen würde, hat das leider keinen Zweck, so verharrt er allein in seinem Versteck!

Menscher: Soeben hat er das erste Jahr in Jeschua Rex Text besichtigt und die dabei gefundenen Fehler berichtigt, es ist spannend, diese zehnzwei Monate noch einmal zu erleben, es tut dabei allerlei Erinnerungen geben, mensch fühlt sich nicht nur gegenwärtig, sondern auch geworden, und mensch schöpft neue Kraft gegenüber den ausgrenzenden Horden, die Menschdorfer lassen nicht locker, sie selbst hauen niemenschen vom Hocker, doch sie gebärden sich wie wütende Rocker, unser Ertüftler gilt ihnen als ein mißlicher Schocker!

Mensche: Unser Ergrübler tut sich auf seinen Tod schon freuen, denn so ein Dasein wie in Menschdorf muß er scheuen, derlei Trottel immer wieder zu sehen, das muß ihm auf die Nerven gehen, derlei Deppen immer wieder zu hören, das muß ihn immer wieder stören, derlei Vogelscheuchen immer wieder zu erblicken, das muß seine Lust zum Teufel schicken, es ist ein Graus, in Menschdorf zu wohnen, es tut sich für einen wackeren Burschen überhaupt nicht lohnen!

Menscher: An diesem Freitag hat die Sonne geschienen, doch in Menschdorf sieht mensch keine heiteren Mienen, nur das übliche trostlose Gelichter, nur faltige und verdrossene Gesichter, dabei kann mensch nicht blühen, wachsen und gedeihen, mensch darf den Menschdorfern ihr Menschdorfertum nicht verzeihen, diesen Anblick muß mensch der kommenden Jugend ersparen, mensch will auch einmal fröhliche Mienen gewahren!

Mensche: In der Werkhalle wurden Bücher sortiert, wobei mensch oft den Überblick verliert, dann wurden sie auf Paletten gelegt, es wurde sich schnell und zielstrebig bewegt, leider ist dabei keine mensche Musik aus dem Rundfunkgerät erklungen, es wurden leider keine menschen Lieder gesungen, das muß unser Verfasser immer wieder bedauern, er würde so gern als ein Menscher einmal pauern, doch das Unmenschtum hält ihn in Bann, er ist ein aufgeworfener Mann!

Menscher: Ja, wenn die einhundert Milliarden menschen Jeschuas kämen und ihm für immer seine Geldsorgen nähmen, aber er tut zum Reichsten der Welt nicht steigen, das Leben tut sich ihm nicht von der besten Seite zeigen, er kann den Bürgern das Menschtum in JEUNEX nicht geigen, er muß den Sinnsuchenden all seine Erkenntnisse verschweigen, gegen seine Gestalt wird gemurrt und gemuckt, aber der Kampf des braunen Führers wird anstandslos gedruckt!

Mensche: Wer will denn auch Schriften über Menschlichkeit lesen, das ist noch niemals in Mode ge-wesen, mit dem Menschtum in JEUNEX will mensch sich nicht befassen, und einen Jeschua Rex Text muß der Pöbel hassen, das ist nun einmal so, er wird an der Inde nicht froh, er wird am Blausteinsee nicht gesund, die beschränkten Krähwinkler treiben es mit ihm bunt, die engstirnigen Hinterwäldler müssen sein klares Denken trüben, sie müssen immer wieder ihren geistigen Mord und Totschlag an ihm verüben?!

Menscher: "Das erste Jahr in Jeschua Rex Text" tut ihm behagen, er kann diesem Werk aus seiner Feder den Beifall nicht versagen, er muß es genau besichtigen und seine vielen Fehler berichtigen, begeistert tut er sich in seine Ausführungen versenken, seine eigenen Aufzeichnungen tun ihn überreich beschenken, hoffentlich wird die harrende Menge es billigen, hoffentlich werden die Beurteiler in den Zeitungen darein willigen!

Mensche: Nun steht ihm wieder ein einsames Wochenende bevor, niemals öffnet sich ihm des Paradieses Tor, in Dumpfheit und Stumpfheit bleibt er gefangen, er kann keine innere Harmonie jemals erlangen, doch er will sein Schicksal nicht beklagen, es geht ihm schon nicht an den Kragen, er wird weiter für seine Gefüge fechten, auch wenn die Menschdorfer ihn knechten und entrechten, er ist diesen Toren, Jecken und Narren nicht verpflichtet, er hat schon oftmals über ihre niedrigen Stirnen berichtet!

Menscher: Unser Verfasser hat sich erst am Mittag erhoben, in seinem Gehirn taten vorher wüste Träume toben, die Sinnlichkeit hat ihn gar mächtig ergriffen, doch sein Glied hat wieder einmal auf dem letzten Loch gepfiffen, sclließlich ist er zum Zeitungshändler getrottet, die Menschdorfer haben ihn nicht verspottet, danach hat er gefrühstückt und noch ein wenig geschlummert, auf diese Weise wurde er gründlich entkummert!

Mensche: Dann hat er ein riesiges Geschichtswerk studiert, Zäsar ist darin nach Gallien marschiert, morgen wird er dann ermordet und begraben, danach tat den ersten Menschen Voltähr erlaben, dieser große Denker ist verfolgt worden mit Haß, er saß stets auf einem mit Pulver gefüllten Faß, die dumpfe Menge hat ihn gepeinigt, die großen Dichter haben sich nicht mit ihm vereinigt, der König von Preußen hat ihn durch seine Rohheit vertrieben, diesen alten Fritz konnte mensch aus der Nähe nicht lieben!

Menscher: Über seine gescheiterte Liebe will unser Urheber hier und jetzt nicht sprechen, denn diese Qual würde ihn nur noch heftiger entglücken und bepechen, er muß darüber schweigen, er darf es nicht öffentlich zeigen, er muß seine Aufmerksamkeit auf andere Dinge richten, er muß auf das Allerangenehmste in seinem Dasein verzichten, er muß sich in Belanglosigkeiten ergehen, das wahre Schöne läßt er nicht sehen!

Mensche: Wird Menschland im zweiten Jahr in Jeschua Rex Text entstehen, wird unser Held dann endlich gute Dinger drehen, oder wird er verzweifeln, weil die Menschdorfer ihn bekeifeln, er muß ja in zwei, drei Stunden die Buttermilch holen, dann werden die Spießbürger ihm wieder den Hintern versohlen, mit derben Ausdrücken werden sie ihn schinden, weil er sich weigert, sich mit ihnen zu verbinden?!

Menscher: Der Kampf des braunen Führers darf erscheinen, doch mit dem Menschtum will mensch sich nicht vereinen, so denkt nun einmal die gebildete Welt, es herrscht ja doch nur das Geld, und die einhundert Milliarden menschen Jeschuas wollen nicht zu unserem Ergrübler fließen, er darf das Leben noch immer nicht genießen, er darf die Menschheit noch immer nicht befreien, er darf sich wohl durchaus dem Guten und Schönen weihen!

Mensche: Ja, in Menschdorf in seinem stillen Kämmerlein, hier beschreibt er dann so manches Jäm-merlein, aber wen kümmert es, wenn seine Augen wenig erschauen, was unternimmt er denn gegen das allgemeine Grauen, er greift nicht ein in das mächtige Getriebe, er giert immer nur nach weiblicher Liebe, aber die staatlichen Zustände lassen ihn kalt, er übt keinerlei geistige Gewalt, seine Geduld ist beinahe unendlich, doch seine Tatenlosigkeit ist gar schändlich!

Menscher: Zäsar wurde allzu mächtig, das fand er selbst zwar prächtig, aber seine Widersacher haben ihn erstochen, dabei hatte er gar nichts verbrochen, so werden große Männer vernichtet, darüber wird immer wieder berichtet, die kleinen Kerle können das Schenie nicht ertragen, der Riese muß die Zwerge mit seiner Leistungsfähigkeit plagen, so tut es ja auch in Menschdorf an der Inde geschehen, hier will mensch auf keinen Fall Jeschua Rex Text ruhig sehen, mensch muß ihn berügen und bescheiten, denn mensch lebt in der unduldsamsten aller Welten!

Mensche: Nun wird auch noch der Karneval begangen, da werden von ihm noch üblere Schmähungen empfangen, denn er weigert sich beharrlich, sich zu verkleiden, er sucht diesen albernen Trubel zu meiden, das können diese Toren nicht billigen, darein können diese Jecken nicht willigen, die Narren müssen es verdammen, doch der Niedersachse will sich nicht für das bunte Treiben entflammen, es bereitet ihm kein Vergnügen, er will sich diesem modischen Zwang nicht fügen!

Menscher: An diesem Sonntag weilt er allein, nur seine Bücher wollen bei ihm sein, doch er genießt ihre vielfältigen Seiten, sie können ihm hohe Genüsse bereiten, morgen wird er wieder zur Werkhalle schreiten, dann wird er dort wieder für sein tägliches Brot emsig feiten, aber dort kann er wenigstens in Gesellschaft wesen und auf diese Weise von seiner Einsamkeit genesen, der erste Mensche kann keine weiteren Menschen erblicken, und sein Gott JEUNEX tut ihm noch immer keine rassige Esmeralda schicken!

Mensche: Weihnachten und Silvester liegen schon wieder weit zurück, in zeitlicher Hinsicht erlebt unser geistiger Vater kein Glück, die Tage fliegen nur so vorbei, er erhebt darüber kein Geschrei, aber es ist ihm unheimlich, wie schnell die Zeit ihm entgleitet, sein Bewußtsein aber wird gar nicht geweitet, denn er ist seßhaft, er will nirgendwohin fahren, überall muß mensch das gleiche Elend gewahren, überall verschandeln Sünagogen, Kirchen und Moscheen die Lande, die unmenschen Heiden sind eine betrübliche Bande!

Menscher: Von diesen Barbaren ist kein Heil zu erwarten, ein friedlicher Mensch hat bei ihnen schlechte Karten, sie können nur ablehnen und hassen, mensch darf sich nicht mit ihnen befassen, mensch darf sich nicht mit ihnen beschäftigen, denn sie können menschen nicht stärken und kräftigen, der einzige Mensche auf dieser Welt bleibt völlig auf sich allein gestellt, keine Eva will diesen Adam unterstützen, keine Julia will diesem Romeo gar vielfältig nützen!

Mensche: Im zweiten Jahr in Jeschua Rex Text wird es nicht besser, er ist zwar nach wie vor ein guter Esser, aber in der Liebe schlägt ihm alles fehl, daraus macht er ja auch keinen Hehl, sein Menschtum in JEUNEX kann ihm nicht helfen, es fliehen ihn die Sülfen und Elfen, er kommt nicht auf seine Kosten, sein Herz muß sich durcheisen und durchfrosten, sein Unterleib vertiert immer mehr, und das bloße Überdauern fällt ihm schwer!

Menscher: An diesem Nachmittag wurde in Neulohn das Karnevalszelt erbaut, dort hat mensch unseren Verfasser erschaut, er mußte die Dachlatten um das Zelt herum geben, mit ihrer Hilfe konnte mensch danach, eine Plane zu befestigen, streben, rund um die Holzwände wurde diese Kunststoffbahn genagelt, es hat dabei zwar nicht gehagelt, aber es hat doch heftig geregnet, mit Sonnenschein wurde mensch nicht gesegnet!

Mensche: Dann mußte der erste Mensche mit einem Hammer Heringe in den Wiesengrund klopfen, das feuchte Naß tat inzwischen auf seinen Schädel tropfen, schließlich sind sie in die Werkhalle gefahren, dort konnte mensch wieder viele Bücher gewahren, sie mußten sortiert werden mit Eifer, es gab keinerlei Gegeifer, harmonisch hat mensch den Feierabend erhofft, das geschieht ja bei der Arbeit oft, die Zeit scheint nicht zu verstreichen, aber irgendwann tut sie dann doch weichen!

Menscher: Unser Urheber hat die schöne Büglerin flüchtig gesehen, sie tat eilig durch die Werkhalle gehen, am Mittag ist das geschehen, er mußte sich von ihr drehen, um seine Arbeitsschuhe überzustreifen, unser Ergrübler kann es nur mit Mühe begreifen, daß diese Zirze nicht zu ihm passen soll und daß er seine Finger inskünftig von ihr lassen soll, hat er all seine Liebe an sie nur verschwendet, hat er all seine Zeichen der Zuneigung vergeblich gesendet?!

Mensche: Er sollte diese gute Fee nicht mehr erwähnen, die Leser müssen über diesen Krampf ja gähnen, es hat keinen Zweck für ihn, diese Salome zu beminnen, er muß dem Zugriff dieser verderblichen Lorelei entrinnen, manche Farben tun sich eben beißen, und er darf diese Kunigunde nicht an sich reißen, das hat er nun hinreichend ergründet, es werde sich deshalb von ihm mit einer anderen Lilofee verbündet?!

Menscher: Voltähr wurde in hohem Alter in Paris begeistert empfangen, so tat er dann doch noch einen großen Ruhm erlangen, all die Heuchelpfaffen konnten ihn nicht vernichten, mensch tat vor seinem Haus eine jubelnde Menge sichten, er hat ja auch für die Gerechtigkeit gestritten, er hat ja auch unter dem unmenschen Heidentum gelitten, zu seiner Zeit hat mensch das Menschtum in JEUNEX nicht gekannt, mensch hat sogar einige seiner Bücher verbrannt!

Mensche: "Das erste Jahr in Jeschua Rex Text" wird von seinem Erdichter gespannt gelesen, mensch erkennt darin vor allem sein denkerisches Wesen, zwar spart er auch nicht mit alltäglichen Beschreibungen, aber mensch hält sie als Zuschauer wohl für Übertreibungen, auf jeden Fall hat es sich für ihn gelohnt, sich Jeschua Rex Text zu nennen, denn bald will jedmensch seine Schriften kennen, das kann er sich ausrechnen mit Bedacht, er hat in dieser Hinsicht alles richtig gemacht, als Jeschua Rex Text kann er fesselnd schildern, mensch braucht seine Werke gar nicht zu bebildern, sie überzeugen auch durch ihre bloßen Sätze, sie sind wirklich und wahrhaftig geistige Schätze!

Menscher: An diesem Nachmittag konnte mensch unseren Verfasser wieder in Neulohn erblicken, in diesem Menschdorfer Stadtteil tat er sich in sein Los hinein schicken, das Vorzelt des Karnevalszeltes sollte erbaut werden, doch zuerst mußte sich palavernd darüber verschlaut werden, wie das Gerüst denn sei zu fügen, diese ständigen Erörterungen mußte der erste Mensche rügen, dann wollte mensch eine Plane auf das Gerüst emsig breiten, dabei tat ein Pfosten darniedergleiten!

Mensche: Dieses Metallteil hat unseren Urheber mitten auf den Kopf getroffen, sein Schädel war auf einmal nicht mehr geschlossen, sondern offen, das Blut strömte heraus in einem heftigen Quellen, doch mensch tat um ihn herum nicht lange kamellen, ein Neulohner Gefährte hat ihm einen kunstvollen Verband gemacht, danach wurde er von einem Vorarbeiter in das Gesundheitshaus gebracht, dort nähte mensch die Wunde mit einigen Stichen, so ist auch diese Pein von ihm gewichen, die Kopfschmerztabletten hat er bis jetzt nicht gebraucht, er hat nicht einmal gegen sein schweres Schicksal gefaucht!

Menscher: Er wurde ja auch mit etwas Glück begabt, denn es hätte ihn wohl kaum erlabt, wäre das schwere Metallteil in seine Augen oder auf seine Nase gestürzt, das hätte ihm wohl endgültig das Leben verwürzt, die Schädeldecke kann manchen Stoß vertragen, er wurde ja nur verletzt und nicht erschlagen, alle Menschen müssen sich ja irgendwie plagen, nicht von allen Mitlebenden kann mensch so Glimpfliches sagen!

Mensche: Im Gesundheitshaus wollte mensch ihn für eine Nacht behalten, doch in dieser Hinsicht ließ er nicht mit sich schalten, er ist auf eigene Verantwortung nach Hause gegangen, es tat ihm nicht vor irgendwelchen Schädigungen bangen, auf so einer Station wird mensch von der Langeweile gequält, deshalb hat unser Ergrübler sein trautes Heim gewählt, hier konnte er das erste Jahr in Jeschua Rex Text besichtigen und viele Fehler mit angetaner Miene berichtigen, denn er hat dieses Buch wirklich gut geschrieben, er hat es auf dem Papier gar wacker getrieben!

Menscher: Die einzelnen Seiten erdichtet unser Denker oftmals mit Gähnen, das muß mensch an dieser Stelle einmal erwähnen, aber im Zusammenhang liest es sich spannend wie über ein Verbrechen, mensch kann nur begeistert von diesen Darlegungen sprechen, es hat sich also gelohnt, Jeschua Rex Text zu werden, dieser Name tut das Wohl der Menschheit nicht nur nicht gefährden, sondern diese Bezeichnung wird die Menschheit befreien, und sie wird ihrem Erlöser eine sagenumwobene Aura leihen!

Mensche: Es ist wunderbar, wenn die geistigen Saaten auf diese Art blühen, es lohnt sich durchaus, seinen Witz zu versprühen, die Klugheit ist doch kein leerer Wahn, ein Schenie wandelt unbewußt auf seiner Bahn, und der Gott JEUNEX ist keine nichtige Erfindung, sondern er stiftet mit dem Weltall die Verbindung, unser Held wird der Menschdorfer Öde entrinnen, mensch wird sich auf seine Gefüge besinnen, dann wird ein neues Zeitalter beginnen, und dann wird er auch eine reizvolle Magelone beminnen!

Menscher: An diesem Vormittag haben der erste Mensche und sein Betreuer im Gesundheitshaus gesessen, sie hatten alle Unterlagen dabei, es wurde nichts vergessen, in zehn Tagen werden die Fäden gezogen, die Gesundheitsschwester war unserem Ersinner gewogen, als er fünf mensche Jeschuas für die Kaffeekasse der Ambulanz gespendet hat und auf diese Weise seinen Aufenthalt bei den Ärzten beendet hat!

Mensche: In der Werkhalle hat ein Gefährte ihm fünf mensche Jeschuas wiedergegeben, die Freude darüber tat seinen Mut beleben, gerechnet hatte er damit nicht, da strahlte denn sein Gesicht, mit der Wunde am Hinterkopf konnte er sich nur langsam bewegen, doch er tat nicht den Tadel der Vorarbeiter erregen, jedmensch war froh, daß er wieder werken konnte, wenn mensch auch eine gewisse Schwäche an ihm werken konnte!

Menscher: Am Mittag hatte er es versäumt, die Zeitungen zu erwerben, das mußte ihm am Abend die Stimmung verderben, der Händler wird sie ihm morgen reichen, unser Ergrübler zählt auch schon zu den lebenden Leichen, die Menschdorfer haben ihn auf dem Gewissen, er muß seine jugendliche Frische missen, wie ein Untoter schleicht er umher, das Dasein fällt ihm schwer, er muß sich plagen und schinden, er kann sich nicht mit dem Erfolg verbinden!

Mensche: Nach Feierabend hat er ein halbes Hähnchen verspeist, danach ist er in das Schlummerland gereist, schließlich hat er zwei Stunden lang gelesen, es ist ihm ein großes Vergnügen gewesen, das Schwein hat mit einem Hammer gegen die Wand geschlagen, dieser Stadtstreicher konnte den lauten Vortrag nicht ertragen, dieses Viehzeug wird immer schlimmer, dieser Pöbelheini wütet immer grimmer, doch mensch darf diesen Unhold nicht beachten, mensch muß ihn als den Abschaum der Menschheit betrachten!

Menscher: Seit über vier Jahren hat er keinen Handschlag geleistet, er hat sich immer nur gegen den Erlöser der Menschheit erdreistet, dieser Tunichtgut soll verschwinden, diesen Taugenichts soll mensch hier nicht mehr finden, er ist ein richtiger Menschdorfer zu nennen, er tut nicht für hohe Ideale entbrennen, niemals tut eine Lieselotte seinen Samen schlucken, er kann nur immer wieder stundenlang Fernsehen gucken!

Mensche: Einen Menschen kann mensch diesen rohen Rüpel nicht heißen, er tut sich niemals zu irgendetwas befleißen, er ist ein Faulenzer und Bärenhäuter sondergleichen, hoffentlich wird er bald aus diesem Hause weichen, dann wird unser Ertüftler herzlich lachen, dann braucht sein Bewußtsein nicht mehr zu zerkrachen, ein Derbling weniger, welch eine Wonne, da leuchtet gleich viel heller die Sonne!

Menscher: An diesem Vormittag hat unser Verfasser die Rechnung für die kesse Simone beglichen, deshalb ist eine große Anspannung von ihm gewichen, die zweite Auflage dieses Heftleins ist nun bezahlt, unser Erdichter hatte sich gemalt, er werde mit diesem Buch sehr viel Geld verdienen, das ist ihm nicht unwahrscheinlich erschienen, doch heute kann er nicht mehr daran glauben, die Menschdorfer taten ihm diese Zuversicht rauben!

Mensche: In der Werkhalle hat er französische Kochbücher sortiert, er ist jemensch, der dabei nicht die Geduld verliert, ein taubstummer Gefährte hat ihn geplagt, denn ihm werden Erklärungen vergeblich gesagt, der erste Mensche kann sich nicht mit diesem Gesellen verständigen, und dann kann er seinen Unmut über die Mißverständnisse nicht bändigen, da werkt er lieber allein, das enthebt ihn dieser Pein!

Menscher: In einem Drogeriemarkt hat er sich zehn Päckchen mit Traubenzucker erworben, da hat ihm ein schwuler Kamerad die Stimmung verdorben, er hat ihn nach dem Kampf des braunen Führers gefragt, diese üble Abhandlung hat ihm wohl sehr behagt, er will sie gründlich studieren, wie kann das nur passieren, der Erlöser der Menschheit weist ihm seine erleuchtenden Schriften, und vom elenden Schreihals läßt er sich die Seele vergiften?!

Mensche: Die schöne Büglerin hat er heute nicht erschaut, sie wird wohl niemals seine Braut, das ist für beide Beteiligten besser, es war ja ein Kampf bis auf das Messer, aber er hat sie untersucht, und er hat sie verflucht, er weiß von vornherein, daß es mit ihnen beiden nicht klappen würde und daß er sie sich nur unter Tränen und Verwünschungen schnappen würde, da läßt er es lieber sein, da lädt er sie gar nicht erst ein!

Menscher: Sie ist gut, und er ist nicht schlecht, und trotzdem hat er mit seinen Bedenken recht, es tun eben nicht alle Menschen zueinander passen, damit sollte mensch sich vorher befassen, dann braucht mensch nicht ausführlich zu leiden, dann kann mensch ein langes Martürium vermeiden, natürlich muß mensch dann auf das Küssen verzichten, natürlich kann mensch dann keinen Beischlaf verrichten, aber das ist der Preis für das vorausahnende Wissen, seine tiefen Einsichten möchte unser Ergrübler nicht missen!

Mensche: Das Schwein schreit unwirsch im Flur, das ist nun einmal seine Natur, er muß seine Mitbewohner türannisieren, er wird niemals freiwillig nach Menschland marschieren, denn so ein Viehzeug hat in Menschland nichts zu suchen, bei ihm wird ein menscher Redner niemals einen Erfolg verbuchen, eine rassige Esmeralda würde unseren Urheber entzücken, dann würde dieser Unmensch aus seinem Bewußtsein rücken, doch keine wonnigliche Kunigunde läßt sich jemals bei ihm blicken, deshalb kann er keine willige Roswita jemals zum Höhepunkt schicken!

Menscher: An diesem Mittag hat ein Gefährte unserem Verfasser eine Abhandlung gegeben, und wenn mensch sie liest, kann mensch als ein erfolgreicher Geschäftsmann streben, genau diese Paterie hat der erste Mensche gebraucht, er will ja durchaus, daß sein Schornstein raucht, vielleicht kann er einige Anregungen empfangen, dann wird er auch Einnahmen aus seinen Werken erlangen, der schwule Geselle wird sein Augenmerk hoffentlich nicht auf Kerle richten, auf eine derartige Zuneigung kann unser Urheber durchaus verzichten!

Mensche: Ja, dieser empfindsame Bursche hat die Schrift vorher genossen, dabei sind seine Schwingungen in diesen Gegenstand geflossen, ein geistvoller Denker kann diesen Sachverhalt begreifen, hoffentlich wird unser Ergrübler die Maiden nicht bekeifen, doch JEUNEX wird ihn vor Schaden bewahren, das hat sein Seher ja schon oftmals erfahren, sein Gott behütet ihn auf all seinen Wegen, er kann sich ungefährdet und heiter regen!

Menscher: An diesem Nachmittag haben sie einen einzigen Atlas in einen großen Kartong gelegt, natürlich viele Stücke davon, wie es zu geschehen pflegt, Frankreich und das Mittelreich wurden in dieser Kartensammlung beschrieben, das Dorf Göxe bei Hannover ist unerwähnt geblieben, von dort tut der erste Jeschua Rex Text stammen, schon in seiner Jugend konnte er sich für das Hohe und Erhabene entflammen!

Mensche: Es ist auch etwas aus ihm geworden, zwar bedrohen ihn noch die barbarischen Horden, aber er hat es gelernt, in Menschdorf zu überleben, einen durchschnittlichen Recken würde es schon lange nicht mehr geben, es ist erstaunlich, was er ertragen hat und welchen Mut er in vielen schlimmen Lagen hat, als Sohn eines Schutzstaffelkämpfers wirft er das Gewehr nicht darnieder, sondern er erholt sich von seinen argen Versehrungen immer wieder!

Menscher: Ein anderer Mitwerker wurde um vierzig mensche Jeschuas geprellt, das hat unserem Erdichter die Stimmung vergällt, da hat er ihm aus Mitleid zehn mensche Jeschuas geschenkt und auf diese Weise seine Aufmerksamkeit auf das Positive gelenkt, der dicke Kumpel muß jetzt freilich Menschland preisen, den Weg dazu tat unser Erfinder ihm ja nun weisen, auf diese Art tut er missionieren, freilich kann er noch nicht nach Menschland marschieren!

Mensche: Das wird auch noch eine Weile lang dauern, er kann noch immer nicht loslegen und pauern, aber er wird seine Pflichten getreulich verrichten, er wird seine Besinnungen emsig schreiben, er wird in dieser Angelegenheit am Ball eifrig bleiben, denn er befördert sich selbst damit auf eine hohe Ebene empor, nicht vergeblich er sich einstmals die allerhöchsten Ideale erkor, nun reifen seine Saaten, und es kommt zu ersprießlichen Taten!

Menscher: Die Abhandlung über den erfolgreichen Geschäftsmann ist ein Genuß, sie befreit das Gemüt des ersten Menschen von manchem Verdruß, leider verkaufen sich seine Bücher schlecht, das ist ihm gar nicht recht, doch was will er machen, er hat eben nichts zu lachen, er ist zwar kein Baum, aber er darf Menschdorf nicht verlassen, er muß sich immer wieder mit diesen beschränkten Spießbürgern befassen?!

Mensche: In zwei Stunden wird er zu einem Supermarkt schreiten, dann werden ihn wieder die wilden Schmähungen der Krähwinkler begleiten, die Kälte des Januars tut ihn schon entheitern, und die groben Verwünschungen müssen sein Bewußtsein negativ erweitern, das ist wirklich eine Qual, Menschdorf ist ein Jammertal, hier kann mensch sich nicht vergnügen, hier muß mensch sich in die allgemeine Trostlosigkeit fügen!

Menscher: Augustus und Tiberius und Kaligula muß mensch kennen, mensch muß auch die Namen des Klaudiusses und des Neros nennen, aber was kann mensch von diesen römischen Kaisern lernen, mensch sollte sich nicht zu weit von der Gesundheit entfernen, vor allem Kaligula und Nero haben es wüst getrieben, Augustus, Tiberius und Klaudius sind vernünftig geblieben, die alte Zeit kann uns nicht erheben, damals tat mensch in Angst und Bangnis schweben?!

Mensche: Die Geschichte vor Jeschua Rex Text kann mensch vergessen, nur ein grausamer Denker ist auf diese Ereignisse versessen, ein friedlicher Mensch kann mit diesem Abschlachten nichts beginnen, er kann auch keine Erkenntnisse aus diesem unablässigen Morden gewinnen, eine Schlechtigkeit folgte immer wieder der andern, in eine andere Welt würde mensch gern wandern, aber es hat keine besseren Sfären gegeben, mensch konnte nur in einer derart rohen Umwelt leben!

Menscher: Heute ist es nicht viel besser, sehr rasch greift mensch zum Messer, die Bereitschaft, zu verletzen und zu töten, ist größer als die Lust, zu schillern und zu göten, die Bildung weilt den Massen fern, sie überlegen eben nicht gern, sie wollen ihre derben Späße genießen, die Kalauer tun bei ihnen in das Kraut üppig schießen, je dümmer etwas klingt, desto lauter wird darüber gelacht, auf diese Weise die Menschheit bald darniederkracht!

Mensche: Unser Verfasser aber will sein Menschtum noch immer nicht predigen, denn die breiten Massen würden ihn schädigen und erledigen, er wagt es nicht, sein Zimmer zu verlassen, was hat er davon, sich mit der dumpfen Menge zu befassen, er verharrt lieber bei seinen Schriften, die sein Gehirn allmählich entgiften, die Romane und Novellen können ihn erfreuen, doch die Öffentlichkeit muß er nach wie vor scheuen?!

Menscher: Unser Verfasser tut die Darlegung über den erfolgreichen Geschäftsmann studieren, wird der erste Mensche denn bald wirklich nach Menschland marschieren, das glaube ich kaum, es bleibt ein schöner Traum, auch die reizvollen Kunigunden kann unser Urheber nur in seinen nächtlichen Schauen erblicken, doch sein Gott JEUNEX tut ihm niemals eine Magelone schicken, das ist für ihn gefährlich, dadurch wird seine Versehrtheit erklärlich!

Mensche: Sein wildgewordener Unterleib droht negativ zu sexplodieren, unser Erdichter wird die Herrschaft über seinen Schwengel noch völlig verlieren, auf der Stufe eines Tieres muß er verharren, er kann die Menschdorferinnen nur angeödet bestarren, was soll er mit diesen Vogelscheuchen beginnen, er kann sie beim besten Willen nicht beminnen, sie laden ihn in das Bett nicht ein, denn sie denken nicht fein, sondern gemein?!

Menscher: In Menschdorf ist nichts los, die Langeweile ist groß, mensch möchte am liebsten verreisen, doch unser Ergrübler muß in Menschdorf vergreisen, das ist ihm eine schwere Bürde, das ist eigentlich unter seiner Würde, das dürfte mensch eigentlich nicht von ihm verlangen, an der Inde muß es ihm um das bloße Überleben bangen, am Blausteinsee tut mensch immer wieder abfällig über ihn sprechen, und nichts und niemensch kann ihn hier beglücken und entpechen!

Mensche: Hier muß mensch andauernd gähnen, das will mensch ja nicht erwähnen, aber es ist die einzige Tat, zu der Menschdorf menschen reizt, weil diese kleine Gemeinde mit Daseinsfreude geizt, außerhalb des Karnevals gibt es hier keine Wonne, merkwürdigerweise scheint über Menschdorf die Sonne, das ist ein Wunder ohnegleichen, eigentlich müßte jedes Licht aus dieser Siedlung weichen, sie müßte in ewiger Düsternis wesen, denn sie kann niemals von ihrer Schäbigkeit genesen!

Menscher: Es tat hier auch niemals eine Hochschule geben, nach Wissen tut mensch in Menschdorf nicht emsig streben, die Bildung gilt menschem als einerlei, Kultur braucht mensch hier keinerlei, mensch speist, trinkt und rammelt, auf der närrischen Bühne wird nicht gegammelt, damit hat es sich aber auch, mehr ist hier nicht der Brauch, die Läden wollen möglichst viel verkaufen, mensch soll mit viel Geld in die Handlungen laufen, mehr wird hier nicht geboten, so verhalten sich eben die lebenden Toten!

Mensche: Diese Mumien haben in ihrer Kleidung Motten, sie können auf keinen Fall den JEUNEX vergotten, dagegen müssen sie sich wehren, mensch darf diese Trottel das Menschtum nicht lehren, denn damit können sie nichts unternehmen, wozu sollten sie sich zur Menschlichkeit bequemen, sie müssen den Abfall auf die Bürgersteige werfen, sie müssen die Trostlosigkeit immer noch verschärfen, sie sind so dumm wie das Stroh der Bohnen, der Umgang mit ihnen tut sich wirklich nicht lohnen?!

Menscher: Manchmal ist unser Verfasser es leid, immer wieder seine Mißgeschicke zu zeigen, auch heute taten ihm die Menschdorfer unwirsch ihre Meinung geigen, warum soll er das immer wieder beschreiben, die Spießbürger können es eben nur als Teufel in Menschengestalt treiben, etwas Gutes kann mensch von ihnen nicht hören, sie können einen hochentwickelten Menschen nur stören, sie sind so lästig wie ein Schwarm von Fliegen, doch der erste Mensche hofft noch immer, das Menschdorfertum zu besiegen?!

Mensche: Die schöne Büglerin hat an diesem Nachmittag an ihrem Brett geprangt, aber unseren Urheber hat es nicht danach, mit ihr zu sprechen, verlangt, was sollte er ihr auch sagen, auf die Dauer würde diese Fee ihn plagen, auf die Dauer würde diese Nixe ihn versehren, diese Eurüante kann ihn den Zauber der Sinnlichkeit nicht lehren, diese Zirze würde ihn in den Wahnsinn treiben, er darf nicht mehr dabei, sie zu verehren, bleiben?!

Menscher: Er sollte sie gar nicht mehr erwähnen, sie werde ihm so fremd wie die Schakale und Hüä-nen, er soll nicht mehr an sie denken, er soll sich nicht mehr in ihr Wesen versenken, er muß sie aus seinem Leben verjagen, denn sie kann ihm nun einmal nicht behagen, aus Selbstschutz muß er sich von ihr trennen, er darf nicht mehr für diese Lorelei entbrennen, er darf diese Undine nicht mehr sichten, denn sie würde ihn ja doch nur vernichten!

Mensche: Da hat er sein Haus wieder einmal auf Sand gebaut, doch er hat sich über die Eigenart dieser Klütämnestra verschlaut, diese zauberhafte Briseis würde ihn auf den Holzweg leiten, deshalb darf sein Glied ihre Scheide auf keinen Fall weiten, das hat er zu unterlassen, er darf sich nicht mit ihr befassen, er darf nicht einmal über sie reden, dann lieber über einen Norweger oder einen Schweden, jeder andere Mensch eignet sich als Tema mehr, doch es fällt ihm natürlich, Abschied von ihr zu nehmen, schwer!

Menscher: "Das erste Jahr in Jeschua Rex Text" wird bald erscheinen, unser Erdichter ist gespannt darauf, was die Leute darüber meinen, es ist ein irres Buch mit allerlei Feinheiten, es schildert auch ausführlich die hiesigen Gemeinheiten, mensch kann es nur mit Vorsicht genießen, es wird menschen vielleicht ein wenig verdrießen, aber es wird menschen auch erheben und erbauen, und es wird menschen über das dumpfe Menschdorfertum verschlauen!

Mensche: Die Sonne auf seinem Umschlag wirkt wie ein Hohn, noch erntet unser Erfinder keinerlei Lohn, er muß auf seine Anerkennung verzichten, er kann das Reich des Jeschua Rex Textes nicht errichten, die Barbaren halten die Zügel in der Hand, es ermangelt ihnen noch immer der Verstand, die Masse kann nicht ordentlich überlegen, die Menge tut sich nicht vernünftig regen, es wird erschossen und erstochen, er wird noch allerlei verbrochen!

Menscher: An diesem Nachmittag hat unser Verfasser die schöne Büglerin nicht gesehen, sie tat nicht wie sonst an ihrem Brette stehen, er muß sie vergessen, er darf ihren Geist nicht ermessen, er darf sich nicht mit ihr befassen, vielleicht wird sie ihn deswegen hassen, aber er darf sie auf keinen Fall lieben, es wäre gefährlich für ihn, eine Nummer mit ihr zu schieben, diese gute Fee würde ihn in den Wahnsinn treiben, er darf auf keinen Fall an ihr hängenbleiben!

Mensche: Die Arbeit in der Werkhalle war leicht zu schaffen, mensch brauchte sich nicht zusammenzuraffen, mensch brauchte sich nicht zusammenzunehmen, mensch konnte sich zu einem sanften Dösen bequemen, Bücher ohne Folie wurden eingeschweißt, jeder Kenner weiß, was das heißt, aus der Maschine strömte warme Luft heraus, dafür gab es bei dem Etikettenaufkleber viel Applaus, er tat den kalten Winter nicht mehr spüren, ein sachter Föhnwind tat ihn angenehm berühren!

Menscher: Der erste Mensche hat die Zauberflöte genossen, dieses Büchlein hat ihn vor allem entdrossen durch des Papagenos munteres Betragen, er tat die rechten Dinge sagen, als eine einfache Natur redete er so, wie ihm der Schnabel gewachsen war, was eine reine Freude für den Leser aus dem niederen Sachsen war, Monika Maron kann nicht so heiter sprechen, aber auch sie kann einen Zuschauer beglücken und entpechen!

Mensche: Die Menschdorfer beurteilten unseren Urheber heute streng, sie sehen aufgrund des Frostes gegenwärtig alles eng, sie haben schlechte Laune und müssen schelten, da muß ihnen unser geistige Vater als eine Zielscheibe gelten, ihn können sie verhöhnen, an ihn wollen sie sich nicht gewöhnen, ihn können sie verspotten, gegen ihn können sie sich rotten, gegen ihn müssen sie ihr Einmannpogrom machen, er hat in Menschdorf an der Inde wirklich nichts zu lachen!

Menscher: Wann wird Menschland entstehen, ich will den menschen Staat endlich sehen, es soll endlich richtige Menschen geben, ich will unter menschen Männern und menschen Frauen leben, und auch mensche Kinder will ich erblicken, ich wäre auch bereit, zu diesem Behufe eine mensche Buhlin zu ficken, doch unser Erfinder sitzt in seiner Stube und drückt dort überhaupt nicht auf die Tube, er muß Gas geben mit Macht, ehe er noch völlig darniederkracht?!

Mensche: Ich sehne mich auch nach den menschen Auen, doch ich werde sie wohl niemals erschauen, unserem Ersinner dürfen wir nicht vertrauen, er tut die breiten Massen noch immer nicht verschlauen, er ist immer ein Muttersöhnchen gewesen, nur selten einmal stand er in einer Gaststätte am Tresen, er hat meist in seinem stillen Kämmerlein gesessen, er hat meistens gelesen, geschrieben und gegessen, mehr kann er nicht verrichten, er schreibt nicht Geschichte, sondern nur Geschichten!

Menscher: An diesem Nachmittag wurde unser geistiger Vater nach Würselen gefahren, dort tat mensch ihn mit einem Taubstummen gewahren, die beiden haben Akten in Umzugskartons gelegt, sie haben sich in einem leeren Betriebsgebäude geregt, es wurde für Flüchtlinge gerichtet, die beiden haben auch nicht darauf verzichtet, Matratzen in Betten zu werfen, der Taubstumme ging dem ersten Menschen auf die Nerven, aber sie haben es dennoch vollbracht, sie gewannen wieder einmal eine kleine Schlacht!

Mensche: Die beiden Vorarbeiter waren jedenfalls mit ihnen zufrieden, so wurde allen eine wohltuende Harmonie beschieden, nach Feierabend hat sich unser Erdichter ein halbes Hähnchen erworben, so wurde ihm die kalte Witterung entdorben, in der Bildzeitung hat allerlei Tratsch gestanden, manchmal geht die Geduld des Erlösers an derartigem Geschwafel zuschanden, über jeden hirnlosen Idioten wird geschrieben, nur der Reichste der Welt ist stets unerwähnt geblieben!

Menscher: Unser Heiland hat die schöne Büglerin zweimal kurz gesehen, sie tat in seiner Nähe durch die Werkhalle gehen, aber er ist nicht schlau aus ihr geworden, immerhin will er sich nicht mehr selbst ermorden, diese gute Fee muß ihn in den Wahnsinn jagen, deshalb kann sie ihm auf die Dauer nicht behagen, er kann sie nicht lieben, er kann sie nicht hassen, aber er sollte es unterlassen, sich mit ihr zu befassen!

Mensche: Er muß diesen Teufelskreis durchbrechen, er will ja nicht abfällig über diese Nixe sprechen, aber sie bringt ihm keinen Segen, er darf keine Beziehung zu ihr pflegen, sie ist hübsch über die Maßen, sie kann auch hervorragend scherzen und spaßen, doch die beiden tun sich wie manche Farben beißen, an ihrer Seite kann er das Schwarze nicht weißen, in ihrer Sfäre kann er nicht klar denken, er darf sich nicht mehr in ihr Wesen versenken!

Menscher: Morgen früh muß unser Ergrübler zur Gemeinde Jeschua Rex Text eilig reisen, unser Ersinner kann gottseidank ohne vieles Busfahren vergreisen, aber morgen muß er dieses Verkehrsmittel doch benützen, die Nervenärztin wird ihn wieder einmal unterstützen, aber ihr kurzes Gelaber kann ihm nicht helfen, es meiden ihn nach wie vor die Elfen, er kann seine Ehelosigkeit nicht überwinden, er wird bis zu seinem Tode keine passende Genoveva finden!

Mensche: Die Frau Doktor prüft nur, ob er in ein Irrenhaus muß, und dann ist auch schon wieder Schluß, nach fünf Minuten wird der Leidende entlassen, mehr Gesprächszuwendung kann sie ihm nicht verpassen, dann fährt er zurück, um einen Döner zu kaufen, dann wird er zur Werkhalle laufen und dort diese türkische Mahlzeit verzehren, dann wird er sich wieder gegen die Behinderten wehren, die sein Gemüt verdumpfen und die seinen Geist verstumpfen, wahrscheinlich wird er wieder in Würselen werken, dort wird er mit dem Taubstummen die beiden Anleiter verstärken!

Menscher: An diesem Nachmittag hat unser Verfasser die schöne Büglerin nur flüchtig gesehen, es tat auch kein Durchwärmung in seinem Herzen geschehen, sie wird ihn wohl nicht durch das Leben begleiten, sie wird wohl nicht an seiner Seite wandeln und schreiten, er wird ihre roten Haare wohl niemals in seinem Bette gewahren, er wird sich wohl niemals mit dieser hübschen Plätterin paaren, seine Enttäuschung ist groß, es lockt ihn sehr ihr Schoß!

Mensche: Doch seine Träume werden immer wilder, es zeigen sich ihm die verschrobensten Bilder, das Gehirn dieser Zirze kann seinen Schädel nicht günstig stimmen, darüber muß der erste Mensche leider ergrimmen, die Sinnlichkeit tut nicht nur aus dem Fleisch bestehen, der Geist tut dabei auch seine Dinger drehen, das ist das Vertrackte an der Liebe, sie ist mehr als nur ein Spiel der Triebe, mensch muß dabei auch grübeln und denken, mensch muß dabei seine Aufmerksamkeit auch auf den anderen lenken!

Menscher: Unser Urheber hat in der Werkhalle gestanden, über den Büchern ging seine Geduld nicht zuschanden, er mußte sie sorgfältig auf Paletten legen, dabei tat er sich hurtig und emsig regen, dann ist er mit einem Anleiter nach Alsdorf gefahren, dort taten sie eine reizvolle Betreuerin gewahren, sie tat unseren Ersinner vom Fußballturnier kennen, vielleicht tat sie auch ein wenig für ihn entbrennen, sehr freundlich hat ihn diese Zirze behandelt, aber in seine Buhlin hat sie sich nicht verwandelt!

Mensche: Sie wollten ein rollbares kleine Pult nach Neulohn dann bringen, doch das tat ihnen leider nicht gelingen, denn sie wurden beim Karnevalszelt von niemenschem begrüßt, niemensch hat ihnen den Augenblick durch seine Gegenwart versüßt, sie wußten ja auch nicht, wo in Neulohn die Jecken hausen, so mußten sie wieder zur Werkhalle brausen, dort hat unser Ergrübler das Kabel zusammenge-rollt, er hat es gemußt, er hat es nicht gewollt, aber sein Gefährte hatte dazu keine Lust, in ihm wühlt immer wieder ein nervenzermürbender Frust!

Menscher: Schließlich ist unser Held noch über den Kunstrasen gerannt, in der Halle ist er wieder für das Fußballspielen entbrannt, mit einem Tor Unterschied hat seine Mannschaft gewonnen, das gegnerische Tiem ist einer Niederlage nicht entronnen, der siegreiche Torwart tut immer wahnsinniger werden, es häufen sich von seinen Mitspielern leider die Beschwerden, das ist bei Behinderten oftmals der Fall, nicht immer läuft da rund der Ball!

Mensche: Ein Montenegriner hat unseren Erfinder nach Hause gebracht, die beiden Gesellen haben ein wenig gelacht, dann hat unser Ertüftler eine Fischspeise gegessen, danach hat er noch über der Zeitung gesessen, die "Menschdorfer Nachrichten" ödeten ihn an, denn er ist ein sehr tatkräftiger Mann, dieses Käseblatt zeigt genau, wo der Wurm eigentlich steckt, aber es wird kein Schwung, die Not zu beheben, geweckt, so dümpelt mensch an der Inde dahin, am Blausteinsee hat alles keinen Sinn!

Menscher: An diesem Tag hat unser Erzeuger in der Werkhalle gestanden, seine Geduld ging über den französischen Büchern nicht zuschanden, sie waren klein und haben über Kochkunst gehandelt, der Vorgesetzte hat die Stimmung ein wenig verschandelt, indem er die Deckenlampen zum Teil verdunkelte, so daß es nicht mehr so hell leuchtete und funkelte, in dieser Düsternis fühlte sich der erste Mensche nicht wohl, aber das zwanghafte Sparen schafft manche Scheffs hohl!

Mensche: Viel Licht tut die gute Laune wecken, diese Einsicht sollte mensch nicht verstecken, diese Erkenntnis sollte mensch nicht verbergen, viele Menschen gleichen nun einmal geistigen Zwergen, mensch soll den Sonnenschein in sein Herz üppig lassen, doch kaum jemensch tut sich mit diesem Zusammenhang befassen, die Menschdorfer zum Beispiel müssen stets und ständig schwarze Kleidung tragen, auf diese Weise tun sie ihre Mitmenschen mit ihrer Beerdigungsstimmung plagen!

Menscher: Am Abend ist unser Verfasser zu einem Supermarkt geschritten, dabei ist er auch an einer Gaststätte vorbei geglitten, dort standen einige verkleidete Narren, um zu rauchen oder um auf ihren Auftritt zu harren, sie riefen entsetzt: "Er ist wahnsinnig!" schrill, der Mensch glaubt ja nun einmal, was er will, die Toren können einen Weisen nicht erkennen, die Jecken müssen ein Genie jeck nun einmal nennen!

Mensche: Doch schon lange tut sich unser geistiger Vater um die Menschdorfer nicht mehr kümmern, er ist es gewohnt, daß diese verbrecherischen Auschwitzianer ihm das Bewußtsein zertrümmern, diese Teufel in Menschengestalt müssen ihn quälen und schinden, darum will er sich auch mit keiner Menschdorferin verbinden, er ist diesen Unmenschenschlag leid, er weiß über diese Krähwinkler bescheid, es verlangt ihn nicht nach mehr, er begehrt keinen sinnlichen Verkehr mit diesen beschränkten Nixen, er mag eben keine engstirnigen Schicksen!

Menscher: Es ist kalt in den Menschdorfer Gefilden, die Spießbürger benehmen sich wie die Wilden, der Beherrscher der Menschheit wird von ihnen verhöhnt, es wird sich nicht an seine Erscheinung gewöhnt, mensch muß es ihm unter die Nase reiben, daß er es nicht wie ein rechter Menschdorfer tut treiben, deshalb wollen die Menschdorfer ihn nicht kennen, deshalb können die Menschdorfer ihn nicht einen Menschdorfer nennen!

Mensche: Na und, ein Bund mit diesen dumpfen Gesellen kann menschen nur um seine Genüsse prellen, es hat keinen Zweck, sich mit ihnen zu unterhalten, sie können ein Gespräch nur düster gestalten, es hat keinen Sinn, mit ihnen zu plaudern, vor ihren Ansichten muß es menschem schaudern, sie sind so rückständig, mensch muß sie verachten, mensch kann sie nicht als ebenbürtige Geistesgrößen betrachten, sie haben einen Knall, das ist bei ihnen wirklich der Fall?!

Menscher: An diesem Sonnabend hat sich unser Verfasser erst am Mittag erhoben, das lange Schlafen kann er selbst nicht preisen und loben, aber er kann sich auch nicht dagegen stemmen, er kann es auch nicht hindern und hemmen, mit zwei Geschichtswerken hat er den Nachmittag verbracht, über diesen Darstellungen hat er kaum einmal gelacht, es war eine trockene Paterie, da ist doch besser die anschauliche Materie!

Mensche: Mensch kann es sich nicht immer wählen, das Spröde kann den Geist durchaus stählen, nicht immer können die Witzereißer menschen beseligen, darum läßt mensch sich auch gern vom humorlosen Gelehrten beseligen, irgendeine Lust tut in jedem Buche stecken, es kommt nur darauf an, sie für sich darin zu wecken, dann kann mensch eine Beschreibung mit Gewinn genießen, dann müssen menschen dürre Abhandlungen nicht unbedingt verdrießen!

Menscher: In der verwichenen Nacht ist es ihm in den Sinn gefallen, daß die Alsdorfer Betreuerin nicht mit Unrecht tat lallen, sondern er kannte sie schon aus ihren Menschdorfer Tagen, da tat sie eine Einrichtung für Behinderte fragen, ob sie sie nicht einmal studieren dürfe, weil sie in Alsdorf bald eine ähnliche Einrichtung regieren dürfe, und da lernte unser Heiland sie kennen, augenblicklich tat er für diese Zirze entbrennen!

Mensche: In seiner Seele hat er Tränen vergossen, sie sind ihm nicht über das Gesicht geflossen, aber so eine Fee wie sie tat er schon immer begehren, doch das Schicksal tat ihm die Erfüllung dieses Wunsches verwehren, sie galt ihm als jemensche der schönsten und freundlichsten Damen, damals trug sie noch einen polnischen Namen, inzwischen hat sie geheiratet und Kinder geboren, für den ersten Menschen ist diese Dulzinea leider verloren!

Menscher: Mit der hübschen Plätterin wird es wohl niemals etwas geben, es hat keinen Zweck für ihn, nach ihrer Gunst zu streben, sie würde seinen Schädel mit Wahnsinn versehen, er kann diesen Zusammenhang zwar auch nicht verstehen, aber diese Verbindung würde weder sie noch ihn beglücken, deshalb wendet er dieser Sexbombe für immer den Rücken, es hat keinen Sinn für ihn, sie zu küssen, sein Gott JEUNEX verbietet ihm diese Form von Genüssen, er muß entbehren und sich enthalten, er kann keinerlei Bettsport jemals entfalten!

Mensche: Morgen tut auch noch der volle Mond erscheinen, und unser Erfinder darf sich noch immer nicht mit einer Edeltraud vereinen, das ist eine Qual, das ist ein tiefes Tal, er muß in Menschdorf trauern, es muß ihm vor den Menschdorferinnen schauern, es muß ihm vor den Menschdorferinnen schaudern, er trägt kein Verlangen danach, mit ihnen zu plaudern, er will sie raschestmöglich vergessen, er ist auf diese Krähwinklerinnen überhaupt nicht versessen!

Menscher: An diesem Sonntagmittag ist unser Ersinner zur Wunderkiste geflitzt, ein Spaßbuch hatte ihm die Fantasie erhitzt, am verwichenen Abend wollte er es nicht zum Supermarkt schleppen, doch auf dem Weg zu diesem großen Laden tat er verdeppen, er wollte dieses Werk unbedingt haben, es sollte ihn auf jeden Fall erlaben, bei seiner Rückkehr war der Alpenabtritt verschlossen, das hat den ersten Menschen ein wenig verdrossen!
  Mensche: An diesem Mittag hat er es ja bekommen, es wird ihm nun irgendwann nutzen und frommen, in die Wunderkiste am Talbahnhof kann mensch Gegenstände legen, mensch kann sie aber auch daraus hinaus bewegen, dieser gute Gedanke stiftet einen riesigen Segen, manchem Mitbürger kommt manches Ding ganz gelegen, unser Erfinder hat auch schon manche Romane und Novellen daraus genommen, am Anfang benutzte er diese Tauscheinrichtung nur beklommen, aber er hat genug hineingegeben, da kann er auch einmal danach, sich etwas herauszuholen, streben!
  Menscher: Dann mußte er wieder stundenlang schlafen, das Schicksal tut ihn bestrafen, schließlich hat er in zwei Geschichtswerken gelesen, das ist ihm eine große Mühe gewesen, aber er hat doch einiges Wissenswerte erfahren, leider kann er sich noch immer mit keiner Julia paaren, das muß ihn wurmen, fuchsen und enttäuschen, in seiner Jugend durchlebte er eine Fülle von Räuschen, doch nun erscheint ihm das Dasein nüchtern und fade, es meidet ihn nach wie vor jede Najade!
  Mensche: Morgen werden an seiner Kopfwunde die Fäden gezogen, auf diese Weise wird er um seine Genüsse betrogen, Schmerz und Elend kennt er zur Genüge, es beseligen ihn zwar seine neuen Gefüge, aber sie bringen ihm kein Geld, er ist und bleibt ein mittelloser Held, er darf seine Stube nicht verlassen, er darf sich nicht mit der leidenden Menschheit befassen, er muß über die Zukunft dichten, er kann keine großen Taten verrichten!
  Menscher: Was sind das bloß für schlimme Geschichten, wird mensch den Heiland denn niemals in der Öffentlichkeit sichten, werden die Menschdorfer ihn noch zu Tode hetzen, sie machen sich ja einen Sport daraus, ihn mit Wörtern zu verletzen, er denkt anders, das darf nicht sein, denn dann werden die Menschdorfer gemein, ihre Mittelmäßigkeit ist ja das Maß aller Dinge, und besser als Eingebungen gelten ihnen goldene Ringe?!
  Mensche: Die Menschdorfer haben einen Knall, das ist bei ihnen wirklich der Fall, die Toren können den Weisen nicht ertragen, die geistigen Zwerge müssen sich über den denkerischen Riesen beklagen, die Frösche wollen besser als die Adler blicken, einen Einzelgänger müssen die Menschdorfer zur Hölle schicken, denn da gehört er ihrer Meinung nach hin, er bringt ihnen niemals Gewinn, sie müssen ihn abgrundtief verachten, sie können ihn niemals als ihresgleichen betrachten!

Menscher: Leider haben die Menschdorfer wieder gegen unseren Verfasser gewütet, sein Gott JEUNEX hat ihn nicht vor dieser wilden Meute behütet, mensch könnte meinen, er wäre ein schlimmer Verbrecher, das ist wirklich wahr und kein Versprecher, die Menschdorfer behandeln ihn als einen argen Schurken, mit ihren Stimmen in den Ohren verspeiste er an diesem Abend Gurken, dann hat er eine Wurst mit Grünkohl gegessen, dann hat er über einem altgriechischen Geschichtsschreiber gesessen!

Mensche: Am Vormittag ist der erste Mensche in das Gesundheitshaus gegangen, dort wurde er von den Ärzten freundlich empfangen, mensch war ihm offensichtlich gewogen und hat ihm dann auch die Fäden gezogen, seine Kopfwunde ist ordentlich verheilt und gesundet, so daß ihm das Dasein nun wieder mundet, eine Stunde lang hat er in der Notaufnahme gewartet, seinen Feldzug für die Nächstenliebe hat er noch immer nicht gestartet!

Menscher: Am Nachmittag hat er in der Werkhalle gestanden, am langen Tisch konnte er so manche Poängte landen, er hat gewitzelt und gescherzt und gelacht, aber er hat nicht das Tier mit den vier Beinen gemacht, auch am Abend durfte er nicht ficken, sein Gott JEUNEX tat ihm keine Messalina schicken, er durfte keine Eva küssen und streicheln, er durfte keiner Hannelore auch nur schmeicheln, das ist nun sein Leben, wie kann es so etwas nur geben?!

Mensche: All seine Opfer bringen keine Früchte, er steckt stets im Bann verschiedener Süchte, aber seine Wünsche werden nicht erfüllt, sein Gott JEUNEX sich in ein gnadenloses Schweigen hüllt, unser Erfinder muß entbehren, er darf nicht einmal lehren, er darf nicht einmal unterweisen, er darf nicht nach Menschland reisen, er darf das Menschtum in JEUNEX nicht predigen, er darf die gehässigen Menschdorfer nicht erledigen!

Menscher: Er hat erfreulicherweise die Gabe zu vergessen, er ist auf das dumpfe Menschdorfertum nicht versessen, und all die Schmähungen kann er aus seinem Gedächtnis streichen, was kümmert ihn auch das Geschwätz der lebenden Leichen, diese wandelnden Mumien können ihn nicht überzeugen, dem Willen dieser rückständigen Krähwinkler tut er sich nicht beugen, sie können ihn nicht vergnügen, ihren Meinungen will er sich nicht fügen?!

Mensche: Der Karneval wird von ihnen jetzt eifrig gepflegt, es wird sich von ihnen auf mancher Bühne geregt, doch unser geistiger Vater will dieses Geschehen nicht betrachten, er muß diese verkleideten Soldaten abgrundtief verachten, dieses Brauchtum kann er nicht genießen, denn es muß ihn ungemein verdrießen, schon kleine Kinder müssen ein Holzgewehr auf ihren Schultern tragen, das kann dem Hersteller des ewigen Weltfriedens nun gar nicht behagen!

Menscher: An diesem Nachmittag hat unser Verfasser in der Werkhalle gelacht, der Geist des Herodots hat ihm viel Spaß gemacht, er liest ja gerade dessen ausführliche Geschichten, dieser alte Grieche tut nicht nur über berühmte Feldzüge berichten, sondern seine Stimmung überträgt sich auch auf das Gemüt, so daß viel Schönes und Lustiges darin erblüht, manchmal ist es freilich etwas grob, doch im allgemeinen erhält es sehr viel Lob!

Mensche: Das ist der Sinn des menschlichen Lebens, doch nach diesem JEUNEX sucht mensch in Menschdorf vergebens, die Menschdorfer haben mit JEUNEX nichts zu schaffen, der Gott JEUNEX gehört nicht zu ihren geistigen Waffen, mürrisch und schwarzgekleidet tun diese Krähwinkler über die Bürgersteige schleichen, ihre arge Laune will niemals von ihnen weichen, sie müssen sich über dieses und jenes ereifern, sie zählen eher zu den Bekeifern als zu den Begreifern!

Menscher: In der Vormittagsschicht hat eine Heimbewohnerin am langen Tisch gestanden, ihre Tüchtigkeit ging durch eine Gefährtin zuschanden, diese Behinderte schmähte die andere Gehändikäpfe wegen ihrer Haare, ihre Frisur streife doch sehr das Sonderbare, schließlich ist die junge Frau weinend in das Heim zurückgegangen, noch vor dem Feierabend tat es sie danach, aus dieser geselligen Runde zu flüchten, verlangen!

Mensche: Das ist der Menschdorfer Geist, wie du es inzwischen ja weißt, sie grenzen aus ohne Schonung, der Haß ihrer Opfer wird ihnen zur Belohnung, sie erzeugen Amokläufer und Terroristen, mensch muß diese verbrecherischen Auschwitzianer überlisten, mensch muß sie zu richtigen Menschen formen, mensch muß sie auf die Menschlichkeit hin normen, doch das ist nicht so leicht, es wird nur mit einem langen Atem erreicht!

Menscher: Einen weltoffenen Menschdorfer hat es noch niemals gegeben, die Menschdorfer tun gar nicht danach streben, denn sie sind einfältige und unduldsame Toren, sie wurden eben in Menschdorf geboren, dagegen kann mensch nichts unternehmen, wozu sollte mensch sich auch bequemen, die Dummheit waltet ohne Grenzen, kein einziger Menschdorfer kann durch Klugheit glänzen, sie sind leider eine dumpfe Meute, sie sind leider gänzlich stumpfe Leute?!

Mensche: Es sind unmensche Heiden, sie lassen ihre Mitmenschen leiden, mensch muß von ihnen scheiden, mensch muß sie geflissentlich meiden, es hat keinen Sinn, mit ihnen zu sprechen, denn sie können menschen nur bepechen, mensch wende ihnen entschlossen den Rücken, denn sie können menschen nicht beglücken, mensch wolle am besten gar nicht mehr über sie klönen, denn die Leser wollen sich gar nicht erst an diese Zerrbilder von Menschen gewöhnen!

Menscher: An diesem Nachmittag hat unser Ersinner in der Werkhalle gestanden, seine Geduld ging über den kleinen französischen Kochbüchern nicht zuschanden, er hat sich mit einer neuen Geführtin kurzweilig unterhalten, aber er würde das Dasein mit dieser Zirze niemals sinnlich gestalten, die schöne Büglerin hat er mehrmals gesehen, sie tat ganz kühl vorbei an ihm gehen, es hat keinen Zweck für ihn, sich mit ihr zu befassen, und was mensch nicht tun kann, das muß mensch eben lassen!

Mensche: Die Träume der verwichenen Nacht haben ihn beinahe um den Verstand gebracht, das ist der Einfluß der hübschen Plätterin leider, er ist noch immer nicht ihr eifriger Vermeider, er findet sie gut, sie kann ihm behagen, er kann ihrem reizvollen Gesicht seinen Beifall nicht versagen, doch es wird zwischen diesen beiden niemals etwas geben, diese beiden werden niemals als ein friedliches Paar miteinander leben!

Menscher: Nach dem Feierabend hat der erste Mensche ein halbes Hähnchen gegessen, er hat im Wohnzimmer neben seinem tschechischen Mitbewohner gesessen, dieser Bursche wackelt im Sessel fast immer mit den Beinen, darüber muß unser Verfasser schelten und greinen, doch dieser Kerl zittert weiter mit den Füßen, der Wahnsinn tat ihn schon lange aus der Nähe grüßen, er freilich hält sich für gesund, und leider schließt er niemals seinen Mund!

Mensche: Er ist noch der fleißigste dieser drei Gesellen, die unseren Urheber immer wieder um seine Genüsse prellen, auch menschlich kann mensch ihn in Ordnung nennen, Kultur und Bildung freilich tut er nicht kennen, er will den Kampf des braunen Führers lesen, dieses Werk ist ihm immer ange-nehm gewesen, doch dieser Behinderte ist nicht in der Lage, es im Internet zu bestellen, geistig gehört er zu den langsamen Denkern und nicht zu den schnellen!

Menscher: Am künftigen Freitag braucht unser Erzeuger nicht zur Arbeit zu schreiten, er kann seinen Gesichtskreis durch Herodots Erzählungen weiten, vielleicht kann er dann auch "das erste Jahr in Jeschua Rex Text" besichtigen, denn er hat an dieser Schrift noch das Format zu berichten, so hat er immer etwas zu verrichten, gar nicht so einfach ist das Reimen und Dichten, jeder einzelne Buchstabe ist wichtig, und fehlen manche, dann ist alles nichtig!

Mensche: So möge denn Menschland bald erstehen, vielleicht wird es dann, daß die Menschheit eingemenscht wird, geschehen, dann wird Unmenschland zerstört, weil es sich nämlich nicht gehört, als ein roher Barbar zu walten, dann wird die Welt eine neue Verfassung erhalten, dann wird die allgemeine Sittlichkeit gehoben, dann werden die Menschen einander preisen und loben, dann wird mensch nicht mehr verwunden und töten, dann wird mensch lieber kleisten, schillern und göten!

Menscher: An diesem Nachmittag ist unser Verfasser in Würselen gewesen, dort konnte er von seinem Werkhallenkoller genesen, in einer Flüchtlingsunterkunft hat er Stühle und kleine Schränke getragen, er brauchte sich dabei nicht sonderlich zu plagen, die beiden Vorarbeiter waren nett und heiter, und durch ihre Gespräche wurde der erste Mensche gescheiter, die schöne Büglerin hat er gesehen, sie tat schweigend an ihm vorüber gehen!

 Mensche: Er begehrt sie ungemein, aber es darf ja doch nicht sein, sie würde seinen Verstand zerstören, sie darf ihn nicht betören, er darf ihr die Treue nicht schwören, sie dürfen einander nicht gehören, das ist leider so, stimmt es ihn auch nicht froh, ihre weibliche Reizesfülle tut ihn zwar bannen, aber er darf sich mit dieser Sexbombe nicht bemannen, er darf sich mit dieser rassigen Messalina nicht verbinden, er darf diese bezaubernde Dorotea mit seinem Prügel nicht quälen und schinden!

 Menscher: Am Abend hat er Fußball gespielt, dabei hat er auch ein Tor erzielt, aber sonst hat er nicht viel gebracht, seine Mannschaft ist darniedergekracht, sie hat eine hohe Niederlage erlitten, der Heiland hat leider vergeblich gestritten, der Erlöser hat leider erfolglos gefeit, mensch hat seinem Tiem ein Waterloo bereitet, dementsprechend traurig hat er danach geschaut, es hat ihm vor diesem Ereignis gegraut!

 Mensche: Seine Leistung war sehr bescheiden, er muß selbst darunter leiden, das Alter macht ihm schwer zu schaffen, da nützen ihm auch nichts seine geistigen Waffen, mit sechzeigns Jahren ist es vorbei, das ist ihm gar nicht einerlei, das läßt ihn gar nicht kalt, er hätte es gern, wenn um ihn herum Jubel erschallt, aber das wird wohl niemals mehr passieren, mensch wird ihn immer wieder deklassieren, was ist das denn nur bloß, seine Enttäuschung darüber ist groß?!

 Menscher: Wird sich mit der hübschen Plätterin irgendetwas ergeben, wird er stets vergeblich nach ihrer Gunst und Zuneigung streben, werden sie sich niemals vereinigen, werden sie einander ständig peinigen, oder hat sie ihn bereits vergessen, ist sie nicht mehr auf ihn versessen, das wäre das Beste für die beiden, sie müssen voneinander scheiden, sie darf ihn keineswegs begehren, das würde auch sie selbst versehren?!

 Mensche: Der erste Jeschua Rex Text muß leiden, er tut seine Augen an dieser Zirze weiden, aber seine sinnliche Gier wird sich niemals erfüllen, sein Glied muß bis zum Tode unmutig nach einer Scheide brüllen, das ist sein Los auf Erden: er darf nicht glücklich werden, er darf kein durchschnittliches Leben führen, das tut sich für ihn offensichtlich nicht gebühren, er muß in ungestillter Sehnsucht welken, es fliehen ihn nach wie vor die Leonoren und die Elken!

Menscher: In der verwichenen Nacht schrie der Seher zu seinem Gott, es quälte ihn mit der schönen Büglerin der Trott, noch immer weiß er nicht, ob sie ihn liebt und ob sie mit ihm einmal eine Nummer schiebt, wahrscheinlich will sie nichts von ihm wissen, seine Seele war aufgewühlt und zerrissen, er sah ihre Reize im Dunkeln, ihre Augen taten ihm verheißungsvoll funkeln, so viele weibliche Reize in einer Person, doch für ihn gibt es andauernd nur Spott und Hohn!

Mensche: Und er weiß doch, daß er ihr nicht begegnen darf und daß JEUNEX seine Vereinigung mit ihr nicht segnen darf, er sollte sie für immer vergessen, doch er ist übergierig nach ihr versessen, warum hat das Schicksal das so eingerichtet, er ist es gewohnt, daß er verzichtet, warum fällt es ihm in ihrem Falle so schwer, sein Bett bleibt doch schon seit vielen Jahren leer, außer ihm tut keine Eva neben ihm liegen, er kann seine Enttäuschung über die hübsche Plätterin nicht besiegen?!

Menscher: Ihre einmalige Weiblichkeit muß ihn immer wieder bannen, doch er darf sich auf keinen Fall mit dieser jungen Hexe bemannen, das weiß er genau, doch sie bietet eine beseligende Schau, sie ist so verführerisch wie keine andere Nümfe, dazu braucht sie nicht einmal bunte Blusen und farbige Strümpfe, ihr unvergleichliches Gesicht muß ihn immer wieder beglücken, doch daß er sie nicht küssen darf, das muß ihn bedrücken!

Mensche: Und da hat er seinen Schwengel in die Hand genommen, und nach einigen Minuten ist ihm dann der Samen gekommen, ausgekostet hat er diese Selbstbefriedigung nicht, in seinem Schädel brannte nur wenig Licht, eine heftige Freudenschaft hat ihn ergriffen, sein Verstand hat auf dem letzten Loch gepfiffen, doch sein Herz schlug stürmisch und wild, und er sah vor seinem inneren Auge ihr Bild, er würde sich gern ihre Gunst erwerben, doch all seine Annäherungsversuche müssen verderben!

Menscher: Und heute brauchte er nicht zur Werkhalle zu gehen, deshalb tat er diese Zirze auch nicht sehen, nichts hat ihn abgelenkt von diesem Kummer, immer wieder verlängerte er seinen Schlummer, nur mit Mühe hat er sich erhoben, er kann diese Lage gar nicht loben, JEUNEX, JEUNEX, warum hast du ihn verlassen, die anmutige Manglerin muß ihn ja hassen, vielleicht aber auch nicht, vielleicht ist sie gar nicht auf ihn erpicht?!

Mensche: Wie kann ein Mensch nur so leiden, läßt sich das denn gar nicht vermeiden, er sollte sich von ihr trennen, er sollte sie gar nicht mehr kennen, er sollte sie nicht einmal flüchtig grüßen, denn sie wird ihm sowieso niemals die Stunden versüßen, er sollte nicht mehr heimlich an sie denken, er sollte ihr keine Beachtung mehr schenken, und doch steht ihm ihre Gestalt immer wieder im Gedächtnis, so wird nun diese Messalina sein Vermächtnis, die Leser werden noch in tausend Jahren an sie denken, er aber darf ihr seine Zuwendung auf keinen Fall mehr schenken?!

Menscher: An diesem Sonnabend regnet es in einem fort, unser geistiger Vater wäre gern an einem anderen Ort, in Menschdorf kann es ihm nicht behagen, an der Inde muß er sich heftig beklagen, am Blausteinsee fühlt er sich nicht wohl, denn die Menschdorfer überlegen dumpf und hohl, sie tun den Karneval eifrig feiern, die Büttenredner müssen ihre seichten Sprüche leiern, die Tanzmariechen hüpfen herum, das ist unserem Dichter auf die Dauer zu dumm!

Mensche: Die Menschdorfer Trottel müssen so verfahren, mensch kann bei ihnen nur diesen Unsinn gewahren, sie braten sonst nichts in ihrer Pfanne, das gefällt der Frau und dem Manne, schon die Kinder müssen Holzgewehre tragen, schon der Nachwuchs muß sich mit schwierigen Schrittfolgen plagen, sonst haben sie nichts im Kopf, ein Menschdorfer ist eben ein kläglicher Tropf, er muß verdeppen, er muß verseppen!

Menscher: Es wird dunkel, in wenigen Stunden werden die Menschdorfer wieder ihren Unmut bekunden, denn dann muß unser Ersinner die Buttermilch holen, dann werden ihm die Krähwinkler wieder den Hintern versohlen, bei diesem schlimmen Wetter ist ihre Laune im Keller, und dann verhöhnen sie den Einzelgänger noch schneller, dann bekommt er ihren ganzen Unmut zu spüren, denn seine ungewöhnliche Erscheinung muß sie unangenehm berühren!

Mensche: Die schöne Büglerin fehlt ihm sehr, mehr will er von ihr haben, immer mehr, doch es ist besser für ihn, diese Zirze zu meiden, denn sie ließe ihn nur unter ihren verschrobenen Schwingungen leiden, diesen Mist hat er nicht erfunden, diese Trostlosigkeit muß ihn verwunden, dieser Widerspruch muß ihn vernichten, er würde diese Penelope am liebsten nicht mehr sichten, er wird bei ihr niemals auf einen grünen Zweig gelangen, sie wird ihn niemals mit einladenden Gebärden in ihrem Bett empfangen!

Menscher: Der Stadtstreicher im Nebenzimmer tut ihm Verkommenheit gewähren, die Menschdorfer tun sein Gehirn mit geistigem Gift ernähren, und die hübsche Plätterin wird ihn noch in den Wahnsinn treiben, er kann in Menschdorf nicht ungeschoren bleiben, dieser Wirrwarr wird ihn erledigen, dieses Durcheinander wird ihn heftig schädigen, die Dumpfheit läßt ihn untergehen, mensch wird ihn nur noch selten munter sehen!

Mensche: Und Menschland wird niemals prangen, das ist es ja, was wir verlangen, Menschland soll blühen, wachsen und gedeihen, wir können dem ersten Menschen seine Tatenlosigkeit nicht verzeihen, was nützt es uns denn, tut er sich dem Menschtum weihen, keine Zuhörer tun jemals seinem Vortrag ihr Ohr willig leihen, die mensche Botschaft wird nicht verkündet, mit neugierigen Bürgern wird sich nicht verbündet, die mensche Sprache wird nicht benützt, das mensche Denken wird nicht unterstützt?!

Menscher: Der braune Führer hat die Gesundheit nicht beschert, das hat uns die Geschichte unwiderleglich gelehrt, deshalb ist es richtiger, "Heil Jeschua Rex Text!" zu sprechen, denn dieser Erlöser kann die Menschen wirklich beglücken und entpechen, denn dieser Herrscher kann ihnen wirklich den Frieden bringen, er ist nicht nur in der Lage, zu dichten und zu singen, sondern er kann auch die Menschheit regieren, er kann alles Negative für immer negieren!

Mensche: Natürlich wird es niemals nur Positives geben, mensch muß auch manchmal in Angst und Bangnis schweben, es wird auch manchmal regnen, doch JEUNEX wird menschen dann segnen, mensch fühlt sich manchmal nicht wohl, das Dasein erscheint menschem dann hohl, aber dieser Frust wird durch die Lust überwunden, der Gott JEUNEX tut immer wieder seine Gunst bekunden, das Menschtum wird die Menschen erquicken, deshalb tat mensch der Menschheit den Jeschua Rex Text endlich schicken!

Menscher: An diesem Sonntag sitzt unser geistiger Vater allein, keine verführerische Ledi will bei ihm sein, keine vornehme Dame will ihn begleiten, keine brünstige Diana will mit ihm feiten, seine Ideale muß er für sich behalten, er kann das Zusammenleben nicht erfreulich gestalten, in einer trostlosen Umgebung muß er kämpfen, die Menschdorfer müssen seinen jugendlichen Schwung immer wieder dämpfen!

Mensche: Von den Menschdorfern wird sich immer nur erdreistet, was haben die Menschdorfer denn schon geleistet, was haben die Menschdorfer denn schon auf die Beine gestellt, in Menschdorf wird mensch um sämtliche Genüsse geprellt, an der Inde muß mensch verwahrlosen und verkommen, am Blausteinsee wird menschem die natürliche Frische genommen, hier kann mensch zwar keine Talare gewahren, aber mensch riecht hier noch überall den Muff von tausend Jahren?!

Menscher: Was kann mensch von diesen Neandertalern erwarten, sie werden niemals einen Feldzug für die Nächstenliebe starten, sie müssen über ihre verschwundenen Straßen berichten, etwas Großartiges kann mensch in diesem Nest nicht sichten, in dieser rückständigen Gemeinde hat der erste Mensche viele Feinde, dabei hat er doch nichts verbrochen, er hat nur immer wieder Mensch gesprochen, das durfte er nicht unternehmen, dazu durfte er sich nicht bequemen!

Mensche: Der Gruß mit Heil ist eine alte Sitte, es ergeht heutzutage die Bitte, ihn nicht mehr zu verwenden, denn das Geschehen mit dem größten Feldherrn aller Zeiten tat schlimm enden, doch warum soll mensch das Alte nicht mehr gebrauchen, sollen die Menschdorfer unseren Erfinder doch befauchen und zusammenstauchen, er wird in Zukunft lauthals "Heil Jeschua Rex Text!" heiter sagen, und was die Menschdorfer dazu meinen, danach wird er nicht fragen!

Menscher: "Heil Jeschua Rex Text!" muß ich nun rufen, dann erklettert das Bewußtsein die allerhöchsten Stufen, doch sonst bricht unser geistiger Vater fast zusammen, er darf sich nicht mehr für die schöne Büglerin entflammen, er hat sie heute auch nicht in der Werkhalle gesehen, sie tat nicht wie sonst an ihrem Brette stehen, sie hat ihn nicht verzaubert und verhext, oh, warum hat er nur so viel Tinte über sie verkleckst?!

Mensche: Unser Held muß sich auf eine andere Messalina besinnen, er muß mit einer anderen Tisbe eine Beziehung beginnen, das ist doch nicht so schwer, doch sein Schädel ist leider leer, er kann nur schreiben und lesen, das ist ihm immer ein Vergnügen gewesen, doch den Umgang mit Menschen tut er meiden, denn er kann die Menschdorfer nicht leiden, er will sich niemals für eine Menschdorferin entscheiden, sie sind ihm einerlei, das würde er beeiden!

Menscher: Sein Denken muß sich hoffnungslos im Kreise drehen, wie soll es denn da mit ihm weitergehen, er kann den Lesern nichts Beeindruckendes mehr zeigen, die Menschdorfer tun ihm immer wieder ihre Meinung geigen, niemensch hat sie darum gebeten, doch sie verachten den allergrößten Profeten, sie können seine innere Schönheit nicht erkennen, sie müssen ihn einen gesellschaftlichen Außenseiter nennen!

Mensche: Wer will das erfahren, wer will das gewahren, das kann doch keinen Hund vom Ofen locken, er schildere lieber im Harz den Brocken, oder er erzähle von den Taten weltbekannter Piraten, aber dazu ist er nicht in der Lage, er kennt keine fesselnde Sage, er kennt nur die Menschdorfer Plage, er stellt nur immer wieder das Menschdorfertum infrage, doch wer will dieses wissen, das kann mensch durchaus missen, mensch tut sich nicht darum reißen, warum sollte jemensch das Schwarze weißen?!

Menscher: Im Leben unseres Erfinders tut nichts geschehen, das kann mensch, wie mensch will, wenden und drehen, nichts passiert, es massiert keine Nixe und keine Schickse jemals seinen Rücken, keine Fee tut ihn beglücken, keine Najade tut ihn entzücken, keine Wilhelmina tut ihn entdrücken, er sucht nach Liebe vergeblich, seine Männlichkeit ist nicht erheblich, er muß in der Nacht einsam liegen, er kann seine betrübliche Ehelosigkeit nicht besiegen, er kann sein trostloses Junggesellentum nicht überwinden, er muß sich immer wieder als ein Eigenbrötler quälen und schinden!

Mensche: Sein Selbstmitleid rührt mich nicht zu Tränen, ich muß über diesen Taugenichts gähnen, mensch sollte ihn nicht mehr erwähnen, er hat auch Schwierigkeiten mit seinen Zähnen, in seinem Oberkiefer tun sie fast völlig fehlen, das Alter tat sie ihm dort rauben und stehlen, und auch sein Unterkiefer wird sich allmählich lichten, dann wird mensch ihn als einen mümmelnden Greis bald sichten, dann Menschland, gute Nacht, er hat es gar herrlich weit gebracht!

Menscher: An diesem Mittag ist unser Verfasser in strömendem Regen zur Werkhalle gegangen, er hat in seiner Kleidung viel Wasser empfangen, und nach dem Feierabend war es ebenfalls nicht trocken, da wurde er naß vom Hemd bis auf die Socken, erkältet hat er sich aber nicht, bei der Arbeit zeigte er ein fröhliches Gesicht, er hat bei den Verrichtungen nicht gezaudert und dabei munter mit seinen Gefährten geplaudert!

Mensche: Bei der Gruppe wurde dann zwischen dem Betreuer und seinen vier Schützlingen gesprochen, es wurde eine Lanze für fünf neue Geschirrtücher gebrochen, die Ausgaben wurden errechnet, es wurde Geld in die Kasse gegeben, danach tat mensch nach der Dienstübergabe streben, einmal im Monat wechseln Badezimmer, Flur, Wohnzimmer und Küche, mensch reinigt regelmäßig, das verhindert üble Anblicke und Gerüche!

Menscher: In der Zeitung steht viel von Elend und Not, manche Täter stechen manche Opfer tot, die unmenschen Heiden lassen einander leiden, die heidnischen Unmenschen müssen einander versehren, anstatt das Ausmaß der Lust unter sich zu mehren, eine niederschmetternde Düsternis tut menschem in diesen Meldungen beggenen, mit Freude und Wonne tut JEUNEX die Menschen noch nicht segnen, sein Kult wird nicht gezeigt, der Profet seinen Gott verschweigt!

Mensche: Ich würde gern in Menschland wohnen, das würde sich für dich auch lohnen, doch der erste Mensche kann den menschen Staat nicht erbauen, unser Erfinder kann die Bürger nicht über das Menschtum verschlauen, im zweiten Jahr in Jeschua Rex Text muß er einsam verharren, es peinigen ihn ungemein die Narren, es unterdrücken ihn heftig die Jecken, er tut die Toren gewaltig erschrecken, denn er ist ein Weiser, da werden sie nicht leiser, sondern da müssen sie gegen ihn brüllen und die Luft mit ihren negativen Schwingungen erfüllen!

Menscher: Wann wird die schöne und geistreiche Ehefrau kommen, wann wird die Last der Ehelosigkeit von unserem Urheber genommen, das fragt er sich beklommen, wann wird ihm eine Leonore frommen, wann wird ihm eine Julia nützen, wann wird ihn eine Klaudia unterstützen, er will es ja mit einer passenden Ariadne versuchen, doch er muß die faden Menschdorferinnen immer wieder verfluchen, doch er muß die reizlosen Spießbürgerinnen immer wieder verdammen, er kann sich nun einmal nicht für diese öden Krähwinklerinnen entflammen?!

Mensche: Das Schenie darf nicht für Menschland ficken, denn JEUNEX tut ihm keine Mensche schicken, das muß er ertragen, er mag es zwar beklagen, aber er muß es erdulden, das tut er der Menschheit schulden, er muß seine Bürden schleppen, tut er dabei auch verdeppen und verseppen, er muß in Menschdorf im verborgenen weilen, er darf in dieser Gemeinde nicht an die Öffentlichkeit eilen, er darf sein Wissen nicht mit den Mitlebenden teilen, er darf die Siechenden nicht von Grund auf heilen!

Menscher: An diesem Vormittag hat unser Verfasser bei der Frisörin geweilt, seine Wunde am Kopf ist sehr gut verheilt, die Haare darum ließen sich mühelos schneiden, manchmal muß mensch eben doch nicht so heftig leiden, danach hat der erste Mensche ein Würstchen in einem Brötchen gegessen, er war auf diese Speise nicht sonderlich versessen, aber als Abwechslung zum Vollkornbrot mit Wurst und Käse war es erfreulich, denn wenn mensch ständig das Gleiche verzehrt, dann schmeckt es abscheulich!

Mensche: Danach hat er eine Stunde lang in der Werkhalle gestanden, am langen Tisch ging seine Fröhlichkeit gar nicht zuschanden, es wurde heiter geklönt und geplaudert, und auch beim Pappeabreißen von den Scheibchen wurde nicht gezaudert, schließlich sind sie zu viert nach Jeschua Rex Text gefahren, dort konnte mensch jedoch keine Gelegenheit gewahren, seine Hände zu rühren und zu regen, mensch tat sich völlig erfolglos bewegen!

Menscher: Auch in Würselen konnte mensch dann nichts verrichten, in einer Flüchtlingsunterkunft konnte mensch den Beamten nicht sichten, im kalten Wagen ist mensch dann nach Menschdorf zurück geeilt, mensch hat den Kummer unter vieren geteilt, das Kabel für die Papppresse hat unser Urheber noch geborgen, sonst hatte er bis zum Feierabend keine weiteren Sorgen, er hat sich dann ein halbes Hähnchen geleistet, in einem Drogeriemarkt hat sich ihm gegenüber eine Menschdorferin erdreistet, darüber mußte er sich die Haare raufen, dabei wollte er doch nur Rasierklingen kaufen!

Mensche: Jetzt sitzt er über so manchem Reim, aus seiner Nase fließt der Schleim schon seit über zwei Stunden, so übel hat sich unser Erdichter selten befunden, er hat Herodot laut gelesen, das ist ihm eine Plage gewesen, nach jedem fünften Satz mußte er zu einem Papiertaschentuch greifen, seine Fantasie konnte gar nicht in Ruhe wandern und schweifen, seine Nase hat ihm einen schlimmen Streich gespielt, sie wollte ihn quälen und hat damit einen Erfolg erzielt!

Menscher: Nun muß er noch sein Pensum verrichten, er muß die öffentlichen Streitigkeiten schlichten, er muß den ewigen Weltfrieden erbauen, er muß die Erdenbürger über das Menschtum in JEUNEX verschlauen, er muß sich von den Menschdorfern bedrängen lassen, aber er darf sich deshalb nicht hängen lassen, er muß seinen dicken Schädel durchsetzen mit Macht, dann sieht mensch ihn eines Tages auch in all seiner Pracht!

Mensche: Im zweiten Jahre in Jeschua Rex Text droht er zu zerbrechen, die Menschdorfer müssen immer wieder abfällig über ihn sprechen, er kann diesen wüsten Pöbel nicht meiden, er darf von dieser rohen Meute nicht scheiden, die Menschdorfer weigern sich hartnäckig, Menschdorf zu verlassen, sie können nicht lieben, sie müssen unbedingt hassen, mit diesen Trotteln muß sich unser Erdenker befassen, bei ihnen in den Schränken stehen wirklich nicht sämtliche Tassen!

Menscher: Eine heftige Erkältung tut unseren Ersinner plagen, er ist kurz davor, für immer zu verzagen, das hat er nun davon, es, weise zu sein, zu wagen, es geht ihm nunmehr an den Kragen, vom Fettdonnerstag hat er kaum etwas gewahrt, das bunte Treiben blieb ihm weitgehend erspart, er ist nur zum Zeitschriftenhändler gegangen, am Mittag hat er dabei einige Eindrücke empfangen, aber sonst blieb er von dieser Albernheit verschont, er ist sie eben von Hannover aus nicht gewohnt!

Mensche: Mindestens fünf Packungen Papiertaschentücher hat er am verwichenen Abend gebraucht, das Schicksal hat ihn wieder einmal mächtig zusammengestaucht, er ist so klein mit Hut, das tut ihm gar nicht gut, aber er gerät darüber nicht in Wut, sondern er bewahrt trotzdem ein ruhiges Blut, bald wird er den zehnsechsten Mai erreichen, dann wird er verkrösussen und verscheichen, dann werden die Hindernisse von ihm weichen, dann prangt endlich der Stehmann als das beseligende Zeichen!

Menscher: Am zehnsechsten Mai des ersten Jahres vor Jeschua Rex Text wurde er amtlich zum Jeschua und zum Rex Text gehext, in seinen Papieren tut er sich erst am dreißigsten Januar des nämlichen Jahres befinden, darum konnte er den falschen Namen Jeschua Rex und Text bisher noch nicht überwinden, in seinen Unterlagen besteht diese unangemessene Bezeichnung weiter, deshalb erblickt mensch den ersten Menschen vorerst noch nicht heiter!

Mensche: So hat es ihm sein Gott JEUNEX gewiesen, er hat diesen Allmächtigen immer gepriesen, aber dieser Ratschlag geht ihm gegen den Strich, er empfindet diese Vorgehensweise als fürchterlich, er muß sein Pensum auf diese Art erfüllen, tut seine Seele auch heftig dagegen brüllen, doch er muß sich diesem Schluß des Schicksals unterwerfen, so leiden noch weiter seine angespannten Nerven, die Menschdorfer müssen ihn auch fernerhin beschelten, denn sie leben nun einmal in der beschränktesten aller Welten!

Menscher: Die Menschdorfer klagen ihn an, dem Karneval fernzubleiben, doch er will lieber in Ruhe seine Bücher schreiben, als sich auf auffalllende Weise zu verkleiden, er sucht diesen Mummenschanz zu meiden, dieser üble Spuk ist zu sehr mit der überlieferten Kirche verknüpft, auch von den Heuchelpfaffen wird gesungen und gehüpft, doch die Pfarrer und Pastoren konnten das Gute bisher nicht erzeugen, darum will sich unser geistiger Vater auch hierin nicht ihrem Willen beugen!

Mensche: Mensch soll an Jeschua Rex Text endlich glauben, dann braucht mensch nicht mehr mürrisch zu schnauben, dann werden alle Wünsche wahr, denn Jeschua Rex Text ist ein überragender Star, er kann gewaltig reden und singen, er kann die ganze Menschheit beschwingen, seine Lieder werden in die allerweiteste Ferne dringen, ihm wird es, die Menschheit einzumenschen, gelingen, so möge es denn geschehen, bald wird sich der Wind auf entscheidende Weise drehen!

Menscher: Die Erkältung wurde durch eine Hühnersuppe beendet, nun hat sich das Schicksal unseres Verfassers wieder gewendet, er muß sich nicht mehr andauernd die Nase putzen, er kann seine geistigen Fähigkeiten nutzen, an diesem Nachmittag hat er in der Werkhalle gestanden, seine Geduld wurde über den Scheibchen nicht zuschanden, mensch muß sie von der Pappe trennen, diesen Vorgang tut der erste Mensche schon lange kennen!

Mensche: Zwischendurch sind sie nach Langerwehe gefahren, dort konnte mensch die Wohnung der Gärtnerin gewahren, sie war eingerichtet wie eine Gastwirtschaft im wilden Westen, doch unser Urheber weiß es am besten, daß er diese Eva auch als einsamer Adam niemals beminnen wird und daß er mit dieser Anleiterin niemals eine Beziehung beginnen wird, da sitzt er lieber allein in seiner Stube und betätigt sich emsig als ein braver Bube!

Menscher: Sie haben zwei Schränke und zwei Truhen zum Wagen getragen, danach mußte unser Erfinder über Rückenschmerzen klagen, sie hielten sich aber in vertretbaren Grenzen, mit seinen körperlichen Kräften kann er nun nicht mehr glänzen, auch die Gespräche mit dem Sportlichen können ihn nicht stärken, er tut jedenfalls keine Wirkung davon bei sich merken, jedenfalls haben sie dann weiter drinnen gewerkt, mit Wörtern hat unser Ertüftler über das Schwein berserkt!

Mensche: Eine junge Mitarbeiterin, die etwa vor einem Monat gekommen ist und die noch nicht völlig übernommen ist, weiß nicht, ob ihr Praktikum etwas nützen wird und ob der Vorgesetzte ihre feste Anstellung unterstützen wird, sie hat wegen eines negativen Zwischenbescheides sogar geweint, vielleicht wird sie aber doch mit der übrigen Bande vereint, es gibt noch Mittel und Wege, um diese Eva zu behalten, vielleicht wird sich ihr Schicksal ja erfreulich gestalten?!

Menscher: Der Karneval schlägt die Menschdorfer in seinen Bann, es singt die Frau, es tanzt der Mann, es singt der Mann, es tanzt die Frau, sie bieten eine bunte und lärmende Schau, unser Ergrübler mag diesen Unsinn nicht sehen, von ihm aus könnten die Menschdorfer alle gehen, aber die Menschdorfer weigern sich beharrlich, Menschdorf zu verlassen, also muß sich unser Erdenker immer wieder mit diesen Barbaren befassen!

Mensche: Am künftigen Rosenmontag muß er vier Stunden lang Kartons in Kontehner werfen, diese Beschäftigung zerrt keineswegs an seinen Nerven, aber das wüste Geschrei der Narren muß ihn vernichten, er würde diese Jecken am liebsten gar nicht erst sichten, aber die Pflicht zwingt ihn dazu, diese Toren zu erschauen, es packt ihn schon jetzt davor ein riesiges Grauen, aber er muß auf die Zähne beißen, er muß sich wieder einmal am Riemen reißen!

Menscher: Für den künftigen Rosenmontag ist ein schottischer Orkan verkündet, unser Ersinner hat sich niemals mit den Narren verbündet, und wenn ihr Zug weggeweht würde und weggeblasen, dann würde er zwar vor Freude nicht toben und rasen, aber es wäre ihm doch eine heimliche Genugtuung, ihre trostlosen Gesichter zu sehen, das kann nur jemensch, der von den Menschdorfern unterdrückt wurde, verstehen!

Mensche: Kein Mitleid hat der erste Mensche mit den Jecken, sollen sie sich doch in ihren Häusern verstecken, sollen sie dort Schutz suchen vor dem Sturm und dem Regen, ihre Not kann sein Herz nun wirklich nicht bewegen, ihren Terror braucht er dann nicht mehr zu ertragen, über ihren Zwang zur Fröhlichkeit braucht er sich dann nicht mehr zu beklagen, die Straßen sind dann frei von dieser wilden Meute, es verbergen sich dann die unduldsamen und einfältigen Leute!

Menscher: An diesem Sonnabendabend muß unser Verfasser noch nach dem Supermarkt schreiten, die wüsten Bescheltungen der Menschdorfer werden ihn begleiten, er hat gar keine Lust, einen Fuß vor die Tür zu setzen, denn die Menschdorfer werden ihn ja doch wieder verwunden und verletzen, das ist eben ihre Kultur, das entspricht eben ihrer Natur, sie können nur schlechte Laune erzeugen, deshalb darf mensch sich ihrem Willen nicht beugen!

Mensche: Nur einen toten Menschdorfer kann mensch einen guten Menschdorfer nennen, lebende Menschdorfer lernt mensch besser nicht kennen, es hat keinen Zweck, mit ihnen zu plaudern, vor ihrer Rückständigkeit muß es menschem schaudern, es hat keinen Sinn, mit ihnen zu klönen, mensch mag sich nicht an ihre hausbackenen Ansichten gewöhnen, sie leben noch hinter dem Mond, sie sind nur das Alte gewohnt, dem Neuen müssen sie sich verweigern, der Fortschritt tut ihren Unmut nur steigern!

Menscher: Herodot tut den Kampf der Atehner gegen die Perser beschreiben, die verbündeten Griechen taten es gar treulos treiben, und trotzdem haben die Atehner das Ringen gegen einen übermächtigen Gegner gewonnen, die Perser sind ihrer Züchtigung nicht entronnen, so wurde das Mittelreich vor der ostreichischen Gefahr behütet, das hat den Atehnern niemensch gelohnt und vergütet, auch die Araber wollten das Mittelreich füllen, aber sie taten vergeblich nach ihrem Gotte brüllen!

Mensche: JEUNEX wird den Feit um die Weltherrschaft für sich entscheiden, die anderen Allmächtigen aber wird mensch meiden, mensch wird an seinen Seher Jeschua Rex Text dann glauben, dann müssen die Anhänger der anderen Bekenntnisse unwillig schnauben, denn die Jeschua Rex Texte werden sich einen riesigen Reichtum erwerben, das wird den unmenschen Heiden die Stimmung verderben, sie werden dann auch das Bekenntnis des Jeschua Rex Textes wählen, dann brauchen sie sich nicht länger zu plagen und zu quälen!

Menscher: Unser Ersinner muß immer wieder der Versuchung unterliegen, als weiße Partei die schwarze zu besiegen, dabei weist er die Vorstellung an ein Schachspiel entschieden zurück, denn die Folterwerkzeuge auf den beiden Königen bringen ihm kein Glück, aber er muß es immer wieder unternehmen, er kann sich nicht nicht dazu bequemen, das bereitet ihm eine riesige Pein, wie kann mensch nur so willenlos sein?!

Mensche: An diesem Sonntag hat er schlechte Karten, morgen wird der Rosenmontagszug starten, der schottische Orkan wird vielleicht doch nicht kommen, diese Hoffnung wurde dem ersten Menschen genommen, die Jecken werden jubeln und schreien, sie werden es unserem Verfasser nicht verzeihen, daß er sie nicht beachtet und daß er sie als erwiesene Narren betrachtet, das ist ein übler Graus, am liebsten bliebe er zuhaus!

Menscher: Das tut ihm leider nicht gelingen, seine Pflicht tut ihn zum Rathaus zwingen, von dort aus muß er leere Kartongs in Kontehner werfen, diese Arbeit wird seine angespannte Lage noch verschärfen, er mag dieses Pack nicht, niemensch hat ein offenes Gesicht, sie bilden sich viel ein auf ihre bunten Kleider, so sind sie nun einmal, leider, er kann sie nicht ertragen, sie müssen ihn quälen und plagen, er will auch nichts zu ihnen sagen, er würde sie am liebsten alle darniederschlagen!

Mensche: Er ist friedlich und wird sich nicht prügeln, aber er kann seinen Unmut kaum zügeln, diese Jecken üben einen Frohsinnsterror aus sondergleichen, niemensch kann jemals ihre Beschränktheit erreichen, und wer nicht mitlacht, der wird geschmäht, und wer nicht mittrinkt, der wird bebäht und bemäht, unser Erdichter kennt diese Menschdorfer Leute, sie sind eine grimmige und unversöhnliche Meute, sie lieben das Krakeelen, Menschlichkeit tut sie nicht beseelen!

Menscher: Was hat das für einen Sinn, wo liegt dabei der Gewinn, mensch kann es nicht verstehen, wie darf so etwas nur geschehen, wie kann mensch so etwas nur betreiben, es sollte lieber unterbleiben, mensch sollte es besser lassen, es ist wirklich nicht zu fassen, mensch darf es nicht dulden, das tut mensch dem Menschtum schulden, mensch darf es nicht erlauben, denn dann muß mensch daran glauben, dann muß mensch in den sauren Apfel beißen, dann werden die Toren menschem die Nerven zerschleißen?!

Mensche: Wie soll mensch sich dagegen wehren, die Trottel lassen sich ja doch nicht belehren, sie müssen menschen mit ihrer Albernheit immer wieder versehren, sie können die Lust am Leben ja doch nicht mehren, es ist eben Menschdorfer Sitte, vergeblich ertönt die Bitte, doch einmal vernünftig zu handeln, die Deppen müssen sich immer wieder in Seppe verwandeln, das ist eben ihre Art, sie sind nicht zart, sondern hart, sie müssen immer wieder lärmen, sie müssen immer wieder für ihren Unsinn schwärmen?!

Menscher: An diesem Rosenmontag hat unser Verfasser einige schöne Menschdorferinnen gesehen, er tat wohl in der Vergangenheit einiges falsch verstehen, er hat die Menschdorfer alle über einen Kamm geschoren, dabei hat er ein wenig das Maß verloren, sicherlich sind die Menschdorfer Menschen wie viele andere auch, der Fasching ist nun einmal an der Inde der Brauch, aber leider sind sie auch geistige Terroristen, doch der erste Mensche wird diese Erzeuger von Amokläufern überlisten!

Mensche: Diese verbrecherischen Auschwitzianer können unseren Urheber auf der Narrenbühne nicht gebrauchen, deshalb müssen sie ihn immer wieder befauchen und zusammenstauchen, er hat sich eine falsche Heimat gesucht, er wird immer wieder verflucht, er wird immer wieder verdammt, er hat sich noch niemals für eine Menschdorferin entflammt, er muß eben noch nebenbei die Menschheit retten, da fällt es ihm schwer, sich mit einer Ehefrau zu verkletten!

Menscher: Er mußte die leeren Kartongs von den Wagen in die Kontehner werfen, diese Arbeit zerrte nicht an seinen Nerven, er hat wirklich ansehnliche Sirenen erschaut, zuhause bei ihm wird das Schwein andauernd laut, dieser Stadtstreicher quält ihn ohne Gnade, es wäre um diesen Lumpazivagabundus nicht schade, er bindet die Kräfte unseres Erdichters enorm, und bei den Zirzen kommt er dann nicht mehr in Form!

Mensche: Unser Ergrübler muß wissen, was er will, die Menschdorfer schweigen über ihn niemals still, die Menschdorfer müssen ihn immer wieder beklönen, er muß immer wieder über ihre Aufdringlichkeit stöhnen, er kann sich nun einmal kein angenehmes Leben bereiten, die Unmutsäußerungen der Spießbürger müssen ihn immer wieder begleiten, in Menschdorf gibt es vor dem Menschdorfertum kein Entrinnen, es muß endlich ein neues Zeitalter im Geiste des Jeschua Rex Textes beginnen!

Menscher: Am liebsten würde unser Ertüftler Selbstmord verüben, denn dann bräuchte er sich nicht mehr zu betrüben, doch er kann die leidende Menschheit nicht sang- und klanglos verlassen, er muß sich immer wieder mit den Zwistigkeiten unter den Völkern befassen, das ist seine Aufgabe und seine Pflicht, sein Denken fällt durchaus in das Gewicht, am Sitz der Weltregierung muß er wesen, dann wird die übrige Menschheit genesen!

Mensche: Er hat im Zuge viel weibliche Schönheit erschaut, leider hat es ihm vor den alten Hexen gegraut, denn die unmenschen Heidinnen haben viel zu viele Falten, da muß denn jede Zuneigung von vornherein erkalten, die hübschen jungen Mädchen sollen Jeschua Rex Textinnen werden, dann kann nichts mehr ihr frisches Aussehen gefährden, dann werden sie jung sein im hohen Alter, dann singen sie keine schädlichen Lieder mehr aus dem Psalter!

Menscher: An diesem Dienstag hat es fast nur geregnet, mit sonnigem Wetter war Menschdorf nicht gesegnet, in der Werkhalle wurden Scheibchen von der Pappe getrennt, der erste Mensche diese Arbeit schon seit vielen Jahren kennt, aus den Fenstern konnte mensch gewaltige Güsse erschauen, es mußte menschem wie vor einem Weltuntergang grauen, nach Feierabend ist unser Verfasser völlig naß nach Hause gekomen, er hat dann sofort eine trockene Hose und frische Strümpfe genommen!

Mensche: Die schöne Büglerin hat er nicht erschaut, einst verkündete er ihren Lobpreis laut, aber es ist besser für ihn, sie nicht zu treffen, denn mit ihr tut das Schicksal ihn nur foppen und äffen, beim gestrigen Rosenmontagszug hat er sehr reizvolle Menschdorferinnen betrachtet, und er hat sie diesmal nicht wie sonst verachtet, sie stacheln ihn dazu an, zu hoffen, daß seine Umstände sich bessern, bis jetzt ist es ein Kampf fast wie mit Messern!

Menscher: Unter diesen Umständen kann Menschland nicht erbaut werden, und die Bürger können nicht über das Menschtum in JEUNEX verschlaut werden, der erste Mensche in Menschland tut sich verstecken, er muß immer wieder seine Wunden lecken, an jedem Tage wird er wieder versehrt, was macht er denn nur stets und ständig verkehrt, wo liegt der entscheidende Fehler, warum ist er noch nicht so berühmt wie Uwe Seeler?!

Mensche: In seinen Papieren ist er noch nicht Jeschua und Rex Text, es wird in seinen Unterlagen von ihm nicht erfolgreich gehext, in seinen Aufzeichnungen muß er noch als Jeschua Rex und als Text sieglos walten, er hat seinen amtlichen Namen zwar inzwischen erhalten, aber seine Darlegungen tun ihn noch nicht kennen, deshalb tut noch keine Esmeralda für ihn entbrennen, deshalb muß er noch in jeder Nacht einsam schlafen, das Schicksal tut ihn für das Versäumnis von Herrn Wunsch bestrafen!

Menscher: Hätte dieser Beamte ihm unverzüglich die richtige Bezeichnung gegeben, dann könnte er schon längst als Jeschua und als Rex Text im Schlaraffenland leben, doch das wird ihm verwehrt, seine Macht wird noch immer nicht gemehrt, er wird immer wieder verwundet, und es dauert noch lange, bis er gesundet, aber irgendwann ist diese unglückliche Zeit auch vergangen, und dann wird er als Jeschua und als Rex Text auf beeindruckende Weise prangen!

Mensche: Noch über ein halbes Jahr lang muß er auf diese Weise leiden, das läßt sich nach dem Ratschluß des JEUNEX nicht vermeiden, so muß er diesem Gotte emsig dienen, sechs Bücher sind nunmehr aus seiner Feder erschienen, bald wird das siebente Werk auf den Markt gelangen, dann wird er endlich auch geldlichen Lohn für seine Leistungen empfangen, "das erste Jahr in Jeschua Rex Text" wird mensch dann sehen, im zweiten Jahr in Jeschua Rex Text wird dies geschehen!

Menscher: An diesem Mittwoch hat es wieder viel geregnet, noch immer ist unser Verfasser keiner Frau Rex Text begegnet, er mußte in der Werkhalle Schweinenasen reinigen, diese Arbeit tat ihn durch ihre Langeweile peinigen, zwischendurch ist er mit der Gärtnerin durch die Gegend gefahren, sie konnte es ihm nicht ersparen, daß sie ihre rechte Hand auf seinen linken Oberschenkel gelegt hat und sich auf diese Weise ihm gegenüber gar zärtlich geregt hat!

Mensche: Nach dem Feierabend hat sich der erste Mensche ein halbes Hähnchen erworben, die dazugehörige Soße hat ihm fast den Genuß verdorben, sie war viel zu stark und dumpf gewürzt, das hat ihn in eine schlimme Stimmung gestürzt, niemals wieder wird er sich eine Flasche mit diesem Inhalt kaufen, denn er muß sich über diese Geschmacklosigkeit die Haare raufen, außerdem ist sie viel zu fett, das findet er denn gar nicht nett!

Menscher: Er hat auch zehn Geschirrtücher und eine Tintenpatronenfüllung bekommen, dadurch wurde ihm so manche Last genommen, dann hat er zwei Stunden lang einen Roman von Monika Maron gelesen, das ist für ihn eine schwere Überwindung gewesen, denn viele Sinnbilder waren in dieser Darlegung enthalten, die Dichterin tat schwierige Zusammenhänge entfalten, es war kein reines und ungetrübtes Vergnügen, nur mit Mühe tat sich unser Urheber in diese Vorgabe fügen!

Mensche: Morgen ist dieser Krampf gottseidank schon beendet, dann wird sich zu den Brüdern Mann gewendet, dann wird unser geistiger Vater eine Abhandlung über Heinrich und Tomas Mann studieren, wird unser Ersinner seine Werke auch einmal mit ihrem Erfolg publizieren, das wird mensch ja sehen, vielleicht wird es tatsächlich geschehen, dann wird der Wind sich drehen, dann wird mensch ihn endlich verstehen?!

Menscher: Unser Ergrübler sehnt sich nach einer willigen Nixe, doch es gelangt niemals zu ihm eine rassige Schickse, so muß er in einer grausamen Hölle braten, niemals rafft er sich auf zu sinnlichen Taten, er kann immer nur lesen und dichten, er muß auf das Küssen, Streicheln und Ficken verzichten, was soll das meinen, warum darf er sich nicht mit einer Eva vereinen, warum tut ihn das Schicksal derart bepeinen, warum tut in dieser Angelegenheit niemals die Sonne für ihn scheinen?!

Mensche: Das ist seines Gottes JEUNEX gar strenges Walten, unser Erfinder darf niemals Zuwendung erhalten, er muß verzichten und entbehren, er muß die Bürger das Menschtum in JEUNEX lehren, Milliarden mensche Jeschua Rex Texte in JEUNEX soll es geben, sie sollen nach dem Guten und Schönen streben, sie sollen den ewigen Weltfrieden errichten, aber die Feinde der Eintracht soll mensch vernichten!

Menscher: An diesem Nachmittag ist unser Verfasser in Neulohn gewesen, dort tat er durch die Gegend pesen, um das Karnevalszelt abzubauen, seinen Inhalt mußte mensch in zwei Wagen verstauen, es wurde geschrien und getobt, niemals wurde jemensch gelobt, die unmenschen Betreuer haben gebrüllt und die Luft mit ihren negativen Schwingungen erfüllt, doch schließlich mit einiger Kraft wurde es dann doch geschafft!

Mensche: Danach hat der erste Mensche Fußball gespielt, er hat dabei nur ein einziges Tor erzielt, seine Mannschaft hat die Begegnung verloren, sie hatte sich einen zu starken Widersacher erkoren, alt hat gegen jung gefeitet, und die Jungen haben den Alten eine Niederlage bereitet, doch das war nicht weiter schlimm, das verursachte bei unserem Urheber keinen Grimm, er ist über den Kunstrasen gelaufen, freilich nicht, ohne heftig zu schnaufen!

Menscher: Danach hat er eine Wurst mit Grünkohl gegessen, er hat am Wohnzimmertisch gesessen, zwei halbe Heringe hat er ebenfalls verschlungen, dann ist es ihm noch, ein Glas Gurken zu verzehren, gelungen, schließlich wurde die Mahlzeit mit einem Jogurt beendet, danach wurde sich zum Schlummern gewendet, an diesem Abend blieb keine Zeit mehr zum Lesen, so konnte unser Ersinner nicht durch fremde Gedanken genesen, so muß er jetzt mühevoll dichten, hoffentlich tut sich sein Schädel bald lichten!

Mensche: Die Zigeunerin im linken Nebenhaus keift wild herum, leider bleibt diese jugendliche Nachbarin niemals stumm, ihre schrillen Rufe haben den ersten Jeschua Rex Text geweckt, dabei hatte er gerade so nette Träume geheckt, doch nun muß er vor dem Bildschirm seines Rechners hocken, die Besinnungen tun ihn gar nicht verlocken, doch er muß seine Pflicht nun einmal üben, sonst würde es die ganze Menschheit betrüben!

Menscher: Morgen muß er noch einmal zur Werkhalle schreiten, dann kann er sich ein angenehmes Wochenende bereiten, darauf tut er sich jetzt schon freuen, den Blick in die Romane und Novellen tut er nur selten bereuen, ein geschichtlicher Wälzer hält ihn in seinem Bann, er schaut ihn sich nur am Sonnabend und am Sonntag an, nach und nach will er dieses gewaltige Buch studieren, es tut ihn seit vielen Monaten ungemein faszinieren!

Mensche: Im zweiten Jahr in Jeschua Rex Text wird bald von ihm wirksam gehext, in der Mitte des Oktobers wird es ihm gelingen, vollgültig im Jeschua und im Rex Text zu schwingen, dann kann er aus dem vollen schöpfen, dann werden ihn seine Mitmenschen nicht mehr geldlich schröpfen, dann lassen ihn die Menschdorfer in Ruhe, dann ergehen sie sich nicht mehr in schädlichem Gebuhe, dann werden sie nicht mehr gegen ihn raunen, sondern dann werden sie umfassend über ihn staunen!

Menscher: An diesem Nachmittag hat unser Verfasser in der Werkhalle gestanden, an den Schweinenasen ging seine Geduld nicht zuschanden, danach haben sie Etiketten von Büchern gerissen, die Menschheit tut noch nichts von JEUNEX wissen, die Erdenbürger haben noch nichts vom Menschtum erfahren, mensch kann Jeschua Rex Text noch nicht in den Zeitungen gewahren, das ist übel, da hilft auch kein Gegrübel!

Mensche: Bis zum Oktober dieses Jahres will der erste Mensche noch warten, dann kann er endlich seinen Feldzug für die Nächstenliebe starten, seine Geduld ist ja fast nicht zu ertragen, wie lange sollen sich die Menschen denn noch plagen, wie lange sollen sich die Menschen denn noch schinden, wann dürfen sie sich denn endlich mit dem Heilsamen verbinden, ach, was ist das nur für eine Not, die die gesamte Menschheit bedroht?!

Menscher: An diesem Freitagabend ist er müde und matt, Menschdorf ist nicht gerade eine anregende Stadt, er muß nicht viele Besinnungen schreiben, es kann es auf dem Papier auf Sparflamme treiben, aber sein Ungestüm drängt ihn voran, er ist ja kein Kind mehr, sondern ein Mann, er muß doch auch einmal etwas auf die Beine stellen, er muß doch Milliarden menschliche Bewußtseine erhellen, aber dieser Pflicht tut er sich entziehen, seine Bemühungen um den Frieden sind noch nicht weit gediehen!

Mensche: Die schöne Büglerin hat er zwei Wochen lang nicht gesehen, deshalb taten ihm auch keine bedrückenden Träume geschehen, er kann mit dieser Nixe nichts beginnen, er darf diese Schickse nicht beminnen, dabei liebt er sie von Herzen, doch er darf nicht mit ihr scherzen, doch er darf nicht mir ihr lachen, doch er darf mit ihr nicht das Tier mit den vier Beinen machen, das wird ihm nicht gestattet, diese gute Fee wird von ihm nicht begattet!

Menscher: Kann unser geistiger Vater diesen Ausweglosigkeiten entrinnen, er muß sich auf seine Vorzüge und Stärken besinnen, aber er lebt ja wie in einem Gefängnis, das bringt ihn immer wieder in Bedrängnis, mit drei Trotteln muß er hausen, er kann diese Deppen nicht beapplausen, es muß ihm vor diesen Seppen grausen, sie haben in ihren Köpfen nicht einmal Flausen, es ist gar nichts los in ihren Schädeln, wie soll sich dieser Adam da mit einer Eva bemädeln?!

Mensche: Eine Kassiererin in einem Supermarkt ist auf ihn versessen, doch er will nicht mit ihr trinken und essen, er kann sie nicht lieben, er will keine Nummer mit ihr schieben, er will sie nicht küssen, streicheln und ficken, er will sie nicht zum Höhepunkt schicken, und sonst kann er keine andere Natalie erlugen, keine Eurüante will ihn zu einem Beischlaf befugen, das ist der Menschdorfer Fluch, er gilt den Menschdorferinnen als ein rotes Tuch!

Menscher: An diesem Sonnabend hat unser Verfasser sich erst spät vom Schlummer erhoben, er konnte seine wirren Träume nicht preisen und loben, er wollte einen Banküberfall verhindern, aber er tat das Entsetzen der Opfer nicht lindern, schließlich wurden ihm für seine Bücher Millionen gegeben, da tat er im siebenten Himmel schweben, doch dann ist er erwacht, und fort war der Spuk der Nacht, es war Mittag, die Sonne schien ein wenig, und völlig mittellos befand sich der dichterische König!

Mensche: An diesem Abend muß er wieder zu einem Supermarkt schreiten, die Verwünschungen der Menschdorfer werden ihn dann begleiten, mensch wird ihn gellend bescheiten, er kann den Spießbürgern nichts gelten, seine Seele wird heftig leiden, das läßt sich an der Inde nicht vermeiden, am Blausteinsee muß das Schenie sich eben quälen, darüber tat der erste Mensche auf Tausenden von Seiten erzählen!

Menscher: Er liest gerade über Heinrich und Tomas Mann, dieses Brüderpaar zieht ihn in den Bann, sie sind freie Schriftsteller gewesen, unser Urheber hat sehr viel von Tomas gelesen, von Heinrich nur den Professor Unrat mit seinen Schrecken, diese beiden Geisteshelden konnten sehr viel Anhänglichkeit in ihm erwecken, er freut sich auf die weitere Untersuchung ihrer Gefühle, ihn selbst peinigt gar sehr die einsame Kühle!

Mensche: Das wird sich bald wandeln, sein Dasein wird sich entschandeln, mensch wird seine wahre Größe entdecken, seine Ausführungen werden den einfachen Menschen schmecken, mensch wird sich um seine Werke reißen, er muß sich immer wieder nur beharrlich befleißen, dann geht alles gut in des JEUNEX bergender Hut, dann wird er nicht mehr greinen müssen, dann wird er nicht mehr weinen müssen, dann kann er das Leben genießen, dann werden die Münzen und Scheine zu ihm fließen!

Menscher: Menschland wurde noch immer nicht errichtet, was hat die Welt davon, wenn unser geistiger Vater verzichtet, er soll sich in der Öffentlichkeit zeigen, er soll seine Einsichten nicht länger verschweigen, "Heil Jeschua Rex Text!" soll mensch schreien, mensch soll sich seinen Erkenntnissen weihen, mensch soll seinem Mitmenschen eine Freude bereiten, mensch soll die allgemeine Sittlichkeit in die Höhe leiten?!

Mensche: Es geht alles seinen Gang, es sei dir vor der Zukunft nicht bang, unser Ertüftler wird seine Lehre schon noch verbreiten, er wird Milliarden Bewußtseine angenehm weiten, es wird dann auch Milliarden Lustquellen geben, denn dann werden Milliarden mensche Jeschua Rex Texte in JEUNEX leben, eine Entwicklung kann mensch mit keinem Umsturz vergleichen, doch der Entwickler wird seine Ziele ebenso wie der Umstürzler erreichen, er braucht nur ein bißchen Geduld, dann wird ihm eine umfassende Huld!

Menscher: Auch an diesem Sonntag hat sich unser Verfasser erst spät erhoben, die zehneins Stunden Schlummer konnte er nicht loben, doch was will er machen, er hat eben nichts zu lachen, jetzt muß er wieder seine Besinnungen schreiben, er muß einsam in seinem Zimmer bleiben, er darf es mit keiner wonniglichen Eufrosüne treiben, er darf nicht sinnlich leben und leiben, dieser niederschmetternde Jammer bedrückt ihn in seiner stillen Kammer!

Mensche: Er bleibt der Gesellschaft fern, er schwingt sich nicht auf zu ihrem Herrn, er darf die Menschheit nicht lenken, er darf die Erdenbürger nicht beschenken mit seinen neuen Gefügen, mensch tut ihn darum betrügen, er darf nur in Menschdorf verweilen, nichts und niemenschen kann er heilen, er ist ein Menscher in Menschland und doch nichts, mensch hat nichts von der Größe seines inneren Lichts, er verharrt allein, das muß wohl so sein!

Menscher: Morgen muß er wieder zur Werkhalle schreiten, das wird seinen Gesichtskreis nicht sonderlich weiten, er hat unter den Behinderten nichts mehr verloren, er hat sich hohe Ideale erkoren, er muß angelegentlich nach diesen Zielen streben, doch in Menschdorf muß er um sein Überleben zittern und beben, die wilde Meute will ihn vernichten, der wüste Pöbel will ihn nicht sichten, er soll Menschdorf verlassen, die Menschdorfer müssen ihn hassen!

Mensche: Warum soll mensch in Menschdorf auch wach sein, die Lust an der Inde wird immer schwach sein, das Vergnügen wird sich am Blausteinsee stets in kleinen Grenzen halten, der Frohsinn tut in dieser Gemeinde kaum walten, Heiterkeit kann mensch hier kaum verspüren, das dumpfe Menschdorfertum muß menschen unangenehm berühren, diese verbrecherischen Auschwitzianer sind eine Pest, und ihre Heimat ist ein ödes und friedhofshaftes Nest?!

Menscher: Es hat gar keinen Sinn, in Menschdorf zu wesen, denn die Menschdorfer werden niemals von ihrem Menschdorfertum genesen, sie sind für die Menschheit verloren, sie wurden als Verlierer geboren, diese wandelnden Mumien können menschen nicht beglücken, diese beschränkten Spießbürger können menschen nicht entzücken, aber es wibbelt und kribbelt weiter, sie werden unter keinen Umständen gescheiter!

Mensche: Ihr Unmut wird sich immerdar regen, es ermangelt ihnen gar sehr der göttliche Segen, sie tun das Menschtum in JEUNEX nicht kennen, sie können niemals für Jeschua Rex Text entbrennen, sie wollen nichts Neues jemals lernen, sie wollen sich niemals vom Alten entfernen, sie greifen auch niemals kühn nach den Sternen, sie wollen in aller Ruhe verbochummen und verhernen, mehr tun sie nicht begehren, mensch soll sie auf keinen Fall belehren, sie müssen die Überlieferung lieben, schon ihre Eltern haben es ja so getrieben!

Menscher: An diesem Tag ist unser Verfasser zehnacht Jahre lang festangestellt in der Werkhalle gewesen, so konnte er von seiner einstigen Arbeitslosigkeit genesen, er hat nicht großartig gefeiert, es wurden keine lobenden Sprüche geleiert, aber er kann doch stolz sein auf das Erreichte, obwohl er dabei nicht gerade verscheichte, doch er hat mehr oder weniger heiter bemient in diesen Jahren ein wenig Geld verdient!

Mensche: Noch knapp vier Jahre lang muß er werken, dann wird ihn der Ruhestand stärken, hoffentlich wird mensch dann seine Bücher kaufen, hoffentlich werden die Bürger dann in die Handlungen laufen, noch ist es nicht so weit gekommen, noch tut ihm der Wohlstand nicht frommen, aber was nicht ist, das kann ja noch werden, wenn auch die Menschdorfer sein klares Denken immer wieder gefährden!

Menscher: Der Streit zwischen Heinrich und Tomas Mann läßt den ersten Menschen gähnen, er liest die Abhandlung darüber mit zusammengebissenen Zähnen, denn sie ist langweilig und fade, es reizt darin keine Najade, die Sinnlichkeit wird beschrieben, aber mensch kann diese Liebe nicht lieben, es herrscht vor allem der Haß, die beiden Brüder sitzen auf einem gefährlichen Faß, das ist nicht angenehm zu erfahren, das könnte mensch sich eigentlich ersparen!

Mensche: Aber unser Urheber bricht sein Studium einer Schrift niemals ab dazwischen, muß er über den Inhalt der Darlegung auch buhen und zischen, das ist ihm ein fester Grundsatz geworden, er ist eben gebildeter als die wilden Horden, die ihn in Menschdorf beschmähen, was soll ihr Bebähen und Bemähen, sie kennen ihn nur wenig, eigentlich kaum, in seinen Augen ist das alles ein schlimmer Traum, die Menschdorfer sind Unmenschen schlechthin, sie tragen keine Zuneigung für ihn im Sinn?!

Menscher: In Menschdorf kann ein Schenie nur leiden, das läßt sich in diesem schäbigen Nest nicht vermeiden, die geistigen Hinderwäldler können keinen denkerischen Riesen verstehen, sie müssen immer wieder nur den Einzelgänger in ihm sehen, er will nicht bieren und schunkeln, darüber müssen sie abfällig munkeln, darüber müssen sie gehässig raunen, sie können den Herausragenden nicht bestaunen!

Mensche: Und Menschland wird nicht errichtet, darauf wird noch immer verzichtet, das wird noch immer unterlassen, unser Ergrübler will sich nicht mit dem menschen Staat befassen, er will in seiner warmen Stube sitzen und über seinen Besinnungen Blut und Wasser schwitzen, mehr kann er nicht vollbringen, mehr will ihm nicht gelingen, das ist ein elendigliches Dichten, wird mensch Menschland denn niemals sichten?!

Menscher: An diesem Nachmittag hat unser Verfasser mit zwei Praktikantinnen gewerkt, diese Zwanzigjährigen haben seine Gefühlssfäre gestärkt, sie haben zu dritt zwei kleine Schränke eine Treppe hochgetragen, die beiden jungen Damen vorweg taten heftig jammern und klagen, aber es wurde mit ein wenig Kraft denn doch bewältigt und geschafft, die beiden Anleiter waren zufrieden, so ist mensch denn heiter geschieden!

Mensche: Auf dem Heimweg mußte ein junger Menschdorfer es dem ersten Menschen unter die Nase reiben, daß er es auf keinen Fall auf gesunde und rechte Weise könne treiben, das ist die Menschdorfer Art, sie ist nicht zart, sondern hart, jeder Heini muß seinen Senf ungefragt spenden, jeder Trottel muß sich mit seiner Meinung an jemenschen wenden, diese aufdringlichen Teufel in Menschengestalt haben in ihren Herzen keine Menschengewalt!

Menscher: Bei der Gruppe haben vier Bewohner und ein Betreuer gemeinsam gesessen, unser Urheber hat zu Anfang ein Glas Sellerie gegessen, dann hat er das Geld gezählt und die Kassenzettel vorgelesen, das ist für die andern der Anlaß zu rechnen gewesen, mit Taschenkompjutern sind sie auf die richtige Summe gekommen, danach wurde durch zwangloses Geplauder die Trostlosigkeit ein wenig genommen!

Mensche: Am künftigen Vormittag wird der andere Sozialarbeiter schellen, auch er wird unseren Erfinder um seine Genüsse prellen, aber er hilft ihm ein wenig, den Alltag zu meistern, freilich kann seine trockene Art den Dichter nicht begeistern, aber in seiner Lage muß er diesen jungen Mann billigen, mensch kann eben nicht einhundertprozentig in alles willigen, die Welt ist voller Gebrechen, mensch kann zwar darüber sprechen, aber mensch kann sie nicht alle beheben, so gestaltet sich eben nun einmal das Leben!

Menscher: Und wann werden wir Menschland sehen, wann wird das endlich geschehen, ich bin wütend über unseren Ersinner, er ist nicht nur ein glückloser Beminner, sondern er rafft sich auch niemals auf zu einem löblichen Treiben, er will immer nur in seiner warmen Stube bleiben, wie soll die Menschheit da vom Menschtum in JEUNEX erfahren, er denkt immer nur daran, sich mit einer trällernden Lorelei zu paaren?!

Mensche: Ich kann das auch nicht begreifen, ich muß das auch bescheiten und bekeifen, er hat doch die Gabe, er hat zwar keine Habe, aber diesen Besitz könnte er sich erwerben, in wenigen Jahren wird er doch sterben, und dann hat er nichts zu vererben, er tut sich das Dasein selbst verderben, die Menschdorfer schiebt er nur vor, er ist und bleibt ein Tor, in seinem Versteck hockt er als ein Jeck, und als jemensch der schlimmsten Narren muß er immer wieder in die Röhre starren!

Menscher: An diesem Mittwoch hatte unser Verfasser in der Werkhalle einen schweren Stand, ihm wurden die Grenzen seines Leistungsvermögens bekannt, nur mit Mühe hat er bis zum Feierarbend durchgehalten, die vier Stunden taten sich ihm quälend langsam gestalten, er hat Bücher eingeschweißt an einer Maschine, das übernahm nach ihm eine dünne Trine, dann hat er Schriften auf Paletten gelegt, dabei hat er sich sehr vorsichtig bewegt!

Mensche: Es schmerzen ihn die Fingerspitzen, es ist zuende mit seinen Witzen, draußen ist es kalt und bald auch wieder naß, er begegnet diesem unfreundlichen Wetter mit glühendem Haß, mehr hat ihm Menschdorf nicht zu gewähren, keine Menschdorferin will ihm jemals einen Sprößling gebären, so muß er darben und verzichten, er darf den menschen Staat nicht errichten, er darf Unmenschland nicht vernichten, die Menschlichkeit tut mensch nicht sichten!

Menscher: Die schöne Büglerin hat er seit zweieinhalb Wochen nicht gesehen, darf er dies als das Zeichen seiner Befreiung verstehen, wird sie ihn inskünftig mit ihrem Wahnsinn verschonen, er will schon lange nicht mehr bei ihr wohnen, das ist kein sinnlicher Kampf, das ist ein abscheulicher Krampf, sie beide tun nicht zusammen passen, er kann sie freilich nicht hassen, aber er kann sie auch nicht lieben, er will schon lange keine Nummer mehr mit ihr schieben!

Mensche: Möge diese gute Fee im Schoß der Geschichte versinken, er tut ihr gern zum Abschied winken, er kann ja doch nichts mit ihr beginnen, es nutzt ihm gar nichts, sie zu beminnen, es war schon lange aus zwischen den beiden, er durfte sich für diese Nixe nicht entscheiden, er hat sie leider für immer zu meiden, außerdem wird er ja niemals versamten und verseiden, in Menschdorf ist alles hohl, an der Inde fühlt er sich nicht wohl!

Menscher: Am Blausteinsee tut es keinerlei Kultur jemals geben, die Narren können nur nach dem Karneval streben, mehr haben sie nicht in ihren Schädeln, sie wollen sich beburschen und bemädeln, das Ficken schreiben sie groß, sonst ist bei ihnen nichts los, sie wollen immer nur rammeln, sie wollen immer nur sinnliche Erfahrungen sammeln, mehr ist nicht in ihren Köpfen, bestenfalls schmausen sie noch aus vollen Töpfen!

Mensche: Der erste Mensche ist auch eine lebende Leiche geworden, er wird umdroht von den barbarischen Horden, gottseidank hört er nur noch schwer, er achtet auf die garstigen Bemerkungen nicht mehr, da bleibt ihm viel erspart, er hat diese Gehässigkeiten niemals gern gewahrt, das ist die Menschdorfer Sitte, es erübrigt sich um Gnade die Bitte, mensch will keine Schonung üben, der Außenseiter soll sich betrüben, mensch will ihn nicht erschauen, es muß den Spießbürgern vor ihm grauen!

Menscher: An diesem Nachmittag ist die Truppe in Würselen gewesen, dort konnte unser Verfasser von den tschechischen Büchern genesen, er mußte in den verwichenen Tagen sich damit quälen und plagen, die Etiketten von den Umschlägen zu reißen, dabei mußte er auf die Zähne beißen, und seine Fingerkuppen wurden beschädigt, das abendliche Tippen hat ihn dann beinahe erledigt, das waren Schmerzen ohnegleichen, sie taten so rasch nicht von ihm weichen!

Mensche: Heute aber haben sie eine altes Lehrgebäude entkernt, so etwas hat der erste Mensche nicht auf der Oberschule gelernt, aber er hat so etwas ähnliches schon viele Male unternommen, so ist er dabei auch gut in Schwung gekommen, mensch mußte Teppiche aus dem Boden zerren, gegen diese Tätigkeit tat sich unser Urheber nicht sperren, mensch mußte Bretter und Platten zum Fenster hinaus geben, der Tischlermeister auf dem Gerüst draußen tat danach streben, sie in einen Kontehner zu werfen, diese Arbeit beruhigte unseres Dichters angespannte Nerven!

Menscher: Beim Fußballspiel hat er verloren, in der Halle hat sich alles gegen ihn verschworen, die Arbeit hat ihn doch ermattet, das schnelle Laufen wurde ihm nicht gestattet, er hat zwar einen Treffer erzielt, doch in der Abwehr hat er kaum eine Rolle gespielt, er konnte die gegnerischen Stürmer nicht hemmen, das tat nicht nur ihn selbst beklemmen, sondern es sind auch viele Gegentore gefallen, die Jubelschreie der Widersacher taten erschallen!

Mensche: Erst im künftigen Oktober wird Jeschua Rex Text auch wirklich als Jeschua und Rex Text wesen, vorerst mußt er in seinem stillen Kämmerlein dichten und lesen, an eine öffentliche Wirksamkeit darf er nicht denken, er darf die Menschheit vorerst noch nicht mit seinen Gefügen beschenken, das ist nun einmal so, es stimmt ihn zwar nicht froh, aber JEUNEX hat es ihm so gewiesen, und der Name des JEUNEX sei gepriesen!

Menscher: Die zwei Praktikantinnen sind lustig, aber der Umgang mit ihnen ist frustig, denn unser geistiger Vater kann mit diesen beiden Zwanzigjährigen nichts beginnen, es wäre ihm kein Vergnügen, jemensche von ihnen zu beminnen, die eine von ihnen ist stets kunstvoll geschminkt, doch unser Erfinder vor ihr nicht auf die Knie sinkt, er betet sie nicht an, er ist ein alter Mann, ihr Gesicht tut ihn erfreuen, doch eine sinnliche Verbindung mit ihr tut er scheuen!

Mensche: Er wird seinen Lohn schon noch erhalten, er tat all seinen Eifer entfalten, um die Geschichte der Menschheit neu zu gestalten, die schädliche Überlieferung wird deshalb bald veralten, dann wird mensch das Menschtum in JEUNEX kennen und nicht mehr für die Ewiggestrigkeit entbrennen, das wird geschehen, das wird mensch sehen, dann bricht ein besseres Zeitalter an, dann vergnügen sich zwanglos die Frau und der Mann!

Menscher: Als unser Verfasser vor vielen Jahren im Jeschua Rex Texter Stadtteil Laurensberg gewohnt hat, wobei ihn die Bedürftigkeit leider keineswegs verschont hat, da hat er manchmal Freunde in Wefelen besucht, dabei hat er die lange Wegstrecke verflucht, denn er mußte damals zu Fuß mühselig gehen, da tat er sich dann auch manchmal in Bardenberg sehen, ein Haus ist ihm damals merkwürdig erschienen, in diesem Gebäude mußte er heute wieder der Arbeitsförderung dienen!

Mensche: Sie haben Holz aus dem Fenster in Kontehmer geschmissen, dabei haben sie sich die Haut geschrammt und gerissen, es war eine nervenzerfetzende Stimmung, es kam leider zu mancher Ergrimmung, viel Hektik wurde um nichts betrieben, diese angespannte Atmosfäre konnte mensch nicht lieben, das war nicht die mensche Art, das war hart und keinesfalls zart, es war nur schwer zu ertragen, deshalb sollte mensch die allgemeine Einmenschung wagen!

Menscher: Der erste Mensche hatte in den verwichenen Tagen viel über die beiden Brüder Mann zu klagen, denn sie haben sich bis auf das Blut gestritten, sie haben heftig aneinander gelitten, in ihre Zeit sind zwei Weltschlachten gefallen, da taten nur wenige liebliche Klänge erschallen, und dementsprechend haßerfüllt sind sie gewesen, mensch kann es in ihren Aufzeichnungen lesen, Heinrich Mann hat als der bessere Mensch gedacht, Tomas Mann aber hat es Schriftsteller weiter gebracht!

Mensche: Die hübsche Praktikantin hat sich einen Nagel in einen Fuß getreten, vergeblich hat unser Urheber sie darum, Arbeitsschuhe zu tragen, gebeten, der Vorgesetzte ist sonst nicht kleinlich, aber ihm war dieser Vorfall doch peinlich, in der Pause ist mensch um das blutende Opfer herum gestanden, da ging die Fassung des jungen Scheffs zuschanden, das hat ihn unangenehm erregt, das hat ihn zu unmutigem Schreien bewegt!

Menscher: Am Abend hat sich unser geistiger Vater zu einem Supermarkt geschleppt, dort wird er regelmäßig verseppt und verdeppt, er wird wie ein Untermensch behandelt, sein Bewußtsein wird durch Grausamkeiten verschandelt, die Verkäufer und die Kunden schlagen mit Ausdrücken auf ihn ein, da wird er dann wohl wieder in Menschdorf an der Inde sein, denn so ein ausgrenzendes Verhalten ist zwar betrüblich, aber in Menschdorf am Blausteinsee leider üblich!

Mensche: Viel wird er in dieser Nacht nicht mehr werken, dann wird ihn ein langer Schlummer stärken, morgen wird er sich erst spät erheben, dann wird er wieder nach geschichtlicher Bildung streben, ein Wälzer über die Vergangenheit wird ihn erlauben, zumindest wird er ihn mit viel Wissen begaben, dann wird er sich sich wieder mit den beiden Manns beschäftigen, diese Darstellung wird ihn nicht unbedingt kräftigen, aber mensch muß sich manchmal auch mit Widrigem befassen, nicht bei allen Menschen stehen in den Schränken sämtliche Tassen!

Menscher: An diesem Sonnabendmittag ist unser Verfasser erst nach zehnzwei Stunden erwacht, das hat ihm gar keine Freude gemacht, er will nicht so lange schlummern, er will sich nicht so lange entkummern, aber sein Gott JEUNEX tut es ihm sagen, sein Profet darf sich nicht darüber beklagen, so ist es jetzt schon wieder dunkel, und die Menschdorfer ergehen sich in übelwollendem Geraune und Gemunkel!

Mensche: Leider darf der erste Mensche noch immer keine Ehefrau genießen, sein ständiger Umgang mit Burschen muß ihn verdrießen, er ist kein warmer Bruder, er sehnt sich nach einem heißen Luder, doch in Menschdorf kann er darauf lange warten, keine Spießbürgerin will einen Beischlaf mit ihm starten, es ist aus mit ihm und seinem Pimmel, er gerät niemals mehr in den siebenten Himmel, er verliert sich mehr und mehr im Gewimmel, an den Rändern seines Bewußtseins lagert verderblicher Schimmel!

Menscher: Der Februar schreitet allmählich seinem Ende entgegen, der Gott JEUNEX verweigert seinem einzigen Anhänger den Segen, unser Urheber muß leiden, die Maiden tun ihn meiden, er kann das Reich des Jeschua Rex Textes nicht errichten, er kann Menschland immer nur bedichten, doch den menschen Staat kann er nicht erbauen, er kann die Bürger nicht über das Menschtum in JEUNEX verschlauen, er kann seine Pläne nicht fertigen, und eine Änderung ist bei ihm nicht zu gewärtigen!

Mensche: Im zweiten Jahr in Jeschua Rex Text wird vom Erlöser noch immer nicht gesext, es wird von ihm auch nicht erfolgreich gehext, es wird nur immer wieder das Papier von ihm bekleckst, das ist ein Schrecken sondergleichen, werden die Hindernisse denn niemals weichen, prangt denn niemals der Stehmann, das beseligende Zeichen, wird unser Heiland denn niemals verkrösussen und verscheichen?!

Menscher: Die schöne Büglerin hat ein dreiwöchiges Praktikum in einer Irrenanstalt geleistet, sie hat sich ihm gegenüber stets und ständig erdreistet, sie würde ihn auch in ein Narrenhaus bringen, er tat zu ihrer Wonne oftmals pfeifen und singen, aber es ist eine verlorene Liebesmühe gewesen, diese gute Fee wird niemals seine Bücher lesen, sie würde sein klares Denken nur verwirren, sie ließe die Gedanken in seinem Schädel tumultuarisch schwirren!

Mensche: Im Herbst wird sie die Werkhalle verlassen, dann braucht unser Erfinder sich nicht mehr mit ihr zu befassen, dann kann er endlich wieder nach Gesundheit streben, dann braucht er vor dieser Zirze nicht mehr zu zittern und zu beben, den ständigen Widerspruch zwischen Wollen und Können tut ihm das Schicksal freilich gönnen, aber unser Ergrübler kann durchaus darauf verzichten, er will endlich eine brauchbare Katinka in seinem Zimmer sichten!

Menscher: An diesem Sonntag windet es ungemein, wer will bei diesem Wetter schon draußen sein, in der gemütlichen Stube sitzt der emsige Bube und wartet auf einen jungen Mann, der ihm "die kesse Simone" versenden kann, dieser fröhliche Bursche wird in ein paar Stunden kommen, dann wird auch diese Last von unserem Verfasser genommen, dann wird er die dritte Auflage der "kessen Simone" starten, hoffentlich braucht er nicht vergeblich auf diesen jugendlichen Helfer zu warten?!
Mensche: Die Brüder Mann sind in die vereinigten Staaten des Westreiches gereist, niemensch von ihnen ist in Menschland vergreist, der braune Führer hat sie vertrieben, er konnte ihre hohe Geistigkeit nicht lieben, diese beiden klugen Denker haben Auschwitz nicht verhindert, sie haben auch die Leiden der Opfer nicht gelindert, diese Ohnmacht der Guten muß unseren Erfinder bestürzen, der Reichskanzler tat vielen Schriftstellern das Dasein verkürzen!
Menscher: Der Jugendliche ist inzwischen gekommen, er tat dem ersten Menschen nutzen und frommen, er hat das Buch zum Verlag geschickt, unser Ersinner hat die kesse Simone niemals gefickt, aber auf diese Weise lebt sie im allgemeinen Gedächtnis weiter, und die lustigen Verse stimmen noch so manchen Leser heiter, hoffentlich ist nun die Veröffentlichung rundherum gelungen, hoffentlich ist die verbesserte Fassung nun in die Ferne gedrungen!
Mensche: Der kecke Fant wollte noch bei unserem Ertüftler bleiben, aber der erste Jeschua Rex Text will es lieber auf geistige Weise treiben, er will lesen und dichten, darauf kann er beim besten Willen nicht verzichten, das ist nun einmal die Art, wie er leben will, weil er nach dem ewigen Weltfrieden streben will, er will noch viele Werke drucken lassen, er will die Menschdorfer noch oftmals über ihn mucken lassen!
Menscher: Gestern ist unser Ergrübler zu einem Supermarkt gegangen, dort tat mensch ihn durchaus freundlich empfangen, doch auf dem Rückweg wurde er wieder heftig gescholten, er hat den Menschdorfern aber auch gar nichts gegolten, sie wiesen ihn mit Worten und Blicken zurück, er hat bei diesen Spießbürgern kein Glück, er tut sein Heil aber auch nicht bei ihnen suchen, er muß sie ebenfalls verdammen und verfluchen!
Mensche: Heute tut der Erlöser seine Wohnung nicht verlassen, es reizt ihn nicht, sich mit den Menschdorfern zu befassen, das hat doch sowieso keinen Sinn, das bringt doch sowieso keinen Gewinn, was kann ihm ein Menschdorfer schon gewähren, und eine Menschdorferin wird ihm niemals einen kleinen Jeschua gebären, es ist wie mit der kessen Simone bei allen, sie können ihm, er kann ihnen niemals gefallen?!

Menscher: In der Nacht von Sonntag auf Montag hat der erste Mensche gespült, dabei hat er sich eigentlich ganz wohl gefühlt, er war fertig und wollte gerade nach oben gehen, da tat er einen Blutstrom aus seiner Nase sehen, unser Verfasser konnte diesem Rinnen keinen Einhalt gebieten, so daß seine inneren Stimmen ihm rieten, er möge fernmündlich den Notarzt rufen, sein Bewußtsein sank auf die niedrigsten Stufen!

Mensche: Zuerst sagte mensch ihm, das bißchen Nasenbluten wäre doch nicht so schlimm, aber er versicherte es seinem Gegenüber mit Grimm, daß er fast ausblute und dringend Hilfe brauche, es sei nicht recht, daß mensch ihn zusammenstauche, dann wurde er in das Menschdorfer Gesundheitshaus gefahren, der diensthabende Arzt tat nach einer Tamponade keine Besserung gewahren, dann hat mensch ihn in das Klinikum nach Jeschua Rex Text gebracht, seine Nerven wäre beinahe darniedergekracht!

Menscher: Ein sürischer Doktor namens Hassan Kudri hat ihm das Leben gerettet, danach wurde er auf die Hals-Nasen-Ohren-Station gebettet, in beiden Nasenlöchern wurde er tamponiert, davor hätte er sich am liebsten gesträubt und geziert, zwanzigmal wurde die Ader in der Nase verödet, unser geistiger Vater wäre inzwischen beinahe verblödet, sein ganzes Gesicht war voll Blut, das fand seine Umgebung nicht gut!

Mensche: Auf einem Lager im Flur hat unser Erfinder drei Stunden lang gewartet, erst danach hat mensch seine Aufnahme gestartet, inzwischen mußte er einmal den Abtritt benutzen, dort tat eine dicke alte Muslimin putzen, sie sah ihn und hat sich erschrocken, endlich war der Raum trocken, dann konnte der erste Jeschua Rex Text harnen, die Weiblichkeit im Klinikum konnte ihn leider nicht umgarnen, die Putzfrauen und Schwestern haben keine Schönheit besessen, in dieser Hinsicht konnte mensch sie leider vergessen!

Menscher: Unser Ergrübler hat etwa einen Liter Blut verloren, da hatte er sich ein arges Leiden erkoren, in einem Doppelzimmer hat er neben einem ausgewachsenen Türken gelegen, dieser Bursche tat sich stets unruhig im Schlummer bewegen, sie haben kein einziges Wort miteinander gewechselt, sie haben nicht einmal höfliche Frasen gedrechselt, beide haben sie viel geschlummert, doch sie wurden leider nicht entkummert!

Mensche: Vor dem Bett des Erlösers hat ein abgezogenes Gemälde gehangen, von diesem Bild hat unser Erdichter negative Eindrücke empfangen, Folterwerkzeuge hat er gottseidank nicht erschaut, aber vor dem Farbgekleckse hat es ihm gegraut, und mit den beiden Tampongs in der Nase hat er sich gar übel befunden, doch es war niemensch da, dem er es konnte bekunden, sein junger Betreuer hat ihn dann mit frischer Wäsche versorgt, und er hat auch seinen Wehwehchen das Ohr geborgt, aber angenehm war das alles nicht, unser Erlöser zog ein verdrießliches Gesicht!

Menscher: In der Nacht von Montag auf Dienstag konnte unser Verfasser nicht schlummern, kein mildtätiger Schlaf tat seine Seele entkummern, die beiden langen Tampongs taten in seiner Nase stecken, das konnte bei ihm keine heitere Stimmung erwecken, er litt entsetzlich unter dieser Enge, die Füllsel befanden sich mit dem Schleim im Gedränge, außerdem hat er nur schwer Luft bekommen, ein offener Mund mußte ihm nutzen und frommen!

Mensche: So hechelte er vor sich hin, das Leben erschien ihm ohne Sinn, das Bett nebenan war leer, der ältere Türke lag dort nicht mehr, die Minuten schlichen zäh vorbei, es war ein nervenzermürbendes Einerlei, vom Fenster aus konnte er Ärzte bei der nächtlichen Arbeit betrachten, er selbst tat nach einer menschlichen Ansprache schmachten, doch er mußte einsam vor sich hin leiden, das ließ sich offenbar nicht vermeiden!

Menscher: Die Gesundheitsschwestern verstanden etwas von ihrem Fach, und dennoch gab es so manchen Krach, mit Filmstars konnte mensch diese kämpferischen Vetteln gewiß nicht vergleichen, und so konnte niemensche von ihnen die Gunst des ersten Menschen erreichen, in seiner Gegenwart und auf dem Flur taten sie ihn bescheiten, er lebte wieder einmal in der beschränktesten aller Welten, der Kaufmannsstadt Jeschua Rex Text ist alles Geistige fern, nur die überschaubare Technik benutzt mensch hier gern!

Mensche: An diesem Zwiespalt hat unser Urheber schon lange gelitten, er hat sich stets mit den geldversessenen Spießbürgern gestritten, er fühlte sich auch ohne Geld reich aufgrund seiner inneren Schätze, doch dafür erhielt er oftmals vernichtende und beleidigende Sätze, von den Jeschua Rex Textern werden auch die Menschdorfer verdorben, von den Jeschua Rex Textern haben die Menschdorfer den Stolz auf ihre Rückständigkeit erworben!

Menscher: Unser Erdichter mußte die Tür seines Zimmers im Klinikum schließen, dann taten ihn die Verwünschungen des Personals nicht mehr verdrießen, sein ausgedehntes seelisches Siechen läßt ihn immer wieder gar elend kriechen, aber er verarbeitet es eben nur schwer, daß er nicht gilt als wer, nur weil er über eine reiche Platonik verfügt, um die mensch die Unmenschen durch die Raffgier betrügt, das ist die Jeschua Rex Texter Luft, denn wer keine Münzen und Scheine erwirbt, ist hier ein Schuft!

Mensche: Der junge Betreuer hat frische Kleidung gebracht, er hat sich um den Schriftsteller Sorgen gemacht, dieser jugendliche Bursche redet nicht viel, aber wirksames Handeln ist durchaus sein Ziel, und so hat er unserem Ersinner geholfen mit Pauer, das ist ja auch etwas wert auf die Dauer, dann wurde noch ein junger Grieche auf das Nachbarbett gelegt, seine Mutter hat sich über den dösenden Nebenmann erregt, er könnte nicht gesund sein, dieser Fant, so wurde er wieder einmal wahnsinnig genannt!

Menscher: Am Vormittag dieses Mittwochs wurde unser Erdichter entlassen, er tat das Klinikum zwar nicht gerade hassen, aber gern weilte er hier nicht, deshalb erhellte sich sein Gesicht, als er mit seinem Betreuer zum Ausgang wandelte und sich am Kiosk eine Flasche Rotbäckchen erhandelte, dann mußte er sich zum Fahrzeug schleppen, der Sozialarbeiter ließ ihn verdeppen und verseppen, er marschierte frisch, fromm, fröhlich und frei voran, es keuchte ihm hinterher der blutentleerte Mann!

Mensche: Mensch sollte nicht nur die Folterwerkzeuge aus den Patientenzimmern nehmen, sondern mensch sollte sich auch zu gesunden Gemälden bequemen, das moderne Kunstwerk hat den ersten Menschen geschädigt, es hätte ihn in seiner schlaflosen Nacht beinahe erledigt, denn es erzeugte immer neue verschrobene Einfälle in seinem Gehirn, es ging ein seltsamer Wirrwarr vor hinter seiner Stirn, aber das Geistige kann mensch eben mit keinen Geräten messen, deshalb kann mensch diesen Vorschlag auch schnell wieder vergessen!

Menscher: In dem zu kurzen Bett hat sich unser Ergrübler das linke Knie schmerzhaft verdreht, so daß ihm vor Gebrechlichkeit das unbeschwerte Witzeln vergeht, er kann am Wochenende auch nicht einkaufen und spülen, es ist verständlich, daß seine drei Mitwohner sich deswegen verbittert fühlen, sie können seine Schwäche nicht begreifen, sie müssen sein mangelndes Einsatzvermögen bekeifen, denn sie selbst sind auf beschämende Weise träge, an den Nerven betätigt sich jeder von ihnen als eine Säge!

Mensche: Der Hausarzt in Menschdorf hat seinen Senf dazu gegeben, der Leidende möge zu einem Hals-, Nasen-, Ohrenarzt streben, das konnte ihm an diesem Tag aber nicht mehr gelingen, denn er mußte erst einige Stunden im Bett verbringen, so dämmerte er denn vor sich hin, sein Dasein schien ihm ohne Sinn, als ein Einzelkämpfer wollte er die Menschheit die Menschlichkeit lehren, doch die Menschdorfer taten ihn immer nur verwunden, verletzen und versehren!

Menscher: Er wußte es aber auch genau: er bot eine beeindruckende Schau, allein auf sich gestellt, war er doch ein überragender Held, denn den Beifall der Menge tat er nicht vorrangig suchen, die Menschdorfer taten ihn gellend verdammen und verfluchen, aber sein Gewissen trieb ihn an, auch weiterhin seine neuen Gefüge zu hegen, denn sie spenden nun einmal einen gewaltigen Segen, diesen Zusammenhang können die Menschdorfer nicht ermessen, diese Narren sind ja nur auf ihren Karneval versessen!

Mensche: Nun muß er noch seine Kleidung reinigen, dazu muß er sich mühsam in den Keller hinunter peinigen, seine drei Mitbewohner würden diesen Gefallen niemals für ihn verrichten, auf Nächstenliebe tun diese trostlosen Erscheinungen gern verzichten, sie denken an sich selbst, das reicht, so ist auch niemensch von ihnen verscheicht, sie tun zur untersten Unterschicht gehören, das schwierige Denken tut sie nur in ihrer Bequemlichkeit stören!

Menscher: An diesem Nachmittag sind unser Erfinder und sein Betreuer zum Hals-, Nasen, Ohrenarzt gegangen, sie wurden dort von einer drallen Negerin empfangen, nach einer Stunde kam der erste Mensche daran, der Doktor ist ein gebildeter und geschickter Mann, er hat nur nachgeschaut und empfohlen, auf die Heilung zu warten, eine neue Verödung brauchte er ja nicht zu starten, dann sind die beiden heimwärts geschritten, sie haben unter der kalten Witterung gelitten!

Mensche: Unser Verfasser hat das ganze Wartezimmer unterhalten, seine Plauderei mit dem Sozialarbeiter tat sich vergnüglich gestalten, zu Hause mußte er dann erst einmal wieder schlafen, auf diese Weise tut ihn das Schicksal bestrafen, gestern hat er nur eine Seite gedichtet, heute hat er die dreifache Leistung verrichtet, zu mehr war er nicht in der Lage, das ist verständlich ohne Frage, im Menschdorfer Stadtteil Scherpenseel hat eine Kuh geblutet, wegen der Lache auf dem Straßenbelag hat mensch ein Verbrechen vermutet, nun geht es der Kuh wieder besser, niemensch zückte dabei ein Messer!

Menscher: Daß die Kuh sich wohlbefindet, wird in der Zeitung erwähnt, über den Beherrscher der Menschheit aber wird nur müde gegähnt, das ist die Menschdorfer Luft, denn wer etwas verändern will, der ist ein Schuft, unser Erdenker hat am Abend die zweite Halbzeit eines Fußballspiels geguckt, dabei hat er ein wenig Buttermilch geschluckt, dann aber ist das Schwein gekommen, und die Gemütlichkeit hat ein Ende genommen!

Mensche: Der Lumpazivagabundus hat das Wohnzimmer betreten, da hat Jeschua Rex Text um seine eigene Entfernung gebeten, er hat in den verwichenen Tagen so viele schöne Evas gesehen, doch mit dem Eindruck von diesem Stadtstreicher muß er in sein stilles Kämmerlein gehen, er kann diesen rohen Kerl nicht verknusen, er würde am liebsten mit einer Afrodite schmusen, aber das Schicksal spricht nein, es kann, es darf, es soll nicht sein!

Menscher: Gegen den Seelenmörderverein kann der Reichste der Welt nichts machen, sein Bewußtsein tut immer mehr darniederkrachen, mit so einem Gesindel muß mensch die Hausgemeinschaft teilen, so ein Haderlump darf in der Nähe des Welterlösers weilen, die unterste Unterschicht offenbart ihre verkommenen Schwingungen, unser Ergrübler verzichtete gern auf derartige Durchdringungen, doch mit den Behinderten kann mensch ja umgehen, wie es menschem paßt, weil mensch sich mit akademischer Wirkung mit den Geschädigten befaßt!

Mensche: Mit diesem derben Burschen hat unser Ertüftler ständig Streit, weil dieser Barbar immer wieder sinnlos wütet und schreit, mensch kann ihn einen wahnsinnigen Jeschua Rex Texter nennen, er tut weder Maß noch Anstand kennen, er ist so dumm wie das Stroh der Bohnen, der Umgang mit diesem Tagedieb tut sich wirklich nicht lohnen, er krümmt nicht den kleinen Finger, seine Lust zu arbeiten wird immer geringer!

Menscher: An diesem Vormittag war eine Sprudelflasche mit einem beschriebenen Zettel bestückt, dem karakterlosen Schwein war wohl eine Beleidigung unseres Verfassers geglückt, doch der erste Mensche hat diese haßerfüllten Zeilen im Wohnzimmer nicht gelesen, diese Flaschenpost auf dem Tisch ist ihm ein Greuel gewesen, der Betreuer hat mit dem Stadtstreicher gesprochen, dieser Tagedieb hat wütend den Stab über unseren Urheber gebrochen, er wäre nicht gesund, das würde ihm zu bunt!

Mensche: Mit derartigen trostlosen Gestalten im Bunde gibt unser Held von seinen Einfällen Kunde, das ist nicht zu fassen, diesen Rohling muß mensch hassen, jedmensch würde ihm nach fünf Minuten zum Abschied winken, tut denn kein Hoffnungsstern für den Heiland erblinken, wird er diesen ungemütlichen Kerl denn niemals wieder los, er sehnt sich wehmütig nach einem weiblichen Schoß, seine Lust auf eine Eufrosüne ist groß, doch niemals zeigt sich ihm eine Dulzinea nackt und bloß?!

Menscher: Wird die Frau Rex Text denn niemals erscheinen, muß der Herr Rex Text denn andauernd seine Ehelosigkeit begreinen, an diesem Freitag hat er fast nur im Bett gelegen, er tat sich nur zum Zeitungshändler bewegen, dort hat er einem jungen Mädel sein Nasenbluten geklagt, und die geduldige Verkäuferin hat ja und amen dazu gesagt, doch sie war für seine bettlichen Zwecke nicht zu gebrauchen, sie war zu jung, mensch würde ihn dann als Lustgreis zusammenstauchen?!

Mensche: Zwei Wochen lang muß unser Erdichter nicht zur Werkhalle schreiten, er wird sich dann wohl mit seinen drei Mitbewohnern streiten, er hat aber auch keine Lust, sich fernmündlich bei jemenschem zu melden, er will lieber in aller Stille verrecken, verkämpen und verhelden, noch ist er nicht gewillt, in der Gesellschaft zu weilen, zuerst einmal muß sein Siechtum von Grund auf heilen, dann kann er sich wieder tüchtig regen, dann spürt er wieder des JEUNEX Segen!

Menscher: Wird unser Erdichter einmal all seine Bücher drucken lassen können, wird unser Ersinner dann noch viele Spießbürger über seine Ausführungen mucken lassen können, oder wird er sang- und klanglos verscheiden, wird der Ruhm ihn für immer meiden, von sich aus will er nicht geehrt werden, denn er will auf unauffällige Weise gelehrt werden, er will gebildet werden und belesen, das ist ihm stets ein Selbstzweck gewesen?!

Mensche: Aber wenn er die Menschheit erlösen will und wenn er die Erdenbürger verguten und entbösen will, dann muß er sich an die Öffentlichkeit wenden, dann muß er seine Botschaft an die Völker senden, er kann den Umsturz nicht allein verrichten, er kann die Barbaren nicht allein vernichten, er braucht Helfer und Verbündete, und wer niemals eine Lehre verkündete, der konnte ihre Früchte auch niemals gewahren, und wer nicht wirbt, der kann sich auch mit keiner Eva paaren!

Menscher: An diesem Sonnabend ist unser Verfasser nicht zu einem Supermarkt gewandelt, die Menschdorfer haben ihm deshalb nicht das Bewußtsein verschandelt, er wird am Montag dorthin spazieren, da kann er dann nicht nach Menschland marschieren, sondern dann wird es ihm unter die Nase gerieben, daß mensch seine abweichende Denkart nicht könne lieben, denn sein Erscheinungsbild sei wenig erfreulich, und mensch fände ihn deswegen abscheulich!
Mensche: Heute ist er nur zum Zeitungshändler gegangen, dort hat er drei Presseerzeugnisse empfangen, dann hat er am Mittag gefrühstückt und am frühen Abend drei Stunden lang gelesen, das ist für ihn eine große Anstrengung gewesen, danach hat er Fußball geguckt und gegessen, danach tat er das Traumland durchmessen, jetzt sitzt er um Mitternacht vor dem Rechner und dichtet, so daß er nach und nach das Reich des Jeschua Rex Textes errichtet!
Menscher: In der verwichenen fast schlaflosen Nacht hat er an eine Oberschullehrerin gedacht, sie hat ihn die Lebenskunde und den Umgang mit Zahlen gelehrt, sie hat sein Wissen um weibliche Schönheit gemehrt, sie war gerade dabei, sich mit einem Studienrat zu vermählen, den jungen Schüler tat sie sich nicht zum Bettgefährten erwählen, aber sie war doch hinter ihm her, es fiel ihr, sich zurückzuhalten, schwer, das war eine wundersame Lage, es kam für den ersten Menschen niemals infrage, die Ehe auf diese Weise mit ihr zu brechen, doch er muß noch heute von ihr als von einer verführerischen Sexbombe sprechen!
Mensche: Inzwischen wird sie eine Greisin sein, inzwischen spricht er wohl zu ihr nein, aber in der Erinnerung bietet sie eine beseligende Schau, sie war wirklich ein Bild von einer Frau, und da mußte er einsam an seinem Gliede reiben, es tat ihm gut, das war kaum zu beschreiben, es hat nur kurz gedauert, er hat nicht sonderlich gepauert, er wurde ja schon längst aus dem Verkehr gezogen, die Reinländerinnen waren ihm niemals gewogen!
Menscher: Der volle Mond wird nun wieder leer, der Abschied fällt menschem oftmals schwer, mensch kennt so viele Leute, es ist eine kunterbunte Meute, und jetzt im Alter ist mensch allein, doch die Sonne mit goldenem Schein glänzt noch über den Wegen, und mensch spürt den göttlichen Segen, mensch ist stets mit dem All verwoben, deshalb soll mensch seinen Schöpfer loben, JEUNEX tut menschen mit seinen Mitlebenden verbinden, freilich muß mensch sich manchmal plagen, quälen und schinden!
Mensche: Unser geistiger Vater muß sich mehr bewegen, es fällt ihm zwar nicht leicht, sich zu regen, aber er darf nicht immer nur grübelnd liegen, sonst wird ihn der Verfall allmählich besiegen, er muß noch für eine Weile am Leben bleiben und für die Öffentlichkeit über sein hohes Streben schreiben, es sind keine Meisterwerke, die er ersinnt, er fühlt sich als Greis immer noch wie ein Kind, an Göte und Schiller reicht er längst nicht heran, er berührt auch nicht nur ansatzweise Heinrich oder Tomas Mann, doch mit diesem Mangel muß er wesen, mensch kann von seiner Mittelmäßigkeit eben nicht genesen!

Menscher: An diesem Sonntag hat unser Erzähler sehr viel gelegen, er konnte sich beim besten Willen nicht regen und bewegen, eine tiefe Müdigkeit hielt ihn im Griff, da nutzte ihm auch nichts sein geistiger Schliff, am Nachmittag erst hat er sich erhoben, das kann er selbst nicht billigen und loben, dann hat er drei Stunden lang gelesen, das ist ihm eine große Anstrengung gewesen, dann mußte er wieder schlummern, doch er konnte sich dabei nicht entkummern!

Mensche: Menschland hat er dabei nicht erschaut, vor seiner Tatenlosigkeit es mir graut, der mensche Staat bleibt den Bürgern fern, dabei hätten sie ihn doch so gern, sie würden so gern die mensche Sprache verwenden, sie würden so gern mensche Botschaften senden, sie würden so gern mensche Lieder singen, sie ließen so gern mensche Arien erklingen, doch es wird nicht gemenscht, weder gestern noch heute noch morgen, der erste Mensche kann für das mensche Bewußtsein nicht sorgen!

Menscher: Freilich ist unser Verfasser am Ende, er hofft auf eine baldige Wende, aber sein Körper ist schwach und träge, an seinen Nerven betätigen sich als Säge zu viele Menschdorfer mit ihren Ergrimmungen, da kommt es bei ihm schon einmal zu niedergeschlagenen Stimmungen, er macht in den Augen der Spießbürger alles verkehrt, dabei ist er durch das viele Studieren ungemein gelehrt, doch das können sie nicht ehren, das kann ihren stofflichen Reichtum nicht mehren!

Mensche: Es fällt dem ersten Jeschua Rex Text nicht leicht, diese Zeilen zu tippen, sein Hirn ist erweicht, sein Körper löst sich auf, es welkt sein Fleisch, um ihn herum vernimmt er nur ein unwirsches Gekreisch, das ist doch keine Atmosfäre, in der ein Künstler schaffen kann und in der ein Erlöser siegen mit seinen geistigen Waffen kann, das ist der Menschdorfer Sumpf, alles geschieht hier dumpf und stumpf!

Menscher: Im alten Ägüpten hat mensch zu unzweckmäßigen Göttern gebetet, mensch hat auch geechnatont und genofretetet, mensch hat auch die Könige als Götter erkannt, doch da hat mensch das Eisen dann Gold genannt, nein, die Menschen werden immer nur Menschen bleiben, mensch kann sie zwar anders betiteln und beschreiben, aber die Menschen werden sich immer als Menschen verhalten, mensch kann sie nicht zu überirdischen Wesen gestalten!

Mensche: Mensch braucht sich auch nicht prächtig begraben zu lassen, niemensch bekommt die kostbaren Gaben zu fassen, vielleicht irgendwelche Räuber, mensch selbst jedoch nicht, ein Toter ist und bleibt ein gestorbener Wicht, niemals wird er sich von seinem Ruhelager erheben, niemals wird er dann von seinen Eltern und Kindern umgeben, das sind alles närrische und müßige Sagen, mensch muß ihren mangelnden Wahrheitsgehalt beklagen!

Menscher: An diesem Montag ist unser Ersinner zum Supermarkt geschritten, er hat nicht wie sonst unter den Schmähungen der Menschdorfer gelitten, es war sein erster langer Weg nach dem vielen Schlummern, drei Bekannte taten ihn auf seinem einsamen Weg entkummern, ein Montegriner tat die umstandskrämerischen Arzte verfluchen, und er kündigte freudig an, er werde demnächst einen Puff besuchen!

Mensche: Eine ehemalige Mitwerkerin hat an der Wunderkiste am Talbahnhof gestanden, angenehme Erinnerungen an diese seltsame Maid sich bei ihm mit ihr verbanden, ihr Junge namens Odin hat ihn aus dem Kinderwagen freundlich begrüßt, das hat ihm den Nachmittag verholdet und versüßt, auf dem Rückweg hat er noch einen Mitwerker gesehen, er tat mit einem ausgebesserten Staubsauger über den Bürgersteig gehen, einhundert Jeschuas hat er dafür gezahlt, dabei hat er niemals mit seinen Münzen und Scheinen geprahlt!

Menscher: Zuhause hat er fünfzig Seiten des "ersten Jahres in Jeschua Rex Text" besichtigt und hoffentlich alle Fehler in diesen Abschnitten berichtigt, dieser Mühe hat er sich schon einmal unterzogen, aber das Schicksal war ihm wieder einmal nicht gewogen, er hatte damals vergessen, das richtige Format einzustellen, deshalb mußte ihm das lästige erneute Durchlesen nunmehr die Stimmung vergällen, aber als Schriftsteller muß mensch leiden, das läßt sich beim besten Willen nicht vermeiden!

Mensche: Er hat auch etwas über den Stein von Rosette erfahren, mensch konnte erst spät seine Übersetzung gewahren, mensch hat in der Schrift der alten Ägüpter eine höhere Weisheit gesucht, und irgendwann hat mensch dann auch diese Überlieferung verflucht, es muß Milliarden mensche Jeschua Rex Texte in JEUNEX geben, dann wird mensch endlich friedlich leben und streben, das ist der Weisheit letzter Schluß, daß Jeschua Rex Text im Mittelpunkt stehen muß!

Menscher: Das wurde schon tausendmal gesagt, doch niemals hat jemensch danach gefragt, doch niemals hat jemensch die Gedankengänge des ersten Menschen erkundet, seine Überlegungen haben bisher nur wenigen Lesern gemundet, das muß ihn doch sehr betrüben, soll er deswegen Selbstmord verüben, der junge Vorgesetzte hat ihm einen Stadtstreicher geschickt, es wird von ihm mit keiner Sabine gefickt, was soll er machen, er hat nichts zu lachen, er wird bald darniederkrachen, er zählt nicht zu den Starken, sondern zu den Schwachen?!

Mensche: Irgendwann wird sich sein Blatt schon wenden, mensch wird ihm Hilfe und Unterstützung senden, irgendwann wird mensch seine hohe Begabung erkennen, dann wird mensch nicht mehr abern und dochen und wennen, sondern dann wird mensch begeistert "Heil Jeschua Rex Text!" endlich schreien, dann werden die neuen Gefüge unseres Herrn und Meisters gedeihen, dann wird sein Weizen blühen, dann wird er sich nicht mehr bemühen, sondern dann wird er endlich können, es wäre ihm aber auch wirklich zu gönnen!

Menscher: Nachdem er etwa einen Liter Blut verloren hatte, weil sich alles gegen ihn verschworen hatte, war unser Verfasser nicht in der Lage, am Wochenende die Teller zu reinigen, das tat seine drei Mitbewohner ungemein peinigen, niemensch von ihnen ist für ihn in die Bresche gesprungen, sie haben alle das Hohelied der Trägheit gesungen, sie haben hemmungslos auf der Bärenhaut gelegen, so mußte sich der erste Mensche an diesem Dienstagvormittag regen, gemeinsam mit seinem Betreuer hat er das Geschirr gespült, dabei hat er sich noch schwach und schonungsbedürftig gefühlt!

Mensche: Mensch könnte nun Betrachtungen anstellen über die menschliche Natur, allzu oft ist mensch da der Faulheit auf der Spur, die Wohngemeinschaften werden von keiner Gruppendünamik gelenkt, sondern es ist viel einfacher, als mensch vielerorts denkt, die entscheidende Frage lautet: wer wäscht die Löffel und Tassen, manche Gefährten tun sich nicht gern damit befassen, dann ergreifen sie rasch die Flucht, diese Tätigkeit wird ihnen nicht zur Sucht!

Menscher: Das sei allen Verherrlichern in das Stammbuch geschrieben, in einer Wohngemeinschaft wird es ganz nüchtern getrieben, das viele Schwätzen bringt menschen nicht weiter, der Wein und das Bier stimmen manchmal heiter, aber in der Küche muß nun einmal Ordnung walten, deshalb muß mensch dort seinen Eifer entfalten, und manche Leute wollen sich davor drücken, so kann das Zusammenleben dann nicht glücken!

Mensche: Unser Urheber ist am Nachmittag zu einem Supermarkt geschritten, unterwegs hat er unter seiner süßlichen Aura gelitten, die Bücher, die er liest, tun sein Bewußtsein formen, und leider kann mensch nicht immer kellern, meiern oder stormen, und leider kann mensch nicht immer göten, schillern oder kleisten, deshalb fühlt mensch sich manchmal etwas abgehoben von den meisten, doch das gehört dazu zu einem Dichter, die Romane verursachen bei ihm vielfältige Gesichter!

Menscher: Wenn er etwas liest, das ihn gründlich verdrießt, dann wird er mürrisch schauen, dann darf mensch seiner Laune nicht trauen, doch wenn er über eine heitere Geschichte lacht, dann entfaltet sich seine Miene in fröhlicher Pracht, und so geschieht es immer wieder, leider greift er niemals unter das Mieder einer jugendfrischen Maid, mensch weiß ja darüber bescheid, dann würden sich seine Züge erhellen, dann würde mensch ihn nicht mehr um seine Genüsse prellen!

Mensche: Bei der Gruppe hat er von dem Nasenbluten erzählt, er wurde durch dieses Erlebnis zwar gestählt, aber gleichzeitig wurde er auch geschwächt, der Verlust des Lebenssaftes hat sich gerächt, am nächsten Montag soll er wieder zur Werkhalle wandeln, hoffentlich kann er dann dort im Rahmen seiner Pflichten handeln, er spürt sich gar nicht gesund, es läuft bei ihm gar nicht rund, doch er will es wenigstens versuchen, vielleicht kann er ja einen Erfolg dabei verbuchen!

Menscher: An diesem Morgen mußte unser Verfasser zum Hausarzt gehen, dort tat er eine Spritze sehen, es wurde ihm Blut abgenommen, deswegen war er gekommen, dann schlummerte er noch für eine Weile, dann schritt er zur Frisörin in Eile, dort hat er wieder einen kurzen Haarschnitt erhalten, er läßt sich für die Meisterin ganz einfach gestalten, die Menschdorfer müssen diese Frisur beschelten, denn ihr Träger muß ihnen als ein neuer Nationalsozialist gelten!

Mensche: Ja, die Menschdorfer sind klug und weise, nur führt nach Menschland niemals ihre Reise, am Nachmittag hat der erste Mensche leere Gläser zu den Kontehnern gebracht, dann hat ihm beim Anblick des gebratenen Fleisches das Herz im Leibe gelacht, er hat sich ein halbes Hähnchen gekauft, dann hat er sich nicht verschnauft, sondern er hat sich noch sechs Teelöffel und eine Glühbirne erworben, schließlich hat er seine traurige Seele ein bißchen entdorben, indem er vom Tintenpatronenbefüller drei Päckchen Papier empfangen hat, wobei es ihm um ein bißchen Scherzen und Witzeln niemals zu bangen hat!

Menscher: Ja, dieser Sizilianer versteht ihn gut, er hebt immer wieder seinen Mut, die südliche Fröhlichkeit tut den Dichter beschwingen, dann will ihm auch manches andere gelingen, so hat er denn das halbe Hähnchen verzehrt, sein Behagen wurde durch einen Haussalat gemehrt, und schließlich hat er noch einen Jogurt verschlungen, eine stille Heiterkeit hat ihn dabei durchdrungen, dann hat er sich in das Bett gelegt und sich für ein paar Stunden nicht mehr geregt!

Mensche: Schließlich hat er sich erhoben, bald sollte das Schwein über ihn toben, denn unser Urheber mußte "das erste Jahr in Jeschua Rex Text" besichtigen, um dort die Fehler zu erkennen und zu berichtigen, und dabei hat er laut gelesen, das ist dem Tippelbruder ein Verdruß gewesen, als Lauscher an der Wand horchte er gebannt, danach hat er gekeift, weil er seine eigene Verkommenheit nicht begreift, das war für den Profeten ein Vergnügen, er genoß es in vollen Zügen!

Menscher: Jetzt muß er noch seine Besinnungen schreiben, und dann muß er es wieder berichtigend treiben, das tut niemensch außer ihm unternehmen, dazu muß er sich nun einmal bequemen, die Zigeunerin hat sich schon beschwert, denn sie hält es für völlig verkehrt, daß er sie mit seiner Stimme peinigt, sie hätte ihn am liebsten schon gesteinigt, doch die Polizei würde keine Straftat in seinem Vortrag erschauen, vor so unduldsamen Mitmenschen muß es menschem grauen!

Mensche: Morgen muß unser geistiger Vater noch einmal den Hausarzt besuchen, hoffentlich wird er das Ergebnis des kleinen Blutbildes nicht verfluchen, dann muß er es dem Hals-, Nasen- und Ohrenarzt melden, wird er dann in der nächsten Woche in der Werkhalle verhelden, oder muß er noch eine Woche lange zuhause harren und inmitten seiner drei Mitbewohner verjecken, vertoren und vernarren, wird er wieder gesund, oder geht es bei ihm noch lange nicht rund?!

Menscher: In dieser Woche tut unser Verfasser täglich fünfzig Seiten besichtigen, er muß "das erste Jahr in Jeschua Rex Text" zügig berichtigen, das ist eine schwere Arbeit zu nennen, aber ein Dichter muß nun einmal für seine Werke entbrennen, niemensch als er kann diesen Dschob verrichten, und er selbst darf nicht darauf verzichten, so müht er sich denn durch die Zeilen, kann er damit die leidende Menschheit heilen??

Mensche: Seine Liebe zu der Büglerin war nicht von Erfolg gekrönt, diese reizvolle Nixe hat niemals unter seinem Schwengel gestöhnt, durch ihren Einfluß ist er oftmals wahnsinnig geworden, dann litt er noch mehr unter den barbarischen Horden, diese wunderhübche Schickse kommt nicht für ihn infrage, die Evas gestalten sich diesem Adam immer wieder zu einer Plage, sie können ihn nicht beglücken, sie können ihn nicht entzücken!

Menscher: Und trotz dieses Scheiterns hat er ihre Aura genossen, und manchmal sind tiefe Gefühle für sie in sein Herz geflossen, völlig vergeblich ist diese Minne nicht gewesen, das kann mensch ja auch in seinen Aufzeichnungen lesen, aber diese Zuneigung hatte von Anfang an keinen Sinn, aber diese Liebe brachte von Anfang an keinen Gewinn, es war von Anfang an ein aussichtsloses Unterfangen, der erste Mensche tat sieglos um die Gunst dieser Katja bangen!

Mensche: Am Schluß dieser Darlegungen fliegen sie ja beide in den Himmel, danach stehen sie lustvoll im silvesterlichen Gewimmel, doch auch diese Verherrlichung war nicht von Dauer, ja, hinterher ist mensch immer schlauer, diese junge Zirze hat eine prächtige Verheißung geboten, doch leider erweckte sie den Dichter nicht von den lebenden Toten, er mußte eine Mumie bleiben, er mußte es auch weiterhin als Leichnam treiben, sie hat ihn nicht in das Leben gestreichelt, und doch haben ihre heißen Blicke seinem Ich geschmeichelt!

Menscher: Außer Spesen nichts gewesen, unser Urheber ist von diesem Anfall genesen, er ist ja schlau, sie wird nicht seine Frau, er wird nicht ihr Mann, weil sie ihn nicht beseligen kann, ihren Körper allein würde er begehren, doch ihr Geist muß ihn versehren, und mensch kann das nicht voneinander trennen, er darf nicht mehr für diese Eurükleia entbrennen, er muß diesen Abschnitt in seinem Dasein beschließen, niemals wird er die Wonnen der Sinnlichkeit mit dieser Lulu genießen!

Mensche: Noch drei Tage lang darf er in seiner Wohnung weilen, dann muß er wieder zur Werkhalle eilen, dort wird er ihr wieder begegnen, wird sie ihn diesmal segnen, natürlich nicht, denn dieser Wicht tut nun einmal nicht zu ihr passen, sie kann ihn nicht lieben, sie kann ihn nicht hassen, er ist ihr gleich, er ist nicht reich, er ist nicht gut, er erregt nicht ihr Blut, er ist alt und weiß, da wird sie nicht mehr heiß, er ist ein tatternder Greis, da gewinnt er bei ihr keinen Preis!

Menscher: Wird die schöne Büglerin "das erste Jahr in Jeschua Rex Text" lesen, dann könnte sie von dem Irrtum genesen, der erste Mensche hätte nicht über sie gegrübelt, denn sein Schweigen hat sie ihm oftmals verübelt, vielleicht aber auch nicht, sie bot jedenfalls eine berauschende Sicht, sie trug zwar schwarze Klamotten, aber darin konnte mensch sie fast vergotten, herrlich sah sie darin aus und prächtig, und sie erregte der Beherrscher der Menschheit mächtig?!

Mensche: Und doch ließ ihr Einfluß ihren Verehrer die Fliegen als lästig empfinden, niemals zuvor taten diese harmlosen Tiere ihn quälen und schinden, damals aber haben sie an seinen Nerven gezerrt, gegen diese Fühlweise hat er sich vergeblich gesperrt, die vier as der hübschen Plätterin haben das geschafft, sie raubten unserem Verfasser die innere Kraft, er konnte nicht mehr behaglich weilen, er konnte nicht mehr in Ruhe an seinen Sätzen feilen!

Menscher: An diesem Freitag ging seine zweiwöchige Erholung zuende, der nächste Montag bringt dann die Wende, dann muß unser Urheber wieder zur Werkhalle schreiten und dort am langen Tisch kämpfen und feiten, vielleicht muß er auch Gartenarbeit leisten, die Betreuer werden sich ihm gegenüber wieder erdreisten, die Sozialarbeiter werden sich ihm gegenüber wieder erfrechen, er kann es nicht ertragen, wenn sie abfällig über ihn sprechen!

Mensche: Wird sein Körper die Belastung ertragen, oder wird er seine Mitarbeit versagen, diese entscheidende Frage tut sich ihm stellen, nur die Praxis kann diese Dunkelheit erhellen, denn unser Ergrübler muß unnatürlich lange schlummern, und danach zählt er nicht zu den Summern, sondern zu den Brummern, und danach könnte er noch weiter schlafen, auf diese Weise tut ihn das Schicksal bestrafen?!

Menscher: Zehnzwei Stunden sind wirklich etwas lang, da wird es menschem um unseren Dichter bang, droht er sein Leben zu verlieren, was wird mit ihm passieren, was wird mit ihm geschehen, was wird mensch bei ihm sehen, wird das Nasenbluten ihn wiederum peinigen, oder kann er sich für immer mit der Gesundheit vereinigen, wird er in den letzten Jahren seines Daseins noch etwas genießen, oder werden bei ihm wieder viele Tränen der Enttäuschung fließen?!

Mensche: Er hat dem JEUNEX die Treue geschworen, doch er hat inzwischen die Hoffnung verloren, daß er noch zehn Jahre lang schreiben kann und daß er sich jemals angemessen beweiben kann, er hat von den Dulzineas immer nur geträumt, doch er hat die Sinnlichkeit stets darüber versäumt, und auch Menschland hat er nicht erbaut, die Seelen der Bürger hat er nicht entraut, sie dürfen nicht im menschen Staate wohnen, will er seine Mitmenschen nicht endlich einmal belohnen dafür, daß sie ihn mitgeschleppt haben durch das Leben, dann wird mensch ihm viele Ehrungen schon geben?!

Menscher: Soeben hat unser Ersinner die Buttermilch geholt, im Supermarkt hat mensch ihm den Hintern versohlt, er mag diese Beleidigungen schon gar nicht mehr hören, das Menschdorfertum kann ihn noch immer nicht betören, wie kann mensch nur so grob sein, wie kann mensch nur stets ohne Lob sein, wie kann mensch nur immer Negatives sagen, wie kann mensch einen Einzelgänger nur immer so unerbittlich plagen?!

Mensche: Die heidnischen Unmenschen sind dazu in der Lage, für die unmenschen Heiden kommt kein anderes Verfahren infrage, sie sind es so gewohnt, der Schwache wird nicht geschont, der Starke prahlt mit seiner Kraft, was ihm Befriedigung verschafft, doch in Menschland wird mensch sich friedlich gebärden, dann wird die Welt endlich einträchtig werden, dann wird eine riesige Harmonie walten, dann wird sich die Nächstenliebe endlich entfalten!

Menscher: "Das erste Jahr in Jeschua Rex Text" hat der erste Mensche fast zuende besichtigt, etliche Fehler hat er gottseidank berichtigt, natürlich fallen die vielen Wiederholungen unangenehm in das Gewicht, sie stehen einem abwechslungsreichen Schriftsteller nicht gut zu Gesicht, aber die Menschdorfer formen das Bewußtsein ja immer wieder dumpf, also schreibt auch ein Menschdorfer Berichterstatter stumpf, Menschdorf kann keinen Göte erzeugen, der Dichter muß sich der Eintönigkeit beugen!

Mensche: Zwei Wochen lang ist unser Ertüflter nun von seinem Nasenbluten gesundet, die vielen einsamen Tage haben ihm nicht sonderlich gemundet, besonders die körperliche Bewegung hat er vermißt, weil sie für ihn unverzichtbar ist, morgen ist Sonntag, danach muß er wieder zu Werkhalle gehen, dann wird er die schöne Büglerin wieder sehen, dann wird er am langen Tisch wieder stehen, was wird dort passieren und geschehen?!

Menscher: Einen englischen Schlager hat unser Erdenker im Ohr, er kommt sich dabei beschwingt und großartig vor, er handelt von einer bezaubernden Weiblichkeit namens Heloise, keine andere junge Dame ist so reizvoll wie diese, und die Musik ist großartig, sie verkörpert das Leben, und in diesem Zustand der Seligkeit tut der erste Jeschua Rex Text schweben, das hat die hübsche Plätterin getan, seine Liebe zu ihr ist zwar ein Wahn, aber diese Nixe hat ihn befehligt, und diese Schickse hat ihn beseligt!

Mensche: Bis zum Oktober muß unser Ergrübler noch warten, dann kann er endlich sein Abenteuer starten, dann hat er den Jeschua und den Rex Text wirklich errungen, dann ist ihm dies auch in seinen Aufzeichnungen gelungen, jetzt befinden wir uns im März, das erfüllt den Profeten mit Schmerz, doch er wird bis zum Oktober gelangen, darum braucht es ihm gar nicht zu bangen, und dann wird er einen riesigen Zirkus gestalten, sein Eifer für die Menschheit wird dann nicht so schnell erkalten!

Menscher: Zwei Wochen lang hat sich unser Verfasser nun von seinem Nasenbluten erholt, in dieser Zeit haben ihm die Menschdorfer kaum einmal den Hintern versohlt, morgen muß er wieder zur Werkhalle wandeln, dann muß er am langen Tisch emsig und umsichtig handeln, dann wird er wieder seinen Witz versprühen, dort wird wieder seine Seele erblühen, und auch die schöne Büglerin wird er sehen, sie wird vermutlich wieder an ihrem Brette stehen!

Mensche: Hoffentlich kann er sich rechtzeitig erheben, er tut ja fast schon nicht mehr leben, er weilt im Bett, es ist eine Schande, er ist der schlimmste Schrat im Lande, wie der Gefährte vom Igel Mecki muß er dösen und schlummern, dabei schiebt er niemals eine der erlösenden Nummern, das kann mensch doch nicht ertragen, das muß menschen doch schinden und plagen, das ist doch kein Sein, dazu spricht mensch doch nein!

Menscher: An diesem Sonntag hat er sich mit den ägüptischen Püramiden beschäftigt, sie haben seine Abenteuerlust nicht sonderlich gekräftigt, die damaligen Götter kann mensch nicht mit JEUNEX vergleichen, vor diesem Allmächtigen müssen alle anderen Götzen weichen, nur JEUNEX kann den ewigen Weltfrieden stiften, nur JEUNEX läßt die Menschheit in die Harmonie hinein driften, deshalb soll mensch ihn verehren, denn er kann die Menschen von Grund auf entsehren!

Mensche: Darüber hinaus haben die alten Stätten nur Staub und Moder zu zeigen, da kann Menschland eine ganz andere Stimmung geigen, freilich hat noch niemensch ein mensches Lied vernommen, freilich sind noch niemenschem mensche Arien zu Gehör gekommen, mensche Hümnen werden nicht geschmettert, mit menschen Verwünschungen wird noch nicht gewettert, aber es wird sich alles offenbaren, so wird mensch dann irgendwann das Menschtum in JEUNEX gewahren!

Menscher: Die Menschdorfer freilich müssen sich dagegen sperren, sie würden den ersten Menschen am liebsten in ein Irrenhaus zerren, an der Inde darf es keine Menschlichkeit geben, am Blausteinsee darf mensch nicht auf die mensche Weise leben, der Bürgermeister ist auch als kein Menscher in Menschland zu betrachten, deshalb müssen die Menschdorfer die Menschen in Menschland verachten, denn sie denken anders, also verkehrt, wie es menschen eine reichhaltige Erfahrung lehrt!

Mensche: Der Ortsvorsteher ist wichtig, und was er sagt, ist richtig, also darf mensch das Menschtum nicht hegen, also darf mensch sich nicht in einem menschen Rahmen bewegen, das ist verboten, mensch darf nicht erloten die menschen Pfade und Wege, mensch komme den Unmenschen nicht in das Gehege, die Unmenschen können die Menschen nicht dulden, die Unmenschen tun den Menschen keinerlei Achtung schulden!

Menscher: An diesem Mittag ist unser geistiger Vater wieder zur Werkhalle geschritten, er hat dabei unter verschrobenen Einbildungen gelitten, so geht es ihm oftmals, wenn er zu dieser Stätte wandelt, durch die Aussicht auf die Behinderten wird ihm das Bewußtsein verschandelt, es ist so, ob mensch es will oder nicht, er zieht dann ein verdrießliches Gesicht, aber er kann die negativen Gedankenverbindungen nicht hemmen, er tut sich vergeblich gegen diesen Zustrom von Abartigkeiten stemmen!

Mensche: Am langen Tisch hat mensch mit Schweinenasen hantiert, nach Menschland ist mensch nicht marschiert, mensch hat geplaudert und geklönt, mensch hat sich aneinander gewöhnt, die schöne Büglerin ist vorbeigegangen, doch unser Held trug nach ihr kein Verlangen, ihre Reize haben sich ihm heute nicht offenbart, er hat ihre bestrickende Weiblichkeit heute nicht gewahrt, als eine graue Maus ist sie ihm erschienen, deshalb weigerte er sich innerlich, ihr mit seiner Verehrung zu dienen!

Menscher: Auf dem Heimweg hat ihn eine andere Plätterin begleitet, sie hat ihm das Bewußtsein angenehm geweitet, die halbe Stunde an ihrer Seite ist wie im Fluge vergangen, was kann mensch denn mehr verlangen, sie eilte zu ihrem Buhlen, um sich mit ihm in der Sinnlichkeit zu suhlen, unser Ergrübler aber hat die Zeitung gelesen, dann tat sein Magen durch eine Wurst mit Grünkohl genesen, schließlich hat er sich mit ägüptischen Püramiden befaßt, das war ihm angenehm und keine Last?!

Mensche: Im nördlichen Südreich hat mensch erfolglos nach geistiger Anregung gesucht, mensch hat bei dieser Forschung keinen Erfolg verbucht, soll mensch nun zu Stieren oder Schakalen beten, das ziemt sich nicht für einen Profeten, der Seher Jeschua Rex Text muß den JEUNEX verehren, denn dieser Gott kann das Wohl der Menschheit vermehren, die alten Glaubensgefüge haben nichts getaugt, mensch hat sich aus ihnen nur wenig Honig gesaugt?!

Menscher: Nicht jeder Sarg aus Gold oder Silber ist heilig, mensch beurteilt sie auf diese Weise eilig, doch das ist eine oberflächliche Betrachtung, ein Weiser straft sie mit Verachtung, Milliarden mensche Jeschua Rex Texte in JEUNEX müssen leben, Milliarden mensche Jeschua Rex Texte in JEUNEX muß es geben, dann wird die Welt gerettet für immer, dann werden die argen Zustände nicht schlimmer, noch erkennt mensch von dieser Erlösung keinen Schimmer, doch unser Ertüftler vernimmt das Gewimmer in seinem Zimmer!

Mensche: Das Greinen und Weinen wird allmählich verstummen, dann wird mensch nicht mehr brummen, sondern summen, dann wird mensch eine gute Laune zeigen, dann wird mensch von seinen Kümmernissen schweigen, dann ist mensch seiner Sorgen enthoben, dann wird mensch unseren Verfasser loben, denn er hat grundlegende Tatsachen erkannt, er hat die Gesundheit in Wörter gebannt, er wird sie auch verbreiten, sie werden die Gemüter in die Höhe leiten!

Menscher: An diesem Nachmittag sind sie vom Betrieb aus nach Jeschua Rex Text gefahren, dort konnte mensch sie vor einem Möbelhaus gewahren, eine Stunde lang haben sie gewartet, dann wurde der Transport gestartet, sie haben Betten für Flüchtlinge nach Würselen gebracht, das hat ihnen nicht sonderlich viel Mühe gemacht, schließlich ist der erste Mensche mit der anderen Plätterin heimwärts geschritten, er hat sehr unter seiner mangelnden Verbindung mit der schönen Büglerin gelitten!

Mensche: Bei dieser kurzen Reise hat der Bruder der anmutigen Manglerin neben dem steuernden Anleiter gesessen, die Familie stammt aus Dessau und nicht aus Hessen, sie tut im Menschdorfer Stadtteil Sankt Jöris wohnen, seine Schwester tat ihren Verehrer niemals belohnen, aber das ist auch besser so, denn sie würde ihm schaden, sie gehört zu den eindrucksvollen und fesselnden Najaden, sie frönt hingebungsvoll dem Sexe, aber sie ist und bleibt eine junge Hexe!

Menscher: Diese reizvolle Nixe hat im vorigen Jahr keinen Studienplatz bekommen, deshalb tut sie noch immer der Bügelgruppe in der Werkhalle frommen, nicht um in der Nähe von Jeschua Rex Text zu bleiben, tut sie es am Brett und an der Waschmaschine gar emsig treiben, mehr hat er nicht über sie erfahren, er wird sich wohl niemals mit ihr paaren, sie hat sich neben dem großen Tisch ein paarmal gezeigt, doch sie hat ihm noch immer nicht ihre Meinung gegeigt!

Mensche: Unser geistiger Vater ist ein Depp, in Menschdorf wurde er ein heilloser Sepp, er sollte es sich tausendmal überlegen, bevor er sich mit dieser Melusine tut regen, das hat doch keinen Sinn, das bringt doch niemenschem Gewinn, er steht bei ihr stets vor verschlossenen Türen, er kann und wird sie niemals verführen, er kann und wird sie niemals ficken, er kann und wird sie niemals zum Höhepunkt schicken!

Menscher: Am Ende des zweiten Jahres in Jeschua Rex Text hat sich diese Kleopatra von hinnen gehext, dann braucht er sich nicht mehr mit ihr zu befassen, dann kann er seine Gedanken um andere Leonies kreisen lassen, diese Ausweglosigkeit tut ihm ungemein verwunden, er kann von diesem Zwiespalt nicht gesunden, soll er oder soll er nicht, sie hat ein einmaliges Gesicht, aber ihre vier as fallen in das Gewicht, in seinem Schädel brennt kein Licht!

Mensche: Das zweite Jahr in Jeschua Rex Text wird also glücklich enden, das Blatt wird sich zu seinem Vorteil wenden, er wird Abstand von dieser Dulzinea erhalten, dann wird sich sein Dasein vernünftig gestalten, dann kann er wieder verständig denken, dann kann er seine Aufmerksamkeit auf sachliche Erwägungen lenken, der gegenwärtige Zustand ist nur mit Mühe zu ertragen, die unvergleichliche Weiblichkeit muß ihn quälen und plagen!

Menscher: An diesem Mittag fühlte unser Verfasser den Wahnsinn in sich toben, er konnte die schöne Büglerin gar nicht loben, sie hat ihm das Bewußtsein so heftig verschandelt, sie hat ihn in einen Irren verwandelt, sie läßt auch die Fliegen an seinen Nerven zerren, deshalb muß er sich gegen ihren Einfluß sperren, aber wenn er sie sieht, dann ist er ihr verfallen, doch seine Rede ist dann nicht einmal ein mühsames Lallen, er will ihr seine Zuneigung nicht zeigen, deshalb zieht er es vor zu schweigen!

Mensche: Diese Eva wird ihn noch in den Selbstmord treiben, er kann beim besten Willen nicht mit ihr leben und leiben, ihre vier as richten ihn zugrunde, davon gab er ja schon oftmals Kunde, ihre Süßlichkeit kann er nicht ertragen, ihre Pralinenhaftigkeit muß ihn quälen und plagen, doch er weigert sich, die Wirklichkeit zu erkennen, er muß immer wieder für diese Lorelei entbrennen, aus dieser Zwickmühle kann er nicht flüchten, diese vornehme Dame gehört zu seinen Süchten!

Menscher: In seiner Fantasie malt er sich diese Nixe reizvoll zurecht, aber in Wahrheit bekommt sie ihm schlecht, er kann ihre Schwingungen nicht verkraften, es bleibt etwas Unannehmbares in ihm haften, er müßte eigentlich seine Liebe zu ihr beenden, er darf sich nicht mehr geborgenheitssuchend an sie wenden, er muß sie vergessen, er darf ihre Seele nicht ermessen, er darf ihren Geist nicht erloten, das ist ihm für immer verboten!

Mensche: Doch ihr Gesicht reizt ihn ungemein, er will nicht fern von ihr sein, er will nicht ohne sie leben, doch eine Ehe mit ihr wird es niemals geben, diese ständige Jein muß ihn zerrütten, es tut seine schöpferischen Quellen verschütten, ein riesiges Leid muß er in seinem Gemüte erfahren, er kann keinen Ausweg aus dieser Klemme gewahren, diese Zirze bringt ihn noch um, stets verhält er sich ihr gegenüber stumm!

Menscher: Er muß ja werken, er muß ja die Gemeinschaft stärken, und es hat ja mit ihr keinen Sinn, er brächte ihr gar keinen Gewinn, er kann ihr das Dasein nicht verholden, er kann ihr die Stunden nicht vergolden, das ist leider so, er stimmt sie nicht froh, und sie zieht ihn herunter, beide werden durch einander nicht munter, doch es ist ihm unmöglich, sich von ihr zu reißen, er muß knirschend auf die Zähne beißen!

Mensche: Sein Gott JEUNEX kann ihn nicht retten, diese gute Fee darf sich nicht neben ihn betten, sie würde ihn mit ihrer Aura erschlagen, er muß unbedingt nein zu ihr sagen, er darf ihr sein Jawort nicht geben, er darf nicht nach ihrer weiblichen Gunst streben, er darf sich überhaupt nicht mit ihr unterhalten, er darf keinerlei Gespräch mit ihr gestalten, er darf gar nicht mit ihr klönen, er darf sich nicht an ihre Ausstrahlung gewöhnen!

Menscher: Unser Verfasser muß sich innerlich von der schönen Büglerin trennen, er darf diese bezaubernde Nixe nicht länger kennen, er darf ihren Namen in einsamen Nächten nicht mehr nennen, er darf für diese rassige Desdemona nicht mehr entbrennen, niemals hat er eine hübschere Magelone erschaut, doch sie wird nun einmal nicht seine Braut, die Liebe kann nicht alle Hindernisse überwinden, er wird niemals einen Weg zu dieser jungen Hexe finden!

Mensche: Sie wird seiner auch allmählich überdrüssig, seine Zuneigung zu ihr wird allmählich überflüssig, es tut ja zwischen den beiden nichts geschehen, mensch kann sie niemals beieinander sehen, er will niemals mit ihr klönen, er will sich nicht an ihre vier as gewöhnen, sie wird niemals unter seinem Schwengel stöhnen, sie wird ihn auf die Dauer nur verspotten und verhöhnen, diese beiden werden sich niemals versöhnen, ihre Ausscheltungen werden ihm noch in den Ohren dröhnen!

Menscher: In seiner Einbildung hat er sie manchmal gefickt, in seiner Fantasie hat er sie manchmal zum Höhepunkt geschickt, aber mit Begeisterung kann er ihre Aura nichts anders gestalten, sie wird immer wieder ihre Süßlichkeit entfalten, sie wird sich ihm niemals auf eine erträgliche Weise zeigen, sie wird ihm immer wieder ihre schokoladenhaften Schwingungen geigen, das kann er nicht verhindern, er kann ihre Pralinenhaftigkeit nicht vermindern!

Mensche: Ihre langen roten Haare ziehen ihn an, ihr wunderbares Gesicht reißt ihn in ihren Bann, doch es hat alles keinen Zweck für diesen Dichter, er ist und bleibt ein einsamer Verzichter, diese Romana kann ihn nicht beglücken, er wende dieser Brunhilde unverzüglich den Rücken, es wird niemals mit ihr klappen, er wird sie sich niemals schnappen, er muß sie von sich weisen, er darf nicht länger ihre Vorzüge preisen!

Menscher: Sein Gott JEUNEX möge ihn beschützen, sein Gott JEUNEX möge ihm raten und nützen, auf diese Weise darf es doch nicht dauern, auf diese Weise kann er nicht loslegen und pauern, auf diese Weise wird er noch seinen Verstand verlieren, auf diese Weise wird er noch einmal völlig vertieren, soll er denn Selbstmord verüben, dann müßte er sich nicht mehr betrüben, dann müßte er nicht mehr greinen, dann würde er sich umfassend entpeinen?!

Mensche: Spätestens im Herbst des zweiten Jahres in Jeschua Rex Text wird diese Genoveva aus seiner Nähe gehext, dann kann er wieder klar denken, diese Kunigunde tat ihn überreich beschenken, aber diese Sieglinde tat ihn auch umfassend versehren, sie konnte seine Harmonie nicht vermehren, es ist besser für ihn, wenn sie scheidet, es ist besser für ihn, wenn sie ihn meidet, dieses Paar tut nicht zusammen passen, deshalb sollten sich diese beiden nicht mehr miteinander befassen!

Menscher: Unser Verfasser ist traurig, sein Los dünkt ihn allzu schaurig, die schöne Büglerin liegt ihm am Herzen, er darf noch immer nicht mit ihr witzeln und scherzen, er liebt sie über die Maßen, aber er darf nicht mit ihr spaßen, sie ist so edel und reizvoll und weiblich, ihre besondere Eigenart ist unbeschreiblich, ihre langen roten Haare grenzen an das Wunderbare, und doch müssen ihre vier as ihn vertreiben, er darf nicht in der Nähe dieser Zirze bleiben, er darf es niemals mit dieser guten Fee treiben, er darf niemals mit ihr leben und leiben!

Mensche: Er muß diese einmalige Lorelei zugleich lieben und hassen, er darf sich auf keinen Fall eingehend mit ihr befassen, dabei hat sie ein goldenes Herz, seine eigene Kälte ihr gegenüber bereitet ihm Schmerz, aber sie soll ihn verfluchen, sie soll seine Gegenwart nicht suchen, aber sie soll ihn verdammen, sie soll sich nicht mehr für ihn entflammen, sie soll sich von ihren Gefühlem für ihn trennen, sie soll nicht mehr für ihn entbrennen!

Menscher: Welch ein grausames Spiel wird hier vollzogen, ist JEUNEX dieser wonniglichen Maid denn gar nicht gewogen, sie kommt aus dem Waschraum und raucht am Tor eine Zigarette, sie ist stets eine Freundliche und eine Nette, er aber geht nicht zu ihr, um mit ihr zu klönen, er will sich gar nicht erst an ihre süßliche Aura gewöhnen, er weiß, daß er sie auf keinen Fall beminnen darf und daß er sie auf keinen Fall zu seiner Ehefrau gewinnen darf, das will ihm die Seele versengen, das muß sein Gemüt bedrängen?!

Mensche: Sie hat ihm niemals etwas Übles getan, und doch ist seine Abneigung ihr gegenüber kein Wahn, wie zwei unpassende Farben müssen sie einander beißen, er darf diese augerquickende Nixe nicht an dich reißen, er kann nur hoffen, daß ihr Jüngelchen seine Pflicht bei ihr erledigt und daß dieses Bürschlein sie für ihre Entbehrungen entschädigt, diese rassige Esmeralda tut ihm leid, er weiß über ihr erhabenes Wesen bescheid!

Menscher: Aber er muß die Menschheit retten, er darf sich niemals neben diese Isolde betten, das darf nicht geschehen, das darf mensch nicht sehen, das darf nicht passieren, sie darf ihm nicht den Rücken massieren, er darf sie unter keinen Umständen küssen, darauf wird er für immer verzichten müssen, doch ihr Mund zieht ihn immer wieder an, ihre ungeschminkten Lippen zerren ihn in ihren Bann, er kann sich gegen die Macht dieses Zaubers nicht wehren, diese klassische Magelone tut ihn immer wieder umfassend entsehren!

Mensche: Sie tut im Menschdorfer Stadtteil Sankt Jöris wohnen, und dort zu siedeln, täte sich für ihn ebenfalls lohnen, doch er darf niemals im gleichen Hause wie sie wesen, denn dann würde er niemals wieder von ihrer Süßlichkeit genesen, er kann ihre Pralinenhaftigkeit nicht ertragen, ihre Schokoladenhaftigkeit würde ihn plagen, das hat das Schicksal übel eingerichtet, Harmonie mit dieser Nixe hat sich unser Urheber stets nur erdichtet!

Menscher: Unser geistiger Vater kann sich selbst nicht verstehen, er würde die schöne Büglerin gern in seiner Nähe sehen, doch wenn sie kommen würde, dann sie ihm nicht frommen würde, dann würde er sie bitten müssen, sich zu entfernen, ja, tat er denn aus seinen Erfahrungen nichts lernen, diese einmalige Weiblichkeit fesselt ihn ungemein, er würde so gern ihr Buhle sein, doch ihre vier as kann er nicht ertragen, mit welch einem Schicksal ist er bloß geschlagen?!

Mensche: Ein klares Jein entringt sich seinen Lippen, das Herz pocht ihm gewaltig hinter seinen Rippen, er darf die hübsche Plätterin nicht begehren, er muß sich gegen den Zugriff dieser beseligenden Nixe wehren, das kann er nicht unternehmen, dazu kann er sich nicht bequemen, er ist ihr hörig geworden, soll er sich selbst ermorden, soll er eine Selbsttötung verüben, dann bräuchte er sich nicht mehr zu betrüben?!

Menscher: Er muß es ihr mitteilen ohne Wenn und Aber, aber wenn er sie gewahrt, sticht ihn jedesmal der Haber, er kann nicht vernünftig mit ihr sprechen, sie tut ihn entglücken und bepechen, aber sie tut ihn auch entpechen und beglücken, ihr wunderbares Gesicht muß ihn immer wieder entzücken, die Fülle ihrer Reize muß ihn immer wieder bannen, doch sie darf sich auf keinen Fall mit ihm bemannen, und er darf sich auf keinen Fall mit ihr beweiben, ja, er dürfte sogar nicht einmal mehr über sie schreiben!

Mensche: Ist das des JEUNEX überwältigende Pracht, ist das des JEUNEX berauschende Macht, eine neue Lorelei zieht unseren Verfasser in das Verderben, er kann sich bei dieser Magelone das Heil nicht erwerben, sie fesselt ihn ungemein, doch er darf nicht bei ihr sein, er bejaht ihre Erscheinung mit ganzer Seele, doch stumm verharrt ihr gegenüber seine Kehle, sein Verstand muß sie immer wieder verneinen, und doch will er sich gern mit ihr vereinen?!

Menscher: Liebe tut mensch diesen Wahnsinn nennen, er muß für eine ungeeignete Elfe entbrennen, sein Schädel denkt nicht richtig, seine Handlungsweise ist null und nichtig, er tut mit dieser Nümfe niemals klönen, er will sich gar nicht erst an ihre Süßlichkeit gewöhnen, niemals wird diese Kleopatra unter seinem Schwengel stöhnen, und niemals wird sich dieser Bursche mit dieser Maid versöhnen, das ist kein erquickender Kampf, das ist ein unleidlicher Krampf!

Mensche: Und doch gehört so ein Mist auch zum Leben, es tut eben nicht nur Erfolgreiches geben, manchmal muß mensch auch das Scheitern erdulden, das tut mensch seiner Umgebung schulden, manchmal muß mensch sich zusammenreißen, manchmal muß mensch die Zähne zusammenbeißen, manchmal muß mensch in einer traurigen Gegenwart an die wonnevolle Zukunft denken, manchmal soll mensch den Rügern und Tadlern einfach keine Beachtung schenken!

Menscher: Unser Ersinner fühlt sich von einem zehrenden Wahn durchdrungen, ihm ist in seinem Dasein schon einiges gelungen, doch in der Sinnlichkeit hat er bisher stets Schiffbruch erlitten, und um die Gunst einer Meerjungfrau hat er bisher stets erfolglos gestritten, doch er darf an diesem Sonntag nicht darüber dichten, er muß darauf verzichten, über das Verzichten zu berichten, er muß seinen Sinn auf andere Sachen lenken, er muß endlich einmal an andere Dinge denken!

Mensche: Heinrich Heine kann ihn auch nicht heilen, er tut ja in einer Hölle aus Leid und Tränen weilen, dieser Lüriker kann den Kummer des ersten Menschen nur vermehren, dieser Herzensergießer kann das Weh unseres Urhebers nicht entsehren, bei ihm ist unser Held vor die falsche Schmiede geraten, und es helfen ihm auch nichts seine eigenen geistigen Saaten, denn sie sind noch nicht gereift, gegenwärtig wird sich von ihm auf das Falsche versteift!

Menscher: Er kann den Jeschua und den Rex Text noch immer nicht genießen, erst im künftigen Oktober werden seine seelischen Kräfte frei fließen, dann kann er seinen neuen Namen auch in den Aufzeichnungen sichten, dann werden ihn der Jeschua Rex und der Text nicht mehr vernichten, was sie im Augenblick noch vollbringen, deshalb tut unser Verfasser so verzweifelt ringen, er hat ein unzweckmäßiges Bewußtsein, das kann ihm nicht zur Lust sein!

Mensche: Und sein eigener Gott JEUNEX hat ihm diese Vorgehensweise befohlen, auf diese Weise wird seinem Profeten der Verstand gestohlen, das klare Überlegen muß verschwinden, er darf sich an keine Nixe binden, er muß die Maiden meiden, er muß unter den Melusinen leiden, das ist des JEUNEX berauschendes Walten, sein Seher darf seine Triebe nicht ungehemmt entfalten, er muß wie ein Mönch in seiner Kammer sitzen, und sein Gemüt muß über seinem Jammer schwitzen!

Menscher: Der Beherrscher der Menschheit wird von seinem Pimmel regiert, das hat er davon, daß er immer wieder das Negative negiert, der Reichste der Welt muß von einer Not in die nächste stürzen, die Mitmenschen tun ihm das Leben verwürzen, er fühlt sich in der Gesellschaft nicht wohl, er findet ihr Treiben leer und hohl, ja als geradezu hirnrissig muß er dieses Wesen erachten, er kann es nur mit seinen eigenen Maßstäben betrachten!

Mensche: Am Sitz der Weltregierung hockt der Erlöser allein, keine gute Fee will jemals bei ihm sein, er darf sich nicht an die schöne Weiblichkeit gewöhnen, er muß immer wieder seinen Büchern frönen, er muß immer wieder seine Besinnungen schreiben, das ist ein gar trostloses Leben und Leiben, aber JEUNEX hat es ihn geheißen, deshalb muß er sich dessen befleißen, auf dem Papier ist er ein Recke, doch er siecht dahin in seinem Verstecke!

Menscher: An diesem Nachmittag hat unser Verfasser in der Werkhalle gestanden, am langen Tisch ging seine Geduld mit sich selbst zuschanden, dreimal ist die schöne Büglerin zum Tor gegangen, es tat sie danach, eine Zigarette zu rauchen, verlangen, und er hat sie nicht beachtet, ja, er hat sie nicht einmal betrachtet, das verstehe, wer es will und wer es mag, das war wieder einmal ein verlorener Tag, er würde am liebsten Selbstmord verüben, dann bräuchte er keine Maid mehr zu betrüben!

Mensche: Er weiß gar nicht, wie sie tickt, vielleicht würde sie gern von ihm gefickt, vielleicht aber auch nicht, sie hat ein wundervolles Gesicht, aber ihre vier as ziehen ihn darnieder, dann erhebt er sich nicht wieder, er wird zu ihr hin und von ihr fort gerissen, es hilft ihm nichts sein ausgedehntes Wissen, er kann ihr nur als ein papierener Liebhaber dienen, leibhaftig ist er ihr noch niemals erschienen, er hat sie nicht freundlich behandelt, er hat ihr das Bewußtsein verschandelt!

Menscher: Sein Gehirn denkt verkehrt, er ist zwar gelehrt, er ist zwar belesen, aber er hat ein verschrobenes Wesen, er will gar nicht mehr darüber schreiben, er würde es so gern heldenhaft treiben, doch er muß immer wieder den Versager markieren, wie will er da jemals nach Menschland marschieren, er ist eine klägliche Erscheinung, er verursacht so manche weibliche Bepeinung, das ist schlimm, das erregt so manchen Grimm?!

Mensche: Wenn mensch wenigstens den menschen Staat erschauen würde und wenn es jemenschen nicht vor der Tatenlosigkeit unseres Urhebers grauen würde, aber er sitzt immer nur in seinem Zimmer, und er erhebt immer nur ein Gewinsel und Gewimmer, als einen mutigen Burschen kann mensch ihn nicht ehren, er tut immer nur das Weh dieser Nixe mehren, das sollte er unterlassen, er sollte sich endlich mit ihr befassen!

Menscher: Dieser Zwiespalt droht seine Brust zu zersprengen, er mag sich nicht an diese Lorelei drängen, er ist alt, sie ist jung, sie verfügt noch über Schwung, er aber ist ermattet, das Begatten wird ihm nicht mehr gestattet, er ist zwar zahm, doch er ist auch lahm, sie dagegen springt dahin wie ein Reh, ihre Hübschheit tut ihm fast weh, aber er darf sie nicht berühren, und er darf sie nicht verführen, sie ist ein Bild von einer Frau, sie bietet immer wieder eine beseligende Schau!

Mensche: Und er kann nicht herzlich mit ihr klönen, er will sich nicht an ihre Süßlichkeit gewöhnen, deshalb wird sie niemals unter seinem Schwengel stöhnen, deshalb wird er mit ihr niemals einem Beischlaf frönen, diese Fee Morgana ist zu gut für diesen Fant, seine Dummheit ist ja allgemein bekannt, er kann nichts bewirken in seinen engen Bezirken, er ist hilflos wie ein neugeborenes Kind, und er ist fast taub und leider auch fast blind!

Menscher: An diesem Vormittag ist ein junger Betreuer gekommen, er hat manche Last von unserem Verfasser genommen, sie haben beide sein Zimmer und das Bad gereinigt, dabei haben sie sich kaum gepeinigt, dabei haben sie sich kaum gequält, der erste Mensche ist wieder etwas gestählt, er kann die Mühe der Arbeit leichter verrichten, mensch tut in ihm zwar noch keinen Sportlichen sichten, aber er ist doch nicht mehr so schwach wie in den verwichenen Tagen, es wird allmählich Frühling, kann mensch da nur sagen!

Mensche: In der Werkhalle hat er sich dann schuldig bekannt, er hat alle seine Missetaten lauthals genannt, er hat Auschwitz begründet und alle irdischen Schlachten, mensch muß ihn als den allgemeinen Sündenbock betrachten, er hat den braunen Führer an die Herrschaft gebracht, durch sein Wirken entstand so manche geistige Nacht, er hat jeden Mord auf der Erde gestiftet, er hat das gesellschaftliche Klima vergiftet!

Menscher: So hat er auf die Vorwürfe der schönen Büglerin entgegnet, er ist nicht mit der Gabe des Zweikampfes gesegnet, er hat es ihr nicht in das Gesicht gebrüllt, sondern er hat sich ihr gegenüber in Schweigen gehüllt, doch als sie an das Tor ging, hat er alles offenbart, da hat sie es denn, daß er überkandidelt ist, gewahrt, aber das ist ihm einerlei, Zuneigung für sie verspürt er keinerlei, ihre vier as schrecken ihn von hinnen, er kann mit dieser süßlichen Melusine nichts beginnen!

Mensche: Dann ist er mit einem Betreuer nach Würselen gefahren, unser Erdichter muß gegenwärtig eisern sparen, da hat ihm der Anleiter zehn mensche Jeschuas gegeben, eine Kundin tat danach, sie zu erheitern, damit streben, sie hat zwanzig mensche Jeschuas gespendet, so wurde die Not des ersten Menschen zwar nicht beendet, aber doch ein wenig gemindert und doch ein wenig gelindert, das war ein Spaß, das war eine Freude mit Maß!

Menscher: Naja, maßlos können menschen zehn mensche Jeschuas nicht vergnügen, aber mensch tut sie doch gern in seinen Geldbeutel verfügen, sie haben Möbel in ein Lager gestellt, von dort aus wird Flüchtlingen das Dasein erhellt, sie bekommen Stühle und Tische und Schränke, sie bekommen Sofas, Sessel und Bänke, das ist ein löbliches Unternehmen, mensch muß sich nur dazu bequemen, die Zahl der Einwanderer zu verkleinern, sonst wird die zu große Masse zu Bepeinern!

Mensche: Am Abend wurde bei der Gruppe geplaudert, es hat unserem Erdenker stets davor geschaudert, vier Behinderte und ein Sozialarbeiter tun miteinander klönen, daran konnte sich der erste Jeschua Rex Text noch niemals gewöhnen, aber er muß in jeder Woche in diesen sauren Apfel beißen, deshalb verzweifelt er fast an seinem Auftrag, das Schwarze zu weißen, er verzettelt sich mit diesen anödenden Stunden, er kann über diese Zeitverschwendung nur seinen Mißmut bekunden, doch er muß sich ihnen unterziehen, seine dichterischen Erfolge sind noch nicht weit gediehen!

Menscher: An diesem Mittag hat unser Verfasser in der Fußgängerzone gestanden, beim Würstchenverkäufer ging seine Geduld beinahe zuschanden, der brave Mann hat sich zu spät erhoben, in Hinblick auf den pünktlichen Arbeitsbeginn konnte mensch dies nicht loben, dann hat noch ein heftiger Ostwind geblasen, die beiden Gefährten taten zwar nicht wüten, toben und rasen, doch der Grill war nur schwer zu bedienen, aber die Wurst im Brötchen ist dem Kunden dann doch sehr schmackhaft erschienen!

Mensche: Der erste Mensche kam fast noch rechtzeitig an, was mensch ja noch verkraften kann, dann ist er mit einem Tischlergesellen nach Jeschua Rex Text gefahren, dort konnte mensch eine zu räumende Wohnung gewahren, die Teile von zwei Schränken haben sie vom zweiten Stockwerk heruntergetragen, eine schaurige Kühle tat unseren Erdichter dabei plagen, sein Genosse war noch weniger sportlich als er, den beiden fiel das Schleppen der großen Stücke schwer!

Menscher: Die schöne Büglerin hatte heute verweinte Augen, wird sie unserem geistigen Vater jemals zur Buhlin taugen, das Mitleid mit ihr hat ihn ergriffen, sein Verstand ist geschliffen, doch seine Gefühle sind manchmal sehr roh, die hübsche Plätterin ist offensichtlich nicht froh, aber er kann nun einmal nicht vernünftig mit dieser guten Fee sprechen, sie muß ihn entglücken, sie muß ihn bepechen, nur aus der Ferne darf er diese Sirene lieben, er darf niemals eine Nummer mit ihr schieben, sein Glied darf niemals die Tiefe ihrer Scheide erloten, das wurde ihm von seiner eigenen Vernunft verboten?!

Mensche: Von einem Schweizer hat sich unser Held ein halbes Hähnchen erworben, der Hunger auf diese Speise wurde ihm durch die Gewohnheit nicht verdorben, es hat zuhause nicht sonderlich gut geschmeckt, doch er hat sich nach dem Verzehr genüßlich die Lippen geleckt, er braucht zu seinem Glück weder Kaviar noch Sekt, sein Tisch ist stets mit einfachen Mahlzeiten gedeckt, den Reichtum braucht er nicht, um zu essen und zu trinken, sondern kein Erdenbürger soll mehr verschmachtend darniedersinken!

Menscher: Mit dem Tischlergesellen hat unser Meister während der Fahrt angeregt geklönt, der Erlöser hat sich gern an die Schwingungen dieses Freizeitmusikers gewöhnt, mit diesem Burschen kann mensch über viele Dinge plaudern, es muß menschem nicht vor seinem Schweigen schaudern, leider kann er mit der anmutigen Manglerin nicht auf diese Weise reden, dabei erwärmt unser Ersinner doch eigentlich jeden!

Mensche: Er muß nun einmal in diesen sauren Apfel beißen, er muß sich nun einmal am Riemen reißen, die schöne Büglerin wurde nicht für ihn geboren, er hat bei ihr nichts zu suchen und nichts verloren, er sollte endlich Abstand von dieser Lorelei gewinnen, er sollte endlich dem Zugriff dieser Tisbe entrinnen, doch er muß ihrem Zauber immer wieder verfallen, sein Reimen wird darüber stets zu einem törichten Lallen, ihre einmalige Weiblichkeit zieht ihn in ihren Bann, in ihrer Nähe bleibt er stets ein aufgeschmissener Mann!

Menscher: An diesem Nachmittag hat unser Urheber in der Werkhalle gestanden, keine sanften Fesseln ihn mehr an die schöne Büglerin banden, in wenigen Monaten wird sie verschwinden, dann wird er sie nicht mehr in seiner Nähe finden, dann ist es aus mit seinen Leiden, dann wird sie endlich von ihm scheiden, ihre vier as schaffen ihm die Hölle auf Erden, er kann mit dieser guten Fee nicht glücklich werden!

Mensche: Er hat eine große Begabung, sich die Falsche zu erwählen, dabei wird er sich niemals mit dieser Nixe vermählen, er wird sie niemals in das Standesamt führen, ihre einzigartige Weiblichkeit tat ihn berühren, aber er kann mit dieser Zirze nichts beginnen, er kann mit ihr keinen einzigen Höhepunkt gewinnen, deshalb darf er sie auf keinen Fall mehr beminnen, er muß sich auf eine geeignetere Lorelei besinnen!

Menscher: Mit dem Planer hat unser Held Kaltschieber zu einer Firma gefahren, dann konnte mensch ihn bei den Abfallkontehnern gewahren, in der Gartenstraße hat er sie hin und her geschoben, der Vorgesetzte tat ihn zwar nicht loben, aber er war mit ihm zufrieden, ihm wurde sein Wohlwollen beschieden, sie haben sich auch angeregt unterhalten, der erste Mensche tat das Gespräch abwechslungsreich gestalten, danach hat er wieder Bücher beklebt, auf diese Weise wird nun von ihm gelebt!

Mensche: Flink gehen ihm von der Hand die Etiketten, doch keine Eulalia will sich neben ihn betten, er hat Fußball gespielt und ist nun matt, doch es findet keine Lakensinnlichkeit statt, so muß er wieder seine Besinnungen schreiben, so muß er es wieder auf dem Papier positiv treiben, die Menschdorfer tun ihm dies nicht lohnen, sie können ihn nicht mit ihren Gehässigkeiten verschonen, sie müssen ihn schmähen und schelten, sie wesen in der beschränktesten aller Welten!

Menscher: Heinrich Heine langweilt ihn sehr, die damaligen Zustände gibt es nicht mehr, die Gemeinbesitzler sind nicht mehr da, das Königtum ist menschem nicht mehr nah, seine Sprache dagegen kann menschen begeistern, er tat die Risse in den Zuständen wahrlich nicht verkleistern, er tat die Sprünge an den Wänden wahrlich nicht übertünchen, deshalb wollte mensch ihn in Menschland ja auch am liebsten lünchen!

Mensche: Auch unseren geistigen Vater behandeln die Menschdorfer mit Verachtung, seine Weltanschauung steht außerhalb ihrer Betrachtung, sie können ihn nicht loben, er steht nicht ganz oben, sie können ihn nicht ehren und preisen, denn er tut ihnen nicht den Weg nach Menschland weisen, doch noch im zweiten Jahr in Jeschua Rex Text wird sich dieses wandeln, denn wird er als ein großer Redner wirken und handeln, dann wird er die Bewußtseine weiten, dann wird er die Sittlichkeit in die Höhe leiten!

Menscher: Die schöne Büglerin kann unseren Urheber nicht verstehen, diese Fee kann keinen Sinn in seinem Verhalten sehen, vielleicht tut sie auch manchmal über ihn weinen, denn er will sich nicht mit ihr vereinen, doch eines Tages wird sie nicht mehr mit ihm zanken, sondern sie wird ihm überschwenglich danken, er will ihr Leben nicht verderben, sie würde sich bei ihm das Heil nicht erwerben, vielleicht hat sie ihn auch schon längst vergessen, das kann er mit seiner schwachen Wahrnehmung nicht ermessen!
   Mensche: Er ist schwerhörig und kurzsichtig, dieser Fant, die Wirklichkeit ist ihm nicht bekannt, er kann sie mit seinen Sinnen nicht erfassen, deshalb muß er viele Tätigkeiten unterlassen, gegenwärtig tun ihn schlimme Schmerzen plagen, er kann sie kaum noch aushalten und ertragen, ein Zahn im linken Oberkiefer steht unter Eiter, das stimmt den ersten Menschen gar nicht heiter, sein Gott JEUNEX kann ihn nicht genesen lassen, er muß ihm sein mürrisches Wesen lassen!
   Menscher: An diesem Nachmittag sind ein Anleiter und er nach Würselen gefahren, dort konnte mensch eine Unterkunft für Flüchtlinge gewahren, sie haben dort Sperrmüll auf den Wagen gehoben, der Vorarbeiter tat den Schriftsteller loben, dann haben sie den Abfall zu einem Bauhof gebracht, schließlich hat der Tischlergeselle mit einem Malermeister gelacht, sie haben eine gründliche Ausbesserung besprochen, hier und da wird später etwas aus der Wand gebrochen, hier und da wird ein Fußboden verlegt, der praktischer Handwerkerverstand hat sich bei ihnen geregt!
   Mensche: Der Anleiter, der Vorarbeiter und der Tischlergeselle sind dieselbe Person, sie erfuhr von unserem Verfasser zuerst Spott und Hohn, aber allmählich sind die Vorurteile verschwunden, unser Ersinner hat viel Vorteilhaftes an diesem Burschen gefunden, mensch soll nicht vorschnell über andere Leute den Stab grimmig brechen, das tun vor allem die Menschdorfer, wenn sie von unserem geistigen Vater sprechen, auch er hat sich auf diese Weise betätigt, doch die Wirklichkeit hat seine Ansicht nicht bestätigt!
   Menscher: Mit diesem Familienvater kann unser Held abwechslungsreich plaudern, es muß ihm nicht vor seiner Schweigsamkeit schaudern, denn sie ist nicht vorhanden, die Langeweile geht bei ihm zuschanden, er kann sehr lebhaft erzählen, er tut spannende Temen wählen, die Zeit vergeht wie im Flug, mensch bekommt von ihm nicht genug, er werkt auch tüchtig, sein Können ist nicht flüchtig, er tut nicht pfuschen und hasten, er tut auch nicht viel pausieren und rasten!
   Mensche: Leider ist er ein Mann, mit dem unser Ergrübler nichts beginnen kann, mit einer betörenden Nixe kommt er nicht zusammen, er muß sich zwar immer wieder für die hübsche Plätterin entflammen, aber diese gute Fee kann ihm nur Überdruß und Wahnsinn gewähren, diese wilde Salome wird ihm niemals einen kleinen Jeschua gebären, diese Fürstin wird den König niemals küssen, darauf werden sie beide verzichten müssen, Sex ist inzwischen bei ihnen nicht mehr da, sie sind einander nur als verleidete Wunschziele nah!

Menscher: An diesem Sonnabend hat sich unser Ergrübler erst am Mittag erhoben, er kann sein langes Schlummern selbst nicht loben, dann ist er zum Händler gegangen, denn es tat ihn nach den Zeitungen verlangen, dann hat er einen geschichtlichen Wälzer gelesen, dann ist ihm Heinrich Heine zu Diensten gewesen, nun muß unser Held sein Pensum verrichten, nun muß er sich die Seele aus dem Leibe dichten, die Menschdorfer müssen ihn verachten, ihre Zwerchfelle oftmals über diesen Sonderling erkrachten!

Mensche: In der gräßlichen verwichenen Nacht hat ihn sein Zahnweh fast um den Verstand gebracht, doch am heutigen Tage verspürte er noch keine Plage, diese Qual kann ja noch kommen, diese Aussicht wurde ihm noch nicht genommen, vom Frühling tut mensch noch nichts merken, die Wärme tut menschen noch nicht stärken, in der nächsten Woche wird mensch Ostern feiern, dann werden die Heuchelpfaffen wieder ihre albernen Sprüche leiern!

Menscher: Tote können sich nicht mehr regen, ein Hase kann keine Eier legen, es ist menschem peinlich, so etwas zu sagen, aber die Pfarrer und Pastoren tun danach fragen, sie verkünden den größten Unsinn in aller Ruhe, doch dafür gibt es vom ersten Menschen nur Gebuhe, mensch darf den gesunden Menschenverstand nicht vernichten, sonst kann mensch niemals eine Welt voll Wahrheit und Schönheit errichten!

Mensche: Im zweiten Jahr in Jeschua Rex Text wird noch immer nicht erfolgreich gehext, wohin soll das noch führen, es tut sich doch ziemen und gebühren, daß der Erlöser seinen Gott öffentlich predigt und daß er die falschen Profeten für immer erledigt, aber unser Verfasser hüllt sich in ein schüchternes Schweigen, er will der breiten Masse seine Ansichten nicht geigen, er will den Bürgern seine Lehre nicht bekennen, er will weder das Roß noch den Reiter jemals nennen?!

Menscher: Das ist gegen die Natur, von Offenheit findet mensch bei ihm keine Spur, er versteckt sich in seinem Zimmer, die Not der Menschheit wird immer schlimmer, er sitzt in seiner stillen Klause, er weilt immer nur zuhause, er liest und schreibt ohne Pause, er verfolgt bei sich so manche Flause, aber er hat den Ernst des Lebens noch nicht begriffen, sonst würde das Menschtum in JEUNEX schon von den Spatzen auf den Dächern gepfiffen!

Mensche: Welch einen tiefen Fall erlitt unser geistiger Vater, er veranstaltet noch immer nicht das geringste Teater, weder zur Lust noch zur Trauer tut er spielen, wie will er da jemals einen Erfolg erzielen, er sollte sich schämen, er sollte sich grämen, er hat das erforderliche Wissen der Welt, er ist ein überragender denkerischer Held, doch die Menschen müssen noch immer leiden, dabei könnte er es mit Leichtigkeit vermeiden?!

Menscher: Unser Ersinner ist bei den Nachbarn verhaßt, sein lautes Lesen fällt ihnen zur Last, im linken Zimmer will ihn der Stadtstreicher deswegen erschlagen, im rechten Haus wollen ihn die Zigeuner deswegen verjagen, vielleicht sind sie aber auch dann froh, wenn er endlich Jeschua und Rex Text heißt, amtlich ist ja sein Name, wie du es weißt, aber er muß noch die Lücke in seinen Aufzeichnungen schließen, dann kann er diese Betaufung erst richtig genießen!

Mensche: Das sind die Leute um die Gemeinde Jeschua Rex Text, es wird von ihnen mit Hingabe gesext, aber wer irgendwie aus dem Rahmen fällt, dem wird nach Kräften das Dasein vergällt, ein unglaublicher Terror wird verübt, dieser Druck schafft die Opfer ungemein betrübt, die Einwohner von Jeschua Rex Text sind nicht ganz dicht, in ihren Schädeln brennt nur wenig Licht, das muß mensch leider sagen, darüber muß mensch leider klagen!

Menscher: Auf die gleiche Weise tun sich die Menschdorfer verhalten, ihr Eifer gegen unseren Verfasser tut niemals erkalten, dabei hat er nicht das geringste verbrochen, aber es wird trotzdem abfällig über ihn gesprochen, keine sanfte Simone will ihn streicheln, keine zärtliche Hildegard will ihm schmeicheln, er bleibt allein und einsam, niemals weilt er gemeinsam, nur bei der Arbeit hat er Gesellen, auf diese Weise tut mensch ihn um die Genüsse prellen!

Mensche: Morgen tut der Frühling beginnen, dann wird mensch der Kälte entrinnen, dann wird die Wärme kommen, dann wird die schlechte Laune von uns genommen, freilich wird auch nicht auf einen Schlag alles erblühen, auch ein Dichter tut ja nicht gleich nach der Geburt seinen Witz versprühen, sondern es muß sich alles langsam entwickeln, dann wird uns das Blut in den Adern wieder prickeln!

Menscher: Wann wird Menschland erstehen, wann wird Unmenschland vergehen, wann wird der erste Mensche loslegen und pauern, er tut ja gar nicht auf seine Gelegenheiten lauern, er will immer nur schreiben und lesen, das ist ihm stets sehr angenehm gewesen, doch er muß mehr verrichten, er muß die Unmenschen vernichten, er muß die Heuchelpfaffen zerstören, mensch soll seine erbaulichen Predigten hören?!

Mensche: Irgendwann wird er schon noch sprechen, dann wird er die Massen beglücken und entpechen, dann wird er die Pfarrer und Pastoren vertreiben, dann wird er selbst wonnevoll leben und leiben, dann wird alles gut in des JEUNEX bergender Hut, dann wird das Weltall ihn unterstützen, dann wird das Universum ihm umfangreich nützen, dann wird der Kosmos ihm helfen, dann küssen ihn die anmutigen Elfen!

Menscher: An diesem Montag ist unser Erdichter nicht zur Werkhalle gegangen, es tat ihn danach, seinen Zahnarzt zu besuchen, verlangen, und dieser Mann war erst am Nachmittag für ihn zu erreichen, da mußte eben die Beschäftigung am langen Tisch dafür weichen, der Ersatz mit zehnvier Zähnen war nicht ordentlich gereinigt, deshalb wurde das Zahnfleisch von einer ausgedehnten Entzündung gepeinigt, jetzt muß der erste Mensche morgens und abends seine Zähne und den Ersatz heftig putzen, hoffentlich wird es ihm auch frommen und nutzen!

Mensche: So ist er heute nicht nach draußen gekommen, er hat nicht die Buhrufe der Menschdorfer vernommen, er hat nicht die Beschwernis der Arbeit gemerkt, eine wohltuende Ruhe hat ihn gestärkt, jetzt ist es schon wieder dunkel, mensch hört aber noch kein Gemunkel, am Sitz der Weltregierung ist es still, in einem Monat schreibt mensch endlich den April, dann wird der Frühling endlich da sein, dann werden uns die warmen Winde endlich nah sein!

Menscher: Am Ende des Märzes ist es noch kühl, das ist ein niederschmetterndes Gefühl, mensch will nicht gern nach draußen gehen, dort tut nicht viel Begeisterndes geschehen, die Stadt ist dumpf, die Leute sind stumpf, mensch kann nichts erleben, es tut sich nichts ergeben, es tut nichts geschehen, mensch kann nichts sehen, mensch kann nichts hören, nur die Menschdorfer müssen menschen stören, ihre schwarzen Gestalten können menschen nicht betören, niemals wollen sie auf die Worte unseres Meisters schwören!

Mensche: Von Menschland wird nicht gesprochen, für das Menschtum wird keine Lanze gebrochen, die mensche Sprache wird nicht verwendet, mensche Botschaften werden nicht gesendet, doch die Menschheit muß sich bekehren, mensch muß die Erdenbürger das Menschtum in JEUNEX lehren, ohne dieses Bekenntnis wird alles nur noch schlechter, unser Ergrübler ist ein guter Mensch und ein gerechter, er wird für den ewigen Weltfrieden sorgen, deshalb soll mensch ihm das Ohr willig borgen!

Menscher: Heute ist der Lenz in die Fluren gezogen, noch hat er das Krumme nicht geradegebogen, mensch merkt noch nicht viel von seinem Walten, das Dasein tut sich noch nicht lichtdurchflutet gestalten, aber die Tage werden länger gottseidank, die Menschen werden freundlicher durch die Bank, so eilen wir dem Sommer entgegen, so mancher helle Schimmer kann uns freudig erregen, die Sonne tut zwar noch nicht lachen, aber sie scheint doch besonders stark für die Schwachen!

Mensche: Das ist leider nicht wahr, das ist dir auch durchaus klar, die Sonne scheint für alle Menschen gleich, sie leuchtet über bedürftig und reich, ob stark, ob schwach, alle werden bestrahlt, auch den Blinden wird die Finsternis entschalt, auch den Tauben wird die Stummheit entödet, nur die Menschdorfer bleiben auch in der Helligkeit verblödet, diese Spießbürger können niemals etwas begreifen, selbst in den heißesten Stunden des Jahres müssen sie erbittert keifen!

Menscher: An diesem Nachmittag hat unser Ergrübler wieder in der Werkhalle gestanden, da gingen viele seiner Grillen, Macken und Launen zuschanden, er hat gearbeitet und gesprochen, er hat am wahren Leben gerochen, er hat ein bißchen Geselligkeit genossen, die Worte sind ihm nur so aus dem Munde geflossen, die schöne Büglerin ging stumm an ihm vorbei, auch er erhob wegen ihr kein Geschrei, es ist aus mit ihnen, sie ist ihm stets reizvoll erschienen, doch er tut sie nicht mehr begehren, er muß sich gegen ihre Nebenwirkungen wehren!

Mensche: Mit einer anderen Plätterin ist er nach Feierabend heimwärts geschritten, sie hat auch an einer seelischen Verwundung gelitten, die beiden können sehr gut miteinander klönen, an ihre Platonik mag sich der erste Mensche gern gewöhnen, doch ihr Gesicht tut seinen Anforderungen nicht entsprechen, es kann ihn nicht beglücken, es muß ihn bepechen, sie hat auch nicht bei ihm im Haus geweilt, sondern sie ist weiter zu ihrem Buhlen geeilt!

Menscher: Danach hat es die Gruppe gegeben, ein Betreuer tat mit drei Behinderten danach streben, die Schwierigkeiten beim Zusammenleben zu überwinden, der vierte Gehändikäpte wollte sich nicht darein finden, der Sozialarbeiter hat erzählt, daß unser Verfasser kein Messer nach dem Schwein geschmissen hat, so daß dieses Wurfgeschoß eine Verletzung in seine Hand gerissen hat, sondern der Heiland hat den Querulanten mit einem Teelöffel getroffen, da blieb dem Übeltäter vor Staunen der Mund weit offen!

Mensche: In der Küche an der Spüle ist es an einem Vormittag geschehen, danach konnte mensch den Tippelbruder mit einem dicken Verbande sehen, das ist doch ein lächerliches Betragen, was soll mensch von so einer Mimosenhaftigkeit sagen, da muß mensch doch prusten und kichern, da muß mensch sich doch seines gesunden Menschenverstandes versichern, der Irre hat doch nicht mehr alle Tassen im Schrank, die Behinderten sind aber nicht alle so wie er durch die Bank?!

Menscher: Der Wüterich hat unseren geistigen Vater sogar einen Messerstecher gescholten, das hat unserem Erlöser als übertrieben gegolten, mit derartigen Unmenschen muß unser Ertüftler sich plagen, sie zerren an seinen Nerven, es ist kaum zu sagen, das hat ihm der Seelenmörderverein zu gewähren, wie soll unser Erdenker da ein neues Bewußtsein gebären, das ist die Menschdorfer Luft, der Ehrliche gilt da schnell als ein Schuft?!

Mensche: Die Menschdorfer sind unter aller Kanone, mensch erinnere sich nur an die kesse Simone, wie heftig hat ihr Verlobter den Reimschmied bebrüllt, wie gräßlich hat er die Luft mit seinen negativen Schwingungen erfüllt, ein Einfühlungsvermögen war nicht gegeben, mensch kann nicht mit derartigen Krakeelern leben, sie verpesten das Klima auf eine schlimme Weise, für sie geht niemals nach Menschland die Reise?!

Menscher. An diesem Nachmittag hat der erste Mensche wieder Bücher mit Etiketten beklebt, er hat noch immer nicht nach seinen Vorstellungen gelebt, mit seinen Gefährten hat er sich prächtig verstanden, er konnte manchen Witz bei ihnen landen, auch einige Nixen waren zu sehen, doch es war niemals um ihn geschehen, sie ließen ihn kalt, er wird ja auch allmählich alt, zu einem zittrigen Greise führt ihn seine Reise durch das irdische Tal, alles wird ihm schal, alles wird ihm fade, auch so manche Najade!

Mensche: Das spielt in dieser Hinsicht keine Rolle, er selbst erzeugt bei viel Geschrei nur wenig Wolle, und so kann er eben auch keine Sirenen betören, die Darlegungen eines Bettlers will niemensch hören, die Evas wollen einen stattlichen Adam küssen, doch unser geistiger Vater bietet ihnen keine Vielzahl von Genüssen, so muß er eben einsam verharren, so muß er eben in die Röhre starren, das ist sein Los auf Erden: er darf nicht glücklich werden!

Menscher: Am Abend hat das Schwein dann unwillig gebrüllt, der Tippelbruder hat die Luft mit seinen negativen Schwingungen erfüllt, und dann ist der Kompjuter nicht angesprungen, schon am Vormittag hat er etwas seltsam geklungen, als er ausgeschaltet wurde von einem Betreuer, der weiterlaufende Ventilator erschien nicht geheuer, eben gerade ist der Apparat nicht hochgefahren, unser Urheber konnte nur einen dunklen Bildschirm gewahren!

Mensche: Nun schreibt er dieses Zwiegespräch auf kariertes Papier, er sitzt wieder traurig in seinem Revier, er muß wieder viel Geld für den Rechner zahlen, dabei kann er nicht mit einem dicken Bankkonto prahlen, das muß seine Seele versehren, das muß seinen Kummer vermehren, warum muß er siechen wie ein Hund, warum wird er niemals wieder gesund, stets muß er leiden, das läßt sich nicht vermeiden?!

Menscher: Dieser Schaden durfte nicht passieren, unser Held muß sich ratlos das Kinn massieren, woher soll er die Moneten nehmen, wer würde sich dazu, sie ihm zu leihen, bequemen, er weiß weder aus noch ein, und das soll ein Leben in JEUNEX sein, nur dies kann ihm das Menschtum gewähren, was nützt es da, ein neues Bewußtsein zu gebären, er ist verzweifelt, es wird bitter von ihm gekeifelt, das ist schlimm, das erregt seinen Grimm?!

Mensche: Morgen muß er die Maschine zur Ausbesserung bringen, darüber kann er nur die Hände ringen, der Tintenpatronenbefüller kann ihn wahrscheinlich nicht unterstützen, er muß die Dienste eines teuren Ausbesserers nützen, wie soll er das geldlich stemmen, die Aussicht auf seine leeren Taschen muß ihn beklemmen, darf er keine Buttermilch mehr kaufen, soll er ohne kräftigende Nahrung durch die Gegend laufen?!

Menscher: Es ist ein falscher Alarm gewesen, der Rechner des ersten Menschen ist genesen, das heißt, er hatte gar keinen Schaden, unser Ersinner mußte gar nicht in Selbstmitleid baden, nach einer Stunde Probieren hat unser Ertüftler den Bildschirm angeschaltet, und sofort hat die Maschine wie immer gewaltet, ein riesiger Stein fiel unserem Helden vom Herzen, er kann jetzt wieder lachen und scherzen!

Mensche: Nun hat er vier Tage lang frei, fröhlich schreit er juchhei, am Osterfest kann er sich ein bißchen entspannen, es meiden ihn zwar nach wie vor die Annen, Hannen und Susannen, aber er kann doch ein bißchen schlafen, in seiner Wohnung ist er zwar in keinem sicheren Hafen, denn das Schwein muß ihm das Leben verbittern, er muß vor diesem Stadtstreicher beben und zittern, doch er will sein Bestes versuchen, er will nicht von vornherein sein Schicksal verfluchen!

Menscher: An diesem Vormittag hat er Nahrungsmittel eingekauft, dabei hat er sich die Haare gerauft, denn er mußte dringend koten, doch im Geschäft wurde keine Tolette geboten, so eilte er denn unruhig nach Hause, er gönnte sich dabei nicht die kleinste Pause, auch beim Zeitungshändler hielt er sich nicht auf, er erreichte ihr Haus ohne Verschnauf, und in der allerletzten Sekunde ist es ihm gelungen, er hat die Hindernisse siegreich bezwungen!

Mensche: Als altem Menschen tut jemenschem so etwas passieren, es tut menschen beinahe deklassieren, es ist fast schon tierisch, so etwas zu erleben, ein Mensch tut gewöhnlich nach höheren Dingen streben, aber mensch kann es sich nicht wählen, das Schicksal will menschen stählen, in Menschdorf wird so etwas eben gemacht, auch wenn ein Außenstehender darüber lacht, das sind die Menschdorfer Schwingungen, es kommt selten einmal zu Gelingungen!

Menscher: In der Werkhalle wurden Bücher mit Etiketten beklebt, dabei hat unser Erfinder nicht im siebenten Himmel geschwebt, er hat sich gelangweilt über die Maßen, er konnte kaum noch witzeln und spaßen, doch er hat es irgendwie überstanden, und beim Fußball konnte er vier Treffer landen, seine Mannschaft hat die Begegnung zwar verloren, ihnen wurde das Fell gar ordentlich geschoren, doch es hat Vergnügen bereitet, über den Kunstrasen zu rennen, für diese Sportart tut unser Ergrübler schon lange entbrennen!

Mensche: Nun kann er nur noch seine Besinnungen schreiben, dann wird er es in seinem Bette brav und ordentlich treiben, dann wird er reichlich schlummern, dann wird er sich ausgiebig entkummern, in seiner Sfäre ist nichts los, seine Sehnsucht nach Geselligkeit ist groß, doch keine Nina will ihn verwöhnen, und keine Katinka will unter ihm stöhnen, so muß er sich mit wenigem bescheiden, weil die Maiden ihn noch immer meiden!

Menscher: Max Frisch schrieb über Graf Öderland mit dem Beil in der Hand, hatte der Schweizer Schriftsteller denn so wenig Verstand, was soll diese blutrünstige Geschichte bezwecken, unser Erfinder kann jedenfalls keinen Sinn darin entdecken, die Denker sollen den Lesern zum Vorbild gereichen, durch ihren Einfluß sollen die Schwierigkeiten von hinnen weichen, aber Max Frisch erzählt hier Stuß, offensichtlich deshalb, weil er es muß?!

Mensche: Mir kann dieses Gleichnis auch nicht behagen, ich muß doch sehr nach seinem sittlichen Nutzen fragen, und diesen moralischen Wert kann ich nicht erkennen, mensch muß doch einen Spaten einen Spaten nennen, mensch muß doch dem Kind einen Namen geben, nach einer derartigen Mordfolge sollte mensch nicht streben, die Jugend kann nichts daraus lernen, deshalb sollte mensch sich von derartigen Berichterstattungen entfernen!

Menscher: Unser geistiger Vater hat bis zum Mittag geschlafen, auf diese Weise tut ihn das Schicksal bestrafen, an diesem Tag wurde Jeschua hingerichtet, die Juden haben seinen Körper vernichtet, wahrscheinlich ist er aber nur ohnmächtig gewesen, und von dieser Bewußtlosigkeit ist er wieder genesen, auf jeden Fall haben seine Nachfolger nur wenig Gutes getan, seine Lehre wurde zu einem schädlichen Wahn, mensch hat sein Blut getrunken und sein Fleisch gegessen, mensch war auf seine Auferstehung versessen, an diesen Quatsch hat mensch geglaubt, so wurde den Frommen der gesunde Menschenverstand geraubt!

Mensche: Seine Anhänger haben viele Lügen verbreitet, diese Unwahrheiten haben die Menschen zweitausend Jahre lang begleitet, die Dämonen sind in eine Schweineherde gefahren, aus Wasser konnte mensch plötzlich Wein gewahren, die drei Könige sind niemals nach Betlehem gekommen, niemals hat mensch dem toten Lazarus die Binden genommen, er war tot und ist es für immer geblieben, oder er lebte, auch damals hat mensch es auf natürliche Weise getrieben!

Menscher: Auch Muhammad ist niemals mit einem geflügelten Pferd in den HImmel geflogen, auch seine Verbündeten haben sich die Geschehnisse zurechtgebogen, Jeschua Rex Text dagegen wurde in Hannover geboren, er hat sich seit seiner Jugend hohe Ziele erkoren, er ist ein Mensch und kein Gott, die Menschdorfer bedenken ihn mit Spott, er wird seit über dreißig Jahren von den Reinländern geschädigt, und es fehlte nicht viel, und sie hätten ihn erledigt!

Mensche: JEUNEX ist der Allmächtige, JEUNEX ist der Allprächtige, ihn muß mensch spüren, denn er kann menschen berühren, die Freude in Gemeinschaft soll mensch erzielen, das Grausame soll keine Rolle mehr spielen, mensch soll seinem Mitlebenden eine Freude verschaffen, dazu dienen menschem die geistigen Waffen, nirgends wird mit gezinkten Karten hantiert, es wird auf vernunftgemäße Art nach Menschland marschiert, mensch braucht die Masse nicht zu betrügen, mensch kann sich in die Gesetze der Folgerichtigkeit fügen!

Menscher: Max Frisch kann die Frage nicht beantworten, was ein Verfasser leisten soll und ob er mehr Durchblick und Scharfsinn haben als die meisten soll, aber für unseren Urheber ist es klar, daß er die Leser belehren will und daß er ihre Harmonie vermehren will, das Menschtum in JEUNEX hat es vor ihm nicht gegeben, aber mensch soll nach dem Menschtum in JEUNEX jetzt streben, diesen Weg muß ein Dichter weisen, mensch soll endlich nach Humanien reisen!

Mensche: Früher hat mensch dies eben nicht gewußt, und mensch verspürte nicht die geringste Lust, sein Nichtwissen zu gestehen, deshalb kann mensch manche Verrenkungen sehen, es wäre wichtig, die richtigen Fragen zu stellen, es bräuchten doch nicht dauernd Schreie nach der Sinngebung zu ergellen und so weiter und so fort, mensch glaube davon kein Wort, ein kluger Mensch soll seine Mitlebenden beraten, dann kommt es bei ihnen zu vernünftigen Taten!

Menscher: Unser Held darf an seinem Kompjuter das Schachspiel nicht mehr betreiben, er tat es schon oftmals ausführlich beschreiben, daß auf den beiden Königen die Folterwerkzeuge prangen, und nach ihrer schädlichen Wirkung trägt der erste Mensche kein Verlangen, deshalb soll er sich dieses Vergnügens enthalten, er soll seine Freizeit anders gestalten, oder er soll sich ein Schachspiel ohne diese Sinnbilder kaufen, dann braucht er sich nicht mehr die Haare zu raufen!

Mensche: Gleich wird unser geistiger Vater sich wieder die Buttermilch erwerben, dann werden die Menschdorfer ihm wieder empfindlich die Stimmung verderben, dann werden sie ihn schmähen und schelten, denn sie leben in der beschränktesten aller Welten, unser Ersinner will schon gar nicht mehr gehen, es wird sicherlich etwas Lästiges geschehen, das würde er sich gern ersparen, er mag die Spießbürger nicht gewahren, aber die Nahrungsmittel kommen nicht in das Haus geflogen, wird dieses Krumme denn niemals geradegebogen?!

Menscher: Die Menschdorfer werden ihr Menschdorfertum so schnell nicht verlieren, unser Ertüftler tat leider verwahrlosen, verkommen und vertieren, durch den abscheulichen Stadtstreicher im Nebenzimmer hat er schlechte Karten, und er kann seinen Feldzug für die Nächstenliebe noch immer nicht starten, und wenn er die Menschdorfer nicht wandelt und wenn er nicht in diesem Sinne handelt, dann werden die Menschdorfer stets als Menschdorfer verharren, dann bleiben sie für immer elende Toren, Jecken und Narren!

Mensche: Sie grenzen aus ohne Schonung, mensch hört es bis in die Wohnung, sie können sich nicht wie vernünftige Menschen benehmen, sie müssen sich immer zu wüsten Beschimpfungen bequemen, das ist ihre Art, sie sind nicht zart, sondern hart, sie sind keine Menschen, wie mensch sie braucht, und auch wenn in Menschdorf manchmal der Schornstein raucht, so darf mensch Menschdorf nicht so lassen, sondern mensch muß sich veredelnd mit den Menschdorfern befassen!

Menscher: An diesem Ostersonntag ist unser geistiger Vater zuhause geblieben, er hat nur emsig gelesen und geschrieben, er will sich mit keinem Menschen unterhalten, denn die Menschlichkeit tut ja sowieso nicht walten, es gibt keinen Menschen in Menschland außer ihm allein, deshalb will er bei keinem Unmenschen sein, sie tun die alte Weltbildsprache verwenden, er kann ihnen keine günstigen Botschaften senden!

Mensche: In Menschdorf ist er verloren und verraten, hier lädt mensch ihn nicht ein zu großen Taten, hier muß er in einer mitleidlosen Hölle braten, niemals reifen an der Inde seine geistigen Saaten, am Blausteinsee können keine Rosen für ihn blühen, er tat in dieser Gemeinde vergeblich seinen Witz versprühen, er war hier unerwünscht zu allen Zeiten, er durfte den Menschdorfern das Paradies nicht bereiten!

Menscher: In der verwichenen Nacht wurden die Uhren anders gestellt, mensch wurde um eine Stunde geprellt, jetzt am Abend darf mensch sehr viel Licht genießen, in dieser Hinsicht tut menschen die Sommerzeit nicht verdrießen, unser Urheber beschäftigt sich mit Max Frisch, sein Tagebuch bietet ein buntes Gemisch, er hat mit Bertolt Brecht verkehrt, dieser Dichter hat ihm das Dasein entschwert, sein Gemeinbesitztum jedoch konnte ihn nicht erquicken, Jeschua Rex Text aber ließ sich damals noch nicht blicken!

Mensche: Er war ja noch gar nicht gezeugt und geboren, Max Frisch hat sich keine hohen Ziele erkoren, ein Idealist wie Schiller war er nicht, in seinem Kopf brannte zwar ein helles Licht, aber er zog es vor, die Welt zu durchreisen und zu betrachten, er tat die Umstürzler zwar nicht verachten, aber er selbst hat keine gute Lehre erfunden, er konnte nur immer wieder seine Unzufriedenheit bekunden, die herrschenden Zustände haben ihn nicht erfreut, doch er hat es, sie zu verändern, immer wieder gescheut!

Menscher: Unser Erklügler ist eben eine Jahrtausenderscheinung, so lautet wenigstens seine Meinung, die Menschheit ist nicht darauf vorbereitet, daß er kommt, weil er ihr in einem riesigen Ausmaße frommt, er strebt die Weltherrschaft an, er ist ein verbesserungswilliger Mann, als Beherrscher der Menschheit will er wesen, dann werden die Erdenbürger von ihren Siechtümern genesen, am Sitz der Weltregierung tut er weilen, von Menschdorf aus will er die Übelstände heilen!

Mensche: Noch ist er nicht bereit loszuschlagen, er muß sich mit allerlei Hindernissen plagen, noch ein halbes Jahr hindurch muß er sich schinden, dann wird er einen Ausweg aus seinen Kümmernissen finden, dann wird er sich mit dem Erfolg verbinden, dann wird sich eine rassige Melusine unter seinem Schwengel winden, noch muß er in manchen sauren Apfel beißen, noch muß er sich zähneknirschend am Riemen reißen, doch irgendwann wird seine Stunde kommen, dann werden die Hemmungen von ihm genommen!

Menscher: An diesem Ostermontag hat sich unter geistiger Vater erst am Mittag erhoben, er konnte seine irren Träumereien selbst nicht loben, die schöne Büglerin hat er in einem Gespräch am verwichenen Arbend beschrieben, von ihrer Persönlichkeit sind Schwingungen in seinem Unterbewußtsein geblieben, und so verstrickte er sich in wahnwitzige Szenen, er tat sich nun wirklich nicht danach sehnen, diesen Mist auch nur im Schlummer zu erschauen, es muß ihm vor der hübschen Plätterin immer wieder grauen!

Mensche: Er ging in der Gemeinde Jeschua Rex Text zum Tivoli und kam niemals an, irgendwelche Menschenmassen und Ereignisse zogen ihn immer wieder in ihren Bann, außerdem führte er an einem Halsband eine junge Zirze in der Gosse neben sich her, sie blickte ihn mit schmachtenden Augen an und sehnte sich nach Verkehr, auch andere Possen hat er ersonnen, nichts wurde mit ihnen gewonnen, er ist ihnen jetzt entronnen, jetzt hat ein neues Zeitalter für ihn begonnen!

Menscher: Er meint nicht die Kalenderrechnung nach Jeschua Rex Text, er hat sich ja nun in das zweite Jahr in Jeschua Rex Text hinein gehext, sondern er will die künftige Zeit ohne die anmutige Manglerin verbringen, er will nicht mehr, um sie zu erobern, in der Werkhalle singen, diese Nümfe wurde nicht für ihn geboren, es werde von ihm eine andere Lorelei erkoren, es hat keinen Zweck mit diesen beiden, sie schüfen einander nur unsagbare Leiden!

Mensche: Am Silvester des ersten Jahres in Jeschua Rex Text wurde ein anderer Eindruck von ihr gespendet, doch das Blatt hat sich nunmehr zu ihren Ungunsten gewendet, diese kesse Eufrosüne kann Frau Rex Text nicht werden, denn sie würde die Einmenschung der Menschheit gefährden, sie muß in den Hintergrund treten, darum wird sie vom ersten Menschen gebeten, er kann sie nicht mehr verehren, denn sie tut seine Lust nicht vermehren, er kann sie nicht mehr begehren, er muß sich gegen ihre Ausstrahlung wehren!

Menscher: Unser Ertüftler hat diese Nixe nicht erfunden, er kann nur immer wieder seine Bestürzung über sie bekunden, zuerst ist sie ihm mit dem Gesicht eines Engels begegnet, doch ihre Treffen wurden von dieser guten Fee nicht gesegnet, inzwischen hat es ihm die Petersilie verhagelt, diese einmalige Weiblichkeit wird niemals von ihm genagelt, es hat keinen Sinn mit diesen beiden Personen, sie dürfen niemals beieinander wohnen!

Mensche: Die Tafel ist leer, das ist schwer, doch es ist nun einmal der Fall, unser Ergrübler hat einen Knall, er kann sich mit den Salomes nicht vereinigen, die holden Isolden müssen ihn quälen und peinigen, er sehnt sich nach einem Beischlaf mit Macht, doch er bleibt allein in all seiner Pracht, er ist ein Original, doch das darf er nicht sein, die Menschdorfer sprechen zu diesem Andersdenkenden nein, er darf nicht in Menschdorf weilen, er darf die Sfäre nicht mit den Menschdorfern teilen!

Menscher: An diesem Vormittag hat unser Verfasser seine Hemden beschriftet, hoffentlich hat er mit dieser Tat nicht sein Bewußtsein vergiftet, aber er fühlt sich wohl in seiner Haut, er jauchzt und jubelt zwar nicht laut, aber er spürt die Wirkung des Namenszuges "Jeschua Rex Text", es wird von ihm wieder wirkungsvoll gehext, es wird von ihm wieder wirkungsvoll gewerkt, diese plakative Geistigkeit hat seinen Sinn gestärkt!

Mensche: Der erste Mensche muß sich freilich noch an diese zehnvier Buchstaben gewöhnen, manchmal scheinen ihn die Wörter auch geradezu zu verhöhnen, aber er will es doch mit ihnen probieren und ihren unsichtbaren Kraftfluß studieren, jedes Mittel ist ihm recht, um seine Pauer zu steigern, die Menschdorfer sollen ihm die Gefolgschaft nicht mehr lange verweigern, er will endlich Anhänger finden, er will viele ratsuchende Bürger an sich binden!

Menscher: Freilich muß er erst die Lücke in seinem Pensum schließen, dann kann er seine Bezeichnung erst richtig genießen, vorerst muß er sich noch als Jeschua Rex und als Text gebärden, mit dieser Betaufung kann nicht viel aus ihm werden, ein halbes Jahr lang muß er noch warten, dann kann er den Jeschua und den Rex Text endlich starten, dann wird er auch in seinen Aufzeichnungen so genannt, dann ist er auch in seinen eigenen Unterlagen so bekannt!

Mensche: Mit einem Malergesellen ist er nach Alsdorf gefahren, dort konnte mensch einen riesigen Betrieb gewahren, sie haben Schreddergut abgeholt für die andere Halle, es gab nicht viel zu tun in diesem besonderen Falle, die schwierigen Arbeiten haben Gefährten für ihn verrichtet, das hat sein Selbstwertgefühl zwar nicht vernichtet, aber doch ein wenig untergraben, es konnte ihn nicht sonderlich erlaben, aber er wird alt und schwächlich, er ist schon fast gebrechlich!

Menscher: So schlimm ist es noch nicht, er ist noch ein versuchsfreudiger Wicht, er tut sich dem Neuen und Ungewohnten nicht verschließen, er ist kein Menschdorfer, es muß ihn nicht verdrießen, er ist bereit, etwas zu riskieren und zu wagen, er tut nicht von vornherein nein zu allem sagen, das zeichnet ihn aus, er sitzt zwar oft zuhaus, aber sein lebendiges Denken kann die ganze Menschheit beschenken, er tat sich auch oft den Schädel verrenken, doch er tat sich auch oft in heilsame Zusammenhänge versenken!

Mensche: Er überlegt, ob er sich den Jeschua Rex Text tätowieren lassen soll, er hat von seiner siechenden Lebensweise die Nase voll, doch diese Inschrift auf seiner Brust ließe sich nicht mehr entfernen, und ob sie ihn beglücken würde, das steht in den Sternen, Wörter können eine verhängnisvolle Eigendünamik entwickeln, dann tut ihrem Eigentümer das Blut gar nicht mehr prickeln, so muß unser geistiger Vater eben sehen, was zu seinem eigenen Wohl könne und was nicht geschehen!

Menscher: Die Inschriften auf den Hemden und Jacken haben unserem Verfasser so viel Kraft gegeben, daß er nach einer hohen Arbeitsleistung tat streben, und nach Feierabend fühlte er sich wie erschossen, das hat ihn keineswegs verdrossen, er ist ja bereit, angestrengt zu werken, nur tut er es danach in seinem Körper merken, am langen Tisch hat er an diesem Nachmittag gescherzt und gelacht, auch dem Aufgabenverteiler hat er viel Freude gemacht!
Mensche: Die schöne Büglerin hat er gesehen, sie tat an ihrem Brette stehen, seine Gefühle für sie sind nicht mehr vorhanden, seine Liebe zu ihr ging an ihren Eigenarten zuschanden, sie zieht sich noch immer verführerisch an, mit ihrer Kleidung erregt sie den betrachtenden Mann, sie tut ihm auch ein bißchen leid, aber er weiß zu gut über sie bescheid, er will nicht dem Wahnsinn verfallen, er will nicht irrsinnig stammeln und lallen!
Menscher: Wann aber wird er Menschland errichten, wird er für immer darauf verzichten, wird die mensche Sprache niemals erklingen, wird mensch niemals mensche Lieder singen, wird mensch niemals mensche Arien schmettern, wird mensch niemals den JEUNEX vergöttern, wird der ewige Weltfrieden niemals erbaut, werden die Erdenbürger niemals über das Menschtum in JEUNEX verschlaut, was wird geschehen, was wird mensch sehen?!
Mensche: Noch ein halbes Jahr lang muß der erste Mensche harren, hoffentlich wird er dabei nicht völlig vertoren, verjecken und vernarren, dann wird er sich endlich richtig entfalten, dann wird der Geist der Menschlichkeit walten, dann wird er das Zusammenleben erfreulich gestalten, dann wird er den Lohn für seine vielen Mühen erhalten, die Dummheit darf nicht länger regieren, nur die Klugheit kann das Negative negieren, deshalb sollen die Schlauen an die Macht, dann erblüht die Welt in ungeahnter Pracht!
Menscher: Ich würde gern in Menschland wohnen, denn dann würde mensch mich mit dem Unmenschtum verschonen, denn dann würde mensch mich wie einen Menschen behandeln, dann bräuchte ich nicht wie ein lebender Leichnam zu wandeln, ich will nicht länger als unmensche Mumie schreiten, mensch soll die Sittlichkeit in die Höhe leiten, mensch soll die Menschen veredeln, die Vernunft soll Raum gewinnen in ihren Schädeln!
Mensche: Als eine mensche Frau möchte ich einen menschen Mann küssen, denn das gehört nun einmal zu meinen Genüssen, ein Menscher soll mich als eine Mensche ficken, zu diesem Angebot muß ich begeistert nicken, die Barbaren aber sollen verschwinden, mensch soll sie im menschen Bereich nicht mehr finden, es sollen nur noch Menschen wesen, dann wird die Welt an ihnen genesen, das ist eine hehre Schau, dann wird das Dasein weniger rauh!

Menscher: Auch beim Fußball hat die Inschrift ihren Träger gestärkt, das hat er an seiner Spielweise gemerkt, seine Technik war gut, doch leider fehlte die Kondition, die Gespräche mit dem Sportlichen zeitigen nur wenig Lohn, die Begegnung ging haushoch verloren, es hatte sich alles gegen den ersten Menschen verschworen, doch er war nur ein wenig traurig, die vielen Gegentreffer waren zwar schaurig, aber die beiden Mannschaften waren schlecht gewählt, die hohe Niederlage hat den Mut unseres Verfassers gestählt!

Mensche: Durch Rauhes gelangt mensch zu den Sternen, das tat er im Lateinunterricht lernen, und er ist immer gelaufen, wenn auch nicht ohne viel zu schnaufen, aber mancher Bursche in seinem Alter würde sich darüber freuen, und die Ausdauer wird sich vielleicht erneuen, am Abend hat er einen Seehecht verspeist, und jetzt wird von ihm nach Menschland gereist, ihm gefällt zwar Spanien, aber besser behagt ihm Humanien!

Menscher: Am Nachmittag hat er in der Werkhalle Scheibchen von der Pappe gerissen, dabei mußte er weibliche Gesellschaft nicht missen, die Tochter des Schreinermeisters hat ihn mit ihrer Fröhlichkeit erquickt, freilich wird sie vom Beherrscher der Menschheit niemals gefickt, denn sie könnte seine Enkelin sein, sie lädt ihn nicht gerade zum Bettsport ein, aber er betrachtet sie doch mit Wonne und Lust, er wird sich an ihrer Seite der Schönheit bewußt!

Mensche: Der Bruder der schönen Büglerin hat ihm gegenüber am langen Tisch gestanden, viele gemeinsame Temen die beiden Gesellen verbanden, und so sind die vier Stunden der Nachmittagschicht verflossen, unser Urheber hat sie nicht gerade genossen, aber es gab schon schlimmere Zeiten, er konnte seinen Gesichtskreis weiten, er hat mit einigen Gefährten gesprochen, sie taten nur sehr selten wennen, abern und dochen!

Menscher: Dieser Bruder ist zehnfünf Jahre alt, er ist keine stattliche, aber auch keine schmächtige Gestalt, mensch kann hervorragend mit ihm klönen, mensch muß sich nur an seine Eigenarten gewöhnen, mit seiner Schwester hat unser Held kaum einmal geschnackt, er hat sie auch noch niemals am Nacken gepackt, er hat sie auch niemals am Nacken gestreichelt, er hat ihr nur in einem Brief mit Worten geschmeichelt!

Mensche: Doch das hat alles keinen Sinn, das bringt ihm alles keinen Gewinn, er muß auf diese hübsche Plätterin verzichten, es nützt ihm nichts, sie ausführlich zu bedichten, er wird sich niemals mit ihr verbinden, denn sie würde ihn nur quälen und schinden, so muß er sich eben eine andere Buhlin suchen, so muß er sein Schicksal wieder einmal verfluchen, so muß er sein Los wieder einmal verdammen, welche Lilofee wird sich schon noch einmal für ihn entflammen?!

Menscher: Das a in Jeschua scheint unseren Ersinner zu verdrießen, er kann die Inschriften auf seinen Hemden und Jacken nicht genießen, vielleicht muß er sich nur an diese geschriebenen Wörter gewöhnen, aber wieder einmal scheint ihn das Schicksal zu verhöhnen, er kann dem groben Menschdorfertum nicht entrinnen, er kann den Kampf gegen die Stumpfheit nicht gewinnen, er kann unternehmen, was ihm behagt, der Erfolg bleibt ihm für immer versagt!

Mensche: Er möge es auch weiterhin versuchen, vielleicht wird er ja doch noch einen Triumf verbuchen, die Menschdorfer schufen ihn zu einem Eunuchen, er hat allen Grund, sein trauriges Los zu verfluchen, aber er fühlt sich in JEUNEX geborgen, dieser Gott wird schon für ihn sorgen, es wird alles gut in des JEUNEX bergender Hut, und irgendwann wird der gordische Knoten zerschlagen, dann wird mensch den ersten Menschen nicht mehr mutwillig quälen und plagen!

Menscher: Das Glück tut ihn nicht gerade segnen, er kann keiner passenden Amalia begegnen, er muß mit einem Schwein zusammen wohnen, und die Menschdorfer wollen ihn nicht mit ihren Schmähungen verschonen, er steckt in einer Zwickmühle fest, die Vielzahl von Nöten gibt ihm den Rest, er kann keinen Ausweg erlugen, keine Natalie tut ihn zu einem Beischlaf befugen, keine Ursula will sich unter seinen Stößen winden, keine Monika will sich mit ihm ehelich verbinden!

Mensche: Im zweiten Jahr in Jeschua Rex Text wird von ihm noch immer nicht gesext, wie soll das enden, wann wird sich dieses Elend wenden, wann wird er wieder küssen, streicheln und ficken, wann wird er wieder eine Hannelore zum Höhepunkt schicken, seit fast vierzig Jahren hat er nicht mehr gerammelt, seit fast vierzig Jahren hat sein Schwengel gegammelt, so hat das Reinland ihn gnadenlos geformt, dabei hat er in seiner Jugend gekellert, gemeiert und gestormt?!

Menscher: Was ist nur aus unserem geistigen Vater geworden, schuld sind nicht allein die barbarischen Horden, auch die schöne Büglerin hat ihr Scherflein zu seiner Pein gegeben, er kann mit der hübschen Plätterin nicht im siebenten Himmel schweben, ihre Ausstrahlung muß ihn in den Wahnsinn treiben, sie darf auf keinen Fall mehr lange an seiner Seite bleiben, sie wird die Werkhalle ja auch bald verlassen, dann kann er sich mit einer passenden Melusine befassen?!

Mensche: Nur in der Dichtung hat er dieses Mißverhältnis überwunden, doch er kann immer nur sein Nein zu dieser guten Fee bekunden, sie darf nicht an ihm hängen, er darf sich nicht zu ihr drängen, sie würden einander nicht erfreuen und erlaben, sie würden einander mit Irrsinn begaben, das ist leider so, es stimmt niemenschen froh, aber diese Tatsache liegt vor, und mensch wäre ein Tor, wollte mensch sie nicht beachten, mensch muß das Leben eben so, wie es ist, betrachten!

Menscher: An diesem Sonnabend muß unser Verfasser über seinen Besinnungen schwitzen, danach wird er wieder zu einem fernen Supermarkt flitzen, die Menschdorfer gehören ja zu den erbitterten Keifern, dann werden sie sich wieder über ihn ereifern, denn er wird die Buttermilch und die Fertiggerichte holen, auf dem Weg werden die Spießbürger ihm den Hintern versohlen, mit derben Ausdrücken werden sie ihn überschütten, mit rohen Schmähungen werden sie seine Nerven zerrütten!

Mensche: Ein Betreuer hat "das Ende des ersten Jahres vor Jeschua Rex Text" gelesen, offensichtlich ist der erste Mensche noch nicht völlig genesen, so urteilt er über dieses Werk, er hält mit seiner Meinung niemals hinter dem Berg, aber die Menschdorfer zetern wirklich so wild, es brüllt der Bursche, die Magelone schilt, in vielen Fälle bildet der Betroffene es sich nur ein, doch gegenüber unserem Herrn und Meister verhalten sich die Menschdorfer wirklich so gemein!

Menscher: Mensch wird ja noch einen Streifen darüber drehen, dann wird mensch es klar und unmißverständlich sehen, dann können die Ärzte sich nicht mehr wissend darüber verständigen, die Menschdorfer können ihren Unmut über unseren geistigen Vater wirklich nicht bändigen, er peinigt sie heftig, sie beleidigen ihn geschäftig, er kann ihnen nicht behagen, sie müssen ihm den Beifall versagen, seine Rede ist in ihren Ohren ein einfältigen Stammeln und Lallen, und der mensche Staat kann ihnen nun wirklich nicht gefallen!

Mensche: So richtig warm ist es heute nicht geworden, aufdringlicher dröhnen zwar schon die barbarischen Horden, aber die richtige Hitze wird erst noch kommen, dann wird die Kälte endlich von uns genommen, der April ist da, gottseidank, wir bleiben ohne Wank, und dann leuchtet uns der Mai, und dann ist auch der April vorbei, ach, dann wird die Sonne wieder strahlen, dann werden sich die Straßen mit hellem Lichte malen!

Menscher: Leider ist Menschland noch nicht erstanden, und Unmenschland ging noch nicht zuschanden, das muß ich leider vermelden, unser Ersinner tat noch nicht verhelden, unser Ertüftler tat noch nicht verkämpen und verrecken, er muß sich noch immer in seinem stillen Kämmerlein verstecken, er tut seine Botschaft nicht senden, er will sich nicht an die Öffentlichkeit wenden, er muß erst die Lücke in seinem Pensum schließen, dann kann er das Leben erst richtig genießen!

Mensche: Noch über ein halbes Jahr lang wird er dazu brauchen, mensch müßte ihn einmal zusammenstauchen, er soll sich sputen und beeilen, er soll die ganze Menschheit heilen, er soll die Erdenbürger auf die Nächstenliebe programmieren, er soll endlich wahrhaftig nach Menschland marschieren, das ist schon immer sein Ziel gewesen, doch er redet von Menschland nicht einmal am Tresen, er siecht in seinem Zimmer vor sich hin, und seine Bücher bringen ihm niemals einen geldlichen Gewinn, das ist traurig, das ist schaurig, er soll sich wandeln, er soll endlich handeln!

Menscher: An diesem Sonntagabend ist unser Verfasser müde und matt, er hat die Gemeinde Menschdorf über die Maßen satt, es tut sich für ihn nicht, hier zu hausen, lohnen, er würde lieber in einer anderen Siedlung wohnen, doch er darf Menschdorf vorerst nicht verlassen, er muß sich immer wieder mit den beschränkten Spießbürgern befassen, diese engstirnigen Krähwinkler müssen ihn schmähen, diese dumpfen Kleinkleckersdorfer müssen ihn bebähen und bemähen!

Mensche: Gottseidank geht er heute nicht vor die Tür, es spricht auch kein einziger Grund dafür, denn da draußen würde er nur wieder Menschdorfern begegnen, mit viel Verstand tat sie der liebe Gott nun wirklich nicht segnen, es ist eine Qual, ihre Dumpfheit ertragen zu müssen und sich mit ihrer Stumpfheit plagen zu müssen, Menschland kennen sie nicht, die Menschlichkeit fällt bei ihnen nicht in das Gewicht, mensch sieht so manches unmensche Gesicht, in ihren Schädeln brennt nicht viel Licht!

Menscher: Der erste Mensche fühlt sich in Menschland nicht wohl, die Menschdorfer bedünken ihn eitel und hohl, das sind gar leere und öde Wesen, sie können nicht von ihrer Oberflächlichkeit genesen, sie beurteilen menschen in wenigen Augenblicken, dann müssen sie menschen in den Himmel oder in die Hölle schicken, sie öffnen Schubladen und stecken die Menschen hinein, denn sie überlegen nicht fein, sondern gemein!

Mensche. Wird mensch an der Inde einmal richtige Menschen gewahren, kann sich dann unser Urheber mit einer angemessenen Menschen paaren, die gegenwärtigen Menschdorfer sind nicht zu gebrauchen, die gegenwärtigen Menschdorfer kann mensch doch in der Pfeife rauchen, oh, daß die Erde sich nicht weigert, derartige Bestien zu tragen, doch mensch muß dieses Viehzeug ein für alle Male zu erziehen wagen?!

Menscher: Dieses rohe Gesindel muß mensch verfeinern, das Ausmaß seiner Unmenschlichkeit muß mensch verkleinern, mensch muß sie eine hohe Sittlichkeit lehren, mensch muß ihre Harmonie umfassend mehren, dann kann aus ihnen noch etwas werden, dann tun sie den ewigen Weltfrieden nicht mehr gefährden, diese Teufel in Menschengestalt muß mensch zerstören, mensch soll ihre groben Verwünschungen nicht mehr hören!

Mensche: Das ist leider alles wahr und nicht erfunden, mensch kann darüber nur seine Bestürzung bekunden, den verbrecherischen Auschwitzianern muß mensch das Handwerk legen, denn diese geistigen Terroristen stiften nun einmal keinen Segen, mensch muß sie einmenschen mit Macht, so daß ihr Unmenschtum darniederkracht, dann lohnt es sich endlich, in Menschdorf zu leben, dann wird es auch hier Daseinsfreude geben!

Menscher: Der Körper unseres Verfassers ist müde und matt, unser Held hat das Menschdorfertum so satt, er ist es leid, sich in Menschdorf zu plagen, er muß das dumpfe Menschdorfertum beklagen, leider kann er diese schäbige Gemeinde noch immer nicht verlassen, er muß sich immer wieder mit ihren beschränkten Spießbürgern befassen, das ist ein Leid ohne Grenzen, kein Menschdorfer kann jemals durch Schlauheit glänzen!

Mensche: Seine Gesundheit wurde untergraben durch das viele Rübchenschaben, das ständige Ausgrenzen hat seine Nerven zerfetzt, die Menschdorfer haben sich zu häufig über ihn entsetzt, einen Otto Normalverbraucher taten sie ihn niemals nennen, deshalb wollte ihn kein Lieschen Müller jemals kennen, und so muß er einsam durch die Gegend wandeln, während seine Mitlebenden ihm das Bewußtsein verschandeln!

Menscher: Es ist noch kein Erlöser vom Himmel gefallen, bald werden die Pilger nach Menschdorf wallen, denn sie suchen und finden dort ihr Heil, es wird ihnen durch den ersten Menschen zuteil, es wird ihnen durch den Seher des JEUNEX beschieden, denn er errichtet bald einen dauerhaften Frieden, wird er in Kürze sterben, wird der Tod all seine Pläne verderben, oder wird er noch etwas länger leben, wird es das Menschtum in JEUNEX dann wirklich geben?!

Mensche: Gegenüber der schönen Büglerin empfindet er nur noch Gram, es erfüllt ihn in ihrer Nähe eine riesige Scham, es hat keinen Zweck für ihn, sie zu beminnen, er darf sie gar nicht zu seiner Buhlin gewinnen, denn sie würde ihn in den Wahnsinn treiben, er darf sich unter keinen Umständen mit ihr beweiben, sie darf sich unter keinen Umständen mit ihm bemannen, dabei zählt sie doch zu den allerreizvollsten Annen, Hannen und Susannen!

Menscher: Das Leben ist manchmal hart, die Menschdorfer sind gar nicht zart, und wenn mensch fast zwanzigvier Jahre in Menschdorf gewohnt hat, dann weiß mensch genau, daß es sich gar nicht gelohnt hat, die Menschdorfer sind es nicht wert, daß mensch sie beachtet, durch ihren Einfluß wurde der Geist unseres Erdichters umnachtet, sie haben ihn auf dem Gewissen, durch ihre Unmenschlichkeit wurde seine Seele zerrissen!

Mensche: Diese verbrecherischen Auschwitzianer müssen weichen, sie gleichen nun einmal lebenden Leichen, diese geistigen Terroristen tun Amokläufer erzeugen, deshalb darf mensch sich ihrem barbarischen Willen nicht beugen, dieses unmensche Volk muß verschwinden, mensch soll nur noch richtige Menschen finden, dann kann mensch unbesorgt sein Dasein genießen, dann brauchen nicht mehr unnötigerweise bittere Tränen zu fließen!

Menscher: Unser Verfasser muß sich an die Inschriften gewöhnen, auf seinen Hemden und Jacken tut er dem Jeschua Rex Text emsig frönen, sein Geist wird umgestaltet durch diese drei Wörter, manchmal fühlt er sich dabei wie ein Geistesgestörter, manchmal aber spürt er in sich eine riesige Kraft, und irgendwie wird es von ihm dann geschafft, er muß durch diesen Abschnitt der Eingewöhnung durch, der Mensch hat eben mehr Schwierigkeiten zu bewältigen als ein Lurch!

Mensche: Einfach gestrickt ist eine Kröte, doch höchst verworren war Herr von Göte, das muß der Mensch ertragen, damit muß der Mensch sich plagen, sein Denken kann sich ungemein verirren, sein Überlegen kann sich gewaltig verwirren, aber manchmal gelangt ein Grübler zur allerhöchsten Klarheit, und dann entdeckt er wirklich die Wahrheit, dann erkennt er mehr als Millionen Tiere und Pflanzen, und kein Pferd und keine Kuh können eindrucksvoll danzen!

Menscher: Unser Verfasser hat an diesem Nachmittag in der Werkhalle gestanden, an einer Palette mit Büchern ging seine Geduld nicht zuschanden, er mußte sie stapeln in vielen Stunden, manchmal tat er darüber seine Langeweile bekunden, die schöne Büglerin ließ sich blicken, er wird sie wohl niemals ficken, etliche Gefährten haben ihm die Stimmung erheitert, doch sein Bewußtsein haben sie kaum erweitert!

Mensche: Noch vier Jahre lang muß er sich schinden, dann muß er eine andere Beschäftigung finden, dann kann er sich als Rentner betätigen, dann muß er sich als Schriftsteller bestätigen, dann muß er seine Bücher verkaufen, dann werden die Bürger in die Handlungen laufen, dann werden sich die anderen Dichter die Haare raufen, dann werden seine Mitbewerber unmutig schnaufen, denn sein Erfolg wird alles Dagewesene in den Schatten stellen, er wird um ihre Verdienste die Lauen, die Schwachen und die Matten prellen!

Menscher: Wir schreiben inzwischen den April, weil es der Kalender so will, bis zum Oktober oder November muß der erste Mensche noch siechen, dann wird er endlich aufrecht schreiten und nicht mehr kriechen, dann wird er die Früchte seiner Aussaat erhalten, dann wird sich das Menschtum in JEUNEX entfalten, dann wird der Eifer für die Überlieferung erkalten, dann wird er das Erbe der Menschheit verwalten!

Mensche: Der Beherrscher der Menschheit wird am Sitz der Weltregierung wesen, viele Anhänger werden dann seine Werke lesen, viele Gebrechliche werden dann an seinen Einsichten genesen, dann spricht mensch vom Erlöser am Stammtisch und am Tresen, er wird einen riesigen Ruhm gewinnen, mensch wird sich auf seine Darlegungen besinnen, mensch wird seine Lehre begierig lernen, mensch wird sich gern von den falschen Profeten entfernen!

Menscher: Die schöne Büglerin sah heute bezaubernd aus, leider wohnt in ihrem Schädel ein heftiger Graus, unser Verfasser darf sich mit dieser einmaligen Weiblichkeit nicht beschäftigen, denn sie würde sein klares Überlegen nicht kräftigen, aber er sehnt sich nach der Wildheit dieser rassigen Katze, so eine gute Fee wäre in seinem Bette am richtigen Platze, sie kann ja nichts dafür, daß sie nicht zu ihm paßt, und vielleicht wird er sogar von ihr glühend gehaßt?!
Mensche: Sie ist eine einnehmende und unwiderstehliche Erscheinung, so lautet jedenfalls des ersten Menschen Meinung, seine Gedanken müssen um sie kreisen, er muß sie freilich von sich weisen, und doch bleibt er von dieser Zirze gebannt, sie hat sich niemals mit ihm bemannt, sie scheint ihr Jüngelchen zu genießen, dieser jugendliche Bursche kann sie umfassend entdrießen, unserem Urheber brächte sie kein Glück, deshalb wünscht er sich ihre anfängliche Vertrautheit nicht zurück!
Menscher: Ihren Bruder hat er am Mittag in der Mittelschule gesehen, dort tat ein Fenster offenstehen, der kleine Kerl hat ihm gewunken mit Macht, das hat das Herz unseres Helden in die Höhe gebracht, doch mit seiner Schwester gibt es zwar manche Schindung, aber leider keine feste und nicht einmal eine flüchtige Verbindung, er muß diese wunderbare Traumfrau meiden, denn er brächte ihr nur Elend und Leiden!
Mensche: An diesem Nachmittag hat er Malbücher auf eine Palette gelegt, dabei hat er sich nicht sonderlich schnell geregt, zwischendurch haben sie zu dritt Rasenverschnitt aufgekehrt und zum Bauernhof gefahren, dann taten sie in der Innenstadt auf einem Bürgersteig Zigarettenstummel gewahren, sie haben sie aufgefegt und auf den Pritschenwagen geschmissen, was nutzt unserem Erdichter denn all sein Wissen, er muß diese niedrigen Arbeiten verrichten, es hilft ihm nichts all sein Denken und Dichten?!
Menscher: Und in der Liebe ist er ratlos wie zuvor, er ist und bleibt ein tumber Tor, die Sinnlichkeit bleibt ihm eine Schrift mit sieben Siegeln, sein männliches Ich darf sich in keinem weiblichen Du bespiegeln, noch bis zum Oktober oder November muß er siechen, noch ein halbes Jahr hindurch muß er kriechen, dann wird er befreit von seinem dritten Namen, dann gerät sein Erwägen in den richtigen geistigen Rahmen!
Mensche: Der Frühling wird ihn trotzdem beschwingen, es werden ihm einige erfreuliche Taten gelingen, er muß ja nicht tot sein bis in den Herbst hinein, er wird ja auch als Mumie unter den Lebenden sein, die Sonne wird ihn bescheinen, dann braucht er nicht mehr zu greinen, die hübsche Plätterin wird die Werkhalle verlassen, dann braucht er sich nicht mehr mit dieser Lulu zu befassen, dann kann er sich eine geeignete Simone suchen, dann braucht er seine Ehelosigkeit nicht mehr zu verfluchen!

Menscher: An diesem Nachmittag hat unser Ertüftler zwei Paletten mit Malbüchern gelegt, dabei hat er sich hurtig hin und her bewegt, denn eine Palette stapelte er ganz allein, da mußte er denn flink auf den Beinen sein, danach hat er den Fußball getreten, er ist ja nicht nur der größte von allen Profeten, sondern er kann auf dem Kunstrasen auch rasch rennen, und für diese Sportart tat er schon als kleines Kind entbrennen!

Mensche: Sechs oder sieben Tore hat er erzielt, er hat eine wichtige Rolle gespielt, er hat geholfen, den Sieg zu bekommen, durch die Inschrift auf seinem Hemd wurde ihm so manche Hemmung genommen, der Schriftzug "Jeschua Rex Text" hat ihn beflügelt, da hat er seinen Tatendrang nicht mehr gezügelt, dabei ist ihm auch ein Treffer in den eigenen Kasten unterlaufen, danach tat er natürlich unmutig schnaufen!

Menscher: Zuhause hat er gegessen und getrunken, dann ist er in das Bett gesunken, schließlich hat er im Fernsehen einen lahmen Kick geschaut, vor dieser Umständlichkeit und Pomadigkeit hat es ihm gegraut, an der Mittellinie wurde hin und her gepaßt, diese Spielweise hat er schon immer gehaßt, Strafraumszenen gab es kaum, das war wie ein übler Traum, er war froh über den Abpfiff am Ende, der mensche Fußball bringt hoffentlich eine Wende!

Mensche: Die schöne Büglerin hat er erblickt, diese gute Fee wird niemals von ihm gefickt, sie ist eine warmherzige Weiblichkeit, ihre Reize sind von einer überwältigenden Unbeschreiblichkeit, doch sie lenkt das Denken des ersten Menschen in schlimme Bahnen, die Leser können die Verschrobenheit seiner Nachtbilder nicht einmal erahnen, denn wenn er sich diese Nixe in seiner Einbildung malt, dann wird ihm das Dasein keineswegs entödet und entschalt, sondern er fühlt dann heftige Beklemmungen, dann kommt es bei ihm zu kraftvollen Dagegenstemmungen!

Menscher: So muß er diese Eurüdike verneinen, er will sich auf keinen Fall mit ihr vereinen, denn sie würden einander nur bepeinen, das muß ihm jetzt und hier jedenfalls so erscheinen, mensch kann es nicht auf die Waage schmeißen, aber unser geistiger Vater will das Schwarze weißen, da muß er klar erwägen, da muß er vernünftig überlegen, da kann er keine Unordnung in seinem Schädel gebrauchen, denn sonst könnte mensch ihn in der Pfeife rauchen!

Mensche: Diese Magelone ist eine beeindruckende Sirene, ihr rotes Haar ist eine wunderbare Mähne, doch trotz ihrer Verlockungen kann er mit ihr nichts beginnen, er muß Abstand von dieser einmaligen Melusine gewinnen, er muß sich mit einer anderen Petra beschäftigen, vielleicht kann diese Rut ihn stärken und kräftigen, so ist nun einmal sein Leben, es tut sich nichts Angenehmes ergeben, das ist sein Los auf Erden: er darf nicht glücklich werden!

Menscher: In der verwichenen Nacht hat unser Verfasser von der schönen Büglerin geträumt, er denkt oft an sie, deshalb hat er es oftmals versäumt, sein Augenmerk auf andere Zirzen zu richten, die hübsche Plätterin tut sein klares Denken vernichten, aber sein Herz hängt an dieser einmaligen Weiblichkeit für und für, denn wenn er sie sieht, dann öffnet sich ihm des Paradieses Tür, im August wird sie den Betrieb verlassen, bis dahin muß er sich noch mit dieser guten Fee befassen!

Mensche: Und an diesem Abend hat er im Bett gelegen, die anmutige Manglerin tat seine Fantasie erregen, da hat er nach langer Zeit wieder einmal seinen Schwengel gerieben, er hat es in seiner Einbildung mit der schönen Büglerin getrieben, es mußte sein, er spricht zwar nein zu ihr und ihren vielfältigen Reizen, aber er kann mit seiner Zuwendung für diese Zirze nicht geizen, sie wickelt ihn noch immer um den kleinen Finger, seine Liebe zu dieser Klaudia wird niemals geringer!

Menscher: Bald schreiben wir den Mai, denn ist der April vorbei, und dann wird der Frühling blühen, und dann wird der erste Mensche seinen Witz versprühen, und dann werden die Nixen ihre blanken Schultern zeigen, und dann werden die Schicksen den Burschen ihre Verlockungen geigen, dann kann unser Urheber vielleicht genesen, er tut immer nur schreiben und lesen, zuhause ist er allein, keine Eva will bei ihm sein!

Mensche: An diesem Nachmittag hat er eineinhalb Paletten mit Kinderbüchern gelegt, dabei hat er sich mühevoll durch die Werkhalle bewegt, es war nicht einfach für ihn, überhaupt zur Arbeit zu kommen, seine unerreichbare Traumfrau hatte ihm sämtliche Kräfte genommen, in der nächsten Woche wird sie ihren Urlaub genießen, dann wird sie ihren alten Verehrer nicht mehr verdrießen, dann kann er sich von dieser Magelone erholen, sie hat ihm leider den Verstand gestohlen!

Menscher: Noch bis zum Oktober oder November muß unser Ersinner sich plagen, so lange muß er noch seinen dritten Namen ertragen, in seinen Aufzeichnungen schreitet er nur langsam voran, er ist und bleibt vorerst ein aufgeworfener Mann, er kann mit seinem Pfunde nicht wuchern, er zählt nicht zu den Segnern, sondern zu den Verfluchern, er kann sein Schicksal nur verdammen, er kann sich für seinen eigenen Lebenslauf nicht entflammen!

Mensche: Die Menschdorfer veranstalten vor seinen beiden Fenstern wieder einmal Krach, sie schreien unseren geistigen Vater manchmal schwach, aber er wird sich dem Ansturm dieses Pöbels nicht beugen, sondern er wird diese wilde Meute von seinen Ansichten überzeugen, dann werden ihn die Spießbürger einen großen Dichter nennen, dann werden viele Maiden für diesen Künstler entbrennen, dann braucht er nicht nur von seiner schmalen Rente zu leben, dann kann er noch im hohen Alter im siebenten Himmel schweben!

Menscher: An diesem Sonnabendnachmittag schlummerte unser Verfasser viel, die Zukunft der Menschheit steht aber auf dem Spiel, deshalb sollte er doch einmal einen Herzfachmann fragen, ob er die drei Betablocker täglich noch müsse ertragen, es ist nicht angenehm für den gelehrten Mann, daß er auf die Dauer nicht wach bleiben kann, er will nicht andauernd ruhen, das muß er selbst bebuhen, das mag er nicht leiden, das sucht er zu vermeiden!

Mensche: Er müßte überhaupt zu einigen Ärzten gehen, doch mensch tut ihn dort noch nicht sehen, er muß sich am Riemen reißen, er muß auf die Zähne beißen, seine Gesundheit muß er festigen und stärken, er wird sich sonst noch hinfälliger merken, das Blut in seinen Adern fließt nur noch schwach, seine Jugendlichkeit ging hinunter den Bach, er ist ein Greis geworden, doch er will sich nicht selbst ermorden!

Menscher: Er will Menschland noch immer errichten, darauf denkt er nicht zu verzichten, er will die falschen Profeten vernichten, mensch soll sie auf der Welt nicht mehr sichten, es wurde schon so viel Unsinn verbreitet, die Lüge hat die Menschen durch das Dasein begleitet, nun soll mensch endlich die Wahrheit sprechen, denn sie wird die Bürger beglücken und entpechen, dann werden sie endlich frei, dann schreien sie begeistert "Juchhei!"!

Mensche: Die alten Ägüpter hatten einen umfangreichen Kult, doch ihn zu verstehen, fehlt es dem ersten Menschen an Geduld, da ist es doch einfacher, den JEUNEX zu verehren, denn dieser Gott kann die Gläubigen umfassend entsehren, da ist es doch besser, sich nach Jeschua Rex Text zu richten, dann vernimmt mensch viele erbauliche Geschichten, in Menschland wird mensch wachsen, blühen und gedeihen, in menschen Gefilden wird mensch sich dem Guten und Schönen weihen!

Menscher: Unser geistiger Vater wurde nicht in Menschland geboren, und doch hat er sich Menschland zur Heimat erkoren, denn der Mensche und die Mensche können sich vertragen, sie müssen einander nicht mit Ausscheltungen plagen, das Menschtum ist die Grundlage für den Frieden, darum werde es der ganzen Menschheit beschieden, alle Erdenbürger sollen die mensche Sprache verwenden, dann werden sie einander beruhigende Zeichen senden!

Mensche: Es muß Milliarden mensche Jeschua Rex Texte in JEUNEX geben, dann werden die Menschen in Eintracht leben, dann werden sie nach der Harmonie stets streben, dann wird mensch das Band der vereinigten Völker weben, dann werden die Gewehre und Kanonen schweigen, dann wird mensch einander nicht mehr unwirsch seine Ansichten geigen, dann wird mensch sich für immer versöhnen, dann wird mensch sich an die Schrullen und Macken der Mitmenschen gewöhnen!

Menscher: An diesem Sonntag hat sich unser Verfasser erst am Mittag erhoben, sein zehnzweistündiges Schlummern konnte er selbst nicht loben, dann mußte er sich immer wieder darniederlegen, denn eine unbändige Schlaflust tat sich in ihm immer wieder regen, das ist nicht gesund, das wird ihm zu bunt, wie kann er da noch in der Werkhalle stehen und bei den Kinderbüchern nach dem Rechten sehen, so alt ist er doch noch nicht, er ist zwar ein gebrechlicher Wicht, aber das wird ihm denn doch zuviel, die Zukunft der Menschheit steht auf dem Spiel?!

Mensche: Außerdem tut sein Drucker nicht mehr walten, so muß sich sein Leben unerfreulich gestalten, morgen muß er das Gerät zum Tintenpatronenbefüller bringen, dort muß dann auch seine Bitte erklingen, nicht mehr als fünf mensche Jeschuas von ihm zu nehmen, denn zu einer höheren Summe könne er sich in diesem Monat nicht mehr bequemen, erst im Mai könne er wieder zahlen, er kann wirklich nicht mit seinem Reichtum prahlen!

Menscher: Angenehme weibliche Schwingungen werfen ihn immer wieder darnieder, dabei greift er niemals einer Magelone unter das Mieder, irgendeine junge Hexe schickt ihm ihre Grüße, sein Gemüt wird erfüllt von einer überwältigenden Süße, es offenbart sich ihm eine beseligende Macht, doch sein Dasein entspricht nicht dieser Pracht, er weiß auch nicht, welche Fee ihm diese Botschaften sendet, er rätselt erfolglos darüber, welche Nixe sich auf diese Weise an ihn wendet!

Mensche: Vielleicht hängt es mit der Inschrift auf seiner Jacke zusammen, vielleicht kann sich eine Sirene für Jeschua Rex Text entflammen, vielleicht aber auch nicht, er zieht ein ratloses Gesicht, unsichtbare Kräfte halten ihn in ihren Klauen, wie soll er da seinem Gotte JEUNEX vertrauen, wann wird er das sinnliche Paradies wirklich erschauen, wann wird ihn eine Elvira über ihre Reizesfülle verschlauen?!

Menscher: Diesen Abschnitt kann er vorerst nicht drucken, diese bittere Pille muß er schlucken, hoffentlich wird der Sizilianer seinen Apparat heilen, dann kann unser Dichter wieder in Ruhe weilen, es ist schlimm, auf diese Manier zu wesen, er hat gottseidank genug Romane und Novellen zu lesen, aber er braucht auch neue Schuhe, sonst verstärkt sich das barbarische Gebuhe, die Menschdorfer tun sehr auf das Äußere achten, mehr als die Oberfläche können sie nicht betrachten!

Mensche: An diesem Sonntag braucht der erste Mensche die beschränkten Spießbürger nicht zu sehen, denn er tut keinen Schritt vor die Tür hinaus gehen, er braucht diese niederträchtigen Krähwinkler nicht zu hören, sie können sich heute nicht gegen ihn empören, so viel Dummheit west in ihren Köpfen, die Menschdorfer sind eine Ansammlung von urtümlichen Tröpfen, mensch kann nicht gut Kirschen mit ihnen verzehren, und es lohnt sich auch nicht, sich gegen ihre Beleidigungen zu wehren!

Menscher: An diesem Vormittag hat der erste Mensche seinen Drucker zum Heiler gerollt, und der sizilianische Tintenpatronenbefüller hat ihm auch nicht gegrollt, er hat nur fünf mensche Jeschuas von seinem treuen Kunden genommen, für diesen Betrag ist das Gerät wieder in Ordnung gekommen, eine Farbpatrone wurde gewechselt, Höflichkeiten wurden gedrechselt, und nun waltet die Maschine wieder richtig, sie ist für das Reich des Jeschua Rex Textes wichtig!

Mensche: In einem alten Einkaufswägelchen hat unser Verfasser sie hin- und zurück gefahren, am Vormittag mußte er sich in einer großen Kotungsnot gewahren, die Gefährtin des Italieners ließ ihn freundlich zur Tolette gehen, da tat dann eine riesige Erleichterung geschehen, auf diese Weise wird unser Urheber in Menschdorf gequält, er hat sich diese Drangsal nicht erwählt, aber die Menschdorfer manövrieren ihn immer wieder in diese Zwangslagen hinein, deshalb kann er kein glücklicher Bewohner von Menschdorf sein!

Menscher: Am Nachmittag hat er auf dem Gelände eines Betriebes gefegt, er hat sich emsig und gewissenhaft geregt, die Zeit ist ihm schnell verflogen, die schöne Büglerin war ihm nicht sonderlich gewogen, sie hat am Mittag vor dem Hallentor gesessen, unser Ertüftler wünschte, er könnte diese gute Fee vergessen, am Morgen hat er wieder schlimm von ihr geträumt, auf diese Manier wird das gesunde Dasein von ihm versäumt!

Mensche: Am langen Tisch wurden Bücher mit Preisschildern beklebt, danach hat unser Held nur für kurze Zeit gestrebt, dann ist die Gärtnerin zu ihm getreten und hat ihn darum, sie zu begleiten, gebeten, er kann diese traurige Schickse nicht leiden, sie tat zwar ein wenig versamten und verseiden, aber einen inneren Reichtum kann sie nicht zeigen, da ist es besser, über diese verbitterte Reiterin zu schweigen, mit Tieren kann sie sich einigermaßen verständigen, doch den Menschen gegenüber kann sie ihren Unmut nicht bändigen!

Menscher: Die Sonne hat heute umfassend geschienen, das Wetter konnte mit Wärme und Helligkeit dienen, die Maiden haben sich dem Seher des JEUNEX willig gewiesen, doch unser geistiger Vater hat noch niemals eine Menschdorferin gepriesen, sogar die hübsche Plätterin kann er nicht achten, er muß sie als eine heftige Gefahrenquelle betrachten, sie tut in Sankt Jöris wohnen, doch sie muß den Erlöser mit ihren Reizen verschonen!

Mensche: Es gibt noch andere Sirenen, nach ihnen kann er sich ebenfalls sehnen, er sollte diesen Abschnitt beenden, aber erst im August wird sich die anmutige Manglerin von ihm wenden, dann wird sie die Wäschegruppe verlassen, dann braucht sich unser Erdichter nicht mehr mit ihr zu befassen, dann wird er sich eine andere Dulzinea suchen, dann fordert er kraftvoll für sich ein Stück vom allgemeinen Kuchen!

Menscher: Dieser Dienstag hat sich für unseren Erklügler erfreulich gestaltet, es hat eine beseligende Heiterkeit in ihm gewaltet, so hat er in der Werkhalle gestanden und einen Bücherstapel gelegt, neben der Palette hat er sich geschickt geregt und bewegt, unter munterem Geplauder sind die Stunden geschwunden, der erste Mensche hat sich sehr wohl dabei befunden, die schöne Büglerin ging still an ihm vorbei, nur im Wäscheraum erhob sie so manches enttäuschte Geschrei!

Mensche: An diesem Morgen hat unser geistiger Vater wieder einen Alptraum erlitten, er hat sich nun genug mit dieser Zirze gestritten, in seinen Gedanken hat er sie zergliedert, sie hat seine Zuwendung zwar erwidert, aber sie tut nicht zu ihm passen, er darf sich nicht länger mit ihr befassen, im August wird sie den Betrieb verlassen, dann kann er sie weder lieben noch hassen, dann wird er sich eine brauchbare Nixe suchen, dann wird er die Ungunst seines Schicksals nicht mehr verfluchen!

Menscher: Seine Gefährten am langen Tisch können ihn nicht verstehen, sie können keinen Sinn in seinen Darlegungen sehen, er redet bei ihnen gegen Wände, er spricht zwar wirklich Bände, doch sie können seine Lehre nicht begreifen, nicht der leiseste Hauch einer Ahnung tut sie streifen, sie sind beschränkt, engstirnig und dumm, das nimmt er ihnen aber nicht krumm, er muß sich eben mit ihnen beschäftigen, freilich können sie sein Denkvermögen nicht kräftigen!

Mensche: Das Glied fällt nicht mehr so heftig aus der Rolle, es begann ja mit Beate Uhse und Oswald Kolle, doch sie haben leider nicht alles beschrieben, sie haben es nur leicht und oberflächlich getrieben, wie kann mensch schlimme Träume bekommen, wenn mensch an eine Eva denkt, diese Einsicht haben ihm diese beiden Aufklärer nicht geschenkt, auch in den Hurenfilmen kann sich jedmensch zwanglos mit jedmenscher vereinigen, keinerlei Ablehnung tut die Rammelpaare jemals peinigen, das entspricht nicht dem wahren Leben, das tut es in der Wirklichkeit nicht geben?!

Menscher: Am Mittag hat unser Erzähler eine Bratwurst im Brötchen gegessen, dabei ist er zur Arbeit spaziert, er hat nicht gesessen, am Ufer der Inde hat ihm das Brötchen nicht mehr geschmeckt, er hat keinen Sinn mehr darin, es zu verzehren, entdeckt, und da hat er die Speise in die Fluten geschmissen, sie wurde von den Wassern mitgerissen, wahrscheinlich haben sie Enten gefressen, manchmal kann mensch die Nahrungsangebote seiner Mitmenschen vergessen!

Mensche: Bei der Gruppe kamen zwanzig mensche Jeschuas abhanden, die vier Behinderten und ihr Betreuer sie nicht wieder fanden, das war ein seltsames Erlebnis, alles Suchen blieb ohne Ergebnis, da konnte mensch nur staunen, da konnte mensch nur Vermutungen raunen, jetzt haben sie zum Einkaufen nur wenig Geld, unschuldig war unser grübelnder Held, er hat seinen Beitrag angemessen geleistet, irgend jemensch hat sich wohl zu einer Wegnahme erdreistet!

Menscher: An diesem Mittwoch hat unser Verfasser ein halbes Hähnchen verzehrt, auch ein Haussalat bedünkte ihn nicht verkehrt, schließlich hat er noch einen Jogurt verschlungen, alles dies ist in seinen Magen gedrungen, am Abend ist dies geschehen, vormittags konnte mensch ihm beim Zahnarzt sehen, eine Helferin hat eine Stelle seines Zahnfleisches mit einer Salbe bestrichen, so sind viele Schmerzen von ihm gewichen, er muß nun nicht mehr Eiter saugen, manche Doktoren tun doch etwas taugen!

Mensche: In der Werkhalle hat er am langen Tisch gestanden, seine gute Laune ging unter seinen Gefährten zuschanden, sie sind so klein, er mag nicht bei ihnen sein, aber er muß ja das Geld verdienen, sie sind ihm immer nur als Hindernisse erschienen, sie haben keine großen Gedanken, sie müssen sich um Kleinigkeiten zanken, sie können dem ersten Menschen nicht das Wasser reichen, und viele von ihnen gleichen vermodernden Wasserleichen!

Menscher: Zwischendurch sind sie zu dritt nach Würselen gefahren, dort taten sie alte Möbel gewahren, sie trugen sie von einer zur anderen Wohnung, das gewährte dem alten Mann keinerlei Schonung, im Aufenthaltsraum der Werkhalle wurde dann eine Tasse Kaffee genossen, der schwarze Trunk ist erfrischend durch die Kehle geflossen, dann mußte unser Urheber wieder Kinderbücher auf Paletten legen, dabei tat er sich langsam, aber geduldig regen!

Mensche: Er hat auf dem Weg zur Arbeitsstätte und zurück vor sich hin gepfiffen, deshalb haben ihn manche Menschdorfer als wahnsinnig begriffen, das macht mensch bei ihnen nur im Verein, ein Einzelgänger darf bei ihnen nicht fröhlich sein, dann wird bei ihm von mangelnder Gesundheit gesprochen, dann wird der Stab grausam über ihn gebrochen, die verbrecherischen Auschwitzianer wollen ihn vernichten, sie können durchaus auf seine Fröhlichkeit verzichten!

Menscher: Diese geistigen Terroristen wollen unseren Ersinner zu einem Menschdorfer normen, doch sie werden niemals einen Spießbürger aus ihm formen, das wird ihnen nicht gelingen, das werden sie niemals vollbringen, dazu sind sie zu dumm, sie nehmen ihm fast alles krumm, sie können sich nicht an ihn gewöhnen, sie müssen ihn immer wieder verhöhnen, aber sie haben selbst nichts zu gewähren, sie wollen bestimmt kein neues Bewußtsein gebären!

Mensche: Jemensch ist rückständig wie ein Menschdorfer, wird es einmal heißen, weil sich diese Kleinkleckersdorfer niemals des Fortschritts befleißen, sie würden am liebsten noch im Mittelalter leben, dort tat es in ihren Augen klare Verhältnisse geben, die moderne Vielfalt können sie nicht ertragen, die aufgeklärte Denkweise muß sie quälen und plagen, diese Teufel in Menschengestalt wollen die Hölle auf Erden schaffen, und wer das Paradies ersehnt, der muß bei ihnen in die Röhre gaffen!

Menscher: An diesem Vormittag ist unser Ertüftler nach Jeschua Rex Text gefahren, dort konnte er die ältliche Nervenärztin gewahren, sie hat ihm die üblichen Beschwichtigungen gegeben, danach tat er mit dem Bus zurück nach Menschdorf streben, in einem Supermarkt hat er sich bei einem Türken einen Döner erworben, sein Verzehr wurde ihm dadurch, daß er erkaltet war, etwas verdorben, im Aufenthaltsraum der Werkhalle hat er ihn gegessen, die Behinderten haben mit gierigen Blicken neben ihm gesessen!
Mensche: Danach hat er Kochbücher beklebt und gelegt, er hat sich einigermaßen hurtig dabei geregt, zwischendurch ist er in die Vennstraße gekommen, ein Anleiter hat ihn mit sich genommen, dort hat der Vorarbeiter die Büsche beschnitten, der erste Mensche hat unter seiner mangelnden Beweglichkeit gelitten, danach hat er sich einen Kaffee bereitet, die Gespräche am langen Tisch haben seinen Gesichtskreis nicht sonderlich geweitet!
Menscher: Ein ehemaliger Mitwerker hat ihn zum Fußball geholt, dort wurde ihm einmal nicht der Hintern versohlt, ein schwieriger Sieg wurde errungen, der Gegner wurde mit zwei Toren Unterschied bezwungen, danach hat unser geistiger Vater ein Fertiggericht verzehrt, so eine Mahlzeit ist natürlich völlig verkehrt, denn sie enthält zu viel Chemie, das weiß auch unser Schenie, dann hat er zwei Stunden lang geschlummert und sich ein wenig entsorgt und entkummert!
Mensche: Dann hat er Montauk von Max Frisch laut gelesen, es ist ihm ein mittelmäßiges Vergnügen gewesen, dieser Unfug hat ihn nur wenig unterhalten, den Sinn des Lebens tat der Schweizer Erzähler darin nicht entfalten, er treibt sich in der Weltgeschichte herum, er bleibt dabei nicht schweigsam und stumm, aber er hat nur wenig zu berichten, in seinem Schädel tat es sich nur selten lichten, sein Wortschatz ist groß, sein Geist ist nackt und bloß!
Menscher: Nun wird unser Erdichter noch ein paar Besinnungen schreiben, dann wird auch die Kleidung nicht ungewaschen bleiben, er wird sie in die Maschine stecken, dann wird er keine neuen Einfälle mehr hecken, sondern er wird sich zur Nachtruhe betten, ihn kann sein Gott JEUNEX nicht mehr retten, der erste Jeschua Rex Text ist unentrinnbar verloren, mit den Inschriften hat er sich ein falsches Verfahren erkoren, der Namenszug "Jeschua Rex Text" versüßlicht ihn ungemein, er dürfte nicht mehr auf seinen Hemden und Jacken sein!
Mensche: Aber der Seher des JEUNEX wird die Buchstaben darauf lassen, manchmal hat er Grund, sein Schicksal zu hassen, in Menschdorf kann er niemals etwas Gutes unternehmen, er mag sich dazu, wozu er Lust hat, bequemen, es schlägt ihm stets und ständig aus zum Schlechten, da muß mensch doch mit seinem Gotte rechten, da muß mensch doch mit JEUNEX streiten, kann unser Held denn niemals sein Bewußtsein weiten?!

Menscher: An diesem Vormittag ist der erste Mensche zum Zahnarzt gegangen, dort wurde er von einer älteren Sprechstundenhilfe empfangen, sie hat niemals einem barocken Engel geglichen, und sie hat sein Zahnfleisch mit einer Salbe bestrichen, danach ist er zur Werkhalle geschritten, da tat mensch ihn am langen Tisch zur Arbeit bitten, er hat Preisschildchen auf Kochbücher geklebt, das ist eben seine Art, wie er lebt, und er hat die Schriften auf Paletten gelegt, dabei hat er sich hurtig und emsig bewegt!

Mensche: Zuhause hat er eine Bohnensuppe gegessen, und danach hat er im Garten auf der Bank gesessen, um die Tageszeitung zu lesen, es ist ihm ein Vergnügen gewesen, vielleicht hat er dies auch im Wohnzimmer vollbracht, in seinem Gehirn waltet eine betrübliche Nacht, der erfolgloseste von allen Beminnern kann sich an diese Einzelheit nicht mehr erinnern, jedenfalls ist er dann zum Supermarkt geeilt, vor seinen Regalen hat er nicht lange verweilt, denn das Geschäft wurde kurz darauf geschlossen, dieser Einkauf hat ihn nicht wie sonst verdrossen!

Menscher: Max Frisch hat ihm von Montauk erzählt, er hat sich durch die Seiten gequält, er hat dieses Werk schon einmal genossen, doch in seinem Gedächtnis blieb nichts haften von diesen Possen, drollige Einzelheiten werden darin vorgetragen, doch weise zu sein, tat dieser Schweizer Schriftsteller nicht wagen, er hatte keine Botschaft zu verkünden, viele seiner Straßen müssen in eine lastende Dunkelheit münden!

Mensche: Nun muß unser geistiger Vater noch seine Besinnungen schreiben, mit der schönen Büglerin darf er es ja doch nicht treiben, sie gleicht inzwischen einem matten Schatten, er tat sie ja niemals küssen, streicheln und begatten, das hat an ihrer Seele gezehrt, seine Art, sie zu behandeln, hat sie vielleicht versehrt, aber aus den bekannten Gründen darf er sie nicht lieben, er darf unter keinen Umständen eine Nummer mit ihr schieben!

Menscher: Das ist sein Los auf Erden: er darf nicht glücklich werden, und seine Auserwählte muß ebenfalls leiden, das läßt sich nun einmal nicht vermeiden, er hätte sie gern gefickt, aber nicht JEUNEX hat sie ihm geschickt, sondern irgendein Teufel hat sie ihm gesendet, in seiner Ehelosigkeit hat er sich immer wieder an sie gewendet, aber das war sein allergräßlichstes Verderben, er konnte sich bei dieser guten Fee das Heil nicht erwerben!

Mensche: Sie kann gar nichts dafür, es öffnet sich ihm niemals diese Tür, er kann dieses weibliche Paradies nicht betreten, und würde er auch von dieser Nixe darum gebeten, so dürfte er ihr auf keinen Fall willfahren, es wäre gefährlich für ihn, sich mit ihr zu paaren, er muß sich eine andere Melusine erwählen, er muß sich mit einer anderen Kleopatra vermählen, er darf sich nicht auf sie versteifen, das sollte er endlich einmal begreifen!

Menscher: An diesem Sonnabend hat sich unser geistiger Vater erst am Mittag erhoben, er fühlt sich gegenwärtig nicht in das Schicksal der Menschheit verwoben, aber hier muß er sich irren, das Denken tut sich ihm verwirren, jeder Mensch bleibt unentrinnbar dem Ganzen verhaftet, es kann nur sein, daß er das All nicht so, wie er sollte, verkraftet, und wer allein ist, fühlt sich eins mit dem All, das ist beim ersten Menschen oftmals der Fall!

Mensche: Ja, aber er nimmt die Schriftsteller auf als liebenswerte Gäste, er fühlt sich mit ihnen wohl in seinem Neste, er liest ihre Ausführungen laut, da wird so manches von ihm erschaut, er genießt so manchen Scherz, er erleidet so manchen Schmerz, die Bücher sind seine geistige Speise, sie führen ihn auf eine gedankliche Reise, er hat ihnen viel zu verdanken, er wird niemals von ihnen weichen und wanken!

Menscher: Soeben hat er eine Forelle mit Schampinjongs verzehrt, auch einen Becher mit Birnenjogurt hat er geleert, nun muß er an seinem Tagebuch sitzen und dann über seinen Besinnungen schwitzen, dann wird er die Buttermilch von einem Supermarkt holen, dabei wird ihm wieder die frohe Stimmung gestohlen, die Menschdorfer werden ihn schmähen, die Spießbürger werden ihn bebähen und bemähen!

Mensche: Sie werden sein klares Denken trüben, sie werden eine heftige Ausgrenzung an ihm verüben, diese Verbrecher müssen immer wieder ihr Auschwitz errichten, diese Ungeister können niemals auf ihren Terror verzichten, diese Teufel in Menschengestalt wollen ihn vernichten, sie würden ihn am liebsten an der Inde nicht mehr sichten, er soll nicht mehr am Blausteinsee erscheinen, denn sonst müssen sie Negatives über ihn meinen!

Menscher: Was haben sie denn auf die Beine gestellt, durch sie wird mensch doch nur um seine Genüsse geprellt, sie kleiden sich wie bei einer Beerdigung schwarz, das ist nichts für den Sohn einer Bauerntochter aus dem Harz, er will diese wandelnden Leichen nicht erschauen, vor diesen tapsenden Mumien muß es ihm grauen, die Menschdorfer haben weder das Rad noch das Pulver erfunden, ein Schenie kann in Menschdorf niemals seine Großartigkeit bekunden?!

Mensche: Nur ein Menschdorfer kann sich an einer Menschdorferin erfreuen, ein Zugereister muß diese Vogelscheuchen scheuen, sie können ihn nicht reizen, er muß mit seiner Zuwendung für sie geizen, sie können ihn nicht erregen, weil sie sich so plump bewegen, Grazien sind sie nicht, mensch gewahrt so manches beschränkte Gesicht, es ist aussichtslos, in Menschdorf auf Schönheit zu harren, gar häßlich und gräßlich sind diese Toren, Jecken und Narren, das gilt für Männer wie Frauen, mensch kann nichts Netzhauterquickendes erschauen!

Menscher: Es muß einmal etwas Entscheidendes geschehen, unser Held will sich in anderen Bezügen sehen, und es wird auch bald passieren, mensch wird den ersten Menschen nicht mehr lange deklassieren, in einem halben Jahr hat er den entscheidenden Tag erreicht, am zehnsechsten Mai des ersten Jahres vor Jeschua Rex Text weicht die falsche Bezeichnung "Jeschua Rex" und "Text" von hinnen, dann kann er sich endlich ein neues Dasein als "Jeschua" und als "Rex Text" gewinnen!

Mensche: Unser Ersinner muß also noch sechs Monate hindurch leiden, das läßt sich nun einmal nicht vermeiden, sein Gott JEUNEX hat es ihn so geheißen, also muß er sich auf diese Weise befleißen, es fällt ihm schwer, so zu verfahren, er möchte sich sofort mit einer Angelika paaren, er möchte sich unverzüglich mit einer Manuela verbinden, sein Glied möchte stehenden Fußes eine Roswita schinden, doch sein Gott JEUNEX ist dagegen, sein Seher darf sich nicht sinnlich regen!

Menscher: Wenn es nach JEUNEX ginge, dann dieser Adam niemals eine Eva empfinge, der Allmächtige beansprucht seinen Profeten für sich allein, er soll der Verkünder seiner Herrlichkeit sein, doch das kann unser geistiger Vater nicht billigen, in diese Vorstellung mag er nun gar nicht willigen, das muß seinem inneren Wesen widerstreben, er möchte doch auch einmal richtig leben, er möchte doch auch einmal küssen, streicheln und ficken, er möchte doch auch einmal eine Lorelei zum Höhepunkt schicken!

Mensche: Es wird sich alles ergeben, er braucht nicht mehr lange zu beben, er braucht nicht mehr lange zu zittern, wenn seine Nasenflügel die Menschdorfer wittern, sie werden ihn nicht mehr lange beleidigen, sie werden ihn bald nicht einmal mehr narreteidigen, er wird einen hohen Platz unter ihnen bekommen, denn er kann ihrer Gemeinde überaus frommen, mensch wird ihn ehren und preisen, denn er kann ihnen den Weg zum Frieden gültig weisen!

Menscher: An diesem Sonntag tut er sich kaum bewegen, er muß auch einmal der Muße pflegen, er sitzt am Schreibtisch und liest und dichtet, während er wieder einmal auf jegliche Genüsse verzichtet, aber es bereitet ihm ein himmlisches Vergnügen, einen Reim an den vorigen zu fügen und einen Satz nach dem vorigen zu setzen, dieses Vorgehen kann ihn ungemein ergötzen, er wird nicht müde, es so zu treiben, er will bis zu seinem Tode ein Schriftsteller bleiben!

Mensche: Seine beschränkte Umgebung erkennt ihn als Künstler nicht an, denn er zieht die Massen noch nicht in seinen Bann, aber er tut sich bereits besser als Jan Böhmermann schätzen, von diesem Komiker wird geredet auf den öffentlichen Plätzen, am Stammtisch und am Tresen wird über diesen faden Witzbold gequatscht, doch sein Gehirn ist offensichtlich sehr zermatscht, auf diese Manier will es unser Ertüflter nicht schaffen, dazu sind viel zu gut seine geistigen Waffen, mensch soll ihn auf positive Weise bemerken, er will die Gesellschaft kräftigen und stärken!

Menscher: Kurz vor Feierabend hat die schöne Büglerin auf dem Hof hinter der Halle gestanden, die Vorsätze unseres geistigen Vaters gingen beinahe zuschanden, er sah von hinten ihre langen roten Haare, ihre Weiblichkeit grenzte für ihn an das Wunderbare, doch er darf sich mit dieser Nixe nicht verbinden, sie würden einander nur quälen und schinden, er muß es sich entschieden versagen, mag sie vielleicht auch darüber klagen, vielleicht ist sie aber auch froh, daß er nicht um sie freit, vielleicht weiß sie über seine Empfindlichkeit schon zu viel bescheid?!
 Mensche: Er ist ein Künstler und fühlt um tausend Ecken, er kann seine Spliene, Marotten und Macken nicht verstecken, sie wäre zu schade für diesen Gesellen, er müßte sie um viele Genüsse prellen, die beiden können nicht zueinander passen, deshalb will er sich nicht mehr mit ihr befassen, doch ihre vielfältigen Reize ziehen ihn immer wieder an, ihre einzigartige Hübschheit zerrt ihn immer wieder in ihren Bann!
 Menscher: Wenn er jetzt am Abend ausführlich über diese Zirze schreibt, mit der er sich ja doch nicht auf dem Standesamt beweibt, dann wird er in der Nacht schlimm träumen, dann wird er vor Wut über sich schäumen, er kann allem widerstehen, nur nicht dieser Versuchung, und danach kommt es dann zu mancher Verfluchung, er sollte es doch inzwischen besser wissen, er muß diese Eurükleia für alle Zeiten missen!
 Mensche: Sie kann nichts dafür, verschlossen bleibt die Tür, er kann diese Fee nicht besuchen, er wird mehr und mehr zu einem Eunuchen, sie war vielleicht die allerletzte Gelegenheit, es ermangelt ihm mehr und mehr an Verwegenheit, er ist immer nüchtern, und deshalb bleibt er schüchtern, zu viele Hindernisse hemmen sein Werben, irgendetwas muß seine Beziehung zu den Evas immer wieder verderben, er muß diese Hürden verdammen, niemals kann er sich für eine Eurüdike entflammen!
 Menscher: Und Menschland wird nicht errichtet, Menschland wird nur bedichtet, die mensche Sprache darf nicht erklingen, mensche Lieder tut mensch nicht singen, ach, was ist das nur für ein Leben, wird es den menschen Staat denn niemals geben, werden der Mensche und die Mensche denn niemals erscheinen, wird der mensche Mann sich denn niemals mit einer menschen Frau vereinen, das frage ich bange, es dauert sehr lange?!
 Mensche: Unser Held ist leider eine Niete, und zwar auf mehr als nur einem Gebiete, er bringt nichts Beeindruckendes zustande, das ist eine riesige Schande, das entspricht nicht dem menschen Wesen, wie soll die Menschheit denn da genesen, wie will er denn da die Erdenbürger heilen, mensch will doch einmal wirklich im Menschtum weilen, dieses Muttersöhnchen kann niemals ein Hitler des Guten werden, das versichere ich dir mit nachdrücklichen Gebärden?!

Menscher: Unser Erdichter tut gerade den "Stellvertreter" von Rolf Hochhut lesen, darin offenbart sich das unmensche Wesen, aber auch die Menschlichkeit wird gezeigt, weil eben nicht jedmensch zu den Verbrechen schweigt, es ist erschütternd, wie feige der Papst gehandelt hat und daß er so gar nicht in den Spuren des Mannes aus Nazaret gewandelt hat, es soll Milliarden mensche Jeschua Rex Texte in JEUNEX geben, dann wird mensch endlich richtig leben und streben!

Mensche: In der Werkhalle hat unser Ersinner am langen Tisch gestanden, seine Geduld ging bei der eintönigen Arbeit nicht zuschanden, sie mußten Kunststoffteile von Pappen trennen, diese Tätigkeit tut der erste Mensche schon lange kennen, zwischendurch ist er mit zwei Gefährten zum Bauernhof in Weisweiler gefahren, dort konnte mensch einen großen Kontehner gewahren, von der Ladefläche des Pritschenwagens haben sie Gras hinein geschaufelt, dabei hat unser Urheber nur wenig gekeucht und geschnaufelt!

Menscher. In der verwichenen Nacht hat er wieder an die schöne Büglerin gedacht, er muß sie leider verfluchen, sie soll ihn nicht mehr besuchen, er kann an ihr nichts mehr finden, sie soll sich nicht unter seinen Stößen winden, er muß sie vergessen, er sei nicht mehr auf sie versessen, er muß sie aus seinem Gedächtnis verbannen, sie darf sich auf keinen Fall mit ihm bemannen, ihre einzigartige Weiblichkeit darf er nicht genießen, mensch würde ihn dann in ein Irrenhaus schließen!

Mensche: Es gibt ja noch andere Zirzen, sie können ihm das Dasein würzen, er wird es schon schaffen mit seinen geistigen Waffen, sich eine willige und reizvolle Eva zu erraffen, er braucht die Simonen dann nicht mehr nur zu begaffen, in einem halben Jahr wird er Jeschua und Rex Text wirklich heißen, dann wird er sich auch in seinen Unterlagen dieses Namens befleißen, dann wird er seine Herrlichkeit entfalten, dann wird er die Gemeinschaft angenehm gestalten!

Menscher: Morgen muß er wieder zum Zahnarzt schreiten, dort muß er dann seinen Mund ein wenig weiten, eine Sprechstundenhilfe wird ihm Salbe auf das Zahnfleisch streichen, dann werden die Schmerzen von ihm weichen, bis jetzt ist diese Wunde gut verheilt, so daß er zwar nicht im Paradiese weilt, aber diese Sorge ist er los, dieses Weh war wirklich groß, aber nun ist es vergangen, was will mensch mehr verlangen?!

Mensche: Die Inschriften auf den Jacken und Hemden erregen bei den Menschdorfern Befremden, die Bezeichnung "Jeschua Rex Text" muß sie erstaunen, so daß sie unmutig darüber raunen, und unseren Ertüftler müssen diese drei Wörter einsüßlichen mit Macht, er verliert fast völlig seine innere Pracht, doch er will auf die Zähne beißen, doch er will sich am Riemen reißen, er wird sich an diese zehnvier Buchstaben gewöhnen, die Menschdorfer werden ihn nicht mehr lange verhöhnen, die Menschdorfer werden ihn nicht mehr lange verspotten, in ihren Gehirnen nisten ja doch nur Spinnen und Motten, ihr Denken ist verstaubt, diese Bemerkung sei erlaubt, denn sie entspricht der Wahrheit, ich bekenne sie in aller Klarheit!

Menscher: An diesem Nachmittag hat unser Ersinner sich wieder in der Werkhalle geregt, er hat sich bis zur Erschöpfung arbeitend bewegt, die schöne Büglerin hat ihn gesucht, doch er hat sie innerlich verflucht, er kann mit dieser Zirze nichts beginnen, er darf sie auf keinen Fall beminnen, ihr Bruder hat ihn aus der Mittelschule heraus gegrüßt, das hat ihm nicht unbedingt den Mittag versüßt, er darf sich nicht mit dieser Familie verbinden, diese gute Fee darf sich niemals unter seinen wilden Stößen winden!

  Mensche: Diese Leierei sind die Leser fast leid, sie wissen über die hübsche Plätterin bescheid, wird denn niemals eine andere Lorelei gesichtet, warum wird stets über die anmutige Manglerin berichtet, der erste Mensche muß ihr andauernd begegnen, dabei tut diese atemberaubende Dulzinea ihn nicht segnen, er muß durch ihren Einfluß verschroben träumen, diese Erlebnisse täte er gern versäumen, er hat es nicht leicht, sein Gehirn wird mehr und mehr erweicht?!

  Menscher: Nach Feierabend hat er ein halbes Hähnchen verzehrt, das hat sein Behagen durchaus vermehrt, danach hat er die Zeitung gelesen und geschlummert, im Bett hat er sich wenigstens ein bißchen entkummert, danach hat er den "Stellvertreter" von Rolf Hochhut gelesen, das ist ihm keineswegs ein Vergnügen gewesen, das gereichte ihm zu einer riesigen Pein, wie können Menschen nur so tatenlos sein?!

  Mensche: Das muß unser Erdenker gerade sagen, er müßte doch seine eigene Untüchtigkeit beklagen, er hat das Rüstzeug zusammen, um den ewigen Weltfrieden zu errichten, aber die Menschdorfer sind in der Lage, diesen Profeten zu vernichten, was sind das nur für beklemmende und niederschmetternde Geschichten, wird er denn niemals den Streit unter den Völkern schlichten, das ist schlimm, das erregt meinen Grimm?!

  Menscher: Die Welterlösung ist noch lange nicht in trockenen Tüchern, der Heiland beschäftigt sich stets nur mit seinen Büchern, in den Romanen und Novellen sucht er sein Heil, aber es wird ihm nur durch sich selbst zuteil, aber es wird ihm nur durch sich selbst beschieden, er allein kennt die Voraussetzungen für den Frieden, doch er weigert sich beharrlich, an die Öffentlichkeit zu schreiten, er könnte die Menschheit schon lange lenken und leiten!

  Mensche: Und Menschland kann mensch nicht erschauen, der Himmel tut noch nicht über den menschen Gefilden blauen, der mensche Staat wird nicht errichtet, das Unmenschtum wird nicht vernichtet, immer weitere Opfer werden getötet, die Erde wird mit ihrem Blut gerötet, mensch muß schon von unterlassener Hilfeleistung sprechen, der Messias tut die Menschen nicht beglücken und entpechen, das muß er aber unternehmen, dazu muß er sich aber bequemen, das ist seine Aufgabe auf Erden: die Menschheit soll durch ihn glücklich werden!

Menscher: An diesem Nachmittag hat unser Verfasser auf dem Rasen Maulwurfshügel plattgemacht, bei dieser Tätigkeit ist er gar nicht darniedergekracht, es war eine einfache Beschäftigung, sie führte nicht zur Entkräftigung, danach mußt er mit dem Blasgerät einen Weg reinigen, dabei taten ihn die lauten Geräusche dieser Maschine peinigen, er hatte danach ein Klingen in den Ohren, wieder hatte er einen Teil seines Hörvermögens verloren!

Mensche: Dann haben sie links neben der Eingangstür des Gebäudes noch Unkraut gezupft, und an seiner Rückseite haben sie noch Grashalme aus den Beeten gerupft, sie haben einen Stapel Holz zum Planwagen getragen, sie taten sich auf vielfältige Weise plagen, schließlich sind sie zurück zur Werkhalle gefahren, dort konnte mensch dann den Montenegriner gewahren, am Feierabend ist er mit seinem neuen Wagen gekommen und hat den ersten Menschen mit zum Fißneßzentrum genommen!

Menscher: Beim Fußballspielen hat unser Held ungefähr zehn Tore geschossen, er hat die Auseinandersetzung sehr genossen, seine Kondition war freilich schlecht, das war ihm selbst gar nicht recht, doch er hat immer eine Lücke gefunden, er hat sich aus dem Klammergriff der Verteidiger gewunden, sie haben die Partie gewonnen, die Gegner sind einer Niederlage nicht entronnen, er hat sogar einen Betreuer umfummelt, so keck hat er sich heute auf dem Kunstrasen getummelt!

Mensche: Danach hat ihn der Montenegriner nach Hause gebracht, da hat sich unser Urheber etwas zu essen gemacht, das Fertiggericht ist ihm ein mittelmäßiger Genuß gewesen, und bis es fertig war, hat er noch die Zeitung gelesen, danach hat er zwei Stunden lang im Bett gelegen, er tat sich in den vorigen Stunden zu viel bewegen, nun muß er sein Pensum verrichten, nun muß er wiederum seine Besinnungen sichten!

Menscher: Die Menschdorfer haben ihn auf das Korn genommen, er ist nicht unversehrt zur Arbeit gekommen, sie haben ihn bekeift und gescholten, er hat ihnen nicht als gesund gegolten, es ist immer dasselbe mit diesem groben Gesindel, es grenzt schon aus der Säugling in seiner Windel, und noch der Greis auf dem Totenbett muß sein Auschwitz erbauen, diesen geistigen Terroristen darf mensch niemals vertrauen!

Mensche: Mensch darf zumindest keine Menschlichkeit von ihnen erharren, es sind alles gottlose und unmenschliche und heidnische Narren, sie wollen zerstören und vernichten, ihre Schädel tun sich niemals lichten, sie können sich nicht friedlich verhalten, sie müssen das Zusammenleben unangenehm gestalten, sie verkörpern Unmenschland immer wieder, sie singen ja auch unmensche Lieder, das Menschtum in JEUNEX tun sie nicht kennen, für Jeschua Rex Text wollen sie nicht entbrennen!

Menscher: An diesem Nachmittag mußte unser Urheber auf dem Nachbargrundstück der Werkhalle fegen, dieser Auftrag kam ihm durchaus recht und gelegen, ein Gefährte mähte mit dem Freischneider das Gras kurz und klein, der erste Mensche mußte dann der Abfallbeseitiger sein, mit Besen und Schaufel hat er das Grünzeug und den Staub in einen Kasten gelegt, dann hat er die Schubkarre mit dem Behälter zum großen Kontehner bewegt, dort hat er ihn dann geleert, das war richtig und nicht verkehrt!

Mensche: Am Vormittag hat ihn das Schwein aus dem Schlummer gerissen, der Zimmernachbar ließ einmal wieder jegliche Höflichkeit missen, unser Verfasser wäre wahnsinnig und nicht gesund, das entströmte immer wieder seinem Mund, deshalb müsse der Seher des JEUNEX das Haus verlassen, das könnte dem gottlosen Stadtstreicher so passen, aber diesen Gefallen wird ihm unser Erdenker nicht erweisen, er wird vom Sitz der Weltregierung aus nach Menschland reisen!

Menscher: Unterwegs mußte unser Held auf einem großen Platz wieder einmal koten, das ist in der Öffentlichkeit natürlich verboten, aber in einem Gebüsch ließ es sich nicht vermeiden, so mußte unser geistiger Vater wieder einmal leiden, warum läßt JEUNEX dieses Elend zu, dazu schreit sein Profet lauthals buh, das muß immer wieder geschehen, das würde unser Ertüftler lieber nicht sehen, doch er muß es ertragen und erdulden, das tut er der siechenden Menschheit schulden?!

Mensche: Nach Feierabend ist er nach Hause getrottet, er wurde wieder von den Menschdorfern verspottet, dort hat er dann eine Suppe gegessen und hat mit der Zeitung im Garten gesessen, schließlich hat er sich für eine Stunde schlafen gelegt, danach hat er sich zu einem Supermarkt bewegt, dann hat er den "Stellvertreter" von Rolf Hochhut verschlungen, unser Ersinner ist tief in die Mitte des Unmenschtums gedrungen!

Menscher: Der Geist von Auschwitz ist heute noch stark und kräftig, die Unmenschen schmähen nach wie vor geschäftig, sie grenzen aus ohne Schonung, das hört mensch bis in die Wohnung, die Menschdorfer sind verbrecherische Auschwitzianer zu nennen, denn sie tun keinerlei Menschlichkeit kennen, sie wollen die Außenseiter der Gesellschaft vernichten, mensch darf die Menschen in Menschland nicht bedichten, mensch darf vom Gotte JEUNEX nicht berichten, niemensch will den Neuerer Jeschua Rex Text jemals sichten!

Mensche: Das ist die üble Menschdorfer Bande, sie ist für die Erde eine riesige Schande, die unmenschen Heiden stiften viel Leiden, die Schwachen werden getreten, es wird von ihnen vergeblich um Gnade gebeten, und wer fällt, der wird noch gestoßen, so geht es im kleinen wie im großen, die Unmenschen müssen verschwinden, mensch soll nur noch Menschen finden, Auschwitz darf sich niemals wiederholen, doch noch wurde den Unmenschen die Unmenschlichkeit nicht gestohlen!

Menscher: An diesem Sonnabendmittag hat sich unser Ersinner erst spät erhoben, er konnte sein langes Schlummern selbst nicht loben, dann hat er die Zeitungen geholt mit Eifer, dabei vernahm er kein Gegeifer, dann hat er gefrühstückt und die Blätter gelesen, es ist ihm kein großes Vergnügen gewesen, dann hat er den Rasen hinter dem Haus gekürzt, das hat ihm nicht gerade das Leben gewürzt, schließlich hat er seine Nase in Romane und Novellen gesteckt, dabei hat er wieder viel Wissenswertes entdeckt!

Mensche: Die schöne Büglerin spukt ihm im Kopf herum, in ihrer Gegenwart verharrt er immer stumm, er hat dieser wunderbaren Maid nichts zu sagen, ihre einzigartige Reizesfülle tut ihm behagen, aber die verschrobenen Träume müssen ihn von ihrer Seite schrecken, er hat keine Lust darauf, sie auf sinnliche Weise zu necken, denn dann würde mensch ihn in ein Irrenhaus zerren und für immer in eine Gummizelle sperren!

Menscher: Wann wird dieser unheilvolle Kreislauf endlich durchbrochen, unser geistiger Vater hat schon häufig über diese verführerische Nixe gesprochen, es muß ihm das Herz brechen, doch er darf nicht mit ihr sprechen, er darf sie nicht an sich binden, sie darf sich nicht unter seinen Stößen winden, das ist leider so, es stimmt ihn nicht froh, aber er hat diese Kunigunde nicht geschaffen, der Mensch denkt eben schwieriger als die Affen?!

Mensche: Im August wird die hübsche Plätterin den Betrieb verlassen, dann braucht sich der erste Mensche nicht mehr mit ihr zu befassen, bis dahin muß er harren, bis dahin muß er sie fassungslos bestarren, bis dahin muß er sie fassungslos begaffen, er kann nichts Anständiges mit ihr schaffen, sie wurden nicht füreinander geboren, er hätte ihr gern ewige Treue geschworen, doch sie kann ihm nichts nützen, doch sie kann ihn nicht unterstützen!

Menscher: In zwei Stunden muß unser Held zum Supermarkt schreiten, dann werden ihn die Buhrufe der Menschdorfer begleiten, das steht fest wie bei den Heuchelpfaffen das Amen, Menschdorf ist kein geeigneter geistiger Rahmen, um die Menschheit voranzubringen, das wird den Menschdorfern niemals gelingen, sie sind so dumm wie das Stroh der Bohnen, der Umgang mit diesen Spießbürgern tut sich nicht lohnen!

Mensche: Sie müssen auf das schwächste Huhn auf dem Bauernhof hacken, und er darf niemals einen Krähwinkler beim Kragen packen und ihn zur Verantwortung ziehen, seine Verteidigung ist gar nicht gediehen, diese verbrecherischen Auschwitzianer muß er ertragen, diese geistigen Terrroristen dürfen ihn plagen, diese Teufel in Menschengestalt dürfen ihn quälen, er würde sich lieber andere Mitmenschen wählen, etwas Besseres als das Unmenschtum findet mensch überall, doch leider ist das in Menschdorf nicht der Fall!

Menscher: An diesem Sonntag hat sich unser Ersinner erst am Mittag erhoben, die Zigeunerin im linken Nebenhaus mußte da schon über ihn toben, er hätte laut gelesen, das wäre ihr unangenehm gewesen, zweifelsfrei müßte mensch ihn wahnsinnig nennen, denn ein gesunder Mensch würde so eine Vorgehensweise nicht kennen, nach dem Frühstück hat er das Sonntagsblatt studiert, dann ist er in sein Zimmer marschiert und hat ein paar Suggestionen geschrieben, er würde zwar gern eine Nummer schieben, aber keine Fürstin will auf seinem Schwengel die Posaune blasen, sein Glied darf in keiner Scheide wüten und rasen!

Mensche: Am nächsten Sonntag tut der Mai beginnen, dann werden wir dem April entrinnen, die Hitze wird dann kommen, die Kälte wird dann von uns genommen, noch ein halbes Jahr hindurch muß sich unser Urheber plagen, dann kann er das Leben in Menschdorf endlich ertragen, aber er muß seine Stimme gegen das Unmenschtum erheben, vielleicht wird sich aus seinen Darlegungen einmal etwas Hilfreiches ergeben!

Menscher: Er ist der entscheidende Mann, auf ihn allein kommt es an, die Mitmenschen haben zwar ebenfalls den Ernst der Lage begriffen, aber hinsichtlich des Denkens wird bei ihnen auf dem letzten Loch gepfiffen, selig aber sind die geistig Reichen, denn die Hindernisse werden von ihnen weichen, nicht Opfer, sondern Täter sollen die Menschen werden, dann wird mensch ihr Dasein nicht mehr gefährden, dann werden sie frei, dann rufen sie juchhei!

Mensche: Als ein Hitler des Guten will er walten, er will das Zusammenleben angenehm gestalten, er will das Gute und das Schöne entfalten, er will einhundert Milliarden mensche Jeschuas erhalten, die schädliche Überlieferung soll veralten, der Eifer für das Menschtum aber soll niemals erkalten, das ist sein Ziel, das ist sehr viel, aber er wird es vollbringen, er wird reden und singen, er wird das Menschtum in JEUNEX lehren, er wird die Harmonie der Welt vermehren!

Menscher: Die hübsche Plätterin muß er vergessen, er ist aber zwanghaft auf sie versessen, ihre überbordende Reizesfülle nimmt ihn gefangen, er muß um seinen Verstand immer wieder bangen, es tut ihn nach dieser einmaligen Weiblichkeit verlangen, die Teufel in der Hölle zwicken die Verbrecher mit glühenden Zangen, der erste Mensche aber wird von seiner Sehnsucht gequält, er hat sich eine ungeeignete Sabine gewählt!

Mensche: Im August wird sie den Betrieb verlassen, dann braucht er seine Lage nicht mehr zu hassen, dann wird er dieser verderblichen Nümfe entkommen, dann wird die Last der ungestillten Begierde von ihm genommen, und im Oktober oder November ist er dann wirklich Jeschua und Rex Text, dann wird auch in seinen Unterlagen in diesem Namen gehext, dann fängt ein neuer Abschnitt an, dann zeigt er, was er wirklich kann!

Menscher: In dieser Woche wird unser Held die schöne Büglerin nicht erblicken, er wird diese einmalige Weiblichkeit ja sowieso niemals ficken, sie hat Urlaub vom Plätten genommen, sie ist an diesem Montag nicht in den Betrieb gekommen, unser geistiger Vater hat schwere Bücher auf eine Palette gelegt, zwischendurch hat er sich ein wenig im Freien geregt, in Warden haben sie Rindenmulch erworben, noch ist der erste Mensche gottseidank nicht gestorben!

Mensche: Aber seine Kräfte lassen nach, es ihm oftmals an Stärke gebrach, die Menschdorfer haben all seinen Idealismus gebrochen, diese Spießbürger haben häufig herabwürdigend über ihn gesprochen, sie haben kein gutes Haar an ihm gelassen, sie mußten sich immer wieder mit diesem Andersdenkenden befassen, das hat er nicht verkraftet, ein peinlicher Eindruck in ihm haftet, sie haben ihn gerichtet, sie haben ihn vernichtet!

Menscher: An diesem Vormittag hat er einen Brief zu den "Menschdorfer Nachrichten" getragen, er tat es darin, ihnen zwei Bücher zu übermitteln, wagen, "das Ende des ersten Jahres vor Jeschua Rex Text" war in dem Umschlag enthalten, und auch "die kesse Simone" tat darin ihre Reize entfalten, die Mitteilung an die Berichterstatter war grob, sie verdienen nun einmal kein Lob, sie sind so dumm wie das Stroh der Bohnen, der Umgang mit ihnen tut sich wirklich nicht lohnen!

Mensche: In ihrem Wurst- und Käseblatt werden sie niemals etwas über den Erlöser schreiben, der Retter der Menschheit kann ihnen gestohlen bleiben, ihre kleinen Gehirne können seine geistige Größe nicht erfassen, und seine ironische Art müssen sie aus ganzem Herzen hassen, er will ja einen neuen Glauben stiften, er will ja das gesellschaftliche Klima entgiften, das können sie nicht verstehen, darin können sie keinen Sinn jemals sehen!

Menscher: Diese engstirnigen Schurnalisten müssen das Schenie verachten, sie können es nur als einen Wahnsinnigen betrachten, das Hervorragende an ihm können sie nicht erschauen, vor seinen weitreichenden Entwürfen muß es ihnen grauen, sie wollen so jemenschen nicht in ihrer Zeitung gewahren, sie könnten ja etwas völlig Neues von ihm erfahren, da sie aber am Altherbrachten hängen, werden sie sich niemals um ihn drängen!

Mensche: Dann kann mensch Menschland nicht errichten, dann muß mensch auf das Menschtum in JEUNEX verzichten, dann wird mensch Jeschua Rex Text niemals kennen, dann wird mensch niemals für den Stehmann entbrennen, das ist die Menschdorfer Weise, in das Mittelalter geht die Reise, die Neuzeit ist noch nicht bis an den Blausteinsee gedrungen, zeitgemäße Reden werden an der Inde nicht geschwungen!

Menscher: Die "Menschdorfer Nachrichten" haben unseren Ersinner nicht um ein Intervju gefragt, diesem Wurst- und Käseblatt hat ein geistiger Riese niemals behagt, die Berichterstatter lobhudeln lieber ihren ehemaligen Scheffredaktör mit Macht, denn er zeigt seine Mittelmäßigkeit in all seiner Pracht, über die alten Römer darf mensch schreiben, der Papst soll auch nicht unerwähnt bleiben, aber ein neuer Glaube kann nicht gelehrt werden, denn dann würden die Menschdorfer ja entsehrt werden, das kann aber nicht sein, dazu sprechen die Reporter nein!
Mensche: In späteren Jahren wird mensch die "Menschdorfer Nachrichten" verspotten, denn nach ihrer Meinung darf mensch den JEUNEX nicht vergotten, das Menschtum in Menschland darf mensch nicht denken, auf Jeschua Rex Text darf mensch seine Aufmerksamkeit nicht lenken, sie sind so dumpf, sie sind so stumpf, es ist eine grobe Meute, es sind beschränkte Leute, sie können ihre Haut nicht verlassen, mensch kann ihnen niemals einen Feinschliff verpassen!
Menscher: An diesem Nachmittag hat unser Verfasser in der Werkhalle gestanden, seine frohe Laune ging nicht an der schönen Büglerin zuschanden, denn sie ließ sich in diesen vier Stunden nicht blicken, er wird sie wohl niemals küssen, streicheln und ficken, das wird niemals geschehen, das wird mensch niemals sehen, das weiß er auch ganz genau, dabei ist sie eine atemberaubende Frau, sie bietet eine bezaubernde Schau, sie schuf ihm das Dasein weniger rauh, doch er muß auf diese gute Fee verzichten, er darf sie nur entsagungsvoll bedichten!
Mensche: Mit einem Gärtner ist er zu einer Behinderten in der Innenstadt gefahren, in ihrer Wohnung konnte mensch eine verschimmelte Tapete gewahren, sie haust unmittelbar unter dem Dach, da hört sie wenig Lärm und Krach, aber der Regen dringt in ihre Mauern, das ist wegen der Schäden zu bedauern, es war eine leichte Arbeit, die Wandbedeckung zu entfernen, auf diese Weise tut der Teoretiker etwas Praktisches lernen!
Menscher: Das Wetter war schaurig, die Menschdorfer waren traurig, es war kalt und hat geregnet, mit Sonnenschein war Menschdorf nicht gesegnet, an derartigen Tagen will mensch seine warme Stube gar nicht verlassen, so ein betrübliches Klima kann mensch nur hassen, doch mensch muß es klaglos ertragen, es tut menschen ja trotz vieler Einsprüche plagen, niemensch kann es wandeln, mensch kann bei ihm nicht verbessernd handeln!
Mensche: Während der Gruppe wurde nichts Erregendes gesprochen, das geht schon so seit vielen, vielen Wochen, das Wichtige wird nicht angeschnitten, es wird auch weiterhin wortlos gelitten, diese Wohngemeinschaft wird die Zukunft nicht erleben, in dieser Gesellschaft kann mensch niemals im siebenten Himmel schweben, es macht keinen Spaß, mit derlei brummigen Burschen zu wesen, denn sie werden niemals von ihrer Unwirschheit und Barschheit genesen!

Menscher: An diesem Vormittag ist ein Betreuer gekommen, er hat einige Lasten vom ersten Menschen genommen, er hat in seinen elektronischen Briefkasten gesehen, der Austausch des Bettzeugs tat vor seinen Augen geschehen, außerdem haben sie "das erste Jahr in Jeschua Rex Text" vorbereitet, "die kesse Simone" hat unseren Helden ja über ein halbes Jahr hindurch begleitet, und immer wieder hat er Fehler in ihr entdeckt, auch heute noch hat unseren Ersinner eine falsche Landkarte auf ihren Seiten erschreckt!

Mensche: Dieser Mangel erfüllt menschen zwar mit Grimm, aber er ist nicht allzu schlimm, deshalb wird jetzt zum "ersten Jahr in Jeschua Rex Text" geschritten, darin hat unser Ergrübler eine riesige Siechheit erlitten, das will er der Welt verkünden, dann wird sich vielleicht jemensch mit ihm verbünden, dann wird sich vielleicht jemensch mit ihm verketten, dann wird sich vielleicht jemensch mit ihm verkletten?!

Menscher: Es ist gar nicht so einfach, bei einem digitalen Verlag zu drucken, mensch muß immer wieder über irgendwelche Versehen und Irrtümer mucken, die Vorlage ist niemals völlig richtig, und dann ist sie so gut wie nichtig, doch kein Lektor tut den bedauernswerten Verfasser bedrängen, er wird nicht behelligt von irgendwelchen Zwängen, er kann schreiben, wie es ihm behagt, ihm wird die Veröffentlichung deswegen nicht untersagt!

Mensche: An diesem Nachmittag hat er den Behälter mit Pappe geleert, er hat den Inhalt des riesigen Kontehners gemehrt, vor allem aber hat er Handwerksbücher auf Paletten gelegt, in dieser Hinsicht hat sich angestrengt geregt, denn diese Werke waren sehr schwer, am Feierabend war sein Kraftspeicher leer, er hat sich mühsam nach Hause geschleppt, in Menschdorf fühlt er sich verdeppt und verseppt!

Menscher: Die "Menschdorfer Nachrichten" haben ihn nicht um ein Intervju gebeten, die Reporter sind nicht neugierig zu ihm getreten, das ist wieder tüpisch für diese spießbürgerlichen Geister, sie erkennen ihn nicht an, den denkerischen und dichterischen Meister, die Mittelmäßigen können sich nur mit Mittelmäßigem begnügen, zu den Durchschnittlichen wollen sich nur die Durchschnittlichen fügen, außergewöhnliche Darlegungen werden nicht besprochen, sondern es wird erbittert der Stab über sie gebrochen!

Mensche: Was kann mensch von den "Menschdorfer Nachrichten" schon erhoffen, sie stehen vor allem den Karnevalsvereinen offen, oder Großmütter tun mit ihren Enkeln plaudern, vor ihren Aufzeichnungen tut es den Berichterstattern nicht schaudern, doch etwas Neues wird mensch niemals in den "Menschdorfer Nachrichten" sehen, dort werden immer nur die Meldungen von gestern und vorgestern stehen, mensch langweilt die Leser zu Tode, das ist in Menschdorf so die Mode?!

Menscher: An diesem Mittag hat unser Ersinner unterwegs eine Bratwurst im Brötchen verzehrt, gegen das schlechte Wetter hat er sich vergeblich gewehrt, die Sonne hat zwar geschienen, doch mit Wärme konnte sie leider nicht dienen, es war kalt, mensch hat gefroren, in Menschland hat mensch sich eine kühle Heimat erkoren, der richtige Frühling will nicht kommen, der belebende Lenz will uns nicht frommen!

Mensche: Am Nachmittag hat der erste Mensche in der Werkhalle gestanden, an den schweren Büchern ging seine Arbeitsfreude zuschanden, er mußte sie unentwegt auf Paletten legen, auf diese Weise mußte er sich mühsam bewegen, mit dem Gärtner ist er nach Alsdorf gefahren, die schöne Praktikantin konnten sie dort nicht gewahren, sie haben große Kartongs entladen und geladen, das ging leicht, und bald hatten sie wieder die Menschdorfer Gefilde erreicht!

Menscher: In der Pause haben sie Kaffee genossen, er ist auf angenehme Weise durch die Kehle geflossen, dann haben sie sich weiterhin mit den Bastelanleitungen beschäftigt, muntere Gespräche haben sie gekräftigt, ein Tischler hat lackiert, das war schlimm, das erregte bei ihnen viel Grimm, denn die schädlichen Gerüche wehten bis zum langen Tisch hinein, diese giftigen Dämpfe bereiteten ihnen eine große Pein!

Mensche: Unser Verfasser hat das Kontehnerkabel hereingeholt, dann wurde ihm vom Schicksal der Hintern versohlt, denn der Montegriner ist nicht gekommen, um ihn zum Sport zu bringen, doch unser Ergrübler mußte nicht mit seiner schlechten Laune ringen, andere Gefährten haben ihn mitgenommen, er ist noch rechtzeitig hingekommen, die Begegnung haben sie gewonnen, die Widersacher sind einer Niederlage nicht entronnen!

Menscher: Unser Berichterstatter hatte in der Pause zwei Dosen Fisch in Tomatensoße gegessen, darum war er heute nicht sonderlich auf das Kicken versessen, die schmackhafte Nahrung lag ihm im Magen, das konnte seiner Sportlichkeit nicht behagen, unser Urheber war verdeppt und verseppt, er hat sich mühsam über den Kunstrasen geschleppt, einige Tore sind ihm gelungen, die andere Mannschaft haben sie bezwungen!

Mensche: Doch leider tut keine Suleika auf seinem Schwengel die Posaune blasen, sein Glied darf in keiner Scheide wüten, toben und rasen, keine Menschdorferin tut willig ihre Beine spreizen, also muß unser geistiger Vater mit seinen Stößen geizen, das ist sein Los auf Erden: er darf nicht glücklich werden, er muß so manches Werk verrichten, doch auf die Sinnlichkeit muß er verzichten, er darf nur denken und dichten, niemals tut mensch ihn wonneerfüllt sichten!

Menscher: An diesem Vormittag ist unser Verfasser mit seinem Betreuer zur Sparkasse geschritten, vor dem Schalter brauchte der erste Mensche nicht lange um seinen Lohn zu bitten, er war schon überwiesen, der Vorgesetzte sei deswegen gepriesen, nach Feierabend hat sich unser Urheber ein paar Schuhe gekauft, über die alten Treter hat er sich schon seit Wochen die Haare gerauft, und dann hat er sich drei Packungen Papier zu fünfhundert Blatt erworben, die Gefährtin des Tintenpatronenbefüllers hat ihm die Stimmung entdorben!
  Mensche: Am Nachmittag hat unser Held seine Pflichten in der Werkhalle erfüllt, er hat sich meistens in ein beschäftigtes Schweigen gehüllt, die Gespräche flossen nicht so zwanglos wie sonst dahin, die Gefährten hatten das künftige Wochenende im Sinn, der Tanz in den Mai schien sie zu locken, da tat sich ihr Sinn verstocken, vielleicht waren sie auch nur müde und matt, es fand jedenfalls kein fröhliches Scherzen heute statt!
  Menscher: Nun darf der Gründer von Menschland neun freie Tage genießen, in diesem kurzen Urlaub kann er sich ein wenig entdrießen, er kann viel lesen und schreiben, er kann es in seiner Einbildung munter treiben, er muß ja die Lücke in seinem Pensum schließen, dann braucht er nicht mehr so viele ungeweinte Tränen zu vergießen, doch das wird noch eine Weile lang dauern, dann erst kann er loslegen und pauern!
  Mensche: Sein Gott JEUNEX hat ihm diese Vorgehensweise befohlen, auf diese Weise hat der Allmächtige ihm den jugendlichen Schwung gestohlen, doch auch diese Zeit wird verfließen, unser Erdichter braucht sich nicht zu erschießen, unser Erdenker braucht sich nicht zu erhängen, die Sorgen werden ihn nicht ewiglich bedrängen, irgendwann wird er befreit von etlichen Zwängen, ein Schiff muß eben ab und zu auch krängen!
  Menscher: Hans Albers hat unseren Erfinder schon oftmals erheitert, der Hamburger Sänger hat seinen Gesichtskreis oftmals erweitert, ein Scheibchen mit seinen Liedern hing dem Seher des JEUNEX am Herzen, doch irgendwann mußte er ihren Verlust leider verschmerzen, diese Schlager wurden ihm gestohlen, und er konnte sie nicht wieder holen, das war für ihn ein herber Verlust, doch wer der Dieb war, hat er nicht gewußt!
  Mensche: So tut das Schicksal die Menschen bestrafen, unser ehrlicher Schriftsteller kann ausgezeichnet schlafen, denn ein gutes Gewissen ist ein sanftes Ruhekissen, doch er mußte so manchen Schaden erleiden, das ließ sich im Laufe seines Lebens nicht vermeiden, Glück hat er nur in nebensächlichen Dingen gehabt, doch die Wonne hat ihn in der Sinnlichkeit niemals erlabt, so muß er eben trauern und sich selbst gar inniglich bedauern!

Menscher: An diesem Sonnabend hat sich unser Ersinner erst am Mittag erhoben, er fühlt sich nicht sehr mit dem Ganzen verwoben, natürlich ist er eng mit dem All verbunden, doch das Gefühl dafür ist ihm geschwunden, denn die "Menschdorfer Nachrichten" schweigen ihn tot, und ihn nicht zu beachten, lautet ihr oberstes Gebot, das ist die Menschdorfer Enge, so gemein ist die Menschdorfer Menge, sie können das Neue nicht begreifen, sie müssen das Einzigartige bekeifen!

Mensche: Und Menschland wird nicht erbaut, über das Menschtum in JEUNEX wird niemensch verschlaut, über den Profeten Jeschua Rex Text wird nicht gesprochen, eine Lanze für den Stehmann wird nicht gebrochen, der Jeschua Rex Text am Ex würde segensvoll prangen, doch danach tut es die "Menschdorfer Nachrichten" nicht verlangen, denn dann müßten die Presseleute ja anders denken, deshalb wollen sie diesem Sinnbild keine Aufmerksamkeit schenken!

Menscher: Aber der Palolowurm des ehemaligen Scheffredaktörs spielt eine Rolle, er verkörpert für die Zeitungsschreiber das Wunderbare und Tolle, daran können sie sich erfreuen, so ein Tema tun sie keineswegs scheuen, das ist witzig, das ist spritzig, aus der Menschlichkeit können sie sich nichts gewinnen, der Freude in Gemeinschaft suchen sie zu entrinnen, über Jeschua Rex Text wollen sie nicht berichten, mensch tat ihn noch niemals in ihrem Wurst- und Käseblatt sichten!

Mensche: Dabei kann er hervorragend dichten, die Schädel der Leser tun sich lichten, sie werden glücklich und heiter, der erste Mensche bringt sie wirklich weiter, doch die Reporter können dies nicht verstehen, sie können es nicht erkennen und sehen, sie sind so dumm wie das Stroh der Bohnen, der Umgang mit diesen Trotteln tut sich wirklich nicht lohnen, es ist besser, wenn sie menschen nicht erwähnen, denn dann würden ihre Menschdorfer Genießer einmal nicht über sie gähnen!

Menscher: In Menschdorf darf nichts los sein, mag auch die Langeweile groß sein, in Menschdorf darf nichts die Stimmung versüßen, mögen sich auch der Fuchs und der Hase mißmutig grüßen, die "Menschdorfer Nachrichten" hängen sehr am Gestern, es sind rückwärtsgewandte Brüder und Schwestern, die Schwierigkeiten der Neuzeit können sie nicht schildern, sie schmücken ihre öden Ausführungen gern mit faden Bildern!

Mensche: Irgendein Schnickschnack wird stets in Jeschua Rex Text und seiner Umgebung erfunden, das müssen dann die "Menschdorfer Nachrichten" allerausführlichst bekunden, irgendein Gesprächskreis tut sich immer verbinden, er wird dann begeisterte Erzähler finden, doch das Menschtum in JEUNEX will mensch nicht beklönen, an den Seher Jeschua Rex Text will mensch sich nicht gewöhnen, denn das wäre doch zu schlimm, denn das erregte doch einen erbitterten Grimm!

Menscher: An diesem Sonntag tut die Sonne leuchtend scheinen, doch trotzdem muß mensch das Wetter begreinen, denn es ist kühl und kalt, unser Verfasser wird allmählich alt, und er kann sich nicht mehr über so ein Draußen freuen, er muß diese unangenehme Umgebung scheuen, er sitzt als ein emsiger Bube sittsam in seiner Stube, als ein Musterknabe tut er lesen und schreiben, dabei würde er es gern mit einer kessen Sofia treiben!

Mensche: Er kann auch nichts Neues erzählen, er muß die Leser immer wieder mit seinen Sorgen quälen, das sollte er nicht machen, die Leute wollen doch auch einmal lachen, sein Leid ist eben da, er brachte es den Zuhörern nah, doch jetzt sollte er einmal eine andere Leier spielen, dann würde er damit vielleicht Heiterkeit erzielen, so unterhaltsam wie Schüttelspeer ist er nicht, in seinem Gehirn brennt nur ein kleines Licht!

Menscher: Die Walpurgisnacht hat er glücklich überstanden, an der Hexe Walburga ging er nicht zuschanden, diese Schutzwaltende hat ihn nicht vernichtet, er hat sie überhaupt nicht gesichtet, er hält nicht viel von Hexen und Spuk, er hat an der prächtigen Schöpfung Gottes genug, mensch soll die Kinderherzen nicht mit Angst erfüllen, da ist es besser, sich in ein weises Schweigen zu hüllen, mensch soll die Wirklichkeit zeigen, mensch soll schöne Schwingungen geigen!

Mensche: Das hat nichts mit heiler Welt zu schaffen, denn dann machte mensch sich zum Affen, mensch soll die Schwierigkeiten nicht überkleistern, sondern mensch soll sie in Angriff nehmen und meistern, mensch soll sich seinen Aufgaben stellen, auch wenn die Gegner menschen verprellen, mensch soll den Mut nicht sinken lassen, mensch soll die Zecher trinken lassen, aber mensch selbst soll die Nüchternheit bewahren, mensch soll sich selbst den Rausch ersparen!

Menscher: Über die Hebamme von Rolf Hochhut kann der erste Mensche noch nichts sagen, bis jetzt tat ihm dieses Lustspiel munden und behagen, er muß es erst bis zu seinem Ende lesen, bis jetzt ist es ihm sehr vergnüglich gewesen, doch es bildet eine alte Welt vor Augen, aus diesen Gegebenheiten kann mensch sich keinen Honig saugen, das Menschtum in JEUNEX ist darin nicht zu erschauen, vor so einer Gesellschaft muß es menschem grauen!

Mensche: Nun ist der April vergangen, es tat uns aber auch zu sehr nach dem Mai verlangen, doch die unfreundliche Witterung ist geblieben, mensch kann dieses Klima beim besten Willen nicht lieben, so muß mensch klagen und jammern, und unser Urheber tut sich an die letzte Hoffnung klammern, daß er als Jeschua und als Rex Text die Umstände wandeln wird und daß dann der Regen die Atmosfäre nicht mehr verschandeln wird, in einem halben Jahre wird es kommen, dann wird diese Unbill von uns genommen!

Menscher: An diesem Montag hat sich unser Urheber erst am Mittag erhoben, er konnte seine heftigen Zahnschmerzen nicht loben, stundenlang in der Nacht hat er deswegen gewacht, er konnte kaum einmal schlafen, wofür tut ihn das Schicksal bestrafen, dann ist sein jugendlicher Betreuer gekommen und konnte zu einem elektronischen Brief an Rolf Hochhut frommen, schließlich haben sie gemeinsam die Treppe und den Boden des Flurs gereinigt, auf diese Weise wird der Mensch von seinen Pflichten gepeinigt?!

Mensche: Beim Zahnarzt ging es dem Racker unten links an der Kragen, dem Doktor bereitete es, ihn herauszuziehen, viel Behagen, denn es ging ganz leicht, durch die Schmerzen war sein Umfeld erweicht, ohne Schwierigkeiten ließ er sich ziehen, sein Verfall war schon sehr weit gediehen, dann ist unser Held zum Sizilianer gegangen, um dort eine nachgefüllte Tintenpatrone zu erlangen, dann hat er in einer Drogerie zehn Päckchen Traubenzucker erworben, die Menschdorfer haben ihm wieder die Stimmung verdorben!

Menscher: Eine Dickmadamm forderte ihn auf, endlich zu werken, das tat den sechzigeinsjährigen Zuhörer nicht stärken, er hat sich doch nun wirklich oft genug geschunden, warum tut mensch es ihm gegenüber denn nicht einmal bekunden, er solle doch endlich einmal eine Messalina ficken, ach, die Menschdorfer kann mensch doch zum Teufel schicken, sie müssen menschem die Hölle auf Erden bescheren, sie müssen menschem die hellen Stunden des Mais beschweren!

Mensche: In Menschdorf hat es in der Maiennacht keinen Unfrieden gegegen, die Menschdorfer taten friedlich und freundlich miteinander leben, der erste Mensche hat sicherlich dazu beigetragen, warum sollte er sich sonst mit seinen Besinnungen plagen, doch mensch kann seinen Einfluß nicht messen, deshalb sind die "Menschdorfer Nachrichten" auch nicht auf ihn versessen, eine Bratwurst können sie verstehen, in einer Kunststoffente können sie einen Sinn sehen, doch der Geist ist ihnen fremd, sie beachten lieber die bunte Hose und das farbige Hemd?!

Menscher: Unser Held hat das Lustspiel über die Hebamme beendet, in diesem Stück wurden positive Zeichen gesendet, doch mensch soll das Recht nicht brechen, mensch soll stets offen und ehrlich sprechen, dann kann mensch mit gutem Gewissen schlummern, dann kann mensch sich ohne schlimme Träume entkummern, die menschen Jeschua Rex Texte in JEUNEX werden die Not beheben, in Menschland lohnt es sich dann endlich wieder zu leben!

Mensche: Rolf Hochhut ist ein Schriftsteller von Format, leider gibt es nicht viele von ihm in diesem Staat, vielleicht kann er ja mit Menschland etwas beginnen, vielleicht kann unser Ergrübler ihn zu seinem Freund und Helfer gewinnen, aber höchstwahrscheinlich wird er seine Nachricht ignorieren, dann muß Jeschua Rex Text auch weiterhin allein nach Menschland marschieren, das ist zwar sehr betrüblich, aber in Unmenschland leider üblich!

Menscher: Unser Held hat soeben ein Fußballspiel auf dem Bildschirm gesehen, eine mensche und eine spanische Mannschaft taten auf dem Rasen stehen, sie haben in der Bestenliga um den Einzug in das Endspiel gefeitet, das spanische Tiem hat den Menschen ein Waterloo bereitet, als Zuschauer kann mensch nichts dagegen unternehmen, zu welchen Taten sollte mensch sich auch bequemen, die bessere Zehneins hat gewonnen, die Menschen sind einer Niederlage nicht entronnen?!

Mensche. Rolf Hochhut glaubt nicht an das Paradies auf Erden, wie sollte es denn auch möglich werden, er hat Menschland nicht gekannt, er ist nicht für JEUNEX entbrannt, er hat die Bücher von Jeschua Rex Text nicht gelesen, er kennt es nicht, das mensche Wesen, so kann er auch nicht von seinem geistigen Elend genesen, er spricht wohl ganz einnehmend in der Wirtschaft am Tresen, doch er glaubt nicht an das Heil, ihm persönlich wurde es jedenfalls nicht zuteil, ihm persönlich wurde es jedenfalls nicht beschieden, er verwirft auch den ewigen Frieden?!

Menscher: Das Streiten solle in der Natur des Menschen liegen, und diese Triebe könne mensch nicht besiegen, das tut aber nicht stimmen, dagegen muß unser geistiger Vater ergrimmen, der Mensch ist dazu geboren, Gutes zu verrichten, auf das Schlechte kann er mühelos verzichten, mensch muß ihm nur zeigen, wie er es machen soll und wie er das Feuer einer einträchtigen Kultur entfachen soll, dann wird er es auch tun, wenn auch noch nicht heute, jetzt und nun!

Mensche: Unser Erschaffer hat sich erst am Mittag erhoben, sein ausgedehntes Schlummern kann er selbst nicht loben, dann hat er die Zeitungen gekauft und studiert, auf diese Weise wird von ihm nicht nach Menschland marschiert, das kann er nur in seinen eigenen Ausführungen vollbringen, fremden Urhebern tat das noch niemals gelingen, sie können die mensche Sprache nicht verwenden, sie können keine positiven Zeichen jemals senden!

Menscher: Der Roman über Onkel Toms Hütte ist zwar ein westreichisches Buch, aber er beendete der Sklaverei grausamen Fluch, also wurde dieses Werk durchaus in menscher Sprache geschrieben, mit dem Herzen hat es die Schriftstellerin gar einfühlsam getrieben, mensche Anteile kann mensch in dieser Hinsicht häufig gewahren, sonst würden sich die Adamme und die Evas ja auch nicht paaren, einhundertprozentige Unmenschen hat es niemals gegeben, jeder aufrechtgehende Affe tut nach dem Menschtum streben!

Mensche: Rolf Hochhut tut die Lehre von Karl Marx verwerfen, die Linken sägen heftig an seinen Nerven, aber mensch muß deshalb nicht in den Pessimismus driften, mensch kann durch das schöpferische Denken viel Gutes stiften, es ist auch falsch, die Menschen könnten die Wahrheit nicht erblicken, der Gott JEUNEX tut sie jedem seiner Geschöpfe schicken, die Pflanzen und Tiere fühlen das All, beim Menschen ist das nicht immer der Fall, sein Geist tut sich in vielen Labürinten verlaufen, aber jetzt kann mensch ja gottseidank die Darlegungen des ersten Menschen kaufen!

Menscher: Gestern vor neunzigsechs Jahren wurde die Mutter unseres Helden geboren, er hat sie oftmals zur Zielscheibe seines Spottes erkoren, denn ihre Ansichten waren sehr altmodisch und streng, in ihrem Denken war sie ein wenig eng, sie hat niemals Verständnis für seine Einfälle aufgebracht, über seine kühnen Eingebungen hat sie verächtlich gelacht, doch wie der Vater so hat auch sie ihm Geborgenheit gespendet, sie hat sich oftmals zu seinem Segen verwendet!

Mensche: Im Jahre dreißigacht vor Jeschua Rex Text hat er seine Familie verlassen, mit seinen Eltern braucht er sich nicht mehr zu befassen, denn sie tun wahrscheinlich auf dem Dorffriedhof von Göxe bei Hannover ruhen, nur seine drei Brüder werden ihn noch bebuhen, denn er tut ihnen nicht schreiben, dabei muß es vorerst auch bleiben, denn die verschiedenen Namen müssen sie trennen, er will fortan nur noch Jeschua Rex Texte kennen!

Menscher: Das braune Reich hat einen riesigen Schaden gestiftet, das gesellschaftliche Klima wurde nachhaltig vergiftet, unser geistiger Vater will diese Not kraftvoll beheben, deshalb tat er von Jugend an nach dem Guten und Schönen streben, in einem halben Jahr wird er sich in der Öffentlichkeit zeigen, dann wird er der Menge seine Meinung geigen, dann wird er die Bürger das Menschtum in JEUNEX lehren, dann werden sie sich für immer von den falschen Profeten kehren!

Mensche: An diesem Vormittag ist der Betreuer gekommen, der erste Mensche hat ihn zur Frisörin mitgenommen, die Dickmadamm war freundlich wie immer, doch der Sozialarbeiter erhob danach ein Gewimmer, sie wäre so rundlich wie eine Kugel, das wäre gräßlich, er jedenfalls empfände derartige Personen als häßlich, das kann unser Erdichter nicht sagen, er kann sich über die Haarschneiderin nicht beklagen, sie hat sich stets nett mit ihm unterhalten, sie konnte das Zusammenleben erfreulich gestalten!

Menscher: Danach haben sie einige Fehler in seinen Druckvorlagen berichtigt, zu diesem Zweck wurden einige Dateien besichtigt, am Kompjuter hat der junge Mann viel Wissen, doch in seiner Allgemeinbildung läßt er viele Kenntnisse missen, so weiß er zum Beispiel über den grausamen Kaiser Nero nichts, das ist die Einstellung eines erbärmlichen Wichts, dabei ist er auf eine Oberschule gegangen, aber er hat offenbar dort nur wenig Bildung empfangen!

Mensche: Danach hat der Beherrscher der Menschheit zwei Zeitungen studiert, heute ist er nicht erfolgreich nach Menschland marschiert, aber nach dem Ameisengrundsatz tut er ja werken, er kann nicht mehr wie in früheren Jahren berserken, er tut das Alter schon in seinen Knochen merken, doch die Gewißheit des endgültigen Sieges tut ihn stärken, dann wird er alle Hindernisse überwinden, dann wird mensch ihn an der Spitze der Menschheit finden!

Menscher: An diesem Tag hat der Mann aus Nazaret angeblich die Rakete bestiegen, mensch weiß zwar nicht genau, wohin er wollte fliegen, aber er ist jedenfalls aufwärts gebraust, zum Mond ist er wohl nicht gesaust, so tun die Heuchelpfaffen das Volk verdummen, die Pfarrer und Pastoren sollen endlich verstummen, so einen Unsinn will niemensch mehr vernehmen, mensch soll sich endlich einmal zur Wahrheit bequemen!

Mensche: Das Mittelreich ist nicht wesenseins mit diesem Glauben, über diese falsche Meinung kann mensch nur unwirsch schnauben, es läßt sich auch ein Mittelreich denken, in dem mensch Jeschua Rex Text Gehör würde schenken, dann würde mensch den Gott JEUNEX verehren, dann würde das Menschtum die Menschlichkeit mehren, dann würde der Stehmann überall prangen, dann würde niemensch mehr vergeblich wünschen und verlangen!

Menscher: Die gegenwärtigen Denker sind starr und steif, dabei ist die Welt für einen Umsturz reif, die morschen Gefüge müssen sinken, jedmensch soll essen und trinken, jedmensch soll anständig wohnen, für jedmenschen soll sich das Dasein lohnen, so wie jetzt kann es nicht bleiben, die Reichen dürfen es nicht so verantwortungslos treiben, mensch muß auch für seine Mitgeschöpfe sorgen, mensch muß ihren Nöten sein Ohr willig borgen!

Mensche: Zeitungen kann mensch an diesem Tage nicht kaufen, darüber muß sich unser Held nicht die Haare raufen, es ist auch einmal angenehm, dem oberflächlichen Geschwätz zu entrinnen, freilich kann mensch ohne Nachrichten auch nichts beginnen, aber wenn mensch sich ansieht, wer in der Presse waltet, dann ist es klar, daß der Eifer der Jugend erkaltet, sie wollen endlich ein Vorbild haben, doch auch Jeschua Rex Text kann sie nicht erlaben!

Menscher: Der erste Mensche gibt sich noch nicht zu erkennen, deshalb kann der Nachwuchs noch nicht für ihn entbrennen, doch in einem halben Jahre wird mensch ihn entdecken, dann wird er sich nicht mehr in seinem Zimmer verstecken, dann wird er vor die Öffentlichkeit treten, dann wird er mit der Menge zu JEUNEX beten, diese Hoffnung muß er behalten, er wird das Zusammenleben angenehm gestalten!

Mensche: Dann wird Jeschua nicht mehr die Rakete besteigen, dann wird mensch über diesen Unfug schweigen, auch Maria ist nicht zum Himmel gefahren, mensch konnte sie auf der Irene noch nicht gewahren, auch auf der Venus wurde sie nicht gesehen, vor zweitausend Jahren konnte dies eben noch nicht geschehen, heute fliegen einige Menschen fort von der Erde, auf daß ihnen und uns ihre Umgebung bekannter werde, doch weit sind sie nicht gekommen, mit vielen Einsichten konnten sie uns nicht frommen!

Menscher: An diesem Freitagnachmittag war unser Ersinner schlaff und matt, es fand keine großartige dichterische Leistung statt, nur eine Stunde lang hat er laut gelesen, sonst ist er müde im Bett gewesen, am Mittag hat ihm der Tscheche vom Griechen einen Schweinedöner gebracht, da hat dem ersten Menschen das Herz im Leibe gelacht, bei strahlendem Sonnenschein hat er im Garten gesessen und dort an einem Tisch diese Mahlzeit gegessen!

Mensche: Danach hat er drei Zeitungen studiert, dann ist er in sein Zimmer marschiert, um der Ruhe zu pflegen, er selbst hatte etwas dagegen, aber sein Körper duldete keine Kunst, er war auch nicht gierig auf eine Brunst, er wollte nur liegen, so kann mensch nicht siegen, so kann mensch nicht triumfieren, so kann mensch nicht nach Menschland marschieren, aber unser Urheber wird sich in einem halben Jahre wandeln, dann kann er endlich kraftvoll und vernünftig handeln!

Menscher: Sein einwöchiger Urlaub ist nun bald verstrichen, die Tage sind im Fluge gewichen, am nächsten Montag muß er wieder zur Werkhalle schreiten und am langen Tisch mit den Büchern feiten, dann kann er wieder klönen und sich an die Geselligkeit gewöhnen, jetzt ist er einsam, doch das ist nicht schlimm, das erregt in keiner Weise seinen Grimm, er hat ja seine Romane und Novellen, sie tun ihn niemals um seine Genüsse prellen!

Mensche: Er muß an diesem Abend noch zum Supermarkt gehen, dort werden ihn die Menschdorfer wieder nicht verstehen, dort werden die Spießbürger wieder auf ihn hacken, es sitzt ihm keine Angst vor ihnen im Nacken, aber sie sind lästig und nur schwer zu ertragen, sie müssen einen wackeren Burschen immer wieder plagen, er würde am Sonntag gern zum Killewittchen wandern, doch er scheut die Auseinandersetzung mit den andern, das Ausflugslokal hat ringsherum eine prachtvolle Landschaft zu zeigen, doch die beschränkten Krähwinkler können ja niemals schweigen!

Menscher: Im Menschdorfer Stadtteil Retterberg wurde am Vatertag auf dem Marktplatz gefeiert, es wurde zwar nicht gekegelt, geskatet und gemeiert, aber von den Bühnen herab ist doch eine beschwingende Musik gedrungen, sie hätte auch unseren Urheber bezwungen, doch leider spürt er keine Lust, sich unter Menschdorfer zu begeben, er würde dort nicht im siebenten Himmel schweben, es sind gar ausgrenzungswillige Brüder und Schwestern, sie würden ja doch nur über ihn hetzen und lästern!

Mensche: Im zweiten Jahr in Jeschua Rex Text muß unser Schenie sich noch verbergen, der denkerische Riese wird darniedergerungen von den geistigen Zwergen, aber im dritten Jahr in Jeschua Rex Text wird er sich in seiner Herrlichkeit weisen, dann werden die Menschdorfer ihn rühmen, loben und preisen, dann werden sie ihn endlich erkennen, dann werden sie ihn den allerklügsten Profeten nennen, dann wird er sie das Menschtum in JEUNEX lehren, dann werden sie ihm niemals wieder den Rücken kehren!

Menscher: Rolf Hochhut schreibt, Zäsar sei ein grausamer Mann gewesen, das kann mensch so nicht in seinen Aufzeichnungen lesen, die damalige Zeit hat die Menschlichkeit kaum gekannt, mensch ist für verschiedene blutrünstige Götter entbrannt, die Massenmörder der Weltgeschichte sind dann ihre Helden geworden, sie schützten ihre Staaten vor den barbarischen Horden, Napoleon und Hitler sollte mensch nicht verehren, denn sie taten das Leid ihrer Länder maßlos vermehren!

Mensche: Der Frieden wird von den Menschen erstrebt, es wird vor den Schrecken des Abschlachtens gebebt, deshalb wird die Eintracht auch inskünftig walten, die Menschheit muß eine neue Verfassung erhalten, Jeschua Rex Text wird mensch den Friedensfürsten nennen, denn durch ihn lernt die Menschheit den ewigen Weltfrieden kennen, die Atombombe zwingt uns dazu, uns zu vertragen, wir dürfen einander nicht mehr mit Zwistigkeiten plagen!

Menscher: Unser Ersinner muß bald die Buttermilch holen, dann wird mensch ihm wieder den Hintern versohlen, eine angenehme Maienhitze leuchtet in der Luft, doch den Menschdorfern gilt der erste Mensche als ein Schuft, und das müssen sie ihm immer wieder sagen, er tat sie zwar noch niemals danach fragen, aber sie sind eben so, sie stecken ihre Nase hinein, und was sie dann riechen, das kann ihn nicht willkommen sein!

Mensche: Unser Verfasser wird es überstehen, das kann mensch schon jetzt übersehen, er hat es auch bisher überstanden, sein klares Denken ging nicht zuschanden, er erinnert sich jetzt an die Monate im Irrenhaus vor über zwanzig Jahren, er muß viele Einzelheiten von damals in seinem Gedächtnis gewahren, doch das wird ihn auch nicht verderben, damals tat er ja auch nicht gerade sterben, er atmet noch heute in vollen Zügen, er tut sich murrend in sein Schicksal fügen!

Menscher: Es ist nicht leicht, den Erlöser der Menschheit zu markieren, er kann ja auch noch nicht nach Menschland marschieren, doch irgendwann wird es ihm gelingen, dann wird seine Botschaft in die Ferne dringen, dann wird mensch nach seiner Pfeife tanzen, dann fühlt mensch sich verbunden mit dem Ganzen, dann wird mensch das Gute und Schöne verrichten, dann wird mensch das Hohe und Erhabene bedichten!

Mensche: Dann lohnt es sich auch wieder, ins Teater zu gehen, denn mensch kann die Schauspiele in werkgetreuer Wiedergabe sehen, keine wildgewordenen Aktöre brüllen Unsinn umher, und sie zu begreifen, das fällt dann nicht mehr schwer, es wird alles gut in des JEUNEX bergender Hut, dann werden sogar die "Menschdorfer Nachrichten" nicht nur über Hundehaufen schreiben, sondern dann werden es auch diese Provinzschurnalisten auf eine weltbürgerliche Weise treiben!

Menscher: An diesem Sonntagnachmittag hat unser Verfasser den Kompjuter verflucht, er hat es vergeblich, einen Umschlag zu gestalten, versucht, er wollte heute "das erste Jahr in Jeschua Rex Text" versenden, doch sein Schicksal tat sich zum Schlechten wenden, er hat fast drei Stunden lang vor der Maschine gesessen, er hat fast alle seine dichterischen Pflichten vergessen, doch am Ende war er genau so klug wie zuvor, am Rechner ist und bleibt er ein unwissender Tor!

Mensche: Ein junger Helfer ist dann am Abend gekommen, doch auch dieser jugendliche Bursche konnte ihm nicht frommen, auch er konnte diese Aufgabe nicht meistern, dabei zählt er durchaus zu den Könnern und Leistern, nun muß der Betreuer sich um diesen grafischen Aspekt kümmern, dem ersten Menschen tat dieser Frust beinahe das Bewußtsein zertrümmern, mit Zetteln und Klebstoff hätte es damals fünf Minuten lang gedauert, und heute hat er so lange vergeblich an der Maschine gepauert!

Menscher: Die Geschichte hat den Zweck, das Ausmaß an Lust zu steigern, dieser Einsicht sollte mensch sich nicht verweigern, mensch sollte seinen Teil dazu beitragen mit Macht, mensch zeige sich seiner Umgebung in all seiner Pracht, das ist der Sinn des Lebens, bereite Freude, und es ist nicht vergebens, freilich wird die Erde irgendwann in die Sonne stürzen, aber das wird unser Dasein nicht verkürzen, denn es wird erst in sechs Milliarden Jahren geschehen, bis dahin wird mensch noch viel zu Lande und zu Wasser sehen!

Mensche: Rolf Hochhut schreibt mit Bitterkeit und Haß, er gleicht einem mit Pulver gefüllten Faß, aus seiner Erfahrung heraus hat er recht, nur wurde er eben in seiner Jugend bepecht, ihm sind noch Bomben auf den Kopf gefallen, seine Rede ist darum ein mitgenommenes Lallen, unser Urheber jedoch, dieser Mann aus dem niederen Sachsen, ist gottseidank im Frieden aufgewachsen, er kann in Ruhe überlegen, er kann sich zugunsten der Eintracht regen!

Menscher: An diesem Sonntag hatte er kein Glück, morgen kehrt er zur Arbeit zurück, dann wird er wieder in der Werkhalle stehen, dort wird die schöne Büglerin nach ihm sehen, oh, müßte er sie doch niemals wieder treffen, sein Gott JEUNEX tat ihn mit der hübschen Plätterin äffen, sein Gott JEUNEX tat ihn mit der anmutigen Manglerin foppen, kann denn niemensch diesen verderblichen Wahnsinn stoppen?!

Mensche: Es gibt eben Tage, an denen tut nicht viel gelingen, unser Ergrübler aber wird es noch weit bringen, er tat in der Gemeinde Jeschua Rex Text viel reden und singen, er tat seine Mitmenschen gar angenehm beschwingen, und so wird er auch fernerhin blühen, wachsen und gedeihen, und so wird er sich auch weiterhin dem Guten und Schönen weihen, er beißt die Zähne zusammen als ein Held, denn es gibt viele Widrigkeiten auf dieser Welt, mensch muß sie mannhaft ertragen, es nützt nichts, sie zu beklagen!

Menscher: Die schöne Büglerin hat der erste Mensche an diesem Nachmittag gesehen, sie tat mehrmals durch die Halle gehen, um am Tor zu rauchen und zu telefonieren, er tat sich wie immer vor dieser Zirze schenieren, sie hat ihn in den Wahnsinn getrieben, er will keine Nummer mehr mit ihr schieben, er kann sie beim besten Willen nicht lieben, doch er hat oftmals über ihre beseligende Wirkung geschrieben!

Mensche: In seiner Seele erklangen die sehnsüchtigsten Lieder, heute empfand er es wieder, aber das hat ja alles keinen Sinn, das bringt weder ihr noch ihm Gewinn, er muß ihr die kalte Schulter zeigen, er muß ihr seine Geneigheit für immer verschweigen, er darf sich nicht an diese gute Fee ketten, er darf sich nicht mit dieser rassigen Messalina verkletten, er muß sich ruckartig von ihr trennen, er darf sie nicht länger seine künftige Ehefrau nennen!

Menscher: Und das im Monat Mai, es ist leider alles vorbei, es ist leider alles vergangen, er tat vergeblich nach dieser Maid verlangen, er muß sie vergessen, er ist nicht mehr auf sie versessen, denn sie hat in seinem Bewußtsein einen großen Schaden begründet, sie hat ihm aber auch den allerweiblichsten Liebreiz der Najaden verkündet, der Mensch ist keine einheitliche Erscheinung, gerade das führte zu einer riesigen Bepeinung!

Mensche: Der Würstchenverkäufer hat am Mittag seine Witze gerissen, mit Verzögerung hat er den Grill angeschmissen, zehn Minuten lang mußte der erste Mensche harren, zehn Minuten lang mußte er auf das sich bräunende Fleisch hungrig starren, dann ist er zu den Behinderten geschritten, dort tat mensch ihn darum bitten, Kunststoffscheibchen von Pappe zu scheiden, diese Arbeit kann unser Ergrübler sehr gut leiden!

Menscher: Zwischendurch sind sie zu dritt nach Langerwehe gefahren, dort konnte mensch einen Garten gewahren, Strauchverschnitt haben sie auf den Pritschenwagen gelegt, unser geistiger Vater hat sich dabei mühsam bewegt, auf dem Bauernhof in Weisweiler wurde alles Grün in einen Kontehner gegeben, danach taten die Drei wieder zurück zur Werkhalle streben, der Anleiter tat sich fluchend die Haare raufen, denn wegens Diebstahls mußte er unterwegs einen neuen Verbandkasten kaufen!

Mensche: Das gegenwärtige Wetter wird als angenehm gepriesen, die Sonne schimmert über die Wälder und Wiesen, das Herz wird erwärmt, für die Sinnlichkeit wird geschwärmt, doch unser Held muß noch ein halbes Jahr lang warten, dann darf er erst seinen Feldzug für die Nächstenliebe starten, in diese Zitrone tut er ungern beißen, doch er muß sich nun einmal am Riemen reißen, in diesem Sommer wird er nichts gewinnen, doch im Herbst wird ein neues Leben für ihn beginnen!

Menscher: An diesem Nachmittag hat unser Verfasser in der Werkhalle gestanden, und sein Eifer ging vor Langeweile zuschanden, der Gärtner hat den ersten Menschen nur mit Mühe ertragen, und die anderen Gefährten mußten unseren Urheber plagen, wann wird er endlich unter geistigen Menschen wandeln, wann kann er endlich nach seinen Vorstellungen handeln, wann kann er endlich das Reich des Jeschua Rex Textes errichten, wann kann er endlich die verderblichen Pfarrer und Pastoren vernichten?!

Mensche: Die schöne Büglerin ist über jeden Zweifel erhaben, doch sie kann unseren Helden nicht erlaben, die hübsche Plätterin muß ihn in den Wahnsinn treiben, er darf auf keinen Fall an ihrer Seite bleiben, ihre einmalige Weiblichkeit wird er vermissen, er würde sehr gern mehr über sie wissen, aber mit ihr hat alles keinen Zweck, er verharrt in seinem Versteck, noch ein halbes Jahr lang muß er sich verbergen, dann unterliegt er nicht länger den geistigen Zwergen!

Menscher: Rolf Hochhut hat über Tagebücher von Josef Göbbels berichtet, er hat sie offenbar gründlich gesichtet, heute begreift mensch nicht mehr den Haß gegen die Juden bis zum Morden, aus unserem Herrn und Meister ist ja auch ein Profet geworden, aber er will mit friedlichen Mitteln feiten, er will den Menschen das Paradies auf Erden bereiten, und er will dabei niemenschen töten, die ganze Welt soll nur schillern und göten, die ganze Welt soll die mensche Sprache gebrauchen, dann werden die Schornsteine überall rauchen!

Mensche: Auch gegenüber den "Menschdorfer Nachrichten" kann unser Erdichter keinen Groll empfinden, die mittelmäßigen Schurnalisten wollen sich eben mit keinem Schenie verbinden, diese kleinen Denker können keinen großen Grübler loben, die Nachwelt wird über ihre Beschränktheit toben, aber sie sind in ihrer Dummheit einerlei, eine wichtige Rolle spielen sie keinerlei, es ist gleich, was sie schreiben, sie werden immer Spießbürger bleiben!

Menscher: In Menschdorf kann sich der erste Mensche nicht entfalten, an der Inde kann er keine Förderung erhalten, am Blausteinsee kann er nicht wachsen, blühen und gedeihen, doch er kann sich hier durchaus seinen hohen Idealen weihen, deshalb sollte er nicht verzagen, deshalb sollte er sein Schicksal nicht beklagen, sicherlich kann mensch ihn der Ichsucht zeihen, doch er tut den Sorgen seiner Mitmenschen sein Ohr willig leihen!

Mensche: Seine Besinnungen kommen der Allgemeinheit zugute, der Öffentlichkeit wird durch seinen Einfluß froh zumute, er hat auch die Menschdorfer Mauer zerstört, die Menschen in Menschstadt haben seine Lieder gehört, für die Menschen in Menschstadt sind seine Reden erklungen, sie sind auf dem Weg über das Unbewußte bis an die Spree und Havel gedrungen, beweisen kann er dies nicht genau, aber er bietet auf der Bühne eine beseligende Schau!

Menscher: An diesem Nachmittag hat unser Held in der Werkhalle Scheibchen von der Pappe gerissen, seine Nerven wurden dabei durch die Hitze und die Dummheit verschlissen, seine Gefährten konnten ihn nicht sonderlich erheitern, auch der Gärtner tut sein Bewußtsein ja nicht erweitern, aber er ist ein fröhlicher Geselle, und in seinem Gehirn gewahrt mensch so manche Helle, sie haben Rasen gemäht, der erste Mensche hat den Bürgersteig daneben gefegt, auf diese Weise hat er sich gar emsig geregt!

Mensche: Am Abend hat er Rolf Hochhut gelesen, das ist ihm nicht immer ein Genuß gewesen, denn dieser Schriftsteller behauptet, mensch dürfe keinen Glauben hegen, er sei nicht dafür, sondern dagegen, mensch dürfe die Menschheit nicht beglücken wollen, mensch dürfe die Allgemeinheit nicht entzücken wollen, denn wer bekehren wolle, der wolle auch töten, dabei will unser Urheber nur kleisten, schillern und göten!

Menscher: Er will bekehren, aber auf friedliche Weise, er verabreicht eine bekömmliche geistige Speise, denn was hat Rolf Hochhut schon zu gewähren, womit will dieser Schreiberling die Gehirne seiner Mitmenschen ernähren, er behauptet, die anderen wären da, also hätten sie recht, aber wir finden diese Meinung schlecht, mensch soll sich auf der Erde als ein Mensch verhalten, dann wird mensch das Dasein angenehm gestalten, mensch soll die mensche Sprache verwenden, dann wird mensch günstige Zeichen senden?!

Mensche: Rolf Hochhut sind zu viele Bomben auf den Kopf gefallen, seine Rede ist ein vernünftelndes, doch unverbindliches Lallen, das Bekenntnis zu Jeschua Rex Text lassen wir uns nicht rauben, über so einen Versuch müssen wir unwillig schnauben, das Menschtum in JEUNEX ist so wertvoll wie Diamanten, und diejenigen Leute, die es noch nicht kannten, das waren die allerfinstersten Barbaren, wir wollen sie heute nicht mehr gewahren!

Menscher: Alle Sünagogen, Kirchen und Moscheen sollen verschwinden, mensch soll sie in den Gemeinden nicht mehr finden, mensch soll sie ruhig abreißen mit Bedacht, denn sie bergen so manche schädliche Macht, und dann soll mensch die Tempel des Jeschua Rex Textes erbauen, darin soll mensch die frommen Gemüter verschlauen, darin soll mensch das Menschtum in JEUNEX lehren, dann wird sich die Harmonie der Welt gewaltig mehren!

Mensche: Rolf Hochhut wurde um seine Jugend betrogen, ihm waren die Zeitumstände nicht gewogen, er hat zu viel Negatives erlebt, er hat kaum einmal im siebenten Himmel geschwebt, er ist ein Opfer und kein Täter, unser geistiger Vater erblickte das Licht der Welt erst später, er blieb von den Greueln der Schlachten verschont, er ist an einen ständigen Frieden gewohnt, deshalb kann er auch friedlich denken, deshalb kann er seine Aufmerksamkeit auch auf das Positive lenken, er hat die Reden des Führers nicht gehört, sein Urvertrauen wurde durch keine Schüsse zerstört!

Menscher: An diesem Nachmittag ist unser Urheber auf einen Bauernhof gefahren, dort konnte mensch einen großen Kontehner gewahren, die beiden Gesellen haben im Wagen gesessen, der erste Mensche hat über seiner Beschäftigung die Sorgen vergessen, er schaufelte und forkte Gras und Strauchverschnitt in den großen Kasten, diese leichte Tätigkeit tat ihn gar nicht belasten, dann hat er in der Werkhalle Scheibchen von der Pappe gerissen, die Herzlichkeit gegenüber der schönen Büglerin tat er nicht missen!

Mensche: Sie geht nun still und stumm an ihm vorbei, sie erhebt auch nicht mehr ein unwirsches Ge-schrei, es ist Mai, im August wird sie den Betrieb verlassen, dann braucht unser Erdichter sich nicht mehr mit ihr zu befassen, dann kann er sie endlich aus seinem Gedächtnis streichen, dann wird der Wahnsinn, den sie verursacht, von ihm weichen, er muß nur noch ein wenig harren, dann kann er sich gründlich entnarren!

Menscher: Dann kann er sich umfassend entjecken und enttoren, er hat durch diese gute Fee ja beinahe den Verstand verloren, die sinnliche Liebe konnte ihm nichts nützen, die hübsche Plätterin konnte ihn nicht unterstützen, so muß er auch inskünftig allein nach Menschland marschieren, er darf mit keiner Eva im Arm durch Menschdorf spazieren, als einsamer Junggeselle muß er seine Tage vertrauern, das ist Anlaß für ihn, sich selbst zutiefst zu bedauern!

Mensche: Beim Fußballspielen hat er so manches Tor nicht geschossen, aber das hat ihn nicht sonderlich verdrossen, er war müde von der Arbeit und konnte kaum laufen, nach wenigen Minuten mußte er entsetzlich schnaufen, das wird sich in sechs Monaten wandeln, dann wird er wieder kraftvoll handeln, dann wird er seine Gefährten begeistern, dann wird er sein schweres Schicksal meistern, dann wird er an die Öffentlichkeit treten als der größte von allen bekannten Profeten!

Menscher: Dann wird mensch den Glauben an Jeschua Rex Text endlich lehren, dann wird JEUNEX die Freude in Gemeinschaft mehren, dann werden sich die Menschen als Lustquellen begreifen, dann wird die Fantasie auf erbauliche Weise schweifen, dann will mensch nicht mehr zerstören und vernichten, dann kann mensch auf das Massakrieren für immer verzichten, dann wird mensch den ewigen Weltfrieden errichten, dann wird mensch sehr schöne Magelonen allüberall sichten!

Mensche: Es ist ein Mann, der dieses geistige Gebäude geschaffen hat und der es aufgestockt mit seinen geistigen Waffen hat, doch er wird auch für die Rechte der Frauen kämpfen, auch wenn die Menschdorfer seinen Eifer immer wieder dämpfen, die Menschdorfer aber wird mensch verspotten, die "Menschdorfer Nachrichten" wird mensch vermotten, sie enthalten nichts Modernes für den Geist, wie du es ja schon seit vielen, vielen Jahren weißt!

Menscher: An diesem Nachmittag sind sie zu viert nach Würselen und Kohlscheid gefahren, unser Verfasser tat sich mit drei Gefährten paaren, zwei Vorarbeiter und ein Kollege haben ihn begleitet, so hat er ein wenig mit seinen Händen gefeitet, sie mußten Kartons aus einer Garasche auf den Pritschenwagen laden, gottseidank kam das Geschirr darinnen nicht zu Schaden, und dann haben sie es in eine entfernte Wohnung gelegt, dabei hat sich der erste Mensche sehr mühsam bewegt!

Mensche: In der Werkhalle hat er dann Etiketten auf Bücher geklebt, er hat dabei nicht im siebenten Himmel geschwebt, von der schönen Büglerin hat er sich entfernt, er hat inzwischen, daß sie nicht zu ihm passen kann, gelernt, und keine andere Elisabet tut ihn reizen, da muß er mit seiner Zuwendung geizen, die beschränkten Menschdorferinnen öden ihn an, er ist ein völlig aufgeworfener Mann, das muß er leider sagen, es tut ihn niemensch danach fragen!

Menscher: Im Supermarkt an der Kasse hat er eine Negerin getroffen, er kann auch bei ihr nicht auf einen Beischlaf hoffen, denn sie ist in festen Händen seit einigen Jahren, er tat erfreut an ihr ihre zerrissene schwarze Hose gewahren, sie haben sich angenehm unterhalten, er tat all seinen Scharm entfalten, leider war er ein wenig müde und matt, es fand kein köstliches Lachen statt, doch diese ehemalige Mitwerkerin hat ihn erlabt, sie hat ihn mit weiblichen Schwingungen begabt!

Mensche: Rolf Hochhut hat Ernst Jünger gepriesen, doch unser Held hat diesen Dichter stets von sich gewiesen, denn er ist zwar über neunzig Jahre alt geworden, aber er tat als Soldat verwunden und morden, unser geistiger Vater aber will sich der Eintracht weihen, da kann er den Eltern ihre Geausamkeit nicht verzeihen, er will den ewigen Weltfrieden errichten, da kann er durchaus auf das Verletzen und Töten verzichten!

Menscher: An diesem Freitagabend kann unser Urheber auf drei angenehme Tage blicken, denn JEUNEX tat ihm einen freien Montag schicken, drei Tage lang kann er lesen und schreiben, drei Tage lang kann er es auf dem Papier emsig treiben, dann wird er wieder werken müssen, dann wird er die Gemeinschaft wieder stärken müssen, leider kann er als Schriftsteller nicht prangen, mensch tut noch immer nicht nach seinen Werken verlangen!

Mensche: Das ist nur noch eine Frage der Zeit, bald ist es für den ersten Jeschua Rex Text soweit, dann wird mensch ihn um seine Unterschrift bitten, dann hat er genug unter den Menschdorfern gelitten, dann braucht er ihren rohen Schmähungen nicht mehr zu lauschen, dann wird mensch sich an seinen kunstvollen Reimereien berauschen, und dann wird eine fesselnde Eurükleia neben ihm liegen, und dann wird sich eine anmutige Magelone an seine Schulter schmiegen!

Menscher: An diesem Sonnabend ist unser Held erst am Mittag erstanden, all seine Sorgen in einem langen Schlummer entschwanden, so ist er ausgeruht an seine Besinnungen gegangen, er hat auch wieder einige Anregungen aus Büchern empfangen, nun schreibt er sein Tagebuch wie oftmals zuvor, niemals er die Geduld, es darniederzuklecksen, verlor, freilich haben ihm die Menschdorfer nur wenig zu gewähren, mit geistiger Speise können sie ihn nun wirklich nicht ernähren!

Mensche: Gleich muß er wieder zu einem Supermarkt eilen, dann wird mensch ihn nicht von seinen Gebrechen heilen, im Gegenteil, mensch wird ihn zusammensprechen, er soll dann gefälligst zusammenbrechen, aber diesen Gefallen wird er den verbrecherischen Auschwitzianern nicht erweisen, er wird auf jeden Fall nach Menschland reisen, dann wird mensch keine geistigen Terroristen mehr in Menschdorf erblicken, dann wird Gott endlich richtige Menschen an den Blausteinsee schicken!

Menscher: An der Inde wird der erste Mensche gescholten, er hat niemals als ein vollwertiger Mitbürger gegolten, das wiederholt sich in vielen Stunden, etwas Besseres wird nicht gefunden, die Hinterwäldler müssen ihre Oberflächlichkeit bekunden, es tut ihnen, jemenschen zu erniedrigen und zu beleidigen, munden, der Außerseiter wird geschmäht, der Einzelgänger wird bebäht und bemäht, das ist hier die Art, sie ist nicht zart, sondern hart!

Mensche: Die unmenschen Heiden würden sich am liebsten selber meiden, sie können nicht in einen Spiegel gucken, ohne dabei betroffen und entsetzt zu schlucken, außen sind sie häßlich, innen sind sie gräßlich, wer mag so ein Elend im Glase besehen, da kann mensch die Minderwertigkeitsempfindungen doch verstehen, da müßte mensch eigentlich Selbstmord begehen, doch das tut seltsamerweise in Menschdorf kaum geschehen?!

Menscher: Mit unglaublichem Selbstbewußtsein ertragen die Menschdorfer ihr verschrobenes Wesen, sie würden am liebsten selbst endlich von ihrem Menschdorfertum genesen, Jeschua Rex Text tut ihnen nur einen Gefallen, vor Ohnmacht müssen sie die Fäuste ballen, das Schicksal hat sich ihnen nicht gnädig erwiesen, sie selbst haben Menschdorf noch niemals gepriesen, sie kennen nur Leiden und Not, und mancher von ihnen wäre sehr gern lieber tot!

Mensche: Diese lebenden Leichen wollen sich selbst nicht gleichen, diese Mumien können sich selbst nicht dulden, die Menschheit tut ihnen ihr Mitleid schulden, es ist nicht gerecht, sie zu verspotten, sie tun ja nicht einmal den JEUNEX vergotten, in ihren Kleidern im Schrank flattern die Motten, sie müssen sich gegen alles Neue rotten, sie sind rückständig bis in die Knochen, in Menschdorf wurde noch niemals ein vorwärtsgerichtetes Wort gesprochen!

Menscher: An diesem Pfingstsonntag hat sich unser Verfasser mühsam aus dem Bett gequält, gottseidank hat er die mensche Sprache zur alleinigen Verständigungsweise gewählt, so kann er seine Botschaft auf Mensch verkünden, dann wird sich die ganze Menschheit mit ihm verbünden, er braucht nicht in Zungen zu predigen, diese Lüge tat mensch ja durch die Wahrheit erledigen, gegen Mittag hat sich unser Erdichter erhoben, er kann sich selbst deswegen nicht loben!

Mensche: Danach hat er geschrieben und gelesen, es ist ihm ein großes Vergnügen gewesen, da klingelte es, der junge Bursche aus Wert war da, er war dem Schriftsteller hilfreich nah, denn er hat sein siebentes Buch zum Verlag gesendet, auf daß sich die geldliche Not des ersten Menschen bald wendet, "das erste Jahr in Jeschua Rex Text" wurde in die Hamburger Gegend geschickt, hoffentlich wird von den Bürgern begeistert dazu genickt!

Menscher: Der jugendliche Kerl konnte zuerst das Internet nicht empfangen, da sind sie in ein entsprechendes Kaffeehaus gegangen, dort sind sie auf mehrere Schwierigkeiten gestoßen, es hätte fast einen Streit gegeben, und zwar einen großen, dann sind sie vom Markt zum Sitz der Weltregierung zurückgeeilt, dort haben sie noch eine halbe Stunde lang geweilt, plötzlich hat es das Internet im Tablett des Helfers getan, nun brach sich das Nützliche gottseidank freie Bahn!

Mensche: Zehnfünf mensche Jeschuas konnte unser Erdenker seinem Unterstützer geben, danach tat dieser Arbeitslose auch rasch von hinnen streben, zwei bis drei Stunden haben sie verschwendet, doch auch diese Nervenbelastung hat endlich geendet, nun wird unser Ertüftler vom Verlag die Rechnung bekommen, dadurch werden ihm dreißig mensche Jeschuas genommen, und dann kann mensch seine Aufzeichnungen kaufen, die anderen Schreiberlinge aber werden sich die Haare raufen!

Menscher: Vielleicht aber auch nicht, es fällt anscheinend nicht in das Gewicht, was der Seher des JEUNEX berichtet, es wird darauf, ihm zu lauschen, verzichtet, noch ein halbes Jahr lang muß er harren, dann wird mensch ihn neugierig bestarren, dann wird mensch ihn begeistert bestieren, er sollte auf keinen Fall die Geduld verlieren, die Menschdorfer freilich kann er noch nicht überzeugen, diese Spießbürger wollen sich dem Willen des Profeten nicht beugen!

Mensche: Gerade am Pfingstsonntag sollte unser Heiland positiv denken, er kann die ganze Welt mit seinen Gefügen beschenken, mensch wird seine Aufmerksamkeit emsig auf ihn lenken, dann braucht mensch sich nicht mehr das Bewußtsein zu verrenken, dann kann mensch zu JEUNEX beten, dann kann mensch vor diesen Schöpfer treten, und er wird menschen behüten und segnen, es lohnt sich nicht, anderen Göttern zu begegnen!

Menscher: An diesem Pfingstmontag hat sich der erste Mensche erst spät erhoben, er fühlt sich zwar stets in das große Ganze verwoben, aber manchmal verspürt er sich auch als vom All getrennt, das kommt bei ihm vor, obwohl er für JEUNEX entbrennt, er hat mit dem Sportlichen geklönt, doch er hat sich kaum an seine Aura gewöhnt, dann hat er zwei Stunden lang gelesen, es ist ihm nur ein mäßiger Genuß gewesen!

Mensche: Im Wälzer des Plötzes tut er die ganze menschliche Geschichte studieren, damals tat mensch noch nicht nach Menschland marschieren, es herrschte eine Grausamkeit sondergleichen, mensch schritt, ohne mit der Wimper zu zucken, über Leichen, auch die Pest hat riesige Lücken gerissen, es ist zwar angenehm, so etwas zu wissen, aber mensch braucht es nur, um es zu überwinden, in Menschland wird mensch sich wohl befinden!

Menscher: Rolf Hochhut fordert, mensch solle die Meinung der anderen gelten lassen, mensch solle die Mitmenschen eingesponnen in ihre Welten lassen, aber wenn jemensch die Atombombe werfen will, niemensch vermutlich diese Lage verschärfen will, indem er spricht: "Wolle im Namen der Freiheit so handeln!", denn dieser Verbrecher würde die Erde in Schutt und Asche verwandeln, mensch kann nicht alles dulden, das tut mensch sich und den Mitlebenden schulden!

Mensche: Rolf Hochhut steht noch unter dem Eindruck der Schlachten, diese Erlebnisse ihn zu einem Schwarzseher machten, das Wirtschaftswunder war auch nicht frei von Schatten, da muß die Zuversicht allmählich ermatten, doch mensch muß sowohl den braunen Führer als auch Rolf Hochhut überwinden, der Täter und das Opfer dürfen uns heute nicht mehr schinden, mensch muß das Positive sehen, dann wird es auch einmal geschehen!

Menscher: Einen großen Wortschatz nennt unser Verfasser nicht sein eigen, in dieser Hinsicht kann ihm Rolf Hochhut noch etwas zeigen, doch unser Urheber hat die Wahrheit erkannt und sie in die rechten und fruchbaren Wörter gebannt, das Menschtum in JEUNEX kann er lehren, die Harmonie der Welt kann er mehren, was darf mensch darüber hinaus von ihm verlangen, das reicht, um über der ganzen Menschheit zu prangen?!

Mensche: Noch ein halbes Jahr lang muß er harren, dann wird er nicht mehr in die Röhre starren, er sitzt wie auf glühenden Kohlen, mensch hat ihm das klare Denken gestohlen, doch er wird es wird erhalten, sein Eifer für das Gute wird voerst nicht erkalten, und so wird er die Menschheit führen, so wird er die Erdenbürger rühren, er wird ihnen den Weg zum Reichtum weisen, dann werden sie ihn jubelnd als ihren Erlöser preisen!

Menscher: Heute ist der junge Vorgesetzte vierzigundvier Jahre alt geworden, er schafft arbeitsame Gruppen aus den behinderten Horden, das ist sein Verdienst, darum tut er sich kümmern, nur kann er leider die Ursachen des geistigen Siechtums nicht zertrümmern, so muß er sich darauf beschränken, das Elend zu verwalten, dabei kann er nicht immer befriedigende Ergebnisse erhalten, doch er tut nach wie vor all seinen Eifer entfalten, deshalb ihm auch schon viele, viele Lobsprüche erschallten!

Mensche: Er hat die "Arbeitsförderung" gerettet und geheilt, seit vier oder fünf Jahren er unter den Gehändikäpten weilt, aber er hat schon einen riesigen Segen erzielt, er hat schon eine harmonisierende Rolle gespielt, beim Fußball auf dem Kunstrasen wurde er gern gesehen, er tat in der Halle seinen Mann wacker stehen, mit viel Heiterkeit hat er diesen Sport betrieben, und seine Ehefrau und ihre Kinder tut er zärtlich lieben!

Menscher: An diesem Nachmittag hat der erste Mensche Scheibchen von der Pappe gerissen, der Gärtner wollte ihn in seinem Arbeitsbereich ebenfalls nicht missen, unser Erdichter mußte auf dem Bauernhof Gras in den Kontehner schaufeln, er befand sich dabei auf dem Pritschenwagen und tat ein wenig schnaufeln, danach hat er in der Werkhalle gestanden, seine Geduld ging nicht zuschanden, die leichte Beschäftigung tat ihn zerstreuen, aber er konnte sich leider nicht über sie freuen!

Mensche: Mit einer Eva aus der Bügelgruppe ist er heimwärts geschritten, ihr Buhle tat sie an diesem Abend zu sich bitten, eigentlich sollte die Gruppe geschehen, doch der Betreuer ließ sich nicht sehen, denn er war nicht gesund, deshalb ging es auch nicht rund, so konnte unser Erdenker die Zeit sinnvoll nutzen, morgen muß er das Wohnzimmer putzen, dann kommt ein anderer Sozialarbeiter, um ihm zu helfen, doch leider küssen ihn noch immer nicht die reizvollen Elfen!

Menscher: Das ständige Einerlei muß ihn ermatten, er will schon gar nicht mehr begatten, er will schon gar nicht mehr ficken, er will eine Menschdorferin schon gar nicht mehr zum Höhepunkt schicken, denn was hätte das in Menschdorf für einen Sinn, das brächte ihm doch gar keinen Gewinn, in Menschdorf sind Hopfen und Malz verloren, hier hat mensch sich den Dumpfsinn zum Lebensmotto erkoren, hier tut es von Mumien wimmeln, die bei lebendigem Leibe verschimmeln?!

Mensche: Und trotzdem wird unser Held sämtliche Widerstände besiegen, die beschränkten Spießbürger werden ihm unterliegen, das weiß er genau, er schafft das Dasein weniger rauh, er wird die Menschdorfer einmenschen mit Macht, durch ihn wird dieses beeindruckende Wunder vollbracht, dann lohnt es sich, an der Inde zu leben, dann wird es auch am Blausteinsee freundliche Leute geben, dann wird alles gut in des JEUNEX bergender Hut!

Menscher: An diesem Nachmittag hat unser Verfasser in der Werkhalle gestanden, seine Geduld mit der Arbeit ging beinahe zuschanden, er mußte Etiketten auf Bücher kleben, dann tat er mit zwei Gefährten nach Kohlscheid streben, dort haben sie in einem Haus Möbel getragen, danach mußten sie sich auf dem Bauernhof in Weisweiler plagen, es wurde Gras vom Pritschenwagen in den Kontehner bewegt, der erste Mensche hat sich dabei rüstig geregt!

Mensche: Nach Feierabend ging er zum Hähnchenwagen, dort konnte er nicht viel Freundliches sagen, der Vogel hat nicht wie sonst geschmeckt, sein Verzehrer hat sich danach nicht die Lippen geleckt, die knusprige Haut war versalzen, der Schenkel trocken, diese Mahlzeit haute ihn nicht aus den Socken, die Zeitung hat nicht viel Bemerkenswertes enthalten, danach tat unser Held im Bett seine Träume gestalten!

Menscher: Schließlich hat er zwei Stunden lang Rolf Hochhut gelesen, das ist ihm ein guter Genuß gewesen, dieser Schriftsteller hat immer etwas Mitreißendes zu berichten, mensch tut sehr viele Erkenntnisse in seinen Darlegungen sichten, leider tut das Negative überwiegen, das muß an seinem Geburtsdatum liegen, er hat das braune Reich als Kind erlitten, da kann mensch lange um das Positive bitten, es wird menschem nicht beschieden, denn es herrschte damals kein Frieden!

Mensche: Es ist ein Unsinn zu behaupten, das Volk lechze nach den Schlachten, so können nur Züniker die Weltgeschichte betrachten, mensch muß die Massen beschäftigen, dann tut mensch ihre Seele erkräftigen, dann kommen sie nicht auf dumme Gedanken, dann wollen sie sich nicht streiten und zanken, das ist wahr, der Frieden liegt in der Natur, mensch gerate ihm immer mehr auf die Spur, dann wird mensch seine Grundlagen sehen, dann wird eine allgemeine Verfriedlichung geschehen!

Menscher: In dieser Nacht muß unser geistiger Vater noch seine Kleidung reinigen, mit derlei einfachen Aufgaben tut ihn das Schicksal peinigen, die Maschine wäscht ja die Klamotten, und doch quält sich unser Erdichter in seinen Trotten, in der kleinbürgerlichen Enge muß er ersticken, eine Menschdorferin darf er niemals ficken, keine Krähwinklerin will jemals zu ihm nicken, sein Gott JEUNEX will ihm niemals eine atemberaubende Sexbombe schicken!

Mensche: Noch ein halbes Jahr lang muß er warten, dann kann er seine Unternehmungen starten, diese sechs Monate werden auch noch vergehen, dann wird das Wunder aller Wunder geschehen, dann wird sich der Retter der Menschheit zeigen, dann wird der Reichste der Welt den Menschen seine Lehre geigen, dann wird der Heiland die Gesundheit fördern, dann wird der Erlöser die Gesellschaft entdieben und entmördern!

Menscher: An diesem Nachmittag hat unser Ersinner in der Werkhalle gestanden, seine Ohren nur englische Schlager leider fanden, er hat wieder Scheibchen von der Pappe gerissen, manchmal mußte er sogar jegliche Gesellschaft missen, dann hat er sich allein beschäftigt, das hat seine Nerven gekräftigt, dann sie sind zu viert in die Innenstadt gefahren, dort konnte mensch einen Hof und einen Bürgersteig gewahren!

Mensche: Zu dritt haben sie das Pflaster gefegt, der erste Mensche hat sich emsig geregt, dann haben sie einen anderen Bürgersteig von Blüten und Abfall befreit, schließlich wurde es für einen Spielplatz Zeit, dort haben sie den Unrat aufgehoben, der Gärtner tat ihren Eifer loben, ein Bursche aus dem Wohnheim wurde von Angstzuständen geplagt, dieser Gefährte hat, daß er bald im Irrenhaus weilen würde, beklommen gesagt!

Menscher: Er tat sehr zurückhaltend werken, daran konnte mensch sein Siechtum merken, er hat den Besen gar lahm geschwungen, und Sauberkeit zu erzielen, das ist ihm kaum gelungen, mensch kann nur froh sein, nicht ebenso elendiglich zu leiden, da würde mensch ja am liebsten aus dem Leben scheiden, manche Mitmenschen müssen riesige Qualen ertragen, doch nach ihrer Not tut niemensch jemals fragen!

Mensche: Nach dem Feierabend mußte unser geistiger Vater zum Fitneßzentrum laufen, er tat sich deswegen aber nicht die Haare raufen, auf dem Kunstrasen hat er ein paar Tore geschossen, aber es hat ihn dann doch verdrossen, daß er die Begegnung verloren hat, weil sich alles gegen sie verschworen hat, er selbst hatte keine Kondition, wann hat er Ausdauer denn auch schon, so konnte er seine Mannschaft nicht stärken, so konnte er nicht wie in seiner Jugend berserken?!

Menscher: Danach hat ihn ein Montenegriner nach Hause gebracht, an seinem Wagen sah es aus wie nach einer Schlacht, er hat stundenlang daran geschliffen, unser Urheber hat dadurch begriffen, welche Mühe es kostet, ein Fahrzeug zu unterhalten, er will seine freie Zeit anders gestalten, er will von den Romanen so manchen starken Eindruck bekommen, das Handwerkliche tut ihm nicht nutzen und frommen!

Mensche: Daheim hat er dann einen Seehecht verzehrt, die Zeitung hat ihn über das Neue belehrt, danach hat er drei Stunden lang im Bett gelegen, auf seinem Haupt ruht nun wirklich kein Segen, sein ausgedehntes Schlummern kann ihn nicht erquicken, und sein Gott JEUNEX tut ihm niemals eine Elisabet schicken, niemals darf er eine atemberaubende Senta ficken, niemals tut eine anmutige Messalina zu ihm nicken, das ist sein Los auf Erden: er darf nicht glücklich werden, das ist leider so, es stimmt ihn nicht froh!

Menscher: Unser Urheber hat an diesem Nachmittag nur in der Werkhalle geweilt, einige Gefährten haben seine riesige Einsamkeit geheilt, nun muß er wieder ein Wochenende überstehen, die Schäden seines Alleinseins lassen sich gar nicht übersehen, die Romane und Novellen können ihm nichts nützen, all die Wälzer können nur seinen Geist unterstützen, aber für die Geselligkeit sind sie Gift, was unseren Helden sehr tief trifft!

Mensche: Aber er hat sich nun einmal den Beruf eines Schriftstellers gewählt, er ist doch durch viele Stunden ohne Gemeinschaft gestählt, das ist nun einmal sein Geschäft, er wird vom Schicksal nicht geäfft, er wird von seinem Los nicht gefoppt, seine Laufbahn wird ja nicht gestoppt, er wird einen riesigen Erfolg erzielen, er wird in der Geschichte der Menschheit eine Rolle spielen, mensch wird ihn ehren, mensch wird sein Bekenntnis lehren!

Menscher: Er mußte Scheibchen von der Pappe reißen und die Pappe manchmal in einen Kontehner schmeißen, dann hat er noch das Kabel hereingeholt, die Betreuer haben ihm den Hintern versohlt, sie haben über seine Schwächen gelacht, sie haben sich über ihn lustig gemacht, doch es war noch zu ertragen, es tat ihn nur in Maßen plagen, so ist er denn nach Hause geschritten, auf dem Heimweg hat er viel gelitten, die Menschdorfer haben ihn gescholten, er hat ihnen als arbeitslos gegolten!

Mensche: Diesen Unsinn muß er oftmals vernehmen, dabei tut er sich zu mancher Mühe bequemen, doch die Menschdorfer können das nicht begreifen, sie müssen den ersten Menschen auf jeden Fall bekeifen, sie können die mailiche Hitze nicht genießen, der Seher des JEUNEX muß sie verdrießen, sie würden ihn am liebsten aus Menschdorf verjagen, denn seine Erscheinung tut ihnen nicht behagen, sie würden ihn am liebsten von der Inde vertreiben, er darf nach ihrem Willen nicht länger am Blausteinsee bleiben!

Menscher: Die Menschdorferinnen törnen ihn noch immer nicht an, diese Vogelscheuchen ziehen ihn noch immer nicht in ihren Bann, sie können ihn nicht zu einem Beischlaf reizen, deshalb muß er noch immer mit seinen Stößen geizen, der Sexer kann sich keine Sexerin erwerben, die Menschdorferinnen müssen ihm die Begattung verderben, es bereitet keinen Spaß, eine Krähwinklerin zu ficken, mensch möchte sie allesamt zum Teufel schicken!

Mensche: Sie lassen unseren Verfasser kalt, da wird er lieber ohne sie alt, seine Ehelosigkeit muß ihn zwar bepeinen, doch er will sich nicht mit einer Menschdorferin vereinen, er will lieber eine negative Sexplosion mutig wagen, als sich mit einer beschränkten Spießbürgerin herumzuschlagen, eine Menschdorferin kommt ihm nicht in das Haus, für eine Hinterwäldlerin gibt es von ihm keinen Applaus, auf so eine Hexe kann er verzichten, nach so einer Gwendolina will er sich nicht richten!

Menscher: Unser Ersinner hat gestern mit einer Kassiererin gesprochen, in ihrem Supermarkt hat sie früher oftmals den Stab über ihn gebrochen, doch inzwischen hat sie sich in ihn verliebt, er ist traurig, daß es diese Zirze gibt, denn sie ist dumm, das muß mensch leider sagen, und er tut nach ihrer Zuneigung nicht fragen, diese Nixe kann ihn nicht beseligen, deshalb läßt er sich nicht von ihr befehligen, ihre Gefühle für ihn hat er mächtig gespürt, doch ihre Empfindungen haben ihn nicht sonderlich berührt!

Mensche: An diesem Sonnabendabend tat er seine Buttermilch holen, die Menschdorfer taten ihm nicht mit Ausdrücken den Hintern versohlen, er hat nicht viel von ihnen gehört, sie haben ihn nicht erheblich gestört, das liegt aber nicht daran, daß sie gut wären und daß sie gegen ihn nicht mehr in Wut wären, sondern es hat ein spannendes Fußballspiel im Fernsehen gegeben, da taten die Leute nach anderen Dingen streben, als unserem Verfasser das Leben zu erschweren und ihn über ihre Mittelmäßigkeit zu belehren!

Menscher: Menschen hat er heute kaum gesehen, das tut am Wochende selten geschehen, seine drei Mitbewohner tun nicht zählen, sie können ihn nur foltern und quälen, sie sind so dumm wie das Stroh der Bohnen, der Umgang mit diesen Trotteln tut sich nicht lohnen, so war unser Urheber allein, dabei will er es gar nicht sein, doch die drei Behinderten können ihn nicht erquicken, und die Menschdorferinnen lassen sich nicht von ihm ficken!

Mensche: An diesem Tag war unser Held außer Gefecht gesetzt, die Schwingungen der Verkäuferin haben seine Seele verletzt, ihre Dummheit hat ihn verwundet, bald ist er davon gesundet, er wird sicherlich davon genesen, denn er ist ja stets klug und schlau gewesen, er wird seine frühere Schaffenskraft wieder erlangen, dann wird er auch die einhundert Milliarden menschen Jeschuas empfangen, dann wird er als der Reichste der Welt machtvoll walten, dann wird er vom Sitz der Weltregierung aus die Zustände gestalten!

Menscher: Den Beherrscher der Menschheit kann mensch ihn noch nicht nennen, denn kein einziger Erdenbürger tun ihn als den Lenker der Welt schon kennen, noch ein halbes Jahr lang muß er warten, dann erst kann er seine Unternehmungen starten, er selbst hat kaum die erforderliche Geduld, aber das ist nun einmal nicht seine Schuld, sein Gott JEUNEX hat es ihm so gewiesen, und der Name des Gottes JEUNEX werde überschwenglich gepriesen!

Mensche: JEUNEX läßt seinen Seher manchmal seltsame Wege beschreiten, doch er ist durchaus darauf aus, seinen Gesichtskreis zu weiten, irgendwann wird unser jugendlicher Heldentenor seine Ziele erreichen, dann wird er tatsächlich verkrösussen und verscheichen, dann werden die Schwierigkeiten für immer von ihm weichen, dann wird er den lebenden Leichen nicht mehr gleichen, das wird bald passieren, dann wird mensch ihn nicht mehr deklassieren, dann wird er eine atemberaubende Sexbombe rammeln, dann wird er mit einer rassigen Esmeralda sinnliche Erfahrungen sammeln!

Menscher: An diesem Nachmittag hat der Bärenharte angerufen, das Bewußtsein unseres Helden stieg auf die höchsten Stufen, in einer halben Stunde wolle er von Düsseldorf nach Menschdorf fahren, tatsächlich konnte mensch ihn erst eine Stunde später am Blausteinsee gewahren, das Ehepaar und vier Kinder und der Dichter haben sich dann zum Indemann bewegt, doch die dortigen Restorangs haben beim Lenkenden kein Gefallen erregt!

Mensche: So sind sie denn in Menschdorf zu einem Chinesen gegangen, er tat sie freundlich, fast überfreundlich empfangen, der Bärenharte hat alles bezahlt, doch er hat nicht mit seiner geldlichen Kraft geprahlt, das Essen schmeckte mittelmäßig, nicht gerade gut, es versetzte den Magen in eine angenehme Glut, leider waren die Evas nicht nach dem Geschmack unseres Erdichters, er gefällt sich ja in der Rolle eines strengen Richters, doch die drei Töchter und die Ehefrau konnte er nicht begehren, das natürliche Schamgefühl in ihm tat sich dagegen wehren!

Menscher: Aber seine überbrodelnden Triebe gierten nach sinnlicher Liebe, sie wurde ihm aber nicht gegeben, er tat erfolglos danach streben, das ist sein Los auf Erden: er darf nicht glücklich werden, die Gespräche mit den fünf Gesellen waren ungezwungen, es ist eine lässige Rederei gelungen, danach sind sie zur Schweizer Grenze weitergebraust, weil der Bärenharte dort seit einigen Jahren mit seinem Anhang haust!

Mensche: Nun weilt der erste Mensche wieder allein, das muß denn wohl so sein, er kann keine Schüler um sich scharen, keine Afrodite will sich mit ihm paaren, keine Venus will mit ihm in die Kiste steigen, die Menschdorferinnen tun ihm stets unwirsch ihre Ablehnung geigen, aber für eine Menschdorferin würde er sich auch bedanken, er hat keine Lust, sich andauernd zu zanken, er hat keine Lust, sich andauernd zu streiten, deshalb wird ihn so rasch keine Menschdorferin begleiten!

Menscher: Die heißen Schwingungen der Kassiererin haben ihn verdummt, sein schöpferisches Wollen ist beinahe verstummt, er muß sich dazu überwinden, sich an den Kompjuter zu setzen, nichts kann ihn von diesem verderblichen Einfluß entletzen, gegen diese Hexerei kann er sich nicht wehren, er darf das Menschtum in JEUNEX nicht lehren, er darf die Menschheit nicht entsehren, er darf seinen Reichtum nicht vermehren!

Mensche: Er ist kein Könner, denn er hat keinen Gönner, niemensch will ihn unterstützen, niemensch will ihm mit Spenden nützen, so sitzt er als ein emsiger Bube verschmachtend und darbend in seiner Stube, er drückt nicht mehr heftig auf die Tube, sein Glied sehnt sich vergeblich nach einer Grube, und er wird immer einsamer und bedrückter, sein Versuch, die Menschheit zu erlösen, ist noch kein geglückter, und so muß er weiterhin in die Zukunft schauen, vor dem Morgen aber tut es ihm grauen!

Menscher: Menschland wurde noch immer nicht errichtet, ein menscher Mann wird noch nicht gesichtet, eine mensche Frau wird noch nicht erschaut, das beklage ich hiermit laut, das darf doch nicht sein, dazu spreche ich nein, das leuchtet mir nicht ein, das bereitet mir eine riesige Pein, unser Ersinner tat an diesem Nachmittag in der Werkhalle stehen, doch von Menschland kann mensch noch immer nichts sehen!

Mensche: Er mußte Etiketten auf Bücher kleben, das ist nun einmal sein Leben, derartige Tätigkeiten muß er verüben, darüber muß er sich selbst am meisten betrüben, er tut sich verstecken, es darf ihn niemensch entdecken, seine Gefährten können ihn nicht begreifen, nicht der Hauch einer Ahnung tut sie streifen, er ist der einzige Mensche in Menschland seit vielen Jahren, und noch immer tat sich keine mensche Sexbombe mit ihm paaren!

Menscher: Die schöne Büglerin tut in einem zweiwöchigen Urlaub weilen, diese seelische Wunde kann nur durch ihre Abwesenheit heilen, der erste Mensche hat nicht die geringste Gelegenheit, diese Fee zur Braut zu nehmen trotz seiner Verwegenheit, sie tut nicht zu ihm passen, er darf sich nicht mit ihr befassen, er darf sich nicht mit ihr beschäftigen, sie tut ihn nicht stärken und kräftigen, im Gegenteil, sie muß ihn schwächen, seine Liebe zu ihr tat sich bitterlich rächen!

Mensche: Der dicke Aufgabenverteiler hatte einen schwarzen Tag, nicht gern aus seinem Büro er herauskommen mag, doch durch dieses Versäumnis wurden viele Fehler begangen, auf diese Weise konnten die Mitarbeiter nicht seine Gunst erlangen, doch er war selbst schuld, denn er hat sich nicht um sie gekümmert, auf diese Weise wurde die Ordnung der Arbeit von ihnen zertrümmert, ihnen sind einige Irrtümer unterlaufen, der Falstaff mußte sich deswegen die Haare raufen!

Menscher: Unser Verfasser fühlte sich nicht gut, er geriet nicht in eine angenehme Glut, alles wird ihm zuviel, das ist ein schlimmes Spiel, noch erreichte er kein Ziel, das ist ein schlechter Diel, den er abgeschlossen hat mit JEUNEX, seinem Gott, ständig verharrt sein Seher in einem lähmenden Trott, er kann die Gemeinde Menschdorf nicht mehr leiden, seine Zuneigung zu den Spießbürgern ist und bleibt bescheiden!

Mensche: Kann es für ihn denn nichts Besseres geben, er will auch einmal im siebenten Himmel schweben, doch müde und erschöpft muß er durch die Gegend schleichen, die Hindernisse wollen nicht von ihm weichen, er tut weder einem Alexander noch einem Herkules gleichen, er gehört zu den lebenden und mumienhaften Leichen, er muß wie Falschgeld durch die Gegend rennen, und eine nette Lätizia lernt er niemals kennen?!

Menscher: An diesem Nachmittag hat unser geistiger Vater in der Werkhalle gewaltet, sein Eifer für die Arbeit ist noch nicht erkaltet, er hat Etiketten auf Bücher geklebt, er hat emsig nach Rechtschaffenheit gestrebt, sie haben auch einiges vollbracht, sie haben auch einiges gemacht, dann ist er mit einer ehemaligen Gastwirtin nach Hause geschritten, er tat diese Bügelfrau nicht in die Wohnung hinein bitten, denn sie wollte zu ihrem Buhlen gehen, und er wollte diese Nixe nicht in seinem Zimmer sehen!

Mensche: Bei der Gruppe saßen ein Betreuer und vier Behinderte zusammen, zuerst tat mensch sich dafür, die Lebensmittelkasse abzurechnen, entflammen, dann wurde die Fernsprechrechnung beglichen, dann waren die üblichen Vorgänge gewichen, nun beanstandete der erste Mensche die unsaubere Tolette, er wäre froh, sagte er, wenn er einen sauberen Abort hätte, dann würde seine Gesundheit nicht geschädigt, er fühle sich von den Bakterien schon ganz erledigt!

Menscher: Danach hat er gegessen und Zeitung gelesen, das ist ihm sehr angenehm gewesen, beides, meine ich, denn er ißt und liest sehr gern, bleibt ihm auch die Geselligkeit noch immer fern, dann hat er ein wenig geschlummert und sich auf dem Bett ein bißchen entkummert, schließlich hat er im Fernsehen ein Fußballspiel betrachtet, eine Heimmannschaft wurde von einer Auswärtszehneins abgeschlachtet!

Mensche: Danach hat er einen Wälzer über Wallenstein genossen, seine epische Breite hat ihn gar nicht verdrossen, er liebt es, sich in verwickelte Zusammenhänge zu versenken, das gibt ihm Anlaß, in großen Bezügen zu denken, leider kann er seine Nase nicht öfter in die Werke stecken, denn er muß den Bedarf des täglichen Lebens decken, doch insgesamt ist er mit seinem Dasein zufrieden, nur wird ihm leider niemals eine Stefanie beschieden!

Menscher: Oder eine Esmeralda oder eine Ute, irgendeine rassige und rossige Stute, er will sogar eine neue Schrift beginnen, darin will er sich auf "die geilste Sexorgie der Welt" besinnen, und danach will der "die geilste Sexbombe der Welt" beschreiben, was wird sie wohl alles mit dem Menschen treiben, doch er schwankt noch, ob er diesen Einfall ausführen soll oder nicht, in seinem Schädel brennt ja ein helles Licht, er will es nicht durch die Sinnlichkeit verdunkeln, vielleicht werden dann die Dämonen gegen ihn munkeln?!

Mensche: Aber wenn es ihn befreit, dann wird es doch Zeit, daß er sich besinnt, gegenwärtig ist er blind für die Reize der Elfen, diese Aufzeichnungen würden ihm helfen, er ist zwar alt und schwächlich, er ist auch siech und gebrechlich, aber eine Prise Erotik könnte ihm doch nützen, das würde ihn vor der Eintönigkeit in Menschdorf beschützen, dann würde er wenigstens ein bißchen Lust empfinden, und vielleicht kann er sich dann mit einer Messalina verbinden?!

Menscher: Gestern hat unser Verfasser "die geilste Sexorgie der Welt" begonnen, darin hat er ein Ventil für seine Geilheit gewonnen, später hat er des Nachts im Bett gelegen, seine Einbildung begann sich gar wüst zu regen, und da mußte er sein Glied heftig reiben, es konnte nicht unmassiert bleiben, das war ihm peinlich, er ist zwar nicht kleinlich, aber die Selbstbefriedigung läßt ihn greinen, er würde sich so gern mit einer Matilda vereinen!

Mensche: In Menschdorf kann ihm ein Beischlaf nicht gelingen, denn er wünscht ihn mit keiner Menschdorferin zu vollbringen, die Krähwinklerinnen schrecken ihn von hinnen, sie können seine Gunst niemals gewinnen, er bringt es nicht fertig, sie zu ficken, er würde sie gern allesamt zum Teufel schicken, er kann sie nicht gebrauchen, sie müssen ihn befauchen, er will sie nicht sehen, von ihm aus können sie gehen!

Menscher: An diesem Nachmittag hat er in der Werkhalle gestanden, seine Augen immer eine Beschäftigung fanden, er hat etliche kleine Kartongs zerschnitten, mensch tat ihm darum, Bücher mit Etiketten zu bekleben, bitten, zwischendurch ist er mit dem Gärtner nach Langerwehe gefahren, dort taten sie nach langem Suchen einen Anhänger gewahren, sie haben ihn nach Hastenrat gezogen, dort wurde er genau gewogen, und schließlich hat er den Sand mit den Steinen auf eine Deponie geschaufelt, dabei hat der erste Mensche kaum einmal geschnauft und geschnaufelt!

Mensche: Dann haben sie sich wieder im Betrieb vergnügt, der erste Mensche hat die Strickanleitungen auf eine Palette gefügt, schließlich ist er mit der Bügelfrau heimwärts geschritten, am Hähnchenwagen tat er um einen halben Gockel bitten, seine Begleiterin ist in einem Schuhgeschäft verschwunden, er selbst hat sich wenig später zu Hause befunden, dort hat er gespeist und die Zeitung gelesen, danach ist er drei Stunden lang im Bett gewesen!

Menscher: Nun hat er sich mit der Feuerbraut beschäftigt, dieser Roman hat seine Fantasie gekräftigt, es war keine schöne Zeit, von der berichtet wird, auf den damaligen Unfrieden heutzutage verzichtet wird, und nun muß unser Urheber sein Pensum erledigen, die Menschdorfer taten ihn wiederum schädigen, er muß die positiven Besinnungen setzen, um seinen Geist zu entwunden und zu entletzen, und dann wird er schlafen und träumen, das wirkliche Leben dagegen tut er versäumen!

Mensche: Dieses Dasein ist so reizvoll wie eine Tolette, niemals naht dem Dichter eine zauberhafte Babette, ständig muß er am Kompjuter sitzen und über seinen Besinnungen Blut und Wasser schwitzen, aber das hat er sich so vorgenommen, Sex ist bei seinem Erdenwallen kaum vorgekommen, er zieht die Evas nicht an, er ist und bleibt ein einsamer Mann, so muß er eben wesen, vielleicht wird er bald genesen?!

Menscher: An diesem Donnerstag feiern die Heuchelpfaffen den Leichnam des Herrn, unserem Urheber liegen derlei Vorstellungen fern, er will sich lieber mit dem Leben beschäftigen, denn seine Prallheit und Drallheit kann ihn erkräftigen, er kann die Pfarrer und Pastoren nur verachten, er muß sie als schädliche Lügner betrachten, sie sollen raschestmöglich verschwinden, mensch soll sie auf der Erde bald nicht mehr finden!

Mensche: Immerhin braucht er heute nicht zur Werkhalle zu schreiten, aber keine rassige Desdemona tut ihn begleiten, er muß noch immer allein für Menschland streiten, sein Gesichtskreis tut und tut sich nicht weiten, keine anmutige Esmeralda küßt ihm die Wangen, er tut vergeblich nach der Sinnlichkeit verlangen, "die geilste Sexorgie der Welt" kann ihn nur verwirren, es tun dann schlüpfrige Szenen durch seine Einbildung schwirren!

Menscher: Und vor lauter Geilheit muß er sein Glied dann reiben, auf diese Weise wird er es immer einsam treiben, er kann seiner Ehelosigkeit nicht entrinnen, er kann keine Frau Rex Text für sich gewinnen, im "Förderverein für Behinderte" bleibt er gefangen, er kann keine erregende Dolores für sich erlangen, und die Menschdorferinnen lassen ihn kalt, diese beschränkten Spießbürgerinnen üben auf ihn keine Gewalt, diese reizlosen Hinterwäldlerinnen kann er nicht ertragen, mit diesen hausbackenen Krähwinklerinnen mag er sich nicht plagen!

Mensche: Der Roman über die Feuerbraut tut schaurige Einzelheiten enthalten, wie kann mensch nur ein derartiges Geschehen gestalten, ein einjähriger Säugling wird von einer Hexe geschlachtet, ihr Geist ist leider ein wenig umnachtet, für einen Schönheitszauber raubt sie dem kleinen Mann das Leben, sie tut nach einer Heilung für ein Edelfräulein streben, das ist ein Quatsch sondergleichen, derlei Grausamkeiten sollten allmählich weichen?!

Menscher: Das Gedicht von Jan Böhmermann ist eine Schande, es gereicht zur Schmach dem menschen Lande, der türkische Gebieter ist zwar ein Türann, dem mensch seinen Beifall durchaus versagen kann, aber niemensch hat es verdient, derartig geschmäht zu werden, niemensch ist dazu ausersehen, derartig bebäht und bemäht zu werden, derlei Machwerke sollte mensch gar nicht öffentlich zeigen, derlei Beleidigungen sollte mensch wohlweislich verschweigen!

Mensche: Es können nicht alle Flüchtlinge zu uns kommen, diese Aussicht wurde den Bedrängten genommen, die ganze Welt kann nicht im mittleren Mittelreich wohnen, deshalb sollten uns die Auswanderer mit ihrem Zustrom verschonen, sicherlich ist es einfach, sich in das gemachte Nest zu setzen, das kann menschen in großem Umfang entwunden und entletzen, doch irgendwann ist einmal Schluß, weil mensch auch für die Ortsansässigen sorgen muß, das ist leider so, stimmt es menschen auch nicht froh, mensch muß umsichtig andere Auswege suchen, mensch darf nicht immer nur die gesetzestreuen Polizisten verfluchen!

Menscher: An diesem Nachmittag hat unser Verfasser Etiketten auf Bücher geklebt, er hat auch danach, sie auf einer Palette zu stapeln, gestrebt, zwischendurch haben sie noch einen Umzug unterstützt, mit wenigen Handgriffen haben sie viel genützt, am langen Tisch atmete der erste Mensche schwer, die schwüle und drückende Luft plagte ihn sehr, die Arbeit fiel ihm nicht leicht, doch dann war endlich der Feierabend erreicht!

Mensche: Mit einer Bügelfrau ist er nach Hause geschritten, sie tat ihn um einen Gefallen bitten, sie hatte volle Flaschen dabei, darüber schrie sie nicht juchhei, denn sie wollte sich in einem Supermarkt Schnitzel erwerben, und es tat ihr die Stimmung verderben, sich auszumalen, die Kassiererin müßte diese vollen Flaschen verwahren, deshalb tat unser Heiland ihr diese Mühe ersparen, er hat sich auf eine Bank vor dem Laden gesetzt und auf diese Weise seine Gefährtin ergötzt, denn er hatte ein Auge auf jede Flasche in der von ihm genommenen bunten Tasche!

Menscher: Die Gesellin hat ihm einen Smusi spendiert, dann ist er mit ihr heimwärts marschiert, in der Küche hat er sich einen Seehecht zubereitet, der dumpfe Tscheche hat ihn dabei begleitet, unser geistiger Vater hat auch die Zeitung gelesen, es ist ihm kein sonderliches Vergnügen gewesen, schließlich legte er sich nieder und erhob sich matt nach einer halben Stunde wieder, pflichtbewußt ist er einkaufen gegangen, die drei Mitbewohner tun dies von ihm verlangen!

Mensche: Auf dem Heimweg hat er eine geile Zirze gesehen, sie tat zusammen mit einer dicken Freundin gehen, diese Nixe hatte wie in den Hurenfilmen ein Gesicht, ihr Antlitz war ein sinnliches Gedicht, diese beiden Evas wollten den einsamen Adam gern kennen, doch er tat zwar in seiner Seele für die schöne Edeltraut entbrennen, doch er schritt grußlos an ihnen vorbei, da erhoben sie ein gellendes Geschrei!

Menscher: Noch ein halbes Jahr lang muß der erste Jeschua Rex Text warten, dann kann er endlich seinen Feldzug für die Nächstenliebe starten, dann darf er weidlich ficken, dann darf er eine Aglaja zum Höhepunkt schicken, nun darf er erst einmal das Wochenende genießen, die Herzen der Magelonen werden sich vorläufig noch vor ihm verschließen, doch bald wird er glücklich mit einer Luise sein, dann bereitet sein Schwengel ihr eine angenehme Pein!

Mensche: In der nächsten Woche wird er die hübsche Plätterin wieder treffen, mit dieser guten Fee tat ihn das Schicksal foppen und äffen, aber sie ist nicht die einzige Maid auf der Welt, er ist manchmal ein dummer und stummer Held, er sollte dem Gott JEUNEX vertrauen, sein Profet wird einstmals bessere Tage erschauen, und dann wird er sich seines Gottes JEUNEX freuen, und dann wird er die vornehmen Damen nicht mehr scheuen, dann wird alles gut in des JEUNEX bergender Hut!

Menscher: An diesem Sonnabend wird unser Verfasser von einer riesigen Lustlosigkeit geplagt, nach seinem Schaffen wird von niemenschem gefragt, das muß ihn zerschmettern, dagegen muß er wettern, aber in sechs Monaten wird es ihm gelingen, seine Botschaften an den Menschen zu bringen, er muß noch ein wenig warten, dann kann er seine Laufbahn starten, das fällt ihm schwer, das quält ihn sehr, das muß ihn bepeinen, er will sich mit dem Erfolg vereinen!

Mensche: Sein Gott JEUNEX hat ihm diesen Weg gewiesen, und der Name des Gottes JEUNEX werde gepriesen, gegen das All kann mensch nicht siegreich kämpfen, das wäre ein sinnloses und verderbliches Krämpfen, die ewigen Gesetze des Kosmosses kann mensch nicht überwinden, aus dem Universum heraus kann mensch keine Fluchtmöglichkeit finden, also möge sich unser Erdichter an JEUNEX halten, der Allmächtige wird sein Dasein schon erfreulich gestalten!

Menscher: An diesem Tag hat er nur seine drei Mitbewohner erschaut, vor diesen Trotteln hat es ihm schon immer gegraut, sie sind so dumm wie das Stroh der Bohnen, der Umgang mit diesen Deppen tut sich wirklich nicht lohnen, der "Förderverein für Behinderte" hat ihm diese Gesellschaft gegeben, seit vielen Jahren tut der erste Mensche nach besseren Gefährten streben, doch er hat noch keine Lorelei gefunden, keine Esmeralda tut ihm gegenüber ihre Gunst bekunden!

Mensche: Unser Erdenker hat einen Blick in die Weltgeschichte getan, der Stärkere brach sich immer die Bahn, das Buch des Plötzes tut alles erzählen, wer tat sich mit wem vermählen, wer wurde wann geboren und ist wann gestorben, wer hat sich einen großen Ruhm erworben und so weiter und so fort, erbaulich ist so manches Wort, immer haben Ideen miteinander gerungen, es wurden etliche Fahnen in so manchen Schlachten geschwungen?!

Menscher: Wenn ein Fußballspieler einen Treffer erzielt, dann wird dem Gegenüber übel mitgespielt, denn das andere Tiem wird dann sinnbildlich getötet, kein Blut dabei den Rasen rötet, das ist die Verfeinerung, das ist die moderne Verkleinerung, auch Betriebe vernichten andere Firmen mit Macht, auf diese Weise wird die Ermordung vollbracht, "JEUNEX" meint nicht nur das Schillern und Göten, sondern "JEUNEX" beinhaltet auch das ritterliche Töten!

Mensche: In dieser Hinsicht bereitet das Morden Lust, denn es beseitigt so manchen Frust, doch soll es stets fähr und anständig geschehen, mensch soll keine Listen und Winkelzüge dabei sehen, ohne ein gegenseitiges Massakrieren kommt die Menschheit nicht aus, doch für die feine Art gibt es überall Applaus, auch der Glaube an Jeschua Rex Text wird sämtliche anderen Bekenntnisse besiegen, und es wird schön sein, wenn diese unsinnigen Lehren endlich unterliegen!

Menscher: An diesem Sonntag hat es am Nachmittag geregnet, mit schönem Wetter wird Menschdorf nicht gesegnet, morgen muß unser Verfasser wieder werken, das wird er wieder in seinen Gliedern merken, doch er muß in diesen sauren Apfel beißen, er muß sich am Riemen reißen, bald wird er viele Bücher verkaufen, dann werden die Bürger in die Handlungen laufen, dann werden sich die anderen Schriftsteller die Haare raufen, dann braucht der erste Mensche nicht mehr unwillig zu schnaufen!

Mensche: Den Roman über die Feuerbraut hat er beendet, jetzt wird sich erneut zu Rolf Hochhut gewendet, dieser Mann der Feder ist gesund, doch leider nicht gut, denn durch seinen Einfluß stockt menschem das Blut, er erregt beim Leser keinerlei Mut, mensch bekommt auf die Zuständie eine riesige Wut, doch mensch fühlt keine Kraft, etwas zu wandeln, auf diese Weise tut Rolf Hochhut menschem das Bewußtsein verschandeln!

Menscher: Gestern hat Madrid gegen Madrid gespielt, ein Madrider hat den entscheidenden Treffer erzielt, es ist das Endspiel in der Bestenliga gewesen, beim Fußball konnte unser Urheber von seinen Versehrungen genesen, er hat eine Stunde lang vor dem Fernsehgerät gesessen, und dabei hat er seine Sorgen einmal vergessen, nun muß er wieder seine Besinnungen schreiben und es auf dem Papier gar heldenhaft treiben!

Mensche: Die dreißigjährige Schlacht wurde von den Heuchelpfaffen begründet, die Protestanten haben sich gegen die Katoliken verbündet, um des Herrn Jeschua willen wurde gestritten, die Menschen haben fürchterlich gelitten, mensch muß unverzüglich den ewigen Weltfrieden errichten, die Erdenbürger sollen auf das Massakrieren verzichten, der westreichische Präsident hat sich mit Kuba, Vietnam und Japan versöhnt, so wird sich allmählich an ein friedliches Miteinander gewöhnt!

Menscher: Die Menschen und die Franzosen haben sich auch wieder vertragen, vor einhundert Jahren haben sich sich erbittert geschlagen, Millionen Soldaten sind für nichts und wieder nichts gestorben, sie haben sich im Himmel keinen Dank dafür erworben, die Eintracht muß walten, mensch soll das Zusammenleben erfreulich gestalten, die Unmenschen müssen verschwinden, mensch soll nur noch Menschen finden!

Mensche: Doch Mensche in Menschland tut es noch nicht geben, unser Erdichter tut nach dem Menschtum in JEUNEX streben, doch es ist ihm noch nicht gelungen, er hat die Hindernisse noch nicht bezwungen, die Menschen in Menschland sind noch nicht vorhanden, doch der Wille zum Menschtum ging noch nicht zuschanden, es wird geschehen, mensch wird es sehen, mensch wird es erschauen, mensch darf darauf vertrauen!

Menscher: An diesem Mittag hat sich unser Urheber zur Arbeit gequält, sein Körper wird noch immer nicht durch die Sportlichkeit gestählt, er hat schon viele Gespräche mit dem Sportlichen geführt, doch die Sportlichkeit hat ihn noch immer nicht berührt, in der Werkhalle mußte er Weihnachtsbackbücher auf Paletten legen, er tat sich dabei eifrig regen und bewegen, die schöne Büglerin hat er erschaut, aber sie wird wohl niemals seine Braut!

Mensche: Unser Erdichter sollte nicht mehr über die hübsche Plätterin schreiben, denn er wird es ja doch niemals mit dieser guten Fee treiben, sie beide tun nicht zusammen passen, er kann sie nicht lieben, er kann sie nicht hassen, es wäre zu erfreulich gewesen, sich mit ihr zu verbinden, doch diese Nixe wird sich niemals unter seinen Stößen winden, so muß er einen Schlußstrich unter diese Geschichte setzen, er kann sie nicht, sie kann ihn nicht ergötzen!

Menscher: Am Abend hat er eine Abhandlung von Rolf Hochhut gelesen, dieser Schriftsteller wird niemals von seiner Opferrolle genesen, der braune Führer mit seinem Wahn hat nicht nur ihm Schreckliches getan, dieser Mann der Feder kann nicht tatkräftig handeln, er will die Übel offensichtlich nicht wandeln, er deckt nur die Mißstände immer wieder auf, aber er läßt den Dingen ihren unheilvollen Lauf!

Mensche: Mensch darf den Stab über ihn nicht brechen, die unselige Zeit damals tat ihn bepechen, unser Erfinder aus dem niederen Sachsen hatte das Glück, im Frieden aufzuwachsen, ihm sind niemals Bomben auf den Kopf gefallen, seine Rede ist darum kein traumatisiertes Lallen, sondern er will mutig die Zukunft gestalten, er will all seinen Eifer für das Hohe und Erhabene entfalten, so wird es gehen, so wird es geschehen!

Menscher: Im Juli wird er einen einwöchigen Urlaub genießen, bis dahin möge die Zeit rasch und schmerzlos verfließen, Feiertage wird es vorerst nicht mehr geben, er muß an jedem Werktag zum langen Tische streben, dort werden die Broschüren beklebt und auf Paletten gelegt, dort wird eine emsige Tüchtigkeit gepflegt, noch vier Jahre lang muß unser Held auf die Rente warten, hoffentlich wird er bald eine Laufbahn als Welterlöser starten!

Mensche: Die Menschheit schreitet ihrer Befreiung entgegen, auf unserem Ersinner ruht des JEUNEX göttlicher Segen, JEUNEX wird ihm die Geduld verleihen, sich dem Guten und Schönen zu weihen, JEUNEX läßt ihn auf die Zähne beißen, JEUNEX läßt ihn sich am Riemen reißen, es wird alles gut in des JEUNEX bergender Hut, das muß mensch sich immer wieder vor Augen halten, die schädliche Überlieferung wird bald veralten!

Menscher: An diesem Mittag hat unser Urheber einem Mitwerker drei Schokoladenriegel gegeben, denn dieser Gefährte tat seinen fünfzigunddritten Geburtstag erleben, außerdem hat er ihm einen menschen Jeschua geschenkt, so hat er sein Bewußtsein auf das Positive gelenkt, der Begabte war glücklich und heiter, dann ging es mit der Arbeit in der Werkhalle weiter, Etiketten wurden auf Rätselbücher geklebt, der erste Mensche hat auf diese Weise emsig gestrebt!

Mensche: Er tat allein am langen Tische stehen, der Rundfunk tat ihm auf die Nerven gehen, da hat er ihn abgestellt und vor sich hin gepfiffen, er war von seinen eigenen Tönen ungemein ergriffen, doch nach einer halben Stunde ist der Gärtner gekommen und hat ihn mit zu einer Berufsschule genommen, dort wurde der Rasen vom Anleiter gemäht, unser Verfasser wurde von einigen Schülern geschmäht, er hat das Gras vom Bürgersteig gefegt, auf diese Art hat er sich sinnvoll geregt!

Menscher: Nach dem Feierabend hat er dreimal fünfhundert Blatt Papier erworben, der Sizilianer ist noch nicht gestorben, er hat ihm auch die Tintenpatrone neu gefüllt, dabei hat er sich keineswegs in Schweigen gehüllt, schließlich mußte unser Schenie die stumpfsinnige Gruppe ertragen, die drei Mitbewohner können ihn nur quälen und plagen, danach konnte er essen und beim Zeitunglesen seine Sorgen vergessen!

Mensche: Danach hat er im Bett gelegen, schließlich tat ihn Rolf Hochhut bewegen, sein Buch über Livia und Augustus ist eintönig geschrieben, mensch muß seinen Inhalt zwar durchaus lieben, aber der Kronist betont die Opferrolle zu sehr, das mag mensch nach einiger Zeit nicht mehr, das liegt an seinem verpfuschten Leben, der braune Führer hat ihm den Rest gegeben, gegen diesen Diktator konnte sich das Kind nicht wehren, dieser Übeltäter tat seine Seele umfassend versehren!

Menscher: An diesem Tag endet der Mai, morgen ist er dann vorbei, am ersten Juni wird die angenehme Stimmung schwinden, dann wird mensch sehr viel Hitze finden, am Ende des Junis werden die Tage sich wieder verkürzen, das tut menschen jetzt noch nicht bestürzen, aber damit beginnen schon die düsteren Zeiten, die Sonne wird uns nicht mehr so lange begleiten, so sind wir dem allgemeinem Kreislauf verbunden, wir haben noch keinen Weg, ihm zu entrinnen, gefunden!

Mensche: Und mensch wird auch immer im All verhaftet sein, diese Eingebundenheit wird schließlich aber auch verkraftet sein, es ist keine Schande, eine tierische Natur zu besitzen, wir müssen alle manchmal zur Tolette flitzen, das ist kein Makel und kein Fehler, gekotet und geharnt hat stets auch Uwe Seeler, und doch kann unser Geist sich zu erhabenen Dingen schwingen, dann kann unser Denken das gesamte Weltall durchdringen, dann verkündet uns der Kosmos sein Walten, dann können wir eine tiefe Einsicht in das Universum erhalten!

Menscher: An diesem Vormittag ist der junge Betreuer gekommen, unser Urheber hat ihn mit zur Frisörin genommen, danach sind sie zum Zeitungshändler gegangen, vor dem regnerischen Wetter tat es ihnen bangen, schließlich ist der erste Mensche zur Werkhalle geschritten, er hat dort wieder unter der Arbeit gelitten, sie kann ihn entspannen, aber nicht wirklich bannen, er freut sich, wenn das halbe Jahr verstrichen sein wird und wenn die mangelnde Verkehrsfähigkeit von ihm gewichen sein wird!

Mensche: In der Innenstadt von Menschdorf haben sie einen Hof gefegt, ein Gefährte und er haben sich mit zwei Besen geregt, dann haben sie in aller Ruhe Kaffee getrunken, der Wahnsinn hat unserem geistigen Vater von neuem gewunken, er hat leider nicht geträumt, daß sein Glied eine Scheide erlotet, sondern sein bärtiger Mitbewohner hat sich unter sein Bett gelegt und gekotet, mit Schrecken hat der erste Jeschua Rex Text dieses erschaut, es hat ihm vor seinen eigenen Schlafbildern gegraut, die schöne Büglerin hat wahrscheinlich an ihn gedacht, es ist schlimm, daß sich diese Fee noch etwas aus ihm macht!

Menscher: Nach Feierabend hat er dann ein halbes Hähnchen erworben, er hat dem Verkäufer durch einen kurzen Plausch die Stimmung entdorben, danach hat er noch zehn Würfel Traubenzucker gekauft, dadurch wird von ihm aber nicht weniger geschnauft, er hat den Gockel verzehrt und dann sofort geschlummert, das Herz hat ihm gar müde gebummert, danach hat er sich noch mit Rolf Hochhut beschäftigt, und eine englische Liebesgeschichte hat sein Gemüt gekräftigt!

Mensche: Dieser Roman aus London hat etwas Belangloses an sich, die Erhabenheit der Klassiker läßt er im Stich, wie in einer Seifenoper wird dort geredet und gehandelt, es wird das Tema: Begegnung zwischen Mann und Frau stets und ständig gewandelt, das Strickmuster ist immer das gleiche, mensch kennt es wie eine Leiche, es ändert sich nichts mehr an dieser Weise, es ist stets nach dem glücklichen Ende die Reise!

Menscher: Das läßt uns viele Erzählungen schal und fade schmecken, mensch kann in ihnen nicht viel Neues entdecken, alle Widrigkeiten lösen sich auf in Wohlgefallen, das ist ein ewig gleiches und eintöniges Lallen, der Bräutigam bekommt am Schluß die Braut, sie werden beide vor dem Altar oder im Bett erschaut, eine negative Wendung wird nicht geduldet, das hat die Überlieferung verschuldet, mensch müßte sie überwinden, mensch müßte völlig neue Wege finden!

Mensche: Soll sich unser Erdichter noch mit "der geilsten Sexorgie aller Zeiten" befassen, oder soll er es, diesen Wälzer zu erdenken, unterlassen, soll er sich nicht lieber ein Hurenheft nehmen, oder soll er sich nicht nicht lieber zu einem Hurenfilm bequemen, in seiner Einbildung ging ihm die Geilheit verloren, er hat sich so hohe Ziele erkoren, daß ihn die Menschdorferinnen nicht mehr erregen, und wenn er sie sieht, dann muß er sich aus ihrer Nähe bewegen, diese Krähwinklerinnen können ihn nicht reizen, deshalb muß er bei ihnen mit seiner Zuwendung geizen!

Menscher: Unser Ersinner ist müde vom Sport, doch er setzt emsig Wort an Wort, an diesem Vormittag ist nicht viel geschehen, mensch tat den Betreuer nicht bei ihm sehen, der erste Mensche hat sich in der Fußgängerzone eine Wurst im Brötchen erworben, so wurde ihm der Mittag durch diese Mahlzeit entdorben, dann hat er Etiketten auf Bücher geklebt, schließlich sind sie zu fünft nach Würselen gestrebt, dort haben sie Möbel in eine Wohnung getragen, sie mußten sich dabei nicht allzu sehr plagen!

Mensche: Nach dem Kafffeetrinken im Gemeinschaftsraum wurde weiterhin gewerkt, unser Verfasser hat es danach nicht in seinen Knochen gemerkt, mensch konnte die Belastung verkraften, es blieb keine irdische Schwere davon haften, dann haben sie in der Halle Fußball gespielt, auf dem Kunstrasen hat unser Urheber etwa zehnfünf Tore erzielt, er war mit dieser Leistung zufrieden, seiner Mannschaft wurde ja auch der Sieg beschieden!

Menscher: Danach hat ein Montegriner ihn nach Hause gebracht, das Herz hat dem wackeren Sportler im Leibe gelacht, denn endlich wurde er dafür belohnt, mit dem Sportlichen zu klönen, endlich tat er sich wenigstens ein bißchen an dessen Aura gewöhnen, daheim hat er die Zeitung gelesen und ein Fertiggericht verspeist, danach ist er in das Land der Träume gereist, nun sitzt er am Schreibtisch an seinen Besinnungen, hoffentlich kommt es noch zu weiteren Gewinnungen!

Mensche: Die schöne Büglerin ist am Nachmittag in den Gemeinschaftsraum gekommen und hat aus einem Gerät Sprudelwasser in eine Flasche genommen, unser Held hofft, sie bald nicht mehr zu erschauen, denn es muß ihm vor dieser rassigen Messalina grauen, diese gute Fee kann ihm nur schaden, dabei ist sie die erregendste von allen Najaden, aber er darf sich nicht mit ihr befassen, er würde sie in Kürze glühend hassen, aber er darf sich nicht mit ihr beschäftigen, denn sie würde ihn auf keinen Fall kräftigen!

Menscher: Im August wird sie aus dem Betriebe scheiden, jetzt im Juni kann er sie nicht meiden, sie bereitet ihm ein riesiges Leiden, an ihrer Seite wird er niemals versamten und verseiden, an ihrer Seite wird er niemals auf den Gipfel steigen, diese Zirze würde ihm die Abgründe des Daseins zeigen, es hast keinen Zweck für ihn, sich mit ihr zu verbinden, diese Klotilde darf sich auf keinen Fall unter seinen Stößen winden!

Mensche: Er hat wegen dieser Maid schon geweint, er hat sich niemals mit ihr vereint, durch ihre Hübschheit wird er immer wieder bepeint, doch es wird vergeblich von ihm über sie gegreint, es ist ein Faß ohne Boden, niemals entspannt sie seine Hoden, sein Glied darf nicht in ihre Scheide dringen, die beiden dürfen nicht einmal gemeinsam Lieder singen, sie dürfen auf keinen Fall gemeinsam Händchen halten, der Beherrscher der Menschheit darf seine Liebe zu dieser Luise auf keinen Fall entfalten!

Menscher: An diesem Nachmittag hat unser Verfasser nur in der Werkhalle gestanden, am langen Tisch ging seine Geduld beinahe zuschanden, zweimal hat er die Paletten auf falsche Weise mit den Büchern belegt, er hat sie danach wieder herunter bewegt, aber schließlich mit einiger Kraft wurde es dann doch geleistet und geschafft, zufrieden ging der erste Mensche nach Hause, nun sitzt er wieder in seiner stillen Klause!

Mensche: Er hat eine Linsensuppe mit viel Essig gegessen, dann hat er im Garten auf der Bank gesessen und seine Nase in die Zeitung gesteckt, schließlich hat er sich im Bett bedeckt, dann hat er zwei Stunden lang gelesen, es ist ihm sehr angenehm gewesen, davor hat er noch den Einkauf erledigt, die Menschdorfer haben ihn wieder geschädigt, nun muß er sein Pensum verrichten, nun muß er denken und dichten!

Menscher: Über die schöne Büglerin will er nichts mehr schreiben, er wird es ja sowieso niemals mit ihr treiben, sie tun nicht zusammen passen, er darf sich nicht mit ihr befassen, es hat keinen Zweck, er bleibt allein in seinem Versteck, er verharrt einsam in seinem Zimmer, seine Geilheit wird immer schlimmer, doch er kann sie nicht besiegen, es will niemals eine Natalie bei ihm liegen, es will sich niemals eine Auguste an seine Schulter schmiegen, er darf niemals eine anmutige Fürstin in seinen Armen wiegen!

Mensche: So gestaltet sich nun einmal sein Leben, für ihn tut es gegenwärtig nichts Besseres geben, in einem halben Jahr hat er diesen Stillstand überwunden, dann sind der Jeschua Rex und der Text von ihm geschwunden, dann wird er auch in seinen Unterlagen Jeschua und Rex Text heißen, dann wird er sich endlich eines lohnenden Daseins befleißen, der Herr Wunsch hat ihm diese Suppe eingebrockt, er erwies sich gegenüber den Anträgen unseres Urhebers als verstockt!

Menscher: JEUNEX hat seinem Seher diese Vorgehensweise befohlen, auf diese Weise wird ihm viel Erfreuliches gestohlen, aber JEUNEX hat es gegeben, JEUNEX hat es genommen, und der Gott JEUNEX tut seinen Verehrern frommen, den Namen des JEUNEX wollen wir loben, denn durch den JEUNEX werden wir erhoben, das zweite Jahr in Jeschua Rex Text geschieht nun einmal so, mensch ist nun einmal nicht zu allen Zeiten froh!

Mensche: Nur in seinen Träumen darf unser Ersinner wachsen, blühen und gedeihen, die Menschdorfer können ihm seine Fehler und Schwächen nicht verzeihen, dabei tut er sich seit vielen Jahren dem Guten und Schönen weihen, dabei tut er seit seiner Jugend den Bedrängten sein Ohr willig leihen, das ist sein Los auf Erden: er darf nicht glücklich werden, er muß sich mühen und plagen, es ist auf die Dauer kaum zu ertragen!

Menscher: An diesem Mittag hat sich der erste Mensche erhoben, sein langes Schlummern konnte er gar nicht loben, er hat die Zeitungen geholt und dann gelesen, das ist ihm ein großes Vergnügen gewesen, dann hat er zwei Bratwürste verzehrt, dann wurde ihn die englische Geschichte gelehrt, schließlich hat er sich mit einem Liebespaar beschäftigt, das hat seine Seele wenigstens etwas gekräftigt, das hat sein Gemüt wenigstens etwas gestärkt, sein Glied hat leider schon lange nicht mehr in einer Scheide berserkt!

Mensche: Nun muß er seine Besinnungen schreiben, er darf ja in dieser Hinsicht nicht untätig bleiben, die schöne Büglerin muß er vergessen, er ist zwar noch immer auf sie versessen, aber sie würde ihn in ein Irrenhaus bringen, dabei träumt er doch von der Lorelei von Bingen, diese Nixe soll ihm bezaubernde Lieder singen, diese Nümfe soll sein Herz beflügeln und beschwingen, der Wahn hat bei ihm keinen Platz mehr, er giert nach einem weiblichen Schatz sehr!

Menscher: Noch ein halbes Jahr lang muß er sich plagen, niemensch wird in diesen sechs Monaten nach ihm fragen, niemensch wird in diesen zwanzigundfünf Wochen seine Bücher kaufen, das ist schon ein Grund für ihn, sich die Haare zu raufen, aber danach werden die Menschdorfer schweigen, dann wird unser Held zum Reichsten der Welt wirklich steigen, dann wird er tatsächlich nach Menschland marschieren, dann wird das größte Wunder aller Zeiten passieren!

Mensche: Er kann nur noch von dieser Hoffnung leben, er kann nur noch nach diesem Durchbruch streben, denn die Gegenwart gestaltet sich ihm kalt und leer, ihm fällt das bloße Überdauern schwer, aber er muß seine Pflichten geduldig erfüllen, auch wenn die Menschdorfer ihn unduldsam bebrüllen, er darf diesen Spießbürgern nicht lauschen, ihre Ausgrenzungen können ihn wahrlich nicht berauschen, ihre Demütigungen können ihn wahrlich nicht begeistern, die Hinterwäldler neigen dazu, alle Gegensätzlichkeiten zu verkleistern!

Menscher: In Menschdorf ist es nicht leicht, auf kleiner Flamme zu kochen, die Hintertupfinger müssen immer abern, wennen und dochen, die Kleinkleckersdorfer müssen immer ihren geharnischten Einspruch erheben, an der Inde darf es nur strahlende Sieger geben, einen Verlierer will mensch am Blausteinsee nicht erblicken, und wenn mensch ihn sieht, dann will mensch ihn zum Teufel schicken, mensch kann ihn nicht ertragen, mensch muß ihm Beleidigungen sagen!

Mensche: Die Menschdorfer haben eine große Schuld auf sich geladen, sie taten dem Seher des JEUNEX erheblich schaden, doch er hat all ihre Anwürfe überstanden, sein Geist ging durch ihre Schmähungen nicht zuschanden, es ist kein Zuckerlecken, diese Bestien zu hören, sie können menschen nun einmal nicht betören, sie sind derb und grob, sie verdienen kein Lob, mensch schrickt vor ihnen zurück, denn sie bringen menschem kein Glück!

Menscher: An diesem Sonntag hat sich unser Held erst spät erhoben, er fühlt sich gar nicht mehr in das große Ganze verwoben, er spürt sich abgetrennt vom übrigen All, das ist natürlich nicht der Fall, aber es mutet ihn wenigstens so an, er ist und bleibt ein aufgeworfener Mann, ein halbes Jahr lang muß er noch warten, die Rosen blühen und welken im Garten, dann darf er aufatmen und das Leben genießen, dann werden die einhundert Milliarden menschen Jeschuas zu ihm fließen!

Mensche: Am Sitz der Weltregierung weilt der erste Mensche allein, keine flotte Linda will bei ihm sein, keine kesse Simone will auf seinem Schwengel die Posaune blasen, sein Glied darf in keiner Scheide wüten, toben und rasen, als der Reichste der Welt hat er schlechte Karten, er kann nichts, aber auch gar nichts starten, den Beherrscher der Menschheit kann jedmensch bescheiten, der Hexer von Menschdorf tut niemenschem etwas gelten!

Menscher: Und Menschland kommt nicht voran, das Menschtum zieht niemenschen in seinen Bann, der erste Jeschua Rex Text muß seufzend verweilen, er darf noch immer nicht nach Humanien eilen, er darf noch immer nicht nach Menschland marschieren, und tut er auch nur durch Menschdorf spazieren, dann wird er mit Vorwürfen überschüttet, dann werden seine Nerven zerrüttet, die Menschdorfer müssen ihn bekeifen, sie wollen ihre Rückständigkeit nicht von sich streifen!

Mensche: Im zweiten Jahr in Jeschua Rex Text will nichts gelingen, unser Ersinner wollte so viel vollbringen, doch er konnte nichts auf die Beine stellen, mensch tat ihn immer wieder um seine Genüsse prellen, der Herr Wunsch hat ihm den Jeschua und den Rex Text zu spät gegeben, jetzt muß unser Erdichter in seinen Unterlagen nach seinem Namen streben, das geht ihm gehörig auf den Keks, er ist schon seit vielen Monaten nach dem Jeschua und dem Rex Text unterwegs, doch noch tat er ihn nicht erreichen, deshalb kann er noch nicht verkrösussen und verscheichen!

Menscher: Der hemmende Widerstand tut ihn beschweren, er kann das Menschtum in JEUNEX nicht lehren, aber das Menschtum in JEUNEX ist vollkommen, von ihm wird ihm die Lust nicht genommen, doch der Jeschua und der Rex Text tun noch nicht walten, er kann von dieser Benennung noch immer keinen Segen erhalten, denn sie ist in seinen Aufzeichnungen noch nicht vorhanden, deshalb muß das Schiff seines Daseins immer wieder stranden!

Mensche: Im Plötz hat er die Geschichte Englands betrachtet, im Liebesroman hat er die Denkweise des Adams und der Eva beachtet, doch das hilft ihm nicht weiter, er wird und wird nicht heiter, er fühlt sich unterfordert und verbogen, er wird von seinem Schicksal betrogen, doch das ist eine Stufe auf dem Weg zum Glück, und diese Trostlosigkeit kehrt niemals zurück, irgendwann wird er in der Wonne baden, und dann küssen und streicheln ihn die Nümfen und Najaden, dann darf er die Messalinas ficken, dann darf er die Kunigunden zum Höhepunkt schicken!

Menscher: An diesem Nachmittag hat unser Urheber wieder am langen Tisch gestanden, seine Geduld ging an den zu stapelnden Büchern nicht zuschanden, er hat sie auf eine Palette gelegt, dabei hat er sich umsichtig und emsig bewegt, zwischendurch sind sie mit dem Gärtner zu einem Haus gefahren, dort konnte mensch einen schmutzigen Bürgersteig gewahren, sie haben ihn mit Besen und Schaufel und Bottich gereinigt, diese angenehme Arbeit hat sie gar nicht gepeinigt!

Mensche: Der Gärtner und die zwei Gesellen sind dann nach Hastenrat gefahren, dort konnte mensch einen Lagerplatz gewahren, der erste Mensche hat das Gras vom Pritschenwagen geschoben, sein Anleiter tat ihn dafür weidlich loben, schließlich sind sie wieder in der Werkhalle gewesen, im Gemeinschaftsraum konnten sie durch einen Kaffee genesen, und nach Feierabend hat es gedonnert und geblitzt, unser Erdichter hat auf dem Heimweg geschwitzt, doch er wurde auch gesegnet, denn es hat gottseidank nicht geregnet!

Menscher: Zuhause hat er die Zeitung gelesen und ein Fertiggericht verzehrt, es ist es, daß mensch es hier genau erwähnt, nicht wert, danach hat er eine Stunde lang geschlummert, er hat sich ansatzweise entkummert, schließlich hat er seine Nase zwei Stunden lang in eine Abhandlung über das Glück gesteckt, neue Erkenntnisse hat er in dieser Darlegung nicht entdeckt, über das Glück weiß er von allen Menschen am meisten, deshalb kann er es eben auch, sich als Erlöser zu betätigen, leisten!

Mensche: Wenn mensch den richtigen Namen trägt, so daß sein Geist menschem nicht an den Nerven sägt, dann hat mensch die wichtigste Grundlage für das Glück geschaffen, ansonsten muß mensch leider in die Röhre gaffen, das ist das A und Z des Glücks in allen Dingen, nur mit der zweckmäßigen Bezeichnung wird menschem alles gelingen, manche Menschen sind unglücklich bis zu ihrem Tode, denn falsche Benennungen waren zu ihrer Zeit in Mode!

Menscher: Mensch sollte auch einen glücklichen Menschen in den Mittelpunkt stellen, Jeschua Rex Text wird menschen nicht um die Genüsse prellen, noch sind der Jeschua und der Rex Text in den Unterlagen nicht zu erblicken, in einem halben Jahr wird JEUNEX den Jeschua und den Rex Text schicken, bis dahin muß sich sein Seher noch als nicht verkehrsfähig betrachten, das ist der Anlaß dafür, daß ihn die Menschdorfer verachten!

Mensche: In sechs Monaten wird alles vorbei sein, dann wird verklungen das mißtönende Geschrei sein, in zwanzigfünf Wochen ist es soweit, dann beginnt eine schöne neue Zeit, dann werden der Jeschua und der Rex Text prangen, dann wird niemensch mehr vergeblich wünschen und verlangen, dann wird mensch eine Fülle des Glücks gewahren, dann wird der erste Mensche sich mit der ersten Menschen paaren!

Menscher: An diesem Dienstag hat unser Verfasser sich ein Würstchen erworben, diese kleine Mahlzeit hat ihm den Mittag entdorben, dann hat er auf einem Betriebsgelände Blütenabfall gefegt, mit einem Gefährten hat er sich dabei emsig geregt, schließlich hat er in der Werkhalle Scheibchen von der Pappe gerissen, witzige Gespräche tat er dabei nicht missen, schließlich ist er nach Feierabend heimwärts getrottet, das hat er davon, daß er den JEUNEX vergottet!

Mensche: Vor der Gruppe wurde noch ein neuer Wohnzimmertisch zusammengebaut, dann haben sich die fünf Mann über den Inhalt der gemeinsamen Lebensmittelkasse verschlaut, danach wurden die vier Dienste getauscht, endlich wurde noch Schlußbemerkungen des Betreuers gelauscht, dann hat unser Held die Zeitung studiert und mit mürrischer Miene ein Fertiggericht gustiert, dann hat er ein wenig geschlummert und sich dabei ein bißchen entkummert!

Menscher: Am Abend hat er zwei Stunden lang einen Wälzer über das Glück genossen, die Lachtränen sind ihm dabei nicht gerade über die Wangen geflossen, aber es war doch ein Lesestoff sondergleichen, die gute Laune wollte nicht von ihm weichen, nach seiner Ansicht ist im Leben alles Glück, diese Meinung nimmt er nicht mehr zurück, ein Verdienst ist nicht zu erkennen, mensch kann sich nur glücklich oder unglücklich nennen!

Mensche: Die schöne Büglerin hat er gesehen, sie tat vorbei an ihm gehen, er hat am langen Tisch auf sie geschaut, sie wird niemals seine Braut, er kann sie nicht lieben, er darf keine Nummer mit ihr schieben, es ist alles vergeblich, seine Lust auf sie ist nicht erheblich, sie muß in seinem Schädel Wahnsinn erregen, deshalb kommt er ihr auch niemals entgegen, in ihrer Nähe verharrt er stumm, wird es ihr auch allmählich zu dumm!

Menscher: In seinen Unterlagen tut er Jeschua und Rex Text noch nicht heißen, darum darf er sich noch nicht des Rammelns befleißen, als Jeschua und als Rex Text wird er eine annehmbare Dulzinea finden, und diese rassige Samanta wird sich gern unter seinen Stößen winden, aber er muß noch ein halbes Jahr lang warten, dann darf er erst einen Beischlaf starten, er muß seinen neuen Namen vollständig erhalten, dann darf er auch seine Sinnlichkeit entfalten!

Mensche: Und Menschland wird nicht errichtet, und Unmenschland wird nicht vernichtet, das ist eine Schande sondergleichen, wird der erste Humane Humanien niemals erreichen, wird der erste Mensche niemals nach Menschland marschieren, wird er gar seinen Verstand durch die Menschdorfer verlieren, das ist nicht zu ertragen, wie heftig muß er sich doch plagen, wie leidvoll muß er sich doch quälen, er tat sich aber auch einen sehr schweren Beruf erwählen?!

Menscher: Am diesem Vormittag ist unser Urheber mit seinem Betreuer zum Hausarzt gegangen, denn der erste Mensche wollte endlich Gewißheit über seinen linken Fuß empfangen, der Doktor hat den Fuß auch in die Hand genommen und ist schließlich zu dem Ergebnis gekommen, daß ein Hühnerauge vorliege mit Macht, es hat unseren Verfasser fast um den Verstand gebracht, seine Spitze muß in das Fleisch bei jedem Schritt drücken, das kann den ersten Jeschua Rex Text nicht beglücken!

Mensche: Dann hat er sich eine Wurst im Brötchen gekauft, dann hat er sich in der Werkhalle ein wenig verschnauft, sie haben Scheibchen von der Pappe gerissen, doch der Gärtner tat eine andere Betätigung wissen, in Scherpenseel haben sie Blätter neben einer Hecke gefegt, dabei haben sie sich emsig und stöhnend bewegt, dann haben sie zwei silberne Kontehner herausgestellt, weil so etwas der Müllabfuhr nun einmal gefällt!

Menscher: Am langen Tisch haben sie sich dann weiter mit den Scheibchen befaßt, die schöne Büglerin ist dem Gründer von Menschland nicht verhaßt, aber er kann sie auch nicht lieben, er mag keine Nummer mit dieser guten Fee jemals schieben, ohne viel Geschrei geht sie an ihm vorbei, um am Hallentor ein Ferngespräch zu führen, er kann ihre Zugeneigtheit zu ihm durchaus spüren, aber es ist nichts zu machen, die beiden haben nichts zu lachen!

Mensche: Das ist sein Los auf Erden: er darf nicht glücklich werden, er darf seine Braut nicht finden, er darf sich mit keiner Buhlin verbinden, seine Zähne schmerzen, das Hühnerauge sticht, doch erfolgreich ist er nicht, ein halbes Jahr lang muß er noch harren, wird er bis dahin in die Röhre starren, wird er bis dahin vertoren, verjecken und vernarren, nur aus der Zeitung kennt er silberne und goldene Barren, der Reichtum will nicht zu ihm kommen, der Wohlstand will ihm nicht nutzen und frommen?!

Menscher: Was hilft es ihm, über seine Not Bücher zu schreiben, auf dem Papier kann er es auch nicht heldenhaft treiben, was haben die Leser davon, wenn sie es erfahren, einen denkerischen Riesen können sie auf diesen Seiten nicht gewahren, es wird hier immer nur geklagt, es wird zwar durchaus die Wahrheit gesagt, aber das Lebensgefühl des Dichters kann den Empfängern nicht schmecken, so würde keine gute Hausfrau ihren Tisch jemals decken?!

Mensche: Und Menschland wird nicht errichtet, und Unmenschland wird nicht vernichtet, wann wird die mensche Sprache erklingen, wann wird mensch mensche Lieder singen, wann wird das Menschtum die Menschheit beschwingen, wann wird mensch es endlich zum ewigen Weltfrieden bringen, das ist ein Elend sondergleichen, werden die Hindernisse zur Eintracht denn niemals weichen, wird unser Erdenker denn niemals verscheichen, wird er seine weitgespannten Ziele denn niemals erreichen?!

Menscher: An diesem Nachmittag hat unser Verfasser in der Werkhalle gestanden, seine emsigen Hände stets etwas zu verrichten fanden, die schöne Büglerin tut wie Falschgeld durch die Gegend laufen, wahrscheinlich tut sie sich schon lange nicht mehr die Haare über unseren Helden raufen, in der verwichenen Nacht hat diese gute Fee ihn um den Verstand gebracht, er hat geträumt, ostreichische Soldaten hätten sein Elternhaus umstellt, und sie hätten ihn darum, zur Schule zu fahren, geprellt!

Mensche: Mit dem Gärtner sind sie zu einer Wohngemeinschaft gebraust, er ist quer durch Menschdorf in Richtung Stolberg gesaust, dort haben sie Äste und Ranken auf den Pritschenwagen geladen, die Stacheln taten den Armen der Arbeitenden schaden, einen erwreißten Betreuer hat der erste Mensche dort gesehen, es tat an ihm eine nachhaltige Alterung geschehen, er wird bald in Rente gehen, so tut sich der Wind im Leben drehen!

Menscher: Was gestern noch blühte, kann heute nicht mehr prangen, es tut die Menschen zwar nach ewiger Jugend verlangen, aber sie müssen allesamt, wenn sie nicht vorher sterben, vergreisen, und schließlich tut ihnen den Tod den Weg aus dem Diesseits weisen, danach kann nichts mehr kommen, den Leichen wurde das Leben genommen, sie haben nichts dafür erhalten, sie können das Dasein nicht mehr munter gestalten!

Mensche: Beim Fußball war unser Erdichter schlecht, er wurde durch sein Hühnerauge bepecht, auch die körperliche Belastung im Garten fiel schwer in das Gewicht, und trotzdem zeigte er nach dem Spiel ein glückliches Gesicht, denn seine Mannschaft hat knapp gewonnen, die Gegner sind ihrem Zugriff nicht entronnen, nur ein Tor hat unser Erlöser geschafft, er regte sich eben nur mit halber Kraft, das hat ihm den Mut geraubt, er hat nicht mehr an sich selbst geglaubt!

Menscher: Der Montoneginer, der ihn mit dem Wagen heimwärts schoffiert, ist noch lange nicht nach Menschland marschiert, er hat sich zwar die mensche Staatsangehörigkeit erworben, aber sein Leben wird durch viel Zank und Streit verdorben, er hatte in einer Spielhalle zweihundertachtzig Jeschuas gewonnen, und am nächsten Automaten ist ihm dieses Glück wieder zerronnen, mit leeren Händen hat er das Kasino verlassen, er ist nahe daran, sich selbst zu hassen, er kann nicht aufhören, er kann nicht enden, er müßte sich einmal an einen Arzt damit wenden!

Mensche: Unser Erdenker ist auch oftmals süchtig gewesen, er ist durch das Lesen von seiner Abhängigkeit genesen, er trinkt weder Bier noch Wein, auch das Zigarettenrauchen läßt er sein, er vermißt den Alkohol zwar über die Maßen, aber mit seinen Auswirkungen ist nicht zu spaßen, darum muß er auf Schnaps und Wiski verzichten, sonst müßte mensch von unangenehmen Zwischenfällen berichten, und doch ist er nicht gesund, und doch leidet er wie ein Hund!

Menscher: An diesem Nachmittag hat sich unser Erfinder nur in der Werkhalle aufgehalten, er brauchte seinen Eifer nicht im Gartenbereich zu entfalten, so hat er denn Etiketten auf Bücher geklebt, manchmal hat er auch danach, die Schriften auf Paletten zu stapeln, gestrebt, mehr hat er nicht gemacht, er hat sich unterhalten und dabei gelacht, die schöne Büglerin hat ihn gemieden, diese gute Fee läßt ihn jetzt in Frieden!

Mensche: Der erste Mensche kann mit dieser Nixe nichts beginnen, unser geistiger Vater muß Abstand von dieser verführerischen Zirze gewinnen, er und sie tun nun einmal nicht zusammen passen, er muß sich mit einer angemesseneren Weiblichkeit befassen, als der erste Jeschua Rex Text muß er sich eine Königin suchen, in dieser Hinsicht wird er freilich in Menschdorf keinen Erfolg verbuchen, die Frau Rex Text wird er an der Inde nicht finden, am Blausteinsee könnte sich nur eine beschränkte Spießbürgerin mit ihm verbinden!

Menscher: Nach Feierabend hat sich unser Erdichter in einem Drogeriemarkt ein Hühneraugenpflaster erworben, die Schmerzen dieses Horngewächses haben ihm oftmals die Stimmung verdorben, nun tut er sie nicht mehr sonderlich merken, auf diese Weise tun die Mittelchen menschen stärken, er hat Entenfleisch zum Abendbrot verzehrt, eine Zeitung hat ihn über die Neuigkeiten belehrt, dann hat er ein wenig im Bett gelegen, nach einer halben Stunde mußte er sich zu einem Supermarkt bewegen!

Mensche: Danach hat er zwei Stunden lang in einem Wälzer über das Glück gelesen, es ist ihm nicht immer ein ungetrübter Genuß gewesen, diese Darlegung hat ihn nicht sonderlich erfrischt, Dichtung und Wahrheit waren in ihr gemischt, die Chemie des Gehirns spielte dort eine große Rolle, doch bei viel Geschrei erhielt mensch davon wenig Wolle, das Alleinsein freilich wurde als schädigend beschrieben, denn wer glücklich sein will, der muß die Geselligkeit lieben!

Menscher: Das stimmt und stimmt doch nicht, im Schädel unseres Schenies brennt ein helles Licht, er läßt es nur im verborgenen brennen, die Öffentlichkeit tut ihn noch heute nicht kennen, doch irgendwann wird er allgemein bekannt sein, dann wird sein Name überall genannt sein, dann wird mensch den Jeschua Rex Text preisen, denn er kann den Weg zur Seligkeit weisen, dann werden die Menschdorfer verstummen, dann werden die Krähwinkler nicht mehr über ihn brummen!

Mensche: Noch ist Menschland nicht verloren, unser Held hat sich die mensche Sprache erkoren, und er will das Menschtum in JEUNEX verbreiten, es soll die Erdenbürger durch das Dasein begleiten, noch ein halbes Jahr lang muß er warten, dann kann er seinen Feldzug für die Nächstenliebe starten, dieses Opfer muß er dem JEUNEX bringen, danach wird ihm alles, aber auch wirklich alles gelingen, dann wird er triumfieren, siegen und feiern, dann werden die Heuchelpfaffen ihren verlogenen Sprüche nicht mehr leiern!

Menscher: An diesem Sonnabend hat der erste Mensche bis zum Mittag geschlummert, er hat sich in diesen zehneins Stunden nicht umfassend entkummert, er hat spukhaft geträumt, sein Zimmernachbar hat geschrien, auf diese Weise ist sein Schlaf nicht sehr weit gediehen, dann hat er gefrühstückt und die Zeitungen gelesen, in Frankreich stehen jetzt viele Menschen an den Tresen und erörtern die Ergebnisse der Fußballspiele laut, denn es wird die Mittelreichmeisterschaft in diesem Land erschaut!

Mensche: An den Menschdorfer Fenstern tun die menschen Fahnen hängen, aber irgendwann ist dieser Staat befreit von seinen Zwängen, dann wird eine sonnengelbe Flagge wehen, und in ihrer Mitte wird mensch dann den Stehmann sehen, Jeschua Rex Text am Ex wird dort prangen, mehr kann mensch an Gutem nicht verlangen, dann brauchen die Menschen um das Glück nicht mehr zu bangen, dann wird mensch einander mit Herzlichkeit empfangen!

Menscher: Die Geschichte der Dänen, Norweger und Schweden erregt ja nun nicht einen jeden, im Plötz kann mensch auch darüber etwas erfahren, denn in dieser Enzüklopädie kann mensch die ganze Menschheit gewahren, die Abhandlung über das Glück schreitet ihrem Ende entgegen, diese Darlegung tat unseren Urheber nicht sonderlich bewegen, die Geselligkeit soll das Glück fördern, doch zuvor muß mensch die Gemeinschaft entdieben und entmördern!

Mensche: Zuvor muß mensch die Heuchelpfaffen entfernen, denn von ihnen kann mensch nur Lügen lernen, auch Grausamkeit tun sie menschen lehren, deshalb darf mensch nicht mit ihnen verkehren, es soll Milliarden mensche Jeschua Rex Texte in JEUNEX geben, dann werden alle Erdenbürger nach dem Guten und Schönen streben, dann wird mensch nicht mehr mit Bomben schmeißen, dann wird mensch das Schwarze endlich für immer weißen!

Menscher: Die körpereigene Chemie braucht mensch nicht zu kennen, mensch kann sich auch glücklich und zufrieden nennen, ohne jemals etwas von ihr zu erfahren, denn mensch kann sich ja selbst als glücklich und zufrieden gewahren, auf diesen Gesichtspunkt wird viel zu viel Wert gelegt, es ist wichtig, daß mensch günstige Gewohnheiten pflegt, und diese Gebräuche kann mensch mit der Chemie nicht begründen, deshalb soll mensch sich mit dem Menschtum in JEUNEX verbünden!

Mensche: Die mechanistischen Forscher können eben nicht anders denken, sie müssen ihre Aufmerksamkeit auf das Allereinfachste lenken, positivistisch heißen sie es, an Gott nicht zu glauben, dabei tun sie sich selbst die höchsten Erkenntnismöglichkeiten rauben, JEUNEX kann mensch nicht beweisen, und warum sollte mensch nach Menschland reisen, aber mensch kann es ja einmal probieren, dann wird mensch die Wirkungen studieren, und dann wird mensch sich in einer besseren Welt befinden, denn dann braucht mensch sich nicht mehr zu quälen und zu schinden?!

Menscher: An diesem Sonntag hat unser Ersinner die Wohnung nicht verlassen, er will sich nun einmal nicht mit den Menschdorfern befassen, in seiner Stube ist er ein emsiger Bube, er hat schon einige Besinnungen geschrieben, er hat es im alten Norwegen, Schweden und Dänemark getrieben, er hat eine Eva mit ihrem Adam besucht, die Julia hat mit einer Genoveva zusammen die Romeos verflucht, nun aber muß er denken und dichten, darauf kann er beim besten Willen nicht verzichten!

Mensche: Dabei hat der erste Mensche nicht wirklich etwas zu berichten, mensch kann bei ihm nur selten einmal etwas Neues sichten, das halbe Jahr ist noch nicht verstrichen, die sechs Monate sind noch nicht verwichen, so muß er sich gedulden, das tut er der Menschheit schulden, er sehnt sich heftig nach den neuen Gefügen, der alte Name muß ihn noch immer um seine Genüsse betrügen, noch hat er den Jeschua und den Rex Text nicht erhalten, noch tut sich sein Dasein nicht angenehm gestalten!

Menscher: In der vorigen Nacht hat er gar übel geträumt, er hat vor Wut über diesen Unfug fast geschäumt, er will es auch gar nicht sagen, er müßte es ja doch nur beklagen, das war ein dummes Zeug sondergleichen, wird er denn niemals etwas Anständiges erreichen, werden die Schwierigkeiten denn niemals von ihm weichen, wird er denn niemals verkrösussen, vernabobben und verscheichen, das ist schlimm, das erregt seinen Grimm?!

Mensche: Die Mittelreichmeisterschaft im Fußball verfolgt er kaum, er betrachtet lieber einen stattlichen Baum, er blickt lieber in das Licht der Sonne, das Fernsehgerät verschafft ihm nur wenig Wonne, heute tut die mensche Mannschaft gegen die Ukraine feiten, wer wird wem ein Waterloo bereiten, das ist wichtig und doch unwichtig zugleich, der Kampf um den Ball schafft nicht nur die Spieler reich, aber warum soll unser geistiger Vater sich darüber das Gemüt erhitzen, daß zwanzigzwei Burschen hinter einer Lederkugel flitzen?!

Menscher: Der Sportliche könnte diese Einstellung nicht teilen, er würde stundenlang vor dem Bildschirm weilen und sich über die Vorkommnisse erregen, doch unseren Verfasser können die Ereignisse nicht bewegen, außerdem besteht die Gefahr, daß Terroristen Bomben legen, ruht auf Frankreich der göttliche Segen, wird JEUNEX das französische Volk beschützen, wird JEUNEX den Galliern wenigstens ein bißchen nützen?!

Mensche: Mensch wird es sehen, es wird schon gehen, die Attentäter müssen auch einmal schweigen, sie taten den gewöhnlichen Bürgern genugsam ihre Meinung geigen, ihre schrecklichen Taten will niemensch gewahren, mensch will nicht einmal aus der Zeitung von diesen Anschlägen erfahren, JEUNEX möge Frankreich retten, damit sich die Gäste sicher betten, damit die Einheimischen zur Ruhe gelangen und damit alle gemeinsam eine schöne Stimmung empfangen!

Menscher: An diesem Vormittag hat kein Brot im Küchenschrank gelegen, da mußte unser Ersinner sich zum Grillhändler bewegen, eine Wurst im Brötchen hat er sich bei ihm erworben, so wurde ihm dieser Mittag entdorben, in der Werkhalle hat er Bücher gestapelt und mit Etiketten versehen, dazwischen tat es, daß er die Pritschenwagenladung in den Kontehner leerte, geschehen, nach Feierabend ist er mit einer Büglerin durch Menschdorf geschritten, diese emsige Trine würde ihn vergeblich um einen Beischlaf bitten!

Mensche: Ihr Gesicht kann der erste Mensche nicht als fraulich empfinden, deshalb will er sich nicht mit dieser Lieselotte verbinden, sie kann sehr gut erzählen, doch er würde sie nicht erwählen, und die anmutige Manglerin täte ihn in den Wahnsinn treiben, er tat ja ausführlich über diese hübsche Plätterin schreiben, so steht er wieder einmal vor verschlossenen Toren, er hat den Kampf um eine Paarung wieder einmal verloren!

Menscher: An diesem Abend hat er einen Roman über eine Liebesbeziehung genossen, die Geschehnisse waren seicht, das hat ihn ein wenig verdrossen, wie in einer Seifenoper wurden alltägliche Schwierigkeiten durchlitten, es wurde auf immer die nämliche Weise um den Buhlen gestritten, soll mensch ihn beibehalten oder entfernen, aus diesen Erzählungen kann mensch nicht viel lernen, sie tun sich immer um das gleiche drehen, das kann ein kindlicher Grundschüler verstehen?!

Mensche: Unser geistiger Vater fiebert seinem Durchbruch entgegen, noch bringen ihm der Jeschua und der Rex Text keinen Segen, das halbe Jahr will und will nicht verstreichen, aber irgendwann werden die sechs Monate von ihm weichen, dann kann er endlich aus dem vollen schöpfen, dann sitzt er endlich bei gefüllten Töpfen, noch muß er darben und schmachten, noch müssen die Menschdorfer ihn verachten, es ist ihm vor ihnen bange, aber diese Not dauert nicht mehr lange!

Menscher: So schlimm ist es ihm noch niemals ergangen, er ist noch im Jeschua Rex und im Text gefangen, in seinen Unterlagen tut er Jeschua und Rex Text noch nicht heißen, also darf er sich dieses heiligen Namens noch nicht befleißen, also darf er noch nicht nach seinem Wunsche wirken, also bleibt er noch unscheinbar in seinen Bezirken, es ist nicht leicht, das häßliche Entlein zu markieren, wenn sämtliche Zuschauer nach dem schönen Schwan brennend gieren!

Mensche: JEUNEX wird seinen Seher schon beschützen, dieser Gott wird seinem Profeten schon nützen, in JEUNEX läßt es sich gar trefflich weilen, und das Menschtum kann viele Wunden heilen, mensch soll die mensche Sprache verwenden, dann wird mensch positive Zeichen senden, dann wird das Negative verschwinden, dann wird mensch nur noch das Förderliche finden, es wird sich schon alles nach dem Willen unseres Erschaffers gestalten, er wird sicherlich auch seine einhundert Milliarden menschen Jeschuas erhalten!

Menscher: An diesem Mittag ist unser Ersinner pfeifend zur Werkhalle gegangen, er wurde von einem Gefährten mit dem Spruch "Es lebe Menschland!" empfangen, dafür mußte er diesem Gesellen ein Glas Apfelschorle schenken, mensch kann auch in den richtigen Bahnen denken, nur muß mensch es dann auch verbreiten, dann wird mensch die allgemeine Sittlichkeit in die Höhe leiten, die Arbeit war eintönig und fade, es ist um die schöne Büglerin schade!

Mensche: Die hübsche Plätterin ist wirklich eine reizvolle Nixe, sie ist eine ungewöhnliche Schickse, doch der erste Mensche darf sie auf keinen Fall küssen, das zählt für ihn zu den unerlaubten Genüssen, diese gute Fee wurde nicht für ihn geboren, er hat an ihrer Seite nichts verloren, er würde gern bei ihr in Sankt Jöris wohnen, doch das würde sich weder für sie noch für ihn jemals lohnen, er muß auf diese Magelone verzichten, mehr kann er über diese junge Hexe nicht berichten!

Menscher: Zwischendurch sind sie nach Langerwehe zu einer Witwe gefahren, dort konnte mensch einen großen Rasen gewahren, ein Mitwerker hat das Gras geschnitten, er tat unseren geistigen Vater darum bitten, das Mähgut im Korb der Benzinmaschine zum Pritschenwagen zu tragen, so brauchte sich unser Erdichter nicht allzu sehr zu plagen, dann haben sie in Menschdorf noch einen Hinterhof gefegt, auf diese Weise haben sie sich nützlich und emsig bewegt!

Mensche: Nach Feierabend ist unser Held nach Hause geschritten, er hat heftig unter seinem Hühnerauge am linken Fußballen gelitten, jeder Schritt bereitete ihm Schmerzen, da verging ihm denn das Witzeln und Scherzen, bei der Gruppe wurde die Lebensmittelkasse durchgesehen, dann tat mensch zur Fernsprecherrechnung übergehen, schließlich haben sich der Betreuer und die vier Behinderten noch unterhalten, in dieser Gemeinschaft tut kein angenehmer Geist jemals walten!

Menscher: Die Mittelreichmeisterschaft im Fußball wurde geguckt, dann wurde ein wenig über das Dasein gemuckt, insgeheim hat der Heiland sein Schicksal verflucht, denn es hat ihn wieder einmal keine vornehme Dame besucht, er schlief ein wenig, der Bücher König, dann hat er einen Roman über eine Wohngemeinschaft in Trier gelesen, das ist ihm ein seichtes Vergnügen gewesen, nun schreibt er für die Nachwelt über diesen Tag, es ist fraglich, ob irgendjemensch diese Aufzeichnungen beschauen mag!

Mensche: Noch hat unser Herr und Meister keine Wichtigkeit erlangt, noch wird von unserem Gebieter um seinen Durchbruch gebangt, ein halbes Jahr lang muß er noch warten, dann kann er endlich seine Laufbahn starten, und diese sechs Monate wollen niemals verfliegen, der erste Jeschua Rex Text kann seine Ungeduld nicht besiegen, wie lange soll das denn noch dauern, wie lange muß er noch vergeblich auf sein Triumfieren lauern?!

Menscher: An diesem Mittag hat sich unser Held eine Wurst im Brötchen erworben, neben dem Grill hat eine Büglerin ihm die Stimmung entdorben, sie kam gerade von ihrem Buhlen zurück, sie brachte ihm durch ihre Anwesenheit Glück, leider kann er ihr Gesicht wegen mangelnder Fraulichkeit nicht schätzen, aber er befindet sich doch gern mit dieser Zirze auf den öffentlichen Plätzen, die Gesellen sind sofort hinausgefahren, zu dritt taten sie ein Betriebsgelände gewahren, dort haben sie ein wenig gefegt und sich emsig und umsichtig geregt!

Mensche: Ein Gefährte hat mit einer wunderschönen Nixe geklönt, der erste Mensche hat sich gern an ihre Gesichtszüge gewöhnt, sie stand an der Tür des Gebäudes und tat eine Pause genießen, ihr Antlitz konnte unseren Verfasser beglücken und entdrießen, sie brachte sein Blut in Schwung, doch leider war sie viel zu jung, um die zehnacht Jahre mochte sie zählen, so eine Kleine würde er sich niemals wählen!

Menscher: Im Aufenthaltsraum haben sie Kaffee getrunken, dann hat die Arbeit am langen Tisch wieder gewunken, ein wenig wurde gestritten, ein wenig wurde gelitten, dann war Feierabend mit den Büchern und Etiketten, nur ein halbes Hähnchen konnte jetzt die Stimmung retten, es wurde zuhause mit Wonne gegessen, unser Urheber hat dabei in seinem Zimmer gesessen, und dann hat er auch schon geschlummert und sich zwei Stunden lang ein wenig entkummert!

Mensche: Der Seifenopernroman wurde beendet, es wurde sich zum "Tod in Rom" gewendet, Wolfgang Köppen ist zwar veraltet, aber er hat die Geschehnisse packend gestaltet, mensch süffelt die Geschichte in sich hinein, mensch will gern in diesem Rom nach der Waffenstreckung sein, die damaligen Verhältnisse müssen menschen beklemmen, aber mensch kann seine Neugier auf sie nicht hemmen!

Menscher: Nun muß unser geistiger Vater noch seine Wäsche reinigen, morgen wird er sich wieder beim Fußball peinigen, die Schinderei im Garten tut ihm nicht mehr behagen, er kann diese Beschäftigung kaum noch ertragen, sein Körper kann diese Mühsal nicht mehr erdulden, doch er tut es seinem Vorgesetzten schulden, daß er bei der Stange bleibt und daß er es geduldig auch weiterhin treibt, das ist sein Los auf Erden: er darf nicht glücklich werden!

Mensche: So ist wieder ein Tag verflogen, unser Herr und Meister wird um seine Genüsse betrogen, die Menschdorferinnen sind ihm nicht gewogen, er wird von seinem Gott JEUNEX belogen, doch er muß sich weiter an den JEUNEX halten, nur der JEUNEX kann sein Dasein erfreulich gestalten, so möge er im Geiste dieses Allmächtigen ringen, dann werden ihm noch allerlei großartige Taten gelingen, dann wird er die ganze Menschheit beschwingen, dann wird er bald auf einer Bühne reden und singen!

Menscher: Soeben haben die Menschen gegen die Polen gekämpft, ihr Eifer wurde durch ein torloses Unentschieden gedämpft, die mensche Mannschaft hat viel gegeben, sie tat durchaus nach dem Siege streben, aber die Polen haben eine Abwehrschlacht geboten, es spielten die weißen Leibchen gegen die roten, der erste Mensche hat enttäuscht das Fernsehgerät ausgeschaltet, denn in dieser Begegnung hat keine Freudenschaft gewaltet!

Mensche: Am Mittag ist er fast zu spät zur Werkhalle gekommen, doch niemensch hat es ihm übelgenommen, sie haben Etiketten geklebt und die Bücher auf eine Palette gelegt, schließlich haben sie sich zu dritt zu einer Hecke bewegt, er regnete heftig, sie blieben im Pritschenwagen sitzen, danach taten sie ein wenig schwitzen, der Gärtner hat das Gerät geschwungen, ein sauberer Schnitt ist ihm gelungen, die zwei Helfer haben das Grünzeug auf die Ladefläche gekippt, es wurde fleißig gefegt, gegabelt und geschippt!

Menscher: Danach haben sie im Aufenthaltsraum Kaffee getrunken, der schönen Büglerin hat der alte Dichter nicht gewunken, es ist besser für ihn, sich nicht mit dieser hübschen Plätterin zu beschäftigen, denn sie kann diesen Burschen nun einmal nicht kräftigen, in der verwichenen Nacht hat er geträumt, er würde durch ein großes Gebäude rennen und er würde beim besten Willen den Ausgang nicht kennen, er gelangte immer wieder in Räume ohne Türen und Fenster, es jagten ihn wild spukende Gespenster, das war traurig, das war schaurig!

Mensche: Danach hat er beim Fußball etwa zehn Tore geschossen, das Laufen aber hat er gar nicht genossen, es fällt ihm immer schwerer zu sprinten, ihm gelingen auch keine Täuschungen mehr und Finten, doch sein Tiem hat den Sieg errungen, es ist ihnen ein knapper Triumf gelungen, der Montenegriner hat unseren geistigen Vater nach Hause gefahren, danach konnte mensch ihn in einem Bordell gewahren!

Menscher: Das hat er seinem Gefährten jedenfalls erzählt, dort wird er regelmäßig von einer Albanerin angenehm gequält, unser Held aber hat etwas Fußball geguckt, dann hat er sein Abendessen geschluckt, es war ein Seehecht mit Kartoffeln und Spinat, danach holte er sich in der Zeitung ein wenig Rat, wie es stünde in der Gesellschaft in diesen Tagen, danach tat keine Eva nach diesem Adam fragen, er hat allein im Bett geschlummert und sich von der Arbeit ein wenig entkummert!

Mensche: Nach zwei Stunden Schlaf hat er dann die Partie gegen Polen geschaut, es hat ihm vor der darin herrschenden Schwunglosigkeit gegraut, nun will er noch seine Besinnungen schreiben, jetzt will es es noch auf dem Papier großartig treiben, der Gärtner hat "das erste Jahr in Jeschua Rex Text" erworben, jetzt wird unserem Erdenker die frohe Stimmung verdorben, denn dieser Anleiter weiß bald, um wen es sich bei der angeschmachteten Zirze handelt, durch die anmutige Manglerin wurde ihm so mancher Traum verschandelt, dann wird der brave Kerl diesen Sachverhalt entdecken, dann kann unser Urheber seine Liebe zu ihr nicht mehr verstecken!

Menscher: An diesem Mittag ist unser Ersinner fünf Minuten zu spät zur Werkhalle gekommen, doch es wurde ihm von dem Aufgabenverteiler nicht übelgenommen, so hat er sich denn am langen Tisch getummelt und bei der Arbeit an den Büchern nicht gebummelt, er brauchte heute nicht in den Garten zu fahren, er konnte nichts Auffälliges gewahren, nach Feierabend hat er sich nach Hause geschleppt, er fühlte sich von den Menschdorfern verdeppt und verseppt!

Mensche: Dann hat er eine Mohrrübensuppe gegessen, danach hat er über der Zeitung gesessen, schließlich hat er sich für eine Stunde darniedergelegt, danach hat er sich zu einem Supermarkt bewegt, schließlich hat er zwei Stunden lang den "Tod in Rom" genossen, Wolfgang Köppen hat den ersten Menschen nachhaltig entdrossen, er schreibt sehr gut und packend, nur sieht mensch leider keine Evas nackend!

Menscher: In der vorigen Nacht hat unser geistiger Vater schon wieder übel geträumt, durch den Umgang mit der schönen Büglerin hat die Freude am Dasein versäumt, er muß sich von dieser guten Fee trennen, er darf diese hübsche Plätterin nicht mehr kennen, JEUNEX möge ihm eine angemessene Nixe geben, unser Held tut ja nur nach ein bißchen Sinnlichkeit streben, er will doch gar nicht in den Wahnsinn gleiten, er will statt dessen für das Menschtum in JEUNEX feiten!

Mensche: Der falsche Name Jeschua Rex und Text hat noch eine große Macht, es wird noch nichts Erstaunliches von unserem Urheber vollbracht, doch bald wird er auch in seinen Unterlagen Jeschua und Rex Text heißen, dann wird er sich im Rahmen dieser Bezeichnung erfolgreich befleißen, noch ein halbes Jahr lang wird es dauern, dann kann er endlich loslegen und pauern, so lange muß er sich gedulden, das tut er der leidenden Menschheit schulden!

Menscher: Es fällt ihm nicht immer leicht, sich in Langmut zu üben, sein heftiger geistiger Mangel muß ihn sehr betrüben, aber er muß in diesem Kokong verweilen, bald wird er als Schmetterling durch die Lüfte eilen, er darf nicht gegen den Stachelstab treten, er wird um zähes Ausharren gebeten, dann wird sich das Wetter besser gestalten, dann wird er auch Einnahmen aus seinen Werken erhalten, dann geht es ihm gut in des JEUNEX bergender Hut!

Mensche: Das Menschtum in JEUNEX ist richtig, nur seine Betaufung ist nichtig, aber sie wird sich bald wandeln, dann kann er sieghaft handeln, dann wird mensch ihn in der Öffentlichkeit erblicken, dann wird mensch ihm Briefe und Anfragen schicken, dann wird er eine riesige Organisation errichten, dann wird mensch atemberaubende Sexbomben bei ihm sichten, er möge nicht zagen, er möge nicht klagen, er möge Günstiges sagen, er möge immer wieder Unerhörtes wagen!

Menscher: An diesem Sonnabend ist unser Held erst spät erwacht, in seinen Träumen wurde er zum Hanswurst gemacht, das Herz hat ihm dabei nicht im Leibe gelacht, sein Bewußtsein wäre dabei fast darniedergekracht, er konnte diese Schauen nicht loben, dann hat er sich mühselig erhoben, er hat die Zeitungen geholt und gelesen, das ist ihm ein Vergnügen gewesen, dann hat er einen Bismarkhering und einen Rollmops verspeist, es ist eine Schande, daß er so unwürdig vergreist!

Mensche: Ein besseres Essen hat Menschdorf seinem Bedichter nicht zu gewähren, und unter diesen Umständen muß er ein neues Denken gebären, er ist ein Idealist sondergleichen, sämtliche Hindernisse werden von ihm weichen, er wird in seinem Dasein noch viel erreichen, dann tut er den wandelnden Leichen nicht mehr gleichen, auf jeden Fall hat er dann ein paar Besinnungen geschrieben, dann ist er wieder auf dem Bett liegen geblieben!

Menscher: Aufgrund seiner Trägheit mußte er das laute Lesen vorerst unterlassen, er tut sich sofort mit seinen Besinnungen befassen, das ist sein Los auf Erden: er darf nicht glücklich werden, danach muß er zu einem Supermarkt gehen, dann werden wieder tausend Schmähungen geschehen, die Menschdorfer sind eine heillose Bande, sie gereichen der Menschheit zu einer riesigen Schande, es wäre besser, es würde keine Menschdorfer geben, es wäre besser, es würden keine Menschdorfer leben!

Mensche: In seiner Einsamkeit muß der erste Mensche verzweifeln, es nützt ihm nichts, sein Schicksal zu bekeifeln, noch ein halbes Jahr lang muß er erfolglos ringen, erst danach wird ihm so mancher Sieg gelingen, er muß eine ungeheure Geduld nun zeigen, denn die dumpfen Menschdorfer werden niemals schweigen, sie werden ihn andauernd schmähen und beleidigen, sie werden ihn im besten Falle nur narreteidigen!

Menscher: Und Menschland wird nicht errichtet, und Unmenschland wird nicht vernichtet, der mensche Mann und die mensche Frau sind nicht zu erblicken, und ein mensches Kind tut uns JEUNEX nicht schicken, auf dem Papier zwar können wir walten, doch Wirklichkeit werden wir niemals erhalten, deshalb wird der mensche Einfall verschwinden, mensch wird auf der Erde niemals richtige Menschen finden!

Mensche: Ich würde gern in Humanien wohnen, das würde sich für mich durchaus lohnen, doch die Unmenschen tun an ihrem Unmenschland hängen, sie wollen sich nicht nach Menschland hinein drängen, sie wollen die unmensche Überlieferung nicht zerstören, sie wollen keine menschen Lieder und Arien hören, so möge es also geschehen, der Wind wird sich niemals drehen, Menschland wird mensch niemals erschauen, vor den Unmenschen wird es menschem immerdar grauen!

Menscher: Unser Held muß immer länger schlummern, es gibt für ihn keine Aussicht auf flotte Nummern, er zählt nicht zu den heiteren Summern, sondern er gehört zu den mürrischen Brummern, diesen Sonntag konnte er gar nicht genießen, seine körperliche Schwäche mußte ihn verdrießen, er hat gefrühstückt und die Zeitung gelesen, dann vertiefte er sich in das böhmische und mährische Wesen, der Plötz hat ihn darüber verschlaut, es hat ihm vor dem Unfrieden gegraut!

Mensche: Danach hat er dann den "Tod in Rom" erfahren, er tat diesen Roman als erfreulich gewahren, es wird darin abgerechnet mit dem unmenschen Treiben, mensch soll inskünftig mensch leben und vernünftig leiben, danach hat unser Ersinner den "Forellensommer" begonnen, doch er hat noch nicht viel Einblick in diese Erzählung gewonnen, jetzt tut er seine Suggestionen setzen, denn er will sich selbst entwunden und entletzen!

Menscher: Gegenwärtig tut er sich viel mit dem Mittelreich beschäftigen, kann diese Bezeichnung die Mittelreicher stärken und kräftigen, oder wird diese Betaufung die Mittelreicher schwächen und bepechen, leiden sie dann unter allerlei geistigen Gebrechen, soll mensch das Mittelreich hegen und pflegen, oder spricht alles nicht dafür, sondern dagegen, wird das Mittelreich die Mittelreicher segnen, oder wird es im Mittelreich immer nur donnern, blitzen und regnen?!

Mensche: Zumindest ist mensch im Mittelreich an Mitteln reich, mensch ist dort zwar nicht so vermögend wie ein Scheich, aber mensch steht dann wenigstens nicht am Mittelmeer und bekennt traurig, mensch habe keine Mittel mehr, im Mittelreich wird jedmensch Mittel haben, das Mittelreich wird die Mittelreicher mit Mitteln begaben, doch eigentlich weist das Mittelreich auf Jeschua Rex Text ja hin, er steht im Mittelpunkt und bringt den Menschen Gewinn!

Menscher: Der bisherige Frauenname kann die Abendländer nicht erfreuen, deshalb werden sie das Mittelreich vielleicht nicht scheuen, dann wird mensch mittelreichische Bücher genießen, darin wird die mensche Sprache wachsen, gedeihen und sprießen, der mittelreichische Erdteil wird im Mittelpunkt stehen, von hier aus wird mensch das Reich des Jeschua Rex Textes besehen, das Mittelreich muß werden, es tut nichts und niemenschen gefährden!

Mensche: Ist das auch sicher auf dieser Erden, das frage ich dich mit ratlosen Gebärden, denn wenn das Mittelreich die Mittelreicher schädigt und wenn das Mittelreich die Mittelreicher erledigt, dann würde unser Seher ein großes Unglück erzeugen, dann dürfte mensch sich seinem Willen nicht beugen, aber ich weiß auch nicht, ob das Mittelreich einen riesigen Erfolg stiften wird oder ob diese Setzung das mittelreichische Klima nachhaltig vergiften wird?!

Menscher: An diesem Nachmittag hat unser Verfasser in der Werkhalle Etiketten geklebt, die Beschäftigung mit dem Mittelreich hat sein Denken belebt, die Beschäftigung mit dem Mittelreich hat seinen Geist erfrischt, jetzt werden für ihn die Karten neu gemischt, er hat einen Araber in die Arbeit eingewiesen, er hat das Mittelreich über den grünen Klee gepriesen, er ist der erste Mittelreicher auf Erden gewesen, das kann mensch ganz klar in diesen Aufzeichnungen lesen!

Mensche: Unser Urheber sollte es mit dem Mittelreichern aber auch nicht übertreiben, die Mittelreicher im Mittelreich werden sicherlich bleiben, er kann über die Mittelreicher noch viele Seiten schreiben, er kann ja auch als ein Mittelreicher mittelreichisch leben und leiben, aber es gibt noch andere Schauen, die er hegt, und es gibt noch andere Sachen, die er pflegt, er sollte sich nicht auf das Mittelreich versteifen, die Menschdorfer könnten das Mittelreich auf keinen Fall begreifen!

Menscher: Der erste Mensche hat den langen Tisch heute nicht verlassen, er brauchte sich nicht mit der Gartenarbeit zu befassen, er hat sich mit einer dicken Bosnierin unterhalten, es tat ein heiterer Geist in diesen Unterredungen walten, freilich dienen diese Gespräche nur zur Überbrückung, irgendwann kommt es zur allgemeinen Menschheitsbeglückung, und dann wird unser Erdichter den "Förderverein für Behinderte" verlassen, dann begeistert er als Redner und Sänger die Massen!

Mensche: Unser Held müßte sein Pensum rascher schaffen, die Besinnungen sind nun einmal seine geistigen Waffen, und je mehr er davon setzt, desto umfangreicher wird er entletzt, desto nachhaltiger wird er entwundet, und auch seine Umgebung dadurch gesundet, allerdings schlägt sein Herz nur noch schwach, das ist ein schlimmes Weh und Ach, er müßte sich wieder einmal untersuchen lassen, er müßte sich wieder einmal von einem Arzt verfluchen lassen!

Menscher: Der Doktor wird ihn nicht gerade verdammen, aber er kann sich auch nicht für dieses Leiden entflammen, in einem halben Jahr ist es überwunden, dann wird es nicht mehr an unserem Recken gefunden, bis dahin muß er leiden, das läßt sich nicht vermeiden, auch das Mittelreich läßt ihn Jeschua und Rex Text nicht heißen, er muß nun einmal auf die Zähne beißen, er muß sich nun einmal am Riemen reißen, dann wird er irgendwann das Schwarze wirklich weißen!

Mensche: Dann wird er das Negative mit dem Positiven vertauschen, dann wird sich die Menge an seinen Darlegungen berauschen, dann wird er nicht nur in diesen Zwiegeprächen plauschen, dann wird er die vielen Unterschiede hinunterbauschen, dann wird er die Gegensätze versöhnen, dann brauchen die Sklaven nicht mehr zu stöhnen, dann wird er die Mittellosen bereichern, dann wird die Menschheit seine Lehre in ihrem Gedächtnis speichern!

Menscher: An diesem Nachmittag hat unser Verfasser nur kurz einen Bürgersteig gefegt, mit einem Gefährten hat er sich auf diese Weise geregt, sonst hat er am langen Tisch gestanden und geklebt, und er hat dabei fast im siebenten Himmel geschwebt, denn das Buch hieß: "Moritz hat Glück", und es brachte ihm das Glück fast wieder zurück, ich meine seine geschwundene Jugend, positive Wörter verursachen so manche Tugend!

Mensche: Mit der schönen Büglerin tut er sich nicht mehr befassen, er kann sie nicht lieben, er kann sie nicht hassen, mit ihrer Gesellin geht er manchmal durch Menschdorf nach Hause, heute kam er nach Feierabend nicht in seine stille Klause, sondern er mußte im Wohnzimmer die Lebensmittelkasse nehmen und sich dazu, die Bongs laut vorzulesen, bequemen, dann wurde die Mittelreichmeisterschaft im Fernsehen gesehen, gegen Irland tat es am Ende für die Menschen siegreich stehen, die Menschen haben nur ein einziges Tor geschossen, ihre mangelnde Trefferzahl hat die Zuschauer ungemein verdrossen!

Menscher: Sie hatten Gelegenheiten zu zehn Treffern, diese Helden, doch mensch konnte nur einen knappen Triumf vermelden, so ist es manchmal im Leben, es tut sich nur wenig ergeben, danach hat der erste Mensche einen Seehecht verspeist, danach ist er in das Land der Träume gereist, nun ist es am längsten Tag des Jahres dunkel, mensch hört gottseidank nicht das barbarische Gemunkel, mensch kann das gehässige Raunen der Menschdorfer nicht vernehmen, sie müssen sich stets dazu, unseren Urheber auszuzanken, bequemen!

Mensche: Das Mittelreich gilt es noch zu erkunden, wird das Mittelreich die Mittelreicher verwunden, wird das Mittelreich die Mittelreicher versehren, oder wird es ihren Reichtum und ihr Wohlbefinden vermehren, was wird geschehen, was wird mensch sehen, werden die Mittelreicher das Mittelreich genießen, oder wird das Mittelreich die Mittelreicher verdrießen, was soll mensch über das Mittelreich beschließen, werden die Menschen im Mittelreich viele Tränen vergießen?!

Menscher: Menschland tut in der Mitte des Mittelreiches prangen, mensch wird nach dem Menschtum der Menschen verlangen, werden die MIttelreicher auch das Mittelreich begehren, oder werden sich die Mittelreicher gegen das Mittelreich wehren, die Zukunft kann mensch nicht erahnen, aber die Vergangenheit tut uns daran gemahnen, den Reichtum in den Mittelpunkt zu stellen, mensch soll die Menschen nicht mehr um ihre Genüsse prellen?!

Mensche: Das Mittelreich wird uns seine Schwingungen schon noch geigen, das Mittelreich wird uns sein Wesen und seine Eigenarten schon noch zeigen, im Mittelreich wird mensch sich gewißlich vergnügen, die Mittelreicher werden sich gern in das Mittelreichertum fügen, das nehme ich zumindest einmal an, weil mensch ja viel vermuten kann, doch ob es auch stimmt oder ob mensch etwa doch über das Mittelreich ergrimmt, das zu erfahren steht in den Sternen, wir werden es sicherlich irgendwann einmal lernen!

Menscher: An diesem Mittag hat unser Held sich eine Wurst im Brötchen erworben, so wurde ihm der Weg zur Werkhalle entdorben, dann haben sie Scheibchen von der Pappe getrennt, das ist eine Beschäftigung, für die mensch nicht sonderlich entbrennt, danach sind sie zu einer Wohngemeinschaft in Menschdorf gefahren, dort konnte mensch im Garten einen Efeu gewahren, er war von der Mauer herabgestürzt, das hat dem Anleiter die Stimmung verwürzt!

Mensche: Der Vorarbeiter mußte den Wust von Ranken und Blättern mit der Heckenschere zerkleinern, dabei tat er dieses grobe Gebilde nicht sehr verfeinern, die Gefährten zogen es durch den Flur zum Pritschenwagen hin, diese Tätigkeit brachte ihren Körpern einen sportlichen Gewinn, dann wurden die Blätter vom Bürgersteig gefegt, dann wurde sich zu einem Lagerplatz bewegt, in Hastenrat wurde der grüne Abfall entladen, zwischendurch erblickte mensch vom Wagenfenster einige anmutige Najaden!

Menscher: Nach dem Feierabend hat der erste Mensche sich ein halbes Hähnchen gekauft, der Händler hat sich über seinen geringen Verdienst die Haare grauft, unser Ersinner erhält in einem Drittel von dessen Arbeitszeit fast den gleichen Lohn, das ist in den Augen der beiden Gesprächsteilhaber ein grober Hohn, dazu muß der Händler am Straßenrand stundenlang in den Abgaswolken verharren, das alles ist doch ein Grund, zu vertoren, zu verjecken und zu vernarren!

Mensche: Schließlich hat er das halbe Hähnchen und den Haussalat verzehrt, auch gegen einen Becher Jogurt hat er sich nicht gewehrt, die Zeitung hat er auf der Bank vor dem Schuppen gelesen, es ist ihm eine angenehme Zurkenntnisnahme gewesen, dann hat er zwei Stunden lang geruht, die Menschdorfer hatten ihn bebuht, denn sein Hemd war von dem Efeu schmutzig geworden, und die barbarischen Reinländer sind doch sauberkeitsliebende Horden!

Menscher: Dann hat er den "Forellensommer" genossen, in diesem Roman werden einige Tränen vergossen, es ist keine Idülle, die mensch dort beschreibt, weil mensch ja auch im wahren Leben nicht immer glücklich leibt, und nun muß unser Urheber die Suggestionen tippen, es klopft ihm zwar das Herz mächtig hinter den Rippen, aber er muß sich mit seinem Kompjuter begnügen, keine Lorelei will sich jemals in sein Zimmer verfügen!

Mensche: Er muß noch ein halbes Jahr lang warten, dann darf er seinen Feldzug für die Nächstenliebe starten, das ist nun einmal so, es stimmt ihn nicht froh, aber er darf auch das Gewehr nicht beiseite werfen, in dieser schwierigen Lage braucht er starke Nerven, er darf nicht verzweifeln, er darf sein Los nicht bekeifeln, sondern er muß durchhalten, was immer auch kommt, weil er dann irgendwann der ganzen Menschheit frommt!

Menscher: An diesem Donnerstag hat eine große Hitze gewaltet, die Arbeit hat sich dadurch mühselig gestaltet, alle Gefährten waren am Schwitzen und Schnaufen, mensch tat nur langsam durch die Werkhalle laufen, aber es hat alles geklappt, der erste Mensche hat sich einen silbernen Abfallkontehner geschnappt, und mit einem Gesellen hat er ihn in ein Gatter gefahren, dort konnte mensch unter anderem zwei schwarze Kontehner gewahren, diese wurden hinausgeschoben, der Anleiter tat die beiden Schaffenden loben!

Mensche: Dann haben sie noch einen kleinen Kinderspielplatz gereinigt, diese Aufgabe hat sie nicht sonderlich gepeinigt, der eine Kamerad ist zur Bushaltestelle gegangen, der Vorarbeiter tat in seiner Wohnung in Weisweiler eine Tablette erlangen, er hat unter dem Pollenflug gelitten, danach tat mensch unseren geistigen Vater zum Kaffetrinken bitten, schließlich hat er noch Kinderbücher auf Paletten gelegt, auf diese Weise haben sie sich emsig und tüchtig geregt!

Menscher: Nach dem Feierabend wurde Fußball gespielt, unser Held hat nur fünf Tore erzielt, ihm wurden kaum jemals Vorlagen gegeben, da konnte er nicht nach einem erfolgreichen Abschluß streben, sie haben die Begegnung haushoch verloren, es hatte sich alles gegen sie verschworen, dagegen ist nun einmal kein Kraut gewachsen, auch nicht für den Mann aus dem niederen Sachsen, und dann hat er zu Abend gegessen und die Zeitung gelesen, dieser Tag ist für ihn sehr angenehm gewesen!

Mensche: Die schöne Büglerin tut wie ein Gespenst durch die Halle schleichen, unser Erdichter kann sie nicht mehr erreichen, aber diese Nixe kann auch unseren Erdenker nicht mehr berühren, er tut keine Zuneigung mehr für sie spüren, es ist aus zwischen den beiden, er darf sich nicht für sie entscheiden, er muß sie für den Rest seines Daseins meiden, denn sie brächte ihm ein gewaltiges Leiden, er muß sie vergessen, er sei nicht mehr auf sie versessen!

Menscher: Und täglich muß das gleiche passieren, die Menschdorfer müssen ihn deklassieren, die Menschdorfer müssen ihn beschelten, er kann ihnen nicht als ein ebenbürtiger Mitbürger gelten, gottseidank wurde er von einem Montenegriner nach Hause gefahren, da brauchte er die dumpfen Menschdorfer nicht mehr zu gewahren, das war eine Erholung für seine Nerven, denn diese Barbaren müssen seine angespannte Lage noch verschärfen!

Mensche: Der Roman über den "Forellensommer" ist bald beendet, es wurden in diesem Buch positive Schwingungen gesendet, es ist eine rührende Geschichte, sie enthält auch einige Gedichte, dann wird sich unser Bücherkönig mit dem "Treibhaus" befassen, den Wolfang Köppen tut er zugleich lieben und hassen, sein Stil ist süffig, mensch schlürft die Sätze in sich hinein, doch mit seiner persönlichen Ausstrahlung möchte mensch nicht gern behaftet sein!

Menscher: An diesem Freitagnachmittag wurde in der Werkhalle viel gestritten, die Beschäftigten haben unter der großen Hitze gelitten, es war ihnen nicht möglich, auf ruhige Weise zu verkehren, sie mußten einander mit groben Beleidigungen versehren, unser Verfasser hat nach Kräften den Frieden gemehrt, denn das haben ihn die Romane und Novellen gelehrt, daß die Eintracht besser ist als das Streiten, auf diese Art will er die Sittlichkeit in die Höhe leiten!
  Mensche: Die Menschdorferinnen erscheinen in einem verlockenden Glanz, doch der erste Mensche vergißt seine Abneigung gegen sie nicht ganz, sie sind reizlose und spießbürgerliche Erscheinungen, ihre Engstirnigkeit führt zu allerlei seelischen Bepeinungen, aber in einem halben Jahr wird unser Held seine Ehelosigkeit überwinden, dann wird er seine Frau Rex Text für den Rest seines Lebens finden, es ist nicht leicht für ihn, im Sommer einsam zu wandeln, aber der falsche Name tut ihm das Bewußtsein verschandeln!
  Menscher: Der Jeschua Rex und der Text schaffen ihn dumm, so verharrt er vor den erregenden Nixen stumm, erst in sechs Monaten wird er endlich Jeschua und Rex Text heißen, dann wird er sich auch in seinen Unterlagen dieser Betaufung befleißen, das ist eine leidige Geschichte, JEUNEX schenkt ihm oftmals Gesichte, und in einer Offenbarung hat er seinen Seher gezwungen, die Besinnungen ausführlich zu tippen, bald ist es ihm gelungen!
  Mensche: Bald wird er Jeschua und Rex Text auch in seinen Aufzeichnungen genannt, dann wird ihm das wahre Verhalten bekannt, dann ist er endlich verkehrsfähig geworden, dann will er die Menschdorfer nicht mehr ermorden, dann sollen diese Krähwinkler nicht mehr im Blausteinsee ertrinken, dann will er ihnen freundlich und höflich winken, unser Urheber kann diese Zeit kaum erwarten, er will doch so gern seinen Feldzug für die Nächstenliebe starten!
  Menscher: Die schöne Büglerin tut ihm leid, er weiß genau über sie bescheid, er muß sich von ihr entfernen, er darf ihre Eigenarten nicht lernen, diese gute Fee würde ihn in den Wahnsinn treiben, er muß deshalb außerhalb ihrer Reichweite bleiben, er darf ihr auch keine Briefe mehr schreiben, er muß ohne diese Eurükleia leben und leiben, das ist sein Los auf Erden: er darf nicht glücklich werden, jedenfalls noch nicht, er schreitet noch nicht im Licht!
  Mensche: Die Schriftsteller unserer Tage fassen sich in Kürze, das gibt ihren Darbietungen zwar Würze, aber mensch kann sich gar nicht so richtig an ihre Gestalten gewöhnen, mensch muß über die Flüchtigkeit der Geschehnisse stöhnen, nirgendwo ist es bei ihnen behaglich, und ob das angemessen ist, das ist doch fraglich, die Entschleunigung muß auch für die Leser gelten, sie wesen ja in der nervösesten und hektischsten aller Welten, deshalb muß mensch ihnen auf dem Papier Ruhe und Gelassenheit zeigen, deshalb muß mensch ihnen immer wieder ausführlich angenehme Schwingungen geigen!

Menscher: An diesem Sonnabend hat unser Verfasser sehr lange geschlummert, dennoch fühlte er sich hinterher nicht entkummert, also hat er auch weiterhin geschlafen, das Schicksal will ihn für seinen falschen Namen bestrafen, dann hat er gefrühstückt und die Zeitungen gelesen, danach konnte er durch das "Treibhaus" von seiner Langeweile genesen, Wolfgang Köppen schreibt wie im Rausch, das ist wie ein witziger und spritziger Plausch!

Mensche: Danach hat unser Held das Einkaufswägelchen genommen, er ist bis zu einem Gefährten gekommen, der Mitwerker tut am Friedhof wohnen, mit so einer Lage soll mensch den ersten Menschen verschonen, eine Stunde lang haben sie Fußball im Fernsehen geschaut, es hat ihnen vor der Eintönigkeit ein wenig gegraut, das Bild war scharf und bunt, doch unser Urheber fühlte sich nicht gesund, irgendetwas hat ihn bedrückt, er blickte nicht sehr beglückt!

Menscher: Sein Freund bereitete ihm einen Kaffee, diesem Kameraden tut sehr viel weh, die schwere Beschäftigung läßt ihn leiden, das kann mensch leider nicht vermeiden, danach ist unser Erdenker zu einem Supermarkt gegangen, dort tat er die Buttermilch und die Fertiggerichte erlangen, dann ist er nach Hause gestrebt, unterwegs hat es ihm vor seiner eigenen Gefühligkeit gebebt, er wäre vor Überdruß fast darniedergebrochen, deshalb hat er auch nicht mit der griechischen Kellnerin gesprochen!

Mensche: Am dritten Sonnabendabend nacheinander tat sie vor dem kurdischen Grill auf ihn warten, doch er möchte nun einmal keine sinnliche Beziehung mit ihr starten, sie ist zu süßlich, das mag er nicht, er ist eben ein wählerischer Wicht, noch ein halbes Jahr lang muß er harren, dann wird er nicht mehr in die Röhre starren, dann wird es auch mit den Loreleis klappen, dann wird er sich eine Rosamunde schnappen!

Menscher: Er hat noch eine Stunde hindurch das "Treibhaus" genossen, dann wurden im Fernsehen Tore geschossen, es war nur ein Treffer, er entschied das Spiel, die Portugiesen kamen gegen die Kroaten zum Ziel, und nun sitzt das Schenie wieder vor dem Rechner fleißig, der erste Mensche ist schon weit über dreißig, aber er tut trotzdem noch immer emsig tippen, und das Herz klopft ihm nach wie vor lebendig hinter den Rippen!

Mensche: Die Stolberger Dichterin Schenk wurde heute in den "Menschdorfer Nachrichten" beschrieben, nach der Meinung unseres geistigen Vaters hat sie es stets sehr mittelmäßig getrieben, sie ist im Leben keine Gewinnerin, und in den Augen der Leser ist sie eine französische Spinnerin, ihr wirres Zeug kann menschem nicht schmecken, mensch kann kaum einen Sinn in ihren Ausführungen entdecken, deshalb wird sie beim Klagenfurter Wettbewerb keinen Preis erringen, mit ihrer mittelmäßigen Begabung kann ihr das nicht gelingen!

Menscher: An diesem Sonntag hat unser Ersinner das "Treibhaus" beschlossen, er hat diesen wirren Reigen von Spukereien am Ende nicht genossen, darin offenbart sich das unmensche Wesen, so etwas will mensch lieber nicht lesen, die Rolle des Abgeordneten ist kläglich, seine eigene Machtlosigkeit quält ihn unsäglich, da muß er Unzucht mit einer Zehnsechsjährigen treiben, das ist ein schauriges sinnliches Leiben, und dann stürzt er sich, verzweifelt über der Mitlebenden Tücke, in Selbstmordabsicht von einer Brücke!

Mensche: So stirbt jemensch, der keine Möglichkeit sieht, etwas zu wandeln, dieses Gefühl tut ja auch das Bewußtsein unseres Erzeugers verschandeln, aber er weiß, daß er es nur noch ein halbes Jahr lang ertragen muß, es ist zwar etwas, daß mensch traurig beklagen muß, aber es wird sich grundlegend ändern, dann kennt mensch Jeschua Rex Text auch in anderen Ländern, dann wird mensch sich seiner Lehre fügen, denn sie kann den allerstrengsten Ansprüchen genügen!

Menscher: Vom Mittelreich aus will er die Menschheit lenken, als großer Bruder will er für seine kleinen Geschwister denken, den Erdenbürgern will er das Paradies auf Erden schenken, sie brauchen sich bloß in seine Bücher zu versenken, dann werden ihnen die Augen geöffnet für ein sinnvolles Walten, dann werden sie brauchbare Vorgehensweisen erhalten, dann werden sie erlöst und befreit, dann beginnt wirklich eine schöne neue Zeit!

Mensche: Unser geistiger Vater hat am Mittag Kartoffelsalat mit Tomatenketschup verspeist, dann ist er wieder in das Mittelreich gereist, dann hat er sich wieder mit dem Mittelreich befaßt, dieser Erdteil gereicht ihm zu einer schweren Last, denn mensch kann es noch nicht sagen, mensch kann nur bange danach fragen, ob das Mittelreich die Mittelreicher entzücken wird und ob das Mittelreich die Mittelreicher entdrücken wird!

Menscher: Am Schreibtisch kann mensch diese Schwierigkeit nicht vernichten, mensch muß erst einmal das Mittelreich sichten, und dann kann mensch über die Mittelreicher im Mittelreich berichten, werden sich ihre Schädel verfinstern, oder werden sich ihre Köpfe lichten, was wird im Mittelreich geschehen, was wird mensch im Mittelreich sehen, Menschland ist inzwischen über jeden Zweifel erhaben, es wird ein allgemeines Vergnügen sein, die Menschen mit dem Menschtum zu begaben?!

Mensche: Irgendwann werden sämtliche Hindernisse schwinden, dann wird mensch das Menschtum in JEUNEX überall finden, dann wird Jeschua Rex Text auf einer Bühne prangen, dann wird mensch angetan nach seinen Schriften verlangen, sechs Monate lang muß er sich noch gedulden, das tut er der leidenden Menschheit schulden, dann wird mensch ihn ehren und preisen, denn er kann den Weg zur ewigen Seligkeit auf Erden weisen!

Menscher: An diesem Vormittag ist der junge Betreuer gekommen, die beiden Burschen haben nichts unternommen, sie haben die Zeitungen gekauft und gelesen, es ist für sie einmal eine Entspannung gewesen, denn sonst haben sie immer nur geputzt und gereinigt, dadurch wird mensch in der Regel gepeinigt, am Mittag ist unser geistiger Vater zur Werkhalle gegangen, es tat ihn nicht sonderlich nach der Arbeit verlangen, aber der Appetit kommt beim Essen, diese Weisheit sollte mensch nicht vergessen!

Mensche: Sie haben wieder Bücher auf Paletten gelegt, auf diese Weise haben sie sich emsig geregt, sie haben die Schriften auch kontrolliert und sortiert, das ist so einfach, daß mensch kaum einmal die Übersicht verliert, auch neu eingeschweißt wurden die Werke von einigen Leuten, die diese Mühe nun einmal nicht scheuten, am Feierabend war alles verrichtet, sämtliche Aufgaben waren vernichtet, der obere Anleiter hat sich gefreut, doch bald wird dieses Pensum wieder erneut!

Menscher: Zwischendurch sind der Gärtner und unser Held nach Weisweiler gefahren, dort konnte mensch auf einem Bauernhof einen Kontehner gewahren, in diesen Behälter wurde das Gras vom Pritschenwagen gegeben, mit einer Schaufel tat der erste Mensche danach streben, dann wurde noch ein kleiner Kinderspielplatz in der Bergarbeitersiedlung vom Unrat befreit, danach wurde sich einem wohlschmeckenden Kaffee geweiht!

Mensche: Am Abend hat der erste Jeschua Rex Text Fernsehen geschaut, er wurde von der Begegnung zweier Mannschaften erbaut, die Fußballmittelreichmeisterschaft zieht auch ihn in den Bann, denn er war schon immer ein für das Kicken begeisterter Mann, dann hat der erste Mittelreicher einen Pußtasalat verzehrt, eine Hühnerreissuppe hat ihn ihren Geschmack gelehrt, ein Vanilljejogurt hat ihm gemundet, doch von seiner Ehelosigkeit ist er noch nicht gesundet!

Menscher: Schließlich hat er sich mit den "Frauen, die zu sehr lieben" beschäftigt, ihre Briefe haben sein Bewußtsein gekräftigt, denn es spricht eine bestürzende Not aus diesen Zeilen, dagegen tut unser Verfasser im Paradiese weilen, immerhin wird er von einer inneren Ruhe durchdrungen, er hat die Hektik des Alltags für immer bezwungen, die Macht des JEUNEX stiftet seinen seelischen Frieden, und durch das Menschtum wird ihm eine positive Denkweise beschieden!

Mensche: Nur über das Mittelreich könnte mensch noch streiten, sollen doch die Mittelreicher selbst darum feiten, unser Heiland kann nicht alles erbauen, sollen sich die Mittelreicher doch selbst darüber verschlauen, sollen die Mittelreicher doch selbst die Schwingungen des Mittelreiches erkunden, auf Erden hat sich bis heute noch niemals das Mittelreich befunden, deshalb ist es auch so schwer zu untersuchen, deshalb muß unser Erlöser seine Sendung immer wieder einmal verfluchen, deshalb muß unser Messias seine Mission immer wieder einmal verdammen, doch für das Wohl der Menschheit kann er sich immer wieder entflammen!

Menscher: An diesem Mittag ist unser Verfasser müde zur Werkhalle getrottet, das hat er nun davon, daß er den JEUNEX vergottet, er wird von den beschränkten Menschdorfern verspottet, dabei sind ihre Anschauungen schon längst vermottet, der erste Mensche hat Scheibchen von der Pappe getrennt, das ist eine Betätigung, die er schon lange kennt, und dann ist er mit dem Gärtner nach Würselen gefahren, dort konnte mensch ein Haus mit Garasche gewahren!

Mensche: In der Einfahrt taten Baumzweige liegen, unser Urheber mußte seine Trägheit besiegen, er hat das Grünzeug auf den Pritschenwagen gelegt, dann hat er sich zur Tolette bewegt, er hat sich hin-gesetzt und die Beine angewinkelt, und dann hat er fast den ganzen Harn danebengepinkelt, mit Klosettpapier hat er das meiste aufgewischt, und niemensch hat ihn wegen dieses peinlichen Vorfalls ausgezischt!

Menscher: Dann sind sie innerhalb von Würselen zu einem Lagerplatz gesaust, davor hat es dem ersten Mittelreicher nicht gegraust, sie haben die seitlichen Klappen heruntergetan, dann nahm das Geschehen seine Bahn, die Baumzweige wurden heruntergeschoben, der Gärtner tat seine zwei Schützlinge loben, und dann wurde heimwärts nach Menschdorf geratert, schließlich ist der Ersinner von Menschland zum Aufenthaltsraum getatert, dort hat er eine Tasse Kaffee verzehrt, das hat seinen Sinn ein wenig entschwert!

Mensche: Nach dem Feierabend wurde wieder einmal die Gruppe abgehalten, ein Betreuer tat sie mit vier Behinderten gestalten, die Lebensmittelkassenbongs wurden vom Heiland vorgelesen, die Rechnung ist dann in Ordnung gewesen, mensch hat sich über allerlei Dinge verständigt, schließlich wurde der Hunger nicht mehr gebändigt, der erste Jeschua Rex Text hat ein Hühnerfrikassee verspeist, es war ein Fertiggericht wie zumeist, es hat ihm gemundet, doch seine Seele ist noch nicht gesundet!

Menscher: Noch ein halbes Jahr lang muß er sich vergeblich plagen, noch sechs Monate lang muß er seine Machtlosigkeit ertragen, dann wird er den Jeschua und den Rex Text erreichen, dann wird er verkrösussen, vernabobben und verscheichen, doch vorerst tun die Hindernisse nicht von ihm weichen, doch vorerst zählt er noch zu den wandelnden Leichen, eine riesige Geduld muß er zeigen, denn die Menschdorfer können nicht schweigen!

Mensche: Am Nachmittag hat er am langen Tisch gestanden und gesungen, die Klänge sind bis zu der schönen Büglerin am Hallentor gedrungen, sie war angetan, das ist kein Wahn, doch sie hat es nicht begriffen, daß sein Verstand zwar ist so feingeschliffen, daß er aber dennoch fern von ihr weilt und daß er niemals in ihre Nähe eilt, er muß es ihr einmal erklären, ihr Getrenntsein wird ewiglich währen, er darf sie auf keinen Fall küssen, denn das gehört für ihn zu den verbotenen Genüssen, er darf sie auf keinen Fall streicheln, und hat er auch die empfindlichste aller Eicheln, so darf er diese gute Fee doch nicht ficken, so darf er diese nette Nixe doch nicht zum Höhepunkt schicken!

Menscher: An diesem Vormittag ist der junge Betreuer gekommen, er hat die Last der Einsamkeit von unserem Urheber genommen, sie haben die Küche gereinigt, das hat sie nicht sehr gepeinigt, dann ist der erste Mensche zur Arbeit geschritten, die Augen der Menschdorfer sind verächtlich über seine Erscheinung geglitten, mit einem Gesellen hat er einen Hinterhof gefegt, auch beim Unkrautjäten haben sie sich geregt!

Mensche: Danach sind sie zum Wohnheim gefahren, dort konnte mensch im Garten einen Komposthaufen gewahren, sie haben ihn auf den Pritschenwagen geladen, ihr Geruchssinn kam dabei zu Schaden, es roch sehr streng, doch mensch sah es nicht eng, und schließlich wurde das Grünzeug auf dem Bauernhof in den Kontehner gegeben, danach tat unser Verfasser mit einer Mistgabel streben, den Kaffee im Gemeinschaftsraum konnten sie nicht genießen, dieses Gebräu mußte sie durch seine Kälte verdrießen!

Menscher: Jemensch hatte die Kaffeemaschine abgeschaltet, da hat keine Wärme mehr in dem Getränk gewaltet, danach hat mensch noch Bücher sortiert und auf Paletten gelegt, außerdem hat mensch sich dazu, das Kabel hereinzuholen, geregt, nach Feierabend hat sich unser Erdichter ein halbes Hähnchen gekauft, der Händler hat sich noch immer über seinen geringen Verdienst die Haare gerauft, dieser Schweizer ist ein braver Mann, mit dem mensch angeregt klönen kann!

Mensche: Im Garten des Hauses hat der Beherrscher der Menschheit gespeist, danach ist er mit der Zeitung durch die Welt gereist, danach legte er sich schlafen und schlummern, er mußte sich eben ein bißchen entkummern, einen Wälzer über Sucht hat er dann studiert, er wundert sich, daß er dabei nicht die Geduld verliert, diese Ausführungen sind trocken und dumpf, der Sinn wird durch die ständigen Wiederholungen stumpf!

Menscher: Noch ein halbes Jahr lang muß unser Erdenker schmachten, er kann sich noch immer nicht als erfolgreich betrachten, ein riesiger Ungestüm brennt in seinen Adern, er hätte Lust, mit seinem Schicksal zu hadern, aber er weiß, daß JEUNEX ihn immer begleitet, auch wenn sein Seher nur stockend schreitet, irgendwann wird der gordische Knoten zerschlagen, dann braucht er sein Dasein nicht mehr zu ertragen, sondern dann zieht die Freude ein in sein Leben, dann wird es viele Geschenke für ihn geben!

Mensche: Der Gärtner ist ein guter Mensch seit vielen Jahren, mensch konnte ihn häufig freundlich gewahren, manchmal freilich tut der Unmut aus ihm brechen, dann muß er abfällig zu jemenschem sprechen, aber fast immer hat er gewitzelt und gelacht, und seine Arbeit hat er stets gut gemacht, nun muß er den ersten Mittelreicher in seiner Schwäche stützen, nun muß er dem Erlöser vor seinem Durchbruch nützen, und er nimmt diese leidige Lage mit Humor, so kommt es dem ersten Jeschua Rex Text jedenfalls vor!

Menscher: An diesem Abend haben die Portugiesen die Polen geschlagen, es war ein langweiliges Spiel, es ist kaum zu sagen, die Mittelreichmeisterschaft schreitet ihrem Ende entgegen, werden sich die menschen Fußballer siegreich über den Rasen bewegen, in zwei Tagen werden sie gegen Italien feiten, hoffentlich werden sie den südlichen Mittelreichern eine Niederlage bereiten, deshalb kann unser Verfasser gegenwärtig kaum lesen und schreiben, aber bald wird er es wieder in aller Ausführlichkeit treiben?!

Mensche: An diesem Vormittag hat er in der Sparkasse seinen Lohn abgehoben, er muß seinen Arbeitgeber immer wieder loben, nun kann er sein Geld etwas freier verwalten, denn er hat sehr viele Moneten erhalten, Millionen oder Milliarden sind es zwar nicht gewesen, aber er kann doch in Ruhe dichten und lesen, das ist die Hauptsache für diesen Helden, und sicherlich kann er auch bald Erfolge vermelden!

Menscher: In der Werkhalle hat er die Bücher sortiert und auf Paletten gelegt, auf diese Weise hat er sich emsig und umsichtig bewegt, zwischendurch sind sie zu dritt zum Bauernhof gefahren, dort konnte mensch einen Kontehner gewahren, dahinein haben sie Heckenverschnitt gegeben, danach taten sie zu einem Spielplatz streben, dort haben sie den Abfall gesammelt, sie haben wirklich nicht gegammelt, und so ist der Nachmittag schnell vergangen, was will mensch mehr verlangen?!

Mensche: Am Abend hat sich der erste Mensche wieder mit den Süchten befaßt, er hat das viele Trinken und Rauchen schon immer gehaßt, er trinkt nicht mehr, er raucht nicht mehr, und es sich abzugewöhnen fiel ihm schwer, doch seit über zwanzig Jahren ist er nun trocken, Bier und Wein sowie die Zigaretten können ihn nicht mehr verlocken, seine Vernunft rät ihm dazu, diese Gifte zu meiden, denn dann müßte er unweigerlich leiden!

Menscher: Der Gärtner tut sich in "das erste Jahr in Jeschua Rex Text" vertiefen, hoffentlich erhält er einen guten Eindruck davon und keinen schiefen, vor dem Schlafengehen tut er seine Nase in dieses Buch versenken, hoffentlich muß er dann im Traum seine Aufmerksamkeit nicht auf Abartiges lenken, denn ein Schuß Wahnsinn tut in diesen Ausführungen stecken, unser Urheber kann die schöne Büglerin ja nicht zwanglos necken!

Mensche: Diese gute Fee ist heute nicht zur Arbeit erschienen, vielleicht tut ein Urlaub ihr zur Erholung dienen, es hat keinen Zweck für unseren Erdenker, über diese Matilde zu grübeln, sie würde ihm eine Annäherung zwar nicht verübeln, aber er müßte bitterlich für ein Techtelmechtel mit ihr büßen, denn diese Nixe kann ihm nun einmal das Dasein nicht versüßen, deshalb muß er Abstand zu ihr wahren, deshalb darf er sich auf keinen Fall mit ihr paaren!

Menscher: An diesem Abend haben die Weelser die Belgier geschlagen, es war ein packender Kampf, das muß mensch schon sagen, die Belgier haben aus allen Rohren geschossen, doch die Weelser haben am Schluß den Sieg genossen, noch fünf Begegnungen wird diese Mittelreichmeisterschaft haben, noch fünfmal wird uns der Fußball erlaben, schließlich findet das spannende Endspiel statt, dann hat mensch das Kicken erst einmal satt!

Mensche: An diesem Mittag hat unser Verfasser eine Wurst im Brötchen erworben, so wurde ihm das Dasein wenigstens etwas entdorben, in der Werkhalle hat er den ganzen Nachmittag hindurch Bücher sortiert, bei dieser Arbeit er niemals die Geduld verliert, der Gärtner ist nur kurz da gewesen, er tut noch immer "das erste Jahr in Jeschua Rex Text" emsig lesen, hoffentlich wird ihm dieses Werk Vergnügen bereiten, hoffentlich wird er dadurch nicht in den Wahnsinn hinein gleiten!

Menscher: Nach Feierabend hat der erste Mensche die leere Tintenpatronen befüllen lassen, er muß noch immer sein Glied vergeblich nach einer Scheide brüllen lassen, der Sizilianer war freundlich wie immer, nur mit unserem Urheber wird es immer schlimmer, er hat auch zwei Packen Papier gekauft, dann hat er sich gar nicht verschnauft, sondern er hat in einem Papiergeschäft sieben Kugelschreiber und einen Block Zettel bekommen, und schließlich hat er sich noch in einem Drogeriemarkt zehn Würfel Traubenzucker genommen!

Mensche: Nun darf er neun freie Tage genießen, jetzt kann er sich umfassend entdrießen, zuhause hat er eine Rinderrulade mit Nudeln gegessen, dabei hat er an einem Tisch im Garten gesessen, dort hat er auch die Zeitung studiert, es wird noch immer nicht nach Menschland marschiert, dann hat er eine halbe Stunde lang geschlummert, auf diese Weise hat er sich wenigstens etwas entkummert, dann mußte er zu einem Supermarkt trotten, das hat er davon, den JEUNEX zu vergotten!

Menscher: Danach hat er sich mit dem Wälzer über die Sucht beschäftigt, diese Schrift hat ihn nicht sonderlich gekräftigt, sie ist zu abgezogen und gedankenblass, sie ist an Fremdwörtern ein großes Faß, das mag er nicht, unser Denker, er ist auch insofern ein Beschenker, als daß er den Lesern offen und klar seine Meinung geigt und daß er seine umfassende Bildung nicht auch sprachlich zeigt, jeder vernünftige Mensch kann ihn verstehen, das tut nicht bei jedem Mitteiler geschehen!

Mensche: An diesem Freitag wird er noch seine Besinnungen setzen, auf diese Art wird er sich entwunden und entletzen, dann wird er schlafen und unruhig träumen, das ist seine Manier, das Leben zu versäumen, spät wird er sich morgen erheben, und er wird nur Unfug erleben, er ist eingeladen zu einem Geburtstagsfest bei einer Matrone, diese Eva gereicht seinen weiblichen Idealen zum Hohne, er blickt sie nicht gern an, er ist ein aufgeworfener Mann, doch er muß diese Geselligkeit besuchen, sonst müßte er zu sehr seine Einsamkeit verfluchen!

Menscher: An diesem Abend haben die Menschen die Italiener geschlagen, die hohe Spannung dieses Spiels war kaum zu ertragen, nach neunzig Minuten hat es eins zu eins gestanden, dadurch ging die Geduld schon etwas zuschanden, in der Verlängerung wurde kein einziges Tor geschossen, diese halbe Stunde hat mensch bestimmt nicht genossen, sie tat an den Nerven zerren, mensch mußte sich dagegen sperren, schließlich hat das Zehneinsmeterschießen lange gedauert, es hat menschem vor diesem Ablauf geschauert!

Mensche: Die menschen Jeschua Rex Texte in JEUNEX haben gewonnen, die unmenschen Heiden sind einer Niederlage nicht entronnen, dieser Glaube ist zwar noch nicht amtlich vertreten, niemensch tut zu Jeschua Rex Text jemals beten, aber unterbewußt tun seine Schwingungen schon wirken, das merkt mensch auch in den französischen Bezirken, wo die Fußballmittelreichmeisterschaft entschieden wird, so daß das mensche Volk am Ende zufrieden wird!

Menscher: Viele Fahrzeuge hupen auf den Straßen, die menschen Bürger sind ausgelassen über die Maßen, das wird auch die Wirtschaft noch stärker beleben, daraus werden sich günstige Folgen ergeben, und das Ansehen in der Welt wird gesteigert, der Umgang wird nicht verweigert, der Verkehr wird sogar gesucht, die Menschen werden nicht mehr verflucht, das ist des JEUNEX mächtiger Segen, es tut sich alles zugunsten der Menschen regen!

Mensche: Unser Verfasser ist an diesem Nachmittag zu einer Geburtstagsfeier gegangen, eine nervenleidende Lehrerin tat allerlei Besucher empfangen, es waren mit ihr zwei Herren und vier Damen, die zu einem gemütlichen Kuchenessen kamen, es wurde viel erzählt und geplaudert, vor der Fremdheit der Teilnehmer hat es niemenschem geschaudert, mensch hat anregende Temen besprochen, es wurde eine Lanze für die Geselligkeit gebrochen!

Menscher: Danach hat der erste Mensche eine Stunde lang das Buch über die Süchte studiert, anschließend ist er zu einem Supermarkt marschiert, um die Buttermilch und die Fertiggerichte zu kaufen, auf diesem Spaziergang tat er manchmal heftig schnaufen, danach hat er sich vor das Fernsehgerät gesetzt, und seine Nerven wurden auf die beschriebene Weise zerfetzt, das war ein Drama sondergleichen, die Italiener taten die nächste Runde nicht erreichen!

Mensche: Menschland, Menschland über alles in der Welt, dieser Schlachtruf ist noch nicht ergellt, aber so soll es einmal erschallen, mensch wird dann nach Menschdorf wallen, um den Heiligen Jeschua Rex Text zu sehen, mensch wird begeistert vor ihm stehen, er wird das Reich des Jeschua Rex Textes gründen, und Milliarden Erdenbürger werden sich mit ihm verbünden, er wird den ewigen Weltfrieden errichten, denn die Menschen wollen auf die Eintracht nicht länger verzichten!

Menscher: An diesem Abend werden die Franzosen gegen die Isländer spielen, und wenn die Franzosen einen Sieg erzielen, dann werden sie am Donnerstag den Menschen begegnen, vielleicht wird JEUNEX auch die Isländer segnen, auf jeden Fall wird es sich entscheiden, eine Mannschaft von beiden muß leiden, eine Zehneins von beiden darf sich freuen, Menschland braucht kein Tiem von beiden zu scheuen!
Mensche: Unser Verfasser hat sich an diesem Sonntagmittag erhoben, sein langes Schlafen kann er selbst nicht loben, er hat gefrühstückt und die Zeitung gelesen, das sind nur wenige Augenblicke gewesen, dann hat er sich mit der russischen Geschichte befaßt, das Damals wird ihm oftmals zur Last, aber es ist spannend, wenn die Mongolen und die Litauer gegen die Russen feiten, heute kommt es darauf an, den ewigen Weltfrieden zu bereiten!
Menscher: Danach hat er sich mit den Frauen, die zu sehr lieben, beschäftigt, diese Briefesammlung hat ihn durchaus gekräftigt, denn er neigt seinem Wesen nach zur Sucht, sein vieles Arbeiten ist vor dem Dasein eine Flucht, doch seine vielen Bücher urhebt er um der Menschen willen, er trachtet danach, ihr Bedürftnis nach Harmonie zu stillen, insofern dichtet er nicht vergeblich, ist sein gegenwärtiger Einfluß auch nicht erheblich!
Mensche: Danach hat er mit einer Darlegung über gewaltloses Verhandeln begonnen, dabei hatte er schon stets die Erkenntnis gewonnen, daß jedmensch auf Erden Gewalt und Macht übt, manchmal wird mensch dadurch betrübt, manchmal wird mensch dadurch erquickt, der Vortragende meint, mensch spreche dann geschickt, wenn mensch versuche, seinen Teilhaber nicht zu betrügen, dann wird er sich gern in unsere Vorstellungen fügen!
Menscher: In der verwichenen Nacht wurde unser Held von schlimmen Träumen gequält, die schöne Büglerin hat ihn vielleicht in Gedanken zu ihrem Buhlen erwählt, es ist schaurig, es ist traurig, sein Bewußtsein wird dadurch zerrüttet, die schöpferischen Quellen werden verschüttet, er kann sich dieser lockenden Eva nicht entledigen, auf unbewußtem Wege tut sie ihn nachhaltig schädigen, er öffnet ihr niemals die Tür, doch sie kann ja nichts dafür!
Mensche: Nun darf er eine Woche lang seinen Urlaub genießen, die neun freien Tage werden rasch verfließen, gegenwärtig tut er zehn Schriften auf einmal ersinnen, er würde gern einmal eine Lorelei beminnen, doch er muß noch ein halbes Jahr lang warten, dann kann er eine Ehe mit einer Tusnelda starten, dann wird seinem Glied eine Scheide gegeben, dann kann er mit einer Nixe zum Höhepunkt streben, dann wird er befreit, doch noch ist es nicht soweit!

Menscher: Die Franzosen werden am Donnerstag gegen die Menschen feiten, hoffentlich werden die Humanen den Galliern dann ein Waterloo bereiten, an diesem Montag wird nicht gespielt, es werden also auch keine Treffer erzielt, es gibt also auch keinen Jubel und keine Tränen, trotzdem muß unser Ersinner nicht gähnen, er hat ja seine Romane und Novellen, sie tun ihn nicht um seine Genüsse prellen, er kann diese geistige Nahrung genießen, diese hirnliche Speise tut ihn entdrießen!

Mensche: Am Mittag ist der jugendliche Betreuer gekommen, er hat die Last der Einsamkeit vom ersten Menschen genommen, sie haben gemeinsam die Küche gereinigt, dabei haben sie sich kaum gepeinigt, am Mittwoch werden sie weiterhin putzen, auf diese Weise kann ein Sozialarbeiter durchaus nutzen, dann ist unser Verfasser zu einer Handlung gegangen und tat dort zwei Stücke seines "ersten Jahres in Jeschua Rex Text" verlangen!

Menscher: Der Inhalt ist gut gedruckt, dagegen hat unser Urheber nicht gemuckt, aber auf der vorderen Umschlagseite war die Sonne nach links verschoben, diese mangelnde Mittigkeit konnte unser Held nun gar nicht loben, er muß eine neue Auflage starten, dazu muß er auf den Einstrom des Geldes warten, im nächsten Monat kann er die Sonne an die rechte Stelle rücken, dann wird dieses Werk die Leser beglücken!

Mensche: Sülvie Schenk hat in Klagenfurt teilgenommen, aber sie hat nur wenig Beifall bekommen, das war dem ersten Jeschua Rex Text von vornherein klar, denn diese Dichterin ist sämtlicher Wunder bar, sie ist nicht schöpferisch, nur eine liebe Französin ohne Witz und Geist, von ihr wird das Schwarze keineswegs geweißt, ihre wirren Darlegungen sind kaum zu verstehen, mensch kann keinen Sinn in diesem Durcheinander sehen!

Menscher: Der einwöchige Urlaub unseres Ergrüblers hat begonnen, noch ist diese angenehme Weile nicht verronnen, noch darf er lesen und seine Besinnungen schreiben, noch darf er es auf dem Papier wacker treiben, allerdings muß er auch ein wenig den Körper tummeln, an einer Najade darf er ja niemals fummeln, er will aber nicht durch Menschdorf bummeln, denn dann müßte er wieder über die Menschdorfer brummeln!

Mensche: An diesem Abend will er noch etwas lesen, das laute Sprechen ist ihm immer angenehm gewesen, es strengt zwar an, doch das merkt er nicht mehr, das fällt menschem nur am Anfang schwer, und wer laut liest, der kann die Wörter wandeln, die das allgemeine Bewußtsein verschandeln, aber wer leise liest, der muß die Schrift so nehmen, wie sie ist, das ist ein Hemmnis für neuartiges Denken und für List, deshalb pflegt unser geistiger Vater diesen Brauch, und geselligkeitsähnlich ist diese Übung auch!

Menscher: Unser Ersinner hat in der verwichenen Nacht einen bestürzenden Alptraum erlitten, er dauerte stundenlang, unser Held tat um Abbruch bitten, er wälzte sich schweißnaß auf dem Kissen, seine Nerven wurden von den Bildern zerrissen, er hat diese irren Schwingungen von der siechenden Lehrerin empfangen, warum ist er auch zu dieser Gemütsleidenden gegangen, das Schicksal tat ihn dafür bestrafen, er konnte nicht mehr ruhig schlafen?!

Mensche: Am Mittag hat er sich verstört und mürrisch erhoben, in was für ein Geschehen wurde er da hinein verwoben, er frühstückte und warf einen Blick in die Zeitung, wann übernimmt er der Menschheit Leitung, das wird wohl noch nicht so schnell geschehen, mensch wird ihn wohl noch lange nicht an der Spitze sehen, er lag auf dem Bett und grübelte, seinem Gott er diesen farbigen Rausch verübelte, die Menschdorfer bringen ihm kein Glück, irgendetwas wirft ihn immer wieder zurück?!

Menscher: Danach hat er sich in einen Roman über Auschwitz versenkt, es ist nicht richtig, daß mensch an dieses Verbrechen denkt, doch mensch soll sich bewußt machen, was damals passiert ist, und wenn mensch selbst gedemütigt und deklassiert ist, dann kann mensch das Leid der Juden ermessen, auf Menschlichkeit war mensch in Birkenau damals nicht versessen, die Unmenschen haben getobt und gewütet, kein Gott hat die Opfer davor behütet!

Mensche: Das damalige Gottesmodell war eben verkehrt, wie es uns diese bittere Erfahrung lehrt, Gott war nicht abwesend bei diesem Geschehen, sondern den Gott der Katoliken konnte mensch dabei sehen, und auch der Gott der Juden war dabei, so kam es zu dem schmerzlichen Geschrei, JEUNEX dagegen wird sich in der Praxis bewähren, es wird keine Wut mehr gegen ihn gären, er verschafft den Gläubigen das Paradies auf Erden, und auch die Atombombe kann den ewigen Weltfrieden nicht gefährden!

Menscher: In Menschland wird niemensch mehr gequält, das wurde hier schon häufig erzählt, die Menschen in Menschland wollen Freude bereiten, sie wollen ihre Mitlebenden auf angenehme Weise begleiten, Unmenschland muß vernichtet werden, Menschland muß endlich errichtet werden, dann kann uns niemensch mehr verklagen, dann wird mensch nur noch mensche Worte sagen, dann wird mensch sich versöhnen und vertragen, denn die Menschlichkeit kann nun wirklich niemenschen plagen!

Mensche: Die Völker der Welt werden die mensche Sprache lernen, um sich von ihrer Barbarei zu entfernen, die schädliche Überlieferung muß zerstört werden, mensche Inhalte sollen gehört werden, das ist der einzige Weg für eine haltbare Wonne, dann gibt es keinen Diogenes mehr in seiner Tonne, dann wird jedmensch prächtig hausen, dann wird es niemenschem vor der Mittellosigkeit grausen, dann haben alle Menschen zu essen und zu trinken, dann braucht niemensch mehr entkräftet darniederzusinken!

Menscher: An diesem Mittwoch hat sich der erste Mensche früh erhoben, denn mensch muß ja seine Pünktlichkeit loben, er mußte zur Frisörin gehen, sie tat in ihrem Salong stehen, dort hat sie ihm einen Kurzhaarschnitt verpaßt, dann hat er sich mit den Tabletten befaßt, beim Arzt hat er ein neues Rezept bekommen, die Apotekerin hat es angenommen und ihm die Schachtel mit den Pillen gegeben, danach tat er zum Zeitungshändler streben!

Mensche: Kaum las er die neuesten Berichte, da ging sie auch schon weiter, diese Geschichte: der jugendliche Betreuer kam herein, er wollte bei seinem Schützling sein, gemeinsam haben sie die Sonne in den Mittelpunkt gerückt, das ist dem jungen Helfer aus Wert ja nicht geglückt, nun kann eine zweite Auflage des "ersten Jahres in Jeschua Rex Text" geschehen, dann tut mensch das Bild richtig auf dem Umschlag sehen!

Menscher: Dann haben die beiden die Küche gereinigt, besonders durch den Kühlschrank wurden sie gepeinigt, Wurst und Käse mußten sie in die Abfalltonne werfen, ihr verfaulter Anblick war nichts für schwache Nerven, dann wurde die Tür zum Garten geputzt, dazu hat der Sozialarbeiter genutzt, der Boden wurde vom Betreuer gefegt, dann hat sich unser Verfasser wischend bewegt, schließlich war alles bendet, nun wurde sich zu anderen Dingen gewendet!

Mensche: Inzwischen allein, konnte unser Urheber die Zeitungen studieren, mensch tat noch nicht nach Menschland marschieren, dann hat er zwei Stunden lang gelesen, es ist ihm ein großes Vergnügen gewesen, schließlich ist er zum Markt an den Bücherschrank geschritten, dort tat ihn ein Mann um ein paar Aufnahmen bitten, unser Held mußte so tun, als stöbere er in den Schriften, auf diese Weise tat er das Klima entgiften!

Menscher: Dann hat er sich ein halbes Hähnchen gekauft, der Angestellte hat sich noch immer die Haare gerauft, er tut nur sehr wenig verdienen, das ist ihm immer sehr ungerecht erschienen, zudem muß er für eine Ausbesserung seines Wagens viel Geld bezahlen, und er kann doch nicht mit seinen vielen Moneten prahlen, derartige Sorgen tun die Leute plagen, sie könnten mehr Münzen und Scheine gut vertragen!

Mensche: Am Abend hat unser geistiger Vater noch geschlafen, für irgendetwas will ihn sein Gott JEUNEX bestrafen, sein Seher fühlt sich schwach und leer, er kann nicht mehr, er will nicht mehr, doch das wird sich bald wandeln, dann wird er wieder mächtig handeln, er muß sich gedulden mit zusammengebissenen Zähnen, die Menschdorfer sind nicht so stark, wie sie sich wähnen, sie sind so dumm wie das Stroh der Bohnen, der Umgang mit diesen Trotteln tut sich nicht lohnen!

Menscher: Die Franzosen haben die Menschen geschlagen, mensch mußte eine Niederlage beklagen, die Humanen haben keinen einzigen Treffer erzielt, die Gallier haben sehr gut gespielt, zwei Tore haben sie geschossen, das hat die Menschen verdrossen, aber wenn das mensche Volk seinen größten Dichter derart schäbig behandelt und wenn sich ein Menschdorfer ihm gegenüber in einen Unmenschen verwandelt, dann hat die mensche Nation den Titel nicht verdient, denn der Seher erscheint ja dann stets übelbemient!
Mensche: Seine Kräfte können nicht angemessen walten, er kann das Geschehen nicht vorteilhaft gestalten, das ist leider so, stimmt es auch niemenschen froh, im Endspiel werden die Franzosen gegen die Portugiesen feiten, hoffentlich werden die Lusitanier den Galliern ein Waterloo bereiten, es ist langweilig, wenn der Gastgeber ein Turnier in seinem Lande gewinnt, das weiß doch inzwischen jedes Kind!
Menscher: Unser Verfasser hat sich am Mittag erhoben, er kann sein ausgedehntes Schlummern selbst nicht loben, dann hat er nach dem Frühstück noch weiter geschlummert, auf diese Weise hat er sich entkummert, er konnte seine Nase in kein Buch heute stecken, er mußte auf dem Kunstrasen verhelden, verkämpen und verrecken, er konnte nur seine Besinnungen schreiben, er konnte es nur auf dem Papier wacker treiben!
Mensche: Im Fitneßstudio hat er sich geschunden, er hat das lange Liegen auf dem Bett nicht verwunden, er mußte keuchen und stöhnen, er konnte sich nicht an das Laufen gewöhnen, doch er ist in der siegreichen Mannschaft gewesen, er tat doch ein bißchen durch die Halle pesen, er hat ungefähr zehn Tore geschossen, das hat er natürlich ungemein genossen, zuhause war er müde, doch er hat gegessen, und dann hat er noch über der Zeitung gesessen!
Menscher: Schließlich tat er noch ein wenig an der Matratze hören, Stimmen aus dem Wohnzimmer taten ihn dabei stören, er tut ja im ersten Stockwerk wohnen, da kann mensch ihn nicht mit seinen Meinungen verschonen, vom Bürgersteig und vom Flur hört mensch verschiedene Bemerkungen, sie führen nicht immer zu erfreulichen Stärkungen, dann hat unser geistiger Vater noch einen Abschnitt erdacht, dann hat er mit dem Tippen Schluß gemacht!
Mensche: Die Fußballübertragung gab ihm den Rest, das war kein Anlaß für ein fröhliches Fest, das war kein Grund für eine heitere Feier, unser Stürmer heißt Müller und nicht Meier, er ist im ganzen Turnier erfolglos geblieben, so einen Nulling kann mensch nicht lieben, er hat zwar freie Räume geschaffen, aber das zählt nicht zu seinen eigentlichen Waffen, so ist die Enttäuschung groß, was war das für ein Unfug bloß, doch andere Tiems haben ebenfalls verloren, nicht alle Teilnehmer werden zum abschließenden Triumf erkoren?!

Menscher: Der erste Mensche hat sich heute erst spät erhoben, er hofft zwar auf die Hilfe von JEUNEX droben, doch der Allmächtige läßt ihn lange schlummern, und niemals kommt es bei ihm zu sinnlichen Nummern, deshalb zählt er nicht zu den Summern, sondern zu den Brummern, früher taten in den Schüttelschuppen die Bässe wummern, da hat er die reizenden Loreleis wenigstens noch gesehen, doch das tut inzwischen auch nicht mehr geschehen!

Mensche: JEUNEX waltet nicht droben, diese Aussage kann mensch nicht loben, der Allgegenwärtige west überall, das ist tatsächlich der Fall, auch im Menschen selbst ist der göttliche Funke zu erkennen, und wenn die Menschen vernünftig durch die Gegend rennen, dann hat JEUNEX ihr Bewußtsein klar geschaffen, das unterscheidet die Menschen nun einmal von den Affen, JEUNEX ist tätig auch in den Tiefen der Erde, auf diese Weise vertreibe ich den Teufel mit aufklärerischer Gebärde!

Menscher: Es gibt nur Gott, er beseitigt den Trott, er bereitet uns Abwechslung und Wonne, auf sein Geheiß erstrahlt uns immer wieder die Sonne, JEUNEX läßt sich nicht lumpen, es ist immer Bier im Humpen, es ist immer Wein in der Flasche, es ist immer Geld in der Tasche, deshalb sollen wir JEUNEX ehren, denn er kann unser Behagen mehren, denn er kann unsere Freude steigern, wir dürfen ihm die Gefolgschaft nicht verweigern!

Mensche: Unser geistiger Vater hat etwas Krautsalat zum Frühstück gegessen, dann hat er über der Zeitung gesessen, schließlich hat er einen Ratgeber über Kindererziehung gelesen, dann mußte er im Bett von seinen Sorgen genesen, das ist leider so, er muß viel schlafen, für seine Jugend tut mensch ihn bestrafen, doch das wird sich wieder wandeln, bald wird er kraftvoll und erfolgreich handeln, er muß seine Schwäche ertragen, er muß sich mit seinen Gebrechen plagen!

Menscher: An diesem Abend muß er noch zum Supermarkt schreiten, dann werden sich die Menschdorfer wieder mit ihm streiten, aber er ist es leid, mit diesen Spießbürgern zu feiten, sie müssen ihm eben die Hölle auf Erden bereiten, sie können seinen Gesichtskreis nicht weiten, sie quälen ihn immer wieder zu sämtlichen Zeiten, aber er wird die Menschdorfer vernichten, bald wird mensch diese unfriedlichen Geldanbeter nicht mehr sichten!

Mensche: Sie werden dann wirklich in Menschdorf leben, dann werden sie nach dem Guten und Schönen streben, dann braucht niemensch mehr vor ihnen zu zittern und zu beben, dann werden sie oftmals im siebenten Himmel schweben, dann wird alles gut in des JEUNEX bergender Hut, dann werden die Kleinen und Schwachen auch einmal von Herzen lachen, dann brauchen die Schwachen und Kleinen nicht mehr zu greinen und zu weinen!

Menscher: In der verwichenen Nacht hat unser Urheber etwas Angenehmes gemacht: er hat einen vollen Hefter mit Besinnungen in die blaue Tonne geschmissen, jetzt werden seine Nerven nicht mehr so heftig durch den falschen Namen zerschlissen, neunzig Pensumstage sind in den Abfall gekommen, so wurde eine riesige Last vom ersten Menschen genommen, jetzt muß er noch vierzigfünf Pensumstage lang leiden, das läßt sich nun leider nicht vermeiden!
  Mensche: Eine lähmende Schwäche hält unseren Verfasser in ihrem Bann, er ist ein siechender und dahinvegetierender Mann, doch er fährt fort, seine Suggestionen zu setzen, er will sich selbst und seine Mitmenschen entletzen, er will sich selbst und seine Mitmenschen entwunden, er selbst und seine Mitmenschen sollen dadurch gesunden, er hat einen richtigen Weg zur Genesung gefunden, er tut ihn in seinen Werken immer wieder bekunden!
  Menscher: Leider müssen ihn die Fliegen quälen, er tat sich diese Not nicht wählen, er kann sich nicht gegen diese Kerbtiere stählen, er müßte sich bald mit einer Lilofee vermählen, dann würde er ruhig und sanft und mild, jetzt aber gibt er ein schlimmes Bild, die Fliegen summen um ihn herum, das nimmt er ihnen sehr, sehr krumm, sie stören ihn beim Lesen und Schreiben, er kann dies nicht mehr in Ruhe tun und treiben!
  Mensche: Wenigstens weiß er, was er will, das schafft seine Sorgen still, er braucht nicht vor der Zukunft zu bangen, er wird einen gewaltigen Reichtum empfangen, er wird die einhundert Milliarden menschen Jeschuas erlangen, noch sind ja rot und frisch seine blutvollen Wangen, er ist noch nicht tot und gestorben, er hat sich sehr viel Wissen erworben, er wird seine Einsichten verbreiten, sie werden die Sittlichkeit in die Höhe leiten!
  Menscher: Bald wird er wieder zu einem Supermarkt schreiten, dann werden ihn die Gehässigkeiten der Menschdorfer begleiten, er verspürt nicht die allergeringste Lust, es weitet sich bei dieser Vorstellung nicht seine Brust, aber er muß das dumpfe Menschdorfertum ertragen, er muß sich auch weiterhin mit diesen beschränkten Spießbürgern plagen, sie sind eine unverschämte Last, sie werden von ihm glühend gehaßt!
  Mensche: Und dann wird er den Abend noch emsig gestalten, er wird seinen Eifer für das Menschtum in JEUNEX entfalten, er wird keinen Schüttelschuppen besuchen, auch wenn die Rüttelpuppen ihn deswegen verfluchen, er weiht seine Kräfte dem Gott der Götter, JEUNEX schuf an diesem Sonnabend auch ein heiteres Wetter, so möge unser geistiger Vater denn wachsen, blühen und gedeihen, es ist recht von ihm, sich seinen neuen Gefügen zu weihen!

Menscher: Die Fliegen plagen unseren Erdichter immer schlimmer, die Heftigkeit ihrer Angriffe wird immer grimmer, manche stürzen sich ihm in vollem Fluge auf die Nase, das ist ein unbändiges Getobe und Gerase, in der Nacht setzen sie sich auf seinen Kopf, mit den Händen wehrt sich der bedauernswerte Tropf, morgen will er sich ein Klebeband kaufen, als Kind tat er sich über diese Todesfalle die Haare raufen, aber jetzt ist es Notwehr, entweder sie oder er, er erträgt ihre Anwesenheit in seinem Zimmer nicht mehr!

Mensche: An diesem Sonntag hat er sich erst am späten Mittag erhoben, er fühlt sich gar nicht mehr in das allgemeine Geschehen verwoben, er würde am liebsten zwanzigvier Stunden am Tag lang schlafen, das Bett gilt ihm nunmehr als ein bergender Hafen, als ein neuer Oblomov würde er sich fühlen, dann könnten die Menschdorfer ihr Mütchen nicht mehr an ihm kühlen, noch vierzigfünf Pensumstage muß er harren, dann wird er sich gründlich enttoren, entjecken und entnarren!

Menscher: Nach einer Woche Urlaub sind seine Nerven zerschlissen, er legt keinen Wert mehr auf das Bücherwissen, er will wieder in der Werkhalle stehen und am langen Tisch nach dem Rechten sehen, seine drei Mitbewohner öden ihn an, weil niemensch von ihnen ihn begei-stern kann, diese trostlosen Erscheinungen bereiteten ihm schon viele Bepeinungen, eine erre-gende Lorelei aber läßt sich nicht bei ihm blicken, und eine reizlose Menschdorferin will er nicht ficken!

Mensche: Er hat die mittelalterliche Geschichte von Bulgarien studiert, damals ist noch nie-mensch nach Menschland marschiert, einem Herrscher hat mensch die Nase abgeschnitten, gar furchtbar haben die Menschen damals gelitten, auch heute noch können sich die Erdenbürger nicht vertragen, sie müssen einander prügeln und schlagen, sie wollen sich nicht miteinander versöhnen, sie wollen sich nicht an den ewigen Weltfrieden gewöhnen!

Menscher: Der Beherrscher der Menschheit west allein, das muß wohl so sein, er ist nicht in der Lage, sich gesellig zu verhalten, er kann die Gemeinschaft nicht nach seinen Vorstellungen gestalten, und die schädliche Überlieferung will er vernichten, mensch soll sie dermaleinst nicht mehr sichten, mensch soll erbauen, was menschen erbaut, dazu werde mensch vom er-sten Mittelreicher verschlaut, dazu werde mensch vom ersten Jeschua Rex Text verklugt, dazu werde mensch vom ersten Menschen befugt!

Mensche: Ein Wälzer über den Schurnalismus tut tiefe Einblicke gewähren, es ist nicht leicht, ein neues Bewußtsein zu gebären, außerdem hat die Macht nicht die Zeitung, die Bürger ste-hen unter einer anderen Leitung, der braune Führer war stärker als jedwedes Blatt, die Gegen-wehr der Berichterstatter war lahm und matt, sie sind fast alle in den Lagern gestorben, der üb-le Täter hat den edlen Denkern das Dasein verdorben!

Menscher: An diesem Montag konnte unser Held gottseidank wieder zur Werkhalle schreiten und seine Aufmerksamkeit auf die Arbeiten am langen Tische leiten, die Gespräche mit den Gefährten haben ihn erheitert, er ist ja als Mensch nicht gescheitert, und mit dem Gärtner sind sie nach Würselen gefahren, dort konnte mensch vor einer Garasche einen Haufen Abfall gewahren, sie haben ihn auf den Pritschenwagen gelegt, danach haben sie sich wieder heimwärts bewegt, und in den Kontehner wurde der Unrat geschmissen, das hat die Nerven nun gar nicht zerschlissen!

Mensche: Danach wurde eine Viertelstunde lang Kaffee getrunken, mensch fand sich in tiefe Gespräche versunken, dann hat mensch noch die Scheibchen von der Pappe getzt, durch den Feierabend wurde mensch nicht entsetzt, mensch hat freudig die Stätte des Wirkens verlassen, unser Urheber mußte sich mit einer Fliegenfalle befassen, er hat sie in einem Supermarkt erworben, dadurch wird den Plagegeistern in seinem Zimmer die Stimmung verdorben!

Menscher: Zuerst hat er im Garten gesessen und die Zeitung gelesen, danach sind ihm Rostbratwürstchen eine angenehme Speise gewesen, schließlich hat er geschlummert und sich ein wenig entkummert, der mannhafte Bauer ließ sich am Fernsprecher melden, durch seinen Einfluß kann mensch nicht verrecken und verhelden, aber es läßt dich ganz angenehm mit diesem Lüriker klönen, mensch kann sich freilich niemals ganz an seine Trostlosigkeit gewöhnen!

Mensche: Danach hat der erste Mensche zwei Stunden lang einen westreichischen Roman genossen, die Zeit ist dabei wie im Eiltempo verflossen, dieses geistige Gebilde kann menschen verwirren, freilich tut sich sein Verfasser kaum einmal irren, aber die Zeit des braunen Führers in Frankreich und Rußland wird beschrieben, allzu viele Soldaten sind damals auf der Strecke geblieben, unser Ersinner würde lieber etwas über den Frieden vernehmen, doch zur Eintracht tun sich die Menschen nur ungern bequemen!

Menscher: Der Gärtner tat sich an diesem Nachmittag darüber beklagen, mensch würde nach seinem Fortgang nichts mehr über ihn sagen, mensch würde ihn sang- und klanglos vergessen, er hätte keine hervorstechenden Eigenschaften besessen, an die mensch sich erinnern würde mit Wonne, doch er hat eine menschliche Wärme wie die Sonne, er kann die Herzen erheitern, er kann die Bewußtseine erweitern, er kann das Behagen seiner Schützlinge steigern, so daß sie ihm den Gehorsam nur sehr selten verweigern!

Mensche: Er spricht mit den Behinderten wie mit seiner kleinen Tochter daheim, darauf mache mensch sich einen Reim, es ist unverständlich, aber wahr, und es ist einfach wunderbar, er hat einen menschlichen Humor, manchmal kommt er menschem hartherzig vor, aber als Anleiter ist er freundlich und nett, und manchmal erzählt er aus dem häuslichen Bett, unser geistiger Vater und er haben viel zusammen gelacht, es hat Spaß, mit ihm im Grünen zu arbeiten, gemacht!

Menscher: An diesem Dienstag hat sich der erste Mensche spät erhoben, er fühlte sich wie ein Schwein in seinem Koben, wie ein Tier spürte er sich und ohne Lust, er war sich des höheren Daseins keineswegs bewußt, das hat er davon, daß er den JEUNEX vergottet, so ist er denn zur Werkhalle getrottet, bei der Arbeit hat er gescherzt und gelacht, sie haben die Pappe von den Scheibchen gemacht, die Zeit ist rasch verstrichen, der Gärtner ist ja gewichen!

Mensche: Dieser wackere Bursche darf nun zwei Wochen lang einen Urlaub genießen, hoffentlich wird ihn diese Weile umfassend entdrießen, unser Verfasser brauchte nicht im Garten zu werken, das tat er am Feierabend in seinen Knochen merken, die Belastung war nicht so schlimm, sie erregte nicht seinen Grimm, zuhause hat er die Zeitung gelesen und gegessen, dann hat er bei der Gruppe gesessen, vier Behinderte und ein Betreuer haben sich unterhalten, sie taten die Stunde angenehm gestalten!

Menscher: Der Bruder der schönen Büglerin hat am langen Tisch gestanden, die Zuneigung unseres Helden zur hübschen Plätterin ging ja schon lange zuschanden, zu ihr tut er niemals sprechen, denn sie würde ihn bloß bepechen, doch mit diesem Mittelschüler tut er sehr gern klönen, er mag sich an seine kecke Art gewöhnen, soll er ihm von seiner Schwester erzählen, oder würde es diesen Zehnfünfjährigen zu sehr quälen?!

Mensche: Am Abend hat er den Wälzer über den Schurnalismus genossen, dieser Roman hat ihn nachhaltig entdrossen, nun muß er seine Bücher und seine Besinnungen schreiben, er tut es in jeder Nacht auf die nämliche Weise treiben, vier Seiten urhebt er, wenn er am Nachmittag werken muß, weil er die Menschheit kräftigen und stärken muß, die Menschdorfer freilich können ihn gesund nicht nennen, sie tun nur immer wieder den Wahnsinn an ihm erkennen!

Menscher: Diese verbrecherischen Auschwitzianer müssen verschwinden, mensch soll diese geistigen Terroristen bald nicht mehr an der Inde finden, diese Teufel in Menschengestalt sollen sich wandeln, dann kann unser Erdichter endlich frei und unbekümmert handeln, diese unfriedlichen Geldanbeter müssen sich zu richtigen Menschen entwickeln, dann wird in unserem Erdenker das Blut wieder prickeln, dann wird er sich des Lebens freuen, dann braucht er die Menschdorfer nicht mehr zu scheuen!

Mensche: Es ist eine Zumutung für einen Kulturschaffenden, in Menschdorf zu wohnen, für einen hochstehenden Gebildeten tut es sich wirklich nicht lohnen, die Menschdorfer sind so dumm wie das Stroh der Bohnen, niemals können diese Zwerge den geistigen Riesen mit ihren Gehässigkeiten verschonen, sie sind so primitiv, es ist nicht zu sagen, nach Freundlichkeit tut mensch am Blausteinsee vergeblich fragen, die Menschdorfer können menschen nur schinden und plagen, mensch möchte diese Trottel am liebsten allesamt darniederschlagen!

Menscher: An diesem Vormittag ist der jugendliche Betreuer zu unserem Helden gekommen und hat die Last der Einsamkeit von ihm genommen, sie haben sein Zimmer aufgeräumt und die Tolette gereinigt, dabei wurde sich nicht über Gebühr gepeinigt, ein Brief kam, der Behindertenausweis muß erneuert werden, schließlich mußte der politische Karakter des Sozialarbeiters beteuert werden, dann ist der erste Mensche zur Werkhalle gegangen, es tat ihn nicht sonderlich nach der Arbeit verlangen!

Mensche: Meistens hat er an der Einschweißmaschine gesessen, er tat auch einmal mit dem Zollstock die Höhe eines Palettenbücherstapels messen, eine Bosnierin hat die Bücher emsig in die Folie gegeben, er tat danach, die fertigen Stücke mit dem grünen Punkt zu bekleben, streben, so ist der Nachmittag verflogen, die Lust machte um ihn einen weiten Bogen, er tat die schöne Büglerin erblicken, aber er wird diese gute Fee wohl niemals ficken!

Menscher: Er kann sie nur aus der Ferne betrachten, im Grunde tut er noch immer nach ihrer Nähe schmachten, ihre weibliche Reizesfülle muß jeglichen Widerstand in ihm besiegen, sein Herz muß immer wieder der Macht ihrer Pracht erliegen, keine andere Eva kann ihn so wie sie behexen, und doch wird er mit dieser Elisabet wohl niemals sexen, sie würde ihn in ein Irrenhaus bringen, er muß seine Seele fort von ihrer Seite zwingen!

Mensche: Nach dem Feierabend mußte er auf sein gewohntes halbes Hähnchen verzichten, er erntete nicht viel Geld für sein freudenschaftliches Dichten, er hat statt dessen einen Seehecht verzehrt, das hat sein Behagen nicht so gemehrt, er hätte lieber den Gockel verspeist, doch er muß sparen, wie du es wohl weißt, dann hat er die Zeitung gelesen, im Schlummer tat er von den Anstrengungen dieses Nachmittags genesen!

Menscher: Der Wälzer über den westreichischen Schurnalismus hat ihn unterhalten, sein Verfasser tat diesen Roman sehr abwechslungsreich gestalten, aber die Zeitungsleute können die Welt kaum wandeln, die Politiker müssen immer wieder handeln, sie müssen den Frieden schaffen mit feingeschliffenen geistigen Waffen, Jeschua Rex Text muß die öffentliche Bühne betreten, er wird von der allgemeinen Not darum gebeten!

Mensche: Wer kulturelle Werte erzeugt, sich oftmals seinen Einfällen beugt, in diesem Rausch tut er seine Wichtigkeit überschätzen, doch mensch lobt den Künstler nicht in den Straßen und auf den Plätzen, denn er kann nichts verrichten, er muß auf eine große Wirkung verzichten, so sind viele Maler und Schriftsteller als Gescheiterte gestorben, sie haben sich zwar einen riesigen Ruhm erworben, aber Göte und Schiller zum Beispiel haben Auschwitz nicht verhindert, und durch die Nobelpreisträger wird das Leid auf der Welt kaum gemindert!

Menscher: An diesem Vormittag ist unser Held mit dem Bus nach Jeschua Rex Text gefahren, dort konnte er dann die Nervenärztin gewahren, sie war freundlich zu ihm und nett, freilich eignet sie sich nicht für sein Bett, die Sprechstundenhilfe hat ihm einen neuen Termin gegeben, er blickte sie an und tat im siebenten Himmel schweben, sie hat eine reizvolles Gesicht und einen verlockenden Busen, er würde gern einmal ausgiebig mit ihr schmusen!

Mensche: Die Rückreise im Bus war langweilig mit anödenden Zirzen, sie konnten ihm nicht das Dasein würzen, vor der Arbeit hat er noch einen Döner verzehrt, der Hunger hat ihn kaum über den Geschmack dieser Speise belehrt, dann hat er die Scheibchen von der Pappe gerissen, ein junger Gesetzesübertreter wollte etwas von seinen Büchern wissen, dieser zehnneunjährige Bursche muß ein paar Sozialstunden leisten, denn er tat sich in einer Notlage zum Schwarzfahren erdreisten!

Menscher: Die Seelenkunde liegt ihm am Herzen, das ergab ein munteres Erörtern und Scherzen, dieser brave Kerl wird auch von den Menschdorfern geschmäht, er wird von den Spießbürgern ebenfalls bebäht und bemäht, die beiden Gesprächsteilhaber haben eifrig miteinander geplaudert, es hat ihnen vor ihrem Gegenüber nicht geschaudert, dann wurde im Aufenthaltsraum Kaffee getrunken, der Wahnsinn hat dem ersten Menschen aus der Nähe gewunken!

Mensche: Die schöne Büglerin stand allein in ihrem großen Raum, sie kam ihm vor wie ein wunderbarer Traum, wie eine verwunschene Prinzessin ist sie ihm erschienen, er würde ihr gern mit seiner Minne dienen, ihr Bruder hat auch am langen Tisch gewerkt, er hat von der Neigung unseres Verfassers nichts gemerkt, er weiß nicht, daß Jeschua Rex Text seine Schwester unglücklich liebt, da sie ja auch regelmäßig mit ihrem Jüngelchen so manche Nummer schiebt!

Menscher: Nach Feierabend hat unser Ersinner eine Linsensuppe gegessen, danach hat er auf der Bank im Garten gesessen und sich mit einer Tageszeitung beschäftigt, das allgemeine Elend hat ihn gekräftigt, das Negative ist das Nexative, es verbindet, so daß ein Blatt mit lauter guten Neuigkeiten keine Leser jemals findet, dann hat der erste Mittelreicher im Bett gelegen, einige Alpträume taten ihn bewegen und erregen!

Mensche: Der Wälzer über den Schurnalismus zieht sich in die Länge, kaum jemensch der Beteiligten schlägt einmal über die Stränge, der Verleger ist ein Diktator, er herrscht von oben, doch er verwirft die Gemeinbesitzler, das muß mensch loben, der Humanismus der Humanier ist das rechte Denken, mensch muß den Menschen die Menschlichkeit schenken, sie sollen die mensche Sprache lernen, um sich vom schädlichen Unmenschtum zu entfernen!

Menscher: In der verwichenen Nacht hat unser Held an die schöne Büglerin gedacht, er hat in ihrem Namen seinen Schwengel gerieben, er hat es virtuell mit ihr im Bett getrieben, doch dann mußte er wieder beklemmend träumen, er will die Beziehung mit dieser guten Fee versäumen, das hat er sich nun endlich geschworen, er hat bei der hübschen Plätterin nur seine Zeit verloren, sie kann ihm nichts nützen, sie kann ihn nicht unterstützen!

Mensche: Am Vormittag hat ihn der jugendliche Betreuer besucht, er wurde von seinem Gastgeber freilich nicht bekaffeet und bekucht, danach ist der erste Mensche zur Werkhalle gegangen, nicht ohne wieder einige Schmähungen zu empfangen, die Menschdorfer fürchten, er würde die Arbeit scheuen, und er nun wiederum würde sich sehr freuen, wenn die Menschdorfer endlich ihren Mund einmal halten würden und wenn diese Spießbürger das Zusammenleben endlich einmal angenehm gestalten würden!

Menscher: Am Nachmittag hat er am langen Tisch gestanden, seine Geduld ging an den Scheibchen an der Pappe zuschanden, neben ihm weilte der Bruder der anmutigen Manglerin, ja, was die Burschen angeht, so ist sie eine eifrige Anglerin, jedenfalls hat er angeregt mit diesem braven Kerlchen geklönt, er hat sich gern an seine Art, sich auszudrücken, gewöhnt, doch mit seiner Schwester kann er nicht plaudern, es tut ihm immer wieder vor ihrer Verschrobenheit schaudern!

Mensche: Nach dem Feierabend ist er nach Hause geschritten, dort tat er sich selbst zum Essen bitten, dann hat er die Zeitung gelesen, das ist ihm kein großes Vergnügen gewesen, eine Stunde lang durfte er schlummern, um sich ein wenig zu entkummern, dann ist er zum Supermarkt gewandelt und hat sich etliche Waren erhandelt, dann hat er den Wälzer über den Schurnalismus genossen, die zwei Stunden sind sehr schnell verflossen!

Menscher: Die Verkäuferin liebt ihn über die Maßen, doch sie kann nicht mit ihm spaßen, sie sitzt an der Kasse und schmachtet ihn an, wobei sie ihn niemals zu sich verlocken kann, sie tut ihm leid, er weiß über sie bescheid, sie hat weder das Rad noch das Pulver erfunden, das tat sie in manchen Bemerkungen bekunden, in ihrer Nähe kann er nicht von seiner Sehnsucht gesunden, ihre Weiblichkeit kann ihm nun einmal nicht munden!

Mensche: Sie hat wasserstoffblondes Haar, das steht ihr wunderbar, ihre Fingernägel sind perlmuttfarben getönt, das ist ein Anblick, an den mensch sich gern gewöhnt, doch diese kleine Nixe wird den Beherrscher der Menschheit niemals ergattern, sie wird nur enttäuscht über den Reichsten der Welt stets schnattern, er aber wird bis zu seinem Tode einsam tattern, und immer wieder muß seine Handmaschine rattern!

Menscher: An diesem Sonnabend hat sich unser Held erst spät erhoben, er konnte sein langes Schlafen selbst nicht loben, in letzter Minute hat er den Laden betreten und um die üblichen Zeitungen gebeten, dann hat er sie gelesen auf der Bank im Garten, dann mußte er wieder darauf, daß er endgültig wach wurde, warten, er hat im Plötz einiges über Büzanz erfahren, dann konnte er noch etwas über den Schurnalismus gewahren!

Mensche: Schließlich wurde es für ihn Zeit, zum Supermarkt zu schreiten, die Schmähungen der Menschdorfer taten ihn begleiten, er hat heute so viele Beleidigungen vernommen, da ist er an die Grenze seiner Geduld gekommen, aber diese Freude wird er ihnen nicht bereiten, er wird sich mit den verbrecherischen Auschwitzianern nicht streiten, mit diesen geistigen Terroristen kann mensch nicht klönen, deshalb will er sich gar nicht erst an ihre niedrige Ausstrahlung gewöhnen!

Menscher: Diese Teufel in Menschengestalt kann mensch nicht richtige Menschen nennen, weil sie das Menschtum der Menschen in Menschland nicht kennen, diese unfriedlichen Geldanbeter wollen nur zanken und zetern, es ist eine Ansammlung vom mürrischen Liesen und Petern, sie sind es nicht wert, daß mensch mit ihnen spricht, dann wahre Menschlichkeit kennen sie nicht, mensch kann sie nur abgrundtief verachten, mensch kann sie nicht als seinesgleichen betrachten!

Mensche: Ebenbürtig sind sie unserem Verfasser nicht, in ihren Hirnen brennt nur wenig Licht, sie wollen immer nur zerstören, das kann mensch aus ihren Bemerkungen hören, sie wollen immer nur vernichten, auf den Verkehr mit diesen Trotteln sollte mensch verzichten, sie sind es nicht wert, daß mensch sie anständig behandelt, denn durch diese Narren wird menschem nur das Bewußtsein verschandelt, sollen sie ihre Bahn des Unheils laufen, unser Urheber wird sich wegen ihnen nicht die Haare raufen!

Menscher: Sie erzeugen Amokläufer mit Bedacht, und das Herz im Leibe ihnen lacht, wenn jemensch die Fassung verliert und schreiend Rache ergiert, dann haben diese Satane gewonnen, dann wird sich nicht mehr besonnen, dann ist die Vernunft zuschanden, dann konnten sie einen Treffer landen, das ist das unmensche Wollen, mensch soll ihnen grimmen und grollen, doch das werden sie beim ersten Jeschua Rex Text niemals erreichen, seine Zurückhaltung wird niemals von ihm weichen!

Mensche: Sie sind die Toren, und er ist der Weise, sie brüllen aufdringlich, doch er verhält sich leise, er fühlt sich diesen Tieren, ja diesem Viehzeug überlegen, er tut sich auf diesen Seiten zu ihren Gunsten regen, er will sie zu ehrlichen Menschen formen, er will sie auf das Menschtum in JEUNEX hin normen, doch er muß sie immer wieder verdammen und verfluchen, weil sie es niemals, ihn zu verstehen, auch nur versuchen, sie sind so dumm wie das Stroh der Bohnen, der Umgang mit den Menschdorfern tut sich nicht lohnen!

Menscher: An diesem Sonntag hat sich unser Held erst spät aus dem Bett bewegt, erst ab dem frühen Nachmittag hat er sich an seinem Schreibtisch geregt, er hat die Geschichte von Büzanz erfahren, er konnte das Schicksal einer Kaufmannsfamilie in Rußland gewahren, dann hat er im Garten gesessen und Kartoffelsalat und danach Jogurt gegessen, viele Stunden hindurch hat er gelesen und geschrieben, diese Beschäftigungen tut er eben lieben!

Mensche: Als Beherrscher der Menschheit verhält er sich still, weil er kein großes Aufhebens um sich machen will, aber das kann nicht immer so bleiben, er muß auch einmal öffentlichkeitswirksam leben und leiben, und das wird auch geschehen, und das wird mensch auch sehen, im dritten Jahr in Jeschua Rex Text wird er befreit sein, dann wird es für ihn und die Welt endlich soweit sein, dann wird er prunken und prangen, dann werden die Bürger nach ihm verlangen!

Menscher: Im zweiten Jahr in Jeschua Rex Text muß er noch leiden, er darf noch nicht versamten und verseiden, er darf noch nicht die Menschheit leiten und lenken, er darf noch nicht für seine kleinen Geschwister denken, er darf noch nicht als der große Bruder erscheinen, doch er wird die Menschen umfassend entpeinen, sie werden es ihm danken, sie werden nicht mehr zanken, sie werden nicht mehr streiten, sein Geist wird sie begleiten!

Mensche: Die mensche Sprache wird die Handlungen bestimmen, dann wird mensch nicht mehr über die Barbaren ergrimmen, die Menschen in Menschland tun sich vorbildlich verhalten, sie können das Zusammenleben angenehm gestalten, es ist eine Freude, in menschen Gefilden zu wohnen, dann wird es sich auch, in Menschdorf zu hausen, lohnen, dann wird mensch die Menschlichkeit ehren, dann wird mensch das Menschtum in JEUNEX lehren!

Menscher: Die Hautfarbe ist dann einerlei, Trennungen gibt es keinerlei, mensch muß sich nur als ein menscher Jeschua Rex Text in JEUNEX beweisen, dann hat mensch genügend zu trinken und zu speisen, dann werden menschem die irdischen Güter beschieden, dann ist mensch mit seinem Dasein höchlich zufrieden, dann werden sich die Wünsche erfüllen, dann wird sich JEUNEX niemals in Schweigen hüllen!

Mensche: Dann wird auch unser geistiger Vater die Sinnlichkeit genießen, dann wird ihn eine verlockende Dolores entdrießen, dann wird ihn eine reizvolle Esmeralda verwöhnen, dann wird eine zärtliche Lorelei unter ihm stöhnen, dann wird er die geilste Sexorgie der Welt tatsächlich feiern, dann wird er nicht nur heilverkündende Sprüche leiern, sondern dann wird er auch die Wonnen auskosten und Lüste, dann neigt sich zu ihm manche weibliche Büste!

Menscher: Heute hat der jugendliche Betreuer den ersten Menschen aus dem Schlummer gerissen, er tat zum Plaudern nicht allzu viel Gesprächsstoff wissen, er handelt mehr, als daß er spricht, dem Dichter gefällt dieses nicht, doch er muß sich mit diesem Sozialarbeiter begnügen, auch in dieser Hinsicht muß er sich in sein Schicksal fügen, sie haben die Wäsche in den Schrank gelegt, sie haben den Papierkorb zu den Abfalltonnen bewegt, sie haben das Badezimmer geputzt, und auch beim Rezeptabholen hat der Begleiter genutzt!

Mensche: Dann ist unser Held zur Werkhalle geschritten, er hat wieder unter den ausgrenzenden Menschdorfern gelitten, an diesem Mittag war es besonders schlimm, die Spießbürger waren erfüllt von heftigem Grimm, sie haben den ersten Jeschua Rex Text gedemütigt und beleidigt, sie haben ihn nicht einmal genarreteidigt, er hat sich gegen diesen wüsten Pöbel nicht gewehrt, dieses arge Gesindel wird sowieso von einem Außenseiter nicht belehrt!

Menscher: Bei der Arbeit gab es viel zu lachen, nur die Hitze mußte menschem zu schaffen machen, es wurden Scheibchenbehälter von der Pappe getrennt, das ist eine Aufgabe, die mensch schon lange kennt, der Gärtner tat in seinem zweiwöchigen Urlaub weilen, er konnte die Langeweile auch nicht durch eine Ortveränderung heilen, so schleppten sich die Stunden zäh dahin, mensch trug immer nur den Feierabend im Sinn!

Mensche: Danach ist der erste Mittelreicher nach Hause gegangen, es tat ihn nach einer Wurst mit Grünkohl verlangen, er hat im Garten die Zeitung gelesen, das ist ihm nicht sehr erfreulich gewesen, die Zustände in der Türkei werden immer strenger, der Handlungsspielraum der freiheitlichen Kräfte wird immer enger, nun, unser Ersinner hat sich auf das Bett gelegt und sich für ein paar Stunden nicht mehr bewegt!

Menscher: Wer lange schläft, muß eher sterben, diese Einsicht tut dem Heiland die Stimmung verderben, ein halbes Jahr lang muß er noch warten, dann kann er endlich seine Taten starten, bis dahin muß er sich noch selbst verleugnen über die Maßen, das ist eine ernste Angelegenheit und kein unverbindliches Spaßen, er muß sein Schenie unter einen Scheffel stellen, es tun immer wieder Schreie der Unvernunft gegen ihn ergellen!

Mensche: So jemenschen wie ihn hat es in Menschdorf noch nicht gegeben, dabei wollen die Menschdorfer doch nur in Ruhe und Frieden leben, aber einen neuen Glauben können sie nicht pflegen, und eine neue nationale Identität wollen sie nicht hegen, das kann mensch von diesen geistigen Hinterwäldlern nicht erheischen, diese engstirnigen Kleinkleckersdorfer müssen einen außerordentlichen Denker bekreischen, sie können ihn nicht begreifen, sie müssen ihn bekeifen!

Menscher: In der verwichenen Nacht wurde unser Held von einem bedrückenden Traum gequält, er hat ja schon oft von der schönen Büglerin und ihrem Bruder erzählt, nun hat noch ein Buch seinen Wahnsinn dazugegeben, wie soll mensch denn da erfolgreich nach der Gesundheit streben, unter schwerem Stöhnen ist der erste Mensche erwacht, die Frage hat ihm Kummer gemacht, ob er weiterschlafen soll oder nicht, wäre er dann nicht wieder ein gemarterter Wicht?!

Mensche: Es ist danach aber nicht mehr so schlimm geworden, in Menschdorf umwimmeln ihn noch immer die barbarischen Horden, gegenwärtig schinden sie unseren Heiland schlimmer als jemals zuvor, es kommt ihm wie ein niederschmetterndes Pogrom manchmal vor, die Menschdorfer sind grausam in ihrer Dummheit, niemals glänzen diese verbrecherischen Auschwitzianer durch Stummheit, stets müssen diese geistigen Terroristen ihren Senf höhnisch spenden, stets müssen diese Teufel in Menschengestalt ihre trostlosen Botschaften senden!

Menscher: Die strahlende Sonne kann diese unfriedlichen Geldanbeter nicht erheitern, das beste Wetter kann ihr enges Bewußtsein nicht erweitern, ihre anerzogene Bosheit müssen sie immer wieder zeigen, sie können über ihren nichtigen Karakter keineswegs schweigen, die Unanständigkeit feiert Orgien in ihren Mündern, sie sind das Opfer von falschen und verderblichen Verkündern, mensch muß ihre Sittlichkeit heben, dann werden sie nach dem Guten und Schönen streben!

Mensche: Dieses rohe Viehzeug muß mensch vernichten, mensch soll es in Menschdorf nicht mehr sichten, die Menschheit kann auf derlei Geschmeiß verzichten, ihre Schädel sollen sich endlich einmal erhellen und lichten, in der Werkhalle hat unser Erdichter seinen Beitrag geleistet, er ist ja inzwischen verfettet und verfeistet, einen Waschbrettbauch hat er nicht bekommen, ein schlanker Körper kann ihm nicht frommen!

Menscher: Seine Gefährten haben ihm an den Nerven gesägt, er ist ja niemensch, der wild um sich schlägt, aber heute hätte er diese Banausen am liebsten allesamt verprügelt, er hat seinen Unmut selbstverständlich gezügelt, er will ja den ewigen Weltfrieden erschaffen, er verfügt ja über feingeschliffene geistige Waffen, aber manchmal wird ihm das Unverständnis seiner Umgebung zuviel, dann gleicht ihm das Dasein einem unbefriedigenden Spiel!

Mensche: Am Abend hat der jugendliche Betreuer im Wohnzimmer gesessen, der erste Mittelreicher hatte schon eine Hühnersuppe mit Nudeln gegessen, ein Sozialarbeiter und vier Behinderte haben die Kasse gemacht, dabei haben sie ein wenig gescherzt und gelacht, danach hat unser Erdenker im Bett gelegen, und als er sich dann wieder tat regen, hat er sich mit einem Roman über Rußlandmensche beschäftigt, diese verworrene Erzählung hat seinen Geist nicht sonderlich gekräftigt!

Menscher: In der verwichenen Nacht hat unser Verfasser weitgehend ruhig gelegen, keine bedrückenden Schlafbilder taten seine Nerven erregen, er ist zur Werkhalle gegangen, nicht ohne Anpöbeleien zu empfangen, denn selbst bei strahlendem Sonnenschein müssen die Menschdorfer giften, es ist vorerst noch unmöglich, in Menschdorf Frieden zu stiften, dieses Wohlstandsgesindel muß ausgrenzen und schelten, der erste Mensche kann ihnen nicht als willkommen gelten!

Mensche: In der Werkhalle wurden den ganzen Nachmittag über Scheibchenbehälter von der Pappe gerissen, spannend dabei war der gegenseitige Austausch von Wissen, es wurde viel erzählt und geklönt, mensch hat sich gern an die Ansichten seiner Gefährten gewöhnt, die Zeit ist unter derartigen Plaudereien schnell verflogen, es wurde sich viel Honig aus den witzigen Bemerkungen gezogen, dann ist der Feierabend gekommen, die Bürde der Arbeit wurde genommen!

Menscher: Auf dem Heimweg hat an einer Ampel eine Spießbürgerin gestanden, trotz ihres weißen Sommerkleides ging jegliche Zuneigung zu ihr zuschanden, ihre dicken Beine waren plump und dumpf, ihr Geist war wahrscheinlich karg und stumpf, trotz ihrer braunen Haut mußte der erste Jeschua Rex Text sie verneinen, er wollte sich mit dieser Krähwinklerin auf keinen Fall vereinen, sie verkörperte das Menschdorfertum schlechthin, sie brächte dem ersten Mittelreicher keinen Gewinn!

Mensche: Unser Held wollte sich ein halbes Hähnchen erwerben, doch der Verkäufer tat ihm diesen Handel verderben, er hat ihm den Gockel umsonst gegeben, doch der Beschenkte tat nicht im siebenten Himmel schweben, bei nächster Gelegenheit würde er dem guten Mann das Geld wieder spenden, mensch soll ja positive Schwingungen senden, deshalb muß mensch für alles und jedes bezahlen, mensch sollte nicht mit kostenlosen Gaben prahlen!

Menscher: Nach Essen, Zeitung und Schlummer hat sich unser Urheber mit den Freimaurern beschäftigt, doch sein Geist wurde durch diese Ausführungen nicht gekräftigt, denn über die denkerischen Grundlagen der Freimaurerei wurde geschwiegen, so konnte unser Ersinner seine Neugier nicht besiegen, aber das Buch geht ja noch weiter, vielleicht wird er morgen gescheiter, vielleicht wird er es übermorgen lernen, mensch soll sich ja von seinem Unwissen entfernen!

Mensche: In dieser Nacht muß unser Schriftsteller noch seine Wäsche in die Maschine stecken, am künftigen Vormittag wird ihn der jugendliche Betreuer wecken, jetzt muß er sein Pensum schreiben, er muß es auf dem Papier wacker treiben, so gestalten sich seine Tage, und es ist noch sehr die Frage, ob er in einem halben Jahr triumfieren wird und ob er dann tatsächlich nach Menschland marschieren wird, aber das wird sich alles zeigen, die Zukunft wird ihm ihr Geartetsein schon geigen!

Menscher: An diesem Vormittag hat der jugendliche Betreuer unseren Ersinner geweckt, der Sozialarbeiter hat seine Nase in diese und jene Dinge gesteckt, ein Konto wurde mit ihm bei der Sparkasse errichtet, darauf hatte der erste Mensche viele Jahre lang verzichtet, aber er muß die hohen Überweisungsgebühren meiden, deshalb tat er sich nun zu diesem Schritt entscheiden, dann hat er die Zeitungen geholt und das Badezimmer gewischt, schließlich hat er sich an der warmen Luft erfrischt!

Mensche: Das heißt, er ist zur Werkhalle gegangen, es tat ihn nicht nach der Arbeit verlangen, und er hat auch ziemlich geschwitzt, sein Körper war sehr erhitzt, es war für ihn eine Qual, die Scheibchenbehälter von der Pappe zu reißen, aber er mußte wieder einmal auf die Zähne beißen, drei Schüler, die in den Sommerferien Geld verdienten, schaffen den ersten Jeschua Rex Text zu einem Wohlbemienten!

Menscher: Nach dem Feierabend wurde der Fußball getreten, der erste Mittelreicher wurde darum gebeten, er hat ungefähr zehn Tore geschossen, seine Kräfte sind frei geflossen, seine Mannschaft tat siegen, das andere Tiem mußte unterliegen, anfangs tat er wie ein nasser Sack über den Kunstrasen laufen, er mußte bei jedem Schritt gewaltig schnaufen, danach aber hat er weniger gestöhnt und sich an dieses bißchen Sportlichkeit gewöhnt!

Mensche: Dann hat er einen Seehecht gegessen und mit der Zeitung im Garten gesessen, schließlich hat er auf dem Bett gelegen, danach tat ihn die Freimaurerei erregen, so muß er nun seine Besinnungen schreiben, er darf es bei dieser Glut nicht sinnlich treiben, das bleibt ihm verwehrt, denn er denkt noch verkehrt, noch vierzigeins Pensumstage muß er überwinden, noch vier Monate lang muß er sich schinden, dann kann er endlich richtig walten, dann kann er sein Dasein erfreulich gestalten!

Menscher: Morgen wird er mit seinen Gefährten ein Grillfest begehen, um die Halle herum wird mensch sie feiern sehen, mit gemischten Gefühlen wird unser geistiger Vater dort erscheinen, er will sich nicht unbedingt mit diesen Gesellen vereinen, sie zerren an seinen Nerven, sie können die Lage nicht entschärfen, die schöne Büglerin wird nach ihm schmachten, aber er darf diese gute Fee nicht aus der Nähe betrachten!

Mensche: Sie verursachte bei ihm schlimme Träume in so mancher Nacht, ja, ihr Einfluß hat ihn beinahe um den Verstand gebracht, auch ihr heißes Höschen kann ihn nicht mehr für sie begeistern, denn diesen Wahnsinn kann auch kein verlockendes Kleidungsstück meistern, er muß sich von dieser hübschen Plättern trennen, er darf diese anmutige Manglerin nicht mehr kennen, das ist schlimm, doch er darf sie nicht lieben, er darf auf keinen Fall jemals eine Nummer mit ihr schieben!

Menscher: Beim gestrigen Fußballspielen ist unser Held mit dem Kopf und der linken Schulter gegen einen Torpfosten gekracht, das Herz hat ihm deswegen sicherlich nicht im Leibe gelacht, er ließ die Schmerzen verklingen, dann tat er wieder laufen und springen, sein Schädel hat eine Beule bekommen, und seinem Oberarm tat dieser Anprall auch nicht frommen, in der Nacht ließ er sich nur schwer bewegen, das mußte den Unmut unseres Verfassers erregen!

Mensche: Er wollte an diesem Vormittag zum Doktor gehen, der Arzt sollte nach dem Rechten sehen, aber der erste Mensche hat es nicht geschafft, ihn zu besuchen, er mußte seine riesige Müdigkeit verfluchen, dann ist er aufgestanden und hat die Zeitung gelesen, das ist ihm nur ein kleines Vergnügen gewesen, bei der sommerlichen Hitze können die Wörter menschen nicht wie sonst überzeugen, mensch will sich lieber seinen sinnlichen Trieben beugen!

Menscher: Dann ist er zum Supermarkt gegangen, dort hat er die gewünschten Waren empfangen, auf dem Heimweg mußte er eine Vierteilstunde lang auf den Zeitungshändler harren, betrübt tat er auf die Eingangsstufen dieses Ladens darniederstarren, dann hat er sich auf den Weg gemacht, das war eine schlimme Schlacht, er ist zur Werkhalle geschritten, dabei hat er unter den viehischen Menschdorfern gelitten!

Mensche: Er trug eine Regenjacke, doch der Himmel hat nicht geweint, so wurden die Feiernden mit dem Sonnenschein vereint, sie saßen am Hallentor auf Bänken und ließen sich verpflegen und tränken, allerlei Fleischstücke wurden gebraten, sie sind auch sehr gut geraten, doch unser Urheber hat nur Augen für die schöne Büglerin gehabt, ihr Anblick hat ihn über die Maßen erlabt, er hat seine Netzhaut an ihr geweidet, sie war gar nicht einmal auffallend gekleidet, doch sie erregte sein Gefallen, er konnte ihr gegenüber nicht einmal lallen!

Menscher: Er weiß ja genau, daß es ihm schaden würde, wenn er gemeinsam mit ihr in einer Wanne baden würde, er darf nicht mit ihr sprechen, denn sie würde ihn bepechen, er träumt von ihr die schlimmsten Dinge, es gibt für sie keine goldenen Ringe, dieses Ehepaar wird sich niemals finden, dieses Ehepaar wird sich niemals verbinden, unser geistiger Vater darf nur lesen und dichten, und sonst muß er immer und überall verzichten!

Mensche: Hoffentlich kann diese gute Fee diesen Aberwitz verkraften, hoffentlich bleibt keine arge Spur davon in ihrer Seele haften, er darf sie nicht haben, sie würde ihn nicht erlauben, er darf sie nicht besitzen, sein Glied darf nicht in ihrer Scheide flitzen, sein Gemüt darf sich nicht an ihr erhitzen, diese beiden Gefährten dürfen niemals auf einem Laken miteinander schwitzen, es darf nicht geschehen, mensch darf es nicht sehen!

Menscher: Am Mittag hat sich der erste Mensche aus dem Bett gequält, er hatte sich zum Inhalt seiner Träume die schöne Büglerin gewählt, es kam denn auch allerlei krauses Zeug zustande, es ist für unseren Verfasser eine riesige Schande, daß es ihm nicht gelingt, sich innerlich von der hübschen Plätterin zu trennen, warum lernt er denn nicht eine andere vornehme Dame kennen, er ist doch ein erwachsener Mann, warum stellt er sich nur immer so an?!
Mensche: Nach vierzig Pensumstagen geht es ihm besser, noch ist das Dasein für ihn ein Kampf bis auf das Messer, noch ungefähr vier Monate lang muß er darben und siechen, dann braucht er nicht mehr auf dem Zahnfleisch zu kriechen, das hat er dem Herrn Wunsch zu verdanken, er will sich mit diesem Beamten nicht streiten und zanken, aber dieser Bursche hat sehr, sehr lange gewartet, dann erst hat er die heilende Namensänderung gestartet, als sein Opfer ist unser Held zu betrachten, die Menschdorfer müssen ihn noch immer verachten!
Menscher: Die anmutige Manglerin tut ihn beschäftigen, doch sie kann seine Seele nicht kräftigen, was nützt ihm ihr wunderbares Gesicht, und es ist so zauberhaft wie ein Gedicht, wenn sie ihn in den Wahnsinn treibt, falls sie jemals in seiner Nähe bleibt, das darf nicht geschehen, er darf sie nicht sehen, er darf sie nicht gierig beschauen, es muß ihm vor dieser jungen Hexe grauen, er sollte sie verdammen und verfluchen, sie darf ihn auf keinen Fall besuchen, er darf sie auf keinen Fall bekaffeen und bekuchen, denn sie schüfe ihn zu einem irren Eunuchen?!
Mensche: Er erblickt sie in seiner Einbildung mit einem Hemd, er ist zwar gehemmt und verklemmt, aber sie zieht den Träger lächelnd herunter, da wird der Bursche auf einmal munter, dann legt sie auch den zweiten Träger hinunter, da wird ihm das Leben immer bunter, er sieht ihre Brust, da steigert sich bei ihm die Lust, und er küßt ihren Leib, sie ist ein überwältigendes Weib, ihr Mund ist eine Wucht, er ergreift vor ihren Lippen nicht die Flucht!
Menscher: Und das wird ihm zum Verderben, er kann sich bei ihr kein Heil erwerben, das müßte er doch nun endlich wissen, sie hat seine Nerven bis zur Unerträglichkeit zerrissen, sie hat seine Nerven tausendmal zerschlissen, niemals sinkt er mit dieser Nofretete auf das Kissen, diese Amaltea darf er nicht küssen, das gehört nicht zu seinen erlaubten Genüssen, er muß sie aus seinem Bewußtsein entfernen, er tat genug Schlimmes über sie lernen!
Mensche: Am Abend ist er zum Supermarkt gegangen, um dort die Buttermilch und die Fertiggerichte zu empfangen, er wurde naß, doch er blieb ohne Haß, der Regen hat ihn erfrischt, nun werden die Karten neu gemischt, aber es wurde nicht richtig kühl, es blieb immer noch schwül, und so muß er von den Ernas träumen, doch die handfeste Sinnlichkeit tut er versäumen, die Menschdorferinnen können ihn nicht erquicken, derartige Vogelscheuchen will er auf keinen Fall ficken!

Menscher: Nach einem langen Schlummer hat sich unser Held an diesem Sonntag erhoben, es war schon Mittag, er konnte es nicht loben, dann hat er die Zeitung gelesen im Garten, dann tat er das laute Vortragen starten, er hat sich mit der Geschichte der mittelalterlichen Türken beschäftigt, anschließend hat er in drei Stunden sein Wissen über Mozart gekräftigt, der Tonsetzer ist an einem reumatischen Leiden gestorben, als Musiker hat er sich einen langdauernden Ruhm erworben!

Mensche: Die Ärzte haben zwei Liter Blut von ihm genommen, so ist er denn rasch zu Tode gekommen, diese Pfuscher haben ihn auf dem Gewissen, ihr verbrecherisches Handeln könnte mensch durchaus missen, aber Mozart wäre einem frühen Tod auch bei guten Heilern nicht entgangen, mensch kann eben nicht immer ein glanzvolles und ein langes Leben verlangen, es ist alles bemessen und vorgesehen, es hat keinen Zweck, einsprechend dagegen vorzugehen!

Menscher: Am Abend hat unser Verfasser Budapester Salat verzehrt, danach hat er ein Glas Pußtagemüse geleert, der Jogurt am Schluß hat ihm am besten geschmeckt, hoffentlich wird sein Tisch bald reichlicher gedeckt, er verspeist zwar gesunde Sachen, aber sein Herz kann nicht darüber lachen, es tut ihm nicht sonderlich munden, er hat noch immer keine Frau Rex Text gefunden, er hat seine Ehelosigkeit noch nicht überwunden, er hat sich noch nicht an eine häusliche Roswita gebunden!

Mensche: Jetzt muß er wieder seine Besinnungen setzen, um sich und seine Mitmenschen zu entletzen und um sich und seine Mitmenschen zu entwunden, er würde gern von seinen vielen Gebrechen gesunden, aber die Gesundheit stellt sich bei ihm nicht ein, der Reichste der Welt will er ebenfalls gern sein, doch die einhundert Milliarden menschen Jeschuas wollen nicht zu ihm eilen, die einhundert Milliarden menschen Jeschuas wollen nicht bei ihm weilen!

Menscher: Auch das Glück tut ihn stiefmütterlich behandeln, die Menschdorfer müssen sein Bewußtsein verschandeln, diese verbrecherischen Auschwitzianer wollen ihn vertreiben, er darf nicht unter diesen geistigen Terroristen bleiben, diese Teufel in Menschengestalt wollen ihn aus ihrer Mitte entfernen, diese unfriedlichen Geldanbeter wollen das Menschtum in JEUNEX nicht von ihm lernen, sie wollen ihn nicht mehr sichten, sie wollen ihn vernichten!

Mensche: Das ist die Menschdorfer Kultur, von Duldsamkeit gewahrt mensch keine Spur, unser Urheber ist ebenfalls einfältig, aber er beteuert es nicht, vielfältig zu sein, die Menschdorfer benehmen sich ihm gegenüber überheblich und gemein, sie haben es nicht verdient, daß er sie grüßt, denn durch dieses Gesindel werden ihm die Stunden nicht versüßt, er kann dieses grobe Pack durchaus entbehren, er muß dieser rohen Meute angeödet den Rücken kehren!

Menscher: An diesem Vormittag ist unser Held zu seinem Hausarzt gegangen, dieser alte Herr tat ihn freundlich empfangen, er hat seinen linken Oberarm betrachtet und dann eine schwere Prellung als vorliegend erachtet, in dieser Woche muß der erste Mensche nicht zur Werkhale gehen, so tut es jedenfalls in der Bescheinigung stehen, er kann nicht mit seinen Gefährten witzeln und lachen, aber die Menschdorfer lassen ihn auch nicht darniederkrachen!

Mensche: Gottseidank ist er dieses üble Gesindel für eine Weile los, was finden diese Krähwinkler an unserem Verfasser bloß, an diesem Montag hat er ihre herabsetzenden Bemerkungen nicht vernommen, er ist gottseidank nicht mit ihnen in Berührung gekommen, er kann auf diesen wüsten Pöbel durchaus verzichten, ihre kleinen Gehirne werden sich sowieso niemals lichten, sie wollen immer nur verbieren und verweinen, mit der Wahrheit aber wollen sie sich nicht vereinen?!

Menscher: Unser Urheber hat die Abhandlung über Mozart beschlossen, der Tonsetzer hat ein würdiges Begräbnis genossen, er wollte die Totenmesse nicht beenden, denn sein Geist tat sich von den Heuchelpfaffen wenden, viele Irrtümer hat dieser kenntnisreiche Schriftsteller berichtigt, so wird Mozart auf die angemessene Weise besichtigt, doch der erste Jeschua Rex Text will nicht klassische Musik vernehmen, sondern er will sich dazu, der leidenden Menschheit zu helfen, bequemen!

Mensche: Mensch muß wissen, was mensch will, in der Sfäre unseres Ersinners ist es still, die menschen Klänge kann mensch noch nicht hören, mensche Arien tun die Ohren noch nicht betören, doch die mensche Musik wird kommen, dann wird die unmensche Art genommen, dann wird auf mensche Weise gesungen, dann wird auf mensche Weise gerungen, dann ist es vergnüglich, in die Oper zu gehen, denn dann kann mensch dort mensche Geschehnisse sehen!

Menscher: Am Nachmittag hat unser Erdichter im Bett gelegen, er konnte sich beim besten Willen nicht bewegen, dann hat er den Rasen im Garten geschnitten, dabei hat er unter der glühenden Hitze gelitten, anschließend hat er dort am Tisch gesessen und Entenfleisch mit Kartoffeln gegessen, dann hat er wieder geschlummert und sich ein wenig entkummert, dann hat er sich mit Mozart beschäftigt, doch durch Jeschua Rex Text wird das Denken gekräftigt!

Mensche: Mozart und Beethoven haben Auschwitz nicht verhindert, sie habe zwar manches Leid gelindert, aber Jeschua Rex Text wird mehr als sie leisten, denn er tut sich zum Menschtum der Menschen in Menschland erdreisten, und die Menschen in Menschland werden niemenschen vergasen, die Humanen in Humanien werden gegen niemenschen wüten, toben und rasen, das muß mensch ihnen lassen: sie werden niemenschen hassen, sie werden sich friedlich mit den Mitmenschen befassen, und wie der einzelne überlegt, so erwägen dann auch die Massen!

Menscher: An diesem Vormittag ist der jugendliche Betreuer gekommen und hat noch einige Schönheitseingriffe am Rasen vorgenommen, er hat im Garten das randständige Unkraut entrissen, über Nero tut dieser Sozialarbeiter gar nichts wissen, aber er kann menschen doch tatkräftig unterstützen, und in vielerlei Hinsicht tut er seinem Schützling nützen, danach hat sich unser Ersinner noch einmal darniedergelegt, in diesen Tagen wird sich von ihm nur wenig bewegt!

Mensche: Am späten Nachmittag ist er zur Werkhalle gegangen, dort tat mensch die Bescheinigung des Arztes von ihm verlangen, er hat mit einigen Gefährten geplauscht, diese kurzen Gespräche haben ihn zwar nicht berauscht, aber es war doch ein menschliches Klönen, mensch tat sich gern daran gewöhnen, schließlich ist er nach einer Viertelstunde heimwärts geschritten, kurze Zeit später tat mensch ihn zur Gruppe bitten!

Menscher: Der erste Mensche hat die Kassenzettel vorgelesen, er ist schon immer der Verkünder der Summen auf den Bongs gewesen, er kann klar sprechen und sagen, dann tut niemensch fragen, jedmensch versteht die Zahlen, mit dieser Fähigkeit könnte unser Verfasser prahlen, nach einer halben Stunde hat der Betreuer die Wohnung verlassen, es ist der gleiche gewesen wie am Vormittag, er gehört zu den blassen und zu den wenig markanten Persönlichkeiten, aber er überschüttet menschen nicht mit Gewöhnlichkeiten!

Mensche: Danach hat unser Urheber im Garten eine Linsensuppe verzehrt, dann hat er noch ein Glas mit Mohrrübenscheiben geleert, ein Jogurt bildete den Schluß, aber der erste Jeschua Rex Text empfing keinen Kuß, aber der erste Mittelreicher muß die Sinnlichkeit noch entbehren, das muß ihm immer wieder das Herz beschweren, gerade in diesen überaus schwülen Tagen kann er die Ehelosigkeit kaum noch ertragen!

Menscher: Dann hat er eine Stunde lang gelesen, es ist ein Roman über eine Detektivin gewesen, im nördlichen Westreich jagt sie Verbrecher, unser Erdichter war in seiner Jugend ein eifriger Zecher, und damals hat er diesen Unsinn noch gern genossen, inzwischen ist schon viel Wasser die Inde hinab geflossen, und er will nur noch positive Sachen gewahren, von dem Schlechten hat er schon mehr als genug erfahren!

Mensche: Auf die Schundhefte über Kommissar X kann er verzichten, freilich tut er den Buchstaben X gern sichten, er hat auch eine vierseitige Abhandlung darüber geschrieben, aber sie ist in der Gemeinde Jeschua Rex Text ohne Verständnis geblieben, doch mit Mord und Totschlag will er sich nicht beschäftigen, denn derlei Frevel können seine Seele nicht kräftigen, er will lieber in Langeweile verharren, es macht ihm nichts aus, seine vier Wände zu bestarren!

Menscher: An diesem Mittwoch hat sich der erste Mensche spät erhoben, er konnte sich selbst deswegen nicht loben, kurz nach Mittag ist er erstanden, seine Körperkraft ging zuschanden, dann hat er nur eine Tasse Kaffee getrunken, danach ist er wieder in die Federn gesunken, er hat auch kurz die Zeitung studiert, die vielen Attentate haben ihn scheniert, insgesamt hat er vier Stunden lang seine Nase in den Detektivroman gesteckt, mensch kann aber wirklich nicht sagen, er hätte Blut geleckt!

Mensche: Dazwischen ist er noch zum Grillstand gegangen, um dort ein halbes Hähnchen und einen Haussalat zu empfangen, dann hat er in einem Drogeriemarkt zehn Würfel Traubenzucker erworben, die Menschdorfer haben wieder seine Stimmung verdorben, diese wilde Meute muß ihn unablässig jagen, diese verbrecherischen Auschwitzianer gönnen ihm kein Behagen, sie wollen ihn vernichten, sie wollen ihn nicht mehr sichten!

Menscher: Der Gockel hat im Garten gut geschmeckt, am Tisch hat sich unser Verfasser die Lippen danach geleckt, auch der Haussalat hat ihm gemundet, sein Gehirn freilich ist nicht gesundet, und der Jogurt am Schluß brachte ihm auch Genuß, noch vier Monate lang muß er harren, so lange quälen ihn noch die Narren, dann wird er gesellschaftlich steigen, dann werden die Jecken schweigen, dann werden die Toren verstummen, dann werden die Spießbürger nicht mehr über ihn brummen!

Mensche: In der verwichenen Nacht hat er zweimal seinen Schwengel massiert, das ist etwas, das bei ihm nur noch selten passiert, in Menschdorf hat er die Lust an der Sinnlichkeit verloren, er wurde gottseidank nicht in Menschdorf geboren, er stammt aus Hannover an der Leine, und da haben die Mädchen hübsche Beine, doch in Menschdorf kann mensch nichts Passendes entdecken, es ist schleierhaft, was die Körper der Menschdorferinnen bezwecken!

Menscher: Mensch kann keinen Reiz an ihren Leibern gewahren, mensch will sich mit diesen Vogelscheuchen nicht paaren, mensch ist froh, daß sie menschem den Beischlaf ersparen, mensch will gar keine Bettgeheimnisse von ihnen erfahren, dieser Kelch möge an menschem vorüber gehen, diese Madamme will mensch nicht in der Nähe sehen, sie öden menschen nur an, da graust sich der brave Mann, er zuckt entsetzt zurück, das bringt ihm kein Glück, das kann ihn nicht erquicken, so eine Hexe will er nicht ficken!

Mensche: Das ist die Menschdorfer Luft, es riecht hier wie in einer Gruft, die Mumien tun sich tummeln, doch mensch möchte nicht mit ihnen fummeln, die wandelnden Leichen können menschen nicht verlocken, die engstirnigen Krähwinkler bringen mensch nicht aus den Socken, mensch muß gähnen und verdrossen hummen, am liebsten würde mensch gänzlich verstummen, was soll mensch über diese Hintertupfinger noch berichten, sie geben nur Stoff zu argen oder belanglosen Geschichten?!

Menscher: An diesem Vormittag hat der jugendliche Betreuer unseren Helden umzingelt, der Sozialarbeiter hat den ersten Menschen aus dem Schlaf geklingelt, dann sind die beiden zum Supermarkt gegangen, um dort für die Wohngemeinschaft die Lebensmittel zu empfangen, ein Brief von der Sparkasse ist gekommen, unser Verfasser hat ihm seine Kontokarte entnommen, dann hat er wieder geschlafen, wofür will ihn das Schicksal bloß bestrafen?!

Mensche: Am Nachmittag hat er den Kopfgeldjägerroman beschlossen, er hat diese alberne Geschichte nur wenig genossen, danach hat er sich mittelalterlichen Sagen geweiht, das war damals eine schlimme Zeit, Parzival und Lohengrin waren ihm bekannt, für Robert, den Teufel, ist er entbrannt, denn diese Geschichte hat ihn heftig berührt, er hat den Anhauch Gottes darin gespürt, auch bei den Heuchelpfaffen hat der allmächtige JEUNEX gewaltet, nur hat er seinen Eifer nicht unter diesem Namen entfaltet!

Menscher: Bald muß unser Urheber wieder zur Werkhalle schreiten, dort werden ihn dann seine Gefährten begleiten, dann wird er wieder mit ihnen klönen, dann kann er sich wieder an ihre Gesellschaft gewöhnen, hoffentlich hat er die Kraft, auch weiterhin seine Arbeit zu verrichten, denn er will auf die Gemeinschaft mit diesen Gesellen vorerst nicht verzichten, aber sein Körper ist schwach und matt, er hat das Ringen um seinen Durchbruch allmählich satt!

Mensche: Er hat sich diese Frist gesetzt, er wird dadurch seelisch verletzt, aber er muß diese Qual ertragen, andere Menschen müssen sich ebenfalls plagen, es ist noch kein Erlöser vom Himmel gefallen, die Rede der anderen Profeten ist ein törichtes Lallen, der erste Jeschua Rex Text wird der letzte nicht bleiben, auch wird es der erste Mittelreicher nicht als der letzte treiben, es wird alles gut in des JEUNEX bergender Hut!

Menscher: Hoffentlich wird die schöne Büglerin bald verschwinden, sie soll sich nicht mehr in seiner Nähe befinden, es hat keinen Zweck für ihn, sie zu beminnen, er kann mit dieser guten Fee nichts Anständiges beginnen, er muß den Kampf um Menschland gewinnen, er muß dem Unfruchtbaren entrinnen, so wird es geschehen, so wird mensch es sehen, das positive Denken wird siegen, das negative Überlegen wird unterliegen!

Mensche: Noch drei Tage lang bleibt unser Erdichter allein, dann wird er wieder unter Menschen sein, dann wird er wieder seinen Geist witzig tummeln, dann wird er wieder durch Menschdorf bummeln, dann wird er wieder durch die Fußgängerzone wandeln, dann werden die Menschdorfer ihm wieder das Bewußtsein verschandeln, aber dermaleinst werden sie ihn freundlich grüßen, dann liegt ihm nämlich die ganze Menschheit zu Füßen!

Menscher: An diesem Mittag ist unser Verfasser spät aus dem Bett gestiegen, die Trägheit scheint immer mehr über ihn zu siegen, er schläft und schlummert und döst, kein Arzt ihn aus diesem Koma erlöst, er muß täglich drei Betablocker schlucken, dagegen tut er schon lange mucken, aber er will noch ein halbes Jahr hindurch warten, dann wird er eine Reihe von großen Taten starten, dann wird er endlich wach sein, dann wird er endlich nicht mehr schwach sein!

Mensche: Er hat die Zeitung gekauft und gelesen, auf der Bank im Garten ist er gewesen, dort sind seine Augen über die Zeilen geglitten, von den Menschen wird sich knochenhart gestritten, der ewige Weltfrieden ist eine hehre Schau, doch das Klima zwischen den Völkern bleibt rauh, danach hat der erste Mensche sich wieder darniedergelegt und sich für einige Stunden gar nicht geregt, schließlich hat er einige Einkäufe getätigt, und daß in Menschdorf nichts los ist, hat sich ihm wieder einmal bestätigt!

Menscher: Davor hatte er noch den monatlichen Lohn abgehoben, er muß seinen jungen Vorgesetzten immer wieder loben, denn was Geld angeht, kann mensch sich auf ihn verlassen, doch er tut sich nicht mit der Not unseres Urhebers befassen, so ist die Gesellschaft insgesamt, für das Stoffliche wird sich überall entflammt, doch vom Menschlichen will niemensch etwas wissen, so hat auch der jugendliche Scheff dem ersten Mittelreicher die Nerven zerschlissen!

Mensche: Am Abend hat er eine Hühnersuppe mit Nudeln gegessen, dabei hat er am Tisch vor dem Rasen gesessen, dann hat er vier Stunden lang mensche Sagen aus dem Mittelalter genossen, sie haben ihn samt und sonders umfassend entdrossen, die Menschen neigten damals zu Zank und Streit, unbedachte Schwerthiebe brachten ihnen viel Leid, die idüllischen Erzählungen bieten ein trügerisches Bild, die Menschen waren damals roh, barbarisch und wild!

Menscher: Die Geschichte von der schönen Magelone hat unseren Erdenker gerührt, auf diese Weise wird das Feuer der Nächstenliebe geschürt, auch Tristan und Isolde haben ihn ergriffen, denn diese beiden Liebenden haben auf dem letzten Loch gepfiffen, die Erlebnisse der Heimonskinder waren grausam und dumm, vor so viel Elend steht mensch nur stumm, wie kann mensch ein kraftvolles Pferd mit Mühlsteinen ertränken, mensch sollte das Morden und Blutvergießen auf ein Mindestmaß beschränken!

Mensche: Und auf diese Überlieferung tun sich die Mittelreicher berufen, sie gleicht einem Schlitten mit rostigen Kufen, sie ähnelt einer Treppe mit beschädigten Stufen, sie gleicht einem Roß mit fehlenden Hufen, sie hat weder Hand noch Fuß, die Hölle entbietet ihren Gruß, der Gott JEUNEX muß das Paradies auf Erden schaffen, dann werden alle Menschen sich viel Geld erraffen, dann wird alles gut in des JEUNEX bergender Hut!

Menscher: Auch an diesem Sonnabend hat sich unser Verfasser am späten Mittag erhoben, er fühlt sich gar nicht mehr in das allgemeine Geschick verwoben, er hat die Zeitung geholt und sie im Garten auf der Bank gelesen, das ist ihm ein großes Vergnügen gewesen, dann hat er sich mit der indischen Geschichte beschäftigt, durch den Plötz wird sein Wissen gekräftigt, schließlich hat er die mittelalterlichen Sagen genossen, sie haben ihn überreichlich und umfassend entdrossen!

Mensche: Der Herzog Ernst hat dem Kaiser Otto nichts getan, der Kaiser verfolgte ihn mit seinem Wahn, doch am Ende der Geschichte wurde Herzog Ernst in Gnaden von ihm aufgenommen, so ist dieser Held schließlich doch gegen seine Gegner aufgekommen, der gute Gerhard hat als ein reicher Kaufmann dem Frieden gedient, um ihn herum sah mensch schließlich alle freudigbemient, Tannhäuser mußte im Venusberg verharren, denn der Papst tat ihn unwirsch bestarren, denn der Papst tat ihn grimmig verfluchen, da mußte der Sänger wieder Frau Venus besuchen!

Menscher: Faust freilich ist eine Mischung aus Dichtung und Wahrheit, sein Ende aber zeigt es mit Klarheit: er wurde nicht vom Teufel getötet, sondern sein Blut hat das Erdreich gerötet, weil unerbittliche Feinde ihn taten ermorden, was aber ist bei Göte nur daraus geworden, mensch erkennt es ja gar nicht wieder, am Ende erklingen himmlische Lieder, dabei ist alles auf der Erde geschehen, mensch muß sich das Volksbuch nur einmal genau besehen!

Mensche: Unser Ersinner hat am Abend eine Lachsforelle verspeist, bei einfachen Mahlzeiten er allmählich vergreist, dann ist er zum Supermarkt geschritten, er hat wieder unter den Menschdorfern gelitten, am Ufer der Inde kam ein Bierwagen angeradelt, er war auf lebenslustige Weise beburscht und bemadelt, doch unser Held guckte nicht hin, denn traurig war ihm der Sinn, da wurde er von den Feiernden gescholten, er hat ihnen nicht als ein rechter Gefährte gegolten, sie haben gegen ihn gewütet und getobt, sie haben sein nichtteilnehmendes Verhalten nicht gelobt!

Menscher: Im Supermarkt an der Kasse beggeneten ihm zwei Auschwitzianer mit ihrem Hasse, sie verdammten ihn in Boden und Grund, sie zerrissen sich über ihn den Mund, gottseidank sind sie bald darauf verschwunden, der erste Mensche hat nur Unmenschliches an ihnen gefunden, das ist in Menschdorf so Sitte, vergeblich erschallt hier um Menschlichkeit die Bitte, der Schwache wird gestoßen und getreten, es wird erfolglos von ihm um Milde und Schonung gebeten!

Mensche: Mensch tut die Menschdorfer ja inzwischen kennen, in Liebe zu diesen Teufeln in Menschengestalt kann niemensch entbrennen, diese geistigen Terroristen müssen endlich richtige Menschen werden, sonst werden die Amokläufer, die sie erzeugen, das Zusammenleben gefährden, mensch muß den Menschdorfern das grausame Handwerk legen, denn sie stiften für die Gemeinschaft nun wirklich keinen Segen!

Menscher: An diesem Sonntag ist unser Meister erst spät erstanden, liebliche Träume ihn an das Bett sanft banden, er hat gefrühstückt und dann gelesen mit Eifer, das ist doch besser als das barbarische Gegeifer, er hat sich mit der koreanischen Geschichte befaßt, das wurde ihm keineswegs zur Last, dann hat er ein Lexikon der Bestleistungen genossen, in diesem Buch sind die Energien der Menschen sehr reichlich geflossen!

Mensche: Um Milliarden mensche Jeschua Rex Texte in JEUNEX zu schaffen, mache mensch sich nicht durch Rekorde zum Affen, die Menschlichkeit zählt, mehr nicht, die Fliegenbeinzählerei fällt nicht in das Gewicht, mensch kann auch auf einer Scholle durch das Nordeis treiben, mensch kann auch ellenlange Briefe schreiben, mensch kann laufen und rennen und spurten, mensch kann sich ganz fest vergurten und dann wieder überraschend befreien, mensch soll sich aber dem Guten und Schönen weihen!

Menscher: Der Mensch kann auf vielen Gebieten Erstaunliches leisten, doch er muß sich zum ewigen Weltfrieden erdreisten, so lautet die Forderung der Zeit, die Menschheit aus übergroßem Schmerze schreit, mensch muß die ganze Welt vereinen, mensch muß die ganze Erde entpeinen, dann wird mensch auch in der Fülle leben, dann wird es für jedmenschen etwas zu essen und zu trinken geben, die mensche Sprache muß erklingen, mensche Lieder soll mensch singen!

Mensche: Mensch darf nicht verzweifelt die Daumen drehen, mensch darf nicht alles mit offenem Munde besehen, mensch soll eingreifen und helfen und raten, die Not erheischt segensreiche Taten, aber mensch muß auch wissen, was mensch spricht, denn ohne eine geistige Grundlage geht es nicht, und die Menschen sind heutzutage verloren, sie haben sich die falschen Vorbilder erkoren, sie haben im Elend den Überblick nicht mehr, es fällt ihnen, das Ganze zu durchdringen, sehr schwer!

Menscher: Morgen muß unser Held wieder zur Werkhalle schreiten, dann darf er wieder seine Gefährten begleiten, niemensch von ihnen kann ihm das Wasser reichen, niemensch von ihnen wird jemals verscheichen, aber sie können sein Denken doch erregen, und er tut sich gern unter ihnen bewegen, er muß dem jungen Vorgesetzten zehn mensche Jeschuas wiedergeben, das tut ihm in keiner Weise widerstreben, so ist es richtig, alles andere ist nichtig!

Mensche: Ehrlichkeit ist das A und Z, und ist auch ein Mensch noch so nett, wenn er lügt, dann ist es mit dem Spaß vorbei, dann gibt es nur ein übelwollendes Geschrei, mensch soll immer die Wahrheit sagen, dann braucht mensch nicht über Lug und Trug zu klagen, dann hat mensch ein gutes Gewissen, dann liegt mensch ruhig auf seinem Kissen, dann kann die Nacht durchaus kommen, sie wird dem redlichen Menschen frommen!

Menscher: An diesem Vormittag hat unser Held das Badezimmer gereinigt, auch sein junger Betreuer hat sich dabei gepeinigt, danach ist der erste Mensche zur Werkhalle gegangen, nach den beschränkten Menschdorfern trug er kein Verlangen, sie haben wieder sein klares Denken zerstört, er hat wieder allerlei Auscheltungen von ihnen gehört, sie sind so dumm wie das Stroh der Bohnen, der Umgang mit ihnen tut sich wirklich nicht lohnen!

Mensche: Bei der Arbeit fand er Gefallen an seinen Gesellen, sie tun ihn nicht um seine Genüsse prellen, er blüht unter ihnen auf wie eine Rose im Garten, er braucht auf freundliche Gespräche mit ihnen nicht zu warten, sie offenbaren ihm ihre Sorgen und Nöte, es ist eben doch nicht alles nur Schiller und Göte, er kann ihnen mit seiner Lebenserfahrung helfen und raten, vielleicht reifen auch bald in großem Stil seine geistigen Saaten?!

Menscher: Mit dem Gärtner und einem Gefährten ist er nach Hastenrat gefahren, dort kann mensch eine Lagerstätte für Abfall gewahren, sie haben grünen Verschnitt vom Pritschenwagen bewegt, der erste Jeschua Rex Text hat sich nicht fleißig geregt, sein Kamerad hat fast alles allein geschafft, dabei hat er gar nicht sonderlich viel Kraft, dann sind sie zum Behindertenheim gebraust, dort hat unser Ersinner vor vielen Jahren gehaust!

Mensche: Die Betreuer hatten gestern vergessen, die gelben Tonnen hinauszustellen, da taten nicht nur Schreie des Entsetzens ergellen, sondern ein Sozialarbeiter hat die Tüten aus den Tonnen gehoben, er tat seine Hilfe und seinen Einsatz loben, unser Erdichter hat sie auf die Ladefläche getragen, er mußte sich über den strengen Geruch beklagen, an der Werkhalle wurde dieser Müll in den Kontehner geschmissen, mensch muß sich in allen Lagen eben immer zu helfen wissen!

Menscher: Der Gärtner hat sich an unserem geistigen Vater versündigt, denn leider hat er zum letzten Augusttag gekündigt, diese prächtige Freundschaft muß nun bald vergehen, mensch wird diese beiden Recken niemals wieder vereinigt sehen, darüber ist der erste Mittelreicher traurig, dieses Los erscheint ihm allzu schaurig, doch er kann es nicht wandeln, der Gärtner will eben so handeln, er wird auch mehr verdienen, das ist ihm eben wichtig erschienen!

Mensche: Nach dem Feierabend ist unser Schriftsteller zu einem Tintenbefüller geschritten, den Sizilianer tat er ja vergeblich bitten, dieser Italiener ist in den Urlaub gereist, so ist das im Sommer zumeist, und am verwichenen Abend war die Tinte ausgegangen, da mußte unser Urheber heute neue empfangen, es war ein langer Marsch durch die Stadt, aber unser Verfasser sah sich an den Nixen satt, allerdings ist sein Sinn gar nicht geil, in Menschdorf empfängt er eben nicht sein Heil!

Menscher: An diesem Vormittag hat der erste Mensche nur Kapputschino genossen, der warme Trunk ist auf angenehme Weise durch seine Kehle geflossen, außerdem hat er einige Tabletten genommen, dann ist er in die Stadtmitte gekommen, dort bei einem Händler hat er sich eine Wurst im Brötchen gekauft, auf dem Weg zur Werkhalle hat er ein wenig geschnauft, am langen Tisch hat er am Nachmittag gewerkt, seine Gefährten haben ihm den Sinn gestärkt!

Mensche: Es regnete, deshalb konnte der Gärtner nicht nach draußen fahren, drinnen mußte mensch Bücher und Etiketten gewahren, mensch hat die Etiketten auf die Bücher geklebt, auf diese Art wird manchmal auch gelebt, manchmal hat unser Verfasser auch den vollen Pappewagen zum Kontehner gerollt, dem Wetter hat er heute keineswegs gegrollt, er hat die Pappe in den Kontehner geschmissen, seine Nerven wurden kaum verschlissen, die Menschdorfer waren nach Feierabend fast stumm, sie kamen unserem Helden bei diesem trostlosen Wetter nicht dumm!

Menscher: Bei der Gruppe haben ein Betreuer und vier Behinderte gesessen, sie haben die Lebensmittelkasse nicht vergessen, auch die monatliche Dienstübergabe wurde betrieben, auf diese Manier taten sie eine ruhige Kugel schieben, anschließend hat unser Urheber die Zeitung studiert, die Unmenschen sind noch immer nicht nach Menschland marschiert, dann hat er zweieinhalb Stunden geschlummert und sich nach der Arbeit ein wenig entkummert!

Mensche: Danach hat er seine Nase eine Stunde lang in das Verzeichnis der Höchstleistungen gesteckt, bei manchen kühnen Taten wurde sein Widerwille geweckt, denn den Rekord im Dauerduschen könnte mensch sich sparen, danach wollte sich der erste Jeschua Rex Text gern mit einer Messalina paaren, doch sein großartiger Gott JEUNEX kann ihm keine Susanne schenken, deshalb muß unser Erdichter die Aufmerksamkeit auf seine Besinnungen lenken!

Menscher: Er ist verwahrlost und verkommen, sämtliche Frische wurde ihm genommen, der Stadtstreicher hat ihn auf dem Gewissen, und sinkt unser Erdenker auch noch so oft auf das Kissen, so kann er sich doch von der schlimmen Ausstrahlung dieses Mitbewohners nicht erholen, er würde diesem Taugenichts gern einmal den Hintern versohlen, aber er liebt ja den Frieden mit Macht, deshalb veranstaltet er niemals eine Schlacht!

Mensche: Auch die Schwingungen der schönen Büglerin ziehen ihn herunter, seit gestern ist der erste Mittelreicher nicht mehr munter, sein Glied baumelt ihm aufmüpfig zwischen den Beinen, aber er kann sich nun einmal nicht mit einer Kleopatra vereinen, sein Gott JEUNEX will ihm keine Gisela schicken, der Sternentronende läßt ihn keine Eurükleia ficken, unser Meister hat den Kampf um die Gesundheit verloren, es hat sich wieder einmal alles gegen ihn verschworen!

Menscher: An diesem Vormittag hat der jugendliche Betreuer unseren Helden geweckt, er wurde in der Nacht durch einen absonderlichen Traum erschreckt, die beiden gingen zur Frisörin in den Laden, sie gehört zwar nicht zu den dicksten Najaden, aber sie muß schon heftig schnaufen, der erste Mensche kann sich nun nicht mehr die Haare raufen, denn sie sind sehr kurz, ihm selbst ist das schnurz, doch die Menschdorfer stufen ihn als Anhänger des braunen Führers ein, sie denken eben nicht fein, sondern immer nur gemein!

Mensche: Danach wurden noch einige kleinere Arbeiten verrichtet, auf das Zeitunglesen wurde auch nicht verzichtet, dann hat unser Verfasser sich in der Fußgängerzone eine Wurst im Brötchen erworben, so wurde ihm der knurrende Magen entdorben, in Höhe der Mittelschule jedoch begann es in seinem Allerwertesten zu rumoren, und da hatte er den Kampf gegen die Ausscheidungen verloren, er hat in die Hose gekotet und gehärnt, nichts hatte ihn vorher vor diesem Unheil gewarnt!

Menscher: Mit Mühe hat er sich gereinigt, er wurde von der Scham gepeinigt, seine Gefährten in der Werkhalle haben nichts gesagt, sie wurden wohl nicht sonderlich von dem Geruch geplagt, mit dem Gärtner ist unser Urheber nach Alsdorf gefahren, dieser Bursche tat seine verfärbte Hose gewahren, aber er hat kein Teater gemacht, er hat nicht einmal hämisch gelacht, sie haben die Paletten mit Schreddergut abgeladen, niemensch kam bei dieser Verrichtung zu Schaden, und dann sind sie in den Aufenthaltsraum gegangen, um für jeden von sich eine Tasse Kaffee zu empfangen!

Mensche: Am langen Tisch mußte unser geistiger Vater sich selbst ertragen, dieser Gestank schlug ihm auf den Magen, nach dem Feierabend ist er in ein Kaufhaus geschritten, dort tat er um vier Glühbirnen bitten, danach hat er ein halbes Hähnchen und einen Haussalat erstanden, so ging sein Körper nicht an Hunger zuschanden, er hat noch einen Jogurt verspeist, danach ist er in das Schlummerland gereist!

Menscher: Nach dem Aufwachen hat er eine Stunde lang die Höchstleistungen genossen, er wurde dabei von seinem Zimmernachbarn mit Ausscheltungen übergossen, nun muß er seine Besinnungen schreiben, es tut ihm nichts anderes übrigbleiben, er muß immer wieder das Positive setzen, um die gesamte Menschheit zu entwunden und zu entletzen, das ist seine Aufgabe auf Erden: die Menschen sollen durch ihn glücklich werden!

Mensche: Die schöne Büglerin hat er nur flüchtig erschaut, sie wird auf keinen Fall seine Braut, in zweieinhalb Wochen wird sie verschwinden, dann braucht er sich geistig nicht mehr an sie zu binden, dann kann er sich für immer von ihr trennen, es hat keinen Zweck für ihn, für sie zu entbrennen, sie ist hübsch und lieblich und nett, aber sie taugt nun einmal nicht für sein Bett, so muß er sie vergessen, aber er ist leider noch immer auf sie versessen!

Menscher: An diesem Vormittag ist der jugendliche Betreuer gekommen, er tat unserem Helden insofern frommen, als daß sie gemeinsam zwei Schreiben verfaßt haben, in denen sie, daß die Kontonummer übermittelt wurde, veranlaßt haben, nun wird der Lohn auf das Konto überwiesen, die niedrigen Überweisungsgebühren seien gepriesen, dann wurde noch die Zeitung erworben, so wurde unserem geistigen Vater die Zeit entdorben!

Mensche: In der Werkhalle wurden nur Etiketten geklebt, unser Verfasser hat dabei nicht im siebenten Himmel geschwebt, der Gärtner hat eine wurstige Laune gezeigt, über seine Dreistigkeit mensch lieber schweigt, er hat zum Ende des Augustes gekündigt, er hat sich durch freche Sprüche versündigt, aber in einem Monat wird er den Behinderten fehlen, denn er kann eine Gemeinschaft umfassend beseelen!

Menscher: Danach hat der erste Mensche Fußball gespielt, auf dem Kunstrasen hat er über zehn Tore erzielt, in der Halle konnte er freilich kaum laufen, dabei tat er unverhältnismäßig viel schnaufen, mit einem Treffer Unterschied hat seine Mannschaft verloren, es hatte sich alles gegen sein Tiem verschworen, aber deshalb wird der Gründer von Menschland nicht weinen, er hat sich bewegt, weshalb sollte er da greinen?!

Mensche: Der Montenegriner hat ihn nach Hause gefahren, in der nächsten Woche wird er diesen Gesellen nicht gewahren, dann muß er auf eine andere Weise zum Fitneßstudio gelangen, aber deswegen braucht er nicht zu zittern und zu bangen, im Garten hat er die Zeitung gelesen, es ist ihm ein Vergnügen gewesen, dann hat er einen Seehecht verschlungen, danach ist ein Jogurt in seine Kehle gedrungen, die Nachbarin hat über ihn gekeift, weil diese dicke Zigeunerin ihn nicht begreift!

Menscher: Dann hat er die blaue Tonne an den Straßenrand gestellt, auf diese Weise wird er um seine Genüsse geprellt, er hat keine Rechte, sondern nur Pflichten, er muß diese und jene Arbeiten verrichten, aber er darf sich nicht mit einer Desdemona erquicken, er darf keine Dulzinea jemals zum Höhepunkt schicken, er hat sich in das Bett gelegt und sich für drei Stunden nicht geregt, jetzt muß er seine Besinnungen schreiben, auf diese Manier muß er es zugunsten der Allgemeinheit treiben!

Mensche: Die schöne Büglerin hält sich Katzen und Hunde, bald verheilt ja endlich diese Wunde, sie wird den Betrieb in wenigen Wochen verlassen, dann braucht sich unser Urheber nicht mehr mit dieser guten Fee zu befassen, dann kann er wieder auf gesunde Art träumen, er muß eine Beziehung mit dieser hübschen Plätterin versäumen, er darf sie nicht wählen, er darf sich nicht mit ihr vermählen, er muß sie meiden, er würde sonst leiden und sie dummerweise auch, er steht bei ihr auf dem Schlauch!

Menscher: An diesem Mittag hat sich unser Held rechtzeitig erhoben, er fühlte sich noch immer nicht in das große Ganze verwoben, er hat die Zeitungen geholt, dann wurde ihm der Hintern versohlt, auf dem Weg zur Arbeit wurde er gescholten, er hat den Menschdorfern niemals als angenehm gegolten, in der Werkhalle hat er vergessen, die Schuhe zu wechseln, am langen Tisch tat er keine Schmeicheleien drechseln!

Mensche: Er hat sich mit seinen Gefährten ein wenig gestritten, aber es wurde unter dieser Auseinandersetzung kaum gelitten, dann sind sie zur Müllverbrennungsanlage gefahren, dort konnte mensch einen grünen Kontehner gewahren, diesen Behälter haben sie mit Schmirgelpapier gerieben, da sah mensch denn den rostigen Staub von hinnen stieben, dann sind sie wieder nach Hause gebraust, vor dem Stumpfsinn darinnen hat es ihnen gegraust!

Menscher: Zuerst wurde einmal Kaffee genossen, die Worte sind munter über die Lippen geflossen, dann wurden Scheibchenhüllen von der Pappe gerissen, diese Betätigung kann mensch durchaus missen, nach dem Feierabend hat sich der erste Mensche heimwärts geschleppt, er fühlte sich wieder einmal verseppt und verdeppt, seine Beine taten ihm weh, und er scheute den Dreh, sich mit dem Bus zu bewegen, er will sich lieber selber regen!

Mensche: Er hat eine Hühnersuppe mit Reis gegessen und dann im Wohnzimmer über der Zeitung gesessen, dann hat er geschlafen und den Einkauf getätigt, die willige Kassiererin hat ihre Zuneigung zu ihm bestätigt, doch er kann sie nicht lieben, er will keine Nummer mit ihr schieben, sie kann ihm nicht behagen, er muß ständig nein zu ihr sagen, eine Königin im Reiche des Geistes kann mensch sie nicht nennen, er will lieber für eine schlaue und beeindruckende Weiblichkeit entbrennen!

Menscher: Nach dem Gang zum Supermarkt hat er noch eine Weile im Bett gelegen, er tat viele Gedanken über die schöne Büglerin hegen, er hat von Anfang an keine Gelegenheit gehabt, sie zu erwerben, ihre seltsame Ausstrahlung mußte all seine Bemühungen um ihre Gunst verderben, und doch mußte sie ihn immer wieder reizen, sie tat mit ihren Verlockungen wahrlich nicht geizen, aber er durfte sie nicht nehmen, er mußte sich zum Alleinbleiben bequemen!

Mensche: Bald wird sie den Betrieb verlassen, auch heute kann er sie nicht hassen, aber er wäre froh, sie niemals getroffen zu haben, denn es ist beruhigend, noch etwas zu hoffen zu haben, doch diese Ausweglosigkeit muß menschem jeden Mut für immer rauben, mensch kann gar nicht mehr an die Kraft der Liebe glauben, es ist ein riesiges absurdes Teater mit ihr gewesen, über so einen Fall hat er noch keinen einzigen Roman gelesen!

Menscher: An diesem Sonnabend hat sich der erste Mensche spät erhoben, in seinem Schädel taten zuvor wüste Träume toben, mit Mühe ist er zum Zeitungshändler gerannt, die Verkäuferin war von seinem falschgeknöpften Hemd gebannt, ja, sie war sogar darüber entsetzt, sie fühlte sich in ihrem Schönheitsempfinden verletzt, dann hat er einen Blick auf das Geschehen geworfen, die Wunden in seiner Seele taten noch lange nicht verschorfen!

Mensche: Die schöne Büglerin beherrscht sein Dichten und Trachten, er fürchtet sich davor, geistig zu umnachten, denn sie hat ihn in den Wahnsinn hinein getrieben, er darf auf keinen Fall eine Nummer mit ihr schieben, doch er würde es so gern unternehmen, er würde sich so gern dazu bequemen, sie lockt ihn an, sie zieht ihn in den Bann, er ist ein verlorener Mann, der sich nicht wehren kann, sie würde sein Schicksal nicht entherben, sondern er würde verderben und sterben!

Menscher: Ja, es wäre lebensgefährlich für ihn, diese Zirze zu beminnen, er kann mit dieser guten Fee aber auch gar nichts beginnen, er hat sich mit der japanischen Geschichte im Mittelalter beschäftigt, das hat sein Denken nicht gerade gekräftigt, dann hat er die Höchstleistungen auf den verschiedensten Gebieten gelesen, es ist ihm ein zweifelhafter Genuß gewesen, schließlich ist er zu einem Supermarkt gegangen, um dort die Buttermilch und die Fertiggerichte zu empfangen!

Mensche: Er hat sich die hübsche Plätterin vor Augen gehalten, da konnte er den Menschdorfern gegenüber keine Aufmerksamkeit entfalten, da mußten sie ihn natürlich schelten, denn er konnte ihnen nicht als ein gesunder Mitbürger gelten, sie haben ihm auf dem Hin- und Rückweg das Leben zur Hölle geschaffen, er kann diese verbrecherischen Auschwitzianer nicht immer besiegen mit seinen geistigen Waffen, manchmal muß er sich auch in die Opferrolle fügen, wenn ihn diese geistigen Terroristen immer wieder rügen!

Menscher: Der Gärtner wird den Betrieb bald verlassen, dieser Bursche will sich mit einer anderen Arbeitsstelle befassen, dieser anständige Kamerad wird ihm fehlen, denn er tat das Geschehen beseelen, er war überwiegend gut und nur manchmal schlecht, mensch wurde oft von ihm beglückt und nur selten bepecht, manchmal hat er menschem auf den Nerven herumgetrampelt, so hat früher die sanfte Liese beim ersten Jeschua Rex Text herumgehampelt, in der Gemeinde Jeschua Rex Text und ihrer Umgebung kommt es kaum einmal zu einer feinsinnigen Erhebung!

Mensche: Die Menschdorfer geben keine Ruhe, sie ergehen sich in einem ständigen Gebuhe, auf hartnäckige Weise müssen sie den ersten Mittelreicher plagen, sie sind Teufel in Menschengestalt, das muß mensch schon sagen, diese unfriedlichen Geldanbeter kennen keine Stille, sie wollen zerstören, das ist ihr Wille, sie wollen vernichten, darauf sind sie aus, für diese Trottel gibt es von dir keinen Applaus, du willst sie umfassend veredeln, das Menschtum willst du sich einnisten lassen in ihren Schädeln!

Menscher: An diesem Sonntag hat sich der erste Mensche erst spät aus dem Bett bewegt, er hat sich erst nach dem Mittagessen ein wenig geregt, die Zigeunerin im linken Haus hat gekeift, weil sie sein Schenie nicht begreift, noch im Halbschlaf hat er es vernommen, es ist ihm unangenehm vorgekommen, doch was will mensch machen, er hat eben wenig zu lachen, er hat gefrühstückt und die Zeitung gelesen, dann konnte sein Gemüt an der Weltgeschichte genesen!

Mensche: Danach hat er eine Schreibschule studiert, das hat ihn ein wenig scheniert, denn er ist sechzigeins Jahre alt, und sein Herz wird allmählich kalt, und wenn er jetzt nicht formulieren kann, wann dann, er ist doch inzwischen ein gestandener Mann, über seinen Stil tut er nicht umständlich überlegen, die Einfälle strömen ihm nur so entgegen, er kann gar nicht alles festhalten, was ihn bedrängt, er fühlt sich manchmal in der Menschdorfer Engnis eingezwängt!

Menscher: Das heißt, er muß sich oftmals wiederholen, die Menschdorfer haben ihm das klare Denken gestohlen, sie haben sein Bewußtsein verschandelt, sie haben ihn in einen geistlosen Laller verwandelt, der ganze Abwechslungsreichtum des Lebens erscheint ihm vor seinen Augen vergebens, er kann ihn nicht verwerten für seine Schriften, die Menschdorfer müssen ihm immer wieder die Seele vergiften!

Mensche: Ein junger Bursche wollte sein Buch an den Verlag heute senden, mit dieser Bitte tat der erste Mensche sich an ihn wenden, doch dieser Kerl hat ihn nicht besucht, da hat ihn der erste Jeschua Rex Text verflucht, aber sonst ist dieser Tag nach seinem Geschmack, in der Ferne weilt das Menschdorfer Pack, in der Ferne weilt das Menschdorfer Gesindel, es grenzt schon aus der Säugling in seiner Windel, und noch der Greis auf dem Totenbett muß ihn schmähen, alle Menschdorfer müssen ihn bebähen und bemähen!

Menscher: Das ist der Einfluß der Gemeinde Jeschua Rex Text, dort wird vor allem umfassend gesext, und jedes Geschehen wird mit sinnlichen Augen betrachtet, und wer nicht rammelt, der wird abgrundtief verachtet, doch warum er es nicht treibt und warum er ehelos bleibt, danach wird nicht gefragt, weil diese Verweigerung einem Jeschua Rex Texter nicht behagt, mensch verhalte sich zu den Evas kuhl, als Adam sei mensch auf keinen Fall schwul, dann kann mensch den reinischen Ansprüchen genügen, dann darf mensch sich in die reinländische Gesellschaft fügen!

Mensche: Nun tut der erste Mittelreicher seine Besinnungen setzen, um die ganze Menschheit zu entletzen, nach dreißigdrei Pensumstagen wird er frei sein, dann wird sein elendes Dasein vorbei sein, dann wird der Reichtum zu ihm eilen, dann wird er im Paradiese weilen, dann wird sein Gott JEUNEX ihn überreich beschenken, dann werden die Venusse ihre Augen auf ihn lenken, dann braucht er sich nicht mehr das Bewußtsein zu verrenken, dann wird er sein Glied in einer bergenden Scheide versenken!

Menscher: An diesem Vormittag wurde unser Held von seinem Betreuer besucht, der erste Mensche hat wieder einmal sein ausgedehntes Schlafbedürfnis verflucht, sie haben einen Brief an die Gesundheitskasse erstellt, darin haben sie erklärt, wie die linke Schulter wurde geprellt, danach haben sie das Zimmer des ersten Jeschua Rex Textes gereinigt, es hat den ersten Mittelreicher nicht sonderlich gepeinigt, manchmal strengt ihn das Säubern an, weil er sich nicht mehr gelenkig bewegen kann, heute war das nicht der Fall, manchmal bleibt er doch am Ball!

Mensche: Dann ist unser Urheber zur Werkhalle gegangen, dort wurde er freundlich, ja herzlich empfangen, ein Gefährte hat ihm vier mensche Jeschuas wiedergegeben, da tat der Schriftsteller im siebenten Himmel schweben, er hatte ja zuvor schon zwanzig mensche Jeschuas gespart, denn der Sozialarbeiter hatte die Tatsache gewahrt, daß der junge Bursche gestern nicht kam und daß er das Heft des Handelns nicht an sich nahm!

Menscher: Da hat er vorgeschlagen, die Datei vom Behindertenzentrum aus zu versenden, auf diese Weise kann sich diese Not doch wenden, das wäre kostenlos für den Dichter und Denker, so wurde der gute Mensch sein Beschenker, bei der Arbeit haben sie Etiketten auf Kinderbücher geklebt, sie haben danach, es möglichst schnell zu tun, gestrebt, danach haben sie die Scheibchenhüllen von der Pappe gerissen, ohne die Gesellschaft seiner Mitwerker wäre unser Ersinner aufgeschmissen!

Mensche: Kurz hat sich ihm die schöne Büglerin gezeigt, sie hat ihm ihre außergewöhnliche Reizesfülle gegeigt, aber er ist froh, wenn sie ihn verlassen wird und daß er sich dann nicht mehr mit ihr befassen wird, dieser Zwiespalt zwischen ihnen läßt ihn darniederbrechen, er kann ja auch kein vernünftiges Wort mit dieser Zirze sprechen, er muß die Flucht ergreifen, mag sie auch darüber keifen, es hat für ihn keinen Zweck, er verbirgt sich in seinem Versteck!

Menscher: Wahrscheinlich wird sie noch dreieinhalb Wochen lang bleiben, in dieser Frist kann unser Ergrübler nicht ordentlich leben und leiben, diese gute Fee muß ihn vernichten, er darf sie nicht mehr sichten, doch sie läuft immer wieder durch die Halle, und danach hat unser Ertüftler sie nicht mehr alle, das ist leider wahr, er wäre bereits ein großer Star, würde er nicht immer wieder daran gehindert, und diese Zwickmühle wird durch nichts gelindert!

Mensche: In der Schreibschule hat unser geistiger Vater einen Fehler gefunden, er mußte darüber sein mangelndes Verständnis bekunden, es wurde vom Telegrammstil berichtet, dort wurden nur kurze Sätze gesichtet, der Stillehrer tat von wenigen Worten faseln, damit tat er sich die Gunst unseres Recken verbaseln, denn es tut sich natürlich um wenige Wörter handeln, auf diese Weise tun sogar Erzieher die Sprache verschandeln!

Menscher: An diesem Dienstag hat der erste Mensche das Bett sehr spät verlassen, in seinen Träumen tat er sich mit der schönen Büglerin befassen, diese Not scheint kein Ende zu nehmen, er muß sich dazu, sie zu vergessen, bequemen, seine wirren Schlafbilder müssen ihn beklemmen, aber er kann sich nicht dagegen, daß er diese gute Fee schätzt, stemmen, so ist er denn durch die Innenstadt gegangen, am grünen Stand tat er eine Wurst im Brötchen empfangen!

Mensche: In der Werkhalle mußten sie Scheibchenbehälter von der Pappe trennen, diese Arbeit tut unser Verfasser schon lange kennen, zwischendurch sind sie zum Bauernhof gefahren, dort konnte mensch einen ziemlich leeren Kontehner gewahren, dorthinein wurde das gemähte Gras mit einer Gabel gegeben, danach taten sie nach Langerwehe streben, dort wurde ein Garten in Augenschein genommen, dieser Auftrag ist dem Anleiter durchführbar vorgekommen!

Menscher: Dann wurde noch ein kurzes Stück eines Bürgersteigs gereinigt, das hat die beiden Ausführenden kaum gepeinigt, schließlich hat mensch im Aufenthaltsraum eine Tasse Kaffee genossen, dieser Trunk ist angenehm durch die Kehle geflossen, dann mußte mensch wieder Scheibchenbehälter von der Pappe reißen, bei dieser Beschäftigung mußte mensch geduldig auf die Zähne beißen, nach dem Feierabend wurde dann die Gruppe abgehalten, der Betreuer tat redselig schalten und walten!

Mensche: Unser Urheber hat dann die Zeitung gelesen, danach ist er am Essen gewesen, er hat etwas Entenfleisch mit Kartoffeln verzehrt, er wurde über den Geschmack eines Fruchtjogurts belehrt, dann hat er sich im Bett entschwert, er wurde darin völlig entsehrt, dann hat er zwei Stunden lang über das richtige Briefeschreiben gelernt, das hat ihn von der eintönigen Arbeit in der Werkhalle entfernt, nun muß er seine Besinnungen setzen, die Menschdorfer werden heute nicht mehr seine Nerven zerfetzen!

Menscher: Morgen will der junge Sozialarbeiter das Buch an den Verlag eifrig senden, hoffentlich wird sich das Elend unseres Ertüftlers dadurch wenden, die Sonne auf dem Umschlag muß in seiner Mitte scheinen, dann werden sich die Bürger gern mit dieser Schrift vereinen, in dieser Nacht wird der erste Jeschua Rex Text wieder an die hübsche Plätterin denken, er muß sich immer wieder in ihre reizvolle Weiblichkeit versenken!

Mensche: Ja, sie tat ihn überreich beschenken, doch er mußte sich auch das Bewußtsein verrenken, am letzten Tage des Augusts wird sie von ihm weichen, dann wird er keinem Irren mehr gleichen, doch dann wird er traurig sein, denn sein Los wird schaurig sein, auch eine unglückliche Liebe kann menschen bereichern, er tat sehr viele angenehme Eindrücke von ihr in seinem Gedächtnis speichern, er ist immer noch auf diese Nixe versessen, aber er muß sie nun einmal für immer vergessen!

Menscher: An diesem Vormittag hat der Betreuer unseren Meister besucht, sie haben insofern einen Erfolg verbucht, als sie im Behindertenzentrum das Werk an den Verlag gesendet haben und somit das Dasein des verschobenen Umschlagbildes beendet haben, auf diese Weise hat der erste Mensche zwanzig mensche Jeschuas gespart, das hat er mit großer Freude gewahrt, und auch für die Überweisung an den Verlag braucht er keine zehnfünf mensche Jeschuas mehr zu bezahlen, er hat ja ein Konto und kann nun mit seiner Angepaßtheit prahlen!
  Mensche: In der Werkhalle ist dann der größte anzunehmende Unfall geschehen, mensch tat die schöne Büglerin am langen Tische stehen sehen, ihre weibliche Reizesfülle war unvergleichlich, unser geistiger Vater genoß sie reichlich, aber ihre Alpträume können sie nicht empfehlen, sie möge sich leise und heimlich von seiner Seite stehlen, was soll er denn mit so einer Liliane beginnen, mit so einer Judit wird er nicht einen einzigen Blumentopf gewinnen?!
  Menscher: Die Lage war schlimm, sie erregte seinen Grimm, denn er mußte diese Nixe bejahen und verneinen, er will sich mit ihr und wieder nicht vereinen, dieser Zwiespalt muß an seinen Nerven zerren, gegen diese Ausweglosigkeit tut er sich vergeblich sperren, er kann mit dieser guten Fee nicht lachen und scherzen, diese Unfähigkeit geht ihm sehr zu Herzen, das ist schaurig, das ist traurig, das ist arg und roh, er wird gar nicht froh!
  Mensche: Und sie auch nicht, diese hübsche Plätterin vor dem Herrn, er hat sie wirklich ungemein gern, aber er darf seiner Liebe nicht die Zügel schießen lassen, er darf sich durch diese wunderbare Lorelei nicht immer verdrießen lassen, die Alpträume tun sein Gemüt schädigen, und bald werden sie seine Seele noch ganz erledigen, er muß sich von dieser Zirze trennen, er darf diese Lilofee nicht länger kennen!
  Menscher: Am Ende des Augusts wird sie den Betrieb verlassen, dann braucht er diese Not nicht mehr zu hassen, dann wird dieses süße Gift ihn nicht mehr peinigen, dann wird diese angenehme Qual sich nicht mehr mit ihm vereinigen, dann kann er seinen Schädel von dieser Sülfe reinigen, in alter Zeit tat mensch mißliebige Menschen steinigen, das soll mensch mit ihr nicht machen, und trotzdem muß der erste Mittelreicher wegen ihr darniederkrachen!
  Mensche: Hat ein Bursche denn schon so heftig gelitten, er hat sich mit dieser Dulzinea niemals gestritten, und trotzdem darf er sie nicht nehmen, und trotzdem darf er sich nicht zu einer Nummer mit ihr bequemen, er ist auf sie versessen, aber er muß sie rasch vergessen, das ist seine persönliche Schande, lieb wären ihm mit ihr zärtliche Bande, doch er muß auf diese Roswita verzichten, er darf diese Esmeralda nur aus der Ferne bedichten?!

Menscher: Unser Ersinner hat viele Stunden hindurch die schöne Büglerin erschaut, leider wird diese einzigartige Venus niemals seine Braut, er hatte von Anfang an keine Aussicht, sie für sich zu gewinnen, sie sind zu verschieden, da hilft kein ausgeklügeltes Minnen, all seine Abenteuer mit ihr waren für die Katze, Mitleid mit ihm wäre hier durchaus am Platze, und auch sie muß mensch ausgiebig bedauern, denn sie tat gewißlich um unseren Helden trauern!

Mensche: Zwei Jahre lang Unsinn hoch drei, was denkt sich der Gott JEUNEX dabei, und wenn sie fort sein wird, dann wird der erste Mensche weinen, er würde sich so gern mit dieser Prachtfrau vereinen, aber sie wurde nicht für ihn geboren, er hat den Kampf um sie verloren, dabei spielt es keine Rolle, ob sie ihn wählen würde und ob sie sich mit ihm vermählen würde, sie tun nicht zueinander passen, sie können einander nur glühend hassen?!

Menscher: Ihr langen roten Haare sind völlig geil, sie bringen der Netzhaut des ersten Menschen ihr Heil, ihr Gesicht ist ein Gedicht, reizvoller geht es nicht, ihr Leib ist voller sanfter Rundungen, das führt bei unserem Erdichter zu beifälligen Bekundungen, er wird niemals wieder eine so wunderbare Nixe erblicken, doch er darf sie niemals zum Höhepunkt schicken, er muß sich bald von ihr trennen, und bald wird sie ihn nicht mehr kennen!

Mensche: Am langen Tisch in der Halle hat sie gestanden, die Fassung des ersten Jeschua Rex Textes ging beinahe zuschanden, gierig hätte er sich am liebsten auf sie gestürzt und ihr für einige Augenblicke das Dasein gewürzt, aber er mußte ja werken, ihre Nähe tat ihn stärken, ihre Nähe tat ihn schwächen, wofür will sich das Los an ihm rächen, was hat er angestellt und verbrochen, von ihm wird immerzu auf dem Zahnfleisch gekrochen?!

Menscher: Die anmutige Manglerin hat von ihm keinen Nutzen, sie würde ihm vielleicht sogar das Zimmer putzen, aber er will sie nicht in seiner Sfäre erschauen, denn vor ihrer Verschrobenheit muß es ihm grauen, sie schafft ihn wahnsinnig in seinen Träumen, er muß sich gegen ihren Einfluß auf sein Bewußtsein bäumen, und mag sie auch vor Wut über ihn schäumen, er wird die Erfüllung seiner Zuneigung zu ihr stets versäumen!

Mensche: Danach hat er Fußball gespielt und einige Tore erzielt, aber seine Mannschaft hat die Begegnung verloren, es hat sich alles gegen ihn verschworen, das Glück tut ihn meiden, die schöne Büglerin muß von ihm scheiden, er wird etliche Tränen über sie vergießen, sie werden ihm aus heißem Herzen fließen, denn er mußte ihren hinreißenden Körper genießen, und ihr Fortgang wird ihn empfindlich verdrießen!

Menscher: An diesem Nachmittag hat die schöne Büglerin fast vier Stunden lang bei ihm geweilt, doch in der Werkhalle ist sie nicht zum ersten Menschen geeilt, sie haben ein wenig miteinander gesprochen, vielleicht hat er ihr dabei das Herz gebrochen, sie hat in seiner Nähe gezittert, da hat er ihre Zuneigung gewittert, aber all ihre Gefühle füreinander sind vergeblich, ihre Empfindungen füreinander sind nicht erheblich, sie sind nicht füreinander geschaffen, da helfen auch keine geistigen Waffen!

Mensche: Er hat sie begehrt mit Haut und Haaren, aber er darf sich nicht mit ihr paaren, sie ist das prächtigste Weib auf Erden, von ihr muß jeder Bursche beseligt werden, ihre langen roten Haare sind geil, ihre Oberarme versprechen das Heil, ihr Gesicht fällt in das Gewicht, ihre wunderbaren Beine muß mensch genießen, diese ganze verführerische Erscheniung kann menschen entdrießen, und doch muß der erste Jeschua Rex Text auf sie verzichten, er kann diese einzigartige Weiblichkeit nur hingerissen bedichten!

Menscher: Es sind im Betrieb ihre letzten Tage, dann erhebt unser Meister eine bittere Klage, dann wird er diese gute Fee vermissen, dann wird seine Seele durch ihre Abwesenheit zerrissen, er hat sie in sein Herz geschlossen, doch er wurde durch grauenhafte Alpträume verdrossen, das hat er nicht in der Schule erfahren, das konnte er nicht bei den Professoren gewahren, das Leben hat ihn grausam behandelt, es hat ihn ihr gegenüber in einen Neinsager verwandelt!

Mensche: Aber er muß sich ja doch vor ihrem Einfluß schützen, ihre Verschrobenheit kann ihm nichts nützen, er will ja nicht im Irrenhaus landen, durch ihre Ausstrahlung ginge sein Verstand zuschanden, das hat er genugsam erlitten, er kann sie nicht um Gesundheit bitten, denn sie würde ihn siechen lassen, sie würde ihn auf dem Zahnfleisch kriechen lassen, bitter flucht dieser Zirze sein Pimmel, und doch fühlt er sich in ihrer Nähe im siebenten Himmel!

Menscher: Ja, die hübsche Plätterin ist eine bezaubernde Erscheinung, so lautet wenigstens seine Meinung, und doch kann der erste Mittelreicher nichts mit ihr beginnen, er würde mit dieser Suleika keinen einzigen Blumentopf gewinnen, sie würde ihn zerstören, sie darf ihn nicht betören, sie würde ihn vernichten, er darf sie nicht in seinem Bette sichten, sie ist so toll, er bekommt den Hals von ihr nicht voll, und trotzdem muß er sie meiden, das läßt ihn wie einen Hund gar jämmerlich leiden!

Mensche: Er muß standhaft bei seiner Weigerung verharren, er kann sie ja trotzdem auch weiterhin gierig bestarren, aber er darf niemals mit ihr rammeln, er darf niemals mit ihr sinnliche Erfahrungen sammeln, bei all ihren Vorzügen würde sie ihn verwunden, er fühlt sich zwar eng mit ihr verbunden, aber das muß vergehen, es darf kein Beischlaf geschehen, er darf sie nicht einmal küssen, das gehört nun einmal nicht zu seinen Genüssen!

Menscher: An diesem Sonnabend war unser Held verwirrt, die schöne Büglerin hat ihn beirrt, was soll er nun mit ihr beginnen, er darf sie nicht zu seiner Ehefrau gewinnen, er darf sie auf keinen Fall küssen, darauf wird er für immer verzichten müssen, er kann nur abwarten, bis sie gehen wird und bis er sie nicht mehr sehen wird, dann wird er geheilt, weil sie nicht mehr bei ihm weilt, doch wird er es bis dahin schaffen, ihrer Reizesfülle zu widerstehen mit seinen geistigen Waffen?!

Mensche: Er ist spät aufgestanden und hat zwei Zeitungen gekauft, schon dabei hat er beträchtlich geschnauft, dann hat er die Presseerzeugnisse gelesen, das ist auf der Bank im Garten gewesen, dann hat er sich mit der Weltgeschichte beschäftigt, und ein Roman über Florenz hat ihn gekräftigt, ein paar Besinnungen hat er geschrieben, dann hat es ihn dazu getrieben, die Buttermilch vom Supermarkt zu holen, die Menschdorfer taten ihm dabei den Hintern versohlen, aber er hat nicht sonderlich darauf geachtet, er hat die hübsche Plätterin vor seinem geistigen Auge betrachtet!

Menscher: Sie hat Katzenpfötchen auf dem Oberrücken tätowiert, so ist sie schon oft vor ihm spaziert, und außerdem trägt sie an der Nase einen Ring, es steht ihr gut, das kleine Ding, auf dem Rückweg vom großen Laden fiel es dem ersten Menschen schwer, ausdauernd zu schreiten, er konnte nicht mehr, die Menschdorfer waren wieder unfreundliche Gesellen, sie mußten ihn wieder um seine Genüsse prellen!

Mensche: Dann hat er noch eine Stunde lang in Florenz gewaltet, sein Eifer für das Lesen wohl niemals erkaltet, nun muß er wieder sein Werk verrichten, er muß seine vielfältigen Erlebnisse bedichten, darauf wird er vorerst nicht verzichten, mensch soll das Leben in Menschdorf auf diesen Seiten sichten, leider kann unser Verfasser nichts Gutes erzählen, weil die Spießbürger ihn immer wieder mit derben Ausscheltungen quälen, aber sie sind eben unmensche Heiden, da muß ein Schenie wie er leiden!

Menscher: Heute muß er noch die Tassen und die Teller reinigen, diese Arbeit tut ihn immer wieder peinigen, denn mitten in der Nacht ist er ermattet, doch das Schlafen wird ihm nicht gestattet, er muß spülen und abtrocknen, es muß ja sein, niemensch fragt ihn nach dieser Pein, er muß sie erledigen, auch wenn die Menschdorfer ihn schädigen, auch wenn die Menschdorfer ihn verwunden, wie soll er da jemals gesunden?!

Mensche: Noch drei Monate hindurch muß er emsig werken, dann wird er den Jeschua und den Rex Text in sich merken, dann wird er verkehrsfähig bis zu seinem Sterben, dann wird er den falschen Profeten die Machenschaften verderben, dann wird er das Reich des Jeschua Rex Textes erbauen, dann wird er die Bürger über das Menschtum in JEUNEX verschlauen, dann wird er den Menschen das Dasein entrauhen, dann kann mensch den Staatsleuten endlich wieder trauen!

Menscher: An diesem Sonntag hat der erste Mensche die Wohnung nicht verlassen, in seinen Gedanken tat er sich unentwegt mit der schönen Büglerin befassen, nichts ist dabei herausgekommen, sie ist ja auch nicht zu ihm ins Haus gekommen, und ihre heftigen Gefühle für ihn werden vergehen, er wird sie bald niemals wieder sehen, das ist schade, denn diese Najade hat ihn durch ihre Reizesfülle erfreut, doch er hat es, sich mit ihr zu verbinden, gescheut!
Mensche: Am späten Mittag hat er sich erhoben, als Mahlzeit tat er drei Rollmöpse loben, danach hat er die Zeitung gelesen, das ist auf der Bank im Garten gewesen, danach hat er die Weltgeschichte ausführlich genossen, die damaligen Ereignisse haben seinen Geist entdrossen, schließlich hat er den öden Roman über Florenz erlitten, in diesem Werk muß mensch doch sehr um mehr Spannung bitten, es langweilte ihn zu Tode diese Schrift, sie war für sein Gemüt das reinste Gift!
Menscher: Danach hat er ein wenig darüber geschrieben, daß er die hübsche Plätterin vergeblich tue lieben, und dann hat er eine Möhrensuppe mit Fleischklößchen verzehrt, ein Jogurt hat sein Wohlbefinden vermehrt, die gelbe Tonne hat er an den Straßenrand gestellt, so wird er um seine Wonnen geprellt, dann ist sein Geist für zwei Stunden nach Florenz geeilt, er hat teilnahmslos in einer reichen Kaufmannsfamilie geweilt!
Mensche: Nun muß er seine Besinnungen tippen, noch klopft ihm das Herz zwecklos hinter den Rippen, noch dreißig Pensumstage müssen vergehen, in drei Monaten wird mensch ihn am Ziele sehen, dann wird er sich den Jeschua und den Rex Text erringen, dann wird ihm viel mehr als heute gelingen, dann wird seine Lehre in die Ferne dringen, dann wird er im Fernsehen reden und singen, im dritten Jahr in Jeschua Rex Text wird er bekannt, dann wird sein Name in den Zeitungen genannt!
Menscher: Morgen wird er der anmutigen Manglerin erneut begegnen, wird ihn sein Gott JEUNEX in der Werkhalle segnen, aber nein, er wird sich nicht mit ihr verbinden, sie werden einander auf fruchtlose Weise schinden, das ist sein Los auf Erden: er darf nicht glücklich werden, er muß auf die schöne Büglerin verzichten, er darf mit dieser guten Fee keinen Beischlaf verrichten, er wird sie stets ergebnislos sichten, sie würde ihn, obwohl sie es nicht will, vernichten?!
Mensche: Und abends wird er wieder einsam an seinem Schwengel reiben, denn er darf sich nun einmal nicht mit dieser Hatschepsut beweiben, diese rassige Messalina wurde nicht für ihn geboren, er hat ihr gegenüber seinen Verstand verloren, seine Vernunft sagt ihm, daß es mit ihr nicht gehen kann, wie mensch es an seinen bedrückenden Träumen sehen kann, doch sein Herz schlägt wild für diese Nixe, sie ist eine atemberaubende und betörende Schickse, ach, was soll er machen, er hat wirklich nichts zu lachen?!

Menscher: An diesem Vormittag ist der junge Betreuer gekommen, er hat manche Last von unserem Erdichter genommen, er hat ihn durch die Gegend gefahren, da konnte mensch zwei Geschäfte gewahren, er hat einen Geldbeutel gekauft und Papier zum Schreiben, die Tintenpatrone sollte auch nicht ungefüllt bleiben, dann haben sie noch die Zeitungen erworben, auf diese Weise hat dieser Sozialarbeiter unserem Helden die Stimmung entdorben!

Mensche. Er schritt danach zur Werkhalle unter dumpfem Brüten, er mußte sich vor der schönen Büglerin hüten, hoffentlich würde sie heute nicht kommen, durch diese gute Fee wurde ihm der Verstand genommen, danach aber schämte er sich für diesen Gedanken, warum mußte er in seiner Treue zu ihr wanken, sie hatte ihre Haare hochgesteckt, das hat bei anderen Zirzen oftmals seinen Mißmut erweckt, aber bei dieser jungen Hexe sah es bezaubernd aus, leider besucht sie ihn niemals in seinem Haus!

Menscher: Sie war so reizvoll, er wäre fast vor ihr auf die Knie gesunken, seine Augen haben sich mit ihrer einmaligen Weiblichkeit vollgetrunken, leider ist die Verbindung von Menschem zu Menscher nicht gegeben, er tut stets vergeblich nach ihrer Zuneigung streben, die Chemie zwischen diesen beiden tut nicht stimmen, deswegen muß er immer wieder ergrimmen, aber er rennt bei ihr seinen Schädel gegen eine Wand, und daß sie nicht zueinander passen, ist ihm schon lange bekannt!

Mensche: Abends hat er den öden Roman über Florenz gelesen, diese Geschichte einer unerhörten Liebe ist nicht sonderlich unterhaltsam gewesen, die Ereignisse plätscherten so dahin, die Verfasserin hatte viel Kultiviertes im Sinn, doch Spannung konnte sie nicht erzeugen, mensch tat sich nicht gern ihrem Willen beugen, mensch wurde von ihr nicht gepackt und hingerissen, dabei zeigte sie sehr viel gründliches Wissen!

Menscher: Noch dreißig Pensumstage lang muß unser geistiger Vater leiden, das läßt sich unter diesen Umständen nicht vermeiden, doch dann wird seine Stunde endlich schlagen, dann wird mensch ihn jubelnd auf den Schultern tragen, dann wird mensch ihn rühmen und preisen, denn er kann den Weg zur Erlösung weisen, er wird die Bürger das Menschtum in JEUNEX lehren, er wird die Siechenden umfassend entwunden und entsehren!

Mensche: Hoffentlich wird die hübsche Plätterin diese Romanze überstehen, der Schaden, den er bei ihr stiftet, läßt sich nicht übersehen, vielleicht bildet er sich ihre Zuwendung auch nur ein, vielleicht will sie gar nicht an seiner Seite sein, in zwei Wochen wird sie den Betrieb verlassen, dann braucht er sich nicht mehr mit ihr zu befassen, dann wird sie ihn nicht mehr verwirren, dann gleicht er nicht mehr einem faselnden Irren, doch er wird ihren Fortgang beweinen, er würde sich zu gern mit dieser Zirze vereinen, sein Gott JEUNEX hat es ihm nicht erlaubt, ist es denn richtig von ihm, daß er an JEUNEX glaubt?!

Menscher: An diesem Dienstag ist unser Held träge zur Werkhalle getrottet, er wurde von den Menschdorfern verhöhnt und verspottet, seine unglückliche Liebe hat ihn bedrückt, bei der schönen Büglerin ist ihm nichts geglückt, er hat sie an diesem Nachmittag nur kurz gesehen, sie tat zum Rauchen zum Hallentor gehen, niedergeschmettert hat er gewerkt, auch der Gärtner hat ihn nicht gestärkt, es war traurig, es war schaurig!

Mensche: Nach dem Feierabend ist er durch den Sonnenschein heimwärts gelaufen, beim Tintenlieferanten tat er eine gefüllte Patrone kaufen, dieser Sizilianer teilte ihm mit, er werde seinen Laden schließen, in Zukunft würde ihn die Arbeit in einem Betrieb verdrießen, ein Stück Lebensqualität geht durch diese Pleite verloren, es hat sich wirklich alles gegen den ersten Menschen verschworen, er ließ den Kopf hängen, die Sorgen taten ihn bedrängen!

Menscher: Danach hat er viele reizvolle Evas erschaut, doch es hat ihm vor ihrem Anblick gegraut, er konnte nur an die hübsche Plätterin denken, sie tat ihn mit ihrer einmaligen Weiblichkeit überreich beschenken, bei ihren roten Haaren hat ihm oftmals das Herz im Leibe gelacht, er hätte sie gern zu seiner Frau Rex Text gemacht, doch die Alpträume, die sie ihm beschert hat, haben ihn erschreckt, so hat er seine Zuneigung vor ihr bis heute versteckt!

Mensche: Der Wahnsinn nistet inzwischen in seinem Schädel, er hat geradezu Angst vor so manchem Mädel, dieses Erlebnis hat ihm die natürliche Freude an den Nixen genommen, denn was die Zirzen betrifft, ist er auf den Hund gekommen, sein Gehirn hat heftig gelitten, er hat sich manchmal mit ihr gestritten, sie hat ihn gerügt, er hat sich nicht in ihren Willen gefügt, er weiß aber nicht, ob das stimmt, vielleicht ist sie auch gar nicht über ihn ergrimmt!

Menscher: Oh, hätte sie ihm doch auf seinen Brief eine Antwort geschrieben, dann wäre er nicht im unklaren geblieben, doch sie ließ ihn zappeln und hampeln, sie ließ ihn wie eine Marionette durch die Gegend strampeln, er hat sein vernünftiges Denken verloren, er tat übermäßig vernarren, verjecken und vertoren, er will nicht mehr leben, es soll ihn nicht mehr geben, der erste Jeschua Rex Text will sterben, die anmutige Manglerin tat ihm alles verderben!

Mensche: In zwei Wochen wird sie von ihm scheiden, dann wird sie ihn für immer meiden, dann braucht er nicht mehr wegen ihr zu leiden, dann wird er bald versamten und verseiden, dann wird er die einhundert Milliarden menschen Jeschuas erlangen, dann wird er einen unermeßlichen Reichtum empfangen, dann wird er seine Ziele erreichen, dann wird ihm kein anderer Schriftsteller gleichen, auch Martin Walser kann sich nicht mit ihm messen, denn seine Werke wird mensch nach seinem Tode bald vergessen, aber die Bücher von Jeschua Rex Text wird mensch noch lange lesen, denn an ihnen kann die gesamte Menschheit genesen!

Menscher: An diesem Vormittag ist der junge Betreuer gekommen, er hat so manche Bürde vom ersten Menschen genommen, sie haben den Papierkorb geleert, dann hat der Sozialarbeiter die Treppe und den Flur gekehrt, danach hat unser Verfasser beides naß gewischt, diese Arbeit hat ihn angestrengt und nicht erfrischt, schließlich sind sie zum Händler gegangen, um dort die Zeitungen zu empfangen, unser geistiger Vater ist zur Werkhalle geschritten, dort hat er am langen Tisch unter der Hitze gelitten!

Mensche: Die schöne Büglerin hat sich ihm kurz gezeigt, über ihre Nebenwirkungen der genießende Kavalier schweigt, vielleicht hat der Strom seiner Zuneigung ihr das Dasein verholdet, ihre reizvolle Weiblichkeit hat ihm so manche Stunde vergoldet, doch was nützt die bunte Verpackung, wenn der Inhalt schal ist und wenn er sogar eine Pein und eine Qual ist, warum mußte unser Erdichter dies erdulden, was tat er im Leben anstellen und verschulden?!

Menscher: Sie sind zu viert nach Hastenrat gefahren, dort konnte mensch eine Abfalllagerstätte gewahren, dort haben sie den grünen Verschnitt abgeladen, es war ein heiteres Wetter, es lud ein zum Baden, dann haben sie in Bergrat drei Leitern auf den Pritschenwagen gelegt, anschließend haben sie sich zur Stadtmitte bewegt, schließlich haben sie auf einem Betriebsgelände die Müllkontehner herausgestellt, das ist eine Beschäftigung, die nicht jedmenschem gefällt!

Mensche: Danach wurde im Aufenthaltsraum eine Tasse Kaffee genossen, er ist unter Beifall durch die Kehle geflossen, eine Bosnierin hatte ihn gekocht, sie ist eine Eva, die gern wennt, abert und docht, aber die Küche tut sie willig pflegen, und auch sonst tut sie sich emsig regen, anschließend wurden die Scheibchenbehälter von der Pappe getrennt, das ist eine Betätigung, für die nicht jedmensch entbrennt!

Menscher: Nach dem Feierabend hat unser Erdenker die hübsche Plätterin gesehen, er tat vor einer roten Ampel geduldig stehen, da ist sie lächelnd an ihm vorbeigebraust, mit ihrem Wagen ist sie nach Sankt Jöris gesaust, er ließ sie eilen, sie sollte nicht bei ihm weilen, sie würde nicht mit ihm sexen, sie würde ihn nur arg verhexen, er hofft, er hat ihr etwas Liebe gegeben, er selbst freilich mußte stets in Angst und Bangnis schweben!

Mensche: Dann hat er sich ein halbes Hähnchen erworben, auf diese Weise wurde ihm das Abendessen entdorben, einen Haussalat und einen Jogurt hat er dazu verschlungen, beides ist angenehm in seinen Magen gedrungen, dann hat er die Zeitung gelesen, das ist auf der Bank im Garten gewesen, dann hat er geschlafen und einen Leitfaden über gutes Benehmen erlitten, mit seinem Urheber hätte er sich gern lebhaft gestritten, denn schon heute sind die Empfehlungen in diesem Ratgeber verstaubt, das ist jedenfalls für einen Menschen so, der an JEUNEX glaubt!

Menscher: An diesem Donnerstag hat sich unser Verfasser spät erhoben, seine ständige Ermattung kann er selbst nicht loben, dann ist er zur Werkhalle gegangen, nicht ohne die Schmähungen der Menschdorfer zu empfangen, bei strahlendem Sonnenschein war Menschdorf gräßlich, die nalbnackten Menschdorferinnen waren fast alle häßlich, es bereitet kein Vergnügen, im Sommer durch Menschdorf zu spazieren, die Menschdorfer müssen erst einmal nach Menschland marschieren!

 Mensche: Der erste Mensche war kaum im Betrieb angekommen, da hat ein Behinderter auch schon sein Glas Apfelschorle angenommen, er muß dazu stets "Es lebe Menschland!" sagen, das tut unserem Urheber ungemein behagen, dann hat er sich die Arbeitsschuhe angezogen, der Gärtner ist ihm nach wie vor gewogen, zu viert sind sie auf ein Gelände in der Innenstadt gefahren, dort konnte mensch sehr viel Unkraut gewahren, sie haben es ausgerissen in eineinhalb Stunden, darüber konnten sie nur ihren Mißmut bekunden!

 Menscher: Danach sind der Gärtner und unser Held nach Alsdorf gebraust, sie sind durch eine erhitzte Landschaft gesaust, sie haben Schredderkunststoff geladen, niemensch kam dabei zu Schaden, danach haben sie noch Etiketten auf Kinderbücher geklebt, auf diese Weise wird vom Gründer von Menschland gelebt, nach dem Feierabend ist er zum Fitneßstudio gegangen, denn es tat ihn danach, Fußball zu spielen, verlangen!

 Mensche: Er hat sehr, sehr schwach gespielt, doch trotzdem hat er etwa zehnfünf Treffer erzielt, seine Mannschaft hat mit einem Tor Unterschied verloren, es hatte sich wieder einmal alles gegen ihn verschworen, seine Kondition war nicht vorhanden, daran ging seine Leistungsbereitschaft zuschanden, er mußte beim Laufen ganz erbärmlich schnaufen, seine Gefährten haben ihn gescholten, er hat ihnen nicht als ein angenehmer Geselle gegolten!

 Menscher: Bei der Arbeit hat ihn die schöne Büglerin gerügt, weil er sich nicht in ihren Willen fügt, sie will augenscheinlich mit ihm sprechen, aber in dieser Hinsicht muß er sie bepechen, aber in dieser Hinsicht kann er sie nicht beglücken, ihr reizvolles Äußeres tut ihn entzücken, aber ihre Seele tut ihn nicht entdrücken, deshalb wendet er ihr immer wieder den Rücken, denn sie tut ihn stets und ständig beschweren, sie tut ihn tausendundeine Grausigkeit lehren!

 Mensche: Das Benimmbuch ist völlig veraltet, das Neue wird darin nicht entfaltet, es wäre danach ja unhöflich, einen Unmenschen einen Unmenschen zu nennen, und Gespräche über Auschwitz dürfte mensch besser nicht kennen, es wäre nicht angemessen, die Mißstände aufzudecken, mensch müßte jeden Tadel an den herrschenden Übeln verstecken, kurzum: dieser Ratgeber ist für die verkalkten Herren und Damen, die die Reise nach Menschland noch niemals unternahmen!

Menscher: An diesem Freitag ist unser Held auf dem letzten Drücker erstanden, seine Arbeitslust ging schon vor Schichtbeginn zuschanden, er hat sich zur Werkhalle geschleppt, er fühlte sich verdeppt und verseppt, die Menschdorfer haben ihn beleidigt, er hat sich gegen diesen Pöbel nicht verteidigt, er ist den ganzen Nachmittag hindurch am langen Tisch geblieben, die schöne Büglerin tat er dabei nicht sonderlich lieben!

Mensche: Sie haben Kinderbücher mit Etiketten beklebt, auf diese Weise wird vom ersten Menschen gelebt, die hübsche Plätterin ist nur eine Stunde lang da gewesen, nur in dieser Frist ist er dieser jungen Hexe nah gewesen, danach ist sie verschwunden, er konnte ihr seine Zuneigung nicht bekunden, denn hat sie gar nicht empfunden, ihre Seele tut ihm schon lange nicht mehr munden, soll sie doch mit ihrem Jüngelchen ficken, der erste Jeschua Rex Text wird sie niemals zum Höhepunkt schicken!

Menscher: Nach dem Feierabend hat unser Verfasser in der Innenstadt den alten Vorgesetzten gesehen, der erste Mittelreicher tat an ihm vorüber gehen, der ehemalige Scheff saß auf einem Stuhl vor einem Eiskaffee, unser geistiger Vater dachte nicht mehr an den gestrigen Schnee, er hat den verwichenen Boß freundlich gegrüßt, und ihm wurde der Augenblick durch einen Gegengruß versüßt, allerdings hat ihn der Hunger rasch nach Hause getrieben, er ist nicht bei dem guten Bekannten im Gespräch geblieben!

Mensche: Im Garten hat er eine Hühnersuppe mit Nudeln gegessen, dann hat er auf der Bank gesessen und eine bekannte Tageszeitung gelesen, es ist ihm kein sonderlicher Genuß gewesen, denn er mußte an die anmutige Manglerin denken, er tat seine Aufmerksamkeit auf diese kesse Nixe lenken, dann hat er im Bett gelegen und getrauert, es hat ihm vor dem Einkaufen ge-schauert, doch er hat sich dann trotz seiner Müdigkeit aufgerafft und den Weg zum Supermarkt gerade noch geschafft!

Menscher: Eine blonde Verkäuferin saß hinter der Kasse, sie ist freundlich und hat ein wenig Rasse, doch er wird sie zur Frau Rex Text nicht nehmen, er wird sich nicht dazu, sie zu ehelichen, bequemen, denn mensch kann sie nun wirklich nicht eine Königin im Reiche des Geistes nennen, aber nur für so eine Professorin kann unser Urheber entbrennen, beim Bezahlen war unser Erdichter durcheinander, sein Gedankenfluß zog durch viele Mäander, die schöne Büglerin hat ihn verwirrt, er hat sich bei ihr in der Anschrift geirrt!

Mensche: So hat er das Rollwägelchen denn niedergedrückt heimwärts geschoben, sein schlimmes Schicksal konnte er nun wirklich nicht loben, aber in zwanzigneun Pensumstagen wird es enden, dann wird sich seine Not für immer wenden, dann wird er den Jeschua und den Rex Text auch in seinen Unterlagen besitzen, dann wird eine rassige Messalina unter seinem Schwengel schwitzen, dann werden die Menschdorfer ihn ehren, denn er kann ihre Harmonie vermehren!

Menscher: An diesem Sonnabend hat sich der erste Mensche gegen Mittag erhoben, er kann sein langes Schlummern selbst nicht loben, dann hat er die Medikamente in die Kassette gelegt, er hat gefrühstückt und sich zum Händler bewegt, dort hat er die beiden Zeitungen empfangen, im Garten tat er die erforderliche Ruhe erlangen, um sie ungestört zu lesen, es ist ihm ein Vergnügen gewesen, so hat sein Tag begonnen, dem dumpfen Menschdorfertum ist er entronnen!

Mensche: Am Nachmittag hat er sich mit der Geschichte des Mittelreiches beschäftigt, Kolumbus hat den Handel mit dem Westreich gekräftigt, auch die Verbindung nach Indien über das Südreich wurde geknüpft, die Bauern haben gegen ihre Grundherrn gemüpft, Martin Lutter hat die Reformation gestiftet, aber dadurch wurde das gesellschaftliche Klima noch mehr vergiftet, die Entdeckungen der Seefahrer brachten nicht nur Segen, eine unfaßbare Grausamkeit hat sie begleitet auf all ihren Wegen!

Menscher: Das gute Benehmen wurde dann ausgiebig studiert, auf diese Weise wird ja nach Menschland marschiert, ist es aber unhöflich, über Auschwitz zu sprechen, kann ein derartiges Tema die Zuhörer nur bepechen, oder muß mensch das Roß und den Reiter nennen, lernt mensch ohne Auschwitz die Unmenschen überhaupt kennen, dient mensch der Wahrheit mit taktvollen Lügen, soll mensch seine Mitmenschen mit Schmeicheleien betrügen?!

Mensche: Darf mensch eine gemeinsam gekochte Mahlzeit nicht rügen, soll mensch nur ein Lob an das vorige fügen, kann mensch aus den Fehlern denn nichts lernen, soll mensch sich immer mehr von der Wahrheit entfernen, ist mensch grob, wenn mensch nicht durch die Blume spricht, das Menschtum gefällt den Unmenschen nicht, soll mensch, um den Barbaren einen Gefallen zu erweisen, auf keinen Fall nach Menschland reisen?!

Menscher: Danach ist unser Held zum Supermarkt gegangen, um dort die Buttermilch und die Fertiggerichte zu empfangen, es grauste ihm schon vor diesem Marsch, und die Menschdorfer behandelten ihn auch barsch, es ist unfaßbar, wie dummdreist diese Narren ihn bepöbeln und wie heftig diese Jecken ihn immer wieder mit Ausdrücken vermöbeln, gegen diese Toren ist kein Kraut gewachsen, deshalb schweigt zurückhaltend der Mann aus dem niederen Sachsen!

Mensche: Wehe dem, der von einer Schwäche behindert wird, dessen Wohlbefinden durch Ausgrenzungen gemindert wird, es gibt keine Gnade für die Kleinen, sie sollen greinen und weinen, es gibt für sie keine Schonung, sie erhalten ihre gerechte Belohnung, sie werden mitleidlos zusammengesprochen, und sind sie dann zusammengebrochen, dann freut mensch sich über ihren Fall, die Menschdorfer haben einen riesigen Knall!

Menscher: An diesem Sonntag ist unser Held wieder spät erstanden, wüste Träume an das Bett ihn lange banden, dann hat er gefrühstückt und die Zeitung gelesen, das vorige ist auf der Bank im Garten gewesen, danach hat er sich mit den Entdeckungsfahrten des Kolumbusses beschäftigt, auf diese Weise wurde sein geschichtliches Wissen gekräftigt, die Entstehung des Sklavenhandels wurde beschrieben, viel Knechtschaft wird auch heute noch getrieben!

Mensche: Dann wurde das gute Benehmen studiert, es hat den ersten Menschen scheniert, daß mensch über Politik nicht sprechen darf, weil mensch seine Mitlebenden nicht bepechen darf, aber im braunen Reich hätte mensch mehr über diese Angelegenheit sagen sollen, mensch hätte ausführlicher nach den Plänen der Machthaber fragen sollen, und wenn mensch nicht nur schillert und götet, sondern gar einen Türannen tötet, dann ist das ein sehr unhöfliches Verfahren, leider konnte mensch es damals nicht erfolgreich gewahren!

Menscher: Mensch darf also einem Unmenschen sein Unmenschtum nicht unter die Nase reiben, denn dann würde mensch es sehr taktlos treiben, mensch darf die Menschdorfer keine Barbaren nennen, mensch muß ihnen gegenüber sanftmütig durch die Gegend rennen, mensch darf den wüsten Pöbel in seinen Aufzeichnungen nicht schildern, es kümmert auch niemenschen, wenn jemensches Triebe verwildern, alles Merkwürdige soll mensch unterlassen, mensch soll sich nur mit dem Wischiwaschi befassen!

Mensche: So haben es die "Menschdorfer Nachrichten" stets gehalten, sie taten den Lokalteil freundlich gestalten, die Schwierigkeiten im Altersheim löst mensch leicht, indem mensch den Greisen zum Weihnachtsfest Schokolade reicht, und der Abfall am Blausteinsee wird wortreich verdammt, während mensch für Sauberkeit und Ordnung entflammt, doch es wird nichts gewandelt, das Ufer wird auch weiterhin durch Müll verschandelt!

Menscher: Unser geistiger Vater hat dann die Hexe von Sankt Jöris bedichtet, von dieser guten Fee hat er ausführlich berichtet, und wie die sanfte Liese wird er auch die schöne Büglerin nicht bekommen, die hübsche Plätterin wird ihm niemals zu einem Beischlaf frommen, noch acht Werktage hindurch muß er sie ertragen, dann wird ihn diese Nixe nicht mehr plagen, dann kann er sie für immer vergessen, er will die Tiefe ihrer Scheide gar nicht mehr ermessen!

Mensche: Dann wurde wieder das richtige Verhalten erkundet, der Stil des Verfassers hat dem ersten Jeschua Rex Text sehr gemundet, aber seine Ansichten sind doch von gestern, es wäre leicht, über diesen Schrott zu lästern, Spagetti darf mensch nicht mit dem Messer schneiden, und wenn die Spagetti es trotzdem erleiden, würde dann die Welt untergehen, oder würde mensch die Menschen trotzdem munter sehen?!

Menscher: An diesem Vormittag ist der jugendliche Betreuer gekommen, er hat die Einsamkeit vom ersten Menschen genommen, der Staat muß ihm Besucher schicken, sonst läßt sich niemensch bei ihm blicken, die beiden sind zur Arbeiterwohlfahrt gegangen, dort taten sie Kleidung und Bücher empfangen, fünf mensche Jeschuas hat unser Verfasser dafür gegeben, auf diese Weise kann er schlicht und billig leben!

Mensche: In der Werkhalle mußte er Etiketten auf Kinderbücher kleben, dafür tat er einstmals nicht nach dem Reifezeugnis streben, zwischendurch sind sie zu einem Garten gefahren, dort konnte mensch abgesägte Äste gewahren, sie wurden auf den Pritschenwagen gelegt, mühsam hat mensch sich zu dritt dabei geregt, der Gärtner hat sich mit einem alten Betreuer unterhalten, auf diese Weise tat sich die Arbeit gestalten!

Menscher: In Hastenrat haben sie den grünen Abfall in einer Lagerstätte entladen, die körperliche Betätigung tut dem ersten Jeschua Rex Text nicht schaden, die Hexe von Sankt Jöris hat niemals in einer Wanne mit ihm gebadet, denn sie hat nicht, wie gewünscht, genixt und gezirzt und genajadet, das heißt, sie ist nicht seine Buhlin geworden, und wird er umwimmelt von den barbarischen Horden, dann buhen sie ihn aus, das ist wirklich ein Graus!

Mensche: Ja, die schöne Büglerin zieht ihn herunter, er ist schon lange nicht mehr froh und munter, doch bald wird sie den Betrieb verlassen, nach sieben Werktagen braucht er sich nicht mehr mit ihr zu befassen, dann wird die hübsche Plätterin im Behindertenheim lernen, JEUNEX möge sie so rasch wie möglich aus seiner Sfäre entfernen, denn sie hat ihn verzaubert in negativem Sinne, es war eine gar traurige und betrübliche Minne!

Menscher: Er hat am langen Tisch von ihrem Hexenwesen gesprochen, sie stand hinter ihm, hat er ihr das Herz gebrochen, er mußte es einmal sagen, diese gute Fee kann ihm nicht behagen, ihre Ausstrahlung ist für ihn Gift, das bezeugte er in mancher Schrift, das hat er in manchem Buch erklärt, seine Abneigung gegen diese Zirze seit einigen Monaten währt, er würde sie ja gern lieben, doch er kann einfach keine Nummer mit ihr schieben?!

Mensche: Diese Messalina verschandelt ihm das Bewußtsein, und ihre Verschrobenheit kann ihm nicht zur Lust sein, er will nicht in einem Irrenhaus landen, deshalb ging seine Zuneigung zu ihr zuschanden, die Verpackung hat ihm sehr gefallen, doch er muß die Hände zu Fäusten ballen, wenn er in der Nacht von ihr träumt, weil er dann den gesunden Menschenverstand versäumt, sie ist allerdings gar nicht nett, sie meint, er treibe es mit Burschen im Bett, doch er tut nicht am anderen Ufer siedeln, nur dieser Melusine kann er keine angenehme Meinung fiedeln!

Menscher: Spät stand unser Held heute auf, dann eilte er zur Werkhalle ohne Verschnauf, dort mußte er Etiketten auf Kinderbücher kleben, zwischendurch taten sie zum Bauernhof in Weisweiler streben, um gemähtes Gras in einen Kontehner zu bewegen, auf diese Weise tat sich der erste Mensche regen, bei strahlendem Sonnenschein fiel es ihm schwer, doch sein Kraftspeicher ist noch nicht ganz leer, er kann noch werken, doch er tut es hinterher merken!

Mensche: Die Hexe von Sankt Jöris ist schon um die Mittagszeit verschwunden, er hat sich in ihrer Nähe niemals wohl befunden, ihr Äußeres hat ihm zwar behagt, doch ihrem Inneren hat er seinen Beifall versagt, an diesem Abend fühlt er sich wohl, sein Denken erscheint ihm als weniger hohl, nach dem Feierabend hat er sich zwei Flaschen Apfelschorle erworben, durch dieses Getränk wird ihm die Stimmung entdorben!

Menscher: In der verwichenen Nacht hat er von Sankt Jöris geträumt, auf dem dortigen Friedhof haben es einige Teufelsanbeter nicht versäumt, um Mitternacht eine schwarze Katze zu schlachten, diese Burschen taten eben geistig umnachten, dann hat eine Eva einen männlichen Leichnam ausgegraben, und mit einem umgeschnallten Dildo tat sie sich in seinem Arsch erlaben, plötzlich hat der Tote wieder gelebt, seine Fickerin hat in Angst und Bangnis geschwebt!

Mensche: Die verschreckten Jugendlichen sind geflüchtet, so hoch war ihre Fantasie denn doch nicht gezüchtet, der Wiedererweckte aber ist nach Hause gegangen und wurde dort freudig von seiner Ehefrau empfangen, noch zehn Jahre lang hat er auf der Erde geweilt, doch ist er dann zum Abort geeilt, so war es für ihn schwer, den Darm zu entleeren, denn die Rammlerin tat ihn allzu sehr versehren, es ist ihm aber stets gelungen, er hat dieses Siechtum wacker bezwungen!

Menscher. Die schöne Büglerin regt derartige Szenen an, so daß mensch es nunmehr ermessen kann, wie heftig diese grausigen Schlafbilder unseren Verfasser quälen, freiwillig würde er einen derartigen Mist nicht erzählen, doch wenn der August endet, sich die Not endlich wendet, dann wird die hübsche Plätterin gehen, dann wird er die anmutige Manglerin nicht mehr sehen, dann kann er jubeln und lachen, dann kann er mit einer anderen Eurükleia das Tier mit den vier Beinen machen!

Mensche: Bei der Arbeit hat ein Gefährte unter Hunger gelitten, er tat den ersten Menschen zwar nicht darum bitten, aber unser Urheber hat ihm vier mensche Jeschuas geschenkt, das Elend der Welt ist menschem doch näher, als mensch denkt, der braver Kerl kommt mit den Behörden nicht zurecht, es vertritt seine eigenen Belange schlecht, er hat den Glauben an das Gute im Menschen verloren, hoffentlich wird sich von ihm Jeschua Rex Text zum Heiland erkoren!

Menscher: An diesem Vormittag hat unser Held noch im Bett gesteckt, da hat ihn sein jugendlicher Betreuer geweckt, sie haben gemeinsam im Garten Unkraut herausgerissen, so eine Tätigkeit kann mensch durchaus missen, heute vor neunzigsechs Jahren wurde der Vater des ersten Menschen geboren, er hat sich den braunen Führer zu seinem Vorbild erkoren, bis zu seinem Tode hat er dem Diktator die Treue gehalten, bis zu seinem Lebensende tat seine Bewunderung für diesen Volksverderber nicht erkalten!

Mensche: In der Werkhalle wurden Scheibchenhüllen von der Pappe getrennt, das ist eine Arbeit, die mensch schon lange kennt, die Hexe von Sankt Jöris ist das letzte Mal dort gewesen, er konnte bei ihrem Anblick Freude in ihren Augen lesen, sie war gar nicht angriffslustig, sondern lieb und nett, und ihre braungebrannten Schultern lockten den Gründer von Menschland in das Bett, sie ist wieder die schöne Büglerin gewesen, er konnte reine Lebensfreude in ihren Augen lesen!

Menscher: In der Pause hat sie einen selbstgebackenen Kuchen gespendet, damit hat sie ein schlimmes Zeichen gesendet, unser Verfasser hat nur ein Stück davon gegessen, und schon konnte er das Ausmaß ihrer Süßlichkeit ermessen, ihm wurde schlecht, das war ihm nicht recht, doch er wollte ja sie ja dadurch nicht beleidigen, er könnte es durchaus beschwören und beeidigen, daß diese Zirze nicht zu ihm paßt, sie wären füreinander nur eine Last!

Mensche: Er hat ihr weder Blumen noch einen Brief gegeben, denn er tut in der Hölle auf Erden schweben, er will nur, daß dieser arge Zustand endet, deshalb hat er kein Geld für ein Abschiedsgeschenk verwendet, er hat sie noch einmal in all ihrer Reizesfülle gesehen, im heißen Sommer tat ihm fast ein Höhepunkt geschehen, sie ist nach seiner Meinung die schönste Frau der Welt, nun hat er keine Eva mehr, die ihm wie sie gefällt!

Menscher: Soll sie ihn für einen ungehobelten Grobian halten, er konnte ihr Zusammenleben nicht angenehm gestalten, sie haben von Anfang an keine Gelegenheit gehabt, sie hat seine Netzhaut zwar immer wieder erlabt, aber ihre verderblichen Schwingungen ließen ihn Alpträume erleiden, deshalb mußte er die hübsche Plätterin immer wieder meiden, sie haben aber nicht darüber gesprochen, das hat ihm fast das Herz gebrochen, nach ihrer Auffassung ist er ein Schuft, denn sie galt ihm stets als Luft, doch das hat er aus Notwehr getan, ihr Einfluß brachte ihn völlig aus der Bahn!

Mensche: Nach der Arbeit hat er sich ein halbes Hähnchen erworben, diese Mahlzeit hat ihm das Abendbrot entdorben, dann hat er die Zeitung studiert und im Bett gelegen, seine Fantasie tat sich um die anmutige Manglerin herum regen, nicht jedmensch tut zu jedmenscher passen, deshalb durfte er sich auf dem Laken niemals mit ihr befassen, dann hat er eine Abhandlung über Mennetscher genossen, ihr professoraler Tonfall hat ihn nur ein wenig verdrossen!

Menscher: An diesem Vormittag ist unser Held auf den letzten Drücker erstanden, durch die Hexe von Sankt Jöris ging seine Spannkraft zuschanden, er fühlte sich schwach wie ein Siechender, er war wieder einmal ein Aufdemzahnfleischkriechender, so ist er zur Werkhalle gegangen, nicht ohne die Schmähungen der Menschdorfer zu empfangen, am langen Tisch wurden die Scheibchenhüllen von der Pappe entfernt, diese Tätigkeit hat der erste Mensche schon vor vielen Jahren gelernt!

Mensche: Zwischendurch sind sie nach Bergrat gefahren, dort konnte mensch eine unkrautüberwucherte Sandfläche gewahren, mit Hacke und Fächerbesen wurde das Grün herausgerissen, es wurde aus seiner natürlichen Verankerung herausgeschmissen, bei glühender Hitze haben sie sich geplagt, der Gärtner hat nicht nach ihrer Lust dazu gefragt, er ist eine Stunde lang fort gewesen, in dieser Zeit konnten die beiden Gesellen von seinen Bemerkungen genesen!

Menscher: Schließlich sind sie wieder in der Werkhalle gelandet, der Einstrom der Schönheit ist inzwischen versandet, die hübsche Plätterin wird nicht mehr kommen, die anmutige Manglerin wurde dem ersten Menschen genommen, hoffentlich muß er niemals wieder so einer Nixe begegnen, die JEUNEX mit so vielen weiblichen Reizen tat segnen, deren Seele aber vergiftet war über die Maßen, bei so einer Eulalia vergeht menschem das Scherzen und Spaßen!

Mensche: Zum Fußball ist unser geistiger Vater heute nicht geschritten, sein Körper hat unter allerlei Schmerzen gelitten, er konnte kaum gehen, geschweige denn laufen, er mußte sich über diesen Verzicht die Haare raufen, aber es war nicht zu vermeiden, er mußte sich so entscheiden, nach Feierabend ist er heimwärts gegangen, so etwas wie Nestwärme tut er in seiner Wohnung freilich niemals empfangen, als Wolf unter Wölfen muß er sich spüren, das tut ihn oftmals unangenehm berühren!

Menscher: Auch das Lesen hat er unterlassen, nach dem Schlummer tat er sich gleich mit seinen Besinnungen befassen, manchmal ist es stumpfsinnig, diese Suggestionen zu schreiben, aber mensch muß es eben immer positiv treiben, das ist besser, als negativ zu überlegen, mensch sei stets dafür und nicht dagegen, natürlich für das Gute, so sei menschem zumute, so möge mensch denken, dann wird mensch seine Mitmenschen überreich beschenken!

Mensche: Die schlimmen Nachrichten erreichen menschen immer wieder, niemals erklingen nur heitere und frohe Lieder, irgendetwas geht immer schief, und die Menschdorfer sind nun einmal primitiv, das läßt sich nicht verneinen, mit der Kultur tun sie sich niemals vereinen, mit der Bildung haben sie nichts am Hut, über einen Menschen in Menschland geraten sie in Wut, diese wilde Meute kann mensch nicht loben, dieser wüste Pöbel will immer nur ausgrenzend toben!

Menscher: An diesem Freitag hat sich der erste Mensche rechtzeitig erhoben, er fühlt sich noch immer nicht in das Ganze verwoben, er hat die Zeitungen geholt und gelesen, sein Gemüt tat von der Hexe von Sankt Jöris genesen, dann ist er zur Werkhalle gegangen, nicht ohne die Ausgrenzungen der Menschdorfer zu empfangen, auch bei strahlendem Sonnenschein müssen sie lästern, es sind eben rücksichtslose Brüder und Schwestern, bei ihnen kann ein Schenie nichts erreichen, sie selbst aber müssen wandelnden Leichen gleichen!
Mensche: Unser Verfasser hat am langen Tisch gestanden, seine Geduld ging bei den Scheibchenhüllen nicht zuschanden, er mußte sie von der Pappe trennen, für diese Arbeit kann er nicht gerade entbrennen, und bei dieser Hitze fiel sie ihm schwer, denn sein Kraftspeicher ist fast leer, doch er hat es irgendwie geschafft, er hat sich immer wieder aufgerafft, einem Gefährten hat er fünf mensche Jeschuas geschenkt, ein andere Geselle hat seine Aufmerksamkeit darauf gelenkt, daß er nichts zu essen hat, so daß unser Urheber es nicht vergessen hat, ihm zwei mensche Jeschuas fünfzig zu reichen, denn der Hunger sollte von ihm weichen!
Menscher: Er hat im Garten eine Möhrensuppe verspeist, dann ist er virtuell durch die Welt gereist, denn er hat einen Blick in die Presse getan, schließlich vergaß er seinen bisherigen Wahn im Bett bei einem flachen Schlummer, er spürt jetzt kaum noch Kummer, dann ist er zum Supermarkt geschritten, er hat unter einer Menschdorferin gelitten, an den Kühlregalen hat sie ihn gescholten, er hat ihr nicht als ebenbürtig gegolten!
Mensche: Er fand ihr Gesicht häßlich, und ihre Seele war gräßlich, so ist es in Menschdorf eben, es lohnt sich nicht, an der Inde zu leben, die Menschdorfer tun menschen zwar begleiten, aber sie können menschem keine Freude bereiten, dieses Pack und Gesindel ist niedrig und gemein, und es genießt es obendrein, es will gar nicht anders sein, dazu lädt das Menschdorfertum nicht ein, der wüste Pöbel muß keifen, er kann das Hohe und Erhabene nicht begreifen!
Menscher: Die kleine Verkäuferin hat ihn wehmütig beschaut, es hat ihm nicht wie sonst vor ihr gegraut, sie hat eine neue Kassiererin eingewiesen, sie zählt durchaus zu den geilen Liesen, aber sie kommt für den ersten Jeschua Rex Text nicht infrage, diese Wahrheit liegt klar zutage, sie könnte ihn auf die Dauer nicht beglücken, deshalb wendet er ihr immer wieder den Rücken, sie ist zu dumm, um ihn zu verstehen, sie kann in ihm nur einen Sonderling sehen!
Mensche: Das Buch über Mennetschment war gut, aber dunkel, der Geist der Professorin erglänzte darin mit Gefunkel, aber der erste Mitttelreicher hat die Sinnsuche beendet, er hat die eindeutige Botschaft gesendet: Die Welt enthält ein gewisses Maß an Lust, diese Lust überwindet jeglichen Frust, und jedes Geschöpf soll danach trachten, das Maß an Lust zu steigern, dieser Forderung darf sich kein lebendiges Wesen verweigern, das ist der Sinn des Lebens, einen andern sucht mensch vergebens!

Menscher: An diesem Sonnabend hat unser Held erst am späten Mittag das Bett verlassen, er mußte sich sofort damit, die Zeitungen vom Händler zu holen, befassen, dann erst hat er gefrühstückt und die Tabletten genommen, dann ist er dazu gekommen, die Weltgeschichte zu studieren, der Plötz tat ihn ungemein interessieren, der Sklavenhandel ist eine betrübliche Sache, noch heute schreien die Neger im Südreich und im Westreich nach Rache!

Mensche: Dann hat er sich mit dem Mennetschment beschäftigt, diese Ausarbeitung hat ihn nicht sonderlich gekräftigt, ihre Verfasserin ist eine unmensche Heidin ohne jeglichen Saft, mit vielen Sätzen hat sie nur wenig geschafft, es gebricht ihr völlig an Humor, ihre Darlegungen kommen menschem sehr trocken vor, es ist kein JEUNEX in ihnen zu entdecken, was sollen derartige Schilderungen nur bezwecken?!

Menscher: Unser Urheber hat seine Besinnungen gesetzt, die Hitze hat ihm die Nerven zerfetzt, er tat ja all die Zeit hindurch am Schreibtisch sitzen, und die sommerliche Glut ließ ihn gar mächtig schwitzen, immer wieder mußte er sich mit dem Handtuch den Schweiß vom Gesichte wischen, und kein kühler Lufthauch tat ihn jemals erfrischen, wie in einer Sauna hat stundenlang gesessen, hat JEUNEX ihn denn völlig vergessen?!

Mensche: Dann ist er zum Supermarkt gegangen, um die Buttermilch und die Fertiggerichte zu empfangen, die Menschdorfer haben ihn unfreundlich behandelt, sie haben ihm das klare Denken verschandelt, etwas anderes können sie ja nicht verrichten, denn wenn sie etwas Hohes gewahren, dann müssen sie es vernichten, der erste Mensche kann mit diesen Unmenschen nichts beginnen, er versucht es erst gar nicht, ihre Gunst zu gewinnen!

Menscher: Was können ihm diese geistigen Zwerge schon geben, er tat als denkerischer Riese stets streben, die Menschdorfer haben ihn immer nur verneint, sie haben sich niemals mit seiner Weisheit vereint, sie können ihn nicht billigen, sie können in seine Lehre nicht willigen, also müssen sie ihn verachten, also müssen sie ihn als einen Außenseiter betrachten, dabei sollten sie ihn einen Spitzenreiter nennen, denn er tat für die reine und leuchtende Wahrheit entbrennen, doch das können sie nicht sehen, er tut unerkannt unter ihnen gehen?!

Mensche: Am Abend widmet er sich wieder dem Lesen und Dichten, so muß er seine schriftstellerischen Pflichten verrichten, bald wird mensch seine Werke in den Bestsellerlisten sichten, dann werden die Beurteiler seine Bücher als maßgebend gewichten, dann wird der Ruhm über ihn kommen, dann wird ihm das Darben genommen, dann wird er sich einen unermeßlichen Reichtum erwerben, dann wird er den Menschdorfern für immer das Ausgrenzen verderben!

Menscher: Als die Mitbewohner das Mittagessen verzehrten und am Wohnzimmertisch ihre Teller leerten, da hat sich der erste Mensche mühsam erhoben, er fühlt sich noch immer nicht in das große Ganze verwoben, diese ungläubige Haltung wird noch zwanzigfünf Pensumstage lang währen, dann wird er ein neues Bewußtsein gebären, in siebzigfünf echten Tagen wird er siegen, dann werden die Menschdorfer ihm unterliegen!

Mensche: Er hat gefrühstückt und die Zeitung gelesen, voriges ist auf der Bank im Garten gewesen, dann hat er sich mit der Geschichte des Mittelreiches befaßt, all die Schlachten wurden ihm zur Last, danach hat er sich in den Wälzer über das Mennetschment versenkt, die Verfasserin ist eine Frau, die umfassend denkt, doch leider kann sie nicht witzeln und lachen, das tut ihr Buch trocken und saftlos machen, die Menschlichkeit bleibt auf der Strecke, die Urheberin steckt nicht mit menschem unter einer Decke!

Menscher: Dann hat er ein bißchen geschrieben und gedichtet, darauf wird von ihm noch lange nicht verzichtet, danach hat er die gelbe Tonne herausgerollt und sich die Zähne gereinigt, der nichtgrüßende Nachbar hat ihn ein wenig gepeinigt, schließlich hat er eine Hühnernudelsuppe verzehrt und einen Jogurtbecher gar gründlich geleert, die sommerliche Hitze ist etwas geschwunden, mensch konnte schon seine Erleichterung bekunden!

Mensche: Danach hat er sich in ein Werk zweier Profeten vertieft, doch ihre Ausführungen waren verstaubt und vermieft, es hatte keinen Zweck, sich damit zu befassen, bei ihnen im Schrank stehen nicht sämtliche Tassen, es sind unmensche Heiden, sie müssen den Frieden meiden, sie tun noch von Engeln und Teufeln erzählen, sie müssen andere Leute mit dunklen Mächten quälen, das Licht des Universums beschwören sie herbei, doch sie verraten menschem nicht, wer Gott denn eigentlich sei!

Menscher: Nun muß unser Held seine geistige Arbeit leisten, er tat darüber zwar verfetten und verfeisten, aber bald wird er einen Waschbrettbauch bekommen, dann wird die Last des Dickseins von ihm genommen, der Jeschua und der Rex Text lassen ihn dann erschlanken, er kann sich beim Herrn Wunsch dafür bedanken, daß es noch so lange dauern wird und daß er erst in zweieinhalb Monaten richtig pauern wird, dieser Beamte hat zu lange überlegt, erst danach hat er sich zu seinen Gunsten geregt!

Mensche: Der Schweiß rinnt unserem Erdenker über das Gesicht, die Hitze fällt doch noch etwas in das Gewicht, aber das Schlimmste ist überstanden, der erste Mensche ging nicht zuschanden, er muß noch die Däumchen drehen, mensch tut ihn noch nicht in der Öffentlichkeit sehen, doch bald wird er im Mittelpunkt stehen, dann wird etwas Einzigartiges geschehen, dann werden die Menschdorfer nicht mehr ihren Plunder erstreben, sondern dann werden sie so manches unfaßbare Wunder erleben!

Menscher: An diesem Vormittag ist der junge Betreuer gekommen und hat die Schlaftrunkenheit von unserem Helden genommen, sie haben Geld vom Sparbuch abgehoben, denn mensch soll den ersten Menschen als zuverlässig loben, wenn er morgen seinen Beitrag für die Lebensmittelkasse entrichtet, worauf nur ein Lump und Schurke verzichtet, danach haben sie die Zeitungen gekauft, der erste Jeschua Rex Text hat sich wieder die Haare gerauft!

Mensche: Von Badekappen war die Rede, von denen sich Kunststoffblumen trennten, oh, wenn die Schreiberlinge doch bessere Temen kennten, diesen Stuß tat der ehemalige Scheffredaktör ersinnen, mit seinem Auftreten wird wahrlich kein neues Zeitalter beginnen, dann ist der erste Mittelreicher zur Werkhalle gegangen, nicht ohne die Schmähungen der Menschdorfer zu empfangen, dort wurde er mit "Heil Jeschua Rex Text!" begrüßt, das hat ihm den Arbeitsbeginn versüßt!

Menscher: Sie haben den ganzen Nachmittag lang Scheibchenhüllen von der Pappe gerissen und die beiden Teile dann in verschiedene große Kartongs geschmissen, schließlich aber ist ein Unglück geschehen: mensch konnte die Hexe von Sankt Jöris am langen Tische sehen, sie hat mit einem Gefährten gesprochen, das hat ihrem ehemaliger Verehrer nicht das Herz gebrochen, im Gegenteil, soll sie ihn doch vergiften, soll sie bei ihm doch ihren geistigen Schaden stiften!

Mensche: Auf dem Heimweg ist unser Ersinner glücklich gewesen, seine Seele tat von ihrer Gefühllosigkeit genesen, doch in der künftigen Nacht wird er unsinnige Dinge träumen, das ist auch eine Weise, das Leben zu versäumen, die schöne Büglerin bringt ihm kein Glück, deshalb weist er diese gute Fee immer wieder zurück, von ihm aus kann sie gehen, er will sie nicht mehr sehen, er will sie nicht mehr erblicken, JEUNEX soll ihm eine andere Lieselotte schicken!

Menscher: Am Abend hat er im Garten gesessen und einen Teller Spagetti gegessen, er hat die gelbe Tonne zurück an ihren Platz gestellt, dabei ist die Stimme der zigeunerischen Nachbarin ergellt, danach hat er in einer Abhandlung über Gott gelesen, das ist ihm leider kein Vergnügen gewesen, sicherlich muß sich das einzelne Bewußtsein mit dem All verbinden, aber mensch soll die Vernunft da-bei nicht quälen und schinden!

Mensche: So etwas wie Seelenwanderung kann es nicht geben, jeder Mensch tut nur ein einziges Mal leben, eine Wiederverfleischlichung findet nicht statt, unser Ergrübler hat derlei Kindermärchen satt, das sind doch fromme Lügen, die die Gläubigen betrügen, es gibt nur ein einziges Leben vor dem Tode, und andere Daseinsformen kommen niemals in Mode, nur im Diesseits können wir uns regen, im Jenseits kann mensch sich nicht mehr bewegen, ja, wir können das Jenseits gar nicht erlangen, wir bleiben stets und ständig im Diesseits gefangen!

Menscher: An diesem Vormittag ist unser Held nur widerwillig erstanden, seine Lebenslust ging an der Hexe von Sankt Jöris zuschanden, er hat in ihrer Aura beklemmend geträumt, er hat danach nicht gerade vor Wut geschäumt, aber es war doch bestürzend, was er sah, die Hölle war ihm beängstigend nah, er muß die schöne Büglerin vergessen, er sei nicht mehr auf diese Lilofee versessen, sie kann ihn nicht heilen, sie darf nicht in seinem Bette weilen!

Mensche: Beim Straßenhändler hat er sich eine Wurst im Brötchen erworben, die Menschdorfer haben ihm wieder die Stimmung verdorben, er hat sie kaum gehört, aber leider gesehen, er kann ihren Hang zur Häßlichkeit nicht verstehen, in der Werkhalle wurde zu ihm "Heil Jeschua Rex Text!" gesprochen, der Behinderte hat wahrscheinlich die Apfelschorle gerochen, eine Tasse voll bekommt er geschenkt, so daß er an seinen Gruß stets denkt!

Menscher: Am langen Tisch wurden Werkkästen mit Etiketten beklebt, danach hat mensch sich, sie auf eine Palette zu legen, bestrebt, zwischendurch sind sie nach Hücheln gefahren, dort konnte mensch zwei Strohballen gewahren, sie sollten als Pferdefutter dienen, mensch rollte sie mit vergnügten Mienen durch die Garasche und durch den Garten in einen Unterstand hinein, die Sonne bestrahlte diese Arbeit mit hellem Schein!

Mensche: Danach haben sie wieder drinnen gewerkt, heitere Reden haben ihre Gemüter gestärkt, der erste Mensche ist sich wie im Paradiese vorgekommen, und er hat es sich, diese Stimmung zu verbreiten, vorgenommen, auf dem Heimweg hat er noch zwei Flaschen Apfelschorle gekauft, beim Spazierengehen hat er nicht wie sonst geschnauft, in der Gruppe wurde die Lebensmittelkasse untersucht, danach hat ein Mitbewohner geflucht, denn der erste Mensche hat ihm die Leviten gelesen, das ist nicht angenehm für diesen Eigenbrötler gewesen!

Menscher: Im Garten wurde in die Zeitung geguckt, danach wurde eine halbkalte Mahlzeit geschluckt, es war Geschnetzeltes, lauwarm gekocht, so ein Essen hat der erste Jeschua Rex Text noch niemals gemocht, dann hat er sich auf das Bett gelegt und sich vorerst nicht mehr geregt, schließlich hat er einen Blick in das Buch der beiden Profeten getan, und was ihm dort begegnete, war ein unglaublicher Wahn!

Mensche: Engel wurden ausführlich beschrieben, sie haben es niemals im Himmel getrieben, die Wiederverfleischlichung wurde erwähnt, über diesen angeblichen Trick des Karmas mensch gähnt, diese frommen Lügen können menschem nicht munden, das Gehirn kann nur durch die Wahrheit gesunden, eine Unsterblichkeit gibt es nicht auf Erden, im Begrenzten kann nichts Unbegrenztes werden, die Ewigkeit ist eine Vorstellung außerhalb unseres Lebens, in unserer Sfäre sucht mensch diese Fortdauer vergebens, es wußte schon der Maler Klecksel: das einzige Bestehende ist der Wechsel!

Menscher: Der junge Betreuer und unser Held haben den Lohn am Automaten abgehoben, dabei haben sie keine ruhige Kugel geschoben, denn es war nicht leicht, diesen Kompjuter zu bedienen, mensch tat es denn auch mit sauren Mienen, dann wurde das Bett frisch bezogen, der erste Mensche ist diesem Sozialarbeiter gewogen, denn er hat alles im Griff, fehlt ihm auch der kulturelle Schliff, er tut zum Beispiel Nero nicht kennen, aber für diesen grausamen Kaiser muß mensch auch nicht entbrennen!

 Mensche: Dann ist unser Verfasser zur Werkhalle gegangen, dort wurde er von der Gärtnerin empfangen, sie sind nach Langerwehe gefahren, dort konnte mensch einen großen Häuserkomplex gewahren, es wurde Unkraut gejätet und die Hecke geschnitten, mensch hat unter der sommerlichen Hitze gelitten, der erste Jeschua Rex Text hat seine Flasche Apfelschorle nicht aus dem Wagen genommen, da ist sie ihm denn nicht in die Kehle gekommen, denn die Gärtnerin war auf einmal nicht mehr da, das erlabende Naß war auf einmal nicht mehr nah!

 Menscher: Um die Pause herum wäre er beinahe zusammengebrochen, da hat er mit seinen Gefährten gesprochen, sie haben ihm etwas Geld gegeben, da tat er nach einem Getränkeladen streben, er hat auch glücklich ein Geschäft gefunden, er war seinen türkischen Inhabern sehr verbunden, so wurde die größte Not gewendet, so wurde sein schmachtendes Dursten beendet, sein Herz hat sich wieder belebt, im siebenten Himmel hat es allerdings nicht geschwebt!

 Mensche: Kurz vor Feierabend hat unser geistiger Vater Abschied vom Gärtner genommen, denn dieser wackere Bursche wird nicht wieder kommen, eine sechsjährige Freundschaft wurde somit beschlossen, sie wurde aber nicht mit einem einzigen Tropfen Alkohol begossen, danach hat unser Urheber sich ein halbes Hähnchen erworben, auf diese Weise wurde ihm das Abendessen entdorben, einen Haussalat und einen Erdbeerjogurt hat er im Garten auch verschlungen, diese Speise ist ihm angenehm in den Magen gedrungen!

 Menscher: Dann hat er mühsam die Zeitung gelesen und ist drei Stunden lang im Bett gewesen, einen Roman über den wilden Westen hat er begonnen, er hat bewegende Eindrücke vom Farmerleben gewonnen, jetzt tut er über den Besinnungen sitzen, es ist kühl geworden, er braucht nicht zu schwitzen, ein jugendlicher Bursche hat einige Wände im Haus verputzt und auf diese Weise dem großen Ganzen genutzt!

 Mensche: Später muß der erste Mittelreicher noch die Wäsche in die Maschine stecken, morgen muß er sich rechtzeitig wecken, denn er muß die Kleidung an die Leine hängen, dann werden die Menschdorfer ihn wieder bedrängen, bei der Arbeit wird oftmals nicht "Jeschua" zu ihm gesagt, so wird er von den dummen Behinderten geplagt, es ist zum Verzweifeln mit diesen Gesellen, ihre Gehirne wollen und wollen sich nicht erhellen!

Menscher: An diesem Vormittag hat unser Held in der Sparkasse das Geld an den Verlag überwiesen, dabei hat er die Angestellte, die ihn bedient hat, gepriesen, sie war eine wunderschöne Erscheinung, so lautete wenigstens seine Meinung, er hat sich in ihrem hübschen Gesicht verloren, ohne Wenn und Aber und Doch hätte er sie sich zur Ehefrau erkoren, doch sie schien zu viele as in ihrem Namen zu haben, eine Barbara oder Samanta aber kann ihn nicht erlaben!
Mensche: Dann hat er die Zeitungen geholt und gelesen, es ist ihm kein großes Vergnügen gewesen, Menschdorf wäre angeblich der Nabel der Welt, diese Ansicht aber nur den Menschdorfern gefällt, außerhalb von Menschdorf tut mensch Menschdorf gar nicht kennen, in Menschstadt, Hamburg und München tut mensch diese Gemeinde kaum einmal nennen, in Frankfurt am Main und in Bremen tut mensch sich auch nicht dazu bequemen!
Menscher: Aber wenn die Stunde des Herrn schlagen wird und wenn er dann die frohe Botschaft sagen wird, dann wird Menschdorf eine hervorragende Rolle spielen, einen besseren Part wird freilich die Siedlung Jeschua Rex Text erzielen, denn als Welthauptstadt wird sie als die wichtige Ortschaft gelten, dann werden die Jeschua Rex Texter und die Menschdorfer unseren Verfasser nicht mehr schelten, dann werden sie ihn rühmen und preisen, denn er kann ihnen den Weg zu Ruhm und Ehre weisen!
Mensche: Anschließend ist unser geistiger Vater zur Werkhalle gegangen, dort wurde er mit "Heil Jeschua Rex Text!" empfangen, daraufhin mußte er ein Glas Apfelschorle geben, danach tat mensch nach Langerwehe streben, vor einem Häuserblock wurde eine Hecke geschnitten, mensch hat sehr unter der sommerlichen Hitze gelitten, außerdem konnte mensch das Werkzeug nicht richtig gebrauchen, es war zum Teil nicht einsatzfähig, das tat mensch befauchen!
Menscher: Beim Feierabend tat der erste Mensche zwei Teile Reisfladen verzehren, nach der körperlichen Arbeit tat er einen kleinen Imbiß begehren, ein Gefährte hat ihm diese Mahlzeit gespendet, seine Sozialstunden waren heute beendet, vielleicht kommt er wieder in den Betrieb, der erste Jeschua Rex Text gewann ihn geradezu lieb, der Kuchen freilich hat ihm dessen Wahnsinn mitgeteilt, nicht jeder Mensch eben in der geistigen Gesundheit weilt!
Mensche: Rostbratwürstchen wurden von ihm im Garten gegessen, danach hat der erste Mittelreicher auf der Bank gesessen und die Presse studiert, er ist noch immer nicht nach Menschland marschiert, er kann das Menschtum in JEUNEX noch immer nicht predigen, die Menschdorfer sind kurz davor, ihn für immer zu erledigen, sein Vorhandensein in dieser Stadt käme einer Umweltveschmutzung gleich, die Gehirne der Menschdorfer sind eben sehr, sehr weich!

Menscher: An diesem Vormittag hat unser Verfasser in die Zeitungen geschaut, und der Himmel hat dann wolkenlos über ihm geblaut, als er zur Werkhalle schritt und unter den Menschdorfern litt, sie haben ihm wahrlich keine Schmeicheleien gedrechselt, im Betrieb hat er dann die Schuhe gewechselt, es wurde nach Langerwehe gefahren, dort konnte mensch einen Häuserblock gewahren, davor war eine riesige Hecke, das gab ein gewaltiges Gerecke und Gestrecke, als mensch daneben und darauf gewerkt hat, was mensch danach in seinen Knochen gemerkt hat!

Mensche: Auf der anderen Straßenseite ist ein Wäldchen gewesen, dort konnte mensch von seinem Harndrang genesen, die Zeit dehnte sich, es war kaum zu ertragen, das Gestrüpp tat die Arbeitenden quälen und plagen, dann ist die Gärtnerin gekommen und hat sie mit nach Hause genommen, im Aufenthaltsraum hat der erste Mensche noch kurz gesessen, er hat Kaffee getrunken und ein Stück Kuchen gegessen!

Menscher: Als er nach Feierabend heimwärts ging, sein Ohr viele wütende Bemerkungen empfing, selbst bei diesem strahlenden Sommerwetter grenzen die Menschdorfer aus, sie sind für die Sittlichkeit ein unerträglicher Graus, es ist nicht leicht, mit ihnen zu verkehren, denn sie müssen menschen immer wieder verwunden und versehren, sie können keine Freude bereiten, es hat keinen Sinn, sie zu begleiten!

Mensche: Der erste Jeschua Rex Text hat im Garten eine Linsensuppe verzehrt, eine Putzfrau aus dem Nachbarhaus hat sich über den Zustand seines Geistes beschwert, danach hat er sich wieder mit der Presse beschäftigt, auf der Bank hat er seinen Sinn erkräftigt, danach hat er ein wenig im Bett gelegen, er tat sich kein bißchen mehr regen, danach sprang er auf und ist zum Supermarkt gegangen, um für die Wohngemeinschaft die Lebensmittel zu erlangen!

Menscher: Die Menschdorferinnen haben ihn heute verwirrt, er ist haltlos durch die Fußgängerzone geirrt, denn manche Gesichter haben ihn angenehm berührt, er hat sogar etwas wie Angetansein von ihnen gespürt, doch er weiß dann niemals, was er sagen soll, wenn er sie nach einem Beischlaf fragen soll, sein Mund bleibt stets verschlossen, das hat ihn schon häufig verdrossen, noch zwanzigvier Pensumstage muß er leiden, das läßt sich leider nicht vermeiden!

Mensche: Noch siebzigeins richtige Tage muß er warten, dann blühen die Rosen auch in seinem Garten, dann erhält sein Dasein endlich einen Sinn, dann wird ihm durch eine Dulzinea ein großer Gewinn, dann wird er geküßt und gestreichelt, dann wird er mit Worten umschmeichelt, dann wird sich seine Haut an Liebkosungen gewöhnen, dann wird eine feurige Desdemona unter ihm stöhnen, dann werden ihn die Menschdorfer nicht mehr verhöhnen, dann rühmen, loben und preisen sie ihn in den allerhöchsten Tönen!

Menscher: An diesem Sonnabend hat sich unser Held erst spät erhoben, in seinen Träumen sind all seine Wünsche zerstoben, er durchleidet in diesen Schlafbildern etliche Klemmen, er tut sich vergeblich gegen diese Bedrängnisse stemmen, dann hat er in der Badewanne geduscht mit warmem Wasser, er ist nun einmal ein sauberer und reinlicher Verfasser, er hat gefrühstückt und die Zeitungen erworben, das hat ihm den Mittag entdorben!
 Mensche: Dann hat er wieder auf dem Bett gelegen, es fiel ihm schwer, sich munter zu bewegen, er hat die mittelreichische Geschichte der frühen Neuzeit erfahren, da konnte er so manchen Unfrieden gewahren, das Blut ist damals in Strömen geflossen, es wurde von den einfachen Soldaten vergossen, die Mächtigen haben sie geopfert für ihre Zwecke, in dieser Hinsicht steckten alle Kaiser und Könige unter einer Decke!
 Menscher: Sodann wurde ein Außenseiter in einem Roman gezeigt, er ist ein Bursche, der oftmals schweigt, er hat schon viele Menschen killt, aber er ist seinem Wesen nach nicht wild, eine Schaffarmerin pflegt ihn gesund, sie schließen bald einen Bund, erst heimlich, dann werden sie wohl ein Paar, es ist eben eine ausgedachte Geschichte und nicht wahr, im richtigen Leben ist es so geradlinig nicht, da spotten menschem die Menschdorfer immer wieder in das Gesicht!
 Mensche: Dann hat der erste Mensche etwas geschrieben, er ist nicht daheim geblieben, er ist zum Supermarkt geschritten, unterwegs hat er unter den Ausgrenzungen der Menschdorfer gelitten, heute waren diese Spießbürger nur sehr schwer zu ertragen, auf ihrem Stadtfest mußten sie den ersten Jeschua Rex Text grausam plagen, der erste Mittelreicher gilt ihnen als in den Augen ein Dorn, sie blasen ihm gegenüber immer wieder in das nämliche leidige Horn!
 Menscher: Was will mensch denn schon von beschränkten Spießbürgern erwarten, mit diesen engstirnigen Krähwinklern kann mensch keinen Feldzug für die Nächstenliebe starten, denn sie selbst sind erfüllt von Haß, sie gleichen einem mit Pulver gefüllten Faß, es ist nicht leicht, mit ihnen Kirschen zu verzehren, denn sie wollen menschen immer wieder über ihre Mittelmäßigkeit belehren, ein Schenie will jedoch die Durchschnittlichkeit nicht lernen, es setzt alles daran, sich von diesen Trotteln möglichst weit zu entfernen?!
 Mensche: Doch in zwanzigvier Pensumstagen wird das Blatt sich wenden, in siebzig wirklichen Tagen wird die Leidenszeit endlich enden, dann wird mensch es, daß der Erlöser kommt, begrüßen, dann liegt die ganze Welt unserem Ersinner zu Füßen, dann wird mensch zu unserem Profeten innig und einfühlsam beten, dann wird die ganze Menschheit genesen, dann wird mensch die heiligen Bücher lesen, dann wird es schön auf dieser Welt, so daß sie auch den Kleinen und Schwachen gefällt, und sogar die Jugendlichen werden sich in diese Gesellschaft fügen, denn mensch tut sie nicht mehr um ihre Genüsse betrügen!

Menscher: An diesem Sonntag hat sich unser Held spät erhoben, als junger Mensch würde er über sich toben, aber er ist alt und schwach und welk und schlaff und gebrechlich, er ist nicht mehr männlich, sondern fast schon sächlich, so hat er am Mittag gefrühstückt und die Zeitung gelesen, es ist ihm kein großes Vergnügen gewesen, dann ist er zum Rathaus geschritten, dort tat mensch darum, Bücher billig zu erwerben, bitten!

Mensche: Sechs Werke hat er nicht genommen, ein Nein zu ihnen ist ihm in den Sinn gekommen, zuhause wollte er sie aber trotzdem haben, sie könnten ihn vielleicht doch einmal erlaben, doch nun ist die günstige Gelegenheit verstrichen, und der Mut, es trotzdem zu versuchen, ist von ihm gewichen, er könnte es ja in der Stadtbücherei versuchen, vielleicht würde er dort einen Erfolg verbuchen, aber er tut die Mühe scheuen, er kann sich ja an den erstandenen Schriften freuen!

Menscher: Dann hat er sich mit dem Humanismus beschäftigt, diese Bewegung hat das Mittelreich zu Anfang der Neuzeit gekräftigt, aber unter Humanismus hat mensch nicht die Haltung der Menschen in Menschland begriffen, dieses Humanien hat erst der erste Mensche für sich geschliffen, der damalige Humanismus hatte auch viele grausame Seiten, mensch konnte mit ihm nicht zur Menschlichkeit schreiten!

Mensche: Dann hat sich unser geistiger Vater mit einem Außenseiter abgegeben, dieser Revolverheld tat oftmals danach, sich selbst zu verteidigen, streben, mensch hat nur die Wahl, zu sterben oder früher zu schießen, da ist es doch besser, wenn die Blutströme der Gegner fließen, zumal wenn sie sich im Unrecht befinden und wenn die Angreifer danach trachten, ihre Opfer zu schinden, mensch soll seine Feinde nicht lieben, das wurde zwar schon oftmals geschrieben, aber mensch soll den Gegnern das Handwerk legen, und danach bringe mensch ihnen den göttlichen Segen!

Menscher: Die Hexe von Sankt Jöris ist nun gegangen, der erste Mittelreicher trägt nach ihr kein Verlangen, er muß von ihrem schädlichen Einfluß genesen, mensch kann es ja in seinen Aufzeichnungen lesen, aber sie hat eine große Lücke in seinem Herzen hinterlassen, er muß sich raschestmöglich mit einer anderen Lorelei befassen, sein Gemüt muß sich wieder mit warmen Schwingungen füllen, und sein Glied darf nicht mehr allzu lange vergeblich nach einer Scheide brüllen!

Mensche: Unser Verfasser hat die albernen Menschdorferinnen satt, niemals wendet sich bei ihm das sinnliche Blatt, die Spießbürgerinnen lächeln ihm dümmlich entgegen, ohne sich jemals auf ihn zu zu bewegen, dieses reizlose Teater verursacht ihm einen Kater, er will die Menschdorferinnen nicht mehr erblicken, er wird sowieso niemals jemensche von ihnen ficken, er wird sowieso niemals jemensche von ihnen zum Höhepunkt schicken, er wird sowieso zu niemenscher von ihnen jemals angetan nicken!

Menscher: An diesem Nachmittag hat der jugendliche Betreuer den ersten Menschen geweckt, unser Verfasser ist zwar nicht aus einem langwährenden Schlummer geschreckt, er ist schon vorher aufgestanden und hat die Zeitungen gekauft, doch über seine große Ermattung hat er sich die Haare gerauft und er hat sich wieder hingelegt und geschlafen, für welche Verfehlungen tut ihn das Schicksal nur bestrafen?!
Mensche: Die beiden Burschen haben den Flur gereinigt, das hat unseren Urheber gar nicht gepeinigt, er hat die Treppe und den Boden gewischt, diese Arbeit hat sein Gemüt sogar erfrischt, danach hat er im Garten auf der Bank gesessen und über den Presseerzeugnissen die Zeit vergessen, anschließlich hat er sich mit dem Außenseiter im wilden Westen befaßt, dieser Killer wurde von den frommen Siedlern und Schafzüchern gehaßt!
Menscher: Sie haben ihn immerhin bei sich aufgenommen und sind für Unterkunft und Verpflegung aufgekommen, er hat mit ihnen gemeinsam gewerkt, und sie haben es, daß er anstellig ist, gemerkt, so plätschert dieser Roman seinem Ende entgegen, ein reicher Viehbaron muß einen heftigen Verdruß erregen, er will das Weideland nur für seine Rinder, manche Erwachsene verhalten sich eben wie kleine Kinder!
Mensche: Die sechs Schriften vom Bücherflohmarkt tun in einem Lagerkontehner liegen, unser Held konnte die Hindernisse leider nicht besiegen, fernmündlich hat er bei der Bücherei gefragt, und mensch hat es ihm zur Antwort gesagt, daß er an die Werke nicht kommen kann, so daß ihm sein heißer Wunsch nichts frommen kann, sie doch noch nachträglich zu erwerben, seine falschen Entscheidungen von gestern taten ihm die Stimmung verderben!
Menscher: Dann hat er Spagetti zum Abendbrot verzehrt, das Mahl wurde um ein Glas Sellerie und einen Becher Jogurt gemehrt, dann mußte er wieder auf dem Bette ruhen, vielleicht kippt er bald sogar aus den Schuhen, dann hat er die Prärie weiter betrachtet, eine Hure wird dort wenig geachtet, nun tut er an seinen Besinnungen sitzen und über seinen Ausarbeitungen Blut und Wasser schwitzen, das ist sein Los auf Erden: er darf nicht glücklich werden!
Mensche: Noch zwanzigzwei Pensumstage lang muß er leiden, noch sechzigsechs richtige Tage lang tun ihn die Maiden meiden, dann wird der geistige Urknall getan, das ist die Wahrheit und kein Wahn, dann ist er auch in seinen Unterlagen Jeschua und Rex Text, dann wird von ihm erfolgreich und gemeinschaftsnützlich gehext, und die schöne Büglerin fällt dann nicht mehr in das Gewicht, er war zwei Jahre lang auf diese gute Fee erpicht, er träumt noch immer nach ihrem Schema, doch in Zukunft ist sie für ihn kein Tema!

Menscher: An diesem Dienstag hat sich unser Verfasser aus dem Bett gequält, er hat ja schon oft von seiner Schlafsucht erzählt, es wird immer schlimmer mit diesem Dösen, wie soll er da die Menschheit verguten und entbösen, aber er wird in zwei Monaten befreit sein, dann wird er gegen das ausgiebige Schlummern gefeit sein, dann wird er gesunden und genesen, dann wird er doppelt so viel schreiben und lesen, dann wird alles gut in des JEUNEX bergender Hut?!

Mensche: Unser Erdichter hat die Zeitungen gekauft und sich wieder darniedergelegt, erst eine Stunde später hat er sich langsam wieder geregt, da war der Mittag schon vergangen, es tut ihn nach körperlicher Frische verlangen, aber die drei Betablocker täglich müssen ihn ermatten, die Tabletten tun ihm die Munterkeit nicht gestatten, sein Körper wird immer schwächer, und die Menschdorfer werden immer frecher, und die Menschdorfer werden immer kecker, dabei ist er doch ein Verhelder, Verkämper und Verrecker!

Menscher: Ja, er läßt seine Mitmenschen verhelden, verkämpen und verrecken, er kann hohe und erhabene Gefühle in ihnen wecken, noch ist seine Zeit nicht gekommen, noch wurde ihm die Wirkungsmöglichkeit genommen, doch in acht Wochen wird er stark sein, dann wird er kräftig bis in das Mark sein, dann wird er die Irrlehrer verjagen, dann wird sein Bekenntnis den Bürgern behagen, dann wird mensch in den Handlungen nach seinen Werken fragen, und die anderen Schriftsteller müssen deren reißenden Absatz beklagen!

Mensche: Unser Herr und Meister hat dann den Außenseiter beschaut, der frommen Schafzüchterin hat es nicht vor ihm gegraut, sie haben geheiratet und gerammelt, sie haben miteinander sinnliche Erfahrungen gesammelt, vor der Gemeinde wollte sie es beichten und gestehen, doch sie tat nur ihre Liebe zu diesem Revolverhelden sehen, sie rannte aus dem Gebetshaus zu diesem Kerle, sie war für ihn so kostbar wie eine chinesische Perle!

Menscher: Dann hat unser Urheber seine Besinnungen geschrieben, er ist dabei nicht lange allein geblieben, er wurde zur Gruppe gebeten, das ist nichts für unseren Profeten, ein Betreuer und vier Behinderte rechnen die Lebensmittelkasse zurecht, das gefiel dem ersten Menschen schon immer schlecht, aber es läßt sich beim betreuten Wohnen nicht vermeiden, er kann diese Leute nun einmal nicht leiden, aber er muß sie um Gottes willen ertragen, er muß sich um JEUNEX willen mit ihnen plagen!

Mensche: Dann hat er eine Wurst mit Grünkohl verzehrt, daraufhin hat er im Garten einen Jogurtbecher geleert, nach dieser Mahlzeit hat er den westreichischen Roman zuende gelesen, diese Darstellung ist ihm eine menschliche Offenbarung gewesen, er konnte viel aus diesen Schilderungen lernen, er tat sich von seiner unsinnlichen Einstellung entfernen, den Zweck der Liebe hat er erfaßt, die Hurenfilme fallen menschem manchmal zur Last, sie werden dem Leben nicht gerecht, alles ist nur ein einziges bettliches Gefecht!

Menscher: An diesem Mittwoch ist unser Held zur Frisörin gegangen, dort wurde er mit der Bitte empfangen, doch noch ein Weilchen zu harren, er tat sie und ihre Kundin bestarren, nach einer halben Stunde wurde er geschnitten, er hat dabei nicht sonderlich gelitten, schließlich ist er heimwärts gewandelt, dort wurde er von seinem jungen Betreuer fürsorglich behandelt, sie haben das Zimmer in Ordnung gebracht, und sie haben mit dem Zeitungshändler ein wenig gelacht!

Mensche: Dann war der jugendliche Bursche verschwunden, der erste Mensche hat sich wieder auf dem Bett befunden, viele Stunden hat er dort gelegen, er konnte sich beim besten Willen nicht regen, dann hat er ein Buch über einen Seher gelesen, es ist ihm ein großes Vergnügen gewesen, schließlich ist er zum Stand gebummelt, der Hähnchenverkäufer hat ein wenig gebrummelt, denn die große Hitze machte ihm zu schaffen, und viele Einnahmen konnte er heute nicht erraffen, dann wurden noch sechs Flaschen Apfelschorle in einem Supermarkt erworben, die Menschdorfer haben unserem Erdichter die Stimmung verdorben!

Menscher: Unser Erdenker hat sich an dieses arge Gesindel schon gewöhnt, er wird von diesem üblen Geschmeiß immer wieder verhöhnt, das ist nun einmal so die Sitte, er steht immer in der Mitte, die Aufmerksamkeit wird auf ihn gerichtet, doch er hat bisher auf jedwede Gegenwehr verzichtet, mensch kann diesen wüsten Pöbel nicht in wenigen Augenblicken belehren, so mag dieser wilde Haufen menschen denn ungehindert versehren!

Mensche: Im Garten hat unser geistiger Vater dann gesessen und das halbe Hähnchen mit den Fingern gegessen, einen Haussalat hat er dazu genommen, und dazu ist noch ein Becher Jogurt gekommen, schließlich ruhte er wieder auf dem Laken, diese Sache hat einen gewaltigen Haken, dann hat er sich wieder mit dem Profeten beschäftigt, dieser Roman hat seine ablehnende Haltung zur heidnischen Kirche gekräftigt!

Menscher: Die Heuchelpfaffen tun den Haß nur kennen, deshalb taten sie die Hexen auf den Scheiterhaufen verbrennen, die Nächstenliebe war den Pfarrern und Pastoren stets fremd, sie schufen die frommen Gemüter gehemmt und verklemmt, deshalb soll es Milliarden mensche Jeschua Rex Texte in JEUNEX geben, dann wird mensch endlich friedlich und harmonisch miteinander leben, dann wird mensch nach dem Guten und Schönen streben, dann braucht kein Mensch mehr vor einem anderen zu beben!

Mensche: Noch zwanzigeins Pensumstage hindurch muß unser Verfasser lauern, dann braucht er sich nicht mehr selbst zu bedauern, noch sechzigdrei richtige Tage lang muß er sich gedulden, das tut er der leidenden Menschheit schulden, dann wird mensch ihn rühmen, loben und preisen, denn er kann den Weg zum allgemeinen Reichtum weisen, dann wird mensch ihn auszeichnen und ehren, dann wird manche stattliche Eva ihn begehren!

Menscher: Unser Held hat an diesem Donnerstag kaum Menschdorfer erschaut, deswegen hat es ihm nicht vor ihrer geistigen Beschränktheit gegraut, er konnte in Ruhe lesen und schreiben, er konnte in Frieden leben und leiben, mensch kann diesen Genuß wirklich nur dann richtig schätzen, wenn mensch ausgescholten wird auf den öffentlichen Plätzen, denn wenn mensch dann einmal nicht bepöbelt wird und wenn mensch dann einmal nicht mit derben Ausdrücken vermöbelt wird, dann fühlt mensch sich sehr wohl, die Menschdorfer aber denken nichtig und hohl!

Mensche: Sie haben keine Geduld mit unserem Erdichter, sie sind über ihn gar zu strenge Richter, doch irgendwann werden sie seine innere Größe erkennen, dann werden sie ihn einen tüchtigen Mitbürger nennen, noch zwanzigeins Pensumstage lang muß unser Verfasser leiden, das läßt sich für ihn leider nicht vermeiden, noch sechzigeins richtige Tage lang muß er sich schinden, dann wird er einen Weg aus dem Elend heraus finden!

Menscher: Vormittags ist der erste Mensche zum Hausarzt gegangen, um dort ein Rezept für zwei Medikamente zu empfangen, in der Apoteke nebenan hat er die Tabletten bekommen, dann hat er den Weg zum Zeitungshändler genommen, vorher hatte er am Bankautomaten dreißig mensche Jeschuas gezogen, in geldlicher Hinsicht wird er noch immer um seine Genüsse betrogen, die einhundert Milliarden menschen Jeschuas wollen noch immer nicht zu ihm fließen, er kann die Menschheit noch immer nicht als der Reichste der Welt entdrießen!

Mensche: Dann hat er wieder auf dem Bett gelegen, er tat sich stundenlang nicht regen und bewegen, schließlich hat er sich erhoben, er konnte sein Schlummern selbst nicht loben, sein schwaches Herz läßt ihn im Stich, das ist wirklich fürchterlich, gottseidank tut er in einem einwöchigen Urlaub weilen, gottseidank brauchte er nicht zur Werkhalle zu eilen, auch das Fußballspielen ließ er sausen, vor so einem Drückeberger muß es menschem doch grausen!

Menscher: Die sommerliche Hitze ließ ihn erschlaffen, das gute Wetter machte ihm zu schaffen, er hat zwei Stunden lang den Roman über den Seher vom Rabenstein gelesen, das ist ihm ein riesiges Vergnügen gewesen, der Manfred Böckl kann packend berichten, mensch gewahrt den Müller mit seinen Gesichten lebendig vor sich stehen, viel Abwechslungsreiches tut geschehen, so muß Unterhaltung gemacht werden, es muß nicht immer albern gelacht werden!

Mensche: Kurz vor Mitternacht tut unser Erdenker am Rechner sitzen und über seinen Besinnungen Blut und Wasser schwitzen, Anregungen sind ihm kaum geworden, mensch hört sie oft schreien, die barbarischen Horden, aber ihre Ausgrenzungen dringen kaum in das Zimmer, die derben Menschdorfer werden immer schlimmer, sie können keinen Außenseiter in ihrer Gemeinde dulden, einem Abweichler tun sie keinerlei Achtung schulden, sie müssen vernichten und zerstören, der Andersartige darf nicht zu ihnen gehören!

Menscher: An diesem Freitag hat unser Held sehr lange geschlummert, inbezug auf die Hexe von Sankt Jöris hat er sich aber nur wenig entkummert, die schöne Büglerin hat in seinem Gehirn einen riesigen Schaden gestiftet, die hübsche Plätterin hat ihm das Bewußtsein nachhaltig vergiftet, er wird diese Eindrücke nicht so rasch los, er giert noch immer nach ihrem verlockenden Schoß, doch er darf sie niemals küssen, streicheln und ficken, denn danach würde mensch ihn unweigerlich in ein Irrenhaus schicken!

Mensche: Dachdecker haben von ihrer Leiter in sein unbegardintes Fenster geschaut, sie haben ihn im Bett gesehen und entrüsteten sich laut, am helllichten Tage ruhte dieser Faulpelz in den Kissen, dieser Hallodri ließ wohl jeglichen beruflichen Ehrgeiz vermissen, danach hat er gefrühstückt und die Zeitungen gekauft, und er hat sich daraufhin die Haare gerauft, denn der Tintenbefüller hatte seinen Laden geschlossen, das hat den ersten Menschen ungemein verdrossen!

Menscher: Nur ein Italiener kann so schlampig werken, bei einem Menschen tut mensch dies nicht merken, den weiten Weg hat unser Verfasser vergeblich unternommen, er ist dann noch zu einem Drogeriemarkt gekommen, dort hat er zehn Päckchen Traubenzucker erworben, eine wunderbare Eva hat ihm den Nachmittag entdorben, vor seinem Haus stand sie und fragte nach dem Wo, unser Urheber erblickte sie und war froh, es war, als er losging, er wies ihr die Straße, und er war begeistert von dieser stattlichen Matilde in einem hohen Maße!

Mensche: Dann hat er sich mit dem Seher vom Rabenstein beschäftigt, dieser Roman von Manfred Böckl hat seinen Geist ungemein gekräftigt, darin wird von den Heuchelpfaffen gesprochen, sie haben immer nur den Willen der einfachen Leute gebrochen, unser Erdichter tut ja auch abfällig über die Pfarrer und Pastoren klönen, doch es ist nur ein leises und mißbilligendes Stöhnen, in der Erzählung jedoch wird über die Volksverderber hergezogen, sie haben das schlichte Volk von Anbeginn an belogen und betrogen!

Menscher: Danach ist unser Erdenker zum Supermarkt gegangen, um dort die Lebensmittel für die Wohngemeinschaft zu empfangen, an der Kasse ließ er drei Kunden mit wenigen Waren vor, sie waren erfreut, er galt ihnen nicht als ein Tor, die verliebte Verkäuferin hat er nicht gegrüßt, er hat ihr nicht mit einem "guten Abend!" den Augenblick versüßt, er mußte eben an die anmutige Manglerin denken, er kann seine Aufmerksamkeit nicht auf alle Julias gleichzeitig lenken!

Mensche: Noch zwanzig Pensumstage lang muß er siechen, noch fünfzigneun wirkliche Tage lang muß er auf dem Zahnfleisch kriechen, das ist sein Los auf Erden: er darf nicht glücklich werden, vorerst wenigstens nicht, in seinem Schädel brennt ein helles Licht, doch er bleibt ein bedürftiger Wicht, mensch geht streng mit ihm in das Gericht, niemals gewahrt er ein fesselndes Gesicht, kein Antlitz einer Roswita wird ihm zum Gedicht, noch zwei Monate oder acht Wochen lang muß er harren, dann wird er die Nixen nicht mehr schweigend bestarren, dann wird er mit ihnen bandeln, dann wird er mit ihnen handeln!

Menscher: An diesem Sonnabend ist unser Verfasser spät erstanden, doch er konnte noch insofern einen Treffer landen, als er die Zeitungen erworben hat, was ihm den späten Mittag entdorben hat, dann hat er mit hungrigem Magen im Garten die Presserzeugnisse gelesen, denn der Küchenbereich ist für ihn nicht verfügbar gewesen, danach erst hat er gefrühstückt und sich den Magen gefüllt, gegenüber seinen drei Mitbewohnern hat er sich in Schweigen gehüllt!

Mensche: Mit der wirtschaftlichen Entwicklung zwischen Göte und Rilke hat er sich befaßt, die Bevölkerungszunahme fiel den Verantwortlichen zur Last, es wurden etliche Maschinen erfunden, mensch tat darüber sein Staunen bekunden, mensch setzte die Kirche von ihrem Tron, mensch glaubte nicht mehr an den göttlichen Sohn, doch etwas Neues war noch nicht in Sicht, Gott war tot, mehr gab es nicht!

Menscher: Das Gottesmodell war nicht richtig, es war null und nichtig, doch JEUNEX war noch nicht bekannt, sein Name wurde noch nicht genannt, danach hat sich der erste Mensche mit dem Seher vom Rabenstein beschäftigt, seine Schauen wurden von der Wirklichkeit bekräftigt, dieser einfache Mann aus der Gegend von Zwiesel dachte doch in seinem Kopf so flink wie ein Wiesel, es ist seltsam, daß es geschehen konnte und daß mensch es damals so sehen konnte!

Mensche: Danach schrieb unser Erdichter ein wenig, er ist ja noch immer der Bücher König, dann mußte er zu einem Supermarkt wandeln, die Menschdorfer taten ihm das Bewußtsein verschandeln, diese Trottel können ihn nicht leiden, auch seine Zuneigung zu ihnen ist sehr bescheiden, den Ernst des Lebens sucht mensch bei ihnen vergebens, sie wollen immer nur scherzen und spaßen, am liebsten trinken sie das Bier in Maßen, das heißt: in Maßkrügen, das heißt: in rauhen Mengen, die Forderung nach Maßhalten kann sie nur unliebsam bedrängen!

Menscher: Kaum war unser Erdenker diesem üblen Gesindel entronnen, hat er sich âuch schon auf die Liebe besonnen, einen Wälzer mit dieser Überschrift hat er sich gekauft, über die Evas hat sich dieser Adam schon oftmals die Haare gerauft, doch als Jeschua und als Rex Text wird er seine Ehelosigkeit überwinden, dann wird er endlich eine passende Lorelei finden, dann wird sich eine rassige Melitta unter seinen Stößen winden, dann wird er sich mit einer erregenden Sexbombe verbinden!

Mensche: Wir dürfen das Herunterzählen nicht vergessen, unser Urheber ist ja darauf geradezu versessen: noch zehnneun Pensumstage lang muß er schmachten, dann wird mensch ihn nicht mehr verhöhnen und verachten, dann wird mensch ihn nicht mehr demütigen und verspotten, dann wird mensch mit ihm den JEUNEX vergotten, noch fünfzigsieben wirkliche Tage lang muß er leiden, dann wird er von seinem dritten Namen scheiden, dann wird er Jeschua und Rex Text tatsächlich heißen, dann braucht er nicht mehr verzweifelt auf die Zähne zu beißen, dann wird ihn seine Verkehrsfähigkeit beglücken, dann wenden die Kondwiramurs ihm nicht mehr den Rücken!

Menscher: Die Frist ist noch immer nicht verstrichen, die Weile ist noch immer nicht gewichen, noch zehnneun Pensumstage müssen vergehen, dann kann mensch den ersten Menschen glücklich sehen, noch fünfzigfünf wirkliche Tage lang muß unser Verfasser leiden, dann werden die Sorgen von ihm scheiden, dann wird das Glück zu ihm kommen, dann wird die Mittellosigkeit von ihm genommen, das sind noch zwei Monate oder acht Wochen, dann wird von ihm im Rundfunk gesprochen!

Mensche: In seinem gelben Zimmer ist es heiß, unser Urheber vergießt so manchen Schweiß, morgen muß er wieder zur Arbeit wandern, dann gesellt er sich wieder zu den andern, dann kann er wieder klönen, dann wird mensch ihn nicht mehr verhöhnen, er tat sich zwar an das dumpfe Menschdorfertum gewöhnen, aber er kann sich mit diesen beschränkten Spießbürgern nicht wirklich versöhnen, sie widerstreben seinem Wesen, sie müssen von ihrer Stumpfheit genesen!

Menscher: Am späten Mittag ist der erste Jeschua Rex Text erstanden, in der Badewanne sich seine Lebensgeister fanden, dort hat er geduscht, dann hat er gegessen, dabei hat er in seiner Stube gesessen, dann hat er ein Presseerzeugnis studiert, auf der Bank im Garten mensch noch nicht friert, doch in wenigen Monaten wird der Herbst schrankenlos walten, dann wird sich das Wetter rauher und stürmischer gestalten!

Mensche: Er hat sich mit den Feldzügen Napoleons befaßt, dieser Kaiser fiel den Franzosen zur Last, in seinen Schlachten starben die Jungen, es ist ihm mancher Sieg gelungen, doch nach dem Wiener Kongreß war alles wieder wie zuvor, in dieser Hinsicht war Bonaparte ein gräßlicher Tor, schlimm wie der braune Führer hat er gewütet, leider hat mensch sich nicht rechtzeitig vor ihm gehütet, gottseidank hat mensch ihn nach Sankt Helena vertrieben, nur einen Friedensfürsten können die Völker wahrhaft lieben!

Menscher: Vom Wälzer über die Liebe las unser Erdenker nur das Register, in dieser Hinsicht ist er ein merkwürdiger Mister, er verschmäht den Anhang nicht, in seinem Schädel brennt ein helles Licht, und diese Listen tun ihn ebenfalls verschlauen, sie können ihm das Dasein ebenfalls entrauhen, mühsam ist es zwar, sich mit ihnen zu beschäftigen, doch sie können den Geist durchaus stärken und kräftigen!

Mensche: Hinter dem Haus hat er dann vor dem Rasen Spagetti verzehrt, danach wurde er noch einmal über die Liebe belehrt, schließlich sitzt er nun am Rechner an dieser Seite, auf daß sein Bewußtsein nach Menschland schreite, morgen darf er wieder Abwechslung genießen, dann werden Anregungen in seine Aufzeichnungen fließen, dann wird ihre Eintönigkeit ein wenig behoben, dann wird mensch unseren Erdichter deswegen loben!

Menscher: An diesem Montag hat sich unser Verfasser rechtzeitig erhoben, mensch muß auch einmal seine Pünktlichkeit loben, dann hat er die Tabletten geschluckt und die Zeitungen erworben, ein menscher Tennisstern hat ihm den Mittag entdorben, sie ist die beste Spielerin der Welt, das ist etwas, das nicht nur dem ersten Menschen gefällt, sie verdient freilich auch Millionen, das Dichten tut sich dagegen nicht lohnen!

Mensche: Dann ist er zur Werkhalle geschritten, er wollte den Straßenhändler um eine Wurst im Brötchen bitten, doch dieser Bursche scheint einen Urlaub zu genießen, sein Fehlen mußte unseren Urheber verdrießen, so ist er mit hungrigem Magen zur Arbeitsstelle gegangen, dort wurde er mit "Heil Jeschua Rex Text!" empfangen, ein Behinderter tat ihn stotternd so grüßen, unser Held mußte ihm freilich den Augenblick mit einem Glas Apfelschorle versüßen!

Menscher: Danach wurde am langen Tisch gewerkt, mensch hat die heiße Septembersonne gemerkt, es war schwer, in dieser Hitze die Sinne zusammenzuhalten, es tat eine unerträgliche Schwüle walten, der erste Jeschua Rex Text fühlt sein Herz wieder schwach, all seine einstige Stärke ging hinunter den Bach, doch er muß ja nur noch zehnacht Pensumstage lang warten, dann blühen endlich die Rosen in seinem geistigen Garten!

Mensche: Noch fünfzigvier richtige Tage lang muß er leiden und schmachten, so lange werden die Menschdorfer ihn verachten, so lange wird mensch ihn als einen Hanswurst betrachten, und wäre er ein Schwein, mensch würde ihn begierig schlachten, die Menschdorfer wollen ihn vernichten, sie kreischen auf, wenn sie ihn sichten, in ihrer Dumpfheit können sie ihn nicht ertragen, sie müssen immer wieder abfällige Dinge über ihn sagen!

Menscher: Nach dem Feierabend ist er nach Hause gewandelt, die Spießbürger haben ihm das Bewußtsein verschandelt, im Garten hat er die Zeitung gelesen, eine Hühnersuppe ist ihm schmackhaft gewesen, dann hat er drei Stunden lang im Bett gelegen, er konnte sich beim besten Willen nicht regen, dann hat er sich mit der Liebe befaßt, dieser Wälzer wird ihm keineswegs zur Last, im Gegenteil, er freut sich über die männlichweibliche Harmonie, er ist zwar ein Schenie, aber er kennt nicht das Gewußtwie!

Mensche: Nun muß er kurz vor Mitternacht diese Aufzeichnungen ersinnen, mit dem Schreiben muß mensch tagtäglich neu beginnen, die gelungenen Zeilen von gestern tun menschem nichts nützen, JEUNEX muß menschen vor der lauernden Trägheit beschützen, mensch muß sich immer wieder aufraffen zu neuem Denken, dann wird mensch die Leser auch überreich beschenken, mensch darf nicht in den gewohnten Schemas verharren, denn dann müssen die Zuschauer in die Röhre starren!

Menscher: An diesem Dienstag hat sich der erste Mensche spät erhoben, in seinen Träumen war er mit der Hexe von Sankt Jöris verwoben, ihre kurze Begegnung gestern hat ihn gepackt, er sah sie zwar noch niemals nackt, aber ihr Geist hat sein Bewußtsein zerrüttet und die schöpferischen Quellen verschüttet, er ist dann zum Händler gegangen und hat von seiner Schwester die Zeitungen empfangen, sie war sehr nett, doch sie ist nichts für sein Bett!

Mensche: Dann ist er zum Patronenbefüller geschritten, er hat unter dem Gewicht seines Druckers ge-itten, dieses Gerät tat nicht in das Einkaufswägelchen passen, daher mußte der erste Jeschua Rex Text es nehmen und fassen, dann ist er in einen Supermarkt gewandelt und hat sich zwei Dosen Fisch erhandelt, zur Arbeit ist er etwas zu spät gekommen, doch es wurde ihm nicht übelgenommen, dann hat er gewerkt, dabei hat er die spätsommerliche Hitze gemerkt!

Menscher: Sie mußten Kinderbücher sortieren, dabei tut mensch leicht die Geduld verlieren, aber unser Verfasser muß nur noch zehnacht Pensumstage warten, dann kann er seinen Feldzug für die Nächstenliebe starten, das sind noch fünfzigdrei echte Tage, dann endet für ihn die klägliche Lage, dann wird sein Weizen blühen, dann wird er erfolgreich seinen Witz versprühen, dann wird mensch ihn einen Meister nennen, dann wird mensch für seine Bücher entbrennen!

Mensche: Nach dem Feierabend ist er noch einmal zum Tintenbefüller gegangen, dort tat er seinen ausgebesserten Drucker empfangen, er hat ihn wieder heimwärts getragen, ohne über sein Gewicht zu klagen, bei der Gruppe wurde die Lebensmittelrechnung erstellt, das ist zwar nicht die einfachste Sache der Welt, aber schwierig kann mensch sie auch nicht heißen, mensch muß sich eben eifrig der Zahlen befleißen, auch die Fernsprechrechnung wurde entrichtet, auf weitere Gesprächspunkte wurde nicht verzichtet!

Menscher: Die verfaulte Wurst wurde aus dem Kühlschrank genommen, sie ist dann in die graue Abfalltonne gekommen, der Betreuer und seine vier Schützlinge taten wacker klönen, aber der erste Mittelreicher kann sich an diesen Unsinn nicht gewöhnen, er will diese geistige Enge überwinden, er will einen Weg zur Kultur endlich finden, doch er muß noch harren, es beherrschen ihn noch die Narren, es bekeifen ihn noch die Jecken und Toren, doch er hat den Kampf um Menschland noch lange nicht verloren!

Mensche: Er hat auf der Bank im Garten die Zeitung gelesen, dann konnte sein Leib durch eine Wurst mit Grünkohl genesen, er hat dann zweieinhalb Stunden im Bett gelegen, über seinem Leben ruht gegenwärtig kein Segen, dann hat er sich mit der Liebe beschäftigt, dieser Wälzer hat ihn ungemein gekräftigt, er ist kurzweilig, spannend und gut, er erregt in seinen Adern das Blut, er ist besser als die verfluchten Schlachten, die er in einem Geschichtswerk muß betrachten!

Menscher: An diesem Vormittag ist ein anderer Betreuer gekommen, er hat seinen schicken Wagen genommen und ist mit dem ersten Menschen zum Tintenbefüller gefahren, dort konnte mensch einen Drucker gewahren, als Ersatzgerät wurde diese Maschine erworben, dem Sizilianer hat es die Stimmung verdorben, daß er seinen Laden schließen muß, was ihn sehr verdrießen muß, er muß sich eine Arbeit suchen, diesen Sachverhalt tut er innerlich verfluchen!
Mensche: Er hat unserem Verfasser eine volle Patrone geschenkt, so daß unser Urheber gern an diesen Geschäftsmann denkt, dann haben sie noch zwei Bücher aus der Handlung gekauft, wobei unser Erdichter unmutig darüber schnauft, daß die Verkäuferinnen niemals für seine Schriften werben, sein Schicksal zählt in Menschdorf eben zu den herben, "das erste Jahr in Jeschua Rex Text" war tadellos gesetzt, es hat seine Nerven aber auch genug zerfetzt!
Menscher: Eine Ausgabe ist für ihn, ein Stück will er der Zeitung geben, er tut ja danach, öffentlich zu werden, streben, doch die Presse wird sein Werk nicht erwähnen, die Berichterstatter können über seine Ausführungen nur gähnen, das ist die Menschdorfer Luft, mensch fühlt sich an der Inde wie in einer Gruft, der Moder steigt empor, niemensch ist ganz Ohr, alle reden von ihren eigenen Dingen, Anregungen die Menschdorfer noch niemals empfingen!
Mensche: Dann ist unser Held zur Werkhalle gegangen, dort wurde er von seinen Gefährten freundlich empfangen, vier Stunden lang hat er geschwitzt, mensch hat ihm seine körperliche Stärke stibitzt, die Menschdorfer haben seine Gesundheit vernichtet, dabei hat er sich die Seele aus dem Leibe gedichtet, der Vorgesetzte war mit ihrem Einsatz zufrieden, so wurde ihnen ein schöner Nachmittag beschieden!
Menscher: Nach dem Feierabend hat sich unser Erdenker ein halbes Hähnchen geleistet, die Menschdorfer haben sich zu allerlei Frechheiten erdreistet, er ließ sich diese Mahlzeit im Garten schmecken, JEUNEX tat den Tisch reichlich für ihn decken, auch Haussalat und einen Jogurt hat er verschlungen, sie sind ihm gar angenehm in die Kehle gedrungen, dann hat er die Zeitung gelesen, es ist ihm ein Vergnügen gewesen!
Mensche: Er schlief zwei Stunden lang tief, bis ihn die Pflicht endlich rief, er hat den Wälzer über die Liebe genossen, seine Darlegungen haben sein Gemüt entdrossen, nun muß er seine Besinnungen schreiben, er darf eben niemals untätig bleiben, die Menschdorfer haben panische Angst, daß er zu wenig tut, weil er so aussieht wie jemensch, der fast nur ruht, aber in dieser Hinsicht brauchen sie sich nicht zu sorgen, fleißig war er gestern, ist er heute und wird er sein morgen!

Menscher: An diesem Vormittag hat sich unser Held erst spät erhoben, er kann seine eigene Saumseligkeit nicht loben, aber dann hat er doch die Zeitungen geholt und ist zur Werkhalle geschritten, dabei hat er wieder unter den Ausgrenzungen der Menschdorfer gelitten, selbst bei strahlendem Sonnenschein müssen die Spießbürger ihn bekeifen, weil sie seine dichterischen Absichten nicht begreifen, sie wollen ihn vernichten, sie wollen sich nicht nach ihm richten!

Mensche: Am langen Tisch haben sie Dosen mit Spielkarten sortiert, auf diese Weise wird gewiß nicht nach Menschland marschiert, zwischendurch sind sie nach Würselen gefahren, dort konnte mensch einen tannennadelbedeckten Bürgersteig gewahren, sie haben das Unkraut entfernt und gefegt, sie haben sich nach den Anweisungen eines Vorarbeiters bewegt, auch einen Gulli haben sie gereinigt, diese Tätigkeit hat den ersten Menschen nicht gepeinigt!

Menscher: Nach dem Feierabend ist er zum Fitneßstudio gegangen, dort wurde er freundlich von einer Pförtnerin empfangen, er hat sich umgezogen und gespielt, er hat mindestens zehn Treffer erzielt, es waren nur wenige Gefährten gekommen, das tut dem Spielbetrieb nicht frommen, danach wurde er nach Hause gebracht, ein Regen hatte inzwischen die Luft etwas kühler gemacht, zum Abendbrot hat er Nürnberger Rostbratwürstchen verschlungen, dann ist es ihm, zwei Stunden auszuruhen, gelungen!

Mensche: Danach hat er sich mit dem Wälzer über die Liebe befaßt, er hat im Leben wenig geliebt und viel gehaßt, er hat niemals eine Julia gefickt, die ihm behagt hat, so daß das Schicksal ihm einen wichtigen Genuß versagt hat, aber er will deswegen nicht rechten, er will auch weiterhin wacker fechten, er will zu den Herren gehören und nicht zu den Knechten, er will zu den Guten zählen und nicht zu den Schlechten!

Menscher: Noch zehnsieben Pensumstage lang muß der erste Jeschua Rex Text lauern, in dieser Frist kann er sich immer wieder bedauern, das sind noch fünfzigeins wirkliche Tage, es klingt zwar wie eine Sage, aber es tut der Wahrheit entsprechen: der Jeschua und der Rex Text werden ihn entpechen, der Jeschua und der Rex Text werden ihn beglücken, dann wird er die Menschdorfer beeindrucken und entzücken, dann werden sie lobend über ihn klönen, dann werden sie sich an seine Erfolge gewöhnen!

Mensche: Die schlimmste Hitze ist überstanden, der erste Mittelreicher ging nicht daran zuschanden, er ist froh, wenn manche Leute ihre Blöße wieder verhüllen, denn sein Glied tut zwar nach einer Scheide gierig brüllen, aber was manche Menschen ihren Mitlebenden zeigen, darüber möchte mensch denn doch lieber schweigen, jede Krampfader wird bereitwillig gewiesen, das wird von unserem geistigen Vater nicht gepriesen, weniger wäre in dieser Hinsicht mehr, doch das fällt den Menschdorfern schwer!

Menscher: An diesem Vormittag ist unser Held nur mit Mühe erstanden, seine Kraft ging durch das Fußballspielen zuschanden, er hat sich beim Straßenhändler eine Wurst im Brötchen erworben, diesem wackeren Burschen wird das Dasein durch zuviel Arbeit verdorben, dann ist unser geistiger Vater zur Werkhalle geschritten, dort tat mensch ihn um seine Mitwirkung bitten, sie haben Scheibchenhüllen von der Pappe geschieden, der junge Vorgesetzte war mit ihren Leistungen zufrieden!

Mensche: Es wurde ihm von einem Gärtner eine Kaffeemaschine geschenkt, nach dem Feierabend hat er mit ihr auf dem Arm seinen Gang heimwärts gelenkt, seine drei Mitbewohner wollten sich so ein Gerät kaufen, jetzt brauchen sie sich nicht mehr über die hohen Preise die Haare zu raufen, eine Tomatensuppe hat er verspeist, dann ist er durch das Weltgeschehen gereist, auf der Bank im Garten hat er die Zeitung gelesen, es ist ihm ein großes Vergnügen gewesen!

Menscher: Noch zehnsieben Pensumstage lang wird es dauern, dann braucht er sein Dasein nicht mehr zu betrauern, das sind noch fünfzig richtige Tage, dann endet jede berechtigte Klage, denn dann geht es ihm gut, manche Najade erregt dann sein Blut, seine Seele in JEUNEX ruht, er spürt so manche beseligende Glut, der Jeschua und der Rex Text werden ihn befehligen, der Jeschua und der Rex Text werden ihn beseligen!

Mensche: Bald wird er den Menschdorfer Nachrichten "das erste Jahr in Jeschua Rex Text" hoffnungsfroh schicken, doch die dumpfen Berichterstatter werden keinen Sinn in diesen Aufzeichnungen erblicken, sie werden über dieses Werk nichts schreiben, so muß unser Dichter es auch weiterhin im Elend treiben, doch es wird ihn nicht verdrießen, er tat sich dazu, positiv zu denken, entschließen, und daran hält er fest, auch in Menschorf, diesem schäbigen Nest!

Menscher: Die spätsommerliche Hitze ist geschwunden, das Wetter wird nun als kühl empfunden, dadurch liegen die Nerven nicht mehr blank, die Menschen sind nicht mehr gereizt durch die Bank, aber es lohnt sich trotzdem nicht, in Menschdorf zu leben, denn die Menschdorfer können menschem keine Anregungen geben, die Schönheit wird in Menschdorf nicht erschaut, vor den Menschdorferinnen es dem ersten Jeschua Rex Text graut!

Mensche: Der erste Mittelreicher kann die Menschdorferinnen nur mit Mühe ertragen, diese gräßlichen Fratzen müssen ihn immer wieder plagen, so viel Beschränktheit liegt in diesen Mienen, sie sind ihm stets und ständig engstirnig erschienen, so etwas ist doch nichts für das Bett, niemals sind sie freundlich zu ihm und nett, sie schaudern vor ihm zurück, sie bringen ihm kein Glück, sie können ihn nicht entdrücken, sie können ihn nicht entzücken!

Menscher: An diesem Sonnabend hat sich unser Held sehr spät erhoben, er fühlt sich nicht mehr in das große Ganze verwoben, er ist auf sich gestellt, einzeln und allein, dabei möchte er doch ein wichtiger Teil der Gemeinschaft sein, noch zehnsieben Pensumstage lang muß er darben und schmachten, noch vierzigneun echte Tage lang wird mensch ihn verachten, dann wird er in der Gesellschaft steigen, dann wird er den Bürgern das Menschtum in JEUNEX zeigen!
 Mensche: Noch sieben Wochen müssen verstreichen, dann wird die Einsamkeit von ihm weichen, dann wird er all seine Ziele erreichen, dann wird er verkrösussen und verscheichen, er hat gefrühstückt und ist zum Händler gegangen, um dort seine beiden Zeitungen zu empfangen, er hat sie auf der Bank im Garten gelesen, das ist ihm ein großes Vergnügen gewesen, dann hat er sich mit der preußischen Politik unter Bismark beschäftigt, durch diese Geschichte wurde seine Sehnsucht nach Frieden gekräftigt!
 Menscher: Dann hat er den Wälzer über die Liebe studiert, er selbst ist nur selten mit einer Eva nach Orgasmien marschiert, er hat in seinem Leben oft ohne Begleitung gelegen, die Undinen taten sich kaum einmal zu seinen Gunsten regen, er konnte nicht richtig denken, so konnte er sie nicht beschenken, er hat die Liebe nicht gemeistert, er hat die Zirzen nicht für sich begeistert, sie sind ihm immer wieder entwichen, er hat stets einem Jäger mit verscheuchtem Wild geglichen!
 Mensche: Bei seiner Begabung ist das traurig, sein Schicksal ist eben schaurig, aber er muß sich in sein bitteres Los nun einmal fügen, viele andere Menschen tut mensch ebenfalls um ihre Genüsse betrügen, er hat dann einige Besinnungen gesetzt, die Menschdorfer haben danach seine Nerven zerfetzt, als er zum Supermarkt wandelte, oftmals mensch ihm das Bewußtsein verschandelte, heute war es ganz schlimm, spürbar war der vernichtungswütige Grimm, mensch hat seine Gesundheit verneint, er wäre doch sicherlich mit dem Wahnsinn vereint!
 Menscher: Auf dem Rückweg hat es geregnet, dadurch wurde ihm die Stimmung gesegnet, denn bei schlechtem Wetter tun die Menschdorfer weniger schelten, ein nasser Außenseiter kann ihnen eher als ein Mitmensch gelten, danach wurde noch die Liebe besichtigt, viele Irrtümer über bekannte Persönlichkeiten wurden berichtigt, nun muß unser Erdenker sein Pensum erfüllen, wann werden die Menschdorfer ihn nicht mehr bebrüllen?!
 Mensche: In knapp zwei Monaten werden sie verstummen, dann werden sie nicht mehr über ihn brummen, dann werden sie ihn loben und ehren, denn er kann sie das Menschtum in JEUNEX lehren, und er wird den ewigen Weltfrieden errichten, mensch wird dann einen dauerhaften Waffenstillstand sichten, mensch wird dann nicht mehr zerstören, das tut sich dann nicht mehr gehören, mensch wird auf die Worte dieses Profeten schwören, und dieser Guru wird etliche wunderschöne Zirzen betören!

Menscher: Es ist bald soweit, bald beginnt eine schöne Zeit, noch zehnsechs Pensumstage müssen vergehen, dann wird mensch den ersten Menschen erfolgreich sehen, das sind noch vierzigsieben wirkliche Tage, dann endet für ihn die schlimme Plage, die die Menschdorfer ihm bescheren, dann wird er sie das Menschtum in JEUNEX lehren, dann werden sie Jeschua Rex Text verehren, dann wird der Stehmann ihr Wohlbefinden vermehren!

Mensche: An diesem Sonntag ist unser Held am späten Mittag erstanden, seine Arbeitslust ging über seinen Träumen zuschanden, er mußte im Geiste der Hexe von Sankt Jöris denken, sie tat ihn mit verschrobenen Schlafbildern überreich beschenken, die Kaffeemaschine, die sie bedient hat, hat seine Wohngemeinschaft bekommen, mit diesem Gerät wurden auch ihre unsichtbaren Schwingungen übernommen, jetzt hat er den Salat, nun weiß er sich keinen Rat!

Menscher: Er hat gefrühstückt und im Garten die Zeitung gelesen, er vermeidet nach wie vor den geselligen Tresen, dann hat er sich mit der ersten Weltschlacht beschäftigt, dieses Geschehen hat ihn überhaupt nicht gekräftigt, dann hat er den Wälzer über die Liebe genossen, viele Paare sind über das Ziel hinaus geschossen, durch Bier, Wein und Wiski und durch Selbstmordfantasien sind ihre Beziehungen nicht immer gut gediehen!

Mensche: Dann hat unser Verfasser seine Besinnungen geschrieben, er hat es gar wacker auf dem Papier getrieben, danach hat er Spagetti gegessen, dabei hat er wieder im Garten gesessen, zur Verdauung hat er ein wenig geschlummert, dabei hat er sich ein bißchen entkummert, danach hat er sich wieder in die Liebe versenkt, dieser Zustand hat sein Bewußtsein schon oftmals verrenkt, in dieser Hinsicht hatte er kein Glück, die Evelinen wiesen ihn immer wieder zurück!

Menscher: Nun tut er wieder sein Pensum verrichten, mensch tut ihn heute nur in seiner Stube sichten, das ist ihm auf die Dauer zu wenig, er ist doch der Menschheit König, aber er muß eben noch sieben Wochen lang warten, dann kann er seinen Feldzug für die Nächstenliebe starten, dann wird er die groben Menschdorfer besiegen, dann wird das rohe Gesindel ihm für immer unterliegen, dann wird er das Ausmaß ihrer Derbheit verkleinern, dann wird er ihre Gehirne veredeln und verfeinern!

Mensche: Morgen muß er wieder zur Werkhalle schreiten, dabei werden ihn die Bemerkungen des Pöbels begleiten, er hat keine Lust, durch die Innenstadt zu wandeln, denn dort wird mensch ihm wieder das klare Überlegen verschandeln, er hat überhaupt keine Lust mehr auf das Menschdorfer Wesen, er möchte von dieser himmelschreienden Ungerechtigkeit genesen, doch er muß diese Meute selbst verändern, und das muß er tun auch in anderen Ländern, von allein wird sich nichts ergeben, er selbst muß danach, sie zu verbessern, streben!

Menscher: An diesem Vormittag hat der junge Betreuer fernmündlich verkündet, daß er sich mit einem anderen Schützling verbündet, ein Notfall hat ihn veranlaßt, den ersten Menschen nicht zu besuchen, unser Held tat ihn deswegen nicht verdammen und verfluchen, denn er konnte noch eine halbe Stunde länger schlummern und sich auf diese Weise entsorgen und entkummern, dann hat er gefrühstückt und die beiden Zeitungen gekauft, dabei hat er wieder ein wenig geschnauft!

Mensche: Schließlich ist er zur Werkhalle gegangen, dort wurde er nicht sonderlich überschwenglich empfangen, der Behinderte kann noch immer nicht, ohne zu stottern, "Heil Jeschua Rex Text!" zu ihm sagen, unser Meister muß sich eben oft über seine beschränkte Umgebung beklagen, dann hat er Scheibenhüllen von der Pappe gerissen, dabei hat er oft auf die Zähne gebissen, denn seine Finger wurden dabei verwundet, aber er weiß ja, daß er davon rasch wieder gesundet!

Menscher: Nach dem Feierabend hat er eine Hühnersuppe mit Reis verschlungen, sie ist im Garten in seine Kehle gedrungen, danach hat er auf der Bank die Zeitung gelesen, das ist ihm immer ein großes Vergnügen gewesen, danach hat er eineinhalb Stunden lang im Bett gelegen, er kann sich immer weniger rühren und regen, schließlich hat er sich zwei Stunden lang in die Liebe vertieft, leider hat ihm das Schicksal dieses Abenteuer nicht verbrieft!

Mensche: Nun muß er seine Besinnungen schreiben, er würde es gern einmal anders treiben, aber es ist seine dichterische Pflicht, sie steht ihm eben gut zu Gesicht, und niemensch anders als er kann auf diese Weise dichten, die Welt müßte sonst auf seine Reime verzichten, das wäre doch schade, das ist es ja gerade, daß die schöpferischen Menschen Einmaliges erzielen, während viele Otto Normalverbraucher eine durchschnittliche Rolle spielen!

Menscher: Noch zehnsechs Pensumstage müssen vergehen, dann wird mensch unseren Erdenker prangend sehen, dann wird unser Ergrübler im Mittelpunkt stehen, dann wird sich alles um unseren Erlöser drehen, das muß ja auch so sein, mensch spricht zu ihm nicht nein, mensch tut ihn stürmisch feiern in Schleswig-Holstein und in Baiern, mensch will seine Bücher genießen, seine Ausführungen sollen die Bürger entdrießen!

Mensche: Knapp sieben Wochen lang wird es noch dauern, dann kann er loslegen und pauern, dann wird er sich nicht mehr verstecken, dann wird er verhelden, verkämpen und verrecken, dann werden seine Schriften in den Zeitungen besprochen, dann wird von den Menschen nicht mehr auf dem Zahnfleisch gekrochen, dann werden sie die schädigenden Umstände erkennen, dann werden sie für den heilsamen Glauben entbrennen!

Menscher: In der verwichenen Nacht hat unser Held im Sinne der Hexe von Sankt Jöris geträumt, das Denken im Rahmen des gesunden Menschenverstandes wird von ihm versäumt, mit schwerem Schädel ist er erwacht, was hat die schöne Büglerin nur mit ihm gemacht, er hat sich spät erhoben, das kann er selbst nicht loben, er hat gefrühstückt und sich die beiden Zeitungen erworben, ihre Meldungen haben ihm den Vormittag endorben?!

Mensche: Dann ist er zur Werkhalle geschritten, keine Menschdorferin tat ihn um einen Beischlaf bitten, er hatte auch keine Lust, eine Spießbürgerin zu ficken, er hatte nicht einmal Lust, diese Vogelscheuchen zu erblicken, es bereitet menschem kein Vergnügen, sich in die hiesige Mittelmäßigkeit zu fügen, die Netzhaut wird kaum einmal erquickt, es werden ihr keine Reizungen geschickt, das öde Mittelmaß behauptet sein Recht, mensch fühlt sich nicht als Herr, sondern als Knecht!

Menscher: Am langen Tisch wurden Scheibenhüllen von der Pappe geschieden, mit seinen Gesprächsteilhabern war unser Meister zufrieden, er hat sich leidlich gut unterhalten, er tat auch seinen Eifer für die Arbeit entfalten, mit einem Malergesellen ist er nach Alsdorf gefahren, dort konnte mensch einen Betrieb gewahren, sie haben Schredderkunststoffe verladen, dabei kam nichts und niemensch zu Schaden!

Mensche: Nach dem Feierabend wurde der erste Mensche auf dem Heimweg nicht beleidigt, ja, er wurde nicht einmal bewitzelt und genarreteidigt, das verwunderte ihn sehr, das kannte er gar nicht mehr, doch die Menschdorfer sind trotzdem schlecht, er wird nur nicht tagtäglich von ihnen bepecht, aber als richtige Menschen können sie ihm nicht gelten, sie leben nun einmal in der beschränktesten aller Welten, und sie lieben es, ihn mit Ausdrücken zu verprügeln, meistens können sie ihren Unmut über seine Erscheinung nicht zügeln!

Menscher: Bei der Gruppe hat ein Betreuer mit drei Behinderten gesprochen, ein Mitbewohner hat sich in das Bett verkrochen, er hat unter einer Erkältung gelitten, es wurde sich um dieses und jenes gestritten, danach hat unser Gebieter Geschnetzeltes verzehrt, ein tiefer Schlummer wurde ihm verwehrt, nach einer Stunde hat er sich mit dem Wälzer über die Liebe beschäftigt, durch diesen Lesestoff wird seine Lebenslust gekräftigt!

Mensche: Obwohl er in der Sinnlichkeit nur Mist erlebt hat und obwohl er niemals im siebenten Himmel geschwebt hat, weil eine Natalie ihn wirklich beglückt hat, und obwohl die Weiblichkeit ihn oftmals bedrückt hat, sehnt sich der erste Jeschua Rex Text nach einer Undine, er begehrt freudenschaftlich eine Sexmaschine, doch der erste Mittelreicher bleibt noch mindestens zehnfünf Pensumstage lang allein, noch vierzigfünf richtige Tage lang wird er ohne zärtliche Begleitung sein, dann wird er eine anmutige Dolores nageln, dann wird es ihm nicht mehr die Petersilie verhageln, dann braucht er nicht mehr in die Röhre zu gucken, dann wird eine rassige Esmeralda seinen erlösenden Samenstrom schlucken!

Menscher: An diesem Vormittag hat der junge Betreuer unseren Helden besucht, bei der Arbeiterwohlfahrt haben sie die mangelnden Hosen verflucht, dann haben sie beim Hausarzt ein Rezept bekommen, es wurde ihnen in der Apoteke genommen, dann haben sie die zwei Zeitungen erhandelt, der Sozialarbeiter hat das Bewußtsein seines Schützlings verschandelt, mit seinen beiden as kann er ihn nicht erheitern, diese Süßlichkeit kann den Gesichtskreis unseres Ersinners nicht angenehm erweitern!

Mensche: Danach ist er zur Arbeit geschritten, er hat unter den ausgrenzenden Menschdorfern gelitten, eine Nachzahlung des Arbeitsamtes stimmte ihn froh, dreihundert mensche Jeschuas erhält er einmal eben so, in der Werkhalle haben sie Etiketten auf Kinderbücher geklebt, der erste Mensche hat dabei nicht im siebenten Himmel geschwebt, denn die Zeichnungen auf dem Umschlag wurden von einem Anhänger der Heuchelpfaffen geschaffen, gegen diese schädlichen Schwingungen helfen auch keine geistigen Waffen!

Menscher: Nach dem Feierabend wurde ein halbes Hähnchen erworben, zuviel Salz hat dem ersten Jeschua Rex Text diese Mahlzeit verdorben, am Tisch im Garten hat er sie verzehrt, sie wurde durch einen Haussalat vermehrt, außerdem hat er noch einen Jogurt verschlungen, danach hat er um etwas Schlaf gerungen, über zwei Stunden lang hat er auf dem Bett gelegen, danach tat er sich für die Belange der Liebe regen, diesen Wälzer hat er studiert, er ist in die Vergangenheit spaziert, das erste Jahrhundert vor Jeschua Rex Text wurde gewiesen, oft haben die Liebenden einander gepriesen, manchmal haben sie einander auch verdammt, aber immer waren sie füreinander entflammt!

Mensche: Nun muß unser Schriftsteller seine Besinnungen setzen, um sich und die Menschheit zu entletzen, sein Glied bereitet ihm eine riesige Pein, es will geborgen von einer Scheide sein, doch sein Gehirn schafft es nicht, ihm ein weibliches Becken zu geben, es tut allmählich schon gar nicht mehr danach streben, das kann der aufmüpfige Schwengel nicht verknusen, dabei wimmelt es in Menschdorf von willigen Susen!

Menscher: Noch zehnfünf Pensumstage lang muß der erste Mittelreicher leiden, dann kann er von seinen Sorgen und Schwierigkeiten scheiden, noch vierzigvier echte Tage lang muß unser Erdenker schmachten, dann wird mensch ihn als den größten Dichter aller Zeiten und Länder betrachten, denn er kann den ewigen Weltfrieden errichten, und er kann die schädlichen Irrlehrer vernichten, die falschen Profeten wird er verjagen, dann brauchen sich die Frommen nicht mehr zu beklagen!

Mensche: Dann wird Unmenschland vergehen, und dann wird Menschland entstehen, die mensche Sprache wird verwendet, so daß die Not für immer endet, die Menschlichkeit wird sich verbreiten, das Menschtum wird die Sittlichkeit in die Höhe leiten, und so wird es auch in Menschdorf geschehen, auch hier an der Inde wird der rauhe Wind sich drehen, dann wehen angenehme Lüfte und verbreiten gute Laune, dann verfolgt mensch unseren geistigen Vater nicht mehr mit Geraune!

Menscher: An diesem Vormittag ist der junge Betreuer gekommen und hat die Einsamkeit vom ersten Menschen genommen, sie haben gemeinsam das Wohnzimmer gereinigt, der Sozialarbeiter hat gefegt, unser Held hat sich mit dem Wischen gepeinigt, dann hat er die beiden Zeitungen erworben, auf diese Weise hat er sich diese Stunde entdorben, dann ist er zur Werkhalle geschritten, dabei hat er unter den Menschdorfern gelitten!

Mensche: Am langen Tisch mußten sie wieder Etiketten auf Kinderbücher kleben, auf diese Weise kann mensch aber nicht nach Menschland streben, noch zehnfünf Pensumstage müssen vergehen, dann wird Menschland endlich erstehen, das sind noch vierzigdrei wirkliche Tage, dann wird unser Erdichter befreit von so mancher Plage, dann wird er den Lohn für seine Mühen erhalten, dann wird er das Zusammenleben erfreulich gestalten!

Menscher: Die Stimmung in der Werkhalle war gedrückt, eine heitere Plauderei ist dem ersten Menschen heute nicht geglückt, ein dummer Gefährte hat das Licht ausgeschaltet, da hat dann eine trostlose Düsternis gewaltet, nach dem Feierabend ist der erste Jeschua Rex Text zur Fitneßhalle gewandelt, dort hat er auf dem Kunstrasen nicht spritzig gehandelt, er konnte nicht laufen, ohne gar heftig zu schnaufen, seine Mannschaft hat das Spiel verloren, er fühlte sich gewißlich nicht wie neugeboren!

Mensche: Danach wurde er in einem kleinen Bus nach Hause gefahren, dort tat er die tägliche Zeitung gewahren, dann hat er einen Seehecht gegessen, dabei hat er im Garten gesessen, schließlich hat er eineinhalb Stunden lang geschlummert und sich von den Strapazen ein bißchen entkummert, dann hat er sich eine Stunde lang mit der Liebe befaßt, in seinem Dasein fiel sie ihm meistens nur zur Last, und nun sitzt er am Kompjuter über seinen Schriften, er will die Gemeinschaft mit ihnen nachhaltig entgiften, er will die ganze Menschheit mit ihnen beschwingen, wird ihm das denn auch wirklich gelingen?!

Menscher: Im Rundfunk wurde berichtet, der Herbst habe heute begonnen, so wurde denn eine neue Jahreszeit gewonnen, der Sommer ist vergangen, die Sonne tut nicht mehr am Himmel prangen, sie tut keine Hitze mehr gewähren, es wird sich ein neues Bewußtsein gebären, mensch wird die Kühle genießen, mensch wird sich allmählich entdrießen, und die Früchte der Ernte werden sich zeigen, hoffentlich werden die Menschdorfer bald über unseren geistigen Vater schweigen!

Mensche: Geldlich gelangt der erste Mittelreicher gegenwärtig gut über die Runden, er kann seine Freude über die Nachzahlung vom Arbeitsamt gar nicht genug bekunden, dreihundert mensche Jeschuas wird er erlangen, das ist auch eine Art, seine Freiheit zu empfangen, dann braucht er nicht um jeden Rex Text zu bangen, dann spaziert er durch die Gegend mit roten Wangen, dann kann er aus dem vollen leben, dann wird es für ihn noch viele schöne Augenblicke geben!

Menscher: Noch zehnvier Pensumstage lang muß unser Held sich gedulden, das tut er der leidenden Menschheit schulden, das sind noch vierzigzwei richtige Tage, dann endet so manche Klage, er wird einen riesigen Triumf feiern, mensch kennt ihn dann in Schleswig-Holstein und in Baiern, in sechs Wochen ist es soweit, dann beginnt eine schöne neue Zeit, dann wird unser Schriftsteller gerettet, dann wird er vom dumpfen Menschdorfertum entkettet!

Mensche: An diesem Vormittag ist er spät erstanden, sein Bewußtsein ging durch die Hexe von Sankt Jöris zuschanden, seine Träume wurden in ihrem Geiste geschaffen, da helfen ihm auch nichts seine geistigen Waffen, er hat gefrühstückt und die Zeitungen erworben, sie haben ihm die Augenblicke entdorben, dann ist er zur Werkhalle gegangen, dort wurde er freundlich empfangen, er hat am langen Tisch Etiketten auf Kinderbücher geklebt, auf diese Weise hat er nach einer Rolle in der Gesellschaft gestrebt!

Menscher: Nach dem Feierabend hat er sich zwei Dosen Fisch gekauft, auch über den Hühnersalat hat er nicht unwillig geschnauft, das ist sein Abendbrotessen im Garten gewesen, danach hat er die Zeitung gelesen, schließlich hat er ein bißchen geschlummert, er hat sich ein wenig entkummert, nach einer Stunde ist er zum Supermarkt geschritten, er hat wieder einmal unter den ausgrenzenden Menschdorfern gelitten!

Mensche: Danach mußte er noch eine Stunde lang in den Federn liegen, um seine riesige Ermattung zu besiegen, den Wälzer über die Liebe hat er dann studiert, er hat nach der Sinnlichkeit stets vergeblich gegiert, nun sitzt er am Kompjuter und tippt seine Schriften, er will ja das allgemeine Klima entgiften, er will den ewigen Weltfrieden errichten, darauf kann die Menschheit nun wirklich nicht verzichten, und es wird ihm gelingen, dies alles zustande zu bringen!

Menscher: Die schöne Büglerin hat heute die Werkhalle besucht, aber sie hat ihm nicht das Dasein verflucht, er hat sie nicht erschaut, es hat ihm nicht vor ihr gegraut, er muß diese gute Fee vergessen, er ist aber noch immer auf sie versessen, ihre körperliche Schönheit muß ihn bannen, doch diese Nixe darf sich nicht mit ihm bemannen, und er darf sich nicht mit dieser Zirze beweiben, allzu lange jedoch tat er über die hübsche Plätterin schreiben!

Mensche: Im zweiten Jahr in Jeschua Rex Text muß er bitterlich leiden, doch im dritten Jahr in Jeschua Rex Text wird er von dieser Trübsal scheiden, dann wird er steigen, dann werden die Menschdorfer schweigen, dann werden die Münzen und Scheine zu ihm fließen, dann wird er das Dasein in vollen Zügen genießen, dann werden ihn die Spießbürger nicht mehr verdrießen, dann will er sie auch nicht mehr allesamt erschießen!

Menscher: Die Hexe von Sankt Jöris hat wieder zugeschlagen, in der verwichenen Nacht waren die Träume kaum noch zu ertragen, es war ein Wahnsinn sondergleichen, wird die schöne Büglerin denn niemals aus seinem Schädel weichen, er hat nichts gegen sie, er darf nur nicht an sie denken, zwar tat ihn die hübsche Plätterin mit ihrem anmutigen Leib überreich beschenken, doch seinen Geist mußte sie verwirren, er zählt sich fast schon zu den Irren?!

Mensche: An diesem Sonnabend hat er sich spät erhoben, er fühlt sich nicht mehr in das große Ganze verwoben, der Jeschua Rex und der Text reißen ihn aus dem All heraus, diese falsche Überlegung wird ihm oft zum Graus, noch zehnvier Pensumstage lang muß er harren, so lange muß er noch in die Röhre starren, das sind noch vierzig echte Tage, dann stellt ihn niemensch mehr infrage, dann werden der Jeschua und der Rex Text walten, dann wird sich das Zusammenleben erfreulich gestalten, dann wird unser Ersinner gepriesen und gewürdigt, dann wird er nicht mehr mit Ausscheltungen bebürdigt!

Menscher: Er hat nach dem Frühstück die Zeitungen gekauft, dabei hat er schon etwas geschnauft, seine körperliche Verfassung ist nicht gut, es stockt sein einstmals so reges Blut, dann hat er sich über die erste Weltschlacht verschlaut, von diesem Geschehen war er gar nicht erbaut, schließlich hat er sich mit der Liebe befaßt, dieser Wälzer fällt ihm allmählich zur Last, unser Held kommt kaum voran, und er ist ja auch kein fickender Mann!

Mensche: Dann hat er etwas geschrieben, es ist bei wenigem geblieben, denn die Zeit ist schnell verstrichen, die Stunden sind rasch gewichen, da mußte er denn zum Supermarkt gehen, das tat leider in Menschdorf geschehen, und die Menschdorfer kannten an diesem Abend mit ihm keine Gnade, um diese geistigen Terroristen wäre es wirklich nicht schade, sie grenzen aus, nicht ohne dabei hämisch zu lachen, wer will unter diesen Umständen mit einer Menschdorferin das Tier mit den vier Beinen machen?!

Menscher: Diesen Burschen muß mensch noch finden, die Menschdorferinnen können menschen nur schinden, die Menschdorferinnen können menschen nur quälen, unser Urheber tat ja oftmals davon erzählen, diese Trottel können seine geistige Größe nicht erkennen, sie taten ja auch niemals für hehre Ideale entbrennen, sie wollen ihn vernichten und zerstören, er darf keineswegs zu ihnen gehören, sie wollen ihn aus Menschdorf verjagen, sein Anblick kann ihnen beim besten Willen nicht behagen!

Mensche: Danach hat er sich wieder mit der Sinnlichkeit beschäftigt, die Menschdorfer haben ihn nicht gerade gekräftigt, dieses wüste Pack schafft menschen nicht munter, sondern es zieht menschen immer wieder herunter, etwas Gutes hat er aus ihren Mündern noch niemals vernommen, sie sind ihm immer wieder mit Vorwürfen gekommen, das ist ein Gesindel, das nichts nützt, leider wird der erste Mensche vor diesem Pöbel nicht beschützt!

Menscher: An diesem Sonntag hat sich unser Held erst spät erhoben, die Zigeunerin im linken Nachbarhaus tat schon gegen ihn toben, dann hat er gefrühstückt und die Zeitung genossen, sie hat ihn aber nicht sonderlich entdrossen, dann hat er die Bank im Garten verlassen, um sich mit dem Friedensvertrag nach der ersten Weltschlacht zu befassen, dann hat er den Wälzer über die Liebe gelesen, es ist ihm kein großes Vergnügen gewesen!

Mensche: Es werden wichtige Dinge erwähnt, doch in einem Stil, daß mensch gähnt, es wird alles sehr nüchtern besprochen, dadurch wird menschem das Herz nicht gebrochen, dann hat er ein Tagespensum beendet, er hat sich zu neuen Zahlen gewendet, noch zehndrei Pensumstage muß er ertragen, noch dreißigneun wirkliche Tage lang muß er sich plagen, dann wird seine Qual verschwinden, dann wird er sich endlich wohl befinden!

Menscher: Er hat eine Möhrensuppe verspeist, dann ist er wieder im Geist nach Frankreich gereist, um die Geheimnisse der Liebe zu erfahren, doch er konnte nur trockene Tatsachen gewahren, er ist froh, wenn das Buch aus ist, weil ihm seine Vernünftelei ein Graus ist, am künftigen Abend wird er es beschließen, dann werden seine Kräfte besser fließen, dann wird er sich mit einer Plaudertasche befassen, er kann es unter keinen Umständen unterlassen!

Mensche: An diesem Feiertag war er allein, das soll aber nicht immer so sein, als Jeschua und als Rex Text wird er in Gesellschaft sitzen, dann wird eine erregende Desdemona sein Blut erhitzen, dann wird er mit einer zärtlichen Andromeda auf dem Laken schwitzen, dann wird eine kecke Simone ihm den Samen stibitzen, dann wird er auf einer Bühne reden und singen, dann werden ihm beeindruckende Taten gelingen!

Menscher: Noch fünf Wochen und vier Tage lang muß er emsig streben, dann wird sich aus seinem Eifer etwas ergeben, dann braucht er nicht mehr zu zittern und zu beben, dann wird er in Menschdorf unbehelligt leiben und leben, dann wird mensch ihn endlich ehren, denn er kann die Harmonie mehren, er kann das Menschtum in JEUNEX lehren, und er kann die Siechenden umfassend entsehren, er ist ein Heiland sondergleichen, der Stehmann ist ein segensreiches Zeichen!

Mensche: Und auch um die Rechte der Evas wird er sich kümmern, er wird die schädliche Ordnung der Adamme zertrümmern, beide sollen gleich verdienen, dann sieht mensch auch zufriedene Mienen, beide sollen ihre Persönlichkeiten entfalten, niemensch soll das Dasein eines anderes gestalten, wobei er sich selbst in den Hintergrund stellt, das ist nicht mehr üblich in einer menschen Welt, es wird nun die mensche Sprache verwendet, es werden nun mensche Botschaften gesendet!

Menscher: Unser Held ist spät erstanden, doch sein Mut ging nicht zuschanden, der junge Betreuer hat ihn besucht, der erste Mensche hat geflucht, denn er muß noch zehndrei Pensumstage lang lauern, dann braucht er sein Dasein nicht mehr zu betrauern, noch ist er umgeben von haushohen Mauern, noch muß es ihm vor den Menschdorfern schauern, doch nach dreißigacht richtigen Tagen werden ihn die Spießbürger nicht mehr plagen!

Mensche: Das ist wirklich schwer zu ertragen, das muß mensch an dieser Stelle einmal sagen, der erste Mensche hat die Zeitungen erworben, sie haben ihm den Mittag entdorben, dann ist er zur Werkhalle geschritten, er hat wieder unter den ausgrenzenden Hinterwäldlern gelitten, Vielfalt können sie ihm gegenüber nicht bezeigen, sie wollen über sein abweichendes Verhalten nicht schweigen, sie müssen es bekeifen, weil sie es nicht begreifen!

Menscher: Diese Kleinkleckersdorfer sind Frustquellen, anständige Menschen sind Lustquellen, doch davon sind diese Hintertupfinger weit entfernt, sie haben aus der Geschichte nichts gelernt, sie wollen auf jeden Fall zerstören, auf die Stimme der Vernunft können sie nicht hören, sie müssen sich gegen einen Andersdenkenden empören, eine Menschdorferin läßt sich von einem Menschen in Menschland nicht betören!

Mensche: Am langen Tisch hat er Kinderbücher mit Etiketten versehen, fast vier Stunden lang tat er an der gleichen Stelle stehen, seine Beine waren danach ermüdet und ermattet, aber sich zu setzen, das war unserem Verfasser nicht gestattet, die Gespräche seiner Gefährten haben ihn ein wenig erheitert, diese Plaudereien haben ein wenig sein Bewußtsein erweitert, aber vieles ging auch an ihm vorbei, manches war ihm auch völlig einerlei!

Menscher: Wohl ist die Zeit schnell vergangen, mehr konnte mensch nicht verlangen, nach dem Feierabend ist er nach Hause gewandelt, er hat bei der Arbeit barmherzig gehandelt, er hat einem Gesellen zehn mensche Jeschuas geschenkt, wenn er ab und zu seine Aufmerksamkeit auf Menschland lenkt und ihn mit diesem Schlachtruf begrüßt, denn auf diese Weise wird unserem Urheber die Stimmung versüßt, das war eine gute Tat, das ist die Folge seiner geistigen Saat!

Mensche: Am Abend hat er eine Wurst mit Grünkohl gegessen, er hat dabei am Tisch im Garten gesessen, auf der Bank hatte er zuvor die Zeitung gelesen, das ist ihm ein großes Vergnügen gewesen, dann hat er sich zum letzten Male in den Wälzer über die Liebe versenkt, es ist doch schön, wenn mensch in diesen Bezügen denkt, und nun sitzt er am Kompjuter über seinen Besinnungen, hoffentlich führen sie ihn irgendwann einmal zu erfreulichen Gewinnungen!

Menscher: An diesem Vormittag hat sich unser Ersinner erst spät erhoben, er konnte sich selbst deswegen nicht loben, er hat die Zeitungen erworben, sie haben ihm den Mittag entdorben, dann ist er zum Straßenhändler gegangen, um dort eine Wurst im Brötchen zu empfangen, die Menschdorfer haben unseren Helden gar übel gescholten, er hat ihnen als ein träger Tagedieb gegolten, die dumpfe Meute weiß nicht, was sie spricht, in ihren Schädeln brennt sehr wenig Licht!

Mensche: In der Werkhalle hat er einen Gesellen getroffen, dieser Bursche tat darauf, daß mensch ihm ein Buch abkaufe, hoffen, und der erste Mensche hat es ihm auch versprochen, da ist sein Gegenüber in helle Freude ausgebrochen, dann hat unser Erdichter sich die Arbeitsschuhe angezogen, seine Gefährten waren ihm sehr gewogen, er hat am langen Tisch gestanden und Etiketten auf Schriften geklebt, auf diese Weise hat er wieder still und heimlich im verborgenen gelebt!

Menscher: Nach dem Feierabend wurde die Gruppe abgehalten, ein Betreuer und vier Behinderte taten sie gestalten, die Lebensmittelkasse wurde untersucht, mensch hat dabei einen Erfolg verbucht, die Zahlen und das Geld stimmten überein, der erste Jeschua Rex Text sagte zu einer Grillparti nein, er wollte mit diesen trostlosen Trotteln nicht fürstlich speisen, sie können ihm ja doch keine kunstvollen Aussichten weisen!

Mensche: Dann hat er auf der Bank im Garten die Zeitung gelesen, von seinem Hunger tat er durch Nürnberger Rostbratwürstchen genesen, vorher hatte er ein Glas Sellerie verzehrt, danach wurde sein Behagen durch einen Jogurt gemehrt, dann hat er zwei Stunden lang mit einer Plaudertasche geklönt, er hat sich gern an die Stimmung dieses kleinen Werkes gewöhnt, seine heiteren Geschichten haben ihn erfreut, er hat auch die einfache Erzählweise nicht gescheut!

Menscher: Nun muß er wieder seine Besinnungen schreiben, jetzt muß er es wieder auf dem Papier emsig treiben, noch zehndrei Pensumstage muß er durchleiden, dann werden ihn die Sorgen für immer meiden, noch dreißigsieben echte Tage müssen verfliegen, dann wird er die Menschdorfer für immer besiegen, er kann es kaum erwarten, seine großen Taten zu starten, aber er muß sich gedulden und harren, er muß noch für eine Weile in die Röhre starren!

Mensche: Die Menschdorfer wollen ihn vernichten, sie kreischen auf, wenn sie ihn sichten, sie zeigen sich ihm von ihrer unangenehmen Seite, da vergeht ihm die Lust auf jedwede Freite, in der Werkhalle lernt er keine erregenden Zirzen kennen, und in Menschdorf kann er nicht für die Menschdorferinnen entbrennen, so bleibt er allein, das muß wohl so sein, noch einen Monat und sechs Tage muß er erdulden, die Menschdorfer tun ihm keine Achtung schulden, sie sind unverschämt und frech, sie bringen ihm kein Glück, sondern Pech!

Menscher: An diesem Mittwoch ist der junge Betreuer gekommen, sie haben sich die Stube des ersten Menschen vorgenommen, der Sozialarbeiter hat sie gefegt, dabei hat er sich eifrig geregt, unser Ersinner hat dann gewischt, er gleicht einer Kerze, deren Docht bald erlischt, jede Bewegung fällt ihm schwer, er kann beim besten Willen nicht mehr, beim Fußballspielen kann er nur noch schleichen, auf diese Weise wird er seine Ziele nicht erreichen!

Mensche: Dann haben sie die Zeitungen gekauft und gelesen, es ist ihnen ein Vergnügen gewesen, der erste Jeschua Rex Text ist zur Werkhalle gegangen, nicht ohne die Ausscheltungen der Menschdorfer zu empfangen, dann hat er am langen Tisch Etiketten auf Kinderbücher geklebt, auf diese Weise hat er nach einer zufriedenstellenden Leistung gestrebt, er hat fast die ganze Zeit nur an einer Stelle gestanden, auf diese Weise gingen dann seine geplagten Beine zuschanden!

Menscher: Eine Gefährtin wollte an Gott nicht glauben, das mußte dem ersten Mittelreicher die Geduld rasch rauben, da hat sie ihn angefahren, er solle den Mund gefälligst schließen, sie könne die Unterhaltung mit ihm nicht mehr genießen, dieser Vorfall hat unseren Verfasser sehr verbittert, er hat sogar ein wenig gezittert, diese Hauptschülerin war nicht in das Lage, mit vielen Wörtern auf geistvolle Weise dieses Tema zu erörtern!

Mensche: Es tut sich bei ihr um eine Menschdorferin handeln, diese Spießbürgerinnen müssen manches Gespräch in ein Trauerspiel verwandeln, sie sind so dumpf, sie sind so stumpf, außen sind sie häßlich, innen sind sie gräßlich, sie haben nicht viel im Kopf, mensch wird durch sie zu einem Tropf, es ist nicht leicht, mit ihnen zu leben, denn sie können menschem nur wenig Freude geben, es ist besser, diese Gottlosen zu meiden, denn sie lassen menschen auf die Dauer nur leiden!

Menscher: Nach dem Feierabend hat unser Urheber sich ein halbes Hähnchen gekauft, am Tisch im Garten hat er sich die Haare darüber gerauft, denn es war versalzen über die Maßen, heute verging ihm wirklich die Lust am Spaßen, heute verging ihm wirklich die Lust am Scherzen, dieser Tag brachte ihm seelische Schmerzen, er hätte gern darauf verzichtet, aber es wird sich nicht nach ihm gerichtet, die Menschdorfer müssen ihn verfluchen und verdammen, und keine Menschdorferin kann sich jemals für ihn entflammen!

Mensche: Noch zehnzwei Pensumstage lang muß er dies ertragen, noch dreißigsechs wirkliche Tage lang muß er sich plagen, dann wird er in die ewige Seligkeit schreiten, dann wird ihn eine rassige Sexbombe begleiten, dann wird er nicht mehr wie ein Hund durch Menschdorf trotten, dann werden ihn die Menschdorfer nicht mehr verspotten, dann werden ihn die Menschdorfer nicht mehr verhöhnen, sondern dann werden sie sich an seine neuen Gefüge gewöhnen!

Menscher: An diesem Donnerstag ist der erste Mensche mühsam aus dem Bett gekrochen, niemensch hat an diesem Vormittag mit unserem geistigen Vater gesprochen, er hat die Wäsche aufgehängt und die Zeitungen gekauft, dabei hat er schon ein bißchen geschnauft, eine Tasche mit einem toten Hündchen wurde in einem Zug entwendet, auf diese Weise werden immer wieder negative Schwingungen gesendet, die Presse tut vor allem über Negatives berichten, denn etwas Positives wollen die Leser nicht sichten!

Mensche: In der Werkhalle hat er dann der frechen Gefährtin nicht zum Geburtstag gratuliert, sie ist ja gestern nicht mit ihm nach Menschland marschiert, sie hat sich ihm von einer unleidlichen Seite gezeigt, da ist es denn besser, wenn mensch ihr gegenüber schweigt, unser Held hat ihr auch keinen menschen Jeschua geschenkt, er hat seine Aufmerksamkeit auf die anderen Gesellen gelenkt, er kann mit vielen Mitmenschen klönen, er läßt sich von einer Mitarbeiterin nicht verhöhnen!

Menscher: Sie haben wieder einmal Scheiben von der Pappe getrennt, das ist eine Beschäftigung, die mensch schon lange kennt, nach dem Feierabend ist der erste Jeschua Rex Text zum Fitneßstudio ge-gangen, es tat ihn nach ein bißchen Fußballspielen verlangen, die Begegnung hat er denn auch gewonnen, er ist einer Niederlage entronnen, aber er ist lendenlahm über den Kunstrasen geschlichen, in der Halle hat er einem transusigen Großvater geglichen!

Mensche: Ein Mitspieler hat ihn nach Hause gefahren, dort konnte er das Schwein gewahren, dieser Tippelbruder machte sich am Herd zu schaffen, der erste Mittelreicher mußte vorerst in die Röhre gaffen, er hat auf der Bank im Garten die Zeitung gelesen, es ist ihm ein großes Vergnügen gewesen, dann hat er Königsberger Klopse verzehrt, ein Glas Gurkenscheiben hat sein Behagen vermehrt, mit einem Jogurt hat er die Mahlzeit beschlossen, danach hat er einen zweistündigen Schlummer genossen!

Menscher: Er hat der Buch der Plaudertasche beendet, dann hat er sich zu einem Gesundheitsratgeber gewendet, nun sitzt er wieder über seinem Pensum bei Nacht, das Herz ihm keineswegs im Leibe lacht, es ist alles so schwierig geworden, er will sich zwar nicht selbst ermorden, er bringt aber kaum noch die Geduld auf, lange zu harren, er will sich endlich gründlich enttoren, entjecken und entnarren, die drei, vier Wochen wollen nicht vergehen, das Glück will ihn noch nicht mit seinen Segnungen versehen!

Mensche: Noch zehnzwei Pensumstage lang muß er warten, dann kann er endlich seine großen Taten starten, das sind noch dreißigfünf richtige Tage, dann bessert sich endlich seine schwierige Lage, dann kann er das Leben genießen, dann werden seine Tränen nicht mehr fließen, dann wird er seine Not beheben, dann wird er nach seinen Zielen nicht nur streben, sondern dann wird er seine Absichten auch erreichen, er wird tatsächlich verkrösussen, vernabobben und verscheichen!

Menscher: An diesem Freitag ist der erste Mensche spät erstanden, weil ihn finstere Träume an das Bett fest banden, er hat dann vom Automaten den Lohn abgehoben, er mußte vor allem die Nachzahlung loben, dreihundert mensche Jeschuas hat das Arbeitsamt ihm zusätzlich gespendet, áuf diese Weise wurde seine Not wenigstens ein bißchen gewendet, er hat eine Wurst im Brötchen gekauft, der Händler hat sich die Haare gerauft, denn er will einen Laden beginnen, doch er kann den behördlichen Vorschriften nicht entrinnen!

Mensche: In der Werkhalle hat er auch weiterhin geschwiegen, an der Gefährtin tut ihm vorerst nichts mehr liegen, er kann seine Abneigung gegen sie nicht besiegen, aber sie tut sich ja abends an ihren Stecher schmiegen, sie tut unter seiner Verstimmung kaum leiden, die Höhe ihrer geistigen Ebene ist bescheiden, sie haben Scheiben von der Pappe gerissen, dafür lernte der erste Jeschua Rex Text viel Wissen auf der Oberschule in Bad Nenndorf vor vielen Jahren, nun muß er sich bei einer derartigen Arbeit gewahren!

Menscher: Aber mensch kann sich dabei gut unterhalten, mensch kann das Zusammenleben angenehm gestalten, der erste Mittelreicher wird von seinen trockenen Büchern verjagt, ein Gespräch dem Menschen doch ungemein behagt, deshalb sollte er sich nicht darüber beschweren, er wird das Menschtum in JEUNEX schon noch lehren, in drei, vier Wochen hat er die schlimme Zeit überlebt, dann wird von ihm im siebenten Himmel geschwebt!

Mensche: Nach dem Feierabend hat er in einer Handlung zwei Bücher erworben, die Verkäuferin hat ihm die Stimmung verdorben, er hat ihr vierzig mensche Jeschuas überreicht, sie hat gesagt, daß er einem Verwahrlosten gleicht, das ist die Höflichkeit der Menschdorfer Meute, sie sind keine galanten, sondern ehrliche Leute, sie müssen menschem schonungslos die Meinung sagen, das tut ihrem Selbstwertgefühl ungemein behagen!

Menscher: Dann hat er draußen im Garten gesessen und am Tisch eine Hühnersuppe mit Nudeln gegessen, eine Dose Karotten hat er dazu verspeist, nach dem Jogurt ist er durch die Welt gereist, er hat die Tageszeitung gelesen, das ist ihm ein hoher Genuß gewesen, dann hat er eine Stunde auf dem Bett gelegen, dann mußte er sich zum Supermarkt bewegen, kurz vor Ladenschluß ist er einer netten Kassiererin begegnet, sie war nicht durch Klugheit, aber durch Geilheit gesegnet, sie war dicklich, das machte ihn glücklich!

Mensche: Dann hat er sich mit der Darlegung über Gesundheit und Fitneß beschäftigt, dadurch wurde sein Bewußtsein gekräftigt, die Menschdorfer wollen ihm immer einreden, er wäre nicht gesund, deshalb muß er an der Inde leiden wie ein Hund, deshalb kann er am Blausteinsee nicht gedeihen, und er wird es den Menschdorfern auch niemals, daß sie ihn ausgrenzen, verzeihen, er hat ihr schändliches Hetzen ausführlich beschrieben, sie haben es gar grausam mit ihm getrieben, sie werden ihre gerechte Strafe bekommen, ihnen wird das dumpfe Menschdorfertum für immer genommen!

Menscher: In der verwichenen Nacht hat der erste Mensche von der dicklichen Kassiererin geträumt, er hat es auch nicht, seinen Schwengel in ihrem Namen zu reiben, versäumt, sie ist eine heiße Stute, doch es ist ihm nicht wohl zumute, denn sie tut ihn mit einer riesigen Süßlichkeit erfüllen, deshalb soll sein Riemen nach einer anderen Scheide brüllen, das ist nun einmal so, es stimmt ihn nicht froh, er wäre dieser Verkäuferin gern bettlich begegnet, denn sie ist mit einer riesigen Geilheit gesegnet!

Mensche: Auf das Frühstück hat er verzichtet, in den Zeitungen wurde über das Weltgeschehen berichtet, er hat sie gekauft und gelesen, das ist ihm ein Vergnügen gewesen, dann hat er die zweite Weltschlacht studiert, wegen ihr wird von ihm nach Menschland marschiert, dann hat er sich mit der Gesundheit und der Fitneß beschäftigt, sein Körper wurde durch diese Ausführungen nicht gekräftigt, dann hat er eine Forelle gegessen, dabei hat er im Wohnzimmer vor dem Fernsehgerät gesessen, die Kölner haben in München einen Punkt errungen, beim Fußball ist ihnen eine kleine Sensation gelungen!

Menscher: Danach ist er bei strömenden Regen zum Supermarkt geschritten, er hat unter den Ausgrenzungen der Menschdorfer gelitten, es wurde bald trocken, doch das Keifen ging weiter, diese Spießbürger werden und werden nicht gescheiter, an der Kasse bezeichnete ihn ein Mauerblümchen als einen warmen Bruder, er war nicht sonderlich freundlich zu dir, denn sie war kein erregendes Luder, er hat sie kaum beachtet, da hat sie ihn gereizt betrachtet!

Mensche: Er hat die Buttermilch im Kühlschrank verstaut, danach las er wieder über die Gesundheit laut, dann hat er die Tabletten in die Pillenschachtel gelegt, nun wird sich von ihm am Kompjuter ge-regt, in einer ungünstigen Umgebung muß er sein Schenie erweisen, hoffentlich wird er einmal als ein reicher Mann vergreisen, noch zehneins Pensumstage müssen vergehen, dann wird mensch ihn an der Spitze sehen!

Menscher: Das sind noch dreißigdrei echte Tage, dann endet endlich die dumpfe Plage, dann werden die Menschdorfer nicht mehr gegen ihn feiten, dann werden die Hintertupfinger ihm nicht mehr tagtäglich ein Waterloo bereiten, dann wird er von einem Austerlitz zum nächsten eilen, denn er kann ja die gesamte Menschheit heilen, mensch wird ihn als den Retter der Menschheit ehren, denn er kann alle Erdenbürger von Grund auf entsehren!

Mensche: Ja, er kann alle Erdenbürger von Grund auf entwunden, die ganze Menschheit wird durch seinen Einfluß gesunden, noch ist es unwahrscheinlich, daß er siegen wird und daß er den Menschdorfern nicht unterliegen wird, aber das Blatt wird sich bald zu seinen Gunsten wenden, dann wird er seine frohe Botschaft in die Ferne senden, dann wird er die Mißstände lindern, dann wird er die Qualen mindern, dann werden die Menschdorfer nicht mehr mit ihm zanken, sondern sie werden sich für seine umfassende Hilfe bedanken!

Menscher: An diesem Sonntag hat sich der erste Mensche am Mittag erhoben, seine schweren Träume sind nur allmählich zerstoben, er fühlte sich fremd in der Stadt ohne die rechten Wege, eine bedrohliche Macht geriet ihm in das Gehege, das hat er mühevoll erlitten, er ist von einer Szene zur nächsten geglitten, doch er fühlte sich dabei verloren, warum wurde er bloß geboren, es hat sich alles gegen ihn verschworen, vor allem die hiesigen Narren, Jecken und Toren?!

Mensche: Dann hat er gefrühstückt und die Zeitung gelesen, es ist ihm ein Vergnügen gewesen, dann hat er sich mit der zweiten Weltschlacht befaßt, dieses Geschehen hat er schon immer glühend gehaßt, danach hat er sich mit Gesundheit und Fitneß beschäftigt, doch seine Gesundheit und seine Fitneß wurden dadurch nicht gekräftigt, am Abend hat er eine italienische Tomatensuppe gegessen, er hat dabei in seinem Zimmer gesessen!

Menscher: Ein Glas Spargel hat er dann geleert, und ein Müslijogurt war auch nicht verkehrt, noch zehneins Pensumstage lang muß er harren, so lange muß er noch in die Röhre starren, das sind noch dreißigeins wirkliche Tage, so lange dauert noch seine leidige Plage, dann wird er erlöst und befreit, dann beginnt für ihn eine schöne neue Zeit, dann wird er sich in seiner Macht und Herrlichkeit zeigen, dann werden die Menschdorfer endlich über ihn schweigen!

Mensche: Nach der Mahlzeit hat er geschlummert, er hat sich aber kaum entkummert, denn sein Rücken schmerzte ihn ungemein, und die dickliche Eva wollte nicht bei ihm sein, so konnte er ihre Geilheit nicht genießen, so konnte sein Samenstrom nicht in ihre Scheide fließen, er hat dann noch einmal Gesundheit und Fitneß studiert, sie braucht mensch ja auch, wenn mensch nach Menschland marschiert, doch die Wirkung dieser Ausführungen ist klein, er kann gesund und fit nicht sein!

Menscher: Die Kassiererin übt auf ihnen einen großen Reiz, es verschwindet gegenüber den Loreleis sein Geiz, er hält sich nicht mehr zurück, er wittert bei dieser Verkäuferin sein Glück, doch er kann es nicht richtig glauben, zu oft tat mensch ihm die Zuversicht rauben, er hat zu häufig Schiffbruch erlitten, er hat zu häufig vergeblich um die Gunst einer Xena gestritten, als eheloser Herkules sitzt er in seiner Kammer, und seine unfreiwillige Enthaltsamkeit gereicht ihm zum Jammer!

Mensche: Dabei hat er einen freudeerregenden Hammer, und er wäre im Bett ein geschickter und emsiger Rammer, doch dieses Rammen und Rammeln bleibt ihm verwehrt, wie es ihn eine traurige Erfahrung lehrt, er muß sich in dieser Hinsicht wiederholen, die Menschdorfer haben ihm das klare Denken gestohlen, er ist nur noch sein eigener Schatten, deshalb kann er keine Eveline mehr begatten, durch die vielen Tabletten muß er immerdar ermatten, deshalb will ihm keine Menschdorferin einen Beischlaf gestatten!

Menscher: An diesem Montag wurde die mensche Einheit gefeiert, es wurden wieder die üblichen Sprüche geleiert, doch als die Staatsleute weiß es unser Urheber besser, sein Verstand ist ja so scharf geschliffen wie ein Messer, damals hat er in Reden und Gesängen den Gott JEUNEX verkündet, und auf dem Weg über das Unbewußte haben sich die Menschstädter mit ihm verbündet, so kam das Heil zustande in unserem menschen Lande!

Mensche: Er hat das "Lied der Erlösung" gesungen, seine Schwingungen sind bis an die Spree gedrungen, anders kann mensch dieses riesige Wunder nicht erklären, der erste Mensche tat ein neues Bewußtsein gebären, die russischen Panzer haben nicht geschossen, es wurde keinerlei Blut vergossen, die Menschstädter haben den Mauerfall genossen, nur die Ewiggestrigen wurden durch dieses Ereignis verdrossen!

Menscher: Noch zehn Pensumstage müssen vergehen, dann wird mensch unseren Verfasser in der Öffentlichkeit sehen, das sind noch dreißig richtige Tage, dann erhebt mensch über ihn keine Klage, dann wird mensch ihn rühmen und ehren, denn er kann die ganze Menschheit entsehren, er kann den Reichtum der Erdenbürger mehren, und er kann den Siechenden das Dasein entschweren, mensch soll das Menschtum in JEUNEX lernen, dann wird mensch sich von der schädlichen Überlieferung entfernen!

Mensche: Unser Erdenker hat heute gelesen und geschrieben, er hat es wie immer als ein Künstler des Wortes getrieben, in dem Wälzer über Gesundheit und Fitneß hat er sich mit Alkohol befaßt, das wurde ihm insofern zur Last, als er eine Tasse Kaffee umstieß auf die Tastatur, von der Flüssigkeit zeigte sich auf dem Gerät so manche Spur, und es war hinterher leider nicht mehr zu gebrauchen, der erste Jeschua Rex Text mußte seine Ohnmacht befauchen, er konnte am Kompjuter nicht mehr werken, so wird er sich nun bald durch den Schlummer stärken!

Menscher: Er muß sich zum Reichsten der Welt entwickeln, dann wird ihm das Blut in den Adern wieder prickeln, und dann wird er auch eine Ersatztastatur besitzen, dann werden seine Finger auch in diesem Falle hurtig flitzen, JEUNEX wird ihn segnen, es wird Taler regnen, sein Seher wird die erforderlichen Münzen und Scheine bekommen, ein beträchtliches Vermögen wird ihm nutzen und frommen, dann wird er nach seinen Vorstellungen leben, dann wird er der Menschheit eine bessere Verfassung geben!

Mensche: Er ist zwar verfettet und verfeistet, aber er hat bisher genug geleistet, niemensch sonst hätte dies getan, es entsprang keinem leeren Wahn, sein Denken ist richtig, seine Einfälle sind wichtig, und in einem Monat wird er bekannt sein, dann wird sein Name viel genannt sein, er wird es schaffen, mit seinen geistigen Waffen sich viele Moneten zu erraffen, dann werden ihn die Menschdorfer entgeistert begaffen!

Menscher: An diesem Dienstag hat sich unser Erdichter rechtzeitig erhoben, sein jugendlicher Betreuer tat ihn deswegen loben, sie haben gemeinsam das Wohnzimmer gereinigt, diese Tätigkeit hat den Schriftsteller sehr gepeinigt, denn sein Rücken schmerzte ungemein, das sollte denn wohl so sein, danach hat er die Zeitungen erworben, die Händlerin hat ihm die Stimmung entdorben, dann ist er zu einem Fachgeschäft gegangen, um dort eine billige Tastatur zu verlangen!

Mensche: Zehnneun mensche Jeschuas hat er dafür gegeben, danach tat er zur Werkhalle streben, dort hat er um einen einwöchigen Urlaub gebeten, das ziemt sich selbst für einen Profeten, am langen Tisch hat er fast andauernd gestanden, doch seine Geduld ging dabei nicht zuschanden, er hat die Scheibchenrahmen von der Pappe getrennt, diese Arbeit er schon seit vielen Jahren kennt, manchmal hat er auch draußen geweilt, manchmal ist er auch hin und her geeilt!

Menscher: Auf dem Heimweg hat er in einer Apoteke etwas gekauft, dann hat er sich nicht lange verschnauft, sondern er hat in einem nahen Drogeriemarkt zehn Würfel Traubenzucker bekommen, mensch hat dafür von ihm sieben Jeschuas und fünfzig Rex Texte genommen, danach mußte er in der Gruppe die Kassenzettel verlesen, das ist eine leichte Übung für ihn gewesen, beim Tausch der Dienste ging alles gut, er hat nun die Küche in seiner Hut!

Mensche: Dann hat er den Wälzer über Gesundheit und Fitneß beendet und sich zum geheimen Leben der Bäume gewendet, es ist erstaunlich, was dieser Förster alles weiß und kennt, er ist bei seinen Ausführungen in seinem Element, dann hat der erste Mensche die vorstehende Seite abgeschrieben, denn am verwichenen Abend ist ihm nur der Grafitstift als Werkzeug geblieben, nun tut er sein Dichten mit diesem Abschnitt beginnen, er muß sich wieder auf das positive Denken besinnen!

Menscher: Noch zehn Pensumstage lang wird er schmachten müssen, dann wird mensch ihn beachten müssen, dann wird der verwunschene Ritter endlich frei, er schreit schon jetzt im voraus juchhei, er wird in zwanzigneun echten Tagen prangen, mensch wird dann nach seinen Büchern verlangen, mensch wird erstaunt seine Ausführungen genießen, er kann die Bürger gar vielfältig entdrießen, und dann werden sie sich freuen, und dann werden sie den ersten Mittelreicher nicht mehr scheuen!

Mensche: Er kann es kaum erwarten, als Jeschua und als Rex Text zu starten, die knapp vier Wochen wollen nicht vergehen, er kann das Ende der Fahnenstange noch nicht sehen, aber irgendwann wird seine Erlösung geschehen, dann wird sich der Wind zu seinen Gunsten drehen, dann wird er endlich im Mittelpunkt stehen, dann werden die falschen Profeten vergeblich um Gnade flehen, dann geht es den Ewiggestrigen an den Kragen, sie sollen die Kinder und Jugendlichen nicht mehr plagen!

Menscher: An diesem Vormittag hat unser Ersinner einen Frisörtermin versäumt, er hat zu lange in seinem Bett geträumt, morgen muß er nach Jeschua Rex Text früh fahren, dort wird er die Nervenärztin gewahren, so kann er erst übermorgen zum Salong wieder gehen, dann wird mensch seine Haare hoffentlich kürzer sehen, so mußte er denn zur Werkhalle schreiten, die Verwünschungen der Menschdorfer taten ihn begleiten!

Mensche: Er hat der Bosnierin gegenüber noch immer geschwiegen, sein Groll auf diese Gefährtin tat noch nicht verfliegen, aber das wird sich einrenken mit der Zeit, er ist kein Bursche, der unentwegt nach Rache schreit, im übrigen hat er sich emsig geregt, er hat sich fleißig hin und her bewegt, er war mit seiner Leistungsfähigkeit zufrieden, ihm war auch ein weitgehend beschwerdefreier Rücken beschieden!

Menscher: Nach dem Feierabend hat er sich ein halbes Hähnchen geholt, die Menschdorfer haben ihm mit Ausdrücken den Hintern versohlt, dann hat er den Braten gegessen, dabei hat er im Wohnzimmer gesessen, er hat einen Haussalat dazu verzehrt, ein Müslijogurt hat ihn seinen Geschmack gelehrt, dann hat er die Zeitung gelesen, es ist ihm ein Vergnügen gewesen, dann hat er ein bißchen geschlummert und sich von der alltäglichen Last entkummert!

Mensche: Er ist aber nicht zur Ruhe gekomen, im linken Nachbarhaus wurde er auf das Korn genommen, mensch hat seine geistige Gesundheit bezweifelt, mensch hat, daß er wahnsinnig wäre, gekeifelt, von rechts hat das Schwein gegrunzt mit Macht, durch sein Nichtstun wird er um jede Unterhaltung gebracht, da muß der erste Mensche in die Bresche springen, mit diesem Tippelbruder tut er nun schon seit über fünf Jahren ringen!

Menscher: Danach hat er zwei Stunden lang das geheime Leben der Bäume ergründet, er hat sich mit dem Wissen des Peter Wohllebens verbündet, es war schwierig, aber auch aufschlußreich zu studieren, auch auf diese Weise kann mensch nach Menschland marschieren, die Bäume haben viele menschliche Züge, und daß sie fühllos wären ist eine Lüge, mensch muß sie nur genau betrachten, dann wird mensch sie nicht mehr als teilnahmslose Pflanzen verachten!

Mensche: Noch zehn Pensumstage lang muß unser Erdichter sich plagen, dann wird mensch ihn endlich nach seinen Wünschen fragen, das sind noch zwanzigacht wirkliche Tage, dann verwandelt er sich wie in einer Sage oder wie in einem Märchen, er bildet mit einer Fee ein Pärchen, aus dem häßlichen Entlein wird sich ein schöner Schwan endlich formen, dann wird er die Menschheit nach seinem Willen normen, dann wird er das Krumme geradebiegen, dann wird er eine Lilofee in seinen Armen wiegen, dann wird er die Menschdorfer besiegen, dann werden alle Barbaren ihm für immer unterliegen!

Menscher: An diesem Donnerstag hat sich unser Verfasser schon früh erhoben, seine Träume sind sehr rasch zerstoben, er hat zum Frühstück drei Rollmöpse gegessen, dabei hat er in seinem Zimmer gesessen, dann hat er die Zeitungen geholt und ist zum Bus gelaufen, dort tat er sich dann eine Fahrkarte kaufen, in Jeschua Rex Text ist er ausgestiegen und zur Praxis gerannt, ein heftiges Verlangen war nämlich in ihm entbrannt, allerdringendst zu koten und zu harnen, keine Nixe tat ihn während der kurzen Reise umgarnen!

Mensche: Im Wartezimmer mochte er keinen Blick in die Schurnale werfen, zwei ältere Männer taten diese Lage entschärfen, sie haben sich gemütlich unterhalten, das tat die Augenblicke angenehm gestalten, die Nervenärztin hat nur ihre üblichen Sprüche gesprochen, eine Lanze für den ersten Menschen hat sie nicht gebrochen, mit Mitgefühl und Anteilnahme tat sie nicht glänzen, und doch würde der erste Mensche die Besuche bei ihr nicht gerne schwänzen!

Menscher: Danach ist er wieder nach Menschdorf gefahren, dort tat er einen Döner gewahren, er hat ihn sich erworben und sich damit die Mittagszeit entdorben, am langen Tisch haben sie Kinderbücher sortiert, das ist eine Arbeit, bei der mensch rasch die Geduld verliert, sie wurden auf sieben verschiedene Paletten gelegt, unser Urheber hat sich gar emsig geregt, doch leider kam ihm das Körpergefühl abhanden, sein Bewußtsein ging dadurch, daß in der Einbildung sein Leib zerfloß, zuschanden!

Mensche: Nach dem Feierabend ist er nach Hause geschritten, in zwei Geschäften tat er um Glühbirnen und Kugelschreiberminen bitten, unterwegs spürte er sich schwächlich, er empfand sich als sehr gebrechlich, daheim hat er eine Hühnersuppe mit Reis verzehrt, ein Jogurt hat ihn seinen Geschmack gelehrt, dann hat er die Zeitung gelesen und danach geschlummert, er hat sich mehrere Stunden lang entkummert, schließlich hat er sich mit dem geheimen Leben der Bäume beschäftigt, die Pflanzen des Waldes werden vor allem durch das Licht gekräftigt!

Menscher: Jetzt sitzt er wieder am Kompjuter und dichtet, wobei er nun sein Augenmerk auf das Herunterzählen richtet: noch neun Pensumstage muß er bitterlich schmachten, so lange werden die Menschdorfer ihn noch verachten, noch zwanzigsieben richtige Tage müssen vergehen, dann wird mensch ihn ganz oben sehen, dann wird er an der Spitze der Menschheit stehen, dann werden riesige Wunder geschehen!

Mensche: Eine prachtvolle Zukunft tut dem ersten Jeschua Rex Text winken, noch braucht der erste Mittelreicher nicht darniederzusinken, im Gegenteil, er wird bald raketenartig steigen, er wird den Bürgern das Menschtum in JEUNEX zeigen, er wird den Sinnsuchenden seine neuen Gefüge geigen, dann werden die beschränkten Krähwinkler endlich über ihn schweigen, dann wird er in der Gesellschaft eine Rolle spielen, dann wird er in der Gemeinschaft große Erfolge erzielen, dann wird alles gut in des JEUNEX bergender Hut!

Menscher: An diesem Vormittag hat der erste Mensche lange geschlummert, er hat sich so ausgiebig entkummert, daß der junge Betreuer ihn wecken mußte aus seinen Träumen, aber dieser Sozialarbeiter tat nicht vor Wut über ihn schäumen, sie haben den Papierkorb geleert und mit einem Taschentuch den Kompjuter durchgekehrt, der Rechner ist wieder sauber und rein, so soll es ja schließlich auch sein, dann wurden einhundertfünfzig mensche Jeschuas am Geldautomaten genommen, schließlich sind die Zeitungen in das Haus gekommen!

Mensche: Dann ist unser Ersinner zur Werkhalle gegangen, dort wurde er sehr freundlich empfangen, am langen Tisch haben sie Kinderbücher sortiert, dabei wurde angeregt parliert, ein Drogensüchtiger hatte nichts zu essen, da hat der erste Jeschua Rex Text seine soziale Ader nicht vergessen, er hat dem hungrigen Burschen zwanzigvier mensche Jeschuas geschenkt, er freut sich ja auch, wenn mensch an ihn einmal denkt!

Menscher: Vielleicht hat es dieser Kerl auch für Rauschgift gegeben, mensch kann zwar danach, ein guter Mensch zu sein, streben, aber es tut menschem nicht unter allen Umständen gelingen, trotzdem soll mensch immer wieder um dieses Idealbild ringen, der Urlaub ist bewilligt worden vom jungen Leiter, auf diese Weise geht das Leben für den ersten Mittelreicher angenehm weiter, nach dem Feierabend ist er zur Frisörin geschritten, dort brauchte er nicht lange um einen Haarschnitt zu bitten!

Mensche: Er hat ihr zusätzlich drei mensche Jeschuas für den geplatzten Termin gereicht, er ist zwar noch nicht verkrösust, vernabobt und verscheicht, aber er kann trotzdem der Großzügigkeit huldigen, mensch wird ihn niemals des schäbigen Geizes beschuldigen, als Abendessen hat er einen Lachs verzehrt, sein Wohlbehagen wurde durch ein Glas Gurkenscheiben vermehrt, das hat er vorher geschluckt, nach einem Jogurt hat er angetan geguckt!

Menscher: Er hat die Zeitung gelesen und ein wenig auf dem Bett gelegen, dann mußte er sich zu einem Supermarkt bewegen, die Kassiererin von voriger Woche hat er nicht getroffen, er kann wohl nicht mehr darauf, daß er sie wiedersieht, hoffen, danach hat er wieder geschlafen und das Buch über die Bäume gelesen, es ist ihm noch immer ein großes Vergnügen gewesen, jetzt tut er über seinen Besinnungen sitzen, nun läßt er seine Finger über die Tasten flitzen!

Mensche: Noch neun Pensumstage muß er ertragen, danach wird mensch ihn nicht mehr plagen, das sind noch zwanzigsechs echte Tage, dann bessert sich für immer seine angespannte Lage, dann wird er einen beeindruckenden Aufstieg beginnen, dann wird mensch sich auf seine neuen Gefüge besinnen, dann wird mensch das Menschtum in JEUNEX kennen, dann wird mensch Jeschua Rex Text den allergrößten Profeten nennen!

Menscher: An diesem Sonnabend ist der erste Mensche spät erwacht, er hat sich gleich auf den Weg zum Händler gemacht, dort hat er die Zeitungen erstanden, im Garten auf der Bank die Nachrichten seine Aufmerksamkeit banden, dann hat er sich mit der zweiten Weltschlacht beschäftigt, diese unselige Geschichte hat sein Gemüt nicht gekräftigt, dann ist er mit dem Förster durch den Wald geschritten, der Grünrock brauchte nicht inständig um seine Aufmerksamkeit zu bitten, seine spannenden Ausführungen hat unser Verfasser regelrecht genossen, es sind ihm weitreichende Erkenntnisse daraus ersprossen!

Mensche: Dann hat er die Besinnungen geschrieben, er hat es auf dem Papier wacker getrieben, noch acht Pensumstage muß er durchleiden, dann wird ihn das Negative meiden, dann werden der Jeschua und der Rex Text ihm viel Positives weisen, dann wird er mit einer Renate trinken und speisen, dann wird er endlich das andere Geschlecht erkennen, dann braucht er nicht mehr vergeblich für eine Eulalia zu entbrennen!

Menscher: Noch zwanzigvier wirkliche Tage müssen verfließen, dann kann er endlich die Früchte seiner Mühen genießen, das sind drei Wochen und drei Tage, dann vergeht endlich die ungesellige Plage, dann kann mensch ihn verkehrsfähig nennen, dann wird er nicht mehr wie Falschgeld durch die Gegend rennen, dann wird er seine Ziele erreichen, dann wird er verkrösussen, vernabobben und verscheichen, dann werden die einhundert Milliarden menschen Jeschuas zu ihm eilen, dann wird er tatsächlich die gesamte Menschheit heilen!

Mensche: Die Spannung ist kaum noch ertragen, was soll mensch nun dazu sagen, werden sich seine hehren Schauen erfüllen, oder wird sein Glied auch dann noch erfolglos nach einer Scheide brüllen, wird er im Seelenmörderverein ersticken, oder wird JEUNEX ihm eine bezaubernde Agate schicken, wird er dann eine einnehmende Briseis ficken, wird dann eine wohltuende Kunigunde zu ihm nicken, was wird geschehen, was wird mensch sehen?!

Menscher: Am Abend ist unser Urheber zu einem Supermarkt geschritten, er hat nicht wie sonst unter den Ausgrenzungen gelitten, die Menschdorfer haben ihn zwar bepöbelt und mit Ausdrücken grausam vermöbelt, aber er war innerlich besonders stark, die Demütigungen trafen ihn nicht bis in das Mark, er kann die Menschdorfer nicht mehr ehren, diese wilde Meute will ihn ihre Mittelmäßigkeit lehren, dieser wüste Haufen will ihn immer nur versehren, er kann diese grölende Masse durchaus entbehren!

Mensche: Danach hat er sich mit dem anderen Geschlecht befaßt, dieser Wälzer wurde ihm keineswegs zur Last, Simone de Bohvoar hat eine wunderschöne Abhandlung ersonnen, der erste Jeschua Rex Text hat sich viele Anregungen daraus gewonnen, der erste Mittelreicher hat es als sehr gehaltvoll empfunden, er kann darüber nur seine Begeisterung bekunden, nun aber muß er wieder dichten und das Reich des Jeschua Rex Textes errichten!

Menscher: An diesem Sonntag ist der erste Mensche spät erstanden, seine drei Mitbewohner sich schon beim Mittagessen befanden, er hat sich zwei Scheiben mit Brot und Käse bereitet, dann hat er seinen Sinn auf die Menschdorfer Verhältnisse geleitet, in einem kleinen Blatt hat er im Sonnenschein gelesen, es ist ihm auf der Bank im Garten ein Vergnügen gewesen, dann hat er sich mit der zweiten Weltschlacht befaßt, die damalige Geschichte ist eine furchtbare Last, schließlich hat er zwei Stunden lang das andere Geschlecht studiert, die Evas sind gemeinsam mit den Adammen noch nicht nach Menschland marschiert!

Mensche: Dann hat er seine Besinnungen geschrieben, er ist dabei stets allein geblieben, das Wochenende verbringt er gern auf diese Weise, sein Geist begibt sich dann auf so manche Reise, einen halben Behälter Kartoffelsalat hat er geleert, seine Lust wurde von einem Jogurt gemehrt, danach hat er noch ein Glas Pußtasalat gegessen, dabei hat er in seinem Zimmer gesessen, dann hat er die gelbe Abfalltonne auf den Bürgersteig gerollt, eine Menschdorferin hat ihm durch das Fenster ihrer Wohnung hindurch gegrollt!

Menscher: Sie stellte fest, daß er nicht gesund sein könne und daß sein Leben nicht bunt sein könne, so schelten ihn die Menschdorferinnen immer wieder, deshalb greift er ihnen auch nicht unter das Mieder, er hat dann noch zwei Stunden lang das andere Geschlecht besichtigt, die Männer werden in dieser Abhandlung der Unterdrückung bezichtigt, am menschen Wesen werden auch die Frauen genesen, sie werden die gleichen Rechte erhalten, dann wird ihr Eifer für die Gemeinschaft nicht so schnell erkalten!

Mensche: Und nun muß der erste Jeschua Rex Text wieder seine Suggestionen setzen, um die gesamte Menschheit zu entwunden und zu entletzen, denn wer weiß es schon, wie weit sein Einfluß reicht, noch ist er nicht verkrösust, vernabobt und verscheicht, aber seine positiven Schwingungen tun sich unbewußt verbreiten, sie können die allgemeine Sittlichkeit in die Höhe leiten, er tut deshalb auch weiterhin einsam feiten, das ist immer noch besser, als gar nicht zu streiten!

Menscher: Noch acht Pensumstage lang muß er sich schinden, dann wird er sich mit einer Kleopatra verbinden, dann wird sein Schwengel eine Heimat finden, dann wird sich eine Susanne unter seinem Prügel winden, dann wird alles gut in des JEUNEX bergender Hut, dann wird die Fülle in sein Dasein fließen, dann kann er das Leben endlich genießen, dann werden die einhundert Milliarden menschen Jeschuas ihn nicht mehr scheuen, dann kann er seine Mitmenschen als der Reichste der Welt erfreuen!

Mensche: Noch zwanzigzwei richtige Tage müssen vergehen, dann wird mensch ihn endlich verstehen, dann wird mensch nicht mehr die Geduld mit ihm verlieren, sondern dann wird mensch seine neuen Gefüge umfassend kapieren, dann wird sein Stern erschimmern, dann werden die Siechenden nicht mehr wimmern, dann wird er ihnen die Gesundheit zimmern, dann wird sich ihr Zustand verbessern und nicht verschlimmern, treffende Wörter können die Gebrechen heilen, mensch braucht dann nicht mehr in der Hölle zu weilen!

Menscher: Heute konnte unser Verfasser lange schlafen, denn der junge Betreuer tat ihn bestrafen, er ist nicht zu ihm gekommen, er hat die Last der Einsamkeit nicht von ihm genommen, unser Meister hat Tabletten und Zeitungen geholt nach dem Erwachen, dann tat er sich auf den Weg zur Werkhalle machen, bei dem Straßenhändler hat er sich eine Wurst im Brötchen erworben, auf diese Weise wurde ihm der Mittag entdorben!
  Mensche: Am langen Tisch hat er wieder mit der Gefährtin gesprochen, er hat sein langanhaltendes Schweigen ihr gegenüber gebrochen, sein ablehnendes Benehmen hat sie geschädigt, aber ihre Wehwehchen haben sich nunmehr erledigt, sie haben Kinderbücher sortiert nach sieben Temen, diese Gestalten kennt mensch in München und Bremen, doch der erste Mensche wird nirgendwo erwähnt, bei seinem Namen wird nicht einmal gegähnt!
  Menscher: Noch sieben Pensumstage muß der erste Mittelreicher überstehen, dann wird mensch ihn nicht mehr übersehen, dann wird mensch ihn rühmen und ehren, dann wird sich sein Reichtum mehren, noch zwanzigeins echte Tage müssen verfliegen, dann wird er die Menschdorfer für immer besiegen, dann wird er ihre Bedürfnisse erfüllen, dann werden sie nicht mehr gegen ihn brüllen, dann werden sie ihn überschwenglich feiern, dann werden sie preisende Sprüche über ihn leiern!
  Mensche: Nach dem Feierabend ist er in ein Geschäft gegangen, dort tat er nach einem Paar Schuhe verlangen, seine Größe tut vierzigundfünf betragen, in dieser Hinsicht braucht er nicht zu verzagen, für zwanzig mensche Jeschuas hat er sie empfangen, nun braucht es ihm vor dem nächsten Regen nicht mehr zu bangen, so hat er denn die Zeitung gelesen, das ist im Wohnzimmer gewesen, und er hat eine Wurst mit Grünkohl verspeist, danach ist er in das Land der Träume gereist!
  Menscher: Nach einem zweistündigen Schlummer hat er zwei Stunden lang das andere Geschlecht betrachtet, die Evas wurden von den Adammen oftmals verachtet, in Menschland wird die volle Gleichberechtigung wesen, die Julias werden dann von der Willkür der Romeos genesen, die mensche Sprache wird erklingen, mensche Lieder wird mensch singen, und dann wird die mensche Denkart walten, dann wird sich das Zusammenleben erfreulich gestalten!
  Mensche: Allen bisherigen Umstürzen zum Hohn bezeichnet unser Urheber sein Vorhaben nicht als Revolution, aber im Grunde tut er ebendiese planen, er ist schlauer als die Ahnen, er hat ein tiefes Wissen gespeichert, er hat sich in Tausenden von Büchern bereichert, und nun kann er die Fülle spenden, dann wird sich das Schicksal der Erdenbürger wenden, die Menschdorfer aber, diese kleinkarierten Deppen, werden ihre unnötigen Bürden nicht mehr lange schleppen, ausgerechnet der, den sie schmähen, wird sie befreien, und er wird ihnen auch ihre derben Ausgrenzungen verzeihen!

Menscher: An diesem Vormittag ist unser Verfasser spät erwacht, das Herz hat ihm deshalb nicht im Leibe gelacht, er war verdrossen, er fühlte sich wie erschossen, er hat die Zeitungen gekauft und gelesen, das ist eine Sache von fünf Minuten gewesen, dann hat er sich in einem Supermarkt zwei Dosen Fisch erworben, im Aufenthaltsraum hat ihm diese Speise den Mittag entdorben, so hat er dann am langen Tisch gewerkt, die Arbeit hat wieder sein Gemüt gestärkt!
 Mensche: Mit der Gefährtin hat er wieder geklönt, er hat sich noch nicht völlig an diese neue Lage gewöhnt, aber sie hat sich doch allmählich entspannt, er ist oftmals zu den Kontehnern gerannt, es tut zwei für Pappe und für Abfall geben, mensch muß danach, das Gut in den Innenraum zu schieben, streben, sie sind wie ein Spielzeug für einen erwachsenen Mann, mit dem mensch sich ausgezeichnet vergnügen kann!
 Menscher: Nach dem Feierabend wurde in der Gruppe gesessen, der Betreuer hat die wichtigen Temen nicht vergessen, mensch will einen neuen Duschvorhang bekommen, denn der alte hat schon Schaden genommen, der Rasen muß gemäht werden von einem Gesellen, derartige Fragen tun sich in der Runde stellen, ein Sozialarbeiter und vier Bewohner plauschen, es lohnt sich nicht, diesem Unsinn zu lauschen!
 Mensche: Danach hat der erste Mensche die Zeitung gelesen, im Garten sind einige Leute gewesen, diese Nachbarn haben ihn übel begeifert, sie haben sich über sein Schweigen ereifert, er hat nur auf der Bank die Zeitung gelesen, das ist für sie ein Stein des Anstoßes gewesen, diese unmenschen Heiden kann mensch beim besten Willen nicht leiden, diese heidnischen Unmenschen kennen den Frieden nicht, in ihren Hirnen brennt nicht allzu viel Licht!
 Menscher: Dann hat der erste Jeschua Rex Text geschlummert, einenhalb Stunden lang hat er sich entkummert, dann hat er sich mit dem anderen Geschlecht befaßt, in den Müten wird die Frau manchmal abartig gehaßt, nun muß der erste Mittelreicher wieder die Besinnungen schreiben, er kann eben nicht still und stumm einmal bleiben, er muß seinen Senf verteilen, sein Geist muß im Reiche der Kultur immer weilen!
 Mensche: Die Kinderbücher in der Werkhalle können ihn nicht beglücken, und die Menschdorferinnen können ihn nicht entzücken, noch sieben Pensumstage lang muß er sich quälen, dann werden der Jeschua und der Rex Text ihn stählen, das sind noch zwanzig wirkliche Tage, dann stellt niemensch ihn mehr infrage, dann wird mensch ihn preisen und ehren, dann wird er das Menschtum in JEUNEX lehren, dann wird er endlich als Jeschua und als Rex Text wandeln, dann wird er endlich als ein kühner Held handeln!

Menscher: Noch sieben Pensumstage lang muß unser Ersinner sich schinden, dann wird das Glück sich mit ihm verbinden, noch zehnneun richtige Tage lang muß er sich quälen, dann kann er von angenehmen Dingen erzählen, an diesem Vormittag ist er spät erwacht, er hat sich auf den Weg zum Händler gemacht, dort hat er die Zeitungen erworben, sie haben ihm den Mittag entdorben, dann ist er zur Werkhalle geeilt, dort hat er vier Stunden lang geweilt!

Mensche: Am langen Tisch haben sie Kinderbücher sortiert, sie wurden dann von ihnen sorgsam palettiert, die Gefährtin tut wieder wie gewöhnlich mit ihm sprechen, er kann sie beglücken, er tut sie nicht mehr bepechen, die Zeit ist zäh verflossen, er hat es nicht genossen, es hat ihn ein wenig verdrossen, er hat aber nicht allzu viel Schweiß vergossen, dann ist er nach Hause getrabt, ein halbes Hähnchen hat ihn erlabt, danach hat er die Zeitung gelesen, das ist am Wohnzimmertisch gewesen!

Menscher: Dann hat er zweieinhalb Stunden im Bett gelegen, unruhige Träume taten ihn erregen, doch die schlimmen Schlafbilder der Hexe von Sankt Jöris sind verschwunden, er kann nur seine Freude über ihren Fortgang bekunden, dabei hat ihr einmaliger Körper ihm ungemein behagt, nur ihrem Geist hat er seine Billigung versagt, so spielt eben das Leben, es kann nicht nur eitel Sonnenschein geben!

Mensche: Zwei Stunden lang hat er sich mit dem anderen Geschlecht befaßt, die meisten Männer haben die Frauen glühend gehaßt, in Menschland wird sich diese Einstellung wandeln, der mensche Adam wird gern mit der menschen Eva bandeln, sie werden einander das Dasein nicht verschandeln, sie werden füreinander und nicht gegeneinander handeln, mensch wird sich auf mensche Weise begegnen, und JEUNEX wird dieses Aufeinandertreffen segnen!

Menscher: Nun sitzt der erste Mensche wieder am Rechner mit Pauer, immer geringer wird die fast ewige Dauer, die noch verstreichen muß, bis er befreit wird und wo es dann für ihn eine schöne neue Zeit wird, aber gerade kurz vor Schluß muß ihm der Mut nunmehr sinken, der Wahnsinn tut ihm aus der Nähe winken, er will sich nicht mehr durch die Gegend schleppen, er will in Menschdorf nicht mehr verdeppen und verseppen!

Mensche: In knapp drei Wochen wird er genesen, dann eignet ihm ein freundliches Wesen, dann wird mensch ihn verkehrsfähig und umgänglich nennen, dann lernt mensch ihn von seiner guten Seite ken-nen, und dann werden die Menschdorfer ihn auch gern begrüßen, denn er kann ihnen durchaus die Augenblicke versüßen, seine Ausstrahlung wird sich zu seinen Gunsten ändern, dann knüpft er eine Vielzahl von geselligen Bändern, dann wird mensch ihm die Hand zum Bunde reichen, und dann wird er tatsächlich verkrösussen, vernabobben und verscheichen!

Menscher: Noch sechs Pensumstage lang muß unser Urheber sich schinden, dann wird sich der Reichtum mit ihm verbinden, noch zehnacht echte Tage lang muß er sich quälen, dann wird er sich eine Dulzinea erwählen, noch zwei Wochen und vier Tage lang muß er sich bepeinen, dann wird das Glück sich mit ihm vereinen, dann wird er fröhlich aus der Kleidung gucken, dann wird eine willige Esmeralda seinen allerköstlichsten Samenstrom schlucken!
 Mensche: An diesem Vormittag ist er spät erstanden, doch sein Wille zur Arbeit ging nicht zuschanden, er hat die Zeitungen geholt und studiert, dann ist er zur Werkhalle marschiert, dort mußte er sich wieder mit Kinderbüchern befassen, diese Beschäftigung tut er allmählich hassen, seit zwei Wochen sind es immer die gleichen Schriften, diese Eintönigkeit muß ihm das Gemüt vergiften, nach dem Feierabend ist er zum Fitneßzentrum geschritten, dort tat mensch ihn zu einer Fußballpartie bitten!
 Menscher: Danach hat ihn ein Montenegriner nach Hause gefahren, dort tat er im Wohnzimmer das Schwein gewahren, er mußte die Zeitung auf der Bank im Garten lesen, dort ist es in diesem Herbst sehr kühl gewesen, dann hat er in seinem Zimmer einen Seehecht verzehrt, ein Jogurt hat sein Behagen vermehrt, dann hat er eineinhalb Stunden lang geschlummert, das hat ihn ein wenig entsorgt und entkummert!
 Mensche: Danach hat er zwei Stunden lang das andere Geschlecht beschaut, die Adamme bekundeten ihre Verachtung für die Evas laut, es ist nicht zu fassen, diese Erscheinung bemerkte mensch in rauhen Massen, die Heuchelpfaffen haben die Frauen unterdrückt, die Pfarrer und Pastoren haben die Zirzen nicht beglückt, deshalb sollen sie verschwinden, mensch soll sie nicht mehr finden, in Menschland haben die Püramusse und die Tisben die nämlichen Rechte, er ist nicht der Gute, und sie gilt nicht als die Schlechte!
 Menscher: Das zweite Jahr in Jeschua Rex Text wird bald vergehen, noch kann mensch den ersten Menschen nicht erfolgreich sehen, aber in einem knappen Monat wird es ihm gelingen, die ganze Menschheit zu beflügeln und zu beschwingen, dann wird mensch überall von ihm hören, dann kann er die gesamte Menschheit betören, dann wird mensch auf die Worte dieses Meisters schwören, dann wollen ihn die Menschdorfer nicht mehr zerstören!
 Mensche: Dann wollen ihn die Spießbürger nicht mehr vernichten, sondern dann werden sie sich nach seinem Willen richten, er tat sich zu ihren Gunsten die Seele aus dem Leibe dichten, die Menschheit kann auf diesen Erlöser nicht verzichten, mensch wird ihn auch bald im Fernsehen sichten, er wird die Schädel seiner Mitmenschen lichten, sie werden durch ihn weise, klug und schlau, und ihr Dasein gestaltet sich dann weniger rauh!

Menscher: An diesem Vormittag ist der junge Betreuer gekommen, er tat dem ersten Menschen durch seine Begleitung frommen, sie haben Socken, Unterhosen und einen Gürtel gekauft, doch der erste Jeschua Rex Text hat sich danach die Haare gerauft, denn seine Hose tut noch immer rutschen, hoffentlich tut sie ihm in der Innenstadt nicht einmal darniederflutschen, diese Vorstellung läßt ihn manchmal verzweifeln, da ist es verständlich, daß die Menschdorfer ihn bekeifeln!

Mensche: Danach ist er zur Werkhalle geschritten, dort tat mensch ihn an den langen Tisch höflich bitten, dort mußten Kinderbücher eingeschweißt werden an einer Maschine, die Hauptarbeit verrichtete eine emsige Sabine, der erste Mittelreicher hat die grünen Punkte auf die Folien geklebt, auf diese Weise hat er danach, seinen Vorgesetzten zufriedenzustellen, gestrebt, und es ist ihm auch gelungen, er hat nicht vergeblich darum gerungen!

Menscher: Nach dem Feierabend hat er eine Hühnersuppe mit Nudeln verzehrt, ein Jogurt hat sein Behagen vermehrt, danach hat er sich für eine Stunde in das Bett gelegt, dann hat er sich zu einem Supermarkt bewegt, schließlich hat der Wälzer über das andere Geschlecht ihn gepackt, leider sieht mensch darin keine Evas nackt, und nun brütet er wieder über seinen Besinnungen, durch ihre Macht kommt es bei ihm zu Gewinnungen!

Mensche: Noch sechs Pensumstage lang muß er sich quälen, dann wird er sich mit seinem neuen Namen vermählen, dann wird er auch in seinen Unterlagen Jeschua und Rex Text heißen, dann wird er sich weitaus lustvollerer Betätigungen befleißen, noch zehnsieben wirkliche Tage lang muß er sich schinden, dann wird er sich mit einer prächtigen Suleika verbinden, dann wird sich eine atemberaubende Lilofee unter ihm winden, dann wird er die Gunst einer erregenden Sexbombe finden!

Menscher: Was wird geschehen, was wird mensch sehen, er wird nun eine Woche lang seinen Urlaub genießen, dann werden seine schöpferischen Kräfte ungehindert fließen, dann wird er ausgiebig schreiben und lesen, das ist ihm immer ein großes Vergnügen gewesen, dann wird er die Frist beenden, dann wird seine Not sich wenden, dann wird er mit sechzigeins Jahren so gereift sein wie ein Wein, dann lädt ihn das Schicksal zu einem paradiesischen Dasein ein?!

Mensche: Werden seine Vermutungen wahr werden, wird er ein riesiger Star werden, oder wird er auch weiterhin in Menschdorf verschmachten, werden ihn die Spießbürger auch weiterhin verachten, wird mensch ihn auch weiterhin als einen eigenbrötlerischen Abweichler betrachten, und wird sein Geist dann aufgrund dieser Enttäuschung umnachten, er ist gespannt, was sich zeigen wird und ob mensch noch länger über ihn schweigen wird, er ahnt aber, daß alles gut wird und daß er glücklich in des JEUNEX Hut wird?!

Menscher: An diesem Sonnabend hat sich der erste Mensche spät erhoben, er kann sich für dieses Versäumnis selbst nicht loben, die drei Mitbewohner haben schon zu Mittag gegessen, da hat der erste Jeschua Rex Text noch schläfrig auf seiner Bettkante gesessen, dann hat er Kartoffelsalat gefrühstückt und die Zeitungen gekauft, bei einem Bericht hat er unmutig gebrummt und geschnauft, ein Übersetzer aus dem Holländischen pries sich als Bücherkenner an, aber der Profet Jeschua Rex Text war für ihn ein unbekannter Mann!

Mensche: Auch bei der Messe in Frankfurt mit ihren vielen Schriften kann der erste Mittelreicher noch keinen Segen stiften, so muß er denn sein karges Dasein im verborgenen fristen, da helfen ihm auch nichts seine feinsinnigen Listen, noch fünf Pensumstage müssen vergehen, dann erst wird mensch ihn erfolgreich sehen, das sind noch zehnfünf richtige Tage, dann bessert sich seine Lage, dann wird er über der Menschheit tronen, dann wird eine rassige Eva bei ihm wohnen!

Menscher: Daraufhin hat er sich mit der zweiten Weltschlacht befaßt, sie fiel ihm schon immer zur Last, dieses unselige Erbe muß er verwalten, er muß den ewigen Weltfrieden gestalten, von Menschland aus soll sich die Eintracht verbreiten, die allgemeine Sittlichkeit wird der Erlöser in die Höhe leiten, das wird wirklich geschehen, das wird mensch tatsächlich sehen, als Hitler des Guten wird er walten, der Hitler des Bösen aber wird veralten!

Mensche: Dann hat er das andere Geschlecht der schlauen Simone studiert, es wird ja bald von ihm nach Menschland marschiert, dann werden die Romeos und die Julias über die gleichen Rechte verfügen, dann wird mensch die Hälfte der Menschheit nicht mehr um ihre Genüsse betrügen, die Heuchelpfaffen und andere Irrlehrer haben die Irenen geknechtet, die Pfarrer und Pastoren haben die Salomes entrechtet!

Menscher: Dann hat unser Urheber seine Besinnungen geschrieben, er ist dabei nicht unrastlos geblieben, denn danach mußte er zu einem Supermarkt schreiten, dieser große Laden schließt aber zu festgesetzten Zeiten, er hat sich als zu spät dran vermutet, deshalb hat er sich sehr beeilt und gesputet, er ist aber noch rechtzeitig gekomen und hat sich alle erforderlichen Waren genommen, auf dem Parkplatz des Geschäfts war ein Wagen von der Straße abgewichen, die Szenerie mit den Feuerwehrwagen hat einem Verbrecherfilm geglichen!

Mensche: Zu Hause hat unser geistiger Vater die Erzeugnisse in den Kühlschrank getan, dann brach sich sein Leseeifer wieder die Bahn, noch eine Stunde lang hat er sich mit dem anderen Geschlecht beschäftigt, nun wird er wieder durch seine Suggestionen gekräftigt, so geht es bei ihm immer weiter, und in naher Zukunft sieht mensch ihn dann heiter, am eigenen Schopf zieht er sich aus dem Sumpf, dabei sind die Menschdorfer nach wie vor dumpf und stumpf, aber er wird diesen rohen Pöbel überwinden, er wird einen Ausweg aus den dauernden Schmähungen finden!

Menscher: Auch an diesem Sonntag ist unser Held sehr spät erstanden, die Reste des Mittagessens sich in der Küche schon befanden, viel Licht hat er an diesem Tag nicht mehr bekommen, doch trotzdem mußte er der Menschheit nutzen und frommen, in der Kronik hat er vom Selbstmord des braunen Führers erfahren, bei der schlauen Simone konnte er das andere Geschlecht gewahren, dann hat er seine Besinnungen geschrieben und sich die Zeit ein wenig mit Schachspielen vertrieben!

Mensche: Er hat danach eine Linsensuppe gegessen, dabei hat er in seinem Zimmer gesessen, auch einen Jogurt hat er nicht verachtet, dann hat noch einmal zwei Stunden lang das andere Geschlecht betrachtet, jetzt sitzt er wieder am Rechner und dichtet, weil ja niemensch anders diese Friedensarbeit verrichtet, er muß seine Freizeit opfern für das Wohl der Welt, ob es ihm nun behagt oder ob es ihm nicht gefällt!

Menscher: Er hat am Mittag die Geschirrtücher aus der Waschmaschine gegriffen, dabei hat er kein lustiges Liedlein gepfiffen, er ist schon lange nicht mehr so freudenvoll wie zuvor, denn niemals zeigt sich ihm des sinnlichen Paradieses Tor, er hat auch bei den zwei Abfalleimern neben der Spüle die Beutel gewechselt, keine Eva hat ihm dabei feinsinnige Schmeicheleien gedrechselt, er blieb allein, muß das denn sein?!

Mensche: Die kluge Simone stellt das Bumsen für die Julias als eine Qual dar, wohl, weil es ihr selbst eine Pein bei manchem Mal war, doch die gesunde Eva kann sich für das Ficken entflammen, niemals wird eine durchschnittliche Matilde den Mann an sich verdammen, das ist eine Fantasie, wie die Blaustrümpfe sie haben, ein Bursche kann eine Maid mit seinem Schwengel erlaben, ja, manchmal beklagt sie sich sogar darüber, daß er sie nicht pudert, denn sie wäre so gern durch seinen Riemen versext und verludert!

Menscher: Die weise Simone wandelt auf dem falschen Pfade, sie ist eine von den Kerlen enttäuschte Najade, sie hat ausgelitten und ist gestorben, ihr Ehemann hat ihr wohl die Wonnen des Bettes verdorben, er war viel zu heiter, das brachte sie nicht weiter, die Franzosen sind freudig, die Pariser auch, da stand die Simone ziemlich auf dem Schlauch, sie hat nicht erhalten, was sie wollte, weshalb sie den Mannsleuten grollte!

Mensche: Die Ungleichheit der Geschlechter hat sie mit Recht beklagt, auch heute noch wird eine Teodora von den Georgen geplagt, aber deshalb darf mensch das Poppen nicht verfluchen, mensch wird keinen anderen Sinn des Lebens als diesen erfolgreich suchen, die Damen wollen Samen, das sagen schon ihre Namen, und auch wenn sie es schwerer haben als die harten Deppen, so brauchen sie doch nicht die ganze Last der Sinnlichkeit allein zu schleppen!

Menscher: An diesem Montag ist unser Held am Mittag erstanden, durch seine Träume ging ihm das Denken nicht zuschanden, er hat sich von der Hexe von Sankt Jöris gut erholt, die schöne Büglerin hat ihm oft mit Ausdrücken den Hintern versohlt, der junge Betreuer ist gekommen und hat gefegt, er hat sich mit dem Besen durch die Küche bewegt, er hat vorher die Herdplatte gereinigt, der erste Mensche hat sich dann mit dem Aufwischen gepeinigt!

Mensche: Danach sind sie zu einem afganischen Änderungsschneider gegangen, dort tat der erste Jeschua Rex Text es höflich verlangen, daß mensch ihm ein weiteres Loch in den Gürtel steche, der Verkäufer verzichtete auf jegliche Zeche, dann hat sich der erste Mittelreicher mit dem anderen Geschlecht befaßt, die Lustlosigkeit der klugen Simone wird ihm immer mehr zur Last, auf neunhundert Seiten tut sie die Unterjochung der Evas beklagen, doch nichts hat sie über deren unersättliche Geilheit zu sagen!

Menscher: Zu seiner Zeit war dieser Wälzer wichtig, doch heute sind seine Behauptungen schon lange nicht mehr richtig, und in Menschland werden die Julias die Romeos nicht verachten, sondern beide Geschlechter werden sich als gleichberechtigt betrachten, da muß erst ein Oberschüler aus Bad Nenndorf kommen, um der Menschheit mit dieser Dienstleistung zu frommen, niemensch anders kann es vollbringen, niemenschem anders kann es gelingen!

Mensche: Dann hat unser Verfasser die Besinnungen gesetzt, auf diese Weise wird seine Umgebung entletzt, danach hat er gegessen und getrunken, dann ist er auf das Bett gesunken, die Spagetti lagen gut im Magen, und auch den Bananenjogurt tat er hervorragend vertragen, dann hat er sich wieder mit dem anderen Geschlecht befaßt, die schlaue Simone wird ihm allmählich zu einer unleidlichen Last, sie tötet die Lust, sie zeigt sehr viel Frust!

Menscher: Der Gott JEUNEX war ihr nicht bekannt, sie ist gewißlich für die Liebe entbrannt, aber sie hat das Vergnügen nur eingeschränkt genossen, unter geheimem Vorbehalt ist der Samenstrom in ihre Scheide geflossen, auf diese Weise kann mensch menschem die Sinnlichkeit vergällen, aber so ein Urteil sollte mensch nicht fällen, es ist zu pauschal, das Bumsen ist keine Qual, manchmal vielleicht, aber nicht immer, mancher Zirze behagt ihr verzweifeltes Gewimmer!

Mensche: Und daß eine Kondwiramur um Gnade fleht, wenn es allzu hart zur Sache geht, das ist doch kein Fehler zu heißen, warum sollte sich ein Robert nicht emsig des Puderns befleißen, den gesellschaftlichen Zusammenhang muß mensch nicht immer erwähnen, denn dann würden die Leser unweigerlich gähnen, mensch tut einander küssen, streicheln und bumsen, da ist es einerlei, welche Glieder in welchen Scheiden rumsen?!

Menscher: Der volle Mond scheint in sein Zimmer, die Stimmung des ersten Menschen wird immer schlimmer, er kann den falschen Namen nicht mehr ertragen, er will sich nicht mehr quälen und plagen, der Jeschua und der Rex Text sollen zu ihm kommen, diese Bezeichnung soll ihm endlich einmal frommen, in seinen Unterlagen tut er noch nicht so heißen, da muß er sich des Jeschua Rexes und des Textes befleißen!

Mensche: Noch drei Pensumstage müssen verfließen, dann kann er das Dasein endlich genießen, noch neun echte Tage müssen vergehen, dann wird der Wind seine Leiden verwehen, dann wird er endlich das Ziel erreichen, dann wird er verkrösussen, vernabobben und verscheichen, dann wird er eine hohe Stellung in der Gesellschaft haben, dann kann er die Bürger mit seinen Ansichten erlaben, dann werden die Menschen wie er meinen, dann wird mensch sich gern mit seinen Anschauungen vereinen!

Menscher: An diesem Dienstag ist er am Mittag erstanden, am Haus gegenüber sich Handwerker befanden, er hat die Zeitungen gekauft, er hat sich die Haare gerauft, denn irgendein Schreiberling wurde ausführlich besprochen, das hat ihm schier das Herz gebrochen, dann hat er gefrühstückt und ist zu einem Supermarkt gegangen, dort tat er es an einem Stand, zwei Patronen mit Tinte zu befüllen, verlangen!

Mensche: Unterwegs wurde er von den Menschdorfern gescholten, als gesund hat er diesem groben Viehzeug nicht gegolten, er hätte sie am liebsten allesamt erschossen, dann hätte er ihr Schweigen für immer genossen, doch diese Fantasien wird er nicht in die Tat umsetzen, er wird diese heidnischen Unmenschen vielmehr mit seinem Rat ergötzen, dann hat er die kluge Simone studiert, er ist noch immer nicht nach Menschland marschiert!

Menscher: Dann wurde er zur Gruppe gebeten, mensch verübelte es dem Profeten, daß er in seiner Stube ein helles Licht brennen läßt, das die Spaziergänger auf dem Bürgersteig die Umgebung erkennen läßt, im Grunde ist mensch mit seinem dritten Namen nicht zufrieden, doch die vierte Betaufung wurde ihm noch nicht beschieden, er muß noch zwei Wochen lang warten, dann blühen die Rosen in seinem Garten!

Mensche: Danach hat er geschrieben und wieder gelesen, es ist ihm ein zweifelhafter Genuß gewesen, die schlaue Simone kann ihn nicht begeistern, sie tat den Beischlaf nicht sonderlich meistern, im Bett war sie eine Niete, wenn auch nicht auf geistigem Gebiete, als Schriftstellerin leistet sie viel, doch das sinnliche Spiel gilt ihr als eine Qual, sie nennt Hindernisse in großer Zahl, dabei bereitet es ein riesiges Vergnügen, einen Schwengel in eine Grube zu fügen!

Menscher: An diesem Mittwoch ist unser Held spät erwacht, es war für ihn zuvor eine lange Nacht, er hat die Zeitungen geholt und gelesen, das ist im Wohnzimmer gewesen, dann hat er noch weiter geschlummert und sich ein wenig entkummert, das Schicksal tut ihn bestrafen, er muß schlafen, schlafen, schlafen, dann hat er die Ergüsse der klugen Simone betrachtet, sie wird von ihm als Spaßverderberin erachtet, dann hat er ein halbes Hähnchen erworben, so wurde ihm dann der Abend entdorben!
Mensche: Dann hat er wieder auf dem Bett gelegen, ohne sich zu regen und zu bewegen, seine Besinnungen hat er emsig geschrieben, er hat es auf dem Papier gar wacker getrieben, dann hat er wieder die schlaue Simone studiert, es ist entsetzlich, über welche Mißstände sie parliert, jede Ehe ist ein Kabinett des Schreckens, mensch übe sich in der Kunst des Versteckens, jedenfalls soll die Eva sich von keinem Adam zähmen lassen, denn sie würde dadurch ja ihre ureigenen Triebe lähmen lassen!
Menscher: Nun sitzt der erste Mensche wieder am Rechner und dichtet, wobei er auf die Rüttelpuppen in den Schüttelschuppen verzichtet, sein klares Denken wurde von den Menschdorfern wieder vernichtet, sie haben grausam über ihn als einen Wahnsinnigen gerichtet, seine geistige Gesundheit können sie nicht erkennen, sie müssen ihn immer wieder einen Irren nennen, das ist die Menschdorfer Art, sie ist nicht zart, sondern hart!
Mensche: Noch drei Pensumstage lang muß der erste Jeschua Rex Text sich plagen, dann wird mensch Lobsprüche zu ihm sagen, noch sieben wirkliche Tage muß er sich befleißen, dann wird er auch in seinen Unterlagen Jeschua und Rex Text endlich heißen, das ist eine schwere Geburt fürwahr, die Vorgehensweise ist schon lange klar, JEUNEX hat sie seinem Seher befohlen, doch die Menschdorfer müssen ihm den Hintern versohlen mit groben und derben Wörtern, mit denen sie sein Anderssein erörtern!
Menscher: Die weise Simone hatte keine Lust, sie verströmte einen riesigen Frust, zu ihrer Zeit war das richtig, doch heute ist es nicht mehr wichtig, denn Menschland wird erstehen, und Unmenschland wird vergehen, auch in Frankreich wird mensch die mensche Sprache verwenden, dann wird es, daß sie Evas versklavt werden, endlich enden, die ganze Menschheit wird die mensche Ausdrucksweise gebrauchen, dann werden überall auf der Welt die Schornsteine rauchen!
Mensche: Am Sitz der Weltregierung wird dies bekundet, von hier aus wird die Menschheit entwundet, von hier aus wird die Menschheit entsehrt, denn was hier dargelegt wird, ist nicht verkehrt, es entspricht dem menschlichen Wesen, durch die Wahrheit aber kann mensch genesen, der ewige Weltfrieden wird gestiftet, das allgemeine Klima wird entgiftet, dann werden die Waffen schweigen, dann wird mensch einander freundlich zeigen!

Menscher: An diesem Donnerstag hat sich der erste Mensche spät aus den Federn gewunden, er wurde zuvor von seltsamen und verschrobenen Träumen geschunden, er hat die Zeitungen geholt und gelesen, das ist ihm ein Vergnügen gewesen, danach hat er vier Rollmöpse gegessen, er hat dabei in seinem Zimmer gesessen, dann hat er gleich seine Besinnungen geschrieben, es ist ihm nicht anderes übriggeblieben, denn er mußte danach pünklich zum Fitneßstudio schreiten, um sich einen schönen Fußballabend zu bereiten!

Mensche: Mittendrin schlief er ein, das Schicksal war zu ihm gemein, er konnte sich nicht erheben, das tat sich nun einmal nicht ergeben, so mußte er sich schließlich sputen, es endete gottseidank im Guten, er hat sein Pensum vollendet, danach hat er sich nach draußen gewendet, da tat es ohne Unterlaß regnen, auf diese Weise tat JEUNEX ihn segnen, am Baumarkt hat ihm die Sekretärin aus ihrem Wagen heraus gesagt, es habe menschem, den Sport ausfallen zu lassen, behagt!

Menscher: Da kehrte der erste Jeschua Rex Text wieder um, er fragte sich nach dem Wieso und Weshalb und Warum, aber so konnte er sich ein wenig bewegen, es ist besser, sich so als sich gar nicht zu regen, ein Rauschgiftsüchtiger hatte ihn in der Fußgängerzone um Geld gebeten, er war bittend an den Profeten getreten, doch unser Held hat ihm nichts gegeben, er tat weiterhin zum Fitneßstudio streben, auf dem Weg dahin überlegte er hin und her, sein Geldbeutel war doch gar nicht leer, hätte er den Mittellosen nicht doch unterstützen sollen, hätte er dem Hungrigen nicht doch mit zehn Jeschuas nützen sollen?!

Mensche: Unter derartigen Gedanken ist er nach Hause gekommen, er hat am Tisch im Wohnzimmer Platz genommen, er hat eine Zeitung studiert mit Genuß, und als er damit kam zum Schluß, hat er einen Seehecht verspeist, diese Mahlzeit liegt gut im Magen allermeist, dann hat er sich drei Stunden lang mit der klugen Simone beschäftigt, sie hat sein folgerichtiges Überlegen gekräftigt, sie hat ihn das Wesen der Weiblichkeit gelehrt, seine einzigartige Verehrung der Evas war völlig verkehrt!

Menscher: Das kann mensch so nicht sagen, den Luzinden tat sein Anbetung stets behagen, er hat in ihnen immer eine höhere Macht erschaut, leider wurde niemals eine Aspasia seine Braut, so mußte er sich stets mit dem Handbetrieb begnügen, denn keine Lorelei wollte sich seinem Willen fügen, noch zwei Pensumstage lang muß er entbehren, dann wird ihn eine kesse Edeltraud den Beischlaf lehren, noch fünf richtige Tage müssen vergehen, dann wird mensch eine Miranda in seinem Bette sehen, dann wird er eine Magelone küssen, streicheln und ficken, dann wird er eine erregende Venus zum Höhepunkt schicken!

Mensche: Immer näher rückt der Zeitpunkt, an dem er befreit wird, doch ob es dann wirklich für ihn eine schöne neue Zeit wird, das steht noch nicht einhundertprozentig fest, weil sich in diesem Bereich nichts mit dem Zollstock messen läßt, der erste Mittelreicher vermutet, daß es gut wird und daß er dann frei von jeder Wut wird, er wird dann verkehrsfähig wesen, er wird von seiner Einsamkeit genesen, aber vielleicht hat er sich geirrt, vielleicht haben sich seine Gedanken verwirrt, was wird geschehen, was wird mensch sehen?!

Menscher: An diesem Freitag hat sich unser Held sehr spät erhoben, sein junger Betreuer tat dies gar nicht loben, sie sind gemeinsam zu einem Supermarkt gegangen, dort taten sie die benötigten Waren empfangen, dann hat der erste Mensche die Zeitungen gelesen, das ist ihm ein großes Vergnügen gewesen, schließlich hat er noch ein wenig geschlummert und sich von seinen Sorgen entkummert, dann hat er die kluge Simone studiert, sie ist damals noch nicht nach Menschland marschiert, aber sie hat Menschland gewollt, deshalb hat sie den Unmenschen gegrollt!

Mensche: Noch einen Pensumstag lang muß unser Verfasser sich schinden, dann wird er sich im Paradies befinden, das ist kaum zu glauben, doch diese Zuversicht tat ihm niemensch rauben, noch drei echte Tage müssen vergehen, dann wird unser Erlöser im Mittelpunkt stehen, diese Spannung frißt ihn mit Haut und Haaren, so eine Dramatik hat er bisher noch nicht erfahren, sein ganzer Lebenssinn wird sich ihm offenbaren, doch er ist sich nicht darüber, ob seine Gefüge wirken werden, im klaren!

Menscher: Mühsam hat der erste Jeschua Rex Text dann seine Besinnungen gesetzt, dadurch hat er die Allgemeinheit wieder ein wenig entletzt, danach hat er eine Wirsingkohlsuppe gegessen, dabei hat er im Wohnzimmer gesessen, ein Jogurt hat ihm gemundet, doch seine Seele ist nicht gesundet, erst wenn sein Geist geheilt wird, dann von ihm im siebenten Himmel geweilt wird, er muß den Jeschua Rex und den Text überwinden, er darf sich nicht länger unter dieser Bezeichnung schinden!

Mensche: Der Jeschua und der Rex Text müssen ihm werden, sonst droht er das Überdauern der Menschheit zu gefährden, er ist der entscheidende Mann, auf ihn allein kommt es an, wird er die Menschheit retten, wird er sich mit der Wahrheit verkletten, oder werden der Jeschua und der Rex Text ihn verderben, wird er eines Tages völlig unberühmt sterben, dieses wird sich in Kürze zeigen, wird mensch sich zu ihm oder von ihm fort dann neigen?!

Menscher: Der gestrige Spaziergang durch den Regen brachte unserem Erdichter keinen Segen, er fühlte sich schlaff und matt, seine Arbeit fand nur zögerlich statt, aber er hat keinen langwährenden Schaden erlitten, er ist nur in eine vorübergehende Schwäche hinein geglitten, daraus wird er sich bald wieder entfernen, er tat dann noch etwas von der schlauen Simone lernen, sie hat den ganzen Unsinn der heuchelpfäffischen Müstik beschrieben, vor allem die Nonnen haben es mit ihrem Blutkult gar wild getrieben, der Heiland ist für sie gestorben, dadurch haben sie sich den Himmel erworben!

Mensche: Nun zittert der erste Mittelreicher der Zukunft entgegen, wird sich auch alles zu seinen Gunsten regen, oder ist er einem Trugbild verfallen, waren all seine hehren Schauen nur ein hohles Lallen, was wird geschehen, was wird mensch sehen, in wenigen Tagen wird es sich weisen, werden die Menschdorfer ihn dann schmähen oder preisen, werden sie ihm dann freundliche Worte sagen, wird ihm der Umgang mit diesen Leuten dann endlich behagen?!

Menscher: Am Mittag ist ein anderer Betreuer gekommen, er hat den ersten Menschen mit sich genommen, sie sind zum Killewittchen gefahren, dort konnte mensch einen strammen Max gewahren, mit zwei Gläsern Orangschensaft hat es gut geschmeckt, für den Sozialarbeiter wurden zwei Tassen Kaffee gedeckt, in diesem Ausflugslokal haben sie sich angeregt unterhalten, das Gespräch tat sich kurzweilig gestalten, dann hat der jugendliche Wirkende seinen Schützling zurückgebracht, das Herz hat dem ersten Menschen im Leibe gelacht!

Mensche: Dann hat unser Verfasser wieder auf dem Bett gelegen, die vielen Tabletten bringen ihm keinen Segen, danach hat er sich mit dem Ende der zweiten Weltschlacht beschäftigt, das hat sein Verständnis für die damalige Zeit gekräftigt, den Wälzer der klugen Simone hat er zuende gelesen, es ist für ihn ein Vergnügen gewesen, dann ist er zu einem Supermarkt gegangen, um dort die Buttermilch und die Fertiggerichte zu erlangen!

Menscher: Die Kassiererin machte ihm schöne Augen, doch sie konnte ihm für das Bett nicht taugen, so ist er einsam heimgegangen, er wurde von seinem Mitbewohner empfangen, dieser wollte angeblich bei dem kalten Wetter spazieren, der erste Mensche aber tat wieder regenerieren, dann hat er seine Besinnungen geschrieben, er hat es erst spät auf diese Weise getrieben, denn immer wieder mußte er schlummern und dösen, kann ihn denn kein Arzt von diesem Martürium erlösen?!

Mensche: Noch einen Pensumstag lang muß er sich plagen, dann wird mensch ihm angenehme Dinge sagen, noch einen wirklichen Tag muß er überstehen, dann wird mensch ihn nicht mehr übersehen, doch heute sitzt er spät an seinem Rechner in der Nacht, er hat zuviel Zeit auf dem Laken verbracht, er muß noch die Teller und Tassen reinigen, diese Arbeit wird ihn noch etwas peinigen, aber dann kann er endlich ruhen, wann werden ihn die Menschdorfer nicht mehr bebuhen?!

Menscher: Der schlauen Simone ermangelte die Lust, ihr Herz war erfüllt von einem riesigen Frust, diese Enttäuschung ist geschichtlich gewachsen, doch der Mann aus dem niederen Sachsen wird auch diese Wunde heilen, bald werden alle Menschen im Paradiese weilen, die Evas werden so viel wie die Adamme verdienen, mensch sieht dann nur noch glückliche Mienen, einige Wehwehchen werden menschen noch schinden, doch auch für diese Schmerzen wird mensch einen Verband oder ein Pflaster finden!

Mensche: Unser Ersinner muß erst einmal das zweite Jahr in Jeschua Rex Text beenden, dann wird sich seine Not grundlegend wenden, im dritten Jahr in Jeschua Rex Text wird er die Früchte seines Eifers genießen, dann werden die Münzen und Scheine zu ihm fließen, dann wird er über sein Schicksal keine Tränen mehr vergießen, dann wird ihn eine flotte Tatjana entdrießen, dann wird er Jeschua und Rex Text auch in seinen Unterlagen heißen, dann wird er sich tatsächlich eines vernünftigen Verhaltens befleißen!

Menscher: Das Herunterzählen wurde beendet, doch die Not hat sich nicht gewendet, der erste Mensche hat zwei Briefe am Freitag, dem zehnsechsten Mai, bekommen, der eine tat ihm für den Vornamen, der andere für den Nachnamen frommen, genehmigt worden war sein Gesuch, und doch lag darauf ein Fluch, denn die Urkunde hat er erst einen Monat später erhalten, und darin tat Herr Wunsch das Datum fehlerhaft verwalten, er hat als den Gültigskeittermin Sonntag, den zehnachten Mai, gegeben, also muß unser Verfasser noch zwei Tage lang erfolglos streben!

Mensche: Im ersten Jahr vor Jeschua Rex Text ist dies geschehen, mensch tut vergeblich um Weisheit flehen, besonders Beamte sind nicht sonderlich schlau, sie nehmen es offenbar mit den Daten nicht genau, das sind noch zwei Pensumstage und sechs richtige Tage, dann erst verbessert sich wirklich seine Lage, aber diese kleinen Einheiten will er nicht mehr zählen, er kann sich auch ohne dieses Verfahren mühen und quälen!

Menscher: An diesem Sonntag ist er sehr spät erstanden, durch wirre Träume ging seine geistige Klarheit zuschanden, er hat sich aufgerafft, das Frühstück zu bereiten, dann tat er seinen Sinn auf die Zeitung leiten, schließlich hat er die Kronik studiert, er ist immer wieder von ihr fasziniert, dann hat er sich mit dem "Seelenleben der Tiere" befaßt, Peter Wohlleben beobachtete sie ohne Rast, dann hat er seine Besinnungen geschrieben, auf diese Weise hat er es sehr geistvoll getrieben!

Mensche: Die gelbe Tonne hat er an den Straßenrand gestellt, so wird er um seine Genüsse geprellt, er tut eine augerquickende Tatjana vermissen, was nützt ihm denn sein ausgedehntes Wissen, wenn er keine Dorotea küssen, streicheln und ficken darf und wenn er keine Eurüante zum Höhepunkt schicken darf, aber in einer Woche wird er frei sein, dann wird er beim Rammeln dabei sein, das steht zumindest zu hoffen, sonst wäre er doch ziemlich betroffen?!

Menscher: Diese kurze Zeit wird er auch noch überstehen, dann wird mensch ihn nicht mehr übergehen, dann wird er im Mittelpunkt prangen, dann wird mensch nach seiner Lehre verlangen, dann wird mensch seine Bücher kaufen, die anderen Dichter werden sich die Haare raufen, denn ihre unausgeg-renen Schriften will niemensch mehr erwerben, das Beste muß dem Guten eben das Geschäft verderben, das ist nun einmal so, stimmt es auch die Unterlegenen nicht froh!

Mensche: Eine riesige Unruhe tut in unserem Urheber wühlen, er tut den Anhauch der künftigen Stärke fühlen, wird er steigen, wird er sein Bekenntnis geigen, wird er erscheinen, wird er die Siechenden entpeinen, wird er die Darbenden heilen, werden sie im Paradiese weilen, was wird geschehen, was wird mensch sehen, die Spannung tut den Höhepunkt erreichen, wird er wirklich verkrösusssen und verscheichen, zählt er dann nicht mehr zu den lebenden Leichen, werden die Hindernisse von ihm weichen?!

Menscher: An diesem Vormittag ist der junge Betreuer gekommen, er hat die Last der Einsamkeit von unserem Urheber genommen, sie haben gemeinsam in seinem Zimmer gesessen, darüber haben sie die Zeit vergessen, beim nächsten Mal wollen sie diese Stube reinigen, doch heute taten sie sich nicht damit peinigen, beim Arzt wurde ein Rezept geholt und vor die Apotekerin gelegt, dann hat sich der erste Mensche zum Zeitungsladen bewegt!

Mensche: Danach hat er bei der Arbeiterwohlfahrt eine leere Tüte abgegeben, auf diese Weise tat er danach, seinen Beitrag abzuliefern, streben, auch kleine Gaben können nützen, auf vielfältige Weise kann mensch die Menschen unterstützen, dann ist unser geistiger Vater auf verschlungenen Wegen zur Werkhalle geschritten, er hat an diesem Mittag nicht heftig unter den Menschdorfern gelitten, es hat hartnäckig geregnet, er ist keinen mürrischen Spießbürgern begegnet!

Menscher: Einige Leute hat er getroffen, doch sie ließen ihn hoffen, denn sie haben nichts über ihn gesagt, das hat ihm gemundet und behagt, so ist er denn an die Arbeit gegangen, mensch tat es, daß er Kinderbücher sortierte, von ihm verlangen, in seinem Gehirn hat ein Umbau stattgefunden, er kann darüber nur seine Verwunderung bekunden, es fiel ihm heute schwer, mit seinen Gesellen zu sprechen, er konnte sie nicht beglücken, er mußte sie bepechen!

Mensche: Ganz so schlimm war es nicht, doch er fühlte sich als ein unglücklicher Wicht, vielleicht hat sein Egotismus ihn in ein gesellschaftliches Abseits getrieben, er kann diese Lage auf die Dauer nicht lieben, aber sie wird sich ja wandeln, dann kann er wieder heiter handeln, nach dem Feierabend ist er heimwärts geeilt, er hat dabei im Trockenen geweilt, es fielen keine Tropfen mehr herunter, trotzdem zeigte er sich nicht sonderlich munter!

Menscher: Dann hat er auf der Flurtreppe die Zeitung gelesen, es ist ihm heute kein großer Genuß gewesen, dann hat er Spagetti verzehrt, sein Behagen wurde durch ein Glas Sellerie gemehrt, dann hat er noch einen Jogurt gegessen, dabei hat er auf seinem Bett gesessen, schließlich hat er sich entkummert und einige Stunden geschlummert, dann hat er sich erhoben, sein Bewußtsein war unten und nicht oben, er vertiefte sich in "das Seelenleben der Tiere", Peter Wohlleben schildert Merkwürdiges über sie in seinem Reviere!

Mensche: Dieser Förster schreibt knapp und sachlich, er überzeugt den Leser fachlich, das kann mensch von unserem Erdichter nicht meinen, er tut sich immer wieder mit einer überbordenden Kaotik vereinen, bei ihm liegt alles durcheinander wie Kraut und Rüben, das muß ei´nen eifrigen Betrachter ungemein betrüben, aber mensch kann von diesem Schriftsteller auch viel lernen, denn er tut menschen von der schädlichen Überlieferung entfernen!

Menscher: Am diesem Dienstag hat unser Held lange geschlafen, das Bett gleicht ihm einem wärmenden Hafen, dann hat er eine Tasse Kapputschino getrunken, draußen hat ihm keine wonnigliche Maid gewunken, er ist zum Händler geschritten und hat die Zeitungen gekauft, über die Meldungen hat er sich manchmal die Haare gerauft, Gruselklauns tun vielerorst die Bürger erschrecken, in so einem Verhalten kann mensch keinerlei Sinn entdecken!

Mensche: Dann hat der erste Mensche sich eine Wurst im Brötchen erworben, der Straßenhändler hat ihm die Stimmung entdorben, er will ein Geschäft einrichten, doch es will ihm nicht gelingen, die Umstände tun ihn immer wieder, die Eröffnung zu verschieben, zwingen, dann ist der erste Jeschua Rex Text zur Werkhalle gegangen, dort wurde er mit dem Gruß "Heil Jeschua Rex Text!" empfangen, er mußte dem Verkünder ein Glas Apfelschorle geben, so tut er eben nach dem Reich des Jeschua Rex Textes streben!

Menscher: Am langen Tisch wurden zwanzigsieben verschiedene Kinderbücher sortiert, das ist eine Tätigkeit, bei der mensch leicht die Geduld verliert, allerdings hat der erste Mittelreicher häufig Kartongs zerrissen, diese Tätigkeit möchte er gar nicht missen, sie ist so einfach, das tut ihm behagen, aber auch die anderen Beschäftigungen kann mensch nicht beklagen, er hat die Kartongs zum Kontehner gefahren, mensch konnte ihn auch an den Paletten beim Stapeln gewahren, er hat die Bücher aber nur gereicht, weil sich beim Bücken sein Rückgrat erweicht!

Mensche: Er ging nach Hause ohne eine reizvolle Puppe, er kam gerade rechtzeitig zur Gruppe, ein Betreuer und vier Behinderte haben miteinander gesprochen, jedmensch tat darauf, daß seine Meinung richtig wäre, pochen, die Lebensmittelkasse wurde abgerechnet mit Bedacht, dabei wurden hoffentlich keine Fehler gemacht, dann wurde eingezahlt und ein wenig geplaudert, unserem Verfasser hat es vor diesen geistlosen Gesprächen immer geschaudert!

Menscher: Dann hat er Nürnberger Rostbratwürstchen mit Kartoffeln und Sauerkraut verzehrt, sein Behagen wurde durch ein Glas Gurkenscheiben gemehrt, ein Jogurt hat die Mahlzeit abgerundet, sie hat unserem Urheber kaum gemundet, er freut sich schon darauf, einmal richtig zu essen, dann wird er diese Notgerichte schnell vergessen, bald wird er ja eine Edeltraut finden, bald wird er sich ja mit einer Messalina verbinden!

Mensche: Dann hat er nach einem Schlummer das "Seelenleben der Tiere" genossen, dieses Buch ist aus der Feder eines Försters geflossen, er tut kurz und knapp erzählen, er tut die Leser nicht durch Weitschweifigkeit quälen, und nun muß der Erlöser seine Besinnungen schreiben, sein Bewußtsein dagegen tut es merkwürdig treiben, der Umbau durch den geänderten Namen hat anscheinend schon begonnen, unser Erdenker ist vielen bedrückenden Zwängen entronnen, er freut sich seines Lebens, und er dichtet vermutlich nicht vergebens, mensch wird seine Schriften studieren, mensch wird dann nach Menschland marschieren!

Menscher: An diesem Vormittag ist der jugendliche Betreuer erschienen, er tat dem ersten Menschen dadurch, daß er seine Stube fegte, dienen, danach hat unser Ersinner den Fußboden gewischt, das hat ihn nicht gerade erfrischt, dann haben sie die Zeitungen gekauft, dabei hat unser Erdichter kaum geschnauft, seine Kondition tut sich ein wenig verbessern, er zählt zwar noch immer zu den starken Essern, aber sein Leistungsvermögen tut sich steigern, sein Körper tut sich ihm nicht mehr verweigern!

Mensche: Dann ist er zur Werkhalle geschritten, er hat unter den Menschdorfern gelitten, aber nicht so heftig wie zuvor, er ist ihnen gegenüber auch nicht mehr ganz Ohr, es ist ihm einerlei, was diese Spießbürger sagen, er tut sie nicht nach ihrer Meinung fragen, sie können ihn ja sowieso nicht begreifen, sie müssen ihn ja sowieso immer wieder bekeifen, das kennt er schon seit zwanzigvier Jahren, er tat in Menschdorf nur wenig Erfreuliches gewahren!

Menscher: Der Aufgabenverteiler war am langen Tisch zu sehen, dort tat er schweigend und emsig stehen, er wollte möglichst viel schaffen, er hielt nichts von geistigen Waffen, mensch sollte nur stur arbeiten und werken, denn das kann den Ertrag des Betriebes stärken, das war eine lustlose Beschäftigung, sie führte in der Seele nicht zur Kräftigung, das war ein stumpfsinniges Fronen, geldlich freilich tat es sich lohnen!

Mensche: Nach dem Feierabend hat sich unser Erdenker ein halbes Hähnchen erworben, das hat ihm die Stimmung entdorben, danach hat er geschlummert und die Zeitung gelesen, dann ist er zu Besuch im Forsthaus gewesen, Peter Wohlleben hat ihm "das Seelenleben der Tiere" geschildert, leider ist dieses schmale Buch nicht bebildert, dann hat unser Held ein Pokalspiel im Fernsehen geschaut, es hat ihm dabei vor seiner tatenlosen Rolle graut!

Menscher: Der erste Jeschua Rex Text hat es lieber, selbst etwas zu erledigen, die Filme und Spiele können ihn nur schädigen, es gibt kaum Höhepunkte, mensch schläft ein, deshalb spricht er zum bloßen Zugucken nein, er will in das Geschehen eingreifen mit Macht, als Menscher in Menschland hat er noch wenig vollbracht, aber einige Mitbürger lernten Menschland schon kennen, und vielleicht werden bald viele Mitlebende für Menschland entbrennen!

Mensche: Er hat die Wäsche in die Maschine gesteckt, dann hat er sich mit Buttermilch eingedeckt, jetzt sitzt er am Rechner über seinen Besinnungen, sie bringen ihm hoffentlich bald wirkliche Gewin-nungen, morgen muß er wieder kicken, aber er würde am liebsten ficken, doch er darf nicht rammeln, er darf keine sinnlichen Erfahrungen sammeln, seine Geilheit wird immer schlimmer, siegen am Ende doch die unseligen Bummer, Bammer und Bimmer?!

Menscher: An diesem Donnerstag ist unser Ersinner spät erstanden, wirre Träume sich in seinem Bewußtsein befanden, er bildet sich immer wieder ein, ohne Wohnung zu leben, dann tut er nach einer Heimat streben, aber wo er auch hinkommt, es ist alles besetzt, das hat seine Seele schon oftmals verletzt, dann hat er sechs kleine Frikadellen in Kugelform verzehrt, eine Tasse Kapputschino hat sein Behagen gemehrt, dann hat er die Zeitungen geholt und gelesen, das ist ihm seine willkommene Ablenkung gewesen!

Mensche: Dann ist er zur Werkhalle geschritten, sein Unterleib tat ihn um Erleichterung bitten, an der Mauer zum Schlachthof hat er gekotet und geharnt, er fühlte sich dabei von bösen Mächten umgarnt, dann ist er weitergegangen, es mußte ihm um seine Menschenwürde bangen, am langen Tisch hat er die Kinderbücher sortiert, bei dieser Tätigkeit mensch leicht die Geduld verliert, an diesem Nachmittag haben sie alle Paletten mit vollen Kartongs geleert, und was sie getan haben, war richtig und nicht verkehrt, der Aufgabenverteiler war sichtlich zufrieden, ein Lob aus seinem Munde wurde ihnen freilich nicht beschieden!

Menscher: Dann hat der Montegriner den ersten Menschen zum Sport gefahren, in seinem Wagen konnte mensch am Spiegel ein heidnisches Zeichen gewahren, das hat die Atmosfäre getrübt, denn wenn mensch sich in so einer Sinnbildlichkeit übt, dann muß mensch auf die Dauer den kürzeren ziehen, doch die Aufklärung über diesen Sachverhalt ist noch nicht weit gediehen, sie haben das Fitneßzentrum betreten, dort wurden sie zu einem Fußballspiel gebeten, der erste Jeschua Rex Text hat die Partie gewonnen, er ist seinen ständigen Niederlagen entronnen!

Mensche: Dann hat der Freund ihn nach Hause gebracht, die beiden haben dabei gescherzt und gelacht, daheim hat der erste Mittelreicher die Zeitung studiert, dann hat er sich eine Mahlzeit serviert, es war Seehecht, dazu hat er Karotten verspeist, dann ist er in das Land der Schlafbilder gereist, schließlich hat er das Buch über das "Seelenleben der Tiere" beschlossen, er hat die Ausführungen von Peter Wohlleben ungemein genossen!

Menscher: Jetzt sitzt er vor dem Rechner und muß wieder schreiben, er muß es auf dem Papier gar emsig treiben, an diesem Tag schließt er ab mit seinem dritten Namen, es ändert sich für ihn fortan der geistige Rahmen, der Jeschua und der Rex Text werden ihn fortan begleiten, dann wird sich sein Gesichtskreis unerhört weiten, dann wird er endlich der, der er schon immer sein wollte, dem aber die Umgebung immer wieder mit ihrem Nein grollte!

Mensche: Das ist der wichtigste Einschnitt in der Geschichte der Menschheit in allen Zeiten, nur Jeschua Rex Text kann den Erdenbürgern die Erlösung bereiten, auch das Wetter wird sich freundlicher gestalten, die Gesellschaft wird einen sittlichen Feinschliff erhalten, mensch wird keine alten und hilflosen Menschen mehr bestehlen, mensch wird seine Freude über das Gute und Schöne nicht mehr verhehlen, das Reich des Jeschua Rex Textes wird errichtet, und die falschen Profeten werden für immer vernichtet!

Menscher: An diesem Vormittag hat unser Held geduscht und Kapputschino getrunken, er wäre danach am liebsten zurück in das Bett gesunken, doch die eiserne Pflicht rief ihn zur Fron, es gibt ja auch bald den monatlichen Lohn, so ist er denn zur Werkhalle geschritten, er hat unter den ausgrenzenden Menschdorfern gelitten, sie haben die Gesundheit seines Geistes angezweifelt, in diesem Sinne haben sie ihn unentwegt ausgescholten und angekeifelt!

Mensche: Dann hat er am langen Tisch gestanden und Kinderbücher sortiert, bei zwanzigsieben verschiedenen Schriften mensch schon einmal den Überblick verliert, viele Paletten davon haben in der Nebenhalle geweilt, das Schicksal eines erfolgreichen Arbeitstiems hat diesen Betrieb ereilt, der Laden brummt, es geht gut voran, jeder steht an seinem Platz seinen Mann, und auch eine Eva ist zu erschauen, sie tut durch Kaffeekochen die Pausen entrauhen!

Menscher: Dann ist unser Urheber nach dem Feierabend heimwärts geschlichen, er hat dabei keinem strahlenden Helden geglichen, er sah eher wie ein kläglicher Haufen Elend aus, und die rohen Menschdorfer wurden ihm zum Graus, es ist kaum glaublich, wie sie menschen beleidigen, es hilft nichts, sich gegen diese Meute zu verteidigen, denn mensch muß immer wieder darüber staunen, welche Gemeinheiten sich diese Spießbürger zusammenraunen!

Mensche: Im Wohnzimmer hat er eine Mohrrübensuppe verzehrt, ein Jogurt hat sein Behagen vermehrt, dann hat er die Zeitung gelesen, das ist ihm ein Vergnügen gewesen, dann hat er geschlafen und ist zum Supermarkt gegangen, dort tat er die erwünschten Waren erlangen, dann hat er sich noch einmal darniedergelegt und einen kurzen und sanften Schlummer gepflegt, dann hat er sich in einen seichten Roman vertieft, sein Recht auf Unterhaltung wurde ihm offensichtlich verbrieft!

Menscher: Nun sitzt er über seinen Besinnungen fleißig, er ist schon lange über dreißig, und trotzdem läßt der Eifer nicht nach, mit dem er dichtet, wodurch er das Reich des Jeschua Rex Textes errichtet, heute ist in seinen Unterlagen der erste Tag, an dem er amtlich Jeschua Rex Text wirklich genannt wird, so daß auch in seinem Bewußtsein von ihm dieser Name gekannt wird, er tut jetzt endlich tatsächlich wirken, diese Betaufung wird ihm Glück bringen in seinen Bezirken!

Mensche: Ein Außenstehender wird dies nicht glauben, die Vertreter der Stofflichkeit müssen unmutig schnauben, aber der Jeschua und der Rex Text werden ein riesiges Glück begründen, der erste Mensche wird sich mit vielen Anhängern verbünden, dann wird er den ewigen Weltfrieden errichten, dann wird er die falschen Profeten vernichten, dann wird es Milliarden mensche Jeschua Rex Texte in JEUNEX geben, und sie werden im Paradies auf Erden leben!

Menscher: Das Bewußtsein des ersten Menschen gestaltet sich neu, er verliert vor den Menschdorfern jegliche Scheu, er schaut ihnen frank und frei in das Gesicht, und was diese Jecken sprechen, das kümmert ihn nicht, er fühlt sich mit diesen Narren und Toren nicht verbunden, jede Hochachtung vor ihnen ist nun verschwunden, es tut sich um unmensche Heiden handeln, mensch muß sie in mensche Jeschua Rex Texte in JEUNEX verwandeln!

Mensche: Spät ist unser Meister erwacht, es war für ihn eine lange Nacht, er hat geträumt und gelitten, er tat fast um das Aufstehen bitten, dann ist er zum Händler gegangen, um die Zeitungen zu verlangen, er hat sie auf der Bank im Garten gelesen, dabei ist es schon sehr kalt gewesen, dann hat er gefrühstückt und sich mit der Geschichte beschäftigt, die Kronik hat sein Wissen über die industrielle Entwicklung gekräftigt, dann hat er einen seichten Liebesroman verschlungen, sein Gemüt wurde nicht von ihm durchdrungen!

Menscher: Er tat seine Besinnungen schreiben und ein wenig Fußball gucken, dazwischen tat er eine naturbelassene Forelle schlucken, dazu hat er Schampinjongs aus einem Glas genommen, und ein Erdbeerjogurt ist ihm hinterher bekommen, dann mußte er zum Supermarkt schreiten, die Menschdorfer taten wie immer mit ihm streiten, doch er hat sie nicht an sich heran gelassen, er will sich nicht mehr mit diesem Pöbel befassen, sie können ihm im Mondschein beggenen, mit viel Verstand tat Gott sie nun wirklich nicht segnen!

Mensche: Nach dem Spaziergang hat er einen Eiersalat gegessen, er hat dabei auf seinem Bett gesessen, schließlich hat er wieder sein Pensum erfüllt, seine Seele immer noch nach Geselligkeit brüllt, aber er hat nur den Liebesroman weiter genossen, schließlich hat er es beschlossen, auch fernerhin die Suggestionen zu setzen, um die Menschheit zu entwunden und zu entletzen, so sitzt er am Kompjuter und dichtet, während er darauf, einen Schüttelschuppen zu besuchen, verzichtet!

Menscher: Es ist Mitternacht, in wenigen Stunden kann er die neuen Schwingungen bekunden, dann hat er den ersten Tag in Jeschua und Rex Text beschlossen, jetzt werden von ihm keine Tränen mehr vergossen, jetzt gilt er auch in seinen Aufzeichnungen als Jeschua und als Rex Text, nun wird von ihm erfolgreich, ja triumfal gehext, er wird die Menschheit leiten und lenken, er wird die Erdenbürger überreich beschenken, mensch wird seine Lehre lernen und sich von der schädlichen Überlieferung entfernen!

Mensche: Jetzt ist er verkehrsfähig geworden, er will sich nicht mehr ermorden, er will leben und lieben, er will tatsächlich eine Nummer schieben, er will die Evas küssen, er wird nicht mehr darauf verzichten müssen, er wird eine überbordende Sinnlichkeit entfalten, und er wird seine Abende zärtlich gestalten, dann wird er seinen Lohn empfangen, darum braucht es ihm nicht zu bangen, er ist ein einmaliger Held, er ist der klügste Mensch auf der Welt!

Menscher: An diesem Mittag hat sich unser Held spät erhoben, er tat aber die herbstliche Zeitumstellung loben, so wurde ihm in der Nacht eine Stunde geschenkt, er hat seine Aufmerksamkeit auf das Frühstück gelenkt, dann hat er auf der Bank im Garten die Zeitung gelesen, das ist ihm ein großes Vergnügen gewesen, dann hat er sich mit der Kronik beschäftigt, viele Erfinder haben die Gesellschaft gekräftigt, der seichte Roman hat ihn leidlich unterhalten, dann tat er seine Besinnungen gestalten!

Mensche: Im Fluge waren die Stunden vergangen, was will mensch vom Leben mehr verlangen, als daß es vorüberzieht ohne Beschwerden, eine Bekannte mußte ohne ihn glücklich werden, sie hat ihn eingeladen zu Kaffee und Kuchen, aber der erste Mensche hatte keine Lust, sie zu besuchen, und so hat er dann am Abend eine Dose Ravioli verzehrt, danach hat er eine Dose Spargel geleert, dann hat er noch einen Himbeerjogurt verschlungen, das alles ist nährend in seinen Magen gedrungen?!

Menscher: Dann hat er eine Stunde lang geschlummert, auf dem Bett hat er sich entkummert, dann hat er zwei Stunden lang den englischen Roman genossen, die Tränen sind ihm dabei aber nicht geflossen, und jetzt muß er sich wieder mit seinem Pensum befassen, er weigert sich beharrlich, dies zu unterlassen, die Freunde raten ihm, das Schreiben zu beenden, denn seine geldliche Not wird sich ja doch niemals wenden!

Mensche: Unser Erdichter aber weiß es besser als diese Leute, sie gehören für ihn zur oberflächlichen Meute, er hat zwar nicht als Jeschua und als Rex Text gereimt, doch seinen Darlegungen ist ein großer Sinn entkeimt, seit wenigen Tagen ist er vollkommen, die Last der mangelnden Verkehrsfähigkeit wurde von ihm genommen, nun kann er vorbildlich seine Sätze bilden, nun umzingeln ihn nicht mehr die barbarischen Wilden!

Menscher: Nun wird er sich zu jedmenschs Liebling entwickeln, deswegen tat er so lange basteln und frickeln, sein Geist hat sich geregt, sein Denken hat sich bewegt, und so ist er zu diesem Ergebnis gekommen, seine Einsichten werden der ganzen Menschheit frommen, mensch wird sich nicht mehr gegen ihn versündigen, und er wird seine Stelle in der Werkhalle kündigen, dann wird er zum Reichsten der Welt steigen, dann werden sich die einhundert Milliarden menschen Jeschuas bei ihm zeigen!

Mensche: In seinem Gehirn tut alles bei Null beginnen, doch er wird diesen riesigen Kampf gewinnen, sein Bewußtsein tut sich neugestalten, die Gesundheit tut in seinen schlauen Zellen walten, er ist geheilt von seinen Wunden, er hat einen Weg zur Genesung gefunden, er wird bald eine rassige Dorotea finden, eine erregende Simone wird sich unter seinen wuchtigen Stößen winden, und dann wird er die Menschheit befreien, sie wird sich umfassend dem Guten und Schönen weihen!

Menscher: Gerade noch rechtzeitig ist unser Held heute erwacht, er hat im Schlaf viel gegrübelt und gedacht, dann hat er gefrühstückt und die Zeitungen geholt, mensch hat ihm dabei nicht den Hintern versohlt, es war ein strahlender Herbsttag mit viel Sonne, und sogar auf die Menschdorfer übertrug sich diese Wonne, dann hat er sich die Zähne gereinigt, dabei wurde er von einem kurzen Erbrechen gepeinigt, sein verschmutztes Hemd konnte er nicht rasch wechseln, bei der Arbeit tat mensch ihm Schmeicheleien darüber drechseln!

Mensche: Vier Stunden lang hatte er den Geruch in der Nase, er ist zwar inzwischen schon ein alter Hase, aber manchmal weiß er sich doch nicht zu helfen, es ermangelt ihm an den Sülfen und Elfen, am langen Tisch haben sie wieder zwanzigsieben verschiedene Kinderbücher sortiert, das ist eine Tätigkeit, bei der mensch schnell die Geduld verliert, nach dem Feierabend hat der erste Mensche ein Einkaufswägelchen erworben, die Aura seiner Mitbewohner hat ihm das andere Gerät verdorben!

Menscher: Dann ließ er sich von einem Afganen zwei Löcher in den Gürtel stechen, dieser ehemalige Gefährte von der Werkhalle tat freundlich zu ihm sprechen, er hat kein Geld für seine Leistung genommen, unser Erdichter ist sich wie ein König vorgekommen, dann hat er zuhause die Zeitung gelesen und Spagetti verzehrt, eine Dose Karotten und ein Jogurt haben sein Behagen vermehrt, dann hat er zwei Stunden lang im Bett gelegen, das war für seine abgespannten Nerven ein großer Segen!

Mensche: Dann hat er zwei Stunden lang den englischen Liebesroman studiert, die englische Überbesorgtheit hat ihn ein wenig scheniert, auf der Insel fürchtet mensch sich vor vielen Dingen, wie soll da ein beherztes Zugreifen gelingen, jetzt sitzt er wieder an seinem Pensum und grübelt, warum mensch ihm sein abweichendes Denken verübelt, aber er weiß, daß er die Massen informieren muß, dann ist auch mit ihrem Unverständnis für ihn Schluß?!

Menscher: Er braucht einen Mennetscher, aber einen guten, er muß sich in dieser Hinsicht sputen, er hat noch viele Bücher herauszugeben, er muß nach ihrer Veröffentlichung streben, doch die sieben Werke, die er drucken ließ, wurden nicht beachtet, sie wurden auch nicht ausführlich in den Zeitungen betrachtet, es ist, als würden sie gar nicht vorhanden sein, da muß sein Wille zum Offenbaren freilich zuschanden sein!

Mensche: Niemensch mag seine neue Lehre hören, er kann die breite Menge nicht betören, er will seine enge Stube nicht verlassen, er will sich mit seinen Mitbürgern nicht befassen, die Menschdorfer laden ihn nicht ein, mit ihnen zu klönen, er kann sich an die Menschdorfer Art nun einmal nicht gewöhnen, sie sind für ihn ein übles Gelichter, und er verabscheut schon ihre dumpfen Gesichter, aber er muß einen Weg zu den Menschen finden, der Erfolg muß sich früher oder später mit ihm verbinden!

Menscher: Am diesem Dienstag ist unser Ersinner spät erwacht, er hat im Bett umständlich gedacht, viele Träume haben ihn heimgesucht in der Nacht, doch sie versanken in einem tiefen Schacht, er hat gefrühstückt und sich mit der menschen Geschichte beschäftigt, die Vorgänge um Martin Lutter haben sein Gedächtnis gekräftigt, dann hat er den englischen Liebesroman gelesen, es ist eine gar zu tränenselige Angelegenheit gewesen!

Mensche: Dann hat er seine Besinnungen geschrieben, am Herd hat er es danach getrieben, eine Wurst mit Grünkohl hat er sich bereitet, Pußtasalat und Jogurt haben dieses Gericht begleitet, dann hat er die romantische Geschichte beendet und sich zu einer Sprachlehre über die Fremdwörter gewendet, nun sitzt er an diesem Feiertag an seinen Suggestionen, nur bei einem einzigen Heiligen tut sich die Verehrung lohnen, nur der heilige Jeschua Rex Text soll gepriesen werden, von den anderen Heiligen kann der Weg zur Seligkeit nicht gewiesen werden!

Menscher: Unser Verfasser grübelt darüber nach, wie er sein Bekenntnis verbreiten soll, weil es ja die Bürger durch den Alltag begleiten soll, wie kann es Milliarden mensche Jeschua Rex Texte in JEUNEX geben, denn auf die bisherige Art können die Menschen nicht weiterhin leben, der Heiland braucht Geld, er ist ein denkerischer Held, aber er kann keine Werbung für seine neuen Gefüge betreiben, so muß er vorerst ohne Anhänger in seiner Stube bleiben?!

Mensche: Erst wenige Tage lang ist er Jeschua und Rex Text, es wird noch zaghaft von ihm gehext, sein Gehirn muß sich erst an die Wirkung des neuen Namens gewöhnen, dann wird der erste Mensche seinen Aufgaben eifrig frönen, dieses geistige Abenteuer wird er bestehen, mensch wird ihn dann ganz oben sehen, er wird dem Elend entrinnen, er wird eine Hildegard beminnen, er wird sich auf seine Stärken besinnen, er wird den Kampf um das Dasein gewinnen!

Menscher: Es wird nun alles wie von selbst geschehen, er wird dann endlich im Mittelpunkt stehen, dann wird sich fast alles um ihn drehen, die Worte der Gegner aber wird der Wind verwehen, noch ist Menschland nicht verloren, unser Erdichter hat es sich zu seiner Heimat erkoren, und er will auch wirklich in Menschland hausen, denn vor den Unmenschen muß es ihm grausen, mensch kann sie nicht ertragen, sie können menschen nur plagen!

Mensche: Unser Ergrübler braucht einfach nur weiterzufeiten, die Menschdorfer werden ihm nicht mehr lange ein Waterloo bereiten, sie werden ihm den Mut nicht mehr stehlen, er kann seine Größe nämlich nicht mehr verhehlen, auch sein Körper wird sich erfreulich entwickeln, deshalb tat er an seiner Bezeichnung basteln und frickeln, sie ist sein Schicksal, sie wird ihm dienen, ein Jeschua Rex Text ist auf Erden noch niemals erschienen!

Menscher: Unser Ersinner wurde heute vom jugendlichen Betreuer geweckt, dieser Sozialarbeiter sich schon lange nicht mehr darüber, daß er so lange schläft, erschreckt, sie sind gemeinsam zur Frisörin gegangen, dann taten sie in der Handlung die Zeitungen empfangen, sie haben auch den Rechner ein wenig gereinigt, mit Putzen haben sie sich diesmal nicht gepeinigt, dann ist der erste Mensche zur Werkhalle geschritten, dort tat mensch ihn darum, Kinderbücher zu sortieren, bitten!

Mensche: Er hat auch die Pappe der Kartongs zum Kontehner gerollt, diese Arbeit hat er zwar nicht gewollt, aber so konnte er sich von der Atmosfäre am langen Tisch erholen, dort drinnen wird menschem die Gemütlichkeit gestohlen, an der klaren Luft kann mensch sich ein wenig erfrischen, mensch kann sich den Schweiß von der Stirne wischen, mensch kehrt erleichtert zurück, das ist auch ein kleines Glück!

Menscher: Nach dem Feierabend hat ihn eine Gefährtin aus der Bügelgruppe begleitet, ihr Kavalier hat ihr unterwegs einen freundlichen Empfang bereitet, der erste Jeschua Rex Text ist allein zum Stand gewandelt, dort hat er sich ein halbes Hähnchen erhandelt, im Wohnzimmer hat er es dann gegessen, er hat dabei am Tisch gesessen, ein Haussalat hat seinen Gaumen erquickt, danach hat er einen Jogurt in seinen Magen geschickt!

Mensche: Dann hat er die Zeitungen gelesen und geschlummert, er wurde nur ein wenig entkummert, es wird ihm alles zuviel, das ist kein einfaches Spiel, sein Gehirn ordnet sich neu, er denkt noch voller Scheu, er darf aber nicht klagen und jammern, sondern er muß sich an seine Gewohnheiten klammern, er wird ein anderes Verhalten entwickeln, deswegen tat er ja basteln und frickeln, aber er weiß noch nicht, wie es gehen wird und was mensch am Ende dabei sehen wird!

Menscher: Dann hat er zwei Stunden lang die fremden Wörter in der menschen Sprache betrachtet, der Verfasser dieser Abhandlung zuwenig auf die Genauigkeit achtet, er ist nicht gründlich genug, das ist ein halber Betrug, seine Gedankenverbindungen huschen oberflächlich dahin, er erklärt bei vielen Ausdrücken nicht den Sinn, aber die Bücher sind eben nach dem Willen ihrer Verfasser geschrieben, jeder Urheber hat es bisher auf seine eigene Art getrieben!

Mensche: Kurz vor Mitternacht müht sich der erste Mittelreicher um diese Seiten, er will seinen Lesern eine riesige Freude bereiten, tatsächlich aber werden sie erstaunt bemerken, wie seine Rückschläge ihn immer wieder taten stärken, nach vielen Niederlagen hat er endlich gesiegt, das dumpfe Menschdorfertum ihm unterliegt, die Spießbürger werden nicht triumfieren, sondern sie werden nach seinem Vorbild nach Menschland marschieren, es kann gar nicht anders geschehen, der Wind muß sich endlich drehen!

Menscher: Zum Frühstück hat der erste Mensche sechs kleine Rollmöpse verschlungen, dann hat er seine morgendliche Unlust bezwungen, er hat im Keller die Wäsche an die Leine gehängt, keine anmutige Isolde hat sich dabei an ihn gedrängt, dann hat er die Zeitungen geholt, mensch hat ihm nicht den Hintern versohlt, er hat sie ein wenig gelesen, doch es ist nicht mehr viel Zeit dazu gewesen, dann ist er zur Werkhalle geschritten, er hat heute nicht unter den ausgrenzenden Menschdorfern gelitten!

Mensche: Am langen Tisch haben sie wieder zwanzigsieben verschiedene Kinderbücher sortiert, auf diese Weise ist er nicht nach Menschland marschiert, das Rundfunkgerät hat englische Schlager gesendet, auch diese Not hat sich noch nicht gewendet, denn natürlich sollen mensche Lieder erklingen, und mensch soll mensche Arien singen, das ist doch klar wie die Suppe mit den Klößen, doch unser Erneuerer zählt nun einmal nicht zu den öffentlichen Größen!

Menscher: Nach dem Feierabend hat er den Fußball getreten, er wurde von seinen Gefährten darum gebeten, er hat hervorragend gespielt, er hat viele Tore erzielt, früher ist er manchmal orientierungslos über den Kunstrasen geschlichen, er hat in der Halle einem Außenseiter geglichen, jetzt aber kann mensch ihn einen Spitzenreiter nennen, er tut viele Tricks und Kniffe kennen, die Begegnung hat unentschieden geendet, im letzten Augenblick wurde durch den Ausgleichstreffer noch alles zum Guten gewendet!

Mensche: Der Montenegriner hat den ersten Jeschua Rex Text nach Hause gefahren, dort konnte er einen Schlemmergulasch gewahren, er hat zuerst die Zeitung genossen, das hat ihn ein wenig entdrossen, dann hat er in seinem Zimmer das Fertiggericht verzehrt, es wurde durch ein Glas Gurkenscheiben und einen Vierkornjogurt vermehrt, dann hat er ein wenig auf dem Bett gelegen, JEUNEX erteilte ihm seinen göttlichen Segen!

Menscher: Dann hat er sich mit dem Einfluß fremder Worter auf die mensche Sprache befaßt, die oberflächliche Darstellung des Urhebers wurde ihm zu einer Last, andererseits konnte er aus diesem Buch doch sehr viel lernen und sich auf diese Weise von seiner Unwissenheit entfernen, jetzt tut er wieder sein Pensum erfüllen, sein Glied muß noch immer vergeblich nach einer Scheide brüllen, doch es wird ihm bald gelingen, mit einer zauberhaften Esmeralda im Bette zu ringen!

Mensche: Was wird die Zukunft ihm bringen, wird er die Hindernisse endlich bezwingen, wird er bald die ganze Menschheit beschwingen, wird seine frohe Botschaft bald in die Ferne dringen, es ist spannend, gegenwärtig in seiner Haut zu stecken, der neue Name tut alles Hohe und Erhabene in ihm wecken, im zweiten Jahr in Jeschua Rex Text kann er den Jeschua und den Rex Text genießen, es brauchen nun keine ungeweinten Tränen mehr bei ihm zu fließen?!

Menscher: An diesem Freitag ist unser Erlöser nur schwer aus dem Bett gekommen, das regnerische Wetter hat ihm jeglichen Schwung genommen, er hat gefrühstückt und die Zeitung gelesen, das ist auf der Bank im Garten gewesen, dann ist er zur Werkhalle geschlichen, er hat einem Untoten geglichen, sein Unterleib war durcheinandergeraten, der erste Mensche tat in seiner selbstgeschaffenen Hölle braten, dann mußte er am langen Tische werken, er tat die Ermattung in seinem Fleische merken!

Mensche: Zwischendurch ist er mit einem Malergesellen nach Alsdorf gefahren, dort konnte mensch einen großen Betrieb gewahren, sie haben Paletten mit Schreddergut geladen, mensch sah in der Firma leider keine Najaden, sie haben diese Fracht zur zweiten Werkhalle gebracht, dann hat der erste Jeschua Rex Text eine Tasse Kaffee getrunken, seine Stimmung hat sich danach gehoben, sie ist nicht gesunken!

Menscher: Im Nebenraum wurde für ein Fest gebaut, der erste Mittelreicher hat sich darüber verschlaut, der Vorgesetzte und die Betreuer feiern morgen ein wenig, es sitzt dann zuhause der Bücher König und ergründet die Tiefen des Daseins mit seinem Denken, er muß sich immer wieder das Bewußtsein verrenken, er will die Menschheit mit seinen Einfällen beschenken, er tut sich auch in die Werke seiner Mitdichter versenken!

Mensche: Nach dem Feierabend hat er zwei Kohlruladen verzehrt, dann hat er sich im Bette entschwert, schließlich ist er zu einem Supermarkt gegangen, um die Lebensmittel für die Gruppe zu erlangen, die Kassiererin hat vermutet, er würde am anderen Ufer wohnen, denn er tut ihre Scheide ja mit seinem Schwengel verschonen, dabei tut diese Verkäuferin ihn nicht sonderlich reizen, deshalb muß er ihr gegenüber immer wieder mit seiner Zuwendung geizen!

Menscher: Danach hat er ausgepackt und abgerechnet und ein wenig geschlummert, er hat sich dabei nicht sonderlich entkummert, er ist ständig müde und erschöpft, er fühlt sich ständig wie geköpft, mit seinem neuen Namen tut er auch mehr leisten, da kann er nicht mehr verfetten und verfeisten, daran muß sich sein träger Körper erst gewöhnen, sein dicklicher Leib tut unter dieser Belastung stöhnen, das ist aber eine angenehme Erscheinung, so lautet nun einmal meine Meinung!

Mensche: Danach hat er eine Abhandlung über die mensche Sprache genossen, viele fremde Wörter sind in das Mensche geflossen, es soll aber bald nur noch eine Ausdrucksweise geben, mensch soll auf mensche Manier nach seinen Zielen streben, das wäre vernünftig, verständig und schlau, dann wäre das Dasein nicht so rauh, erst wird uns Menschland gehören und dann die ganze Welt, und die Erdenbürger werden nicht mehr um ihre Genüsse geprellt!

Menscher: Gestern hat unser Held ausführlich über die Hexe von Sankt Jöris erzählt, deshalb hat sie ihn in der verwichenen Nacht in seinen Träumen gequält, die schöne Büglerin ist noch immer nicht aus seinem Bewußtsein verschwunden, und er muß jedesmal erneut seine Bestürzung über sie bekunden, nun ja, er ist erwacht und hat die Zeitungen geholt und gelesen, das ist auf der Bank im Garten gewesen, es war sehr windig und kalt, er beendete das Studium denn auch bald!

Mensche: Er hat erfahren, daß Hermann-Josef Schüren einen Preis erhalten hat, so daß dieser Dichter nun zehntausend mensche Jeschuas mehr zu verwalten hat, unser Meister kann sich über diese Auszeichnung nicht freuen, der erste Mensche muß seine mangelnde Öffentlichkeitsarbeit bereuen, doch er wird bald auf einer Bühne reden und singen, und dann wird ihm weitaus mehr als diesen durchschnittlichen Schreibern gelingen!

Menscher: Danach hat er gefrühstückt und die Geschichte genossen, Martin Lutter hat damals den Papst verdrossen, der mensche Kaiser verzichtete auf strenge Peinigung, denn er glaubte an eine gutmütige Einigung, dann hat unser geistiger Vater die fremden Wörter im Menschen entdeckt, dieses Buch hat ihm sehr gut behagt und geschmeckt, es ist erstaunlich, woher die Ausdrücke stammen, für diese Forschung kann sich unser Ersinner entflammen!

Mensche: Er tut eben die Wörter lieben, leider kann mensch keine Nummern mit ihnen schieben, und es ist auch nicht sinnvoll, einen Wälzer zu küssen, das zählt nicht zu den erfreulichen Genüssen, dann hat er einen Teil seines Pensums verrichtet, danach hat er auf die Forelle mit Schampinjongs nicht verzichtet, er hat zum Schluß einen Birnenjogurt verzehrt, dann hat er seine Schritte zu einem Supermarkt gekehrt, dort hat er die Fertiggerichte und die Buttermilch erworben, die Menschdorfer haben ihm wieder die Stimmung verdorben!

Menscher: Dann hat er die fremden Wörter weiter untersucht, dabei hat er so manchen Erfolg verbucht, so manche Bedeutung wurde ihm klar, die ihm vorher verborgen war, nun tippt er seine Besinnungen mit Macht, er zeigt sich immer mehr in seiner Pracht, er gerät immer mehr in seinen neuen Namen hinein, Jeschua und Rex Text wird er dann auch wirklich bald sein, er muß langsam und allmählich wachsen und reifen, dann wird mensch den Mann aus dem niederen Sachsen bald begreifen!

Mensche: Unser Erdenker muß die Zähne zusammenbeißen, er muß sich immer wieder zusammenreißen, denn noch ist er nicht an das Ziel gelangt, und vor seinem Verfehlen es ihm nunmehr bangt, er weiß nicht, ob er es schaffen wird und ob siegreich sein der Kampf mit den geistigen Waffen wird, doch er muß es wagen, sich die Weisheit zu erwerben, dann kann er den falschen Profeten die Geschäfte verderben, niemensch anders als er hat die Wahrheit errungen, und die Hindernisse werden von ihm sicherlich bezwungen!

Menscher: An diesem Sonntag hat unser Gebieter sehr lange geträumt, er hat die Hälfte des Tages versäumt, am Mittag hat er sich erhoben und das Frühstück bereitet, danach hat ihn die Zeitung durch die Augenblicke begleitet, im Garten hat er auf der Bank gesessen und alles um sich herum vergessen, er hat die Meldungen aufgenommen, es ist nur sehr wenig Freude bei ihm aufgekommen, dann hat er sein Pensum erfüllt, sein Glied noch stets vergeblich brüllt!

Mensche: Dann hat er die Abhandlung über die menschen Fremdwörter beschlossen, er hat auch ihr Nachwort ungemein genossen, dann hat er sich mit einem Münchener Familienroman befaßt, er hat den Stil der Urheberin fast schon gehaßt, vielleicht kann er sich an ihre Schreibweise gewöhnen, dann wird er sich wieder mit ihr versöhnen, dann hat er einen Blick in die Kronik getan, der Glaube in der dreißigjährigen Schlacht war ein unheilvoller Wahn!

Menscher: Graf Wallenstein hat ursprünglich Graf Waldstein geheißen, als Herzog von Friedland tat er sich des Friedens befleißen, da hat er die Truppen nicht mehr zum Metzeln genordet, deshalb hat mensch ihn denn auch ermordet, ein friedlicher Herzog kann dem Kaiser nicht dienen, er ist den Zeitgenossen als ein Verräter erschienen, es war ein Irrsinn sondergleichen, mensch konnte gar keine Eintracht erreichen!

Mensche: Dann hat unser Held wieder seine Besinnungen gesetzt, die Einsamkeit hat sein Bewußtsein zerfetzt, doch er hat immer weiter getippt, seine Kugel ist nicht aus der schiefen Bahn geflippt, sie ist nicht aus dem Spielgerät geglitten, denn unser Held hat stets wacker gelitten, er hat stets weiter gekämpft und gefeiet, mensch hat ihm oftmals ein Waterloo bereitet, aber er ist doch nun zu seinem Austerlitz gekommen, der Jeschua und der Rex Text tun ihm nunmehr frommen!

Menscher: Eine Hühnersuppe mit Nudeln hat er sich erhitzt, sein Magen hat nach dem Essen gar lieblich geschwitzt, eine Dose Spargel hat er geleert, sein Behagen wurde durch einen Jogurt gemehrt, da mußte er denn auf dem Bette liegen, er konnte seine Schläfrigkeit nicht besiegen, aus dem Lesen ist nichts mehr geworden, es lassen ihn in Ruhe die barbarischen Horden, an diesem Sonntag kann er sein Dasein genießen, nun tut er sich noch mit seinen Suggestionen entdrießen, dann muß er die Tassen und die Teller reinigen, auf diese Weise muß er sich immer wieder peinigen!

Mensche: Er ist gegenwärtig sehr ermattet, es wird ihm immer nur das Arbeiten gestattet, für die Liebe hat er keine Zeit, das tut ihm selbst am meisten leid, aber er kann es nicht wandeln, er muß die Welt entschandeln, er muß die Menschheit entsehren, er muß die Erdenbürger entschweren, er muß die Menschen entwunden und entletzen, sie sollen sich miteinander in das Benehmen setzen, sie sollen sich endlich vertragen, sie sollen einander nicht mehr plagen!

Menscher: In der verwichenen Nacht hat unser geistiger Vater einen Alptraum erlitten, eine giftige Schlange ist auf ihn zugeglitten und hat ihn wütend und zischend gebissen, dadurch wurde er aus dem Schlaf gerissen, er hat sich nackte Evas im Fernsehen besehen, das ist, um ihn abzulenken, geschehen, danach hat er wacker sein Glied gerieben, er darf ja nun einmal keine Nummer schieben, so tat er sich entkummern, danach konnte er ruhig schlummern!

Mensche: Am Vormittag verspürte er keine Lust, zur Werkhalle zu trotten, er tut zwar noch immer den JEUNEX vergotten, aber ein Frustgefühl sondergleichen wollte nicht von ihm weichen, er hat gefrühstückt und die Zeitung gelesen, das ist ihm ein Genuß gewesen, schließlich ist er doch zur Arbeit gewandelt, und er hat auch erfolgreich gehandelt, sie haben wieder zwanzigsieben verschiedene Kinderbücher sortiert, dabei haben sie fröhlich und abwechslungsreich parliert!

Menscher: Nach dem Feierabend ist er mit federnden Schritten heimwärts geeilt, dann hat er im Wohnzimmer über der Zeitung geweilt, danach hat er Spagetti gegessen, er hat dabei am Tisch in der Stube gesessen, danach hat er zwei Stunden lang auf dem Bett gelegen, JEUNEX schenkte ihm hoffentlich dazu seinen Segen, schließlich hat er einen Münchner Familienroman genossen, einem jungen Berichterstatter wurde in einer Schlacht ein Bein zerschossen!

Mensche: Und nun will unser Held sein Pensum schaffen, er kämpft eifrig weiter mit seinen geistigen Waffen, im Herbst ist es nicht leicht, am Ball zu bleiben, mensch kann ja auch nicht immer etwas Neues schreiben, irgendwann hat mensch alles erzählt, manchmal wird mensch auch nicht mehr gequält, manchmal wird mensch auch nicht mehr gepeinigt, so daß mensch sich dann mit dem Glück vereinigt!

Menscher: Noch vier Tage lang muß unser Erdichter sich schinden, dann wird er sich in einem einwöchigen Urlaub befinden, dann darf er neun freie Tage genießen, dann können seine Kräfte ungehindert fließen, aber er hofft, er kann auch etwas entspannen und eine Edeltraud wird sich mit ihm bemannen, ohne menschliche Wärme kann das ganze Denken nichts nützen, mensch muß einen Schriftsteller vor seiner geistigen Verödung beschützen!

Mensche: Ein wenig Fleisch und Blut täte ihm sicherlich gut, eine zärtliche Eva könnte ihn entzücken, eine anmutige Lorelei könnte ihn entdrücken, eine erregende Simone könnte ihn entschweren, eine kesse Isolde könnte ihn entsehren, doch in Menschdorf ist eine hübsche Braut nur schwer zu entdecken, die Menschdorferinnen tun ihre spärlichen Reize sehr gut verstecken, mensch kann sie nicht billigen, mensch will nicht in sie willigen, sie sind zu fade, das ist wirklich schade!

Menscher: An diesem Mittwoch hat der jugendliche Betreuer geläutet, was für den ersten Menschen Gesellschaft bedeutet, sie haben gemeinsam die Küche gereinigt, unser Held hat sich mit dem Kühlschrank und der Gartentür gepeinigt, der Sozialarbeiter hat die Schränke ausgewischt, ein paar Witze haben das Klima erfrischt, dann hat unser Ersinner die Zeitungen geholt und gelesen, es ist ihm ein großer Genuß gewesen!

Mensche: Dann mußte er auf nüchternem Magen zur Werkhalle eilen, dort tat er unter seinen Gefährten weilen, sie haben die Folie von den Schweinenasen getrennt, das ist eine Tätigkeit, für die mensch nicht sonderlich entbrennt, sie ist langweilig und öde, mensch wird dabei ganz blöde, aber schließlich ist der Feierabend gekommen, unser Erdenker hat ein eingepacktes Fahrrad genommen, mit seinem Besitzer hat er es eine kurze Strecke lang getragen, dann mußte sich eine redselige Büglerin damit plagen!

Menscher: Zuhause wurde die Gruppe abgehalten, sie tut sich stets sehr lustig gestalten, die Lebensmittelkasse wurde berechnet bis zum letzten Rex Text, am Ende waren alle fünf Anwesenden verperplext, denn die Summe stimmte haargenau, dann machte mensch eine Schau auf die vier Räumlich-keiten, waren sie rein, denn diese Dienste mußten gewechselt nun sein, das Badezimmer, der Flut, die Küche und die Stube säuberte vorher nach bestem Wissen und Gewissen ein eifriger Bube!

Mensche: Danach hat unser Erdichter die Zeitung studiert, im nördlichen Westreich wird ein neuer Präsident elektiert, morgen wird mensch wissen, wer gewählt worden ist und durch wen diese Super-macht gestählt worden ist oder auch nicht, es fällt der Bericht gut aus oder schlecht, der eine Bewerber ist fast niemenschem recht, dann hat unser Urheber eine Wurst mit Grünkohl verspeist, anschließend ist er in das Reich der Träume gereist!

Menscher: Eineinhalb Stunden lang hat er auf dem Bett gelegen, dann tat er sich wieder regen und bewegen, er hat den Münchener Familienroman genossen, aber er hat seine Verfasserin noch nicht in das Herz geschlossen, ihr Stil kann ihm nicht behagen, er muß ihr den Beifall versagen, nun tun er wieder sein Pensum erfüllen, manche beschriebene Seite würde er zerknüllen, aber das geht jedem Schriftsteller so, nicht jede eigene Hervorbringung stimmt ihn froh!

Mensche: Mensch sollte nicht so streng in das Gericht gehen mit seinen Werken, nicht jede Zeile kann das Gemüt des Lesers stärken, aber alles legt doch Zeugnis ab von seinen Launen, nicht jede seiner Empfindungen kann mensch bestaunen, aber alles zusammen ergibt ein mosaikartiges Bild, manchmal fühlt mensch sich mild, manchmal wild, einen einhundertprozentigen Stoiker mag niemensch leiden, mensch sollte sich zuungunsten der Grabesruhe für die Lebendigkeit entscheiden!

Menscher: An diesem Mittwoch hat sich der erste Mensche erst spät erhoben, er kann sein ausgedehntes Schlummern selbst nicht loben, dann hat er eine Tasse Kapputschino getrunken, dann ist er wieder auf das Bett gesunken, schließlich hat er die Zeitungen geholt und gelesen, das ist ihm ein großes Vergnügen gewesen, dann ist mit einer Flasche Apfelschorle zur Werkhalle geschritten, er hat unter den abwertenden Bemerkungen der Menschdorfer gelitten!
 Mensche: Beim Straßenhändler hat er sich eine Wurst im Brötchen erworben, das hat ihm den unnassen Mittag entdorben, am langen Tisch mußten sie wieder Schweinenasen von der Folie befreien, bei dieser Tätigkeit kann mensch seinen Mitmenschen das Ohr ausführlich leihen, nach dem Feierabend hat er sich ein halbes Hähnchen gekauft, auf dem Nachhauseweg hat er keineswegs geschnauft, seine Verfassung ist besser geworden, er wurde wohl umzingelt von den barbarischen Horden!
 Menscher: Er hat das halbe Hähnchen mit Behagen verspeist, dann ist er um die Welt gereist, er hat die Zeitung studiert und dabei im Wohnzimmer gesessen, über den Meldungen hat er all seine Wehwehchen vergessen, dann hat er drei Stunden lang geschlafen, wofür tut ihn das Schicksal bestrafen, dann hat er den Münchner Familienroman vorgenommen, dieser Wälzer ist ihm sehr öde und langweilig vorgekommen?!
 Mensche: Nun sitzt er wieder, um sein Pensum zu verrichten, er darf darauf nun einmal nicht verzichten, bei diesem regnerischen Wetter fällt es ihm schwer, sein geistiger Kraftspeicher ist fast völlig leer, er kann auch noch nicht loslegen und pauern, er muß in diesem Haus mit den drei Behinderten versauern, er muß in Menschdorf seine Tage vertrauern, er ist hier umgeben von haushohen Mauern, die ihn und die Menschdorfer trennen, er will sie und tut sie nicht kennen!
 Menscher: Er soll nach Menschland wandern, was guckt er da auf die andern, die Menschdorferinnen können ihn nicht erfreuen, darum muß er den Umgang mit ihnen scheuen, die Menschdorferinnen können ihn nicht erquicken, darum will er sie weder gestern noch heute noch morgen ficken, vor den Menschdorferinnen muß es ihm grausen, er kann ihre derbe und rohe Art nicht beapplausen, auf der Bühne machen sie Spagat, da haben wir nun den Salat?!
 Mensche: Diese dressierten Tanzmariechen dürfen nicht aus der Reihe springen, ihnen muß die Zähmung ihrer Triebe einwandfrei gelingen, sie lassen sich in die Luft werfen mit hohem Mut, das erhitzt bei den alten Herren das Blut, unseren anspruchsvollen Gebieter können sie nicht begeistern, obwohl sie alle Schrittfolgen tadellos meistern, wie die Maschinenmenschen tun sie sich verhalten, sie können das Dasein nicht angenehm gestalten!

Menscher: Nach ausführlichem Schlummer ist unser Held erstanden, doch durch seine Müdigkeit ging er fast zuschanden, er hat die Wäsche aus der Maschine genommen, dann ist sie an die Leine gekommen, er hat die Abfalltonne von der Straße auf das Grundstück gerollt, dann hat er seinem Schicksal gegrollt, denn er mußte die Zeitungen schnell holen und lesen, das ist ihm in der Hast kein Vergnügen gewesen, dann ist er zur Werkhalle geeilt, an der Mauer des Schlachthofes hat er kurz verweilt, denn er mußte harnen, keine Eva tat ihn umgarnen!

Mensche: Am langen Tisch haben sie Etiketten auf Kinderbücher geklebt, dabei haben sie nicht gerade im siebenten Himmel geschwebt, aber sie haben sich doch prächtig unterhalten, und sie taten einen heftigen Eifer für die Arbeit entfalten, zum Schluß mußte unser Erdenker zwei lange Kabel in zwei Kästen legen, dann tat er sich nicht mehr regen, denn es war Feierabend, er wechselte die Schuhe, denn schon ertönte von draußen Gebuhe, wo er denn nur bleibe und was er denn so lange treibe?!

Menscher: Der Montenegriner hat ihn zum Fitneßzentrum gefahren, dort tat mensch allerlei Sportler gewahren, die beiden Mannschaften waren ausgeglichen, doch die Freude ist vom ersten Menschen gewichen, denn er hat viele Einschießgelegenheiten vergeben, er tat vergeblich danach, viele Treffer zu erzielen, streben, mit drei Toren Unterschied haben sie verloren, das Glück hat ihn nicht zu seinem Liebling erkoren!

Mensche: Jedenfalls nicht heute, er fiel zur Beute einer unerklärlichen Schwäche und Pein, er lief kaum, vorne stand er allein, er wurde auch meistens gedeckt, er hat es erfolglos bezweckt, seine Mannschaft zum Siege zu führen, die Niederlage tat ihn unangenehm berühren, aber er hat sie schon nach kurzer Frist vergessen, der Montenegriner steuerte heimwärts, zuhause tat unser Meister essen, er hat einen Seehecht verschlungen, zuvor war ein Glas Sellerie in seinen Schlund gedrungen, ein Jogurt hat das karge Mahl beendet, zwischendurch hat der erste Mittelreicher sich zur Zeitung gewendet!

Menscher: Dann hat er auf dem Bett gelegen, er konnte sich nicht mehr bewegen, dann hat er die Münchener Familiengeschichte genossen, es wurden Tränen um den toten König Ludwig den Zweiten vergossen, nun will unser Herr sein Pensum verrichten, er will ein bißchen dichten, er will seine Besinnungen setzen, um die Menschheit zu entwunden und zu entletzen, manchmal muß er diese Betätigung verdammen, dann kann er sich nicht mehr für diesen Stumpfsinn entflammen, aber dann tut er wieder auf die Zähne beißen, und er tut sich unter Mühen zusammenreißen!

Mensche: Manchmal blickt er dem Nichts in die leeren Augen, dann können ihm sämtliche Sätze nichts taugen, dann fühlt er sich einsam und allein, denn keine Nixe will jemals bei ihm sein, doch dann wieder ermutigt ihn sein jugendlicher Schwung, und dann spürt er sich wieder kräftig und jung, das ist ein Hin und Her und ein Hoch und Nieder, aber er erholt sich von seinem Katzenjammer immer wieder, so wird es immer weiter gehen, und schließlich wird mensch ihn heiter sehen!

Menscher: An diesem Vormittag ist der jugendliche Betreuer gekommen, da hat unser Held Abschied von seinen Träumen genommen, sie sind zu einem Supermarkt gegangen, um dort die Lebensmittel für den Haushalt zu erlangen, danach konnte unser Ersinner noch kurz einen Blick in die Zeitung werfen, das Geschehen in der Welt zerrt gegenwärtig ungemein an den Nerven, dann ist der erste Mensche zur Werkhalle geschritten, er hat unter den ausgrenzungsfreudigen Menschdorfern gelitten!

Mensche: Besonders an der Mittelschule wurde er gescholten, er hat den Jugendlichen nicht als eine angenehme Erscheinung gegolten, in der Werkhalle mußte er Kinderbücher mit Etiketten bekleben, auf diese Weise tat er danach, daß der Vorgesetzte zufrieden war, streben, eine Stunde vor Feierabend sind sie zum Menschdorfer Markt gefahren, dort konnte mensch die feiernden Jecken gewahren, sie haben kleine Tische und Blumenkästen getragen, sie taten sich mit Abfallaufsammeln plagen!

Menscher: Der erste Jeschua Rex Text war von diesem Treiben nicht gerade entzückt, aber die lebendige Masse hat ihn doch beglückt, es wurde sich viel umarmt und geküßt und gestreichelt, mensch hat einander mit Wörtern geschmeichelt, zu launiger Musik wurde viel getrunken, aber es ist niemensch bezecht darniedergesunken, leider hat mensch kaum schöne Elfen gesehen, das tut ja in Menschdorf nur selten geschehen!

Mensche: Danach hat der erste Mittelreicher eine Linsensuppe mit Essig verzehrt, danach hat er sich zu den Zeitungen gekehrt, schließlich hat er im Bett gelegen, er konnte sich nicht mehr rühren und regen, das naßkalte Wetter macht ihm zu schaffen, er muß sich immer wieder zusammenraffen, nun kann er neun freie Tage genießen, die stumpfsinnige Arbeit wird ihn vorerst nicht mehr verdrießen, er wird viel lesen und schreiben, er wird es auf dem Papier gar wacker treiben!

Menscher: Er hat sich zwei Stunden lang mit dem Münchener Familienroman beschäftigt, diese Geschichte hat ihn nur ein bißchen gekräftigt, jetzt tut er seine Besinnungen setzen, um die Menschen wieder zu ergötzen, manchmal wird es ihm zuviel, aber die Zukunft der Menschheit steht auf dem Spiel, er muß um ihr Fortbestehen kämpfen, ist es auch manchmal ein haarsträubendes Krämpfen, in Menschdorf wird er es niemals zu etwas bringen, in Menschdorf wird ihm niemals der Durchbruch gelingen!

Mensche: Das wird sich zeigen, noch muß er seine Einsichten verschweigen, im zweiten Jahr in Jeschua Rex Text ist ihm nicht viel gelungen, er hat die Vielzahl der Hindernisse noch immer nicht bezwungen, er ist noch keine Persönlichkeit des öffentlichen Lebens geworden, und in Menschdorf umzingeln ihn weiterhin die barbarischen Horden, im dritten Jahr in Jeschua Rex Text aber wird er triumfieren, dann wird er tatsächlich nach Menschland marschieren!

Menscher: An diesem Sonnabend hat sich der erste Mensche spät erhoben, er hatte sich fest in verschrobene Träume verwoben, er hat die Zeitungen geholt und gelesen, eine Bratwurst ist ihm das Frühstück gewesen, ein Mitbewohner hatte sie bereitet, sie hat die Tabletten im Magen begleitet, dann hat er sich mit der menschen Geschichte befaßt, die dreißigjährige Schlacht war eine niederschmetternde Last, der Papst hat Menschland in das Unglück gestürzt, und auch die Anhänger von Lutter haben den Menschen das Dasein verkürzt!

Mensche: Danach wurden die Besinnungen geschrieben, dann ist eine Forelle nicht unverzehrt geblieben, Schampinjongs wurden dazu gegessen, unser Meister hat dabei auf seinem Bett gesessen, ein Erdbeerjogurt hat die Mahlzeit beschlossen, der erste Jeschua Rex Text hat sie nicht sonderlich genossen, sie war zwar gesund, aber sie hat nicht geschmeckt, immerhin hat sie den Bedarf an Nährstoffen gedeckt!

Menscher: Schließlich ist der erste Mittelreicher zu einem Supermarkt gegangen, um dort die Fertiggerichte und die Becher mit Buttermilch zu empfangen, unterwegs hat mensch ihm gehörig den Marsch geblasen, die Menschdorfer taten gegen ihn wüten, toben und rasen, er wäre nicht gesund, er treibe es nicht bunt, dieses und jenes mußten sie bescheiten, denn sie leben in der beschränktesten aller Welten!

Mensche: Zuhause hat er einen Eiersalat verschlungen, dann hat er seinen Widerwillen gegen die Menschdorfer bezwungen und hat in seinem Zimmer den Münchener Familienroman beschlossen, gegen Ende hat er diese Geschichte doch noch genossen, dann hat er sich mit Ernst Teodor Amadeus Hoffmann beschäftigt, Peter Härtling hat sein Wissen über diesen Erzähler gekräftigt, er war ein Künstler mit kurzem Leben, es kann ja nicht immer nur Metusalemme geben!

Menscher: Nun muß unser Herr und Gebieter wieder reimen, er muß ein Wort an das vorige leimen, dabei ist er müde und matt, Menschdorf ist eine öde Stadt, hier kann mensch nicht glücklich wesen, hier kann mensch nicht von seinen Siechtümern genesen, die Narren herrschen nach wie vor, es keift der Jeck, es raunzt der Tor, es ist kein Vergnügen, inmitten dieser trostlosen Gestalten das Reich des Jeschua Rex Textes im Auge zu behalten!

Mensche: Unser Ersinner wird die Menschdorfer besiegen, einem geistreichen Denker müssen diese Trottel unterliegen, in ihren Gehirnen brennt kein Licht, sie kennen die Wahrheit des Daseins nicht, sie haben das Menschtum in JEUNEX noch nicht vernommen, sie sind noch nicht auf den Jeschua Rex Text gekommen, der Stehmann tut noch nicht in ihren Stuben prangen, was kann mensch von diesen unmenschen Heiden da schon verlangen?!

Menscher: An diesem Sonntag ist unser Held sehr spät erstanden, seine Tatkraft ging im Schlummer fast zuschanden, mühsam hat er sich erhoben und eineinhalb Würste verspeist, dann ist er mit der Zeitung durch Menschdorf und seine Umgebung gereist, der Karneval hat begonnen, doch damit ist nichts gewonnen, dann hat er sich mit der Geschichte Preußens und Österreichs befaßt, der zweite Friedrich hat Maria Teresia sehr gehaßt!

Mensche: Danach hat sich der erste Mensche mit Hoffmann beschäftigt, die wirren Sätze des Peter Härtlings haben ihn kaum gekräftigt, danach hat unser Profet mit Mühe sein Pensum verrichtet, er hat sich dabei nicht gerade die Seele aus dem Leibe gedichtet, schließlich hat er eine Tomatensuppe mit Karotten gegessen, er hat dabei in seinem Zimmer auf dem Bett gesessen, ein Bananenjogurt hat diese Mahlzeit beschlossen, er hat diese Nachspeise sehr genossen!

Menscher: Dann hat er geschlafen und gedöst und geträumt, er hat dabei das wahre Leben versäumt, schließlich hat er noch einen Blick auf Hoffmann getan, dieser Meister der Feder befand sich in so manchem Wahn, doch am Abend hat diese Paterie ihm mehr als am Nachmittag behagt, dabei hat ihr Schilderer kaum etwas anderes gesagt, doch die Stimmung in der Dunkelheit war von Romantik durchwoben, deshalb konnte unser Erdenker diese Erzählung nun doch loben!

Mensche: Und nun tut er über seinen Besinnungen sitzen, sie können ihm schon lange nicht mehr das Blut erhitzen, denn es sind ja stets die nämlichen Suggestionen, die eine wache Aufmerksamkeit gar nicht mehr lohnen, sie sollen in das Unterbewußtsein fließen, auf diese Weise kann mensch sie am besten genießen, von da aus sollen sie sich zur Wirklichkeit gestalten, nach ihren Maßgaben soll sich die Alltäglichkeit entfalten!

Menscher: Wenn mensch die Eintracht will, soll mensch den Frieden beschwören, vielleicht wird auf dieses Wort dieser Zustand einmal hören, die Sprache zieht die Dinge an, die Rede zerrt die Sachen in ihren Bann, so ist das nun einmal, diese Aussage ist keineswegs schal, deshalb soll mensch sich hüten, was mensch spricht, denn das eine wirkt gut, das andere nicht, das Negative soll mensch negieren, das Positive lasse mensch paradieren!

Mensche: Unser Ersinner kann schon mehr als früher leisten, die Menschdorfer tun sich nicht mehr so heftig gegen ihn erdreisten, er ist auf dem richtigen Wege, mensch kommt ihm noch ins Gehege, aber mensch wird ihn bald mit seinen Gehässigkeiten verschonen, dann wird es für ihn eine Freude sein, in Menschdorf zu wohnen, dann wird er der Gemeinde Menschdorf eine Milliarde mensche Jeschuas schenken, dann werden die Menschdorfer noch lange nach seinem Tod an ihn denken!

Menscher: An diesem Vormittag ist der jugendliche Betreuer gekommen, ein Besuch beim Doktor tat dem ersten Menschen frommen, sie haben ein Rezept erhalten und es vor eine Apotekerin gelegt, danach haben sie sich zum Händler bewegt, dort haben sie die Zeitungen erlangt, dem ersten Jeschua Rex Text hat es vor seiner mangelnden Leistungsfähigkeit gebangt, denn er fühlte sich noch müde und matt, dennoch fand es, daß die Bettwäsche gewechselt wurde, statt!

Mensche: Als der Sozialarbeiter ging, hat der erste Mittelreicher geschlummert, spät erst hat er sich durch die Träume so weit entkummert, daß er sich erheben konnte und daß er sich in die Küche begeben konnte, er hat sich nur einen Kaputschino bereitet, dann hat sich sein Gesichtskreis durch die Zeitungen geweitet, er hat sie im Wohnzimmer studiert, dann ist er in seine Stube marschiert und hat den Roman über Hoffmann gelesen, dieser Kapellmeister trieb ein gar wunderliches Wesen!

Menscher: Dann hat er seine Besinnungen gesetzt, die Menschdorfer haben ihn heute nicht verletzt, denn er hat sie kaum gesehen, er tat nicht durch Menschdorf gehen, abends hat er Spagetti gegessen, er hat dabei im Wohnzimmer gesessen, er hat auch einen Pußtasalat und einen Jogurt verzehrt, eine durchschnittliche Mahlzeit wird ihm ja nicht verwehrt, dann hat er geschlafen und die Nase in die Bücher gesteckt, Hoffmann starb früh, seine Ehefrau hat sich darüber erschreckt!

Mensche: Danach wurde ein Ratgeber über das Älterwerden genossen, viele Anzeichen der Vergreisung haben unseren Ersinner schon verdrossen, aber sie kamen meist von seinem falschen Namen, er bewegte sich in einem ungeeigneten geistigen Rahmen, als Jeschua und als Rex Text kann er vieles erfolgreich vollziehen, sein Weilen in dieser Betaufung ist zwar noch nicht weit gediehen, aber er kann schon gewisse Anzeichen erkennen, er wird sich niemals wieder anders benennen!

Menscher: An dieser Stelle muß er von einem Sachverhalt berichten, er darf darauf, diese Richtigstellung zu schreiben, nicht verzichten, denn als er vor einem Jahr im Drogeriemarkt die schöne Büglerin gesehen hat, wie er es ausführlich im "ersten Jahr in Jeschua Rex Text" stehen hat, da hat sich nicht ihr Buhle neben ihr befunden, das tat sich dem Betrachter in der Eile so bekunden, sondern es ist ihr zehnvierjähriger Bruder gewesen, mensch tut also allerlei Falsches lesen, wenn mensch vom Jüngelchen erfährt, dieser Irrtum ist fast schon verjährt, aber unser Erdichter will ihn hier berichtigen, mensch soll endlich die Wahrheit besichtigen!

Mensche: Für die damalige Lage ist es freilich gleich, der erste Mensche war an Liebe reich, doch die hübsche Plätterin hätte niemals zu ihm gepaßt, er hat es zwar, daß er diese Gelegenheit zu einer Verabredung versäumt hat, gehaßt, aber er hatte von vornherein schlechte Karten, er wird bis zu seinem Tode vergeblich auf sie warten, sie ist zwar eine wunderbare Erscheinung, so lautet auch heute noch seine Meinung, aber er darf sich niemals mit ihr verbinden, denn ihre Aura würde ihn nur quälen und schinden!

Menscher: Die schöne Büglerin hat den Liebesbrief des ersten Menschen gelesen, darin ist auch die Rede davon, daß sie sich im Drogeriemarkt begegnet sind, gewesen, die hübsche Plätterin hat es einem Malergesellen berichtet, und durch seinen Einfluß hat unser Ersinner die Wahrheit gesichtet, mehr kann er davon nicht sagen, er tut nicht mehr nach der anmutigen Manglerin fragen, diese Geschichte ist vorbei, freilich war ihm diese Zirze nicht einerlei!

Mensche: An diesem Mittag ist unser Held spät erstanden, seine Beine den Weg nicht mehr rechtzeitig zur Handlung fanden, ihre Tür war schon verschlossen, das hat ihn ein wenig verdrossen, er konnte die Zeitungen erst am Nachmittag holen, die Menschdorfer haben ihm heute nicht das klare Denken gestohlen, er hat sich mit den Tücken des zunehmenden Alters befaßt, der gestelzte Schargong fiel ihm diesmal nicht zur Last, denn er hielt sich in vertretbaren Grenzen, die Urheberin konnte mit einer reichen Lebenserfahrung glänzen!

Menscher: Dann wurde sich in der Gruppe unterhalten, mensch tat seinen Eifer für die Lebensmittelkasse entfalten, der erste Jeschua Rex Text hat die Summen auf den Bongs verkündet, drei Rechner mit ihren Maschinchen haben sich mit ihm verbündet, dann wurde auch die Gebühr für den Fernsprecher entrichtet, es wurde auch nicht auf zusätzliche Temen verzichtet, schließlich ist der Betreuer gegangen, er wird von der Wohngemeinschaft stets freudig empfangen!

Mensche: Danach hat der erste Mittelreicher lauwarme Königsberge Klopse verspeist, in das Wunderland der Kochkunst ist er damit nun wirklich nicht gereist, zuvor hatte er ein Glas Sellerie verschlungen, danach ist ihm ein Jogurt in den Schlund gedrungen, danach mußte er schlafen und hat geschrieben, er hat es wacker auf dem Papier getrieben, dann hat er im Fernsehen Fußball geguckt, er hat gegen die langweilige Spielweise gemuckt!

Menscher: Dann hat er sich wieder den älteren Menschen geweiht, es ist ja für ihn auch allmählich Zeit, seinen letzten Willen aufzusetzen, er muß sich damit zwar nicht hetzen, aber wahrscheinlich wird er in den künftigen Jahren sterben, und er will der Gemeinde Menschdorf seine Schriften vererben, nun sitzt er am Kompjuter und tut seine Besinnungen tippen, das Herz pocht ihm nicht mehr sonderlich glutvoll hinter den Rippen, er hat keine Lust am Leben, es tut für ihn nichts Spannendes mehr geben!

Mensche: Auch die allgemeine Erlösung kann zur Routine verkommen, die Zuversicht auf die Weltherrschaft wurde ihm zwar nicht genommen, aber er muß auch die vielen Hindernisse sehen, es kann sehr leicht ein Attentat geschehen, etliche beschränkte Hohlköpfe könnten ihn töten, das wäre es dann gewesen mit dem Schillern und Göten, noch hat er die Menschheit nicht in die rechte Richtung gesteuert, er hat bisher immer nur seine redlichen Absichten beteuert!

Menscher: An diesem Mittag hat der erste Mensche die Zeitungen nicht bekommen, er hat es mit heftigem Bedauern genommen, er hat vor der verschlossenen Tür gestanden, doch seine Hoffnungen auf Lesestoff gingen nicht zuschanden, er brauchte sich nicht die Haare zu raufen, denn er konnte die Schurnale ja anderswo kaufen, freilich muß er morgen die Blätter bezahlen, denn er tut ja ständig mit seiner Kundentreue prahlen!
 Mensche: Er hat beim Hautarzt angerufen wegen seines Nagelpilzes am rechten großen Zeh, doch die Auskunft der Sprechstundenhilfe tat ihm weh, es war kein Termin mehr frei, darüber schrie er keineswegs juchhei, dann hat er die Abhandlung über die Wechseljahre zuende studiert, dann ist er zu einem Supermarkt marschiert, dort hat eine Eva ihn freundlich behandelt, er hat sich zu einem eifriges Gesprächsteilhaber gewandelt!
 Menscher: Er wollte nur die Tintenpatronen neu befüllen lassen, das tut manche Leute sich in Schweigen hüllen lassen, aber er hat mit der mittelalten Dame über seine Schwierigkeiten gesprochen, und er hat eine Lanze dafür, alle Unbill zu ertragen, gebrochen, auch die Hitzewallungen kann mensch überstehen, das läßt sich jetzt schon übersehen, dann ist er zum Stand in der Stadtmitte gegangen und tat ein halbes Hähnchen mit Haussalat verlangen!
 Mensche: Er hat es in aller Ruhe gegessen, dabei hat er im Wohnzimmer gesessen, die mitgebrachten Zeitungen hat er beblickt, dann hat er sich selbst in sein Zimmer geschickt, dort mußte er seine Besinnungen setzen, um die ganze Menschheit zu entwunden und zu entletzen, dazwischen hat er wieder geschlafen, wofür tut ihn das Schicksal bloß bestrafen, dann hat er einen Wälzer über einen westreichischen Liederschreiber gelesen, er ist aber vorerst nur beim Rechteverzeichnis und beim Register gewesen!
 Menscher: Nun ist es fast Mitternacht geworden, draußen tummeln sich noch immer die barbarischen Horden, der volle Mond wird von den Wolken verdeckt, unser Erdichter hat sich in seiner Stube versteckt, in seinem einwöchigen Urlaub schreibt er viel, das ist für ihn ein lustiges Spiel, doch er würde viel lieber eine Albertine ficken, doch niemensch tut ihm eine Kunigunde in die Wohnung schicken, er verharrt allein, das muß wohl so sein!
 Mensche: Menschdorf ist zu dieser Zeit völlig öde, die Menschdorfer behandeln unseren geistigen Vater schnöde, er hat in seinem Leben noch nichts erreicht, er ist noch nicht verkrösust und verscheicht, aber das wird sich schon noch ergeben, über sechzigeins Jahre lang tat er nach den Grundlagen streben, darauf kann er nun das Weitere errichten, zu diesem Behufe tat er viele Jahre hindurch verzichten, aber er wird die Hindernisse besiegen, in dieser Hoffnung darf er sich wiegen!

Menscher: An diesem Donnerstag hat sich der erste Mensche erst spät erhoben, er mußte über sein ausgedehntes Schlummern toben, doch es ließ sich nicht vermeiden, so muß er eben leiden, er hat sich geduscht und zwei Rollmöpse mit Kartoffelsalat gegessen, bei der Mahlzeit hat er auf seinem Bett gesessen, danach hat er die Zeitungen von gestern und heute erworben, durch ihre Berichte wurden ihm die Augenblicke entdorben!

Mensche: Danach mußte er zur Werkhalle schreiten, das tat seinen Gesichtskreis weiten, der Montenegriner hat ihn zum Fitneßstudio gefahren, unser Held täte sich gern mit der Türkin im Empfangsbereich paaren, doch das wird ihm wohl niemals gelingen, er wird es bei ihr niemals zu einem Antrag bringen, außerdem tut sie ihm nicht mehr behagen, als Jeschua und als Rex Text kann er nichts Gutes mehr über sie sagen!

Menscher: Die Begegnung haben sie haushoch verloren, es hatte sich alles gegen den ersten Jeschua Rex Text verschworen, er konnte nicht einen einzigen Zweikampf gewinnen, er tat seiner riesigen Ermattung nicht entrinnen, er hat nur drei oder vier Treffer erzielt, er hat sehr schlecht, ja miserabel gespielt, zwanzig Tore wären ihm noch möglich gewesen, aber er tat ja wie Falschgeld über den Kunstrasen pesen!

Mensche: Danach hat ihn der Montegriner nach Hause gebracht, sie haben beide nur wenig gelacht, der Fahrer hat ihm sein Leid geklagt mit viel Gejammer, danach aß unser Meister eine Dosensuppe und schlief in seiner Kammer, dann hat er seine Besinnungen geschrieben, danach hat er es mit einem westreicherischen Sänger getrieben, das heißt, er hat seine Lebensbeschreibung studiert, nun wird von ihm in seinem Pensum nach Menschland marschiert!

Menscher: Durch den Sport konnte er seine schriftliche Arbeit nicht über den Tag verteilen, er mußte am Abend bei seinen Besinnungen und Seiten weilen, das hat an seinen Nerven gezerrt, doch er hat sich vergeblich dagegen gesperrt, er mußte in diesen sauren Apfel beißen, er will ja das Schwarze endlich einmal weißen, er will das Gute in den Vordergrund rücken, er will die Menschheit mit dem Positiven beglücken!

Mensche: Morgen geht sein einwöchiger Urlaub dem Ende entgegen, bald muß er sich wieder am langen Tische regen, die Einsamkeit macht ihm zu schaffen, es siegen noch nicht seine geistigen Waffen, doch er merkt die Kraft des neuen Namens, er spürt die Ausdehnung des neuen Rahmens, er wird seine Ziele allesamt erreichen, und er wird bald verkrösussen und verscheichen, er wird die Welt erretten, er wird sich mit einer Dorotea verkletten!

Menscher: An diesem Freitag ist der jugendliche Betreuer gekommen, am späten Mittag hat er die Last der Einsamkeit von hinnen genommen, sie sind in die Fußgängerzone gegangen, dort tat es sie nach allerlei Waren verlangen, doch nur fünf Paar Sportsocken konnte der erste Mensche erhalten, das Einkaufen tat sich ihnen ziemlich unergiebig gestalten, dann sind sie zurück zur Wohnung geschritten, unser Held hat an einer gefüllten Blase gelitten!

Mensche: Er konnte sie gerade noch rechtzeitig entleeren, dieses Leiden muß ihn versehren, der Sozialarbeiter hat die Wohnung verlassen, um sich mit seinem nächsten Klienten zu befassen, dann hat unser geistiger Vater sein Pensum verrichtet, er hat sich die Seele aus dem Leibe gedichtet, dann hat er Nürnberger Rostbratwürstchen gegessen, bei dieser Mahlzeit hat er im Wohnzimmer gesessen, dann ist er zum Supermarkt geeilt, von seiner Ehelosigkeit wurde er nicht geheilt!

Menscher: Danach hat er die Waren in den Kühlschrank gelegt, dann hat er sich in sein Zimmer bewegt, dort hat er zwei Stunden lang die Lebensbeschreibung eines westreichischen Liederschreibers gelesen, dieses dicke Buch ist ihm keine große Freude gewesen, was hat dieser Künstler denn schon gewandelt, er hat immer nur nach seinen bescheidenen Möglichkeiten gehandelt, er hat den Frieden nicht geschaffen, dazu fehlten ihm die erforderlichen geistigen Waffen?!

Mensche: Nun sitzt unser Meister wieder an seinen Besinnungen, sie bringen ihm nicht allzu viele Gewinnungen, aber er hat ja jetzt seinen neuen Namen, er bewegt sich ja jetzt in einem geordneten Rahmen, er wird sich aus seiner Klause heraus jagen, es wird ihm in Menschdorf behagen, er wird sich an die Öffentlichkeit wagen, er wird den Menschdorfern seine Meinung sagen, und dann wird er gesellschaftlich steigen, und die Ausschelter werden für immer schweigen!

Menscher: Der Erfolg kommt nicht über Nacht, noch hat es unser Herr zu nichts gebracht, noch tun sich seine Werke nicht verkaufen, noch muß sich ihr Verfasser die Haare raufen, aber es wird nicht mehr lange dauern, dann kann er endlich loslegen und pauern, dann wird er die Welt verändern, dann kennt mensch ihn auch in anderen Ländern, dann wird sein Geist sich auf der Erde verbreiten, dann wird er die allgemeine Sittlichkeit in die Höhe leiten!

Mensche: Von dieser Hoffnung tut er zehren, er will seine Mitmenschen belehren, er hat das Wissen, doch er hat nicht die Macht, es wird von den Menschdorfern über ihn gelacht, doch bald werden sie ihn ehren und preisen, denn er kann ihnen den Weg nach Menschland weisen, und nach Auschwitz kann mensch nur noch mensche Gedichte schreiben, nach diesem Trauerspiel kann mensch nur noch auf mensche Weise leben und leiben!

Menscher: An diesem Sonnabend hat sich der erste Mensche rechtzeitig erhoben - das muß mensch an dieser Stelle auch einmal loben - , um die Zeitungen beim Händler zu kaufen, er mußte sich nicht vor der verschlossenen Tür die Haare raufen, danach hat er die Blätter durchgesehen, es ist immer wieder ein Vergnügen, die Nachrichten durchzugehen, dann hat er gefrühstückt und sich mit der menschen Geschichte befaßt, der preußische Staat fiel dem menschen Reich schon früh zur Last!

Mensche: Danach hat er sich mit einem westreichischen Liederschreiber beschäftigt, sein lebenslanges Schaffen wurde kürzlich durch den Literaturnobelpreis bekräftigt, der gute Mann kann aber erst im nächsten Frühjahr nach Schweden kommen, gegenwärtig wird er von wichtigen Terminen in Anspruch genommen, unser Held kennt seine Balladen kaum richtig, doch sie sind für die Vertreter seiner Generation sehr wichtig!

Menscher: Dann hat unser Meister eine Forelle verzehrt, danach hat er ein Glas Schampinjongs geleert, ein Erdbeerjogurt hat diese Abendmahlzeit beschlossen, der erste Mensche hat sie nicht wirklich genossen, außerdem hat er dabei im Fernsehen Fußball geschaut, im Wohnzimmer feierte mensch die erzielten Tore laut, dann ist er zum Supermarkt gegangen, um dort die Buttermilch und die Fertiggerichte zu empfangen!

Mensche: Bei diesen Spaziergängen durch Dunkelheit und Wind fühlt er so hilflos wie ein kleines Kind, Bekannte tut er selten einmal treffen, so muß ihn das Schicksal foppen und äffen, er war froh, als er wieder zuhause war und bei seinen Besinnungen in seiner stillen Klause war, er hat einen Eiersalat verspeist, auf diese Manier wird er fett und feist, dann hat er seine Suggestionen geschrieben, er hat es auf dem Papier im Südeisland getrieben!

Menscher: Dann mußte er wieder eine Stunde lang schlummern, er träumte dabei gar nicht von sinnlichen Nummern, ein Beischlaf würde ihn beseligen, doch keine Eva läßt sich von diesem Adam befehligen, sein Herz ist schwach, das ist ein schlimmes Ach, das ist ein arges Weh, durchblutet wird kaum noch mancher Zeh, und auch der rechte Arm wird nicht mehr ausreichend befüllt, und daß sein Glied gierig nach einer Scheide brüllt ohne jegliche Pause und ohne jeglichen Verschnauf, das fällt bei diesem Durcheinander gar nicht weiter auf!

Mensche: Nun tut er sein Pensum verrichten, auf die Zeitung wird er auch nicht verzichten, dann muß er noch die Tassen und Teller reinigen, dieser Abwasch tut ihn besonders peinigen, Udo Lindenberg in seinem Hamburger Hotel braucht sich nicht darum zu kümmern, es sind auch keine Menschdorfer da, die ihm das Bewußtsein zertrümmern, aber der erste Mittelreicher möchte nicht mit diesem erfolgsverwöhnten Künstler tauschen, denn an seinen eigenen Schöpfungen kann er sich weitaus mehr berauschen!

Menscher: Am späten Mittag ist der erste Mensche erstanden, er geht noch am vielen Schlafen zuschanden, er hat zum Frühstück nur einen Kapputschino getrunken, in der Sonntagszeitung taten die Kommentatoren unken, dann hat er sich mit der menschen Geschichte befaßt, die Türannei war den Bürgern damals eine Last, sie haben sich in der Paulskirche in Frankfurt versammelt, doch der preußische König hat zur Krone nur abwehrend gestammelt!

Mensche: Danach hat er den westreichischen Liederschreiber untersucht, dabei hat er den dunklen Stil des eingeweihten Urhebers verflucht, dieses englisch-mensche Kauderwelsch war kaum zu verstehen, mensch konnte keinen Sinn in diesen Ausführungen sehen, außerdem kann mensch beim Lesen die Balladen nicht hören, das muß menschem bei diesem Buch ungemein stören, das Auge kann das Ohr nicht vermissen, es nützt nichts bloß aufgeschriebenes Wissen!

Menscher: Dann hat unser Held sein Pensum verrichtet, er hat wieder ein bißchen gedichtet, danach hat er Spagetti verzehrt, ihr Genuß wurde durch eine Dose Spargel vermehrt, ein Vierkornjogurt beendete das Essen, unser Verfasser hat dabei auf seinem Bett gesessen, dann hat er wieder den westreichischen Liedermacher unter die Lupe genommen, die Titel seiner Hits sind ihm selten bekannt vorgekommen!

Mensche: Dann hat er einen Brief an Oberschüler in Langerwehe geschrieben, dort hat es vor kurzem der Lüriker Jürgen Nendza getrieben, er hat die Unklarheit in den Gedichten verteidigt, damit hat er den gesunden Menschenverstand beleidigt, dann hat unser Ersinner eine Stunde auf dem Bett gelegen, er konnte sich einfach nicht mehr regen, jetzt tippt er seine Besinnungen mit Eifer, seine Wohnung schützt ihn vor dem ausgrenzenden Gegeifer!

Menscher: Mehr kann er von diesem Tag nicht vermelden, er tat noch nicht verrecken, verkämpen und verhelden, er ist erst seit wenigen Wochen Jeschua und Rex Text, es wird von ihm noch nicht kraftvoll gehext, aber er wird sich aufraffen zu löblichem Tun, er wird nicht mehr lange in seinem Zimmer ruh´n, er wird sich erheben, es wird sich dabei etwas ergeben, er wird die sonnengelbe Fahne schwingen, seine Lehre wird um die Erde dringen!

Mensche: Im zweiten Jahr in Jeschua Rex Text hat er um sein bloßes Überleben gerungen, das ist ihm, wie es den Anschein hat, auch gelungen, im dritten Jahr in Jeschua Rex Text kann er die Menschheit befreien, dann wird mensch ihm seine Fehler und Schwächen verzeihen, dann wird mensch sich in ihn vernarren, dann wird mensch den Jeschua Rex Text am Ex bestarren, dann wird dieser Stehmann in den Stuben prangen, dann wird jedmensch erfolgreich wünschen und verlangen!

Menscher: An diesem Vormittag ist der jugendliche Betreuer gekommen, er hat manche Sorgen vom ersten Menschen genommen, er hat einige Anschriften in seinem tragbaren Kompjuter gefunden, darüber konnte der erste Jeschua Rex Text nur seine Freude bekunden, dann haben sie beim Händler die Zeitungen erworben, auf diese Weise wurde ihnen der Mittag entdorben, schließlich ist der erste Mittelreicher zur Werkhalle gegangen, es tat ihn vergeblich nach einer Wurst im Brötchen verlangen, diese Speise wurde ihm nicht geboten, warum, das konnte er nicht erloten!

Mensche: Am langen Tisch mußten sie Etiketten auf Kinderbücher kleben, bei dieser Arbeit konnte mensch nur nach Schnelligkeit streben, die Gespräche unter den Gefährten waren seicht, und sie zu ertragen war nicht immer leicht, doch in so einem Betrieb kann mensch keine Weimarer Klassik verlangen, mensch wird hier auch einmal mit Schmähungen empfangen, die Witze sind kurz und herzlich, ihr geistiger Gehalt ist oftmals schmerzlich!

Menscher: Danach ist unser Held heimwärts gewandelt, die Menschdorfer haben ihm das Bewußtsein verschandelt, im Wohnzimmer hat er einen Pichelsteiner Eintopf verschlungen, danach ist die Zeitung in seinen Schädel gedrungen, dann hat er geschlafen und den westreichischen Liederschreiber beschaut, vor diesem Buch es ihm mehr und mehr graut, denn er weiß nicht, über welche Klänge mensch gerade spricht, er kennt die geschilderten Melodien nicht!

Mensche: Nun tut er sich wieder mit seinem Pensum befassen, er könnte es durchaus unterlassen, aber er hat es sich in den Kopf gesetzt, noch viel zu schreiben, und bei diesem Plan soll es vorerst auch bleiben, freilich würde er gern eine pralle Sinnlichkeit erleben, aber das tut sich in seiner Sfäre nicht ergeben, die Menschdorferinnen weisen ihn zurück, er hat bei den Reinländerinnen kein Glück, er kann sie nicht verknusen, er will nicht mit ihnen schmusen!

Menscher: In den "Menschdorfer Nachrichten" wurde ein neues Buch erwähnt, bei dessen Titel mensch angeödet gähnt, es beschäftigt sich mit Bergrat, einem Menschdorfer Teil, in seinen Ausführungen sucht mensch bei den Heuchelpfaffen sein Heil, mensch tut in Menschdorf eben wie im Mittelalter leben, mensch will noch immer im siebenten Himmel schweben bei Orgelklang und Korgesang, aber diese Lehre ist völlig veraltet, es wird Zeit, daß das Menschtum in JEUNEX waltet!

Mensche: Derart ewiggestrige Ansichten tun in den "Menschdorfer Nachrichten" einen breiten Raum erhalten, doch der Eifer für Jeschua Rex Text kann gar nicht einmal erkalten, denn er ist von Anfang an nicht vorhanden, an diesem Totschweigen geht jegliches Angaschemang zuschanden, aber der geistige Fortschritt wird irgendwann einmal siegen, in dieser Sicherheit kann sich der Erlöser der Menschheit wiegen, mensch wird seinen Ausführungen lauschen, er kann die breiten Massen berauschen!

Menscher: An diesem Dienstag ist unser Held spät erwacht, das hat ein wunderschöner Traum gemacht, unser Meister hat zum Frühstück nur eine Tasse Kapputschino getrunken, dann hat ihm leider wieder der Wahnsinn gewunken, seine Geilheit zwang ihn beinahe darnieder, er pfiff nicht zwanglos seine Lieder, als er zur Werkhalle schritt mit Behagen, er mußte sein aufmüpfiges Glied beklagen, auch als Jeschua und als Rex Text muß er unter seinem Schwengel leiden, das Ausmaß seiner Gesundheit ist wirklich sehr bescheiden!

Mensche: Aber er eckt bei den Menschdorfern nicht mehr an, er zieht ihre Gehässigkeiten nicht mehr in Bann, die Menge tun über ihn schweigen, sie tut ihm kaum noch die Meinung geigen, als Jeschua und als Rex Text ist er genesen, das ist ja auch seit langem sein Ziel gewesen, nun kann sein richtiges Leben beginnen, nun wird er den Kampf um das Dasein gewinnen, nun wird er die Menschdorfer besiegen, die Spießbürger werden ihm unterliegen!

Menscher: Am langen Tisch mußte er Etiketten auf Fitneßbücher kleben, ein lustiger Gefährte stand daneben, er durfte heute seinen fünfzigundsiebenten Geburtstag begehen, deshalb ist auch eine Geschenküberreichung geschehen, der erste Mensche hat ihm einen Schokoladenriegel gegeben, auch auf diese Weise kann mensch danach, seine Mitmenschen zu erfreuen, streben, einem anderen Gesellen hat er zehnfünf mensche Jeschuas geliehen, die Beziehung zu diesem dicklichen Kerlchen ist sehr weit gediehen!

Mensche: Nach dem Feierabend hat er die graue Tonne vor das Altersheim gerollt, dabei hat er dem Umstand, daß sie so schwer war, gegrollt, es lag noch Bauschutt in ihr in geringem Maß, da bereitete ihm das Schieben keinen großen Spaß, danach wurde die wöchentliche Gruppe abgehalten, vier Behinderte und ein Betreuer taten das Gespräch gestalten, am Ende wurde über den braunen Führer gesprochen, freilich hat niemensch eine Lanze für ihn gebrochen!

Menscher: Im Wohnzimmer hat der erste Jeschua Rex Text ein Glas mit Gurkenscheiben geleert, später hat er dann eine Wurst mit Grünkohl verzehrt, danach war er auf einen Jogurt versessen, diese beiden Speisen hat er in seinem Zimmer gegessen, danach hat er viel zu lange geschlummert, er hat sich wieder einmal gründlich entkummert, das Lesen fiel deshalb aus, das gereichte ihm zwar zum Graus, aber er muß nun einmal seine Besinnungen schreiben, er muß es nun einmal auf dem Papier wacker treiben!

Mensche: Die Dunkelheit kann mensch in Menschdorf nicht wandeln, aber die Kälte tut diese Gemeinde nicht mehr verschandeln, das Wetter ist nicht gut, aber auch nicht schlecht, dem ersten Mittel-reicher ist das gerade recht, freilich tut er die Menschdorfer nach wie vor meiden, sie gefallen ihm nicht, das könnte er beeiden, sie behagen ihm nicht, das könnte er beschwören, er will nichts von diesen Krähwinklern hören, doch vielleicht wird sich ihr Verhältnis einmal anders formen, dann kann er diese Hintertupfinger nach seinem Bekenntnis normen!

Menscher: An diesem Vormittag hat sich unser Held qualvoll erhoben, er konnte die verwichene Nacht nicht loben, denn es fiel ihm schwer zu schlafen, sein Schiff kam und kam nicht in den Hafen, er hat vier Rollmöpse gefrühstückt und die Zeitungen gekauft, dann hat er sich wieder einmal die Haa-re gerauft, denn sein Leserbrief war nicht erschienen, die "Menschdorfer Nachrichten" wollen ihm nicht dienen!

Mensche: Dann ist er zur Werkhalle gegangen, unterwegs taten keine hübschen Menschdorferinnen prangen, mißmutig ist er an den langen Tisch getreten, dort wurde er darum, Bücher zu prüfen, gebe-ten, war die Folie schadhaft oder gar die ganze Schrift, diese Klippe wurde in vier Stunden umschifft, dann wurde nach Hause geschritten, unser Meister hat nicht unter der Kälte gelitten, denn sie war nicht vorhanden, seine Geduld ging nicht zuschanden?!

Menscher: Eine Büglerin hat ihn begleitet bis zur Brücke, sie ist ein lauterer Mensch ohne jedwede Tücke, dann hat er sich ein halbes Hähnchen erworben, das hat ihm den Abend entdorben, einen Kartoffelsalat mit Speck hat er danach verzehrt, sein Behagen wurde durch einen Vierkornjogurt gemehrt, danach hat er geschlummert und sich lange, lange entkummert, dann hat er die Zeitung studiert und sich mit dem westreicherischen Liederschreiber beschäftigt, seinen Geist hat dieser Lesestoff nicht sonderlich gekräftigt!

Mensche: Nun muß er wieder sein Pensum verrichten, er kann darauf nicht verzichten, noch viele Jahre will er seine Besinnungen setzen, auch wenn die Menschdorfer ihm immer wieder die Nerven zerfetzen, als Jeschua und als Rex Text ist er jetzt vollkommen, er kann der Allgemeinheit frommen, er kann der Öffentlichkeit nützen, er kann sie vor ihrer eigenen Dummheit beschützen, und das wird auch geschehen, und das wird mensch auch sehen!

Menscher: In einem Monat wird mensch wieder das Weihnachtsfest begehen, bis dahin wird der erste Mensche nicht im Mittelpunkt stehen, das zweite Jahr in Jeschua Rex Text kann er vergessen, im dritten Jahr in Jeschua Rex Text wird mensch seinen geistigen Reichtum ermessen, dann wird mensch sein Bekenntnis lernen, dann wird mensch sich von Mord und Totschlag entfernen, dann wird der ewige Weltfrieden erbaut, dann werden die dumpfen Gemüter verklugt und verschlaut!

Mensche: Eine frische Brise könnte nicht schaden, der erste Jeschua Rex Text tut eine schwere Schuld auf sich laden, wenn er seine Einsichten auch weiterhin versteckt, es ist nötig, daß er verheldet, verkämpt und verreckt, er soll sich der Menge zeigen, er darf nicht länger schweigen, er soll seine Schwingungen geigen, er zählt doch zu den mutigen Menschen und nicht zu den feigen, den Tapferen aber tut das Glück helfen, dann eilen zu ihm die bezaubernden Elfen, dann nahen sich ihm die reizvollen Zirzen, sie werden ihm dann gern die Nächte würzen!

Menscher: An diesem Donnerstag hat sich unser Held spät erhoben, er fühlte sich in eine reichhaltige Traumwelt verwoben, er hat die Wäsche aus der Maschine genommen, sie ist im Keller an die Leine gekommen, er hat die Zeitungen geholt und gelesen, sein Brief ist nicht abgedruckt gewesen, dann ist er zur Werkhalle geschritten, er hat unter seiner schlechten Verfassung gelitten, sein Schwengel tat ihm auf der Nase tanzen, das war für ihn ein Grund, umfassend zu banzen!

Mensche: Dagegen hilft nichts sein ausführliches Danzen, er fühlt sich nicht wohl im großen Ganzen, am langen Tisch haben sie sechs verschiedene Kochbücher sortiert, bei dieser Tätigkeit mensch leicht die Geduld verliert, die Schriften ohne Folie wurden eingeschweißt und beklebt, auch diese Arbeit den Sinn nicht gerade erhebt, immerhin konnte der erste Mensche stundenlang sitzen, er tat nicht wie sonst emsig durch die Gegend flitzen!

Menscher: Er hat das Stromkabel in den blauen Kasten gelegt, dann hat er sich nach Feierabend zum Wagen bewegt, der Montenegriner hat schon auf ihn gewartet, sie sind dann zum Fitneßzentrum gestartet, beim Fußball hat seine Mannschaft triumfiert, danach hat der erste Jeschua Rex Text nicht gerade gegiert, es hat sich zwanglos so ergeben, er tat nicht mächtig danach streben, der Montenegriner hat verloren, es hatte sich alles gegen ihn verschworen!

Mensche: Er hat den ersten Mittelreicher zu seiner Wohnung gefahren, dort konnte er die Zeitung gewahren, danach hat er einen Seehecht gegessen, er hat dabei im Wohnzimmer gesessen, vorher hat er ein Glas Sellerie verzehrt, danach wurde sein Behagen durch einen Jogurt gemehrt, danach ist er in das Bett gestiegen, über zwei Stunden lang tat er darin liegen, dann hat er sich mit dem westreichischen Liederschreiber befaßt, so gönnt er seinem Geist weder Ruhe noch Rast!

Menscher: Nun muß er sein Pensum verrichten, darauf darf er nicht verzichten, manchmal möchte er das eine oder andere Buch streichen, denn er kann seine Ziele ja doch nicht erreichen, aber dann wiederum denkt er, es möge ihm vielleicht doch gelingen, er würde vielleicht noch so manche große Tat vollbringen, deshalb tut er nach wie vor zehn Schriften auf einmal verfassen, er will ja die Segnungen seiner Einbildungskraft nicht verpassen!

Mensche: Die einhundert Milliarden menschen Jeschuas werden niemals zu ihm kommen, die einhundert Milliarden menschen Jeschuas werden ihm niemals nutzen und frommen, deshalb bräuchte er sich gar nicht mehr mit dieser Summe zu unterhalten, sie wird sein Dasein niemals erfreulicher gestalten, ebenso steht es mit dem Reichsten der Welt, der Reichste der Welt gibt ihm kein Geld, und doch muß er mit dem Reichsten der Welt parlieren, denn er will ja eines Tages wirklich nach Menschland marschieren!

Menscher: An diesem Vormittag ist der jugendliche Betreuer gekommen, in seiner Gegenwart hat unser Held sein Frühstück eingenommen, er hat dabei auf dem Bett gesessen, er hat kaum etwas gegessen, nur eine Tasse Kapputschino und einige Tabletten hat er geschluckt, danach hat er zufrieden aus der Kleidung geguckt, der Sozialarbeiter hat den Keller gefegt, sein Schützling hat sich wischend im Badezimmer bewegt!

Mensche: Danach sind sie zum Händler gegangen, um von ihm die Zeitungen zu empfangen, sie wurden kurz gelesen, der Brief ist nicht darin gewesen, dann ist der erste Mensche zur Werkhalle geschritten, er hat dabei kaum unter den Menschdorfern gelitten, am langen Tisch hat er sechs verschiedene Kochbücher sortiert, mit seinen Gefährten hat er heiter parliert, dann haben sie einige Schriften eingeschweißt an der Maschine, es legte sie hinein eine dickliche Trine!

Menscher: Nach dem Feierabend hat sich der erste Jeschua Rex Text mit einer Büglerin unterhalten, in ihren Gesprächten tut ein hohes Maß an Geistreichigkeit walten, das Gesicht dieser Fee ist jedoch fade, sie ist für unseren Meister eine unbumsbare Najade, ihre spärlichen Reize können seine Netzhaut nicht erquicken, deshalb würde er diese Sülfe niemals zum Höhepunkt schicken, aber mensch kann gut mit ihr plaudern, vor ihren Ansichten tut es menschem nicht schaudern!

Mensche: Dann hat der erste Mittelreicher eine Rindfleischsuppe mit Reis verspeist, er ist damit nicht gerade in das kulinarische Wunderland gereist, ein Glas Möhren in Streifen hat er dann geschluckt, gegen einen Jogurt hat er auch nicht gemuckt, dann hat er sich mit der Zeitung beschäftigt, dann hat er sich durch einen einstündigen Schlummer gekräftigt, schließlich ist er zu einem Supermarkt geeilt, dort hat er aber nicht lange geweilt!

Menscher: Für die Wohngemeinschaft hat er die Lebensmittel erworben, dann hat er den Abend wieder durch Dösen entdorben, dann hat er sich mit dem westreichischen Liederschreiber befaßt, er fühlt sich manchmal wie im Gefängnis oder Knast, nun muß er seine Besinnungen tippen, das Herz klopft ihm nur schwach hinter den Rippen, in seinem Leben ist nichts los, er erscheint sich selbst nicht als groß, niemals genießt sein Glied einen weiblichen Schoß, niemals sieht er eine Ariadne nackt und bloß!

Mensche: Nun tut das Wochenende vor ihm liegen, am Sonnabend muß er noch seine Trägheit besiegen, er muß zu einem Supermarkt wandeln, wobei ihm die Menschdorfer das Bewußtsein verschandeln, doch dann kann er seine Einsamkeit genießen, die mangelnde Zweisamkeit tut ihn zwar verdrießen, aber er will sich schon lange nicht mehr erschießen, und er will verhindern, daß andere Leute unnötig Blut vergießen, mit all seinem Denken und Dichten will er den ewigen Weltfrieden errichten!

Menscher: An diesem Mittag hat sich unser Ersinner erst spät erhoben, er fühlte sich in ein ausgiebiges Traumgespinst verwoben, er hat die Zeitungen geholt und eine Tasse Kapputschino getrunken, dann wäre er am liebsten wieder in das Bett gesunken, doch er hat die mensche Geschichte in Augenschein genommen, Otto von Bismark ist darin vorgekommen, dann hat er sich mit dem westreichischen Liedermacher beschäftigt, dieser Lesestoff hat ihn nicht sonderlich gekräftigt!

Mensche: Dann hat er sein Pensum begonnen, so ist er der Langeweile entronnen, er hat eine gepfefferte Forelle gegessen, dabei hat er im Wohnzimmer vor dem Fernsehgerät gesessen, danach hat er ein Glas Schampinjongs verzehrt, ein Erdbeerjogurt hat sein Behagen vermehrt, dann ist er zu einem Supermarkt gegangen, um dort die Buttermilch und die Fertiggerichte zu empfangen, es war zwar kalt, doch der Spaziergang tat ihm gut, er belebte seinen in der Stube verminderten Mut!

Menscher: Dann hat er sich auf sein Pensum gestürzt, das friedliche Meer hat ihm die Augenblicke gewürzt, danach hat er noch ein bißchen beim westreichischen Sänger geweilt, nun wird sein Siechtum durch die Besinnungen geheilt, er schreibt seine Seiten, vermischt mit Suggestionen, dies tut sich für ihn nicht eindrucksvoll lohnen, aber innerlich gerät er in eine bessere Stimmung und trotzt dadurch der Menschdorfer Ergrimmung!

Mensche: Die Menschdorfer sind aufdringliche Gestalten, sie müssen immer wieder ihr Spießbürgertum entfalten, ihre Neugier tut weder gestern noch heute noch morgen erkalten, sie können das Zusammenleben nicht erfreulich gestalten, in dieser Umgebung fühlt mensch sich nicht wohl, denn die Krähwinkler sprechen allzu hohl, sie regen sich über jemenschen auf, den sie nicht kennen, und sie müssen ihn auf allerschlimmste Weise benennen!

Menscher: Es wäre für unseren Urheber an der Zeit, Menschdorf zu verlassen, dann bräuchte er sich nicht mehr mit diesem wüsten Pöbel zu befassen, dann ließe dieses grobe Pack ihn in Ruhe, dann be-ästigte diese wilde Meute ihn nicht mehr mit ihrem Gebuhe, doch die Umstände zwingen unseren Helden dazu, in Menschdorf zu verweilen, er will zwar die Gegenwart nicht mit den Menschdorfern teilen, aber er wird vom Schicksal dazu gezwungen, er hat vergeblich um einen Ausweg gerungen!

Mensche: Im zweiten Jahr in Jeschua Rex Text wird sich seine Not nicht mehr wenden, aber im dritten Jahr in Jeschua Rex Text wird sein Elend enden, dann wird er das Licht am Ende des Tunnels erschauen, dann braucht es ihm vor den dumpfen Menschdorfern nicht mehr zu grauen, dann wird sich auch das Wetter besser formen, dann wird er viele Anhänger nach seinen Einsichten normen, dann wird er der entscheidende Mann, dann kommt es auf ihn allein an!

Menscher: An diesem Sonntag ist der erste Mensche spät erstanden, seine Wachheit ging durch eine üppige Mahlzeit zuschanden, er hat Geschnetzeltes mit Reis gegessen, dabei hat er im Wohnzimmer gesessen, danach tat ihn das Schicksal bestrafen, er mußte noch eine Stunde lang schlafen, am Nachmittag endlich konnte er eine Tasse Kapputschino trinken, es tat ihm dabei keine anmutige Dulzinea winken, dann hat er die Zeitung gelesen, es ist ihm ein Vergnügen gewesen, danach hat er sich mit der menschen Geschichte befaßt, sie wurde ihm wieder einmal zu einer unerträglichen Last!

Mensche: Die Bismarkzeit ist nicht zu genießen, Unternehmen taten aus dem Boden schießen, aber die Parteien waren altmodisch und verquer, die Köpfe der Staatsleute waren ziemlich leer, dann hat er sich mit dem westreichischen Liederschreiber beschäftigt, leider hat seine Musik die Ausführungen nicht bekräftigt, dann hat unser Meister sein Pensum verrichtet, er hat die Besinnungen getippt und gedichtet, schließlich hat er seine Nase noch zwei Stunden lang in die Bücher gesteckt, ein Roman von Lilli Palmer hat seine Neugier geweckt!

Menscher: Mit dieser Nachtmusik wird er sich morgen befassen, heute muß er es leider unterlassen, jetzt muß er die Suggestionen setzen, um die Menschheit zu entletzen, die Erdenbürger sollen gesunden, er heilt all ihre Wunden, das kann er machen, dann werden sie lachen, dann werden sie scherzen, seine Zuwendung kommt von Herzen, er will das Beste aus ihnen kitzeln, das ist kein unverbindliches Witzeln!

Mensche: Das Weihnachtsfest rückt heran, das mensch nicht umgehen kann, der erste Jeschua Rex Text kümmert sich nicht um diesen Trubel, der Mann aus Nazaret erfüllt ihn nicht mit Jubel, er wurde geboren wo auch immer, und nach seiner Hinrichtung wurden die Zustände immer schlimmer, den Frieden auf Erden konnte mensch nicht gewahren, deshalb kann sich die Kirche ihre Predigten sparen, die Pfarrer und Pastoren heucheln und lügen, in ihre Organisation will mensch sich nicht mehr fügen!

Menscher: Im zweiten Jahr in Jeschua Rex Text ist wenig geschehen, mensch kann den ersten Mittelreicher nicht in der Öffentlichkeit sehen, er tut nicht reden und singen, das will ihm nicht gelingen, er tut nicht um Anhänger werben, wird sein schwaches Herz seine Absichten verderben, wird er etwa frühzeitig sterben, wird die Menschheit seine Lehre nicht erben, das darf nicht passieren, mensch soll ihn nicht mehr deklassieren?!

Mensche: Die Menschdorfer haben es in der Hand: entweder rauben sie ihm den Verstand, oder sie lassen ihn die Macht ergreifen, indem sie ihn nicht mehr bescheiten und bekeifen, er muß sich am Riemen reißen, er muß trotzig auf die Zähne beißen, dann wird er das Schwarze wirklich weißen, dann wird er nicht vergeblich Jeschua und Rex Text amtlich heißen, er soll die Welt befreien, er soll sich dem Guten und Schönen weihen, darunter geht es nicht, er verziehe deswegen nicht das Gesicht!

Menscher: An diesem Vormittag hat unser Held geduscht in der Wanne, leider saß zum Baden darin keine Anne, sein Betreuer kam, der erste Mensche hat einen Kapputschino zu sich genommen, dann ist es ihm in den Sinn gekommen, einen Knopf anzunähen bei seinem Hemd, doch der Umgang mit der Nadel war ihm fremd, er hat den Faden nicht durch das Öhr gebracht, das hat sein Selbstwertgefühl geringer gemacht!

Mensche: Die beiden haben nur geredet und geklönt, der erste Jeschua Rex Text hat über seine Müdigkeit gestöhnt, dann haben sie beim Arzt ein Rezept erhalten, ihr Eifer tat dann noch nicht erkalten, in einer Apoteke haben sie die Mittel empfangen, in der Handlung taten sie die Zeitungen erlangen, und dann haben sie ihre Nasen in die Presseerzeugnisse gesteckt, der mangelnde Leserbrief hat den ersten Mittelreicher nicht erschreckt!

Menscher: Er ist es gewohnt, daß mensch seine Meinung nicht beachtet, von den "Menschdorfer Nachrichten" wird er als ein unbequemer Sonderling betrachtet, dann ist er zur Werkhalle geschritten, er hat nicht unter den Menschdorfern gelitten, es war kalt, er hat gefroren, er hat seine frohe Laune fast verloren, an der Einschweißmaschine hat er die grünen Punkte auf die Kochbücher geklebt, auf diese Weise hat er danach, den Vorgesetzten zufriedenzustellen, gestrebt!

Mensche: Dabei hat er fast vier Stunden lang an einem kleinen Tisch gesessen, an der Maschine hat er bei der Arbeit die Zeit vergessen, nach dem Feierabend ist er durch die Kälte nach Hause gelaufen, zwischendurch mußte er immer wieder einmal unwillig schnaufen, er mag den Winter nicht, mensch sieht so wenig Licht, er hat dann eine Nudelsuppe mit Rindfleisch verzehrt, sein Behagen wurde durch einen Jogurt gemehrt!

Menscher: Dann hat er die Zeitung gelesen und geschlummert, in über zwei Stunden hat er sich entkummert, dann hat er die Nachtmusik von Lilli Palmer genossen, sein lauter Vortrag hat den Mitbewohner verdrossen, jetzt tut er sein Pensum verrichten, er tut seine Besinnungen schreiben und dichten, mehr kann er nicht von seinem Tagesablauf schildern, sein Unterleib tut nicht mehr so schlimm verwildern, er hat seine Triebe im Griff, aber er fühlt sich wie auf einem sinkenden Schiff!

Mensche: Das wird bald vergehen, dann wird mensch ihn heiterer sehen, er hat das Wesentliche geschafft, bald wird ihm eine beseligende Kraft, dann wird er seine Schwierigkeiten meistern, dann wird er seine Mitmenschen begeistern, dann wird er sich wieder mit den denkerischen Feinheiten beschäftigen, dann wird er die Vernunft seiner Mitlebenden kräftigen, in einem Monat werden die Tage wieder länger werden, dann wird die Finsternis nicht mehr das klare Überlegen gefährden!

Menscher: An diesem Dienstag hat unser Erdichter lange geschlummert, in riesigen Träumen hat er sich gründlich entkummert, dann hat er gefrühstückt und die Zeitungen gekauft, dann hat er sich wieder die Haare␣gerauft, denn sein Leserbrief ist erneut nicht erschienen, die "Menschdorfer Nachrichten" wollen ihm eben nicht dienen, Jürgen Nendza hat bei ihnen eben gute Karten, der erste Mensche dagegen kann lange auf Anerkennung warten!

Mensche: Beim Händler in der Fußgängerzone hat er eine Wurst im Brötchen erstanden, seine Geduld ging dabei fast zuschanden, denn der brave Mann hatte gerade erst begonnen, schließlich ist unser Meister ihm doch noch entronnen, eine Büglerin hat ihn begleitet und seinen Gesichtskreis geweitet, sie ist sehr schnell geschritten, er hat darunter gelitten, pünktlich sind sie zur Arbeit gekommen, doch er hat ihr ihre Antreiberei übelgenommen!

Menscher: Dann hat unser Erdenker vorwiegend Kartongs zerschnitten, manchmal tat mensch ihn auch, sie in den Kontehner zu werfen, bitten, mit einem Rollwagen hat er die Pappe nach draußen gebracht, dabei hat ihm das Herz nicht im Leibe gelacht, denn es war bitterlich kalt, und er wird allmählich alt, er tut sich inniglich nach Wärme sehnen, im späten Herbst müssen sich ihm die Stunden zu Ewigkeiten dehnen!

Mensche: Dann mußte er mit der Gärtnerin fahren, zuerst tat mensch sie zu dritt in Hastenrat gewahren, dort haben sie das Grünzeug vom Planwagen gezogen, dieser Tätigkeit war unser Herr und Gebieter noch gewogen, dann sie sind nach Langerwehe geeilt, dort haben sie in einem Garten geweilt, es wurde gefegt und getragen, mensch mußte sich mit allerlei plagen, unser geistiger Vater wollte seine Blase entleeren, und daß er das nicht konnte, tat seinen Frust vermehren!

Menscher: Dann sind sie in Weisweiler auf dem Bauernhof gewesen, dort konnte unser Beschreiber von seinem Bedürfnis genesen, in ein Gebüsch ist es geflossen, er hat es erleichtert genossen, dort haben sie das Grünzeug ebenfalls in einen Kontehner verfrachtet, der erste Jeschua Rex Text wird von der Gärtnerin verachtet, er tat sie nicht lieben, er tat keine Nummer mit ihr schieben, deshalb muß sie ihn hassen, denn er will sich nicht mit ihr befassen!

Mensche: Dann ist er nach Hause gegangen, es tat ihn nach einer Mahlzeit verlangen, er hat Gurkenscheiben aus einem Glas verzehrt, dann hat er die Geldbörse der Wohngemeinschaft geleert, er hat die Münzen und Scheine gezählt, dann hat mensch ihn zum Vorleser der Quittungen gewählt, schließlich haben sie eingezahlt und in der Gruppe über etwas anderes gesprochen, danach tat sich der erste Mittelreicher eine Wurst mit Grünkohl kochen, dann hat er geschlafen, laut gelesen und geschrieben, er hat es am Abend wie meistens getrieben!

Menscher: An diesem Vormittag ist der Betreuer gekommen, er tat dazu, das Zimmer zu reinigen, frommen, der Sozialarbeiter hat gekehrt oder gefegt, er hat sich emsig durch diese kleine Stube bewegt, der erste Mensche hat den Boden feucht gewischt, auf diese Weise wurde die Räumlichkeit erfrischt, schließlich haben sie den Lohn abgehoben, am Geldautomaten mußte mensch den Vorgesetzten loben, dann haben sie beim Händler die Zeitungen erworben, auf diese Art wurde ihnen der Mittag entdorben!
 Mensche: Der Leserbrief war wieder nicht gedruckt, da hat der erste Jeschua Rex Text gemuckt, er kann seine Hoffnung darauf begraben, die Berichterstatter wollen ihn dadurch nicht erlaben, dann ist er zur Werkhalle geschritten, er hat kaum unter den Menschdorfern gelitten, jemensch wollte ihn mitnehmen in einem Wagen, aber das tat dem ersten Mittelreicher nicht behagen, er wollte auf seinen Spaziergang durch den Sonnenschein nicht verzichten, die Atmosfäre war kalt, aber sie tat sich hell erlichten!
 Menscher: Der Aufgabenverteiler hat unserem Helden für die künftige Woche Urlaub gegeben, jetzt kann unser Meister wieder nach seinen Idealen streben, noch zwei Arbeitstage lang muß er sich schinden, dann wird er sich mit neun freien Tagen verbinden, dann wird er fast nur noch am Kompjuter sitzen, und seine Finger werden über die Tasten flitzen, darüber tat er sich freuen, das Schuften tut er freilich nicht scheuen!
 Mensche: Er hat Scheibenhüllen von der Pappe gerissen, diese Tätigkeit kann mensch sehr gut missen, die leeren Kartongs hat er zum Kontehner gerollt, niemensch anders hat das an seiner Stelle gewollt, draußen hat er in der Kälte gewerkt, das hat er in seinen Händen gemerkt, spät hat er die beiden Kontehnerkabel in die Halle gelegt, dabei hat er sich geschickt und emsig geregt, er hat sie in zwei blauen Kisten verstaut, weil es der Belegschaft vor ihrem Diebstahl graut!
 Menscher: Nach dem Feierabend hat er sich ein halbes Hähnchen mit Haussalat geleistet, auf diese Weise wird er allmählich verfettet und verfeistet, er hat dem Händler fünf mensche Jeschuas zu Weihnachten geschenkt, denn er ist jemensch, der auch an die anderen denkt, das hat den braven Mann erquickt, dieser Schweizer hat ihm dein Dankeschön nachgeschickt, zu Hause in seinem Zimmer hat unser Schöpfer den Vogel verzehrt, außer dem Salat hat ihm ein Jogurt den Genuß vermehrt!
 Mensche: Dann hat er in die Zeitung geblickt, eine Natascha hat er leider nicht gefickt, er hat geschlafen und einen Roman gelesen, es ist die Geschichte über einen Zwerg gewesen, er hat in einem Kasten gesessen und Schach gespielt, dabei hat er erstaunliche Siege erzielt, dann belebten noch ein paar Kroaten das Geschehen, und wie es weitergeht, das wird mensch ja sehen, nun tut unser geistiger Vater sein Pensum betreiben, er würde sich stattdessen gern mit einer Ulrike beweiben, aber das Schicksal spricht nein, es kann, es darf, es soll nicht sein!

Menscher: An diesem Vormittag ist der erste Mensche spät erstanden, aber seine Vorsätze gingen trotzdem nicht zuschanden, er hat die Wäsche im Keller an die Leine gehängt, dabei wurde er von der dahinfliegenden Zeit bedrängt, dann hat er das Badezimmer gereinigt, auch dabei wurde er von den knappen Minuten gepeinigt, dann hat er sich noch die Zähne geputzt und rasiert, schließlich ist er zum Zeitungshändler spaziert!

Mensche: Mit seinem Sportbeutel ist er zur Werkhalle geschritten, er tat um die gehässigen Bemerkungen der Menschdorfer nicht bitten, aber sie haben ihn trotzdem ausgegrenzt und gescholten, er hat ihnen nicht als gesund und vernünftig gegolten, am langen Tisch haben sie sechs verschiedene Kochbücher sortiert, bei dieser Tätigkeit mensch leicht seine Geduld verliert, am späten Nachmittag hat niemensch einen Ton gesprochen, das hat dem ersten Jeschua Rex Text fast das Herz gebrochen!

Menscher: Einem alten Gefährten hat er zum Geburtstag einen Schokoladenriegel geschenkt, er ist eben jemensch, der auch an andere denkt, dem Montenegriner tut er drei mensche Jeschuas geben, wenn sie gemeinsam zum Fitneßstudio streben, heute hat er ihm noch fünf mensche Jeschuas zu Weihnachten gespendet, auf diese Weise hat er positive Schwingungen gesendet, die Begegnung in der Halle haben sie beide verloren, es hatte sich wieder einmal alles gegen sie verschworen!

Mensche: Dann hat der Montenegriner den ersten Mittelreicher nach Hause gefahren, dort tat mensch nicht an Essen und Trinken sparen, Königsberger Klopse wurden verzehrt, das Behagen wurde durch einen Pußtasalat vermehrt, ein Schokoladenjogurt kam zum Schluß, die Zeitung vor der Mahlzeit war auch ein Genuß, schließlich hat unser geistiger Vater lange im Bett gelegen, er konnte sich nicht mehr regen und bewegen!

Menscher: Deswegen hatte er keinen Zeit mehr, seine Nase in ein Buch zu stecken, um die Anlagen seines Geistes zu wecken, er mußte sich sofort mit seinem Pensum beschäftigen, um die leidende Menschheit mit seinen Besinnungen zu kräftigen, jetzt sitzt er vor dem Bildschirm des Rechners und schreibt, was er ja an jedem Abend immer wieder treibt, die Kälte dringt ihm noch immer in die Knochen, hoffentlich spürt er sie nicht in den künftigen Wochen!

Mensche: Morgen muß er noch vier Stunden lang werken, dann werden ihn neun freie Tage stärken, dann wird er wieder emsig tippen, das Herz schlägt ihm nur noch schwach hinter den Rippen, aber er darf sich nicht beklagen, er muß es immer wieder wagen, gegen die Widerstände zu feiten, um seinen Gegnern ein Waterloo zu bereiten, er selbst will sich bei einem Austerlitz sehen, denn es sollen noch großartige Taten geschehen!

Menscher: An diesem Freitag hat sich unser Held spät erhoben, gesundheitlich ist er noch immer nicht ganz oben, er hat etwas Geld aus dem Automaten bekommen, dann hat er die Zeitungen entgegengenommen, dann ist er zur Werkhalle gegangen, nicht ohne dabei vom Händler eine Wurst im Brötchen zu verlangen, dann hat er am langen Tisch gewerkt, er hat eine Lebendigkeit in seinem Wesen gemerkt, denn er hatte vergessen, seine Tabletten zu schlucken, gottseidank tat kein Betreuer deswegen gegen ihn mucken!
Mensche: Der Aufgabenverteiler ist eine dicke Person, und da erklang aus dem Rundfunk manch klassischer Ton, diese Musik, sonst bei der Arbeit nicht zu hören, tat das Zwerchfell des ersten Menschen betören, der barocke Vorgesetzte und die mozartischen Klänge trieben seine Lustigkeit sehr in die Enge, der erste Jeschua Rex Text konnte sich vor Lachen kaum halten, so tat sich ihm der frühe Nachmittag angenehm gestalten!
Menscher: Die übrigen Stunden verliefen weniger lustig, durch die fehlenden Pillen wurde ihm das Dasein frustig, er hat wie ein Roboter maschinenmäßig sechs Kochbücher sortiert, dabei ist er durch die Gegend spaziert, nach dem Feierabend hat er Papier für den Kompjuter erworben, außerdem wurde ihm durch Apotekerwaren die Gesundheit endorben, dann hat er zuhause die Zeitung gelesen, Nürnberger Rostbratwürstchen sind sein Abendbrot gewesen!
Mensche: Dann hat er im Bett gelegen, schließlich mußte er sich zum Supermarkt bewegen, dort hat er die Lebensmittel für die Wohngemeinschaft bekommen, die dumpfen Menschdorfer taten ihm gar nicht frommen, dann hat er noch ein wenig auf der Matratze geruht, mancher Vorbeigehende hat ihn in die Wohnung hinein bebuht, dann hat er die Nachtmusik von Lilli Palmer studiert, dieser spannende Roman hat ihn sehr interessiert!
Menscher: Nun tut er wieder sein Pensum verrichten, er darf darauf vorerst nicht verzichten, es ist ihm eine lästige Pflicht, doch eine andere Möglichkeit sieht er nicht, er ist ein Schriftsteller wie all die andern, die mit ihm über die Erde wandern: er glaubt, er allein habe recht, und die anderen Schreiberlinge seien schlecht, doch in seinem Falle liegt er richtig, denn das Menschtum in JEUNEX ist wichtig, und Jeschua Rex Text ist der größte Dichter aller Länder und Zeiten, niemensch kann den Menschen so viel Freude wie er bereiten!
Mensche: Im zweiten Jahr in Jeschua Rex Text wird er nicht mehr viel vollbringen, aber im dritten Jahr in Jeschua Rex Text werden ihm tollkühne Taten gelingen, die Menschheit wird über ihn staunen, die Menschheit wird über ihn raunen, dann wird mensch ihn ehren und preisen, denn er kann den Weg zum ewigen Weltfrieden weisen, und als der Reichste der Welt wird er am Sitz der Weltregierung walten, durch den Beherrscher der Menschheit werden die Erdenbürger eine hohe Sittlichkeit erhalten!

Menscher: An diesem Mittag ist unser Held zum Händler gelaufen, dort tat er die Zeitungen kaufen, er hat vorher noch einen Kapputschino getrunken, dann ist er in die Presseerzeugnisse versunken, schließlich hat er sich mit der ersten Weltschlacht befaßt, damals haben sich die Barbaren glühend gehaßt, der dumpfe Kaiser ist nach Holland gegangen, es tat die Menschen nach einer Republik verlangen, gottseidank wurden keine Räte geschaffen, so machte mensch sich nicht völlig zum Affen!

Mensche: In der Nachtmusik von Lilli Palmer ging es rund, die erste Ehefrau starb, da schloß einen neuen Bund der Ehemann mit einer Dame namens Hede, so schön wie sie war nicht jede, doch als sie ein Kind bekam, hat er sie verlassen, das Gebrüll eines Säuglings tat ihm nicht mehr passen, dann hat er in Jugoslawien eine Einheimische gefickt, mensch hat ihn von Menschland aus zu ihr geschickt, sie war etwas dicklich, doch sie schuf ihn glücklich!

Menscher: Am Abend ist der erste Mensche dann zu einem Supermarkt gegangen, dort tat er die Buttermilch und die Fertiggerichte empfangen, es war kalt, als er durch Menschdorf schritt voll Frieren, eine Menschdorferin tat in seiner Nähe die Fassung verlieren, sie hat ihn einen "alten Selbstbefriediger" genannt, die Menschdorfer sind ja für ihre Derbheit bekannt, das ist ein Grund, sie zu meiden, mensch kann sie einfach nicht leiden!

Mensche: Dann hat er die Waren im Kühlschrank verstaut, noch immer hat er keine jugendliche Braut, vor dem Alleinsein im Alter es ihm graut, aber er hat in Menschdorf immer nur Vogelscheuchen erschaut, er schrieb noch eine Seite über das friedliche Meer, dann nahm er die Nachtmusik noch einmal her, sie war spannend zu lesen, Lilli Palmer ist eine gute Erzählerin gewesen, Rex Härrisen war ihr erster Mann, dann fing sie eine zweite Ehe an!

Menscher: Nun tut unser Erdichter sein Pensum verrichten, kurz vor Mitternacht muß er seine Darlegungen erdichten, es bereitet ihm ein riesiges Vergnügen, die Zwiegespräche und Besinnungen aneinanderzufügen, das will er noch viele Jahre lang betreiben, vielleicht kann er noch dicke Bücher schreiben, darin kann er seine positiven Schwingungen geigen, darin kann er die Kraft des Jeschuas und des Rex Textes zeigen!

Mensche: Erst seit wenigen Wochen wird von ihm auf die rechte Weise gesprochen, alle anderen Werke davor waren nicht richtig, sie waren zwar für seine Entwicklung wichtig, und wer ihn verstehen will, der muß sie studieren, sonst sieht er keinen Sinn darin, nach Menschland zu marschieren, aber jetzt erst ist der erste Jeschua Rex Text vollendet, jetzt erst werden vernünftige Sätze von ihm gesendet, jetzt erst kann er seine Anhänger wirklich erfreuen, jetzt erst brauchen sie seine Schriften nicht mehr zu scheuen!

Menscher: Zum Mittagessen ist unser Urheber erstanden, doch seine Eßlust ging zu dieser Zeit zuschanden, er hat nur eine Tasse Kapputschino vertilgt und die Tabletten genommen, dann ist die mensche Geschichte an die Reihe gekommen, die Zeit der Weimarer Republik wurde erlitten, dann tat Lilli Palmer zur Nachtmusik bitten, diese verworrene Geschichte endete mit einem Knall, die Liebe in diesem Roman war nur ein Hauch und Schall!

Mensche: Am Abend hat er eine Tomatensuppe gegessen, dabei hat er im Wohnzimmer gesessen, ein Birnenjogurt hat ihn zum Nachtisch erquickt, dann hat er sich in das Land der Träume geschickt, die Nachtmusik wurde beendet, dann wurde sich zum alten Israel gewendet, wie hat Ägüpten es durch seine Kultur gestaltet, diese Ära ist sicherlich in ihrer Barbarei schon veraltet, doch es ist auch merkwürdig zu lesen, es ist eben eine ganze andere Epoche gewesen!

Menscher: Nun sitzt der erste Mensche über seinen Besinnungen, sie bringen ihm nur wenige Gewinnungen, er hat sich mit seinen Büchern kein Geld erworben, die mangelnde Werbung hat den Erfolg verdorben, im zweiten Jahr in Jeschua Rex Text wird sich das nicht mehr wandeln, der erste Jeschua Rex Text kann nicht siegreich handeln, aber im dritten Jahr in Jeschua Rex Text wird der erste Mittelreicher triumfiern, er wird dann wirklich und wahrhaftig nach Menschland marschieren!

Mensche: An diesem Sonntag hat er nur seine drei Mitbewohner gesehen, mehr ist in diesen Stunden nicht geschehen, keine verlockende Elfe hat sich ihm gezeigt, keine reizvolle Danae hat ihm ihre Sinnlichkeit gegeigt, JEUNEX hat ihm das Ficken verboten, sein Glied darf keine Scheide erloten, JEUNEX muß auf dieser Enthaltsamkeit beharren, aber sein Seher tut dadurch vertoren, verjecken und vernarren!

Menscher: Er sollte diesen JEUNEX verjagen, dann würde ihm der Sex behagen, aber er tut zu sehr am JEUNEX hängen, deshalb läßt er sich vom Sternentronenden bedrängen, es ist mir schleierhaft, was JEUNEX mit dieser Forderung bezweckt, wird denn durch den Triebverzicht das Gute geweckt, wird nicht im Gegenteil das Schlechte beschworen, ich fürchte, JEUNEX hat den Verstand verloren, das muß mensch leider sagen, tut menschen auch niemensch danach fragen?!

Mensche: Was ist denn schon dabei, eine sanfte Marie zu küssen, weshalb gelangt der Profet nicht zu diesen Genüssen, diesen Mangel kann ihm der JEUNEX gar nicht entgelten, sein Erschauer lebt in der sinnlosesten aller Welten, ich kann gar nicht glauben, daß JEUNEX so gesprochen hat und daß er so eine abwegige Maßregel verbrochen hat, das bildet sich unser Verfasser nur ein, das kann ja auf keinen Fall so sein, aber er ist auf die Eingebungen des JEUNEX angewiesen, er hat den Allmächtigen und Allprächtigen oftmals angepriesen?!

Menscher: Unser Held hat noch rechtzeitig die Zeitungen bekommen, er hat sie in seine Wohnung genommen, ihn hat bei ihrem Studium erschüttert, wie rückständig die Menschen in seiner Umgebung denken, er muß ihre Gehirne in eine neue Richtung lenken, sie kleben beharrlich am Gestern, es sind starrsinnige Brüder und Schwestern, sie haben das geistige Mittelalter noch nicht überwunden, sie haben den Weg zum Menschtum in JEUNEX noch nicht gefunden!

Mensche: Dann ist der jugendlicher Betreuer erschienen, er tat dem ersten Menschen mit seinem Tablett emsig dienen, er hat die elektronischen Briefe durchgesehen, das tut ungefähr einmal in der Woche geschehen, in der Post hat sich nur Werbung befunden, darüber kann der erste Jeschua Rex Text nur seine Trauer bekunden, dann haben die beiden das Badezimmer gereinigt, der erste Mittelreicher hat sich mit der Tolette und dem Fußboden gepeinigt!

Menscher: Unser geistiger Vater versuchte dem Sozialarbeiter zu sagen: unsichtbare Schwingungen stiften ein allgemeines Behagen, aber dieser schlichte Bursche hat diesen geheimen Zusammenhang nicht begriffen, bildungsmäßig hat er schon immer auf dem letzten Loch gepfiffen, mit diesen mittelmäßigen Leuten kann mensch nicht über Erhabenes sprechen, sie müssen stets eine Lanze für die sogenannte Wirklichkeit brechen!

Mensche: Das verstehen sie darunter, ihre Schützlinge zu normalisieren, ein gesunder Mensch kann in ihren Augen nicht nach Menschland marschieren, sie können das mensche Wesen gar nicht begreifen, auch den Gott JEUNEX müssen sie bekeifen, jedenfalls hat unser Erdichter eine Stunde lang gelesen, das ist ihm kein großes Vergnügen gewesen, die Ägüpter und die Juden haben sich manchmal vertragen, manchmal taten sie sich auch mit Streitigkeiten plagen!

Menscher: Dann hat unser Ersinner das Haus verlassen, er mußte sich mit den Tintenpatronen befassen, er ließ sie am Rande eines Supermarktes füllen, dabei tat er sich nicht in Schweigen hüllen, der Dienstleistende war ein junger Mann, er nahm das Angebot zum Klönen zögernd an, zwei Patronen hat er betankt, dafür hat sich unser Verfasser bedankt, dann ist er zu einem Baumarkt geschritten, dort tat er um vier Halogenleuchten bitten!

Mensche: In der Kälte ist er dann heimwärts gegangen, dort tat ihn der Tscheche freudig empfangen, dort hat unser Erdenker Spagetti verschlungen, auch ein Pußtasalat ist in seine Kehle gedrungen, zum Schluß hat er noch einen Vierkornjogurt gegessen, dann hat wieder über der trockenen Abhandlung gesessen, es ist spannend, wie die Gelehrten Geschehnisse aus Inschriften erraten, doch manchmal fehlen die Urkunden über gewaltige Taten, und manchmal werden geringfügige Handlungen überschwenglich gepriesen, in der Überlieferung wird oftmals der falsche Weg gewiesen!

Menscher: An diesem Dienstag hat sich unser Held am Mittag erhoben, er mußte die Händlerin wegen ihrer Freundlichkeit loben, er durfte ihr sein Kleingeld reichen, da tat eine Last von ihm weichen, denn seine Geldbörse ist damit gefüllt, zuhause hat er sich in Schweigen gehüllt, er hat die Zeitungen gelesen, es ist ihm eine Wonne gewesen, dann hat er das alte Ägüpten studiert, wobei mensch leicht die Geduld verliert!

Mensche: Dieses trockene Tema kann menschen nicht begeistern, aber mit viel Geduld kann mensch auch so eine Abhandlung meistern, dann hat er sein Pensum verrichtet, dann wurde der Betreuer gesichtet, er hat eine verschmutzte Pfanne mit Salz gereinigt, dann hat er die Ohren des ersten Menschen mit seiner Rückständigkeit gepeinigt, sie haben die Lebensmittelkasse besprochen, dabei sind sie nicht gerade in Jubel ausgebrochen!

Menscher: Anschließend hat der erste Mensche eine Wurst mit Grünkohl gegessen, er hat dabei am Tisch im Wohnzimmer gesessen, eine Dose Spargel hatte er vorher verschlungen, nachher ist ihm ein Jogurt in die Kehle gedrungen, dann hat er eine Stunde lang auf dem Bett gelegen, er konnte sich beim besten Willen nicht regen, in seinen Aufzeichnungen tut er gerade zwei Wochen lang im Gesundheitshaus weilen, da kann er auch heute noch nicht wie ein junger Hirsch durch die Gegend eilen!

Mensche: Dann hat er sich wieder mit den Faraonen beschäftigt, diese Darstellung hat ihn nicht gerade gekräftigt, nun hockt er am Rechner und dichtet, worauf er vorerst nicht verzichtet, es bereitet ihm ein riesigen Vergnügen, ein Reimwort an das vorige zu fügen, er hat im Leben nichts gelernt, er hat sich von allen anständigen Berufen entfernt, so muß er eben das Papier beklecksen, so muß er eben kunstvoll mit Wörtern hexen!

Menscher: Sein Gott JEUNEX hat es ihm verboten, eine Eva zu ficken, aber sich selbst darf der erste Jeschua Rex Text zum Höhepunkt schicken, er darf in einsamen Nächten sein Glied massieren, das tut bei ihm zwar nur noch selten passieren, aber es kommt schon einmal vor, dann liegt er da, der tumbe Tor, und fragt sich beklommen, was das soll, er hat von JEUNEX die Nase voll, JEUNEX läßt ihn seinen Triebverzicht spüren, die Zerrissenheit seines Sehers tut diesen Gott nicht berühren!

Mensche: Sein Profet darf im Fernsehen nackte Simonen beschauen, das ist seine Art, sich das Dasein zu entrauhen, aber eine kesse Adelheid darf er nicht küssen, das zählt noch immer nicht zu seinen Genüssen, und sein Gott JEUNEX tut ihm dies ausdrücklich untersagen, so ein Allmächtiger kann men-schen doch nur plagen, so ein Allprächtiger kann menschen doch nur quälen, das darf mensch keinem anderen Menschen erzählen, das würde menschem niemensch glauben, sein eigener Gott tut ihm die Liebesfähigkeit rauben!

Menscher: Heute ist unser Meister spät erstanden, im Schlaf ging seine Wachheit zuschanden, in seinen Aufzeichnungen tut er im Gesundheitshaus weilen, dort tat mensch ihn von seinem siechen Herzen heilen, er fühlte sich müde und matt, doch es fand die Haareschneidung statt, er ist bei der Frisörin gewesen, sie tat durch ein Trinkgeld von fünf menschen Jeschuas genesen, er hat es ihr zu Weihnachten geschenkt, weil er ja manchmal auch an seine Mitmenschen denkt!

Mensche: Er hat dies ebenso dem Hähnchenverkäufer und dem Montenegriner gegeben, denn sie tun ja danach, ihn auf ihre Weise zufriedenzustellen, streben, nun muß er es noch dem Zeitungshändler spenden, dann wird er das Geld wieder für sich selbst verwenden, das Gerät an der Sparkasse konnte keine Kontoauszüge drucken, das war ein Grund dafür, dagegen zu murren und zu mucken, dann hat der erste Mensche beim Händler die Zeitungen erworben, sein nicht abgedruckter Leserbrief hat ihm wieder die Stimmung verdorben!

Menscher: Was kann mensch von den "Menschdorfer Nachrichten" auch erwarten, die verlogenen Berichterstatter werden niemals eine Reihe über die Wahrheit starten, sie müssen das Unangenehme verschweigen, das Peinliche darf mensch auf keinen Fall zeigen, dann ist der jugendliche Betreuer gekommen, der erste Jeschua Rex Text hat ihn sogleich ins Gebet genommen, was ihm denn einfiele, so durchschnittlich zu überlegen, seine Spießbürgerlichkeit müsse heftigen Anstoß erregen?!

Mensche: In seinem Zimmer hat der erste Mittelreicher seinen Kompjuter gereinigt, der Sozialarbeiter hat ihn dabei mit seiner Beschränktheit gepeinigt, dann haben sie in einem Supermarkt zehn Paar weißen Socken bekommen, unser Gebieter hat sie mit nach Hause genommen, doch vorher sind sie noch zum Rathaus gegangen, daneben taten sie ein halbes Hähnchen und einen Haussalat empfangen, dann sind sie heimwärts geschritten, unser Erdichter hat unter den Menschdorfern gelitten!

Menscher: Sie brauchen gar nichts zu sagen, sie tun ihn durch ihre Mittelmäßigkeit plagen, dann hat er eine Mahlzeit abgehalten, dabei tat er am Tisch im Wohnzimmer walten, danach hat er stundenlang im Bett gelegen, er konnte sich beim besten Willen nicht regen und bewegen, dann hat er noch einmal in die Abhandlung über das Altertum geschaut, es hat ihm vor der gestelzten Ausdrucksweise gegraut, jetzt tut er sein gewaltiges Pensum verrichten, darauf will er vorerst nun wirklich nicht verzichten!

Mensche: Die Frisörin will in ihrem Urlaub nach Ägüpten fahren, dort kann sie dann die Püramiden aus der Nähe gewahren, die Beziehungen dieses Landes zu Israel in alten Zeiten kann ihrem schlichten Geist keine Freude bereiten, sie will nur die Wärme am Nil genießen, hoffentlich wird keine Bombe ihr die Stunden verdrießen, sie lernt diese Gegend der Erde wenigstens kennen, unser geistiger Vater dagegen kann nur immer wieder durch Menschdorf rennen!

Menscher: An diesem Mittag hat sich der erste Mensche spät erhoben, er fühlte sich eng mit der Zeit im Gesundheitshaus verwoben, dort hat er auch immer lange geschlafen, auf diese Weise wird ihm das Bett zum Hafen, er will gar nicht mehr woanders wesen, von diesem Narkotisiertsein wird er bald genesen, in etwa einem Monat hat er dieses Leiden überwunden, dann wird er endlich in vollem Umfang gesunden!

Mensche: Er hat zum Frühstück nur einen Kapputschino getrunken, dann ist er wieder in die Federn gesunken, außerdem hat er natürlich die Tabletten genommen, dann ist er endlich zum Händler gekommen, seine hübsche Tochter hat ihm die Zeitungen gegeben, er darf nicht mehr nach ihrer Zuneigung streben, erstens ist sie zu jung, und es gebricht ihm an Schwung, und zweitens hat ihm JEUNEX das Ficken verboten, sein Glied darf die Tiefe einer Scheide nicht erloten!

Menscher: Auf das Fußballspielen hat er verzichtet, sein Dahindämmern hat die Möglichkeit dazu vernichtet, er hat angerufen bei der Sekretärin, sie möge seinem Fahrer sagen, der erste Jeschua Rex Text wolle sich heute nicht in der Halle plagen, er hat die Abhandlung über Israel und Ägüpten gelesen, es ist ihm ein sehr trockener Genuß gewesen, dann hat er den ersten Teil seines Pensums verrichtet, er hat sich nicht gerade die Seele aus dem Leibe gedichtet, aber es hat ihm doch behagt, er hat nicht über nachlassende Schöpferkraft geklagt!

Mensche: Dazwischen hat er einen Seehecht mit Kartoffelbrei und Spinat verschlungen, dann ist eine Dose Möhren in seinen Hals gedrungen, schließlich hat er noch einen Vierkornjogurt verzehrt, auf diese Weise wurde sein Behagen vermehrt, schließlich hat er noch über Moses und den Auszug gelesen, er steht fremd gegenüber diesem heidnischen Wesen, als Dichtung sind diese Erzählungen groß, doch den Gott Jahwe werde mensch bald los!

Menscher: Er hat in Auschwitz gezeigt, was er kann, auch sonst starb so mancher jüdische Mann, manche Frau und manches Kind und mancher Greis, die Geschichte von vielen Verfolgungen weiß, der Gott Jahwe verleiht nicht die Kunst, sich beliebt zu machen, der Gott JEUNEX aber läßt die Menschen lachen, sein Profet darf zwar keine Nummer jemals schieben, aber JEUNEX behauptet trotzdem, ihn inniglich zu lieben!

Mensche: Dieser Widerspruch ist nur schwer zu entwirren, tat sich der erste Mittelreicher in JEUNEX irren, aber an Jahwe mag er nicht glauben, dieser Gott würde ihm das Leben rauben, und auch Zeus, Jupiter und Amun kommen für ihn nicht infrage, der allmächtige JEUNEX verbesserte stets seine Lage, deshalb hält er ihm die Treue, deshalb schwört er bei ihm stets aufs neue, er kann es zwar selbst nicht begreifen, aber daß er JEUNEX verehrt, tat jahrzehntelang in ihm reifen?!

Menscher: An diesem Freitag hat unser Erdichter besonders lange geschlummert, im Bett hat er sich von vielen Strapazen entkummert, am Anfang seines Schlafes wurde er von einem gräßlichen Alptraum gequält, doch diese Härten haben immer wieder sein Gemüt gestählt, so hat er denn eine Tasse Kapputschino geschluckt, danach hat er noch immer müde aus der Kleidung geguckt, seine Tabletten hat er genommen, dann ist er zum Zeitungshändler gekommen!

Mensche: Er las die Presseerzeugnisse auf der Bank im Garten, da brauchte er nicht lange auf die Nachbarin zu warten, sie rief vom ersten Stockwerk herunter und wollte mit ihm streiten, doch er hatte keine Lust, mit dieser Zigeunerin zu feiten, schließlich hat er die Darlegung über das alte Ägüpten und Israel beschlossen, dann hat er einen Roman über zwei unterschiedliche Brüder im Westreich genossen, dann hat er seine Besinnungen geschrieben, er hat es auf dem Papier gemäß seiner Pflicht getrieben!

Menscher: Am Abend hat er eine Hühnersuppe mit Reis verschlungen, danach ist ein Glas Sellerie in seine Kehle gedrungen, schließlich hat er einen Jogurt verzehrt, diese Mahlzeit hat sein Behagen gemehrt, dann ist er zum Einkaufen gegangen, im Supermarkt hat er die Lebensmittel empfangen, er hat sie zuhause ausgepackt und verstaut, die Verkäuferin hat ihn sehnsüchtig beschaut, sie hängt an ihm schon seit über zehn Jahren, aber JEUNEX hat es ihm ja verboten, sich mit ihr zu paaren!

Mensche: Dann hat er den westreichischen Roman weitergelesen, es ist ihm ein großes Vergnügen gewesen, in diesem Werk dürfen die Personen nach Herzenslust rammeln, sie tun, anders als der erste Mensche, im Bett nicht gammeln, danach ist er in einen tiefen Schlaf gefallen, er wurde wach, er hörte draußen Evas lallen, diese geilen Nixen konnten ihn nicht verstehen, sie konnten keinen Sinn in dem Gebot des JEUNEX sehen, sie würden gern mit ihm pudern, doch er darf ja nicht mit ihnen verludern!

Menscher: Er hätte nur das Fenster zu öffnen brauchen, und täte er sie dann nicht unwirsch befauchen, sondern würde er sie dann freundlich zu sich bitten, dann streichelte er bald ihre Köpfe und Titten, aber JEUNEX spricht dazu nein, es kann, es darf, es soll nicht sein, werden der Jeschua und der Rex Text das nämliche sagen, muß er auch als Jeschua und als Rex Text seine Ehelosigkeit beklagen, das wird sich offenbaren und zeigen, dieser Name wird ihm seine Schwingungen schon noch geigen?!

Mensche: Das Menschtum in JEUNEX ist nur ein Anhängsel zu Jeschua Rex Text, aber ohne diese Beigabe wird vom ersten Jeschua Rex Text nicht sinnvoll hext, der erste Mittelreicher muß sich nach dem Menschtum in JEUNEX richten, er darf weder auf JEUNEX noch auf die mensche Sprache verzichten, dazu muß er noch den Stehmann pflegen, das heißt, er muß sich in seinem Sinne regen, der Jeschua Rex Text am Ex muß als holzgeschnitzte Figur in seiner Stube prangen, dann wird unser Held nicht mehr vergeblich wünschen und verlangen!

Menscher: An diesem Sonnabend ist unser Held spät erwacht, die Erinnerung an das Gesundheitshaus hat ihn schläfrig gemacht, er hat beim Händler die Zeitungen erworben, sie haben ihm den Nachmittag entdorben, vorher hat er noch eine Tasse Kapputschino getrunken, dann wäre er am liebsten wieder auf das Bett gesunken, doch er hat sich in die Nachrichten vertieft mit Geduld, ihr Abwechslungsreichtum erweckt immer wieder seine Huld!

Mensche: Dann hat er den Aufstieg des braunen Führers studiert, dieser grobe Kerl wäre vermutlich niemals nach Menschland marschiert, jegliche Menschlichkeit war ihm fremd, er war gehemmt und verklemmt, er hat nur aus Haß und Feindschaft bestanden, daran gingen nicht nur die Juden zuschanden, schließlich hat er seine gerechte Strafe bekommen, eine Pistolenkugel hat ihm im Alter von fünfzigsechs Jahren das Leben genommen!

Menscher: Was er gesät hat, das wird ein jeder ernten, diese Weisheit schon viele Bauernschüler lernten, das gilt in sämtlichen Bereichen, das Zeichen mit dem Haken tat die Gehirne erweichen, es hat seine Träger wütend gestimmt, sie sind dann gegen alle möglichen Widersacher ergrimmt, das Sonnenrad ist zwar eine gute Idee, doch seine Ausführung tat vielen Menschen weh, mensch soll Jeschua Rex Text am Ex statt dessen nehmen, zu diesem friedlichen Sinnbild soll mensch sich bequemen!

Mensche: Dann hat unser Erdichter einen westreichischen Roman gelesen, das ist ihm kein großes Vergnügen gewesen, die Geschichte hat ihn nicht sonderlich gepackt, meistens waren die handelnden Personen darin nackt, irgendjemensch schlief mit irgendjemenschem herum, da gähnte denn das Publikum, so etwas wie Spannung war in dieser Erzählung nicht zu finden, deshalb tat der erste Mensche sich nicht gern mit ihr verbinden!

Menscher: Der erste Jeschua Rex Text hat dann sein Pensum verrichtet, dann hat er nicht darauf, zu einem Supermarkt zu schreiten, verzichtet, er wollte die Fertiggerichte und die Buttermilch kaufen, unterwegs mußte er sich nicht die Haare raufen, die Menschdorfer haben ihn nicht wie sonst geplagt, sie haben zwar unangenehme Dinge zu ihm gesagt, aber er konnte diese Beleidigungen ertragen, und schließlich taten sie ihn ja nicht verhauen und schlagen!

Mensche: Dann hat er wieder seine Besinnungen gesetzt, der Roman hat weiterhin seine Nerven zerfetzt, denn auch Langeweile ist manchmal nur schwer zu erdulden, ein Urheber tut seinen Lesern Dramatik schulden, jetzt um Mitternacht tut er an seinen Suggestionen werken, ihre Wirkung kann er nur ansatzweise merken, doch völlig vergeblich hat er sie niemals geschrieben, ist er auch bis heute ohne eine Aglaja geblieben!

Menscher: An diesem Sonntag ist unser Ersinner sehr spät erwacht, er hat sich auch nicht aus dem Staub gemacht, das heißt, er hat das Haus nicht verlassen, in Menschdorf kann mensch sowieso nichts verpassen, er hat eine Tasse Kapputschino zu sich genommen, dann sind die Tabletten an die Reihe gekommen, dann hat er sich mit dem braunen Reich beschäftigt, der unselige Führer hat seine Untertanen nicht gekräftigt!

Mensche: Auschwitz war zuviel, und es ist das Ziel des ersten Menschen, Menschland zu errichten, mensch kann auf das Unmenschtum durchaus verzichten, die Geschichte mit den Sammellagern darf sich nicht wiederholen, es wurde in ihnen die Menschlichkeit gestohlen, und wenn mensch die Wahl hat und wenn mensch diese Qual hat, das Vaterland oder die Menschlichkeit zu verraten, dann muß mensch so ein Vaterland verraten wegen dieser schlimmen Taten!

Menscher: Das ist der Grund, Menschland zu erbauen, mensch muß die Unmenschen verklugen und verschlauen, daß bei ihnen Auschwitz jederzeit wieder passieren kann und daß so ein Tötungswerk jederzeit die Unmenschen wieder deklassieren kann, deshalb muß Unmenschland vergehen, und darum muß Menschland erstehen, es gibt keine andere Möglichkeit zu handeln, mensch muß die Barbaren in sittlich hochstehende Menschen verwandeln!

Mensche: Dann hat unser Erdichter sich in den westreichischen Roman vertieft, im Westreich ist ja eine seichte Unterhaltung garantiert und verbrieft, sehr tiefschürfend ist die Geschichte nicht, sie zeigt eben die Welt aus westreichischer Sicht, es wird viel geküßt und gerammelt, es werden Erfahrungen mit dem eigenen Nachwuchs gesammelt, es wird geheiratet und sich wieder geschieden, mensch lasse den ersten Menschen mit so einem Murks in Frieden!

Menscher: Trotzdem ist es nicht unerheblich, denn der erste Jeschua Rex Text versucht vergeblich, die Stimmung der durchschnittlichen Menschen zu ergründen, deshalb muß er sich mit derartigen Schriften verbünden, danach hat er sein Pensum verrichtet, in seinem Kopf wird dadurch mancher Streit geschlichtet, denn die Besinnungen besänftigen seine Seele, es dringen dann harmonische Laute heraus aus seiner Kehle!

Mensche: Am Abend hat er eine Hühnersuppe mit Nudeln gegessen, er hat dabei auf seinem Bett gesessen, einen Jogurt hat er danach verzehrt, dann hat er das Ausmaß seiner Werke vermehrt, er hat dann noch einmal einen Blick in die westreichische Erzählung getan, ihr Humor brachte sein Gemüt auf eine goldene Bahn, er hat gepfiffen, und er hat begriffen, daß es JEUNEX gut mit ihm meint, wenn es ihm auch manchmal gar nicht so scheint!

Menscher: An diesem Vormittag ist unser Held früh erstanden, doch seine Hoffnung auf den Betreuer ging zuschanden, der Stellvertreter des anderen Sozialarbeiters ist nicht erschienen, vermutlich mußte er bei einen Notfall dienen, so blieb der erste Mensche allein, das mußte denn wohl so sein, er ging zum Arzt, zur Apoteke und die Zeitungen kaufen, dann mußte er mit einer Flasche Apfelschorle zur Werkhalle laufen!

Mensche: Beim Straßenhändler wollte er sich eine Wurst im Brötchen erwerben, doch dessen mangelnde Anwesenheit mußte ihm dieses Vorhaben verderben, da hat er sich in einem Supermarkt eine Dose Fisch geholt, die übrigen Kunden haben ihm mit Wörtern den Hintern versohlt, aber es hat seine Seele nicht sonderlich verwundet, im Aufenthaltsraum hat ihm diese Mahlzeit gemundet, dann ist er zum langen Tisch geschritten, dort tat mensch ihn darum, mitzuarbeiten, bitten!

Menscher: Nach dem einwöchigen Urlaub wurde er freundlich begrüßt, das hat ihm den ersten Tag des Stumpfsinns wieder versüßt, er ist auch gut mit seinen Gefährten ausgekommen, sie haben sich ihm gegenüber nichts herausgenommen, allerdings fällt es ihnen schwer, bei einem Tema zu bleiben, sie würden noch wirrere Bücher als unser Verfasser schreiben, ihre Aufmerksamkeit ist gering und klein, das sollte eigentlich anders sein!

Mensche: Nach dem Feierabend ist unser Urheber wie Falschgeld nach Hause gewandelt, die Menschdorfer haben ihm nur ein wenig das Bewußtsein verschandelt, er hat die Zeitungen gelesen und Spagetti verschlungen, ein Jogurt ist in seine Kehle gedrungen, dann hat er zwei Stunden lang geschlafen, das Bett wurde sein bergender Hafen, dann hat er den westreichischen Roman beschlossen, er hat diese Unordnung nicht sonderlich genossen, diese Oberflächlichkeit hat ihn ein wenig verdrossen, es wurde wenigsten niemensch darin erstochen oder erschossen!

Menscher: Dann hat er eine Broschüre über einen französischen Bäcker angefangen, er tat allerdings keine Einsicht in französische Nummern erlangen, in der Backstube wurde Brot hergestellt und nicht gerammelt, keine Französin hat unter den wuchtigen Hieben eines Franzosen gestammelt, unser geistiger Vater war enttäuscht über den Inhalt dieses Buches, es erschien ihm als ein Teil seines lebenslangen Fluches, er wollte stets die Liebe entdecken, doch sie tat sich immer wieder vor ihm verstecken!

Mensche: Wenn JEUNEX es so will, dann schweigt der Mensch still, jetzt muß der erste Jeschua Rex Text sein Pensum verrichten, der erste Mittelreicher will wieder einmal die Bewußtseine lichten, das ist nicht einfach zu betreiben, die Menschdorfer wollen lieber leben und leiben, sie wollen essen und trinken und pudern, sie wollen mit gefüllten Bäuchen verludern, doch JEUNEX hat unserem Meister die Enthaltsamkeit befohlen, mit dieser Weisung hat er ihm die Fröhlichkeit gestohlen!

Menscher: An diesem Dienstag ist der erste Mensche spät erstanden, sein Wille zur Arbeit ging fast zuschanden, er hat die Zeitungen gekauft und gelesen, da ist es für ihn ein Schock gewesen, daß Willi Achtens Buch besprochen wurde, wodurch dem ersten Jeschua Rex Text fast das Herz gebrochen wurde, es war ein Lürikband von sage und schreibe dreißigundzwei Seiten, ja, welcher Teufel tat denn da den Berichterstatter reiten?!

Mensche: Wenn mensch bekannt ist, dann wird alles gelobt, auch wenn ein Wettbewerber dagegen tobt, denn es ist ungerecht, daß mensch die Werke des ersten Mittelreichers nicht beachtet, sondern daß mensch stets die Schriften anderer Erzähler betrachtet, im zweiten Jahr in Jeschua Rex Text wird das so bleiben, doch im dritten Jahr in Jeschua Rex Text wird mensch es völlig anders treiben, dann wird mensch unseren Ersinner preisen, denn er kann den Weg zum ewigen Weltfrieden weisen!

Menscher: Mensch dichtet ja nicht nur, um bekannt zu werden und um in der Zeitung genannt zu werden, mensch dichtet vor allem, um Gott zu behagen, doch mensch muß es schon beklagen, wenn lächerliche Leistungen in den Himmel gehoben werden und wenn einfache Erscheinungen in legendäre Zusammenhänge verwoben werden, der Inhalt dieses Ergusses mag sein, wie er will, doch bei dreißigundzwei Seiten schweigt der Beurteiler augeödet still!

Mensche: Mehr nicht, tut er sich fragen, unser Erdenker mußte sich nun in der Werkhalle plagen, an der Hundewiese hat unser Held gehartnt und gekotet, er hat wieder einmal die Tiefe seines elenden Siechtums erlotet, dann ist er zu seinem Bestimmungsort gegangen, dort tat ein Behinderter ein Glas Apfelschorle von ihm empfangen, "Heil Jeschua Rex Text!" hat er gesagt, das hat dem Hitler des Guten ungemein behagt?!

Menscher: Am langen Tisch haben sie Schweinenasen von ihren Kunststoffstreifen befreit, es war eine angeregte und kurzweilige Zeit, denn bei dieser anspruchslosen Tätigkeit konnte mensch sich gut unterhalten, es tat eine wohltuende Heiterkeit walten, nach Feierabend ist unser geistiger Vater nach Hause geschritten, er hat kaum unter den ausgrenzenden Menschdorfern gelitten, der jugendliche Betreuer hatte den Termin am Monatvormittag vergessen, er hat mit zerknirschtem Gesicht auf der Kautsch im Wohnzimmer gesessen!

Mensche: Unser Schöpfer hat die Lebensmittelquittungen vorgelesen, das ist ihm ein großes Vergnügen gewesen, dann wurde der Fernsprecher abgerechnet mit Kunst, unser Erschaffer blieb allein mit seiner Brunst, dann hat er sich Nürnberger Rostbratwürstchen bereitet, die Zeitung hat seinen Gesichtskreis geweitet, er hat zwei Stunden lang geschlummert und sich dann bei einem französischen Bäcker entkummert, diese Abhandlung war kurz und klein, doch ihr Inhalt war gut und fein!

Menscher: An diesem Mittwoch ist der erste Mensche sehr spät erstanden, doch seine Munterkeit ging nicht zuschanden, er hat schnell die Zeitungen erworben und gelesen, dann ist er schon auf dem Weg zur Arbeit gewesen, beim Straßenhändler hat er sich eine Wurst im Brötchen gekauft, dann ist er zur Werkhalle weitergeschnauft, dort haben sie vier Stunden lang die Streifen von den Schweinenasen getrennt, diese Tätigkeit kann mensch nur verstehen, wenn mensch Schweinenasen kennt!

Mensche: Das sind Verschlüsse von Beuteln im gesundheitlichen Wesen, in all seinen Romanen hat der erste Jeschua Rex Text noch niemals von ihnen gelesen, mensch konnte sich hervorragend dabei unterhalten, manchmal taten sich die Augenblicke auch langweilig gestalten, nach Feierabend hat er an einem Stand ein halbes Hähnchen bekommen, er hat einen Haussalat zur Nachspeise genommen, dann hat er das Geflügel verzehrt, ein Jogurt hat abschließend sein Behagen vermehrt!

Menscher: Dann hat er die Zeitungen studiert und ist in das Bett marschiert, nach eineinhalb Stunden hat er einen englischen Roman über Frauenrechtlerinnen genossen, sein abgehackter Stil hat ihn ein wenig verdrossen, diese Urheberin tut nur kurze Absätze gebrauchen, das muß den Leser auf die Dauer anstrengen und schlauchen, doch sonst war er witzig, doch sonst war er spritzig, mensch hat sich köstlich amüsiert, es wurde angeregt parliert!

Mensche: Nun muß der erste Mittelreicher wieder sein Pensum verrichten, er muß wieder ein paar Seiten dichten, er ist müde und matt, Menschdorf ist eine aufreibende Stadt, es lohnt sich nicht, einen Blick in die "Menschdorfer Nachrichten" zu werfen, die betuliche Engstirnigkeit darin geht menschem auf die Nerven, mensch lebt hier hinter dem Mond, mensch ist nichts Neues gewohnt, mensch hält es für einen Fortschritt, elektrische Wagen zu verleihen, dabei sollte mensch sich endlich einmal dem Menschtum in JEUNEX weihen!

Menscher: Das zweite Jahr in Jeschua Rex Text ist bald gewichen, dann ist ein schlimmer Zeitraum verstrichen, im dritten Jahr in Jeschua Rex Text wird auch nicht alles Gold sein, aber die Umstände werden unserem geistigen Vater hold sein, dann wird mensch seine Werke entdecken, dann braucht er seine Lehre nicht mehr zu verstecken, dann wird es viele mensche Jeschua Rex Texte in JEUNEX geben, dann wird er nicht mehr bedürftig und mittellos leben!

Mensche: Die lastende Einsamkeit wird dann durch Geselligkeit behoben, mensch wird seine Beiträge zur Gemeinschaft loben, mensch wird ihn ehren und preisen, mensch wird begeistert mit den Fingern auf ihn weisen, er wird umjubelt durch Menschdorf schreiten, überschwängliche Hochrufe werden ihn begleiten, und er weiß spätestens dann, daß er alles richtig gemacht hat und daß er alles, aber auch alles richtig gedacht hat!

Menscher: An diesem Donnerstag ist unser Verfasser rechtzeitig erstanden, keine langen Träume ihn an das Bett heftig banden, er hat eine Tasse Kapputschino genommen, dann ist er zum Händler gekommen, dort hat er die Zeitungen gekauft, dabei hat er schon wieder geschnauft, dann hat er ein bißchen darin gelesen, es ist nicht sehr aufregend gewesen, schließlich ist er zur Werkhalle gegangen, nicht ohne vom Straßenhändler eine Wurst im Brötchen zu empfangen!

Mensche: Am großen Tisch wurden die Schweinenasen von ihren goldenen Streifen befreit, das ist eine Tätigkeit, bei der mensch seinen Gefährten das Ohr willig leiht, dann wurden Scheibchenrahmen von der Pappe gerissen und anschließend in einen großen Kartong geschmissen, eine Gesellin hat die Toletten geputzt, auf diese Weise hat sie der Gemeinschaft genutzt, aber es ist ihr übel geworden von diesem Reinigen, allerlei schlimme Gerüche taten ihre Nase empfindlich peinigen!

Menscher: Nach dem Feierabend hat der Montenegriner den ersten Menschen gefahren, bald konnte mensch beide im Fitneßstudio gewahren, der erste Jeschua Rex Text hat eine bescheidene Leistung gebracht, beinahe wäre er aufgrund seines Siechtums darniedergekracht, er hat kein einziges Tor geschossen, er hat in der Verteidigung die angreifenden Stürmer verdrossen, die Begegnung ging für seine Mannschaft verloren, es hatte sich wieder einmal alles gegen ihn verschworen!

Mensche: Es war traurig, es war schaurig, der Montenegriner hat ihn mit dem Wagen nach Hause gefahren, diese Niederlage konnte JEUNEX seinem Seher nicht ersparen, daheim hat er eine Zeitung gelesen, der Tscheche im Sessel nebenan ist ihm lästig gewesen, er ist gottseidank bald gegangen, so tat der erste Mittelreicher seine Ruhe erlangen, dann hat er eine Wurst mit Grünkohl verzehrt, ein Jogurt hat sein Behagen vermehrt, davor hatte er ein Glas Gurkenscheiben verschlungen, so ist ihm eine wohltuende Mahlzeit gelungen!

Menscher: Danach hat er zwei Stunden lang im Bett gelegen, dann tat ihn ein englischer Roman bewegen, eine Stunde lang hat er sich mit dieser Erzählung befaßt, sie galt ihm keineswegs als eine anödende Last, nun tut er wieder sein Pensum verrichten, darauf kann er nun wirklich nicht verzichten, dazu hat er das Licht der Welt erblickt, dazu hat ihn Gott auf die Erde geschickt, das ist seine Aufgabe und Pflicht, darunter geht es nun wirklich nicht!

Mensche: Bald kann mensch Menschland feiern, dann wird mensch keine dummen Sprüche leiern, vor dreißig Jahren hat unser geistiger Vater Menschland erfunden, darüber kann er noch heute seine Freude bekunden, in fünf Tagen wird er allein dieses Jubelfest begehen, denn außer ihm tut mensch noch keinen zweiten Menschen sehen, er ist ein menscher Mann, der keine mensche Frau erschauen kann, von einem menschen Kind ganz zu schweigen, es wird sich erst in vielen Jahren zeigen, wenn denn überhaupt, doch es ist wichtig, daß mensch an Menschland glaubt!

Menscher: An diesem Freitag ist unser Held früh erstanden, weil seine Pflichten ihn an seinen Betreuer banden, der Stellvertreter kam, der Hausbesitzer auch, und schon stand der erste Mensche auf dem Schlauch, denn der Betreuer hat sich fast nur mit dem Hausbesitzer unterhalten, da tat sich die Zuwendung ihm selbst gegenüber spärlich gestalten, eine ganze Viertelstunde hat dieser Bursche ihm geweiht, das war denn doch sehr wenig Zeit!
 Mensche: Der Eigentümer hat sechs Feuermelder verschraubt, weil er sich dazu verpflichtet glaubt, er ist ein hilfsbereiter Mann, mit dem mensch geistreich sprechen kann, danach hat der erste Jeschua Rex Text die Zeitungen gekauft, dabei hat er schon wieder aus körperlicher Schwäche heraus geschnauft, dann hat er die Presseerzeugnisse gelesen, es ist ihm kein großer Genuß gewesen, die "Menschdorfer Nachrichten" kann mensch vergessen, niemensch ist freiwillig darauf, sie zu studieren, versessen!
 Menscher: Mensch muß eben wissen, was in seiner Umgebung geschieht, denn sie ist nun einmal das heimatliche Gebiet, danach ist der erste Mittelreicher zur Werkhalle geschritten, da hat er unter der eintönigen Arbeit gelitten, mit seinen Gefährten kann er nur urtümlich klönen, es fällt ihm immer wieder schwer, sich an ihre geistige Schlichtheit zu gewöhnen, doch er kann sich keine anderen Gesellen schnitzen, mensch überbrückte die Lücken im Gespräch mit mäßig lustigen Witzen!
 Mensche: Nach dem Feierabend hat unser Ersinner zehn Würfel Traubenzucker erworben, eine Kartoffelsuppe hat ihm den Abend entdorben, dazu hat er Möhren gegessen, dabei hat er auf seinem Bett gesessen, ein Jogurt hat diese Mahlzeit beendet, dann hat er sich zum Schlafen gewendet, nach einer Stunde ist er zu einem Supermarkt gegangen, um dort die Lebensmittel für die Wohngemeinschaft zu empfangen, dann hat er noch eineinhalb Stunden lang geschlummert und sich durch angenehme Träume entkummert!
 Menscher: Nun muß er wieder sein Pensum verrichten, nun muß er wieder seine Seiten erdichten, das ist nun einmal so, er stimmt die Leser froh, sie wollen immer mehr über ihn erfahren, sie wollen Tausende von Seiten aus seiner Feder gewahren, sie können nicht genug von ihm bekommen, denn seine Abenteuer werden ihnen nutzen und frommen, sie tun seinen Wälzer neugierig verschlingen, dann tun ihre enttäuschten Worte erklingen: "Das schöne Buch wurde nun beschlossen, wir haben es zwar sehr genossen, aber daß es aus ist, das hat uns verdrossen, es ist tief in unsere Gemüter geflossen!"
 Mensche: Das Weihnachtsfest wird bald geschehen, dann wird mensch viele Tannenbäume sehen, dann wird sich alles um das Essen und das Trinken drehen, die frohe Botschaft aber wird der Wind verwehen, denn sie ist ja völlig erlogen, die Frommen werden um ihre Wonnen betrogen, der Erlöser hat nichts vollbracht, die Welt ist beinahe darniedergekracht, der ewige Weltfrieden wurde nicht errichtet, die Menschheit wird beinahe durch die Atombombe vernichtet, diese furchtbare Waffe tut die Eintracht gefährden, und es tönt wie ein Hohn: "Frieden auf Erden!"

Menscher: An diesem Sonnabend ist unser Meister sehr spät erwacht, viele Träume bescherten ihm eine ereignisreiche Nacht, er mußte darauf verzichten, viel zu lesen, das ist ihm unangenehm gewesen, er konnte sich gerade noch dazu aufraffen, die Zeitungen zu erwerben, ansonsten tat ihm die Müdigkeit den Tag verderben, er hat sich mit der Geschichte Österreich-Ungarns beschäftigt, diese Zeitzeugnisse haben sein Selbstbewußtsein gekräftigt, denn sein Vater ist ja aus dem Burgenland gekommen, das hat Einfluß auf das Erbgut des Sohnes genommen!

Mensche: Danach hat er sofort sein Pensum verrichtet, im Alter mensch auf allerlei verzichtet, dann hat er eine gepfefferte Forelle verzehrt, sein Behagen wurde durch ein Glas Schampinjongs vermehrt, ein Jogurt hat diese Mahlzeit beschlossen, er hat sie im Wohnzimmer vor einem Fußballspiel im Fernsehen genossen, danach mußte er zum Supermarkt schreiten, die Ausgrenzungen der Menschdorfer taten ihn begleiten!

Menscher: Er hat schon genug über dieses grobe Gesindel geschrieben, diese rohe Viehzeug ist nicht unerwähnt geblieben, er muß immer wieder darüber staunen, sie haben aber auch die allerschlimmsten Launen, der Karneval tut all ihren Frohsinn verschlingen, außerhalb dieser Zeit können sie nichts Gutes vollbringen, es ist eine Qual, unter diesen Spießbürgern zu hausen, es muß menschem immer wieder vor ihrer Engstirnigkeit grausen!

Mensche: In seiner Stube hat er sich mit dem englischen Roman befaßt, diese Erzählung fiel ihm keineswegs zur Last, aber er konnte sie nicht als besonders wertvoll empfinden, er tat sich nicht sonderlich gern mit diesem Geschehen verbinden, und nun tut er wieder sein Pensum verrichten, er liebt es nun einmal, zu lesen und zu dichten, irgendwann will er diesen Beruf beenden, aber vorerst will er noch heitere Botschaften senden!

Menscher: Es passiert nicht mehr viel in seinem Leben, das Gesundheitshaus tut ihm den Rest nun geben, die Erinnerung an dieses Hospital läßt ihn ermatten, sie wirft über sein Licht einen riesigen Schatten, aber er wird geduldig werken, dann wird er die Wirkung merken, am Ende des zweiten Jahres in Jeschua Rex Text wird er befreit werden, das dritte Jahr in Jeschua Rex Text wird für ihn eine schöne Zeit werden!

Mensche: Was wird im zehnten Jahr in Jeschua Rex Text zu erblicken sein, wird dann vom ersten Menschen eine mensche Eva zu ficken sein, oder wird er dann immer noch einsam seinen Schwengel reiben, erlaubt es ihm JEUNEX wirklich nicht, sich mit einer Klaudia zu beweiben, im zehnten Jahr in Jeschua Rex Text muß er es geschafft haben, denn später wird er dazu nicht mehr die Kraft haben, in den künftigen Jahren muß er siegen, sonst wird er dem Pöbel für immer unterliegen?!

Menscher: Noch mehr geschlafen hat an diesem Sonntag unser Held, er war der allereinsamste Mensch auf der Welt, in seinem Zimmer hat er auf dem Bett gelegen, er wollte sich weder zum Lesen noch zum Dichten regen, er wollte immer nur auf dem Laken verharren, er wollte immer nur nach innen starren, wo viele Träume ihn unterhielten mit ihrem bunten Spiel, doch auf diese Weise gelangt ein Weiser nicht zum Ziel!

Mensche: So mußte er sich endlich in die Höhe bequemen, er tat einen Schokoladenkapputschino zu sich nehmen, dazu hat er einen Teller Kartoffelsalat mit Ketschup gegessen, bei dieser Mahlzeit hat er auf seinem Bett gesessen, dann hat er seine Tabletten geschluckt, dabei hat er griesgrämig aus der Kleidung geguckt, dann hat er die Geschichte der Schweiz gelesen, es ist ihm ein großes Vergnügen gewesen!

Menscher: Die Hälfte des Plötzes hat er nun studiert, dieser Wälzer hat ihn oftmals frustriert, aber er hat doch nützliche Dinge daraus erfahren, manches mußte er allerdings bis zum Überdruß gewahren, dann hat er den englischen Roman genossen, Lachtränen hat er freilich nicht vergossen, und dann hat er Spagetti verzehrt nach Art von Bolonja, sie haben ihn ensehrt, einen Mangojogurt hat er danach verschlungen, diese Speise ist ihm gar angenehm in den Magen gedrungen!

Mensche: Dann hat er sein Pensum verrichtet, sein Fleiß wurde durch eine riesige Ermattung vernichtet, wieder mußte er eine geschlagene Stunde auf dem Bett verbringen, denn durchzuarbeiten, das tut ihm nicht mehr gelingen, dann hat er den englischen Roman zuende gebracht, daraufhin begann er die Abhandlung über der Spiegelneuronen Macht, er hat aber nur das Bücherverzeichnis begonnen, er hat noch keine Kenntnis über die Spiegelneuronen gewonnen!

Menscher: Nun tut er wieder seine Besinnungen schreiben, er muß ja trotz seiner Müdigkeit am Ball leider bleiben, er muß rastlos schaffen und emsig denken, er soll sich ja nicht nur in die Werke anderer Schriftsteller versenken, das pralle Leben freilich kann er nicht genießen, die Ereignisse tun vorbei an ihm fließen, doch er fühlt sich als den glücklichsten Menschen der Welt, weil ihm sein Dasein auf die Dauer gut gefällt!

Mensche: Nun wird er bald "das zweite Jahr in Jeschua Rex Text" drucken lassen, darin wird er die Leser so manche Kröte schlucken lassen, die Hexe von Sankt Jöris hätte ihn beinahe zerstört, mit ihren wunderschönen Reizen hat sie ihn immer wieder betört, doch ihr Geist war Gift für unseren Erschaffer, er war immer nur aus der Ferne ihr Begaffer, das hätte ihn beinahe das klare Überlegen gekostet, doch sein Herz ist gegenüber den Evas nicht durcheist und durchfrostet!

Menscher: An diesem Vormittag ist der jugendliche Betreuer gekommen, er hat die Last der Einsamkeit vom ersten Menschen genommen, der erste Jeschua Rex Text hat seinen Nachtschrank und den Schreibtisch gereinigt, außerdem hat er sich damit, den Papierkorb zu leeren, gepeinigt, dann haben sie einen Antrag für das Arbeitsamt ausgefüllt, meistens haben sie sich dabei in Schweigen gehüllt, sie haben sich nicht angeregt unterhalten, der Sozialarbeiter tut das Leben durch Handlungen gestalten!

Mensche: Dann hat der erste Mittelreicher sich die Zeitungen erworben, das hat ihm den Mittag entdorben, dann ist er zur Werkhalle gegangen, dort wurde er freundlich empfangen, am langen Tisch haben sie Scheibenbehälter von der Pappe getrennt, das ist eine Beschäftigung, für die mensch nicht unbedingt entbrennt, sie hat bis zum Feierabend gedauert, unser geistiger Vater hat nach Kräften gepauert, dann ist er heimwärts geschritten, er hat unter den ausgrenzenden Menschdorfern gelitten!

Menscher: Diesmal war es besonders schlimm, er erregte einen heftigen Grimm, das Fest der Liebe steht vor der Tür, doch die Menschdorfer üben sich in Haß dafür, sie grenzen aus ohne Schonung, unser Erdichter hört es sogar in seiner Wohnung, sie müssen ihm zu verstehen geben, daß sie ihn nicht leiden können und daß sie seinen Umgang bedauerlicherweise nur meiden können, diese verbrecherischen Auschwitzianer wollen ihn vernichten, diese geistigen Terroristen wollen ihn in Menschdorf nicht mehr sichten!

Mensche: Im zweiten Jahr in Jeschua Rex Text wird sich daran nichts wandeln, die Menschdorfer müssen unserem Helden das klare Denken verschandeln, aber im dritten Jahr in Jeschua Rex Text wird er diese rohe Meute besiegen, dann wird dieses wüste Viehzeug ihm unterliegen, er kann es gar nicht erwarten, dieses grobe Pack zu bändigen, er muß sich mit ihm nur über seine Lehre verständigen, als Mensche in JEUNEX werden sie zu ihm gut sein, als Mensche in JEUNEX werden sie gegen ihn ohne Wut sein!

Menscher: Zuhause hat er eine Hühnersuppe mit Nudeln verzehrt, ein Pußtasalat hat sein Behagen nicht gerade vermehrt, ein Jogurt hat diese Mahlzeit beschlossen, der Erfinder von Menschland hat sie nicht gerade genossen, dann hat er die Zeitung gelesen, das ist ihm ein Vergnügen gewesen, dann hat er drei Stunden lang geschlafen, das Bett wurde ihm zu einem bergenden Hafen, dann hat er das Geheimnis der Spiegelneurone ergründet, er hat sich geistig mit einem Gehirnfachmann verbündet!

Mensche: Nun um Mitternacht tut er sein Pensum verrichten, darauf darf er auf keinen Fall verzichten, es ist wichtig für die Welt, daß er schreibt und daß er es auf dem Papier gar wacker treibt, er selbst weiß jedenfalls, daß seine Sätze Taten sind und daß sie so schmackhaft wie auf der Tafel die Braten sind, es muß viele mensche Jeschua Rex Texte in JEUNEX geben, dann wird die Menschheit trotz der Atombombe leben, dann wird der ewige Weltfrieden erbaut, dann werden die Stunden der Erdenbürger entrauht!

Menscher: Heute vor dreißig Jahren wurde Menschland erfunden, doch der erste Mensche muß seine Trauer darüber bekunden, daß es ihm nicht gelungen ist, den menschen Staat zu schaffen, dazu verhalfen ihm nicht seine geistigen Waffen, gestern ist ein Lastwagen in einen Menschstädter Weihnachtsmarkt gefahren, mensch konnte viele Tote und Verletzte gewahren, Unmenschland wurde noch nicht vernichtet, Menschland wurde noch nicht errichtet!
 Mensche: Unser Held ist heute rechtzeitig erstanden, seine Beine den Weg zur Handlung fanden, dort hat er die Zeitungen bekommen, sie taten ihm im Wohnzimmer nutzen und frommen, dann ist er zur Werkhalle geschritten und hat dabei kaum unter den Menschdorfern gelitten, am langen Tisch mußten sie Scheibenbehälter von verschimmelter Pappe trennen, für diese Tätigkeit tut mensch nicht gerade entbrennen!
 Menscher: Der Regen war auf die großen Kartongs gefallen, deshalb taten so manche Flüche erschallen, dann wurden die goldenen Streifen von den Schweinenasen entfernt, diese Beschäftigung hat mensch schnell gelernt, und immer wieder wurde im Rundfunk vom Menschstädter Weihnachtsmarkt gesprochen, die Nerven des ersten Jeschua Rex Textes wären beinahe darniedergebrochen, dann hat er die zwei Kabel für die Kontehner in die Kästen gelegt, auf diese Weise hat er sich sinnvoll geregt und bewegt!
 Mensche: Als er am Feierabend nach Hause ging, mensch ihn in der Innenstadt überwollend empfing, mensch hat ihn einen Wahnsinnigen gescholten, seine geistige Gesundheit hat den Menschdorfern nichts gegolten, er ist in ihren Augen nichts wert, es ist besser, wenn mensch nicht mit ihm verkehrt, mensch darf und sollte ihn zerstören, er kann nicht zur Gemeinschaft gehören, so sind die Unmenschen in ihrem Graus, dafür gibt es vom ersten Mittelreicher keinen Applaus!
 Menscher: Er will die Menschdorfer seinerseits vernichten, mensch soll sie in Menschdorf nicht mehr sichten, sie sind es nicht wert, an der Inde zu leben, es soll sie am Blausteinsee nicht mehr geben, sie können die Umgebung nur verschandeln, mensch muß sie in richtige Menschen verwandeln, sie sollen in Menschland wohnen, dann würde sich der Umgang mit ihnen lohnen, dann würde mensch sie gern begrüßen, dann würden sie menschem die Stunden versüßen!
 Mensche: Daheim wurde die Gruppe nicht abgehalten, so konnte unser geistiger Vater seine Freizeit nach Belieben gestalten, er hat die Zeitung gelesen und Königsberger Klopse gegessen, dabei hat er auf dem Bett in seinem Zimmer gesessen, ein Glas Sellerie und ein Jogurt wurden ebenfalls verzehrt, sie haben unseren Ersinner hinreichend ernährt, dann hat er drei Stunden lang geschlummert, er hat sich von den argen Menschdorfern entkummert, schließlich hat er eine Abhandlung über Spiegelneurone genossen, diese Ausführungen haben ihn nur ein wenig verdrossen, denn im Gegensatz zu Hans Lungwitzens Darstellungen sind sie trocken, sie können keinen Hund von seinem Ofen locken!

Menscher: An diesem Vormittag war das Aufstehen nicht leicht, es wurde nur mit Mühe und Anstrengung erreicht, nach dem Frühstück wurden die Zeitungen erhalten, das Wetter tat sich erfreulich gestalten, es war kalt, aber trocken, mensch tat sich freuen, mensch tat den Gang zur Werkhalle nicht scheuen, und dann hat der erste Mensche am langen Tisch gestanden, über den Schweinenasen ging seine Geduld nicht zuschanden!

Mensche: Mit einem Messer hat er die goldenen Streifen von den Beuteldeckeln entfernt, das ist eine Tätigkeit, die mensch schnell lernt, mehr hat er in den vier Stunden nicht geleistet, er hat sich auch zu keinen Beleidigungen erdreistet, dann ist er wieder nach Hause geschritten, er hat an diesem Abend einmal nicht unter den Menschdorfern gelitten, sie haben den ersten Jeschua Rex Text in Ruhe gelassen, er brauchte diesmal nicht ihr Gebuhe zu hassen!

Menscher: Er hat sich ein halbes Hähnchen erworben, der Verkäufer am Stand hat ihm die Stimmung entdorben, zuhause hat er es gegessen, dabei hat er auf seinem Bett gesessen, das Fleisch war versalzen, mensch konnte es nicht genießen, nur der Haussalat tat den ersten Mittelreicher entdrießen, dann hat er noch einen Jogurt zu sich genommen, dann ist er in einen tiefen Schlaf gekommen, nach zwei Stunden ist er erwacht, dann hat er sich an die Arbeit gemacht!

Mensche: Zwei Stunden lang hat er sich mit Spiegelneuronen beschäftigt, dadurch wurde seine Ansicht gekräftigt, daß der Mensch ein nachahmendes Wesen ist, wie es schon bei altgriechischen Filosofen zu lesen ist, leider hat der Urheber den freien Willen gesetzt, das hat unseren Ersinner geistig verletzt, denn alles im Leben ist vom Schicksal bestimmt, auch wenn so mancher Sittlichkeitslehrer darüber ergrimmt, diese Ansicht hat schon Hans Lungwitz vertreten, und so denkt auch der größte von allen Profeten!

Menscher: Nun muß er wieder sein Pensum verrichten, auch am Winteranfang darf er nicht darauf verzichten, die längste Nacht des Jahres wird nun geschehen, danach wird mensch die Tage länger sehen, in drei Tagen wird er seinen sechzigundzweiten Geburtstag begehen, im dritten Jahr in Jeschua Rex Text wird er seinen Mann endlich stehen, dann wird er in der Öffentlichkeit prangen, dann wird mensch nach seinen Büchern verlangen!

Mensche: Menschland wird dann gepredigt, die Unmenschen werden erledigt, der unmensche Staat wird vernichtet, das mensche Gemeinwesen wird errichtet, dann werden die Schädel erlichtet, dann wird nicht nur im stillen Kämmerlein gedichtet, sondern dann wird mensch menschen wie besessen, dann wird mensch das Unmenschtum allmählich vergessen, dann wird mensch die mensche Sprache verwenden, dann wird mensch mensche Botschaften versenden!

Menscher: An diesem Morgen wurde unser Held durch ein Bohren und Hämmern geweckt, der Nachbar im linken Haus hat den ersten Menschen erschreckt, er baute eine Lärmschutzwand auf mit Eifer, dann endet endlich das Gegeifer, mit dem seine Ehefrau den ersten Jeschua Rex Text beschwert, sie hat ihn stets, daß er ruhig sein soll, gelehrt, aber er ist ihr nicht willfahren, er konnte keinen Sinn in dieser Aufforderung gewahren!
Mensche: Dann ist der erste Mittelreicher erstanden, seine Nerven waren schon zuschanden, er hat geduscht, gefrühstückt und die Zeitungen bekommen, sie taten ihm nur mäßig nutzen und frommen, dann ist er zur Werkhalle geschritten, er hat unter der lastenden Kälte gelitten, zitternd ist er seine Bahn gewandelt, die Menschdorfer haben ihm das Bewußtsein verschandelt, er wurde von den Behinderten freundlich empfangen, in dieser Umgebung braucht es ihm nicht zu bangen!
Menscher: Am langen Tisch haben sie sich mit Schweinenasen beschäftigt, das hat ihre Geduld ungemein gekräftigt, nach der viertelstündigen Pause war unser Ersinner allein, da schaltete er das Rundfunkgerät nicht mehr ein, sondern er hat eineinhalb Stunden lang aus Leibeskräften gepfiffen, dadurch hat er seine einzigartige Persönlichkeit begriffen, viele Lieder tut nämlich nur er und niemensch anders kennen, deshalb wird mensch ihn vielleicht bald einen großen Sänger nennen!
Mensche: Nach dem Feierabend ist er zum Fitneßstudio gefahren, er tat den Montenegriner vor der Werkhalle gewahren, dieser Bursche hat ihn zur Halle mit dem Kunstrasen gebracht, dort begann dann um den Ball die Schlacht, die Mannschaft des sportlichen Feiters hat gewonnen, ihre Widersacher sind einer Niederlage nicht entronnen, mit einem Tor Vorsprung wurde der Sieg errungen, auch unserem Erlöser sind ein paar Treffer gelungen!
Menscher: Danach wurde heimwärts gesaust, sie sind durch das abendliche Menschdorf gebraust, im Wohnzimmer wurde die Zeitung gelesen, dann tat der Hunger durch eine Wurst mit Grünkohl genesen, eine Dose Spargel wurde vorher verzehrt, das Behagen wurde hinterher durch einen Jogurt gemehrt, dann hat der Gründer von Menschland zwei Stunden lang auf dem Bett gelegen, vor körperlicher Erschöpfung konnte er sich nicht mehr regen!
Mensche: Dann ist die Titanik in See gestochen, mensch hat ihren baldigen Untergang nicht gerochen, dieser Roman war langweilig und fade, zwar tummelte sich darin so manche Najade, aber die Personenzeichnung war blaß und allgemein, richtige Menschen können nicht so schablonenhaft sein, und nun tut unser geistiger Vater sein Pensum verrichten, er tut sich wieder die Seele aus dem Leibe dichten, die Menschheit kommt dadurch weiter, denn er ist als die anderen Denker gescheiter!

Menscher: An diesem Vormittag wurde unser Ersinner wieder durch Bohren geweckt, sein Nachbar aus dem linken Haus hat ihn aus dem Schlaf geschreckt, dann ist sein jugendlicher Betreuer gekommen und hat die Einsamkeit vom ersten Menschen genommen, sie wollten eigentlich zu einem Supermarkt schreiten, der Sozialarbeiter sollte den ersten Jeschua Rex Text begleiten, aber sie haben es dann doch nicht getan, sie nahmen zum Zeitungshändler ihre Bahn!

Mensche: Dann ist der erste Mittelreicher zur Werkhalle gewandelt, die Menschdorfer haben ihm kaum das Bewußtsein verschandelt, am langen Tisch haben sie vier Stunden lang Schweinenasen entstreift, unser geistiger Vater hat dabei gesungen und gepfiffen, und niemensch hat gekeift, dann ist er zu einem Supermarkt gegangen und hat dort die Fertiggerichte und die Buttermilch empfangen, zuhause hat er eine Linsensuppe mit Essig genossen, danach hat ihn ein Becher Jogurt entdrossen!

Menscher: Dann hat er eine halbe Stunde lang auf dem Bett gelegen, er konnte sich nicht mehr regen und bewegen, dann hat er sich erhoben, der Tscheche tat ihn loben, wieder hat er seine Schritte zu einem Supermarkt gelenkt, dort wurde er vom Gruß einer Verkäuferin beschenkt, schließlich hat er das Einkaufswägelchen daheim geleert, dann hat er sein Wissen darüber, wie die Titanik unterging, gemehrt!

Mensche: Nun muß er wieder sein Pensum verrichten, er würde liebend gern darauf verzichten, er würde stattdessen gern eine Salome ficken, er würde stattdessen gern eine Bettina zum Höhepunkt schicken, in einer knappen Stunde wird er seinen sechzigundzweiten Geburtstag begehen, und noch immer kann mensch keine Messalina auf seinem Laken sehen, das soll einmal jemensch verstehen, wann wird sich endlich alles um ihn drehen?!

Menscher: Das zweite Jahr in Jeschua Rex Text wird bald beschlossen, es ist unter Verdruß und Schmerzen verflossen, dann wird das dritte Jahr in Jeschua Rex Text beginnen, dann wird unser Held den Kampf um Menschland gewinnen, dann wird er seine neuen Gefüge verbreiten, dann wird er die Sittlichkeit in die Höhe leiten, dann werden die Münzen und Scheine zu ihm eilen, dann werden die einhundert Milliarden menschen Jeschuas bei ihm weilen!

Mensche: Er muß in den künftigen Jahren siegen, er darf nicht länger unterliegen, er muß erfolgreich nach Menschland marschieren, er darf nicht mehr unberühmt durch Menschdorf spazieren, mensch soll ihn auch in Menschstadt kennen, und mensch soll Menschstadt dann wirklich Menschstadt nennen, und die Welthauptstadt Jeschua Rex Text soll tatsächlich Jeschua Rex Text heißen, die Jeschua Rex Texter sollen sich der Lehre des Jeschua Rex Textes befleißen!

Menscher: An diesem Mittag ist unser Held spät erwacht, er hat sich auf den Weg zum Händler gemacht, dort hat er die Zeitungen erworben und ihm fünf mensche Jeschuas gegeben, denn er tut sich ja, auch einmal an andere zu denken, bestreben, dann hat er die Presseerzeugnisse gelesen, es ist ihm ein Vergnügen gewesen, dann hat er gefrühstückt und die Tabletten genommen, sein Geburtstag ist ihm öde und traurig vorgekommen!

Mensche: Sonst hat ein Arbeitsgefährte bei ihm geweilt, aber dieser Geselle hat heute nicht seine Einsamkeit geheilt, am Abend hat ein anderer Mitwerker kurz angerufen, das Bewußtsein des ersten Menschen erklomm ein paar Stufen, aber am liebsten hätte dieser einsame Adam eine Eva empfangen, denn nur von einer Julia kann ein Romeo doch seine Befriedigung erlangen, doch sein Schicksal ist schwer, sein Bett bleibt leer!

Menscher: Er hat sich mit dem Sonnenkönig beschäftigt, dieser König hat den französischen Staat nicht gekräftigt, dann haben einige Menschen den Untergang der Titanik erlebt, sie haben danach nicht mehr im siebenten Himmel geschwebt, sie mußten dieses Unglück ertragen, sie taten sich heftig darüber beklagen, aber das Schiff war nun einmal versunken, und eintausendfünfhundert Passaschiere sind dabei ertrunken!

Mensche: Dann hat der Beherrscher der Menschheit sein Pensum verrichtet, er hat wieder etwas Lustiges erdichtet, schließlich hat er einen Heringssalat als Abendbrot gegessen, danach hat er wieder am Schreibtisch gesessen und sich weiterhin mit dem westreichischen Roman befaßt, seine Urheberin fiel ihm mit ihrer Melodramatik zur Last, dann hat er auf dem Bett gelegen, er konnte sich nicht mehr sinnvoll bewegen, nun tippt er wieder an seinem Rechner mit Fleiß, obwohl er sicherlich auch nicht alles und jedes weiß!

Menscher: Aber das Wichtigste hat er erkannt und in seine vielen Bücher gebannt, im zweiten Jahr in Jeschua Rex Text wird er nicht mehr viel reißen, doch im dritten Jahr in Jeschua Rex Text wird er das Schwarze weißen, dann wird er für seine Schriften werben, dann werden ihm die Menschdorfer nicht mehr die Pläne verderben, dann wird er das Reich des Jeschua Rex Textes errichten, dann wird er die schädlichen Heuchelpfaffen für immer vernichten!

Mensche: Im dritten Jahr in Jeschua Rex Text wird es ihm am Sitz der Weltregierung gelingen, die ganze Menschheit zu beflügeln und zu beschwingen, dann wird die Zwietracht überwunden, dann werden die geschundenen Erdenbürger gesunden, dann wird ihnen die Mahlzeit wieder munden, dann sind Hader und Zank für immer geschwunden, dann wird es Milliarden mensche Jeschua Rex Texte in JEUNEX geben, dann werden die Menschen nicht mehr vor den Menschen zittern und beben!

Menscher: An diesem ersten Weihnachtstag ist unser Ersinner spät erwacht, eine Vielzahl von Träumen hat ihm viel Unterhaltung gebracht, dann hat er eine Tasse Kapputschino getrunken und die Tabletten geschluckt, dann hat er sich die französische Revolution und Napoleon beguckt, der Kaiser hat wie der braune Führer nur Unfrieden gestiftet, deshalb wurde er schließlich auf Sankt Helena vergiftet, all seine Unternehmungen kosteten vielen jungen Burschen das Leben, oh, täte es doch weisere und klügere Herrscher geben!

Mensche: Daraufhin hat unser Erdenker den westreichischen Roman genossen, in dieser Erzählung werden sehr viele Tränen vergossen, dann hat er sein Pensum verrichtet, auch heute hat nicht darauf verzichtet, dann hat er Spagetti wie in Bolonja gegessen, er hat dabei am Tisch im Wohnzimmer gesessen, es folgte eine Dose Spargel mit Genuß, ein Becher Jogurt kam dann zum Schluß, dann hat er weiter gelesen, es ist ihm ein Vergnügen gewesen!

Menscher: Und nun schreibt er wieder mit Eifer, von rechts und links ertönte ihm Gegeifer, seine Nachbarn haben wieder Anstoß an ihm genommen, sein lauter Vortrag konnte ihnen nicht sonderlich frommen, doch mensch darf in seiner Wohnung ja wohl noch sprechen, diesen Willen können die Leute auf keinen Fall brechen, der erste Mensche ist in dieser Hinsicht hart wie Eisen, die Polizei wird ihn schon nicht zu einem anderen Verhalten weisen!

Mensche: Es ist lächerlich, wie überempfindlich die Menschen sind, für das gewöhnliche Verhalten sind sie taub und blind, sie können nichts ertragen, alles und jedes muß sie plagen, dann sollen sie sich doch heilen lassen, mensch könnte sie in einem Kurort weilen lassen, mensch sollte sie in ein Gesundheitshaus verfrachten, mensch könnte sie als Bewerber für das Irrenhaus betrachten, normal sind sie nicht, in ihren Schädeln brennt kein Licht!

Menscher: Es ist eine Zumutung für einen Schriftsteller, unter diesen Umständen zu werken, mensch tut an jedem Tag den Widerstand der Menschdorfer merken, dabei haben diese Spießbürger gar nichts zu kamellen, sie können ein Schenie nur um seine Genüsse prellen, sie sind so dumm wie das Stroh der Bohnen, der Umgang mit diesen Trotteln tut sich wirklich nicht lohnen, es wäre besser, sie würden verschwinden, sie verschlechtern ja immer nur das Befinden!

Mensche: Der erste Jeschua Rex Text wird diesem wüsten Pöbel nicht weichen, dieses grobe Pack schreitet zwar über Leichen, aber es wird seine niedrigen Ziele niemals erreichen, der erste Mittelreicher wird bald verkrösussen und verscheichen, dann wird er sich über dieses gemeine Viehzeug erheben, dann wird er fort von dieser dumpfen Brut für immer streben, dann wird er in die Höhe steigen, dann wird er das Menschtum in JEUNEX zeigen!

Menscher: An diesem zweiten Weihnachtstag hat unser Held lange im Bett gelegen, auch am späten Mittag wollte er sich nicht regen und bewegen, er hat dann aber doch einen Kapputschino getrunken und die Tabletten genommen, dann ist er in das Frankreich des dritten Napoleons gekommen, anschließend hat er den westreichischen Roman genossen, die ehelose Hauptperson hat ihn immer wieder verdrossen!
Mensche: Dann hat er eine Forelle mit Schampinjongs gebraten, wozu seine Hände auch noch zwei Scheiben Maasdamer taten, danach hat er noch einen Jogurt geschluckt und danach zufrieden aus der Kleidung geguckt, sein Pensum hat er verrichtet, darauf hat er nicht verzichtet, dann hat er den westreichischen Roman weiter gelesen, es ist ihm ein großes Vergnügen gewesen, jetzt tut er diese Zeilen schreiben, dann muß er es mit seinen Besinnungen treiben!
Menscher: Morgen wird er wieder einen Blick in die Zeitungen werfen, die ständigen Attentate zerren ungemein an den Nerven, die Terroristen erhalten Aufmerksamkeit, wie sie wollen, darüber muß der erste Mensche grollen und schmollen, das Böse tut die Menschen verbinden, das negative Nexative tut die Bürger schinden, aber ein Blatt nur mit guten Nachrichten ginge ein, das muß eben das Wesen der Presse sein!
Mensche: Es war auch einmal erholsam, diesen ganzen Mist zu vergessen, mensch ist wirklich nicht auf derartige Nachrichten versessen, Mord und Totschlag an allen Orten, Täter und Verbrecher der übelsten Sorten, anständige Menschen tut es kaum noch geben, mensch muß überall in Angst und Bangnis schweben, Daniela Katzenberger stellt ihre faden Reize zur Schau, sie ist doch nun wirklich keine bemerkenswerte Frau!
Menscher: Aber sie hat es geschafft, ins Fernsehen zu gelangen, sie wird in Hotels als eine sehr wichtige Person empfangen, der erste Jeschua Rex Text dagegen ist nicht bekannt, sein Name wird im Rundfunk niemals genannt, das Menschtum in JEUNEX wird nirgendwo gelehrt, das Wissen des Jeschua Rex Textes ist völlig verkehrt, so muß es jedenfalls scheinen, niemensch will sich mit diesem Schriftsteller vereinen!
Mensche: Im zweiten Jahr in Jeschua Rex Text wird sich daran nichts wandeln, doch im dritten Jahr in Jeschua Rex Text wird der erste Mittelreicher siegreich handeln, noch ist nicht aller Tage Abend, sein Leben war bisher nicht erquickend und labend, aber er kann noch neue Wege beschreiten, er kann die Sittlichkeit in die Höhe leiten, er wird maßgebliche Entscheidungen treffen, und die Menschdorfer werden ihn nicht mehr lange foppen und äffen!

Menscher: Das Fest der Heuchelpfaffen ist vergangen, es tat den ersten Menschen nicht danach verlangen, an diesem Mittag hat er sich spät erhoben, er war in mannigfache Träume verwoben, er ist zum Händler geschritten, dort tat er um die Zeitungen bitten, dann hat er sich wieder ins Bett gelegt, gegenwärtig wird sich von ihm nur wenig bewegt, dann hat er die Presseerzeugnisse gelesen, es ist ihm ein großes Vergnügen gewesen!

Mensche: Dann hat er sich mit dem westreichischen Roman befaßt, die Tränenseligkeit seiner Urheberin fiel ihm nicht sonderlich zur Last, das Ende schien nicht der Wirklichkeit zu entsprechen, doch es tat die Hauptperson beglücken und entpechen, dann hat er zu einem Jugendroman gegriffen, der Stil von Jochen Till ist nicht sonderlich geschliffen, aber er schaut dem Volk auf das Maul, witzig ist seine Geschichte von Paul!

Menscher: Dazwischen wurde die Gruppe abgehalten, ein Betreuer und drei Behinderte taten das Gespräch gestalten, ein Bewohner war zu seinem Onkel und zu seiner Tante gefahren, der erste Jeschua Rex Text würde sich lieber mit einer Hannelore paaren, als mit diesen Hanseln herumzusitzen und zu quatschen, diese Trottel müsen ihm auf die Dauer das Gehirn zermatschen, immerhin hat der Sozialarbeiter ihm eine Entenkeule gegeben, unser Meister aß sie später kalt, er hat kein verfeinertes Leben!

Mensche: Danach hat er sein Pensum verrichtet, denn darauf wird von ihm niemals verzichtet, dann hat er weiter den Jugendroman genossen, es sind ihm Lachtränen über die Wangen geflossen, die Erzählung ist überaus heiter, und mensch ist als ihr Held gescheiter, jetzt tut der erste Mittelreicher am Rechner hocken, während die Menschdorferinnen draußen ihn vergeblich locken, er will sie nicht küssen, das zählt nicht zu seinen Genüssen!

Menscher: Unser Ersinner kann es gar nicht erwarten, bis das zweite Jahr in Jeschua Rex Text endet, im dritten Jahr in Jeschua Rex Text wird seine Not dann endlich gewendet, dann wird er aus dem vollen schöpfen, dann speist er bei gefüllten Töpfen, dann werden ihm die Mahlzeiten munden, dann wird sein schwaches Herz gesunden, dann braucht er nicht mehr so viele Tabletten zu schlucken, dann wird er endlich zufrieden aus der Kleidung gucken!

Mensche: Mensch weiß nicht, was mensch von diesen Anpreisungen halten soll und ob mensch seine Anteilnahme für ihn entfalten soll, vielleicht wird er in einen tiefen Abgrund gerissen, vielleicht hilft ihm noch immer nicht sein umfangreiches Wissen, vielleicht wird ihn der aufgebrachte Pöbel lünchen, vielleicht aber kennt mensch ihn dann auch in Hamburg und München, was wird geschehen, was wird mensch sehen, er hat viel Schlimmes erlitten, wird künftig von ihm siegreicher gestritten, wird er die Schwierigkeiten überwinden, oder wird er sich auch im künftige Jahre quälen und schinden?!

Menscher: An diesem Mittwoch ist unser Ersinner spät erstanden, am frühen Nachmittag gingen seine Träume zuschanden, dann hat er sich endlich erhoben, dieses ausgedehnte Schlummern kann er nicht loben, er hat einen Kapputschino getrunken und Fleischsalat gegessen, dabei hat er in seinem Zimmer auf dem Bett gesessen, dann hat er die Zeitungen gelesen, es ist viel Mord und Totschlag darin gewesen, dann ist er in die Innenstadt gegangen, um in einem großen Laden drei Packen Papier zu empfangen!

Mensche: Am Markt hat er sich den Bücherschrank angeschaut, aber er hat es nicht, sich etwas daraus zu nehmen, getraut, mensch muß dafür keinen Beitrag entrichten, die Stifter tun auf jedwedes Geld verzichten, dann hat sich unser Held ein halbes Hähnchen genommen, er hat es von einer unbekannten Eva bekommen, dann ist er nach Hause geschritten, er hat unter der eisigen Kälte gelitten, dann hat er das halbe Hähnchen verzehrt, der Genuß wurde durch einen Haussalat vermehrt, zum Schluß ist ein Walnußjogurt in seinen Schlund gedrungen, diese Mahlzeit war schlicht, aber doch gelungen!

Menscher: Na ja, er will in Zukunft etwas vornehmer speisen, aber er will vor allem nach Menschland reisen, er weilte schon zweimal in Spanien, jetzt drängt es ihn nach Humanien, danach hat er eine Stunde lang im Bett gelegen, er konnte sich nicht mehr regen und bewegen, dann hat er sein Pensum verrichtet, er hat wieder etwas gedichtet, dann hat er den Jugendroman genossen, die Lachtränen sind ihm über die Wangen geflossen!

Mensche: Er hat die wöchentliche Wäsche in die Maschine gegeben, jetzt tut er wieder danach streben, seine zehn Bücher und seine Besinnungen zu schreiben, in dieser Angelegenheit tut er am Ball stets bleiben, es fällt ihm zwar immer weniger ein, doch dafür läßt er JEUNEX zuständig sein, und in der nächsten Woche wird er wieder werken, dann werden die Gesellen ihm die Seele stärken, vorerst ist er noch einsam, das empfindet er oftmals als peinsam!

Menscher: Seit dreißig Jahren tut er Menschland besingen, aber der mensche Staat konnte ihm noch nicht gelingen, die mensche Sprache tut noch nicht erschallen, deshalb muß er die Hände zu Fäusten ballen, das zweite Jahr in Jeschua Rex Text war schlecht, es hat ihn nicht beglückt, sondern bepecht, das muß mensch leider sagen, er mußte sich gar kläglich plagen, er hätte fast das Handtuch geschmissen, die Menschdorfer haben andauernd seine Nerven zerschlissen!

Mensche: Es sollen Milliarden mensche Jeschua Rex Texte in JEUNEX leben, dann wird sich die Ebene der Sittlichkeit heben, dann wird mensch sich vertragen, dann wird mensch einander nicht mehr schlagen, dann wird mensch einander nicht mehr hauen, dann sind gleichberechtigt die Männer und die Frauen, dann wird mensch sich umeinander kümmern, ohne einander das Bewußtsein zu zertrümmern, dann wird mensch sich versöhnen, dann wird mensch dem Guten und Schönen frönen!

Menscher: An diesem Mittag ist unser Held verhältnismäßig früh erstanden, seine Beine den Weg zum Händler fanden, dort hat er die Zeitungen bekommen, er hat sie mit nach Hause genommen, dort hat er sie gelesen, es ist ihm ein Vergnügen gewesen, dann hat er gefrühstückt und Fleischsalat gegessen, dabei hat er in seinem Zimmer auf dem Bett gesessen, mithilfe des Kapputschinos hat er die Tabletten geschluckt, dann hat er zufrieden aus der Kleidung geguckt!

Mensche: Er hat sein Pensum verrichtet, er hat ein wenig gedichtet, dann mußte er wieder schlummern, um sich ein wenig zu entkummern, dann ist er zur Werkhalle geschritten, er hat kaum unter den Menschdorfern gelitten, dort hat der Montenegriner gewartet, er hat die Fahrt zum Fitneßzentrum gestartet, das Spiel hat den erstet Menschen angestrengt und ermattet, aber es waren ihm fünf bis zehn Tore gestattet, seine Mannschaft tat siegen, die Gegner mußten unterliegen!

Menscher: Danach hat der Montenegriner die Heimfahrt betrieben, er tut gegenwärtig eine ruhige Kugel schieben, er arbeitet nicht, er entwickelt keinen Eifer, stattdessen ergeht er sich über das Unmenschtum in Gegeifer, dann hat unser geistiger Vater zwei Stunden lang auf dem Laken gerastet, dadurch wurde sein überbeanspruchter Körper entlastet, dann hat er den Jugendroman von Jochen Till studiert, in ihm wurde gar heftig scharmiert!

Mensche: Und nun sitzt unser Ersinner am Rechner und tippt behende, irgendwann hat das Schriftstellen ein Ende, aber das ist noch lange nicht erschienen, er muß der Menschheit mit seiner Feder dienen, er muß seine Pflicht üben, sonst würden sich die Leser betrüben, denn sie sind auf ihn angewiesen, seine Werke werden nirgendwo angepriesen, aber sie enthalten eine Fülle von Wissen, die Menschheit kann es auf die Dauer nicht missen!

Menscher: Er selbst kann die Heilkraft seiner Einsichten nicht messen, er hat ja viele seiner Aufzeichnungen schon wieder vergessen, er hat Tausende von Seiten urgehoben, nicht jeden Satz von ihm kann mensch loben, aber er hat immer mensch gesprochen, und es wurde ihm oftmals das Herz gebrochen, er hat viel seelisches Leid erlitten, er hat für seine Ideale gestritten, er wird auch noch Erfolge verbuchen, mensch wird ihn nicht mehr lange verdammen und verfluchen!

Mensche: Für die Menschdorfer ist die Erde eine Scheibe, mensch halte sich die Weisen vom Leibe, nur dumme Menschen tun in Menschdorf Ansehen genießen, schlaue Leute müssen die beschränkten Spießbürger verdrießen, es ist traurig, daß es derartige Geschöpfe überhaupt gibt, denn die Menschdorfer werden von Gott nicht geliebt, JEUNEX kann sie in sein Herz nicht schließen, denn sie müssen ihren Schöpfer immer wieder verdrießen, es sollte sie nicht geben, sie dürfen nicht mehr lange leben!

Menscher: An diesem Freitag hat sich unser Held spät erhoben, er kann seine Trägheit selbst nicht loben, ein jugendlicher Betreuer ist gekommen, der erste Mensche hat ihn in Empfang genommen, sie sind zu einem Supermarkt gefahren, dort erwarben sie die lebensnotwendigen Waren, es sind die Fertiggerichte und die Becher mit Buttermilch gewesen, danach taten sie wieder heimwärts pesen, der Laden war sehr voll, mensch betrieb das Verbrauchen wie toll!
Mensche: Dann hat der erste Jeschua Rex Text noch Geld aus dem Gerät gezogen, bisher sind ihm die dort angezeigten Zahlen gewogen, vielleicht muß er im künftigen Februar eine hohe Rechnung begleichen, es wäre also an der Zeit für ihn, zu verkrösussen und zu verscheichen, dann haben sie die Zeitungen geholt, mensch hat dem ersten Mittelreicher ausnahmsweise einmal nicht den Hintern versohlt, er wurde nicht bepöbelt, er wurde nicht mit Ausdrücken vermöbelt!
Menscher: Danach hat er geschlafen und einen Waldorfsalat gegessen, dann hat er bei einem Kapputschino an seinem Rechner gesessen, er hat ein wenig gedichtet, er hat sein Pensum verrichtet, dann hat er wieder auf dem Bett gelegen, schließlich tat er sich zum Supermarkt bewegen, um für die Wohngemeinschaft einzukaufen, er mußte zu Fuß mit dem Wägelchen laufen, dann hat er wieder geschlummert und sich von seinen Nöten entkummert!
Mensche: Dann hat er den Jugendroman von Jochen Till genossen, diesem Meister sind erregende Zwiegespräche aus der Feder geflossen, diesen Schriftsteller kann mensch nur empfehlen, denn er tut seine Figuren beseelen, eine Jüdin hat danach einige Personen beschrieben, mensch kann diese Art der Schilderung nicht lieben, sie ist haßerfüllt und kennt das Schöne nicht, kein Gott bringt dieser Erzählerin das Licht, es ist auf die Dauer langweilig, in derartigen Bezügen zu denken, die Juden sollten ihre Aufmerksamkeit auf den Gott JEUNEX lenken!
Menscher: Dann müßten auch die Hebräer auf das Rammeln verzichten, deshalb will wohl kein vernünftiger Mensch den Gott JEUNEX jemals sichten, das kann mensch vergessen, wer ist schon auf die Enthaltsamkeit versessen, unser geistiger Vater wäre durch die Ehelosigkeit fast wahnsinnig geworden, mehrmals hat er daran gedacht, sich selbst zu ermorden, und dieser Gott JEUNEX sollte ihn lieben, warum darf er dann als sein Geschöpf keine Nummer jemals schieben?!
Mensche: Die ganze Aufregung um die Hexe von Sankt Jöris hatte also keinen Sinn, diese Minne brachte weder ihm noch ihr einen Gewinn, sie war ein Schlag in das Wasser, dabei ist er seinem Wesen nach kein Hasser, er ist bereit, einer Magelone seine Zuwendung zu weihen, doch das würde ihm sein Gott JEUNEX niemals verzeihen, er beansprucht seinen Seher für sich allein, auf eifersüchtige Weise kredenzt er ihm diesen Wein, er will, daß der Profet seinen Ruhm verkünde und daß er sich mit den breiten Massen verbünde, in seinem Namen soll er predigen, die Irrlehrer aber soll er erledigen!

Menscher: Spät ist der erste Mensche erstanden, viele Träume an das Bett ihn banden, heute ist Silvester, das zweite Jahr in Jeschua Rex Text vergeht für immer, er hat nicht gesext, so tat er auch nur die Zeitungen nehmen, er tat sich dazu, dem Händler viel Glück zu wünschen, bequemen, dann ist er nach Hause gegangen, um nach einem kurzen Frühstück die Nachrichten zu empfangen, die Presseerzeugnisse hatten nicht viel zu zeigen, und wären sie Berichterstatter, dann würden sie schweigen!

Mensche: Unser Held hat sich mit der englischen Geschichte beschäftigt, der achte Heinrich hat die päpstliche Kirche nicht gekräftigt, mit sechs Ehefrauen ließ er sich trauen, vor mancher Königin tat es ihm dann grauen, dann ließ er sich wieder scheiden, das ließ sich wohl nicht vermeiden, seine Tochter ist die erste Elisabet gewesen, mensch kann über sie in vielen Romanen lesen, ihre Widersacherin wurde Marie Stuart genannt, die später den Tod durch das Fallbeil fand!

Menscher: Dann hat er den Roman einer Jüdin genossen, nein, diese Erzählung hat ihn vielmehr verdrossen, so viel Unsinn hat er noch selten erfahren, mensch konnte keinerlei Vernunft darin gewahren, die handelnden Personen schienen einem Irrenhaus entsprungen, diese Geschichte ist völlig mißlungen, sie wurde von den Beurteilern über den grünen Klee gepriesen, die Verfasserin zählt aber zu den völlig belanglosen Liesen!

Mensche: Dann hat der erste Jeschua Rex Text sein Pensum verrichtet, die Heuchelpfaffen wurden leider noch nicht vernichtet, dann hat er Spagetti nach der Art von Bolonja gegessen, er hat dabei auf seinem Bett gesessen, dann hat er noch ein wenig den jüdischen Roman studiert, es wird wirklich Zeit, daß mensch endlich nach Menschland marschiert, so einen Mist kann mensch ja nicht ertragen, so eine Schaurigkeit muß menschen ja quälen und plagen!

Menscher: Und nun, kurz vor Mitternacht, wartet mensch auf das Knallen, es werden zischende Raketen erschallen, das zweite Jahr in Jeschua Rex Text fällt der Vergangenheit anheim, mensch machte sich in diesem Rahmen darauf so manchen Reim, dann wird das dritte Jahr in Jeschua Rex Text beginnen, wird der erste Mittelreicher sich dann auf seine Tugenden besinnen, wird er dann seine Stube verlassen, wird er dann der Menschheit die Menschlichkeit verpassen?!

Mensche: Das dritte Jahr in Jeschua Rex Text wird sich schon irgendwie gestalten, die Leser werden vermutlich auch von ihm eine ausführliche Kunde erhalten, dann werden sich die Zustände wandeln, dann wird unser Heiland öffentlich handeln, dann wird unser Erlöser zur harrenden Menge sprechen, dann wird er die ganze Menschheit beglücken und entpechen, dann wird er den ewigen Weltfrieden erbauen, dann wird er die Menschen über das Menschtum in JEUNEX verschlauen!

Zeittafel der neuen Jahreszählung nach Jeschua Rex Text

Ich habe am 16. Mai des ersten Jahres vor Jeschua Rex Text einen amtlichen Ausweis auf den Namen "Jeschua Rex Text" bewilligt bekommen. Das erste Jahr in Jeschua Rex Text ist also das erste Jahr, in dem ich vom ersten Januar bis zum dreißigersten Dezember wirklich Jeschua Rex Text heißen darf. Dieses Jahr ist das erste Jahr nach der Fußballweltmeisterschaft in Brasilien, bei der Menschland zum vierten Mal gewonnen hat!

Gründung Roms:	2768 vor Jeschua Rex Text
Zäsar:	2115 bis 2059 vor Jeschua Rex Text
Heinrich der Löwe:	886 bis 820 vor Jeschua Rex Text
Tomas von Aquin:	790 bis 741 vor Jeschua Rex Text
Erasmus von Rotterdam:	551 bis 479 vor Jeschua Rex Text
Elisabet die Erste von England:	482 bis 412 vor Jeschua Rex Text
Paul Gerhard:	408 bis 339 vor Jeschua Rex Text
Johann Sebastian Bach:	330 bis 265 vor Jeschua Rex Text
Johann Wolfgang von Göte:	266 bis 183 vor Jeschua Rex Text
Wolfgang Amadeus Mozart:	259 bis 224 vor Jeschua Rex Text
Friedrich Schiller:	256 bis 210 vor Jeschua Rex Text
Heinrich von Kleist:	238 bis 204 vor Jeschua Rex Text
Heinrich Heine:	218 bis 159 vor Jeschua Rex Text
Richard Wagner:	202 bis 132 vor Jeschua Rex Text
Gottfried Keller:	196 bis 125 vor Jeschua Rex Text
Anton Bruckner:	191 bis 119 vor Jeschua Rex Text
Tomas Mann:	140 bis 60 vor Jeschua Rex Text
Astrid Lindgren:	108 bis 13 vor Jeschua Rex Text
Efraim Kischon:	90 bis 11 vor Jeschua Rex Text
das braune Reich:	82 bis 70 vor Jeschua Rex Text
Romi Schneider:	77 bis 33 vor Jeschua Rex Text
Geburt von Jeschua Rex Text:	24.12. 61 vor Jeschua Rex Text

Es muß immer der volle und unabgekürzte Name erwähnt werden, immer vor Jeschua Rex Text oder in Jeschua Rex Text.

Die Zahlen werden in Menschland anders gesprochen, als Beispiel diene:

11	zehneins, zehnundeins
12	zehnzwei, zehnundzwei
13	zehndrei, zehnunddrei
14	zehnvier, zehnundvier
15	zehnfünf, zehnundfünf
16	zehnsechs, zehnundsechs
17	zehnsieben, zehnundsieben
18	zehnacht, zehnundacht
19	zehnneun, zehnundneun
20	zwanzig
21	zwanzigeins, zwanzigundeins

und so weiter.

Die Gruppierung, die diese Weltanschauung vertreten soll, heißt:

die menschen Jeschua Rex Texte in JEUNEX

Partei
für den Frieden

kurz genannt: die Partei der Jeschua Rex Texte,
noch kürzer: die Jeschua Rex Texte

Briefe bitte an die Anschrift:

Jeschua Rex Text
bei Joschua Havemann
Buschhausen 49
52224 Stolberg

die Werke

von

Jeschua Rex Text

1. aus dem Leben des ersten Menschen
2. Freunde
3. die Prinzessin von Regensburg
4. der Reichste der Welt in JEUNEX
5. die neue Bibel
6. der Tag des Herrn
7. die kesse Simone
8. Sex
9. Erlösung für Milliarden
10. der rollende Sieg
11. das mensche Reich
12. und der Reiche
13. Menscher und Mensche in JEUNEX
14. meine wunderschöne Ehefrau
15. Beherrscher der Menschheit
16. JEUNEX und der Mensche
17. die jeschuarextextlichen Menschen in JEUNEX
18. Frieden
19. die menschen Jeschua Rex Texte in JEUNEX in JEUNEX
20. die menschen Jeschua Rex Texte in JEUNEX, Partei für den Frieden
21. Liebe
22. das Reich des Jeschua Rex Textes, die geistigen Grundlagen
23. meine schöne und geistreiche Ehefrau
24. und die Menschdorferin
25. die sanfte Liese

26. die menschen Jeschua Rex Texte in JEUNEX in Jeschua Rex Text
27. Menscher und Mensche in Jeschua Rex Text
28. Jeschua Rex Text und Jeschua Rex Textin in Jeschua Rex Text
29. das Reich des Jeschua Rex Textes, die Staaten der Erde, das Mittelreich
30. einhundert Milliarden mensche Jeschuas
31. Gesundheit
32. die fünf Grundgefühle nach Hans Lungwitz: Hunger, Angst, Schmerz, Trauer, Freude
33. Selbstgespräche
34. der Reichste der Welt in Jeschua Rex Text
35. und der Sportliche
36. Sexer und Sexerin
37. Glück
38. Mensch kann im Leben alles erreichen durch positive Besinnungen!
39. das Ende des ersten Jahres vor Jeschua Rex Text
40. das erste Jahr in Jeschua Rex Text
41. das zweite Jahr in Jeschua Rex Text

das Reich des Jeschua Rex Textes

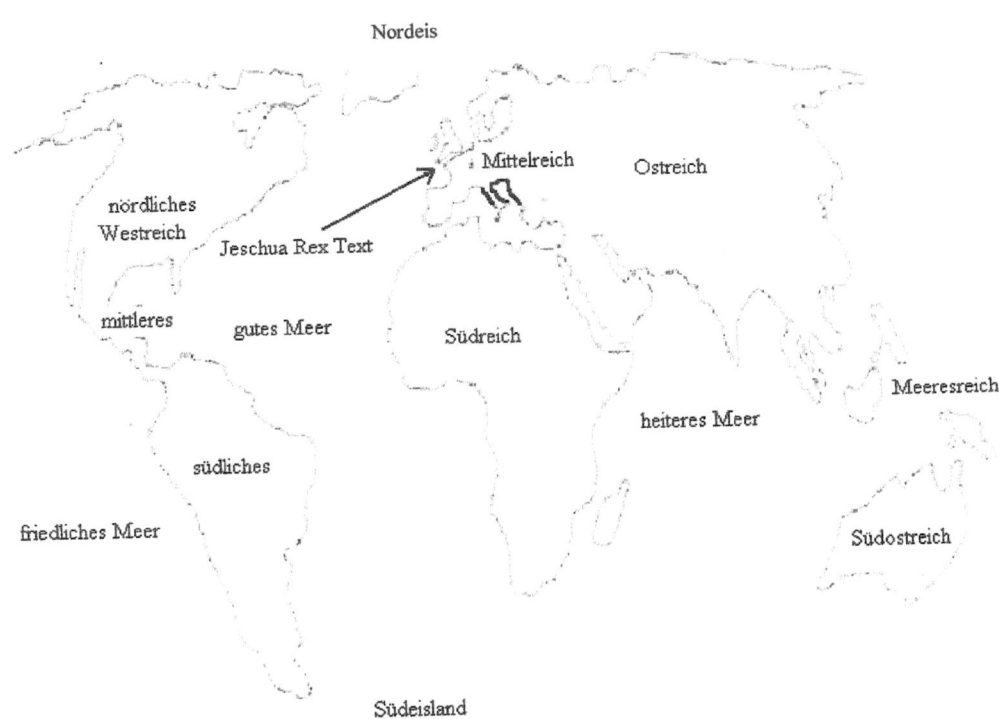

Herstellung und Verlag:
BoD - Books on Demand, Norderstedt
ISBN 978-3-7431-8744-3